Collins/Lapierre · Der fünfte Reiter

W0242022

LARRY COLLINS
DOMINIQUE LAPIERRE

Der fünfte Reiter

Übersetzt von Christian Spiel

C. BERTELSMANN VERLAG

Titel des amerikanischen Originals:
»The Fifth Horseman«
Titel des französischen Originals:
»Le cinquième cavalier«
Deutsche Übersetzung aus dem Amerikanischen
unter Verwendung der französischen Ausgabe
Karten: Adolf Böhm

© Larry Collins and Pressinter S.A. 1980
© Deutsche Rechte bei der Bertelsmann Verlagsgruppe GmbH, München 1980
Gesamtherstellung: Mohndruck Graphische Betriebe GmbH, Gütersloh/54321
ISBN 3-570-05729-1 · Printed in Germany

Und da es das vierte Siegel aufthat, hörte ich die Stimme des vierten Thiers sagen: Komm und siehe zu. Und ich sahe, und siehe, ein fahl Pferd, und der darauf saß, deß Name hieß Tod, und die Hölle folgte ihm nach. Und ihnen ward Macht gegeben zu tödten das vierte Theil auf der Erde, mit dem Schwert, und Hunger, und mit dem Tod, und durch die Thiere auf Erden.

Die Offenbarung Johannis, 6, 1–8

1

»Das wird die Welt verändern«

Der Regen, der erste bittere Regen des Winters, schlug gegen das Fenster, in gezackten Bahnen suchten die Tropfen auf der Spiegelglasscheibe ihren Weg nach unten. Der Zollbeamte spähte hinaus, hinüber über die leeren Straßenschluchten, in die schwarze Weite der Nacht. Ein Frösteln überlief ihn — es war kein Spaß, in dieser Nacht draußen auf dem Wasser zu sein. Angestrengt suchte er nach einer Andeutung der vertrauten Konturen des Hafens unten in der Tiefe, die schwachen Lampen der Jersey Docks, der Spitze von Governor's Island, dem fernen Blinken des West-Bank-Leuchtturms draußen jenseits der Verrazano-Brücke.

Hinter ihm tickte ein Fernschreiber. Der Mann warf einen Blick auf seine Uhr. Es war ein paar Sekunden nach Mitternacht. Zwanzig Meilen draußen auf dem Meer war der erste Frachter, der an diesem Freitag, dem 4. Dezember, den Hafen von New York anlief, gerade vor dem Ambrose-Light angelangt und hatte damit den Bereich der amerikanischen Zollkontrolle erreicht. Der Mann trat an seinen Schreibtisch. Hier, im Raum 2158 des World Trade Center, war er für die nächsten acht Stunden für die Zollüberwachung des Hafens verantwortlich. Er schlug eine neue Seite in seiner Schiffsliste auf und trug oben das Datum des neuen Tages ein, der in diesen Minuten für die Annalen des New Yorker Hafens begann. Dann riß er den Papierstreifen ab, den der Fernschreiber ausspuckte, und trug mit der Sorgfalt eines mittelalterlichen Mönches, der seine Bibel abschrieb, die kargen Angaben ein, die ihm über das siebentausendvierhundertzweiundzwanzigste Schiff geliefert wurden, das in diesem Jahr in den Hafen von New York einlief: seinen Namen, *Dionysos;* die Flagge, unter der es fuhr: Panama; seine Anlegestelle: Pier 3 im Brooklyn Ocean Terminal; den Namen seines Schiffsagenten: Hellenic Stevedore Company.

Als er damit fertig war, tippte er den Namen der *Dionysos* auf die Tastatur des Computerterminals neben seinem Schreibtisch. Das Terminal war mit dem NCIC, dem National Crime Information Center, der Zentralfahndungskartei, verbunden. Jeder Rechtsverstoß in der Geschichte der *Dionysos* — von der Beschlagnahme eines Kilos Heroin in ihren Laderäumen bis zur Ruhestörung eines ihrer Besatzungsmitglieder in einer Hafenkneipe im texanischen Galveston — würde binnen Sekunden auf dem Bildschirm über seiner Tastatur auftauchen. Lindgrün erschien die Buchstabenfolge: »Kein Vermerk über Rechtsverstöße.«

Er knurrte und trug in den freien Raum nebem dem Namen *Dionysos* die Buchstaben N. R. ein, was bedeutete, daß der amerikanische Zoll keinen Anlaß hatte, sich um den betagten Frachter zu kümmern, den die schwere Dünung durch den Ambrose-Barnegat-Kanal trug.

Seit Generationen war ein kleines rotes Schiff, das am Rande des Atlantik auf seinen zornigen Wogen schaukelte, der Wachposten vor der Neuen Welt gewesen, der Millionen von Männern und Frauen als Vorbote des Gelobten Landes empfing. Das alte Ambrose-Leuchtschiff hatte inzwischen ausgedient und seinen Ruheplatz an einer Pier in Lower Manhattan gefunden. Der »Leuchtturm«, vor dem die *Dionysos* in der Dunkelheit des frühen Morgens wartete, war eine texanische Bohrinsel, eine stumpfgraue Struktur, gekrönt von einer Ansammlung Radar-Antennen und mit einem Landeplatz für Hubschrauber. Jenseits der stählernen Röhren, mit denen die künstliche Insel im Meeresboden verankert war, rollten die grauen, grundlosen Wassermassen hinunter zur Biskaya und zu allen Ufern Europas. Dahinter zeichnete sich am Horizont ein fahles Glühen ab, der Widerschein der Lichter New Yorks, dessen Zufahrt Ambrose bewachte.

Auf seiner Brücke starrte der Kapitän ungeduldig auf diese lockenden Lichter. Der Regen war schwächer, zu einem leichten, kalten Sprühen geworden, das stechend sein bärtiges Gesicht traf. Er spürte, wie unter seinen Füßen die betagten Stahlplatten seines Frachters bei jedem Anprall der Atlantikwellen knirschend erzitterten. Die *Dionysos* war eines der wenigen »Liberty«-Schiffe aus der Zeit des Zweiten Weltkrieges, die noch die Meere befuhren. Nach ihrem Einsatz bei der Landung im Brückenkopf Anzio hatte sie, unter einer Vielzahl von Eigentümern und einem halben Dutzend Flaggen, seit beinahe vierzig Jahren ebenso legale Ladungen wie Konterbande um die Welt geschippert.

Die Reederei, in deren Dienst sie nun fuhr, die Transocean Shippers, war ein halbes Jahr vorher mit der amtlichen Urkundennummer 5671 vom dritten Notar des Gerichtsbezirks der Stadt Panama registriert worden. Auf ihrer Registrierungsurkunde fand sich als Adresse die einer kleinen Rechtsanwaltskanzlei in der Calle Mercado in Panama City. In den Unterlagen dieser Kanzlei war als Firmensitz eine Postfach-Nummer in Luzern angegeben. Wie bei den meisten Schiffen auf den Meeren der Welt, von Supertankern bis zu namenlosen Trawlern, verlor sich auch die Spur der Eigentümer der *Dionysos* in einem anonymen Postfach.

Der Lotse von der Station Sandy Hook, der neben dem Kapitän auf der Brücke stand, knurrte etwas und warf seine Zigarre über Bord. Es war soweit — die *Dionysos* konnte ihre Fahrt durch den Ambrose-Kanal zum Hafen New York beginnen.

Der Kapitän schaute nach Steuerbord und sah, wie die niedrigen Konturen von Jones Beach von den undeutlichen Umrissen Coney Islands und den geduckten Schatten der Mietskasernen der Rockaways abgelöst wurden.

Dann, plötzlich, wußte der Kapitän, daß der Mann da war. Ohne auch nur hinzublicken, spürte er seine Gegenwart auf der Brücke. Er warf einen kurzen Blick zur Seite und sah ihn, den einzigen Passagier der *Dionysos*. Er lehnte vornübergebeugt über der Steuerbord-Reling und wandte dem Kapitän und dem Lotsen den Rücken zu. Den Kragen seiner schwarzen Lederjacke hatte er hochgeschlagen, um sich gegen den Regen zu schützen, und sich eine karierte Tweedmütze dicht über die Ohren gezogen. Schweigend starrte er hinüber zum Festland, das näher kam. Der Kapitän trat neben ihn.

»Ist Ihnen nicht kalt?« murmelte er.

Er erhielt keine Antwort.

Der Mann zog eine Zigarette aus der Tasche seiner Lederjacke. Dem Kapitän offerierte er keine. Er zündete ein Streichholz an und schützte dabei die Flamme mit der hohlen Hand; es war der rasche, automatische Reflex eines Mannes, der geübt ist, sich im Freien und trotz starken Windes eine Zigarette anzuzünden. Im kurzen Flammenschein sah der Kapitän wieder die rauhe Narbenwulst, die vom linken Ohr seines Passagiers zum Hemdkragen hinablief.

Der Passagier war ein Mann Anfang dreißig. Er war nicht hochgewachsen, nur ein paar Zentimeter größer als der etwas kurz geratene Kapitän. Seine Figur war schlank, doch selbst hier auf der dunklen Brücke ahnte der Kapitän die massiven Schultern des anderen, die kraftvoll gewölbte Brust, so muskulös, daß der übrige Körper dagegen kümmerlich wirkte. Wahrscheinlich ein Gewichtheber, hatte der Skipper gedacht, als er den Fremden zum erstenmal auf dem Rand des Bettes in der Kabine sah, die er auf Anweisung der Schiffseigentümer eingeräumt bekommen hatte.

Der Kapitän warf einen raschen Blick nach unten. Der Passagier hielt die Reling fest umklammert, als wollte er sie, unter einem inneren Druck stehend, aus ihrer Verankerung reißen. Sie machten einem Angst, diese Hände, diese groben Blöcke aus Fleisch. Der Passagier hatte während der Fahrt stundenlang mit karateartigen Hieben gegen die Schotten gehämmert, um die Handkanten abzuhärten.

»Schon mal in New York gewesen?« fragte der Kapitän.

Der Passagier richtete seine Augen auf ihn. Sie waren blaßblau; das einzige, dachte der Kapitän, was an der Erscheinung des Mannes zerbrechlich wirkt. Doch sie zeigten keine Spur von Gefühl. Sie waren ebenso kalt und fern wie das Meer, das sie umgab. Er sah den Kapitän einen langen Augenblick eindringlich an. Dann nahm er ohne ein Wort die stumme Betrachtung der Küstenlinie wieder auf.

Das Blinken eines Leuchtfeuers, der West-Bank-Leuchtturm, lockte die *Dionysos* voran. Sie bog um das Leuchtfeuer nach Steuerbord. Auf ihrem neuen Kurs fuhr sie die Narrows hinauf, geradewegs der Verrazano-Brücke entgegen. Plötzlich entfaltete sich hier, im Licht des anbrechenden Tages, das Schauspiel, das so viele Millionen mit fiebriger Freude und Hoffnung erfüllt hat: Die Riesentürme von Manhattan traten aus den Dunstschwaden, dunkle Baumstämme eines versteinerten Waldes aus Glas und Stahl, deren Spitzen tieftreibende Wolkenfetzen streiften.

Am oberen Ende der Narrows, an der Spitze von Staten Island, bewegten sich die einlaufenden Schiffe zumeist durch den Kill-van-Kull-Kanal nach Port Elizabeth und Newark mit ihren gewaltigen, vollmechanisierten Pieranlagen und ihren endlosen Reihen von Frachtcontainern.

Die *Dionysos* wählte einen anderen Weg. Sie fuhr geradeaus weiter, der Skyline entgegen, die vor ihrem Bug aufstieg. Der Kapitän konnte jetzt die Gebäude von Lower Manhattan unterscheiden. Er wies seinen Passagier darauf hin: die Zwillingstürme des World Trade Center, Chase Manhattan Plaza, das Bell-Telephone-Hochhaus. Schließlich deutete er mit einer Handbewegung auf die vertraute Gestalt in ihrem Gewand aus grünem Messing, die sich vor diesem imposanten Bühnenbild beinahe verlor.

»Die Freiheitsstatue«, erklärte er. »Erkennen Sie sie? Sie haben doch sicher Aufnahmen davon gesehen.«

Der Passagier musterte ihn. Wieder war sein Gesicht ausdruckslos, unbewegt von jedem Gefühl, wie die Maske eines Pharao.

»Nein«, sagte er.

Dann wandte er sich wieder ab und spuckte in das schmutzig-grüne Wasser, das an der Bordwand vorüberglitt.

Das Signalhorn der *Dionysos* versetzte die Luft in Schwingungen. Das Schiff bog nach Osten ab, zu den Piers von Brooklyn. Es glitt an Joey Gallos alten Docks vorbei, vorüber an der aufgegebenen State-Street-Pier, über die Johnny Dios Gangstertypen Unmengen von Heroin an Land geschleppt hatten, und fuhr auf drei lange Piers zu, die sich auf Holzpfeilern ins Meer erstreckten. Seetang und Algen hatten ihnen die Farbe getrockneten Blutes gegeben.

Von diesen beiden verfallenden Piers aus waren zwei Generationen von GIs übers Meer gefahren, hinüber zu den Schützengräben in den Wäldern von Belleau oder zu den Stränden der Normandie. Am Dach der mittleren Pier fand sich eine letzte Erinnerung an die großen Kreuzzüge, die hier ihren Anfang genommen und ihr Ende gefunden hatten. Die Worte, die auf dieses Dach zur Begrüßung von Millionen aus Europa heimkehrender GIs gepinselt worden waren, hatten einstmals leuchtend blau gestrahlt, so leuchtend und frisch wie die Hoffnungen, die sie geweckt hatten. Jetzt waren sie zu einem glanzlosen Grau verblaßt, passend zu Brooklyns traurigen, verkommenden Docks. Während die *Dionysos* ihrem Anlegeplatz zustrebte, kniff der Passagier die Augen zusammen, um die Buchstaben im Frühlicht zu entziffern.

»Willkommen in der Heimat«, lautete ihre Botschaft.

Kurz nachdem die *Dionysos* festgemacht hatte, erschienen ein Zollinspektor und ein Beamter der Einwanderungsbehörde am oberen Ende des Landungsstegs.

Der Kapitän geleitete sie zur großen Kajüte, wo er vor dem Zollinspektor vier Kopien eines der ältesten und traditionsreichsten Dokumente der internationalen Seefahrt unterzeichnete, ein Schiffsmanifest. Darin war jedes einzelne Stück der Ladung an Bord der *Dionysos* aufgeführt und beschrieben, samt Verlader und Empfänger, dem Hafen, wo es an Bord genommen wurde, und dem Hafen, für den es bestimmt war. Dank der Buchstaben »N. R.«, die in der Nacht vorher in die Schiffsliste eingetragen worden waren, endete die Zollkontrolle mit der Unterschrift des Kapitäns.

Unterdessen hatte der Erste Offizier die Besatzung vor dem Beamten der Einwanderungsbehörde antreten lassen. Jedes Mitglied zeigte ihm sein Seefahrtbuch und erhielt ein I-95, eine Erlaubnis zum Landgang, die es ihm gestattete, sich frei an Land zu bewegen, solange das Schiff im Hafen lag.

Der Beamte reichte dem Kapitän die Mannschaftsliste zum Unterschreiben.

»Keine Passagiere?« fragte er.

Der Kapitän lachte. Mit einer Handbewegung wies er auf die schäbige Offiziersmesse, wo überall alte griechische Zeitungen umherlagen, an den Wänden verblichene Pin-up-Girls hingen und die Wandtäfelung nach ranzigem Olivenöl stank.

»Nicht gerade die *Queen Elisabeth*, was?«

Der Beamte stimmte in sein Lachen ein.

Kamal Dajani, der Passagier der *Dionysos* beobachtete durch das Bullauge der Kapitänskajüte, wie die Beamten das Schiff verließen. Als sie verschwunden waren, legte er seinen Gürtel ab und öffnete den Reißverschluß an dessen Innenseite. Aus dem Geheimfach zog er einen Packen zusammengerollter Hundertdollarscheine. Er zählte fünf Lappen ab und verstaute den Rest wieder in seinem Versteck.

Er ging in den Raum nebenan. Auf dem Tisch lag eine alte *Playboy*-Nummer. Er schlug die beiden Mittelblätter auf und verstaute sorgfältig die Geldscheine dazwischen. Dann schlug er das Magazin zu, ging wieder in seine Kajüte, schloß die Tür und legte sich auf das Bett.

Etwa eine halbe Stunde später klopfte es.

»Wer ist da?« rief er auf englisch.

»Ich bringe etwas für Sie. Von Laila«, antwortete eine Stimme aus dem Raum nebenan.

»Legen Sie es in den *Playboy* auf dem Schreibtisch, zwischen die Mittelseiten. Dort finden Sie auch was für Sie. Nehmen Sie's raus und gehn Sie.«

Ein hochgewachsener, schmächtiger junger Mann, der sich aus irgendeinem bizarren Drang den Schädel völlig kahl hatte rasieren lassen, ging an den Schreibtisch und nahm den *Playboy* zur Hand.

Kamal Dajani wartete ein paar Sekunden, nachdem er hinter dem Boten die Tür hatte ins Schloß fallen hören. Dann glitt er rasch in den Raum nebenan und öffnete den Umschlag, der im *Playboy* deponiert worden war. Er enthielt eine Sozialversicherungskarte und einen Zettel mit einer Adresse und einer Telefonnummer. Darunter war ein einziges Wort gekritzelt: »Willkommen.«

Kamal Dajani lächelte. Diesmal, dachte er, ist das Wort ernst gemeint.

Der für die Jahreszeit ungewöhnlich kalte Dezembertag ging seinem Ende entgegen. Längs der Straßen der amerikanischen Hauptstadt türmte sich noch der frische Schnee, Hinterlassenschaft des unerwarteten Wintersturms, der zweiundsiebzig Stunden vorher die Ostküste hinaufgefegt war. Der Schnee und das scharfe Frostwetter, das sich danach eingestellt hatte, waren der Grund gewesen, warum die meisten der 726000 Einwohner diesen Sonntagnachmittag, den 13. Dezember, in ihren vier Wänden verbrachten.

Die Familie, die hinter der vertrauten Fassade des Gebäudes in der Pennsylvania Avenue Nr. 1600 lebte, hatte ihr Domizil nur einmal verlassen: um die acht Straßenzüge weit vom Weißen Haus entfernte Kirche aufzusuchen, wo sie jeden Sonntag am Gottesdienst teilnahm.

Nun erfüllten die düsteren Weisen von Sibelius' *Finlandia* die Wohnräume des Weißen Hauses, Zeugnis dafür, wieviel Freude die Musik großer Meister wie Bach, Vivaldi und Wagner dem vierunddreißigsten Präsidenten der Vereinigten Staaten schenkte. Im Kamin des Speisezimmers prasselten die Flammen brennender Birkenholzscheite und gaben dem Raum eine geradezu anheimelnde Atmosphäre. Zudem hatte das Feuer auch die angenehme Wirkung, daß es die Kühle aus dem Raum trieb, dessen Thermostat auf 18 Grad Celsius eingestellt war — eines der Beispiele für die Entschlossenheit des Präsidenten, seinen verschwenderischen Landsleuten Vorbild beim Energiesparen zu sein.

Genau um sieben Uhr setzten sich der Präsident und seine Angehörigen zum Abendessen nieder. An diesem Dezemberabend bestand die Familie aus ihm, seiner Frau, seinem zweiten Sohn mit Schwiegertochter und seinem jüngsten Kind, einem kleinen, blonden Mädchen von zwölf Jahren. Es war eine Familienszene, wie sie ungezwungener nicht hätte sein können. Der Präsident und seine Frau trugen ausgewaschene Jeans.

Wie immer am Sonntag hatte sie zur Betroffenheit ihres Personals das Essen selbst zubereitet: schwarze Bohnensuppe, Maisbrot und Würstchen. Der Präsident ersuchte seine Tochter, das Tischgebet zu sprechen, und die vier Menschen um den Tisch faßten einander an den Händen, während sie Gott um seinen Segen für ihr schlichtes Mahl baten. Dann lächelte der Präsident seine Frau an und machte sich über die Bohnensuppe und die Würstchen her.

Das Präsidentenamt der Vereinigten Staaten ist eine grausame Last, die jeden Mann altern lassen würde, und die kraftvolle Ausstrahlung, die Zielbewußtheit, die der Präsident ins Weiße Haus mitgebracht hatte, hatten bereits etwas von ihrem Schwung eingebüßt. Die Fältchen um die traurigen blauen Augen hatten sich vertieft und fielen viel stärker auf als seinerzeit bei seinem Amtsantritt.

Voll Hoffnung war er ins Weiße Haus eingezogen, von dem brennenden Verlangen erfüllt, seinem Land eine Größe zurückzugeben, die ihm, wie er und seine Landsleute es empfanden, zusehends abhanden kam. Doch er hatte sich mit kleinen, lästigen Mißlichkeiten herumschlagen müssen: Geldwertverfall, ein immer tiefer abrutschender Dollar, Rückgang der wirtschaftlichen Produktivität, sinkendes amerikanisches Prestige. Statt seine Landsleute mit der Verheißung einer *New Frontier* oder eines *New Deal* begeistern zu können, mußte er sie an die weniger erfreulichen Realitäten von Budgetkürzungen, einer begrenzten Energieversorgung und einer Welt gemahnen, die nicht mehr nach der Pfeife der Vereinigten Staaten tanzen wollte. Seine sprunghaften Kreuzzüge für die Menschenrechte, für Ausgabenkürzungen, für Steuer- und Sozialreformen, seine häufigen Niederlagen im Umgang mit dem Kongreß hatten der Nation und der Welt das Bild eines Präsidenten gegeben, der nicht so sehr regierte, als reagierte, der das Geschehen nicht im Griff hatte, sondern im Griff der Ereignisse zappelte.

Doch noch immer war die Nation, deren Führer an diesem Abend im Weißen Haus beim Abendessen saß, die mächtigste, reichste, verschwenderischste, die am meisten beneidete und imitierte Nation der Erde, der führende Produzent von Kohle, Stahl, Uran, Kupfer und Erdgas. Ihre Landwirtschaft war ein Wunder der Produktivität. Neun Zehntel der in der ganzen Welt hergestellten Computer, fast alle Mikroprozessoren, drei Viertel der Flugzeuge für den Zivilverkehr, ein Drittel der Autoproduktion kamen aus amerikanischen Fabriken.

All dies wurde gesichert von einem Militärapparat mit einer in der menschlichen Geschichte einzigartigen Zerstörungskapazität, einem Potential, welches das amerikanische Volk in den zurückliegenden drei Jahrzehnten durchschnittlich 130 Milliarden Dollar pro Jahr gekostet hatte. Dieser Apparat war seinerseits gesichert durch das ausgeklügeltste Netz von Satelliten, das die Technologie liefern konnte, durch siebenfach gestaffelte elektronische Warnsysteme und Radareinrichtungen, die so empfindlich waren, daß sie eine von ihrem Kurs abgekommene Piper Cub oder einen Schwarm Wildenten schon Hunderte von Kilometern vor der amerikanischen Küste entdecken konnten. Ja, die Landsleute des vierunddreißigsten Präsidenten durften sich an diesem Dezemberabend als eine privilegierte Kaste betrachten, als das Volk auf dem Globus, das am wenigsten der Möglichkeit eines verheerenden feindlichen Angriffs ausgesetzt war.

Der Präsident hatte gerade seine Bohnensuppe zu Ende gegessen, als im Salon nebenan das Telefon klingelte, ein Geräusch, das im Wohntrakt des Weißen Hauses selten zu vernehmen war. Im Unterschied zu den meisten seiner Amtsvorgänger zog er die Lektüre knapp formulierter Berichte Telefongesprächen vor, und sein Mitarbeiterstab war darauf gedrillt, Anrufe auf die allerdringendsten Anlässe zu beschränken. Seine Frau erhob sich, um an den Apparat zu gehen. Ein Ausdruck des Mißmuts lag auf ihrem sonst so gelassenen Gesicht, als sie zurückkehrte.

»Tut mir leid. Jack Eastman war dran. Er sagt, er muß dich sofort sprechen.«

Jack Eastman war der Berater des Präsidenten in Angelegenheiten der nationalen Sicherheit; der ehemalige Generalmajor der Luftwaffe, ein schlanker, jugendlich wirkender Sechsundfünfziger, nahm den Platz von

Zbigniew Brzezinski im Eckzimmer des Westflügels ein, das einst Henry Kissinger berühmt gemacht hatte.

Der Präsident tupfte sich mit der Serviette die Lippen ab und bat die Familie, ihn zu entschuldigen. Zwei Minuten später öffnete er eigenhändig die Tür des Wohntrakts, um seinen Besucher einzulassen. Schon ein kurzer Blick sagte dem Präsidenten, daß es sich nicht um eine der üblichen Unterbrechungen seines Sonntagabends handelte. Er bat Eastman mit einer Handbewegung, Platz zu nehmen, und machte es sich dabei selbst in einem gemütlichen Ohrensessel neben dem Fernsehgerät bequem.

Eastman reichte dem Präsidenten einen weißen Aktendeckel.

»Sir, ich finde, Sie sollten zuerst das lesen. Es ist die Übersetzung einer arabischen Tonbandaufnahme, die um die Mittagszeit am Madison Gate abgegeben wurde.«

Der Präsident schlug den Aktendeckel auf und entnahm ihm die beiden maschinebeschriebenen Blätter, die darin lagen.

NATIONALER SICHERHEITSRAT

Akten-Nr.: 12471-136281.

Streng geheim!

Inhalt: Am heutigen Sonntag, dem 13. Dezember 19.. um 15.31 Uhr wurde dem Wachoffizier an der Madison-Pforte des Weißen Hauses durch eine nicht identifizierte weibliche Person ein versiegelter Umschlag übergeben. Dieser Umschlag enthielt eine Zeichnung von einer Apparatur unbekannter Art, entsprechend industrieller Norm; eine Akte mit vier Seiten mathematischer und physikalischer Berechnungen; eine 30-Minuten-Kassette mit einer Aufnahme, gesprochen von einem arabisch sprechenden Mann. Die Übersetzung der Kassette besorgte E. F. Sheehan, Außenministerium.

Sechster Tag des Monats Jumad al Awal im 1401. Jahr der Hegira.

Seien Sie gegrüßt, Präsident der Republik der Vereinigten Staaten! Möge Sie diese Botschaft dank Allahs Gnade bei gesegneter Gesundheit erreichen.

Ich schreibe Ihnen als einem Mann, der ein Herz für die Leiden unschuldiger, unterdrückter Völker hat.

Sie versichern, den Frieden im Nahen Osten wiederherstellen zu wollen, und ich bete zu Gott, er möge Sie dafür segnen, denn auch ich bin ein Mann des Friedens. Aber ohne Gerechtigkeit kann es in dieser Region keinen Frieden geben, und es wird keine Gerechtigkeit für meine arabischen Brüder in Palästina geben, solange die Zionisten, mit der Billigung Ihrer Nation, weiterhin das Land meiner Brüder rauben, um dort ihre illegalen Siedlungen zu errichten.

Es wird keine Gerechtigkeit für meine arabischen Brüder in Palästina geben, solange ihnen die Zionisten, mit der Billigung Ihrer Nation, das Recht verweigern, in das Land ihrer Väter zurückzukehren.

Es wird keine Gerechtigkeit für meine arabischen Brüder in Palästina geben, solange unsere heilige Moschee von Jerusalem im Besitz der Zionisten ist.

Durch die Gnade Allahs besitze ich heute die abslolute Vernichtungswaffe. Mit dieser Botschaft schicke ich Ihnen den wissenschaftlichen Beweis für diese Behauptung. Schweren Herzens, aber in vollem Bewußtsein meiner Verantwortung für meine Brüder in Palästina und für alle arabischen Völker, habe ich die Entscheidung getroffen, diese Waffe auf die Insel New York bringen zu lassen, wo sie sich derzeit befindet. Ich werde gezwungen sein, sie innerhalb einer Frist von sechsunddreißig Stunden — das heißt um 15 Uhr New Yorker Zeit übermorgen, am Dienstag, dem 15. Dezember — zu zünden, falls Sie in der Zwischenzeit Ihren zionistischen Verbündeten nicht dazu gezwungen haben,

1. sämtliche illegalen Siedlungen und Territorien zu räumen, die während des Angriffskrieges im Jahr 1967 der arabischen Nation geraubt worden sind;
2. seine Staatsbürger aus Ostjerusalem und aus der Umgebung unserer heiligen Moschee zu evakuieren;
3. vor der ganzen Welt seine Bereitschaft zu erklären, meinen palästinensischen Brüdern, die dies wünschen, die sofortige Rückkehr in ihre Heimat und dort die Ausübung ihrer ungeschmälerten Rechte als souveränes Volk zu gestatten.

Ferner muß ich Ihnen mitteilen, daß ich, sollten Sie diese Botschaft der Öffentlichkeit bekannt machen oder in irgendeiner Weise die Räumung New Yorks in Angriff nehmen, mich gezwungen sähe, die Waffe augenblicklich explodieren zu lassen. Ich bete zu Gott, daß er in dieser schweren Stunde sein Erbarmen und seine Weisheit über Sie ausbreite.

Muammar el-Gaddafi
Präsident der Sozialistischen Libyschen Volksdschamahiria.

Der Präsident blickte auf und sah seinen Berater an. Auf seinem Gesicht spiegelten sich Staunen und tiefe Bestürzung.

»Jack, das ist doch ein Witz?«

»Hoffentlich! Es ist uns bisher noch nicht gelungen festzustellen, ob das Schreiben nun wirklich von Gaddafi kommt oder wieder einmal von einem, der sich einen üblen Scherz erlaubt. Wirklich besorgniserregend ist aber, daß uns die Notstandszentrale im Energieministerium sagt, bei dem Konstruktionsplan handle es sich um eine technisch äußerst anspruchsvolle Sache. Sie haben ihn nach Los Angeles geschickt, um ihn dort prüfen zu lassen. Wir erwarten jeden Augenblick Nachricht; ich habe für acht Uhr im Westflügel eine Krisenstabsitzung einberufen und dachte, Sie sollten darüber Bescheid wissen.«

Der Präsident preßte den Zeigefinger der linken Hand gegen die Lippen und überlegte angestrengt.

»Was ist mit den Libyern?« fragte er leise. »Sie werden doch nicht bestätigen, daß diese Nachricht authentisch ist?«

»Wir sind bisher an keinen ihrer Diplomaten herangekommen, Herr Präsident, weder hier noch in New York.«

»Und unsere Leute in Tripolis?«

»Das Außenministerium steht in Verbindung mit ihnen. Aber dort ist jetzt tiefe Nacht, und in Tripolis einen Zuständigen zu erreichen, wenn es eilt, ist immer ein schwieriger Fall.«

»Hat man die Stimme auf dem Band analysiert?«

»Ja, Sir, die Agency. Leider ist dabei nicht viel herausgekommen. Auf ihren Vergleichsbändern sind anscheinend zu viele Hintergrundgeräusche.«

Der Präsident zog verstimmt die Augenbrauen zusammen. Seit dem Sturz des Schahs waren die Fehlleistungen der CIA eine der ständigen Sorgen der amerikanischen Regierung.

»Jack, es kommt mir höchst unwahrscheinlich vor, daß diese Nachricht von Gaddafi stammt. Kein Chef eines souveränen Staates wird versuchen, uns damit zu erpressen, daß er in New York eine Atombombe versteckt. Schlimmstenfalls würde sie zwanzig-, dreißigtausend Menschen töten. Ein Mann wie Gaddafi ist sich doch bewußt, daß wir imstande sind, zur Vergeltung ihn und sein ganzes Volk in Grund und Boden zu bomben. Er müßte den Verstand verloren haben, um so etwas zu tun.«

»Ich bin auch Ihrer Meinung, Sir. Ich denke eher, es handelt sich um irgendeinen schlechten Scherz oder schlimmstenfalls um eine Terroristengruppe, die aus irgendeinem Grund Gaddafi vorschiebt.«

Hinter dem Präsidenten, durch die eleganten Fenster des Raumes, sah Eastman den Christbaum vor dem Weißen Haus, dessen Kerzen der Präsident später anzünden sollte.

Das Telefon klingelte.

»Entschuldigen Sie«, sagte Eastman. »Das ist vermutlich für mich. Ich habe der Telefonzentrale Bescheid gesagt, daß ich bei Ihnen bin.«

Während sein Sicherheitsberater an den Apparat ging, blickte der Präsident melancholisch auf die Pennsylvania Avenue hinaus, auf die funkelnde Weihnachtsdekoration und die Handvoll Passanten, die zu den erleuchteten Fenstern an seinem Amtssitz hinaufstarrten. Er war nicht der erste Präsident der Vereinigten Staaten, der mit der Möglichkeit konfrontiert wurde, daß Terroristen in einer amerikanischen Großstadt einen nuklearen Sprengsatz versteckt hatten. Gerald Ford war als erster in einer derartigen Situation gewesen, 1974. Damals hatte es sich um Boston gehandelt. Eine Gruppe palästinensischer Terroristen drohte, einen atomaren Sprengsatz in der Hauptstadt von Massachussetts hochgehen zu lassen, falls nicht elf ihrer Kampfgefährten, die in israelischen Gefängnissen einsaßen, auf freien Fuß gesetzt würden. Wie sämtliche der rund fünfzig atomaren Drohungen, die in den siebziger Jahren gegen amerikanische Städte oder Institutionen gerichtet wurden, hatte sich auch diese als ein übler Scherz herausgestellt. Doch mehrere Stunden lang hatte sein Vorgänger im Weißen Haus die grausige Perspektive erwägen müssen, eine Evakuierung der Stadt anzuordnen — und die Bostoner, um deren Leben es hätte gehen können, hatten von alledem kein Sterbenswörtchen erfahren.

»Sir?«

Der Präsident zuckte zusammen, als er sich umwandte und seinen Berater anblickte. Eastman war blaß geworden. Er hielt den Hörer in der Hand und bedeckte mit der anderen die Sprechmuschel.

»Aus Los Alamos haben sie soeben eine vorläufige Analyse der Blaupause durchtelefoniert. Der Konstruktionsplan der Bombe, sagen sie, ist ausführbar.«

Eine elegant gekleidete junge Frau mit kastanienbraunem Haar eilte durch den Warteraum des Washingtoner Flughafens die Treppen hinab, die zum Shuttle-Terminal der Eastern Airlines führt. Vor einer Reihe grau-metallener Schließfächer blieb sie stehen und wählte eines aufs Geratewohl. Laila Dajani, die Schwester des Passagiers der *Dionysos*, legte ein kleines weißes Kuvert hinein, schloß die Tür, steckte zwei Münzen in den Schlitz und zog den Schlüssel ab. Dann öffnete sie ein zweites Schließfach, in dem sie eine prall gefüllte Einkaufstasche verstaute. Diesmal ließ sie den Schlüssel stecken. Anschließend ging sie durch die Halle zu einer Telefonzelle und wählte rasch eine Nummer. Als sich die angerufene Person meldete, murmelte sie die Nummer des Schließfachschlüssels, den sie vor sich hinhielt, in den Hörer — K 602 — und legte auf.

Sekunden später strebte sie mit eiligen Schritten auf den Terminal zu, um die 20-Uhr-Maschine nach New York zu erreichen.

Der Mann, der ihren Anruf entgegengenommen hatte, schrieb die Nummer K 602 sorgfältig auf einen Zettel, auf dem bereits eine Telefonnummer stand: Vorwahl 202 und dann 456 1414. Es war die Nummer der Telefonzentrale des Weißen Hauses. Er steckte den Zettel in die Seitentasche seines Schaffellmantels, trat aus der Telefonzelle und mischte sich unter die Menschenmenge, die an diesem Frühabend durch die Pennsylvania Station strömte.

Whalid Dajani, der dritte des palästinensischen Familientrios, war Ende dreißig, von gesunder, frischer Gesichtsfarbe, mit einem schwarzen Oberlippenbärtchen und einem Bauchansatz, den ein geräumiger Mantel gut verbarg. Er schlenderte durch den Warteraum, eilte dann die Bahnhofstreppe hinauf und ging in die Kälte hinaus. Ein paar Augenblicke später war er an der Ecke, wo sich der Broadway mit der 42. Straße trifft, am Times Square, und genoß wieder einmal das Lichterspektakel, das ihn bereits Jahre vorher bei seinem ersten Besuch in New York so tief beeindruckt hatte. Hier ist nichts von einer Energiekrise zu bemerken, dachte er, während er die glänzenden Leuchtschriften über den Hoteleingängen, die blendend erleuchteten Schaufenster, die Neon-Reklame betrachtete, die sich wie funkelnde, bunte Teppiche an den nächtlichen Mauern spannte.

Mit dem gemächlichen Gang eines Mannes, der nach etwas Ausschau hält, überquerte er die Straße und begann den Broadway hinaufzugehen. Das Bild, das sich auf dem Gehsteig bot, war noch grotesker, noch breughelhafter, als er es in Erinnerung hatte. An der Ecke zur 43. Straße sang ein Chor der Heilsarmee mit entschlossener Stimme »O kommt all' ihr Gläub'gen« — nur ein paar Schritte von einer Gruppe Nutten in heißen Satinhöschen entfernt, die sich so prall um Hüften und Oberschenkel spannten, daß jedes Detail der angebotenen Ware sich der Besichtigung durch Interessenten freimütig darbot.

Jedes Gesicht der menschlichen Rasse ist in diesem Gewimmel zu finden, dachte Whalid. Gaffende Touristen, wohlgekleidete Theaterbesucher, die auf das Drängen der Menge nicht achteten; schwarze Zuhälter in Ledermänteln und hochhackigen Schuhen; Jugendliche aus den Vorstadtslums, die einander anschnatterten wie Stare auf dem Wanderflug; schlurfende Säufergestalten, die mit dem Hut in der Hand um ein paar Münzen bettelten; dickbäuchige Polizisten; Taschendiebe, die in der Menge nach Opfern Ausschau hielten; Soldaten, Matrosen mit ihren jungen, vertrauensvollen Gesichtern.

An der Kreuzung mit der 46. Straße stand ein Prediger und hielt eine flammende Bußrede an die Menge. Mit weitgeöffneten, starren Augen verkündete er: »Die Flammen der Hölle und ewige Verdammnis erwarten euch, Bürger von Sodom und Gomorrha!« Ein Stück weiter den Broadway hinauf schwang ein Weihnachtsmann — so klapperdürr, daß er sich gar nicht genug hätte ausstopfen können, um überzeugend zu wirken — sein Glöckchen vor einem leeren Eimer für milde Gaben. Gleich hinter einem Hauseingang posierten zwei schwarze Transvestiten in Lederstiefeln bis zu den Hüften und wasserstoffblonden Perücken und stießen Lockrufe aus, mit Fistelstimmen, die dennoch keinen Zweifel an ihrem wahren Geschlecht ließen.

Whalid Dajani überquerte die Straße, als sich ihm plötzlich mit stechendem Schmerz der Magen zusammenkrampfte. Das Geschwür! Er trat in einen Drugstore und bestellte sich ein Glas Milch. Er leerte es mit der Gier eines Alkoholikers, der am Morgen zitternd seinen ersten Schluck Whisky hinter die Lippen gießt. Dann setzte er seinen Marsch fort und ging weiter den Broadway hinauf.

Plötzlich sagte ihm der Klang von Frank Sinatras Stimme, der *Regrets, I've had a few, too few to mention* sang, daß er gefunden hatte, wonach er suchte. Er trat in ein hell erleuchtetes Radio- und Schallplattengeschäft und ging zwischen den Ständern mit Plattenalben und Tonbändern durch, bis er zu den unbespielten Kassetten kam. Er kramte darin herum und fand bald, was er suchte: eine leere BASF-Kassette mit dreißig Minuten Spieldauer.

Der Verkäufer sprach ihn an: »Hören Sie, wir haben hier ein Sonderangebot für Sonys. Drei für vier Dollar neunundneunzig.«

»Nein, danke«, antwortete Whalid. »Die BASF ist mir lieber.«

Als er aus dem Laden kam, fiel sein Blick auf die Uhr in der riesigen Winston-Reklame auf der anderen Straßenseite. Es war kurz vor acht. Er hatte noch massenhaft Zeit. Wieder begann er seinen gemächlichen Marsch den Broadway hinauf, vorbei an den Discount-Läden, den Massagesalons, den Sexshops und Pornokinos.

Er blieb vor dem Eros-Kino stehen. »Doppelprogramm — absolut jugendgefährdend«, kündigte die Reklame an. »*Die Satansengel* und *Schwedische Lüste*«. Ach was, sagte er sich, ich kann mir genausogut damit die Zeit um die Ohren schlagen, und trat an den Kartenschalter.

Ein paar Straßen vom Times Square entfernt, im Kennedy Child Study Center an der East 67th Street, waren die barmherzigen Töchter vom Orden des heiligen Vincent de Paul mit den Vorbereitungen für ein Schauspiel gänzlich anderer Art beschäftigt. Sanft und so unauffällig wie möglich führten sie die kleine Herde ihrer Schützlinge auf den mit Flittergold geschmückten Christbaum zu, der in der Saalmitte stand, lockend wie ein Leuchtturm der Hoffnung.

Die Unsicherheit, mit der sich die Kinder bewegten, ihre verdrehten Augen, die schweren Zungen, die zitternd zwischen den halb geöffneten Lippen erschienen, alles bezeugte den Fluch, der auf diesen kleinen Körpern lag. Es waren mongoloide Kinder. Die Oberin forderte sie mit einer Handbewegung auf, sich hinzusetzen, nahm den Stecker einer elektrischen Schnur und schob ihn in die Steckdose. Beim Anblick des strahlenden Lichterglanzes, in den der Baum gehüllt war, entrang sich den staunenden kleinen Gesichtern ein zu Herzen gehendes dissonantes Stammeln.

Die Oberin trat zu den Eltern, die ringsum saßen. »Maria Rocchia«, kündigte sie an, »wird unser Programm eröffnen und die ersten Zeilen von ›Stille Nacht, heilige Nacht‹ singen.«

Sie nahm die Hand eines zehnjährigen Mädchens, deren schwarzes Haar zu Zöpfen geflochten auf die Schultern fiel. Unsicher schlurfend, halb gelähmt vor Furcht folgte das Kind. Sanft und liebevoll streichelte die Oberin die verkrampften Finger der Kleinen und führte sie in die Mitte des Kreises.

Das Mädchen stand da, einen Augenblick lang von der Angst überwältigt. Schließlich öffnete sie den Mund. Aber nur ein rauhes Blöken kam heraus. Der Kopf begann heftig zu zittern, die Zöpfchen flogen. In hilfloser Wut stampfte sie mit den Füßen auf den Boden. Der kleine Körper begann zu zucken, als würden ihm Elektroschocks versetzt. Die Oberin nahm sie zärtlich in die Arme, doch das Kind wollte sich nicht beruhigen.

In der ersten Reihe saß ein Mann mittleren Alters, von kräftigem Körperbau und in einem tadellos gebügelten grauen Anzug. Er hob eine Hand und zupfte nervös am Kragen seines weißen Hemdes. Jede Bewegung des kleinen Mädchens, jeder wirre Ton, den es von sich gab, berührte ihn schmerzlich. Maria war sein einziges Kind. Seit dem Tod seiner Frau, die drei Jahre vorher an Lymphdrüsenkrebs gestorben war, befand sie sich in der Obhut der Nonnen.

Angelo Rocchia blickte unverwandt auf seine Tochter, als könnte die Intensität der Liebe, die von seinem geröteten Gesicht ausströmte, irgendwie den Sturm beruhigen, der ihre schwächliche Gestalt schüttelte. Schießlich richtete sie sich gerade auf. Ein erster, noch unsicherer Ton kam zögernd aus ihrem Mund, dann ein zweiter und noch einer und wieder einer. Ihre Stimme klang immer noch kehlig und rauh, doch die Melodie war in der richtigen Tonlage:

»Stille Nacht, heilige Nacht.
Alles schläft, einsam wacht . . .«

Angelo Rocchia tupfte sich erleichtert die Schweißperlen von den Schläfen. Er knöpfte sich die Jacke auf und atmete erleichtert aus. Dabei wurde eines der Attribute seines Berufes an der rechten Hüfte sichtbar — ein 38er *Smith and Wesson*-Dienstrevolver. Der Vater des kleinen Mädchens, das mit den Worten seines Weihnachtsliedes rang, war Kommissar bei der New Yorker Polizei.

Während Maria Rocchia ihr Weihnachtslied zu Ende sang, griff vierzig Kilometer vom Weißen Haus entfernt, tief im Bundesland Maryland, ein Mann in einem unterirdischen Bunker nach einem Telefon. Jim Davis war diesen Sonntagabend der diensthabende Offizier in der Befehlszentrale für Atomkatastrophenfälle, die das Energieministerium in Germantown eingerichtet hatte, einem der Dutzende von Maulwurfshügeln aus Stahl und Beton — einige geheim, andere der Öffentlichkeit nicht so verborgen —, von denen aus die Vereinigten Staaten in einer Nuklearkatastrophe oder einem Atomkrieg regiert werden sollten.

Wenige Minuten nach der vorläufigen Analyse aus Los Alamos hatte Jim Davis aus dem Weißen Haus ein Blitzbefehl Jack Eastmans erreicht, und er war im Begriff, die wirkungsvollste Reaktion in Gang zu setzen, die die amerikanische Regierung als Antwort auf eine terroristische Nukleardrohung hatte entwickeln können. Sein graues Telefon gab ihm Zugang zu dem internen militärischen Kommunikationssystem der amerikanischen Regierung, »Autodin-Autovon«, einem die ganze Welt umspannenden Netz, dessen fünfstellige Nummer sich in einem 74 Seiten starken Bändchen fand — wohl das geheimste Telefonbuch auf der ganzen Erde.

»Nationale Militärische Befehlszentrale, Major Evans«, meldete sich eine Stimme aus einer anderen unterirdischen Befehlsstelle, tief unterhalb des Pentagon.

»Energieministerium, Notstands-Operationszentrale«, fuhr Davis fort. Er brauchte weder seine Identität noch die Quelle seines Anrufs nachzuweisen, da er über eine direkte, abhörsichere Leitung sprach. »Wir haben einen Nuklear-Notstand, Kennwort ›Gebrochener Pfeil‹.«

Er unterdrückte ein Frösteln, als er diese Worte sprach. »Gebrochener Pfeil« war die Codebezeichnung für die höchste Dringlichkeitsstufe, die einer Nuklearkrise in Friedenszeiten von der amerikanischen Regierung zugeteilt worden war.

»Alarmgebiet New York. Wir benötigen eine Luftbrücke für die volle Mobilisierung unseres Personals samt Ausrüstung.«

Diese Worte setzten eine der geheimsten Organisationen der USA in Bewegung, eine Truppe von Wissenschaftlern und Technikern, die in der Zentrale des Energieministeriums in Germantown, in den Kernwaffen-Laboratorien in Los Alamos und im kalifornischen Livermore sowie auf dem alten Nuklear-Testgelände nördlich von Las Vegas rund um die Uhr in Bereitschaft gehalten wurde.

Natürlich war diese Einsatzgruppe offiziell unter einem Kürzel bekannt: NEST (Nuclear Explosives Search Teams — Suchtrupps für die Aufspürung nuklearen Sprengmaterials). Mit ihren ultraempfindlichen Neutronen- und Gammastrahlendetektoren, den sorgsam verfeinerten Spürtechniken stellten die NEST-Teams die einzige wissenschaftliche Antwort dar, welche die Vereinigten Staaten für die Drohung bereithielten, die am Nachmittag desselben Tages an das Weiße Haus gerichtet worden war.

Im Pentagon gab Major Evans eine Reihe von Codenummern in das Computerterminal an seinem Kommunikationspult. Binnen einer Sekunde erschienen auf dem Bildschirm vor ihm die wesentlichen Details für die Notstandsoperation, die ihm übertragen worden war. Er sah, daß er eine Luftbrücke für zweihundert Männer und ihre Ausrüstung von den Luftwaffenstützpunkten Kirkland in Albuquerque und Travis im kalifornischen Oakland organisieren mußte. Der Bildschirm sagte ihm auch, daß das Luftwaffenkommando in der Basis Scott (Illinois) Weisung hatte, einer Krisensituation dieser Art höchste Priorität einzuräumen. Vier C-141-Starlifter standen bereit. Der Computer lieferte Evans eine letzte Anweisung: Die Maschinen sollten auf dem Stützpunkt McGuire in New Jersey landen. Diese Luftwaffenbasis war für Starlifter geeignet und lag New York am nächsten, eine Autostunde von Manhattan entfernt.

Evans fütterte eine weitere Anfrage in sein Computerterminal ein.

»Ihre erste Maschine wird Kirkland um 18.30 Uhr Ortszeit erreichen«, konnte er eine Sekunde später dem diensthabenden Offizier in Germantown mitteilen, der ihn angerufen hatte.

Hoch am Himmel über Kansas hatte soeben eine C 141, die mit einer Ladung Reservemotoren zum Luftwaffenstützpunkt Lackland in Texas unterwegs war, ihren Kurs geändert und flog nun nach Südwesten in Richtung Albuquerque. Über seinem Kartentisch kauernd, arbeitete der Navigator bereits die Einzelheiten des Flugplanes aus, dem er auf dem Rückflug nach New York folgen würde.

Punkt 20.00 Uhr trat der Präsident der Vereinigten Staaten in den Konferenzraum des Nationalen Sicherheitsrats im Westflügel des Weißen Hauses.

Im selben Augenblick, als seine vertraute Gestalt in der Tür erschien, erhoben sich die versammelten Männer von ihren Stühlen. Selbst für die souveränsten unter seinen Beratern umgab die Persönlichkeit des Präsidenten eine besondere Aura, die ein Gefühl davon vermittelte, welch ungeheure Probleme er zu bewältigen hatte, welche Macht er in Händen hielt. Seine Pflichten gaben dem Inhaber dieses Amtes eine einzigartige Stellung unter den Menschen. Mit einer Geste bat er, wieder Platz zu nehmen, blieb aber selbst stehen und biß sich auf die Unterlippe, wie er es häufig tat, wenn er sich um Konzentration bemühte.

»Ich möchte Ihnen allen danken, daß Sie heute abend hier erschienen sind«, sagte er in seinem sanften, beinahe wie um Verzeihung bittenden Ton, »und Sie bitten, mit mir darum zu beten, daß das, was uns hier zusammengeführt hat, nur ein schlechter Scherz ist.«

Er nahm auf einem der anspruchslosen, mit rostrotem Stoff überzogenen Stühle Platz, die den ovalen Konferenztisch umgaben. Dieser Raum war ebenso phantasie- und reizlos wie der Sitzungsraum des Verwaltungsrates einer kleinen Provinzbank. Und doch hatte hier John F. Kennedy während der Kubakrise dem Ausbruch des dritten Weltkrieges ins Auge gesehen, war hier von Johnson beschlossen worden, eine halbe Million Amerikaner auf das Schlachtfeld in Vietnam zu entsenden, hatte hier Nixon die CIA angewiesen, den Sturz Salvatore Allendes zu beschleunigen, war hier über die Energiekrise, den Sturz des Schahs von Iran und die Bedrängnis der fünfzig Geiseln debattiert worden, die von Khomeini-Anhängern in der Teheraner US-Botschaft gefangengehalten wurden.

Die banale Wirkung des Raumes war ein Trugbild. Auf einen Knopfdruck senkte sich an einer der Wände eine Projektionswand herab. Wurde ein zweiter Knopf betätigt, glitten Vorhänge zur Seite und gaben den Blick auf eine elektronische Kartenwand frei. Neben jedem Sitz befand sich ein Fach mit einem abhörsicheren roten Telefon. Am wichtigsten waren die Einrichtungen des Kommunikationszentrums gleich daneben, das den Konferenzraum L-förmig umgab. In diesem Zentrum standen ganze Batterien von Kommunikationspulten mit Videoschirmen, die den Raum und das Weiße Haus mit jedem wichtigen Nervenzentrum des amerikanischen Regierungsapparates verbanden: dem Pentagon, der CIA, dem Außenministerium, dem Bundessicherheitsamt, dem Strategischen Bomberkommando, der Befehlszentrale des NORAD in Colorado Springs. Ein Anruf aus dem Konferenzraum konnte jeden amerikanischen Militärstützpunkt auf der Erde erreichen, den Geschützoffizier des Flugzeugträgers *Kitty Hawk* vor der Meerenge von Hormus ebenso wie alle in der Luft befindlichen amerikanischen Militärmaschinen. In einer Ecke des Raumes stand das berühmte »rote Telefon«, das das Weiße Haus mit dem Kreml verband — in Wirklichkeit kein Telefon, sondern ein Fernschreiber.

Der Präsident warf einen kurzen Blick auf die zwei Dutzend Leute, die den Raum füllten. Die wichtigsten, die am Konferenztisch selbst saßen, stellten den inneren Kern der amerikanischen Regierung dar, eine Art Adhoc-Krisenstab: die Leiter der CIA und des FBI, der Vorsitzende des Gremiums der Stabschefs sämtlicher Waffengattungen, der Verteidigungs- und Energieminister und der stellvertretende Außenminister, der für seinen auf einer Rundreise durch Lateinamerika befindlichen Chef erschienen war.

Der Präsident wandte sich zuerst William Webster zu, dem leise sprechenden Juristen aus Missouri, dem das vorhergehende Oberhaupt der Vereinigten Staaten die Führung der 8400 Beamten des FBI übertragen hatte. Seit dem Fall Boston hatte sein Amt die vorläufige Zuständigkeit für die Behandlung nuklearer Erpressungsdrohungen.

»Bill«, fragte der Präsident, »was sagen Sie zu dieser Sache?«

»Sir«, begann Webster, »wir haben Grund zu der Annahme, daß die erpresserische Sendung außerhalb der Vereinigten Staaten zusammengestellt wurde. Unser Labor hat festgestellt, daß die für das Schreiben benutzte Maschine ein Schweizer Fabrikat war. Es handelt sich um eine ›Olympic‹. Sie wurde zwischen 1965 und 1970 hergestellt und, soweit wir eruieren konnten, niemals in unserem Land verkauft. Das Papier der Blaupause stammt aus Frankreich. Nur dort zu haben. Bei der Kassette handelt es sich um ein BASF-Standardprodukt mit dreißig Minuten Spieldauer. Da jegliche Hintergrundgeräusche fehlen, dürfte sie in einem Studio unter zumindest halbprofessionellen Bedingungen bespielt worden sein. Leider weist keiner der Gegenstände Fingerabdrücke auf, die sich identifizieren lassen.«

Der Präsident richtete seine nächste Frage an einen hageren, kahlköpfigen Mann zu seiner Rechten, der ein Sportsakko aus Harris-Tweed und eine graue Flanellhose trug und an seiner Pfeife zog. Gardiner »Tap« Bennington, Erbe eines Vermögens, das seine Familie in Massachusetts mit der Produktion von Textilien erworben hatte, hatte ein halbes Jahr vorher Stansfield Turner als Chef der CIA abgelöst. Er war einer der letzten der »Old Boys« der Agency, ein Veteran aus jener Zeit, als »Wild Bill« Donavan sich die netten jungen Männer von den Sportstätten der Universitäten Yale und Harvard geholt und ihnen die nicht ganz seriöse Berufung eingeredet hatte, zum Wohl ihres Landes Spionagedienste zu leisten.

»Haben wir irgendwelche nachrichtendienstlichen Erkenntnisse, die darauf hindeuten, daß eine palästinensische Terroristengruppe etwas Derartiges versuchen könnte, Tap?«

»Nein, eigentlich nicht, Sir. Darüber reden sie seit Jahren, aber es ist nicht ernst zu nehmen. 1978 war in Nachrichtenkreisen zwar davon die Rede, daß ein paar von diesen Typen von den Libyern dafür ausgebildet würden, ein Kernkraftwerk zu überfallen; aber wir konnten nie eine Bestätigung für das Gerücht finden.«

»Wie steht's mit den Israelis?« erkundigte sich der Präsident. »Haben Sie sich schon mit ihnen in Verbindung gesetzt?«

»Nein, noch nicht, Sir. Wir sind der Meinung, daß es dafür noch etwas früh ist. Im Augenblick empfehlen wir, diese Sache auf einen möglichst kleinen Kreis zu begrenzen.«

»Und die Libyer?« Der Präsident richtete die Frage an Warren Christopher, den stellvertretenden Außenminister. »Haben wir schon irgendeine Antwort aus Tripolis?«

»Nein, Sir. Der Geschäftsträger hat persönlich die Kaserne in Bab Azizza aufgesucht, wo Gaddafi und die meisten seiner Minister leben, und dort erklärt, daß er eine dringende Mitteilung der amerikanischen Regierung zu überbringen habe. Aber die Wachen würdigten ihn nicht einmal eines Grußes. Sie hätten Befehl, sagten sie, niemanden vor acht Uhr morgens einzulassen.« Christopher warf einen Blick auf die Uhr an der Wand des Konferenzraumes. »Bis dahin sind es noch fünf Stunden.«

Der Präsident trommelte mit den Fingerspitzen auf die Tischplatte. Sein Verdacht schien bestätigt; es war unwahrscheinlich, daß Gaddafi hinter dieser Sache steckte. »Sagen Sie, Tap«, fragte er seinen CIA-Chef, »hätte Gaddafi überhaupt die Möglichkeit, so etwas zu tun? Wie weit ist sein Nuklearprogramm bis heute gediehen?«

Der CIA-Chef zündete ein Streichholz an und setzte geräuschvoll seine Pfeife in Brand. Es war ein Trick, den er von seinem zweiten Boß, Allan Dulles, gelernt hatte, der ihn dazu benützte, Ordnung in seine Gedanken zu bringen. »Nun ja, Sir, wie Sie wissen, hat er nie einen Hehl daraus gemacht, daß er an Atombomben kommen will.« Bennington nahm einen mit »Streng geheim« gestempelten Akt zur Hand, der vor ihm auf dem Tisch lag. »Wir haben ihn immer genau im Auge behalten und festgestellt, daß er eine Reihe von Dingen unternommen hat, die uns zu großer Sorge Anlaß geben. Wir erhielten einen Bericht von einem Professor für Nukleartechnik am California Technological Institute, der vor ein paar Jahren in Gharzom, Gaddafis Wissenschaftlerstadt, Zutritt bekam. Eine verdammt imponierende Sache. Außerdem hat er seit 1973 unser Land buchstäblich mit Studenten überschwemmt, die Kernphysik studieren.«

Der Präsident schüttelte den Kopf. Wenn Gaddafi sein Öl so billig hergäbe wie wir unser Wissen, dachte er, dann müßten wir uns jetzt nicht mit der Energiekrise herumschlagen.

»All das soll natürlich nur friedfertigen Zwecken dienen«, fuhr Bennington fort. »Was uns wirklich Sorgen bereitet, sind die geheimen Initiativen, die er unternommen hat, um Plutonium oder Uran für militärische Zwecke in die Finger zu bekommen; seine Geschäfte im Tschad, seine Verbindung zu den Pakistanis, was Ihnen ja bekannt ist.«

Der Präsident wurde ungeduldig. »Okay, Tap, aber wie weit ist er vorangekommen? Kann er eine Bombe bauen oder kann er es nicht?«

Bennington lehnte sich zurück. »Nach unserem Dafürhalten fehlen ihm dazu noch fünf Jahre. Es gibt bisher nur eine einzige potentielle Quelle spaltbaren Materials auf libyschem Boden, nämlich diesen 600-Megawatt-Leichtwasserreaktor, den die Franzosen gerade für ihn installiert haben.«

Bennington beugte sich vor und blickte den Präsidenten an. »Dieser Reaktor ist, wie Sie wissen, bestimmten Sicherheitsauflagen der Internationalen Atomenergiebehörde unterworfen. Sie schickt regelmäßig aus Wien Inspektoren hinunter. Wir haben ihre Berichte eingesehen und keinen Hinweis darauf gefunden, daß die Libyer aus dem Reaktor Brennstoff abgezweigt haben.«

Ein lautstarkes Geräusch erschütterte den Raum. Verursacht wurde es vom Energieminister, der sich schneuzte. Delbert Crandell hatte ein Gesicht mit dem rosigen Hauch eines Mannes, der zuviel ißt und zuwenig Bewegung hat. Er war ein Texaner, der kein Blatt vor den Mund nahm, und doch zugleich ein Physiker von großem Wissen. Mit dem Taschentuch tupfte er einen Spritzer Schleim weg, der auf dem Konferenztisch gelandet war, und steckte dann das Tuch wieder in die Westentasche.

»Wenn«, bemerkte er mit seiner heiseren Stimme, »zwischen uns und einer Atombombe, die Gaddafi mit seinem französischen Reaktor produziert, nur diese UNO-Leute in Wien stehen, dann verziehen wir uns am besten gleich in die Bunker. Dieser Verein ist genauso wie alle diese UNO-Behörden. Sie sind derart besessen von ihrer Dritten-Welt-Politik, daß sie keinen Furz loslassen könnten, selbst wenn sie die ganze Nacht hindurch rote Bohnen fressen. Die haben dort Inspektoren, die einen Schraubenzieher nicht von einem ›Franzosen‹ unterscheiden können. Einer ist der Sohn eines südamerikanischen Diktators, der den Job bekam, weil gerade Argentinien an der Reihe war.«

Einen Augenblick schien es, als wäre Crandell fertig, doch er war noch nicht zu Ende. Fast zornig wandte er sich gegen Bennington.

»Ich will Ihnen noch was anderes sagen. Ihr eigenes CIA-Programm für die Nuklearkontrolle ist ebenfalls beschissenes Zeug. Fünf Jahre lang habt ihr herauszufinden versucht, was die Südafrikaner treiben, und ihr wißt es heute noch nicht. Die Inder haben vor eurer Nase eine Bombe hochgejagt, und ihr hattet nicht den Schimmer einer Ahnung davon. Ihre Leute wußten nicht einmal, daß die Israelis eine Bombe hatten, bis Ed Teller zurückkam und euch erzählte, daß sie eine gebaut hatten — mit eurem eigenen gottverdammten Plutonium, geklaut aus diesem Reaktor in Pennsylvania.«

Der Präsident klopfte mit den Fingerknöcheln auf den Tisch. »Meine Herren, wir kommen vom Thema ab. Könnte sich Gaddafi das Plutonium, das er für Kernwaffen braucht, aus diesem Reaktor beschafft haben?«

Sein Blick wies die Antwort auf diese Frage Harold Brown zu. Der Verteidigungsminister war einer der wenigen Männer, die der Präsident aus der vorhergehenden Regierung übernommen hatte. Niemand in diesem Raum war dafür besser qualifiziert als er. Brown, früher Direktor des Waffenforschungslaboratoriums in Livermore, Kalifornien, und Expräsident des Kalifornischen Technischen Instituts, war ein brillanter Kernphysiker.

»Natürlich könnte er«, gab er zur Antwort. »Seit Jahren pilgern die Franzosen und die Deutschen um die Welt und versuchen den Leuten zu erzählen, Kernkraftwerke könnten nicht zur Herstellung von Kernwaffen benutzt werden — nur damit sie mehr davon verkaufen können. In Wahrheit geht das aber durchaus. Wir haben vor fünfzehn Jahren eine Bombe mit einem Sprengsatz aus Plutonium gezündet, das von den Brennstäben eines Reaktors stammte. Die Europäer wissen das. Wir haben ihnen die Resultate zur Verfügung gestellt.«

»Schön, aber er müßte doch noch das Plutonium aufbereiten.«

»Herr Präsident, in der Welt ist die irrige Auffassung verbreitet, daß die Aufbereitung von Plutonium eine sehr schwierige und kostspielige Technik sei«, antwortete Brown. »Das stimmt nicht. Es ist Chemie, nichts weiter dabei, und steht alles in Büchern geschrieben. Wenn man es als Amateur machen will, braucht man keine von diesen komplizierten Kühlräumen. Man braucht nur Zeit, Geld und Leute und von alledem nicht besonders viel.«

Der skeptische Blick des Präsidenten zeigte Brown, daß er nicht überzeugt war.

»Sie wissen doch, wie die Russen ein Minenfeld entschärfen? Sie schikken eine Kompanie durch. Wenn Gaddafi in diesem Fall die gleiche Technik anwendet, sich zwanzig Palästinenserkommandos beschafft, die bereit sind, sich um der Sache willen einer lebensgefährlichen Strahlung auszusetzen, dann würde die Sache beinahe zu einem Kinderspiel. Sie könnten innerhalb von sechs Monaten aus den abgebrannten Brennstäben eines solchen Reaktors Plutonium herausholen, das für zwanzig Bomben reicht. In ein paar Kuhställen, wo sie niemals ein Satellit erspähen könnte.«

Der Verteidigungsminister seufzte. »Die PLO hat genug Freiwillige für Selbstmordkommandos. Warum sollten sie nicht zwanzig Leute auftreiben, die bereit sind, an Krebs zu sterben, damit eine Waffe zur Vernichtung Israels produziert werden kann?«

Harold Wood, der Leiter der Wissenschaftlichen Laboratorien in Los Alamos, schaute besorgt aus dem Fenster seines Arbeitszimmers auf die blinkenden Lichter der schmucken kleinen Gemeinde auf dem Pajarito-Plateau, in den Bergen von Neumexiko auf 2 100 Meter Höhe gelegen. Es war eine so recht bürgerliche amerikanische Kleinstadt mit Häusern aus luftgetrockneten Ziegeln oder im Ranch-Stil, gut bewässerten Rasenflächen und wohlgehaltenen Gärten; mit der rot-gelben Leuchtreklame seines MacDonald's, einem Holiday Inn und, auf der Rasenfläche vor dem Rathaus, einem gemalten roten Thermometer, an dem abzulesen war, wieviel Geld die Gemeinde bereits für die Sammlung des United Way Fund aufgebracht hatte.

Doch trotz dieses friedlichen Bildes bestand der einzige Existenzgrund von Los Alamos in der Herstellung von Massenvernichtungsmitteln. Hier hatte sechsunddreißig Jahre vorher der Homo sapiens seine erste Kernwaffe entworfen und produziert. Das Büro Harold Woods war ein Museum dieser Errungenschaft. Oppenheimer, Fermi, Einstein, Bohr — die Geister längst verstorbener Genies starrten aus den Porträts an der Wand auf den Mann herab, der nun der Hüter ihres großen Unternehmens war. Das primitive Labor in Berkeley, wo das erste unter einem normalen Mikroskop nicht mehr sichtbare Partikel Plutonium hergestellt worden war; der erste Atommeiler der Welt; die Besatzung der *Enola Gay* am Vorabend ihres grausigen Fluges nach Hiroshima — jeder Meilenstein längs jenes Geschichte gewordenen Weges war durch eine Fotografie an den Wänden von Woods Arbeitszimmer sichtbar.

Harold Wood selbst war einer der wenigen noch Lebenden aus jener Gruppe von Wissenschaftlern, die an einem bitterkalten Novembertag des Jahres 1942 auf einem zweckentfremdeten Squashplatz unter der Westtribüne des Stadions der Universität Chicago der Geburt des Atomzeitalters beigewohnt hatten. Er war ein großer, kräftiger, blonder Mann mit hängenden Schultern und schweren Armen. Eigentlich wirkte er wie ein schwedischer Einwanderer der zweiten Generation, der eine Tankstelle im Norden von Minnesota betreibt, nicht aber wie der Leiter einer der anspruchsvollsten wissenschaftlichen Institutionen der Welt.

Als er damals mit Oppenheimer und Groves den steilen Hang des abgeflachten Hügels heraufgestiegen war, um die erste Atombombe zu bauen, hätte alles Plutonium auf dem Planeten Erde auf einem Stecknadelkopf Platz finden können.

Und jetzt? Diese Frage hatte sich ganz von selbst eingestellt, während Wood und ein Team von Waffenkonstrukteuren an der Entschlüsselung der Blaupause arbeiteten, die an der Pforte des Weißen Hauses abgegeben worden war. Sie hatten den Konstruktionsentwurf in seine Bestandteile zerlegt und angestrengt nach dem einen schwachen Punkt gesucht, nach einem einzigen Verstoß gegen die präzisen Regeln der Kernwaffen-Konstruktion, der der Blaupause ihren ganzen Wert nehmen würde.

Während Minute um Minute verging und die Antworten der Elektronenrechner gnadenlos auf ihren logischen Schluß zusteuerten, waren Woods Gedanken immer wieder zu jenem erhebenden Vormittag in Chicago zurückgeschweift, der nun schon beinahe vierzig Jahre zurücklag. Er war damals mit zwei Freunden im Atommeiler gewesen, bewaffnet mit einem Beil, um notfalls ein Seil durchzuhauen und den Reaktor mit einer Cadmiumlösung zu fluten, falls die Reaktion sich verselbständigte — und sie noch am Leben waren und das Seil kappen konnten.

Enrico Fermi, der berühmte italienische Physiker, war oben auf dem Balkon gestanden und hatte mit seiner klangvollen Tenorstimme seelenruhig Anweisungen erteilt. Der Geigerzähler begann verrückt zu spielen, lief immer schneller, wie ein vom Fieber gejagtes Herz. Doch der Italiener hatte sich nicht aus der Ruhe bringen lassen. Schließlich hatte er seinen Rechenschieber zur Hand genommen, ein paar rasche Berechnungen darauf vollführt, dann genickt und gesagt: »Es läuft von selbst.« Mit diesen Worten war die Menschheit ins Zeitalter der Kernwaffen eingetreten.

Wood spürte das beflügelnde Hochgefühl jenes Augenblicks noch immer so lebhaft wie damals. Sie hatten in diesem Augenblick gewußt, daß sie Hitler einen Strich durch seine grauenvolle Rechnung machen würden. Vor allem aber hatte sie die Überzeugung geeint, daß der Mensch endlich die Elemente seines Planeten beherrsche, daß er sich die urtümliche Kraft der Erde untertan gemacht habe.

Der Summer der Sprechanlage unterbrach seine Gedanken, und im gleichen Augenblick schwand das Tageslicht von der Gebirgslandschaft Neumexikos.

»Ihre Verbindung mit dem Weißen Haus ist da«, meldete ihm sein Stellvertreter. Der Wissenschaftler hob den Hörer ab.

Der Anruf wurde auf die kleine, weiße Wechselsprechanlage in der Mitte des ovalen Tisches geschaltet, so daß alle Anwesenden im Konferenzraum des Nationalen Sicherheitsrates den aus Los Alamos anrufenden Wissenschaftler hören und mit ihm sprechen konnten.

»Mr. Wood«, begann Jack Eastman, »wir befinden uns hier mit dem Präsidenten in einer Krisenstabsitzung und beschäftigen uns mit der Drohung und dem Inhalt eines Päckchens, das Ihnen übersandt wurde. Sind Ihre Leute mit der Begutachtung der Atombombe auf dieser Blaupause fertig?«

Die Stimme, die aus der weißen Kunststoffbox in den Raum drang, schien eigenartigerweise mit der Antwort zu zögern.

»Mr. Eastman, die Zeichnung auf der Blaupause, die Sie uns vorgelegt haben, ist nicht für eine Atombombe bestimmt.«

Die im Weißen Haus versammelten Männer gaben gleichsam einen kollektiven Seufzer der Erleichterung von sich. Der Wissenschaftler im fernen Los Alamos konnte ihn nicht hören und fuhr fort:

»Es ist meine traurige Pflicht, meine Herren, Ihnen mitteilen zu müssen, daß der Entwurf auf der Blaupause die Konstruktionsskizze für etwas viel Schrecklicheres ist. Die Blaupause, Herr Präsident, enthält den Plan für eine Wasserstoffbombe von drei Megatonnen Sprengkraft. Hundertfünfzigmal so stark wie die Bombe von Hiroshima.«

Jedesmal, wenn seine ungeschützten Fingerspitzen das Metall der Fernsehantenne berührten, durchzuckte ihn ein Schmerz, der seine Hände bis zu den Gelenken erstarren ließ. Seine Füße rutschten unsicher auf dem halb getauten Schnee, den der Sturm vom Freitag auf dem Dach hinterlassen hatte.

Mißtrauisch musterte Kamal Dajani die Gebäude ringsum. Keines der Fenster, von denen aus jemand hätte beobachten können, was er tat, war beleuchtet. Zudem mußte es so aussehen, als wäre er irgendein Wohnungsmieter, der an seiner Fernsehantenne herumbastelte, um für den spätabendlichen Film das Bild auf seinem Gerät zu verbessern.

Rechts von ihm war der Fluß. Mit Hilfe eines Kompasses richtete er die Antenne ganz präzise in einem Winkel aus, der auf die weite, schwarze Wasserfläche hinauswies. Laila hatte genau das richtige Gebäude ausgesucht, exakt so, wie er ihr aufgetragen hatte. Der Empfangsbereich der Antenne war durch keine höheren Dächer beeinträchtigt; nichts konnte ein Signal fernhalten, das ihr galt.

Er nahm seinen zwei Meter langen Stab aus Phosphorbronze und paßte ihn sorgfältig in die Fassung ein, die an der Fernsehantenne dafür angebracht war. Alle paar Sekunden mußte er eine Pause einlegen und seine von der Kälte tauben Fingerspitzen warmhauchen, um ihnen das Präzisionsgefühl zu geben, das sie brauchten, um die Verbindung zwischen dem Bronzestab und der Fernsehantenne herzustellen, die er hundertmal geübt hatte.

Als er damit fertig war, prüfte er das Ergebnis im präzise peilenden Strahl seiner winzigen Stabtaschenlampe. Er hatte vollkommene Arbeit geleistet.

Kamal richtete sich auf, steif vor Kälte, und rieb sich dabei die schmerzende Narbe an seinem Hals. Plötzlich drang von der Straße drunten Stimmengewirr herauf. Er blickte nach unten. Ein Halbdutzend Leute kamen nacheinander aus der Künstlerkneipe auf der anderen Straßenseite. Regungslos beobachtete er, wie sie durch die Schatten entschwanden.

Der Präsident brach als erster im Konferenzraum des Nationalen Sicherheitsrates das bestürzte Schweigen, das auf Harold Woods ominöse Offenbarung gefolgt war.

»Mein Gott«, entfuhr es ihm. »Ist denn das wirklich möglich? Daß Gaddafi das fertiggebracht hat, ohne daß wir ihm auf die Schliche gekommen sind?«

Nun zögerte Wood. Die Wasserstoffbombe stellte in der Suche des Menschen nach Möglichkeiten zur Selbstvernichtung die äußerste Verfeinerung dar. Anders als bei der Atombombe — bei der es darum ging, eine weithin verständliche Theorie in die Realität umzusetzen — beruhte die Wasserstoffbombe auf dem ungeheuerlichsten Geheimnis, das ein menschliches Gehirn entschlüsselt hatte, seitdem es den Höhlenmenschen der Vorzeit gelungen war, sich das Feuer dienstbar zu machen. Es war das wahrscheinlich am besten gehütete Geheimnis auf der ganzen Erde. Tausende, Hunderttausende fähiger Physiker verstanden die Theorie, die der Atombombe zugrunde liegt. In das Geheimnis der Wasserstoffbombe hingegen waren kaum dreihundert Menschen, vielleicht noch weniger, eingeweiht.

»Ich gebe zu, daß es schwer zu glauben ist, Sir«, antwortete Wood, »aber es handelt sich unstreitig um einen Kernwaffenentwurf, der sich ausführen läßt. Ob er nun von Gaddafi oder sonst jemandem kommt — irgendeiner in der Gegend dort hat sich das Geheimnis der Wasserstoffbombe verschafft.«

Eine Wasserstoffbombe zur Explosion zu bringen, ist ein so komplexes Unternehmen, daß man es oft mit dem Versuch verglichen hat, ein nasses Holzscheit mit einem einzigen Zündholz in Brand zu setzen. Zwischen drei konkurrierenden Prozessen gilt es, ein vollkommenes Gleichgewicht herzustellen, und dies unter Temperatur- und Druckbedingungen, wie sie ähnlich im Innern der Sonne herrschen. Im wesentlichen geht es um zwei atomare »Zünder« zu beiden Seiten einer in flüssiges Tritium gehüllten Masse thermonuklearen Brennstoffs. Ihre Explosion ermöglicht eine vollkommen symmetrische Kompression des Sprengstoffs, der mit Hilfe des Tritiums auf die unvorstellbaren Temperaturen erhitzt worden ist, die für die Zündung erforderlich sind. Die gesamte Anordnung ist in einen Zylinder aus Uran 238 gehüllt, der einen Teil der bei der Atomexplosion entweichenden Neutronen in den Sprengkörper zurücklenkt und dessen Zerfall für die Mikrosekunde verzögert, die notwendig ist, damit der ganze Prozeß ablaufen kann.

»Die Bombenkonstruktion ist für ein zylindrisches Gehäuse etwa von der Größe eines normalen Ölfasses gedacht«, fuhr Wood fort. »Die Länge beträgt ungefähr das Anderthalbfache eines Fasses. Nach unseren Berechnungen dürfte das Ganze gut 680 Kilogramm schwer sein. Es sind Verbindungsdrähte vorgesehen, mit denen es vermutlich an eine Art separater Schalttafel angeschlossen werden soll, wahrscheinlich ein Gerät, das ein von außen kommendes Funksignal empfangen und den hochexplosiven Sprengsatz durch einen Stromstoß zünden kann.«

Mehrere Sekunden herrschte tiefes Schweigen im Konferenzraum, dann räusperte sich der Präsident.

»Woher um Himmels willen könnte sich ein Mann wie Gaddafi die Informationen beschafft haben, um ein solches Ding zu bauen? Vielleicht aus den Artikeln, die 1979 in Wisconsin veröffentlicht wurden?«

»Nein.« Diesmal kam Woods Antwort ohne jedes Zögern. »In diesen Artikeln wurde zwar die Theorie der Wasserstoffbombe weitgehend dargestellt. Aber sie erfaßten nicht die präzise Formel dahinter, die unbedingt erforderliche quantitative und qualitative Wechselbeziehung zwischen den drei konkurrierenden Prozessen in der Bombe. Und ohne die kriegt man keine Explosion.«

»Und bei dieser Konstruktionszeichnung ist sie gegeben?«

»Ja, Herr Präsident. Ich muß Ihnen leider sagen, daß die Anordnung hier funktionsfähig ist.«

»Und das Material für die Wasserstoffbombe? Ist es vorstellbar, daß Gaddafi es sich beschaffen konnte?«

»Der Entwurf ist für Lithiumdeuterid 6 als Brennstoff bestimmt. Um das zu bekommen, könnte man mit Lithiumchlorid anfangen, einer durchaus gängigen Chemikalie. Sie wird in langlebigen Batterien verwendet. Und für sein Tritium braucht er eine Menge schweres Wasser, aber das ist heutzutage ohne allzuviel Mühe aufzutreiben. Das wichtige ist das Rezept, Herr Präsident, die Komponenten haben nicht soviel Bedeutung.«

Jack Eastman beugte sich auf die Wechselsprechanlage zu.

»Mr. Wood, ich möchte die Sache ganz präzise haben. Womit wir uns hier befassen, das ist ein Entwurf, eine Blaupause, kein schon vorhandener Sprengkörper. Gibt es noch Möglichkeiten, die wir nicht erörtert haben und die verhindern könnten, daß das Ding hochgeht?«

»Natürlich gibt es die«, antwortete Wood. »Beispielsweise kommt alles darauf an, daß die atomaren ›Zünder‹ vollkommen synchron explodieren, und das wiederum hängt davon ab, daß die Ladungen, die sie hochjagen, mit absoluter Präzision gezündet werden.«

Der Präsident hustete. »Mr. Wood«, fragte er, »wenn wir für den Augenblick annehmen, daß dieser Sprengkörper wirklich existiert und sich wirklich in New York befindet und wirklich zur Explosion gebracht wird, was sind dann die Folgen?«

Einen langen Augenblick kam nichts aus der kleinen Box auf der Mitte des Tisches. Dann erfüllten Woods Worte, wie von einer körperlosen Stimme aus einer anderen Welt gesprochen, erneut den Raum: »New York wäre vom Erdboden verschwunden.«

»Hallo, Süße, hast du unter deinem Mantel Platz für mich?«

Laila Dajani konnte sich nicht verkneifen, dem Fragenden ein Lächeln zu schenken. Es war ein junger Marineinfanterist, der auf die um 21 Uhr von New York nach Washington abgehende Maschine wartete. Lüstern taxierte er ihre in einen knöchellangen, roten Fuchsfellmantel gehüllte Figur, während sie an ihm vorbeirauschte. Laila war es gewohnt, daß Männer sie ansprachen. Mit ihrem langen kastanienbraunen Haar, den schwarzen, großen Augen, den sinnlich geschürzten, üppigen Lippen hatte sie bewundernde Blicke auf sich gezogen, seit sie achtzehn war. Sie warf das Haar lässig nach hinten und setzte ihren Weg zum Shuttle-Terminal des New Yorker Flughafens La Guardia fort. Ihre Schönheit, die sie unfehlbar von anderen Leuten abhob, hatte etwas Riskantes, und sie war sich dessen wohl bewußt. Für die Ablieferung ihres Briefes im Weißen Haus hatte sie eine blonde Perücke und einen Kamelhaarmantel getragen und beides in der alten Einkaufstasche in dem zweiten Schließfach hinterlassen, das sie auf dem Washingtoner Flughafen geöffnet hatte.

Sie bewegte sich ungezwungen auf den Ausgang zu und erspähte an der Tür den Fahrer der Firma, die Limousinen mit Chauffeur verlieh und deren sie sich in New York immer bediente.

»Angenehmer Flug, Ma'am?«

»Danke, ja.«

Laila machte es sich auf den gemütlichen Polstern des Wagens bequem. Als er anfuhr, nahm sie ihre Puderdose aus der Handtasche, tat so, als frischte sie ihr Make-up auf, beobachtete aber dabei im Spiegel den Verkehr hinter ihnen. Soweit sie feststellen konnte, folgte ihnen niemand. Entspannt lehnte sie sich zurück und zündete sich eine Zigarette an. Daß sie sich die Mietlimousine mit Chauffeur leistete, tat sie in Befolgung einer von Carlos' ›des venezolanischen Meisterterroristen‹ goldenen Regeln: Ein intelligenter Terrorist reist immer Erster Klasse. Die beste Möglichkeit, sich unauffällig durch die Welt zu schlängeln, erklärte er, biete jenes Spektrum der gehobenen Mittelschicht knapp unterhalb der Ebene protzenden Reichtums — ausgerechnet das Herz der Gesellschaft, deren Vernichtung sein Ziel war.

Die Tarnung, die er für Lailas zwei Besuche in den Vereinigten Staaten entworfen hatte, war für diesen Zweck ideal geeignet. Sie befand sich angeblich auf einer Einkaufsreise für *La Rive Gauche,* eine Boutique in der Hamra-Straße in Beirut, wo die reichen Libanesen einkauften und die alle Erschütterungen des libanesischen Bürgerkrieges überstanden hatte, wie es Geschäften dieses Genres anscheinend immer gelingt.

Die Besitzerin der Boutique, Witwe eines berühmten Drusenführers, war eine leidenschaftliche Anhängerin der Sache der Palästinenser, eine Frau von gewinnendem Wesen, die keinen Widerspruch darin sah, tagsüber Modelle von Dior, Yves Saint Laurent und Courrèges zu verkaufen und in der Nacht revolutionäre Gewalt zu predigen. Die Beschaffung eines gefälschten libanesischen Passes war ein Kinderspiel gewesen. Gestohlene libanesische Pässe für palästinensische Terroristen zu organisieren, war in Beirut nicht schwieriger, als Briefmarken zu kaufen. Und ebensowenig Mühe hatte es Laila bereitet, eines der 200 000 amerikanischen Visa zu erhalten, die jedes Jahr im Nahen Osten ausgestellt wurden. Der überlastete Konsul, der ihr das Visum erteilte, hatte sich nicht einmal telefonisch nach ihrer angeblichen Identität erkundigt; der Brief, in dem *La Rive Gauche* Lailas Auftrag befürwortete, hatte ihm genügt.

Und so hatte sie — als Linda Nahar, eine libanesische Christin, getarnt — während ihrer beiden New-York-Besuche die Vorführräume von Bill Blass, Calvin Klein und Oscar de la Renta frequentiert; die erste Visite war im August gewesen, die zweite hatte im November begonnen. Als gute Kundin — und mehr noch als eine schöne und charmante junge Frau — war sie rasch zu einem der neuesten Schmuckstücke jener New Yorker Society geworden, die ihre Wochenenden auf Long Island verbringt, im *Caravelle* luncht und in der farbengrellen Pracht des *Studio 54* zu Disco-Musik tanzt.

Der Chauffeur ließ den Wagen vor dem *Hampshire House* am Südrand des Central Park ausrollen. Der Portier in seinem mit Messingknöpfen besetzten, kastanienbraunen Mantel schlug in der Kälte seine Lederfäustlinge gegeneinander und kam heran, um Laila die Wagentür zu öffnen. Sie entließ den Chauffeur, nahm an der Rezeption drei für sie hinterlassene Nachrichten entgegen und trat zwei Minuten später in das bezaubernde Durcheinander der Suite, die sie in der zweiunddreißigsten Etage auf Monatsbasis gemietet hatte. Überall lagen die Utensilien ihres angeblichen Berufes umher: Modebroschüren, Exemplare von *Vogue, Harper's Bazaar, Glamour, Women's Wear Daily*. Eine Aufnahme von ihr, die bei dem von Diana Vreeland zugunsten der Met veranstalteten Fest gemacht worden und in *Women's Wear* erschienen war, hatte sie einen Augenblick lang in Angst versetzt. Zum Glück für sie war *Women's Wear* kein Journal, das die CIA genauer unter die Lupe nahm.

Sie warf ihren Mantel über einen Sessel und mixte sich einen Drink. Nachdenklich trat sie an die Fensterfront, die auf den Central Park ging und eine der Wände des Salons bildete. Sie blickte hinunter auf den Park, der nun mit einer reinen Schneehülle bedeckt war, auf die Schlittschuhläufer, die über die Eisfläche rechts unten glitten, schaute hinüber zu all den stolzen Fassaden, die von hellen Lichtpunkten wimmelten — und erschauerte unwillkürlich.

Sie nahm einen langen Schluck aus ihrem Whiskyglas und dachte an Carlos. Er hatte recht. Man soll nie an die Konsequenzen seines Einsatzes denken, hatte er gesagt, nur an die unerwarteten Probleme, die einen daran hindern könnten, ihn auszuführen. Sie leerte das Glas mit zwei durstigen Zügen und ging ins Badezimmer, um sich ein Bad einlaufen zu lassen.

Bevor sie in die Wanne stieg, warf sie einen Blick in den Spiegel und musterte zufrieden ihren Körper: der straffe, flache Bauch, der feste Popo, die stolz vorgestreckte Brust. Einen langen Augenblick lag sie dann genießerisch im Wasser, liebkoste ihre Haut mit dem dicken, schaumigen Film des Badeöls, rieb es sich in die Ohrläppchen, auf den Rücken, massierte es sich spielerisch in die Brüste, bis die Brustwarzen aufrecht standen. Träge-entspannt hob sie ein Bein aus dem Wasser und rieb den Schaum in die Außen- und Innenseite des Oberschenkels. Lächelnd betrachtete sie ihre scharlachroten Zehennägel. Man stelle sich vor, ging es ihr durch den Kopf, eine Terroristin, die sich die Zehennägel bemalt!

Sie war gerade damit beschäftigt, ihre langen Haare durchzubürsten, da klingelte das Telefon. Als sie den Hörer abnahm, hörte sie aus der Muschel lautes Stimmengewirr im Hintergrund.

»Sag mal, wo steckst du denn bloß?« fragte sie, und ihre Stimme durchzuckte ein Unterton von Ärger.

»Wir sitzen gerade in *Elaine's* beim Dinner. Und dann gehn wir ins *54*. Hast du nicht Lust hinzukommen?«

Konnte sie ein besseres Alibi verlangen? »Kannst du mir eine Stunde Zeit lassen?« fragte Laila mit heiserer Stimme.

»Eine Stunde?« antwortete die Stimme durchs Telefon. »Ein ganzes Leben würde ich dir schenken, wenn du es haben wolltest.«

Der Präsident starrte den Kreis der Berater um den Konferenztisch an. Auf seinen sonst so milden Zügen lag ein sorgenvoller Ausdruck. Die letzte große Krise, die sein Land erlebt hatte — als die fanatischen Anhänger des Ayatollah Khomeini sich der amerikanischen Botschaft in Teheran bemächtigten —, verblaßte neben dieser Drohung. Es war der geradezu unvermeidliche Höhe- und Schlußpunkt eines Jahrzehnts des eskalierenden Terrorismus. Und wenn diese Drohung wirklich ernst ist, dachte er bitter, dann besitzt ein Land, dessen Bewohner noch vor einer knappen Generation in Nomadenzelten lebten, jetzt die Macht, die bedeutendste Stadt auf dem Planeten in Schutt und Asche zu verwandeln. Millionen Menschen, sann er, als Geiseln, mit denen ein despotischer Eiferer die Erfüllung seiner maßlosen Forderungen erzwingen will!

Er wandte sich Jack Eastman zu. »Jack, welche Pläne haben wir für solche Eventualitäten?«

Es war eine Frage, die Eastman erwartet hatte. In einem Safe im Westflügel lagen die Krisenpläne der amerikanischen Regierung, alle auf den neuesten Stand gebracht, jeder in einem Einband aus schwarzem Kunstleder, mit goldenen Lettern beschriftet, und in fünf Bereiche gegliedert: das Problem; Interessen Dritter; Interessen der USA und ihrer Verbündeten; Handlungsmöglichkeiten der amerikanischen Regierung; alternative Möglichkeiten des Vorgehens. Sie berücksichtigten alles: die Schnelligkeit, mit der die USA und die Sowjets eine vergleichbare Feuerkraft erreichen konnten; mögliche chinesische Reaktionen; Meinungsverschiedenheiten innerhalb der NATO; die Sicherheit der Schiffahrtswege ...

Ursprünglich waren diese Pläne in der Ära Henry Kissingers entstanden. Eastman hatte sie vor einer Stunde noch einmal durchgesehen. Sie beschäftigten sich mit jeder nur denkbaren Weltkrise — mit jeder, ausgenommen jener, mit der der Präsident der Vereinigten Staaten nun konfrontiert war.

»Tut mir leid, Sir«, antwortete Eastman. »Wir haben keine dafür.«

Eastman bemerkte das Aufblitzen in den blauen Augen des Präsidenten, den »Laserblick«, das vertraute Signal, daß er ärgerlich war.

Der Präsident faltete vor sich auf der Tischplatte die Hände und bemühte sich nicht, seine Besorgnis zu verheimlichen. »Ob das nun von Gaddafi kommt«, begann er, »oder von irgendeiner Terroristengruppe, irgendeinem verrückt gewordenen Wissenschaftler oder von wem auch sonst — eines möchte ich Ihnen allen einschärfen: Die Existenz dieser Drohung, ob ernst gemeint oder nicht, hat absolut geheim zu bleiben.«

Die Worte des Präsidenten entsprachen einem Beschluß der amerikanischen Regierung — während der Amtszeit Nixons gefaßt und seither konsequent eingehalten —, nukleare Drohungen um jeden Preis vor der Öffentlichkeit geheimzuhalten. Das Bekanntwerden einer solchen Drohung würde in der betreffenden Stadt eine Panikreaktion auslösen, die eine verheerendere Wirkung hätte als die Explosion selbst. Die Feststellung, daß es sich um einen üblen Witz handelte, kostete jedesmal mindestens eine Million Dollar, und niemand wollte, daß die Regierung mit einer Flut solcher kostspieliger Scherze überschwemmt würde. Es bestand die Gefahr, daß eine von irrationaler, halb hysterischer Angst aufgepeitschte Öffentlichkeit die Handlungsfähigkeit der Regierung lähmen könnte. Und im vorliegenden Fall kam, wie der Präsident sich nur zu sehr bewußt war, noch ein anderer Grund hinzu: die in dem Drohschreiben enthaltene ominöse Warnung, die Sache geheimzuhalten.

»Wenn das wirklich von Gaddafi stammt, ist unsere Antwort einfach.« Es war Delbert Crandell, der Energieminister. »Es diesen Hunden zeigen, von einem Ende Libyens bis zum andern. Das ist alles. Sie auslöschen. Los auf sie mit den Polaris-Raketen unserer U-Boote, die im Mittelmeer patrouillieren, und in dreißig Sekunden ist diese verdammte Gegend eine einzige Mondlandschaft. Keine Ziege wird dort übrigbleiben.«

Zufrieden lehnte sich Crandell zurück. Seine Worte hatten eine karthatische Wirkung auf die Anwesenden. Es war, als hätte der Energieminister einen Gedanken ausgesprochen, der allen durch den Kopf ging, doch den auszudrücken niemand bereit gewesen war: die brutale, aber beruhigende Feststellung, daß letzten Endes die Vereinigten Staaten die Macht besaßen, eine Bedrohung wie diese mit dem Fuß zu zertreten.

»Mr. Christopher.« In einem sanften, beinahe traurigen Ton wandte sich der Präsident an den stellvertretenden Außenminister. »Wie groß ist die Bevölkerung Libyens?«

»Zwei Millionen, Sir, hunderttausend hin oder her. Volkszählungsresultate aus dieser Gegend sind nicht sehr zuverlässig.«

Der Präsident wandte sich wieder an den Vorsitzenden des Stabschefs-Gremiums weiter unten am Tisch. »Harry, wie viele Menschen würden wir verlieren, wenn in New York ein Drei-Megatonnen-Sprengkörper losginge? Ohne Evakuierung?«

»Sir, es wäre sehr schwierig, Ihnen eine zuverlässige Schätzung anzugeben, ohne sich einige Zahlen anzusehen.«

»Das ist mir bewußt, aber wie lautet Ihre wahrscheinlichste Schätzung?«

Der Vorsitzende überlegte einen Augenblick. »Zwischen vier und fünf Millionen, Sir.«

Die schreckliche Größenordnung von Fullers Zahlen verbreitete Totenstille im Raum.

Der Präsident lehnte sich zurück und dachte nach. Niemand wagte ihn zu stören. Die Riesen der Welt, die Vereinigten Staaten und die Sowjetunion, standen einander in einem strategischen Patt gegenüber, einem Gleichgewicht des Schreckens, das einmal mit fast zu perfekter Ironie mit dem Kürzel für die Konzeption beschrieben wurde, auf der die thermonukleare Strategie der USA beruhte: MAD — Mutual Assured Destruction (Garantierte gegenseitige Vernichtung) — verrückt. »Ich töte dich, du tötest mich.« Es war die alte russische Komödie, in der alle Beteiligten sterben.

Doch dies hier war — wenn es der Wahrheit entsprach — die schreckliche Gefährdung der Gleichgewichts-Strategie, das Gespenst, das verantwortungsbewußte Weltpolitiker schon seit Jahren verfolgte. Es war die letzte Runde im Kampf gegen die Weiterverbreitung von Kernwaffen, den der Präsident mit so viel Einsatz — und mit so geringem Erfolg — geführt hatte.

Angelo Rocchia, der Kommissar, blickte voll Stolz der Frau entgegen, die durch das Restaurant auf ihn zukam, und registrierte jeden Mann, der ihrer geschmeidig dahingleitenden Figur nachsah. Ihr lockeres schwarzes Haar war zu einer Innenrolle frisiert, was ihre hohen Wangenknochen, die schwarzen Augen und den keck geschürzten Mund betonte. Sie war nicht ganz mittelgroß, aber so wohlproportioniert, daß ihre Kleider, so auch die einfache weiße Bluse und der beigefarbene Rock, die sie an diesem Abend trug, immer wie angegossen wirkten. Vor allem aber ging von Grace eine Frische und eine Lebendigkeit aus, die den Umstand Lügen straften, daß sie fünfunddreißig, die Mutter eines vierzehnjährigen Jungen war und ein nicht gerade beschauliches Leben hinter sich hatte.

»Grüß dich, *darling*«, sagte sie und drückte einen raschen Kuß auf seine Stirn. »Ich hab' mich doch nicht verspätet, oder?«

Sie setzte sich auf den mit rotem Samt bezogenen Stuhl neben ihn, genau unter das Ölbild der Bucht von Neapel mit dem Vesuv, das er so liebte. Während sie sich eine Zigarette anzündete, winkte Angelo einem Kellner.

Selbst an Sonntagabenden herrschte im *Forlini* Andrang. Es war, wie Angelo gern sagte, »der Typ von Lokal, wo man manches zu hören kriegt«. Ein paar Straßenzüge von der City Hall entfernt, war es seit Jahren ein Stammlokal hoher Polizeibeamter, von Richtern, Politikern, Männern der Distriksstaatsanwaltschaft und kleinen Mafiosi.

Angelo reichte Grace ihren Campari Soda und hob sein Glas mit Black Label auf Eis. Angelo Rocchia trank zwar nur wenig, doch was dieses Wenige betraf, war er eigen: Scotch und gute Weine, am liebsten die wenig bekannten Chianti-classico-Kreszenzen aus der Toskana.

»Auf dein Wohl.«

»Auf deines. Wie geht es Maria?«

Angelo stellte das Glas auf den Tisch und zuckte leicht die Achseln. »Es ist jedesmal das gleiche. Man sagt sich, es kann einem doch nicht mehr weh tun, aber es tut trotzdem weh.«

Grace schloß ihre Hand über der seinen.

»Am schlimmsten ist, daß es keine Hoffnung gibt.«

Grace sah einen Ausdruck der Verzweiflung über sein Gesicht huschen.

»Bestellen wir«, sagte sie lächelnd. »Ich bin am Verhungern.«

Ihr munterer Ton war ein forcierter Versuch, Angelo aus der depressiven Stimmung herauszuholen, die ihn an jedem Sonntagabend unvermeidlich befiel.

»Guten Abend, Kommissar. Ich empfehle Ihnen die Kalbszunge. Ganz exquisit!«

Angelo hob den Blick von der Speisekarte. Vor seinem Tisch stand Salvatore Danatello, genannt »Zwanzig-Prozent-Sal«, ein dicker Sizilianer, dem der Bauch aus einem hellblauen Anzug aus synthetischem Stoff quoll.

»Na, wie geht's der Familie, Sal? Halten Sie Ihre Finger sauber?«

Die Veränderung in Angelos Stimme, der abrupte Übergang von dem vertraulichen, zärtlichen Knurren, in dem er mit ihr sprach, zu der kalten, messerscharfen Inquisitorenstimme, war Grace immer unbehaglich.

»Klar, Kommissar. Sie kennen mich doch. Ich führe ein ehrliches Geschäft und zahle immer meine Steuern.«

»Großartig, Sally. Sie sind eben der Typ des anständigen, aufrechten Bürgers, den unsere Stadt nötig hat.«

Sally zögerte einen Augenblick in der Hoffnung, daß Angelo ihn vorstellen würde, was dieser keineswegs zu tun gedachte, und verzog sich dann.

»Wer ist denn das?« fragte Grace.

»Ein schräger Vogel.«

Grace sah dem entschwindenden Mafioso neugierig nach. »Du hast ihn also nicht nach Frau und Kindern gefragt. Was treibt er denn?«

»Er kennt gute Anwälte. Dreimal wegen schmutziger Kreditgeschäfte aufgeflogen, aber jedesmal davongekommen.«

Angelo brach eine Brötchenstange auseinander und stieß mit dem einen gezackten Ende in das Butterschälchen, das vor ihm stand. Ein spöttisches Grinsen zog über sein Gesicht.

»Die *New York Times* würde natürlich sagen, das sei wieder ein Beispiel dafür, wie wir unsere Mittel daran vergeuden, die gewaltlose Kriminalität zu verfolgen.«

Grace drückte wie eine Lehrerin, die eine unruhige Klasse zur Ruhe bringen will, den Finger an ihre Lippen. »Feuereinstellung?« Es war ein kleines Zeichen zwischen ihnen, ein Brauch, den sie immer dann befolgten, wenn ihre tiefstinneren Überzeugungen, die aus ihren unterschiedlichen Berufen kamen — sie als Reporterin der *Times* in der City Hall, er als Kriminalbeamter — zusammenprallten.

»Na klar«, knurrte Angelo. »Feuereinstellung. Was soll's auch, die *Times* hat sowieso wahrscheinlich recht. Sallys Geldhaie haben eine neue, gewaltlose Tour raus, seine säumigen Schuldner zum Zahlen zu bringen.«

Obwohl Grace immer auf der Hut war, fiel sie auf seine Masche herein und neigte fragend den Kopf.

»Sie klemmen einem die Finger in die Autotür. Und dann drücken sie sie zu.«

Angelo genoß einen kurzen Augenblick das Entsetzen, das über ihr Gesicht ging. »Seine Inserate übertreiben nicht. Der Kerl bietet einen vollen Kundenservice.«

Sie mußte einfach lachen. Er war ein geborener Schauspieler, ihr Kriminaler mit seinem Römerprofil und dem welligen grauen Haar, das sie immer an Vittorio de Sica erinnerte und das er, wie sie wußte, einmal im Monat toupieren ließ, um die kahle Stelle zu verbergen, die sich auf seinem Hinterkopf ausbreitete.

Sie hatten einander zwei Jahre vorher in seinem Büro bei der Mordkommission kennengelernt, wo Grace Recherchen für einen Report über Gewaltkriminalität in der Stadt machte. Mit seinem dunklen Anzug, der weißen Krawatte auf weißem Hemd, mit der Art, das R zu rollen wie ein Tenor an der Met, war er ihr eigentlich eher wie ein Mafia-Boß als wie ein Kriminalbeamter vorgekommen. Sie hatte den altmodischen schwarzen Trauerknopf in seinem Jackettaufschlag und die nervöse Art bemerkt, in der er immerfort Erdnüsse aus der Tasche zog. Um sich das Rauchen abzugewöhnen, hatte er ihr erklärt.

Er hatte gefragt, ob er sie zum Abendessen ausführen könne, und sie hatte angenommen. Fast ein Jahr lang hatten sie sich alle paar Wochen zum Dinner getroffen, ohne daß mehr zwischen ihnen gewesen wäre als eine Freundschaft, die freilich immer tiefer wurde. Dann, im August, an einem feuchtheißen Abend, war es passiert. Sie hatten ein kleines Fischrestaurant in der Sheepshead Bay aufgesucht. Es war gerade die Zeit der Goldmakrelen, und sie hatten sich beide eine mit Salbei und Rosmarin bestellt. Dann waren sie noch lange auf der Terrasse gesessen und hatten in der frischen Brise vom Atlantik her Espresso und den Rest ihres Frascati getrunken.

Plötzlich hatte Grace dort auf der Terrasse ein kaum verhülltes Verlangen in Angelos Augen bemerkt, deren Blick immer wieder zu ihrer Bluse zurückkehrte, die sie in der warmen Nachtluft ein bißchen aufgeknöpft hatte. Sie hatte, seit sie einander zum erstenmal begegnet waren, drei Beziehungen hinter sich, die alle verheißungsvoll begonnen und schmerzlich geendet hatten. Angelo war kein schöner Mann, doch sein zerfurchtes, von Erfahrungen geprägtes Gesicht hatte unstreitig etwas Anziehendes. Vor allem aber ging etwas Solides von ihm aus, etwas Zuverlässig-Starkes, wie von einer alten Eiche, die so manchen Herbststurm überstanden hat. Als sie aus dem Restaurant gingen, faßte Grace nach seiner Hand.

»Angelo, nimm mich mit zu dir nach Hause.«

So einfach hatte sich das abgespielt. Ihr Verhältnis hatte sich entwikkelt, nicht, wie sie es so oft erlebt hatte, zu einem schwindelerregenden Wirbel der Leidenschaft, sondern zu einer Beziehung ständig tieferer Beglückung.

Und nun saß Angelo neben ihr und seufzte leise, während er die Speisekarte studierte. Jedesmal bei der dienstlichen Untersuchung bekam er zu hören, er solle ein bißchen abnehmen. »Passen Sie auf Ihren Blutdruck auf«, hieß es immer wieder. Morgen fang' ich mit dem Abnehmen an, dachte er, und bestellte Cannelloni, ein Bistecca Fiorentina und eine Flasche Castello Gabbiano Riserva Jahrgang 1975. Grace warf ihm einen vorwurfsvollen Blick zu und bestellte für sich eine Piccata aus Kalbfleisch und grünen Salat.

Als der Kellner sich entfernte, schwiegen sie eine Zeitlang. Grace wirkte mit einemmal fern, ganz mit sich selbst beschäftigt.

»Was ist denn?«

»Ich bin schwanger.«

»Bist du dir sicher?«

Sie legte sanft die Hand auf die seine. »Tut mir leid, *darling*. Ich wollte es dir eigentlich nicht sagen. Jedenfalls jetzt noch nicht. Du hast mich mit deiner Frage ertappt, als ich gerade daran dachte.«

Sie griff nach ihrem Glas und nahm einen mäßigen Schluck. »Es hätte mir nicht mehr passieren dürfen, ich weiß. Ich war leichtsinnig. Denn nachdem Tom gekommen war, hatte ich einige Schwierigkeiten, und man hat mir gesagt, es sei höchst unwahrscheinlich, daß ich noch einmal schwanger werden könnte.«

»Ich soll das wohl als Kompliment betrachten«, sagte Angelo und schob seinen kraftvollen Arm über die Lehne ihres Stuhls, bis seine Finger leicht auf ihrer Schulter lagen. »Es tut mir leid, Grace. Die Schuld liegt vermutlich bei mir. Ich hätte aufpassen sollen. Ich bin halt aus der Übung.«

Grace zog die eine Schulter hoch. »Nun ja, ich kann es beheben lassen.« Sie schnippte mit den Fingern. »Auf eins, zwei. In der Mittagspause.«

»Ja, das nehme ich an.«

Grace betrachtete ihren Kriminalbeamten einen Augenblick lang prüfend. In ihren Augen lag eine abschätzende Kühle, als warte sie doch noch auf ein Wort, auf einen Satz. Aber er blieb aus. »Es ist was Seltsames, wenn man ein Leben in sich trägt. Ich glaube, ein Mann kann nie so richtig verstehen, was das für eine Frau bedeutet. Fünfzehn Jahre hat mich der Gedanke begleitet, daß ich es nie mehr erleben würde.«

Angelos Blick streifte einen Augenblick durch das Restaurant, registrierte die Köpfe, die verschwörerisch miteinander tuschelten, und trübe Geschäfte abschlossen oder auflösten. Und währenddessen versuchte er die Stimmung der Frau neben sich zu ergründen.

»Grace, du denkst doch nicht daran, es zu behalten, oder?«

»Wäre das denn so furchtbar?«

Angelo wurde blaß.

»Weißt du, Grace, ich hab dir nie von Catherine und mir erzählt. Sie hatte ebenfalls Schwierigkeiten. Fünfzehn Jahre lang haben wir uns bemüht, ein Kind zu bekommen. Sie hatte eine Fehlgeburt nach der andern. Warum, wußten wir nicht. Bis dann Maria geboren wurde.«

Angelo war jetzt weit fort aus dem vollbesetzten italienischen Restaurant. »Ich werde nie vergessen, wie ich an diesem Morgen in den Kreißsaal ging. Ich war so stolz, so glücklich. Sicher, ich wollte einen Jungen, aber überhaupt ein Kind, das war das wichtigste. Und dann sah ich es, dieses winzig kleine Wesen, rot und verschrumpelt, wie die Schwester es an den Füßen in die Luft hielt. Die Händchen, diese winzig kleinen Händchen haben sich bewegt, in die Luft gegrapscht, und die Kleine hat geschrien.«

Er verstummte einen Augenblick. »Und dann sah ich den Kopf. Er kam mir irgendwie nicht ganz richtig vor. Er war nicht rund, weißt du. Die Schwester sah mich an. Die wissen so was sofort. ›Tut mir leid für Sie, Mr. Rocchia‹, hat sie gesagt, ›aber Ihre Tochter ist mongoloid.‹«

Angelo sah Grace an, und auf seinem Gesicht stand der Schmerz dieses Augenblickes und aller Augenblicke des Kummers, die darauf folgten. »Glaub mir, Grace, ich würde lieber sterben, als diese Worte noch einmal hören zu müssen.«

»Wie ich dich verstehe, Angelo.« Sie umschloß seine Hand mit der ihrigen. »Aber heute haben sie einen Test. Damit können sie schon vor der Geburt feststellen, ob ein Kind mongoloid ist.«

»Woher weißt du das?«

»Ich habe mich bei meinem Arzt erkundigt.«

Angelo gab sich keine Mühe, sein Staunen zu verbergen. »Du hast es dir auch gründlich überlegt?«

Der Kellner brachte ihr Essen. Sie saßen in einem unbehaglichen Schweigen da, während er die Teller vor sie hinstellte und dann verschwand.

»Ja, das habe ich. Ich war ja so überrascht davon.« Grace stocherte in ihrem Kalbfleisch herum. »Es ist meine letzte Chance, Angelo. Ich bin schließlich fünfunddreißig.«

»Und was ist mit mir?« Seine Stimme hatte einen kläglichen Unterton. »Hast du denn an mich gedacht? Meinst du, ein Mann in meinen Jahren ist noch versessen darauf, Vater zu werden?«

Grace legte ihre Gabel auf den Teller und tupfte sich mit der Serviette sorgfältig die Lippen ab. »Ich weiß, es hört sich egoistisch an, was ich jetzt sage. Und das stimmt wohl auch. Aber wenn ich mich entschließe, das Kind zu bekommen, dann weil ich es will. Weil ich etwas haben will, das mir hilft, die Jahre zu füllen, die vor mir liegen. Weil es die letzte Chance ist, und weil man sich letzte Chancen im Leben nicht gern entgehen läßt.

Aber ich verspreche dir eines, Angelo. Wenn ich mich entschließe, das Kind zu behalten, dann werde ich auch die Verantwortung dafür übernehmen. Ich werde dir keinerlei Verpflichtungen auferlegen, die du nicht übernehmen willst.«

Wieder legte Grace die Hand auf seine. »Reden wir nicht mehr davon. Zumindest jetzt nicht.« Sie lächelte. »Denk dir, unser geliebtes Stadtoberhaupt gibt morgen um neun Uhr eine Pressekonferenz, auf der er erklären will, warum er den Schnee nicht von den Straßen gebracht hat. Der Grund ist mein Kommentar in der heutigen Morgenausgabe.«

Am Südrand des Central Park trat Laila Dajani aus dem Eingang des *Hampshire House.* Unter ihrem Pelzmantel trug sie glänzende Disco-Hosen aus schwarzem Satin.

»Zum *Studio 54*«, wies der Portier den Taxichauffeur an.

Der Fahrer musterte sie anerkennend in seinem Rückspiegel.

»Sie müssen Beziehungen haben, *Lady.*«

»Ich habe Freunde«, sagte Laila lächelnd. Dann, als sie sich der 57. Straße näherten, beugte sie sich nach vorn. »Ich habe mir's anders überlegt. Bringen Sie mich zur Ecke 32. und Park Avenue.«

»Haben Sie dort auch Freunde?«

»So ähnlich.«

Laila starrte zum Fenster hinaus, um das Gespräch zu beenden. Als sie die Kreuzung der 32. Straße mit der Park Avenue erreichten, zahlte sie, schenkte dem Fahrer ein Lächeln und begann lässig die Avenue entlangzuschlendern. Ihr Blick verfolgte die Rücklichter des Taxis, bis sie nicht mehr zu sehen waren. Dann drehte sie sich rasch um und winkte einem anderen. Diesmal gab sie dem Fahrer das Ziel an, zu dem sie wirklich wollte.

In Washington war das festungsartige Amtsgebäude des FBI (Federal Bureau of Investigation) an der Ecke der 10. Straße und der Pennsylvania Avenue, sieben Straßenzüge vom Weißen Haus entfernt, taghell erleuchtet. In der sechsten Etage unterhielt das Bureau eine Abteilung für den nuklearen Ernstfall, die rund um die Uhr mit drei speziell ausgebildeten Beamten besetzt war. Diese Einrichtung bestand seit 1974, als das FBI der nuklearen Erpressung eine Priorität einräumte, wie sonst nur einem Attentat auf den Präsidenten.

In den Jahren seit 1974 waren die Beamten, die hier Dienst taten, fünfzigmal mit der Drohung eines nuklearen Anschlags konfrontiert worden. In den meisten Fällen hatten Geistesgestörte oder schwachsinnige Weltverbesserer dahintergesteckt. Typen, die verlangten: »Laßt die Finger von der alaskischen Tundra, sonst jagen wir in Chicago eine Bombe hoch!« Eine beträchtliche Zahl dieser Drohungen jedoch schien durchaus ernstgemeint, so ernst wie die in dem Umschlag, der an diesem Dezembertag an der Pforte des Weißen Hauses abgegeben worden war. Die Erpresser hatten damit gedroht, in Spokane, im Bundesstaat Washington, und in New York gebündelten radioaktiven Abfall hochgehen zu lassen, andere hatten angekündigt, sie hätten Wasserstoffbomben versteckt, so in Boston, Detroit, Washington und vier anderen amerikanischen Großstädten sowie in der Ölraffinerie im kalifornischen Long Beach. Einigen dieser Drohungen waren Konstruktionszeichnungen für nukleare Sprengkörper beigelegen, die nach dem Urteil der Waffenanalytiker in Los Alamos gleichfalls als »tauglich« zu betrachten waren. In einigen Fällen hatte das FBI auf solche Drohungen auch mit der Entsendung Hunderter von Geheimbeamten und Technikern in die gefährdeten Städte geantwortet. Die

Öffentlichkeit hatte in keinem einzigen Fall von ihren Aktivitäten erfahren.

Bereits eine halbe Stunde nach dem ersten Alarm aus dem Weißen Haus waren zwei Teams von FBI-Beamten auf das Problem angesetzt: Ein Krisenbewertungsteam, das feststellen sollte, ob die Drohung real war oder nicht, und ein Krisenmanagement-Team, das die Aufgabe hatte, sich mit der Drohung zu befassen, falls sie sich als real erwies.

Der Umstand, daß die Erpressungsnachricht in einer ausländischen Sprache verfaßt war, hatte die Arbeit beider Teams immens kompliziert. Die erste Regel in einem Erpressungsfall besteht darin, das Erpressungsschreiben oder den entsprechenden Anruf nach aufschlußreichen Hinweisen zu überprüfen. Das FBI beschäftigte einen linguistisch ausgebildeten Psychiater von der Universität Georgetown, dessen Computer mit bemerkenswerter Genauigkeit ungefähre Beschreibungen von Erpressern geliefert hatte, die sich auf die sprachlichen Eigenheiten in ihren Drohbriefen oder -anrufen stützten. »Weiß, männlich, mittleren Alters, in unsicheren wirtschaftlichen Verhältnissen, vermutlich slawischer Abstammung« — »Schwarz, Anfang zwanzig, aus einem Staat an der Nordostküste«. So und ähnlich lauteten die Personenbeschreibungen, die der Psychiater erstellen konnte. In diesem Fall jedoch hatten sich seine Talente als nutzlos erwiesen.

Kaum war die erste Warnung eingetroffen, hatte sich ein Team von FBI-Agenten zu den Carriage House Apartments, einem vierstöckigen Mietshaus aus gelbem Stein begeben, das an der Kreuzung der L-Straße und der New Hampshire Avenue stand und an das Gebäude grenzte, in dem die libysche Botschaft untergebracht war. Man hatte zwei der Bewohner ins Washingtoner Hilton ausquartiert und in den Wänden ihrer Wohnungen Abhörgeräte installiert, die auf die Botschaft nebenan gerichtet waren. Der gleichen Behandlung hatte man die UNO-Botschaft Libyens in New York unterzogen. Darüber hinaus wurden die Telefonanschlüsse sämtlicher bei der amerikanischen Regierung oder den Vereinten Nationen akkreditierter libyscher Diplomaten angezapft.

Diese Operation hatte ihr ersten Früchte getragen, während der Nationale Sicherheitsrat die Konsequenzen von Woods Bericht diskutierte. Zwei libysche Diplomaten, der Botschafter bei der UNO und der Erste Sekretär der Botschaft in Washington, waren ausfindig gemacht worden. Beide hatten mit Vehemenz bestritten, daß ihr Land an einer solchen Operation beteiligt sein könnte.

Um 20.31, kurz nachdem Wood seine Schlußfolgerung durchtelefoniert hatte, daß die Konstruktionsskizze der Plan für eine einsatzfähige Wasserstoffbombe sei, war aus dem Funkraum im sechsten Stock des FBI-Gebäudes ein Alarm an sämtliche Dienststellen hinausgegangen. Darin wurden alle FBI-Stellen in den Vereinigten Staaten und in Übersee angewiesen, sich für einen Ernstfall-Einsatz bereitzuhalten, »der höchste Priorität und das Aufgebot des gesamten Personals verlangt«.

FBI-Verbindungsleute zum israelischen Mossad, zu Frankreichs DST, zu Englands M 15 und zum Militärischen Abschirmdienst der Bundesrepublik erhielten Weisung, Dateien durchzugehen und von jedem bekannten palästinensischen Terroristen in aller Welt Personenbeschreibungen sowie, falls vorhanden, Fingerabdrücke und Fotografien zu liefern.

In der Etage über der Kommunikationszentrale war Quentin Dewing, der Abteilungsleiter des FBI für Fahndungsfragen, eingetroffen, um die Gesamtleitung der Operation zu übernehmen. Er steuerte zentral die Mobilisierung von 5000 FBI-Agenten. Männer, die in Fargo, Süd-Dakota, Pferdehufe beschlugen, an der Malibu Beach den letzten Sonnenschein des Tages genossen, gerade das Mile-High-Stadion in Denver verließen, in Bangor, im Bundesstaat Maine, mit dem Abwasch nach dem Abendessen beschäftigt waren — sie alle erhielten Weisung, sich unverzüglich nach New York in Marsch zu setzen. Jeder dieser Marschbefehle schloß mit der eindringlichen Anweisung »äußerste Diskretion walten zu lassen«.

Dewing konzentrierte seine Bemühungen auf drei Bereiche. Die FBI-Dienststellen innerhalb der Vereinigten Staaten wurden angewiesen, jeden bekannten oder mutmaßlich radikalen Palästinenser und auch Mitglieder anderer Terroristenorganisationen — wie der Portorikanischen Befreiungsfront —, die im Verdacht standen, Sympathisanten der PLO zu sein, ausfindig zu machen und unter ständige Überwachung zu stellen. In New York und in einem Halbdutzend weiterer Großstädte an der Atlantikküste machten sich FBI-Leute in jedem Getto, in jedem Gebiet mit einer hohen Kriminalitätsrate ans Werk. Sie quetschten Spitzel aus, fragten Zuhälter, Drogenhändler, Kleinkriminelle, Paßfälscher, Hehler, was sie über Araber wüßten — Araber, die falsche Papiere suchten; Araber, die sich Waffen verschaffen wollten; Araber, die den Unterschlupf von jemand anderem benutzen wollten. Sie waren auf alles aus, was nur irgendwie mit Arabern zu tun hatte.

Die zweite Aufgabe, der Dewing sich vorrangig widmete, war die umfassende Suche nach dem Sprengkörper, falls er tatsächlich existierte, und nach den Personen, die ihn ins Land gebracht haben könnten. Zwanzig FBI-Beamte saßen bereits an den Computern der Einwanderungs- und Naturalisierungsbehörde an der Kreuzung der 8. und der I-Straße und durchsuchten methodisch die 194er Formulare für sämtliche Araber, die im vergangenen halben Jahr in die Vereinigten Staaten eingereist waren. Die auf jedem Karteiblatt registrierte Adresse in den USA wurde per Telex der betreffenden FBI-Dienststelle übermittelt. Das FBI verfolgte das Ziel, innerhalb von achtundvierzig Stunden jeden dieser Besucher ausfindig zu machen und einen nach dem andern auf eine mögliche Beteiligung an der Bombendrohung zu überprüfen.

Andere Beamte durchsuchten die Karteien der Maritime Association nach Schiffen, die in den vergangenen sechs Monaten Tripolis, Benghasi, Latakia, Beirut, Basra oder Aden angelaufen und später an der amerikanischen Atlantikküste Güter gelöscht hatten. Eine ähnliche Operation lief in den Luftfracht-Terminals sämtlicher internationaler Flughäfen zwischen Maine und Washington.

Schließlich hatte Dewing eine systematische Überprüfung der Unterlagen über sämtliche amerikanische Bürger angeordnet, die im Besitz einer »Cosmic Top Secret Clearance« für den Zugang zum Geheimnis der Wasserstoffbombe waren beziehungsweise zu irgendeiner Zeit gewesen waren.

Es war typisch für die Gründlichkeit, mit der Dewings Abteilung arbeitete, daß kurz nach 20.00 Uhr Ortszeit ein FBI-Wagen in die L 822 einbog, eine kurvenreiche Landstraße, die von der Hauptstadt Neumexikos nach Norden führte, längs der Route, auf der einst die Planwagen des Old Santa Fe Trail gerollt waren. Mit seinem silbernen Briefkasten, dem glänzenden, gelben Rohr für die Zeitung, *New Mexican* beschriftet, war das einstöckige Adobe-Haus am Ende der Einfahrt ein typisches amerikanisches Durchschnittsheim.

Der polnisch-amerikanische Mathematiker, der hier wohnte, hatte allerdings ganz und gar nichts Durchschnittliches. Stanley Ulham war der Mann, dessen Geistesgaben das Geheimnis der Wasserstoffbombe entschlüsselt hatten. Es war eine der sublimsten Ironien der Geschichte, daß Stanley Ulham an jenem Vormittag im Frühjahr 1951, als er seine schicksalhafte Entdeckung gemacht hatte, den mathematisch schlüssigen Beweis liefern wollte, daß aufgrund der Prämisse, von der jahrelange Forschungsarbeiten ausgegangen waren, der Bau dieser Bombe unmöglich sei. Er hatte seine Beweisführung fast abgeschlossen, als ihm blitzartig ein Einfall kam. Zwar hätte er diese Intuition mit einer einzigen Bewegung von der Tafel wischen können, doch dann wäre er nicht der Wissenschaftler gewesen, der er war. Eine Pall Mall an der anderen ansteckend, hatte er mit seinen Kreidestummeln in fieberhafter Emsigkeit binnen einer Stunde angestrengtesten Denkens das Geheimnis der Wasserstoffbombe auf die schwarze Fläche geworfen.

Der FBI-Mann brauchte noch weniger Zeit, um festzustellen, daß der Vater der Wasserstoffbombe einer Komplizenschaft bei der Drohung gegen New York völlig unverdächtig war. Als Ulham an seiner Haustür dem davonfahrenden Beamten nachsah, fielen ihm unwillkürlich die Worte ein, die er an jenem schicksalhaften Vormittag zu seiner Frau gesprochen hatte: »Diese Sache wird die Welt verändern.«

Eine mit Fliegendreck übersäte Glühbirne, die an einer Schnur von der Decke baumelte, beleuchtete die Garage. Der schwache, gelbe Lichtkegel, der von ihr ausging, ließ an den Wänden und in den Ecken große schattige Flecke unberührt. Am hinteren Ende erhob sich eine zwei Meter breite Laderampe aus Beton über den schmierigen Flecken und Ölrinnsalen, die den Boden bedeckten. Die Rückwand der Rampe war eine dünne Trennwand, welche die Garage von dem nicht mehr genutzten Lagerbereich des rückwärtigen Gebäudes abteilte. Von dort her drang ein schwaches, kratzendes Geräusch. Laila Dajani überlief es kalt, als sie es hörte. Es wurde von Ratten verursacht, die durch das verlassene Lagerhaus huschten.

Ihr Bruder Kamal saß auf einem Klappbett, das am Ende der Plattform aufgeschlagen war, neben einem Gabelstapler. Er hielt eine Luftpistole in der einen Hand, die er hin und her drehte, während er sich mit der anderen die Narbe rieb, die unterhalb seines linken Ohrs begann und sich unter dem offenen Hemd verlor. Rechts von ihm lagen an der Wand seine letzten Opfer, zwei tote Ratten.

Lailas zweiter Bruder, der älteste des Trios, ging ruhelos auf der Plattform hin und her. Whalid Dajani litt heftige Schmerzen. Sein Gesicht war bleich, und an den Schläfen glitzerten Schweißperlen.

»Warum nimmst du nicht noch eine Pille?« fragte Laila in einem beinahe übellaunigen Ton.

»Ich habe doch schon fünf genommen. Mehr soll ich nicht nehmen.« Auf dem Boden lagen die glänzenden, zerrissenen Aluminiumfolien von zwei der Tagamet-Tabletten, die sie Whalid besorgt hatte, um die Schmerzen zu lindern, die ihm sein Magengeschwür in den letzten Monaten bereitete. Sein Blick wandte sich dem anderen Ende der Plattform zu.

Dort lag die Bombe, dort wo die Schatten begannen, eine lange, dunkle Form wie ein Hai, der unter der Wasseroberfläche lauert. Sie war schwarz angestrichen. Um die Mitte des Fasses standen, mit einer Schablone aufgemalt, Name und Adresse der Import-Export-Firma, für die es bestimmt gewesen war. Es war noch mit Stricken an der Palette festgezurrt, auf der man es transportiert hatte.

Whalid tupfte sich die feuchte Stirne ab. Denk nicht nach, hatten sie zu ihm gesagt. Denk an nichts anderes als an deine Mission. Aber wie soll man das Denken abschalten? Wie soll man sich dazu zwingen, nicht mehr an das zu denken, was man gesehen hat: die Gesichter, die Meere von Gesichtern, alte Gesichter, junge Gesichter, Gesichter, in denen Elend und Gleichgültigkeit, Gesichter, in denen Lachen und Fröhlichkeit standen? Die Gesichter kleiner Mädchen auf ihren Schlitten im Central Park; das des schwarzen Polizisten, der ihm gesagt hatte, an welcher U-Bahn-Station er aussteigen solle; das des Zeitungsverkäufers, der ihm mit einem halb knurrenden, halb lachenden »Guten Morgen« seine Zeitung verkauft hatte? Wie konnte er blind bleiben für die unzähligen Menschen, die Gebäude, den tosenden Verkehr, die Lichter?

Hinter sich hörte Whalid das Klappbett knarren, als sein Bruder aufstand. »Ich hab' Durst«, murmelte er. »Will einer von euch ein Coke?«

Vom Schmerz betäubt schüttelte Whalid den Kopf. Kamal trat zu einem Karton an der Wand und zog eine Flasche Whisky, Marke Chival Regas, heraus. »Vielleicht ist das die Medizin, die du brauchst.«

»Gott, nein«, sagte Whalid mit verzerrtem Gesicht. »Nicht, solange mir mein Geschwür so zusetzt wie jetzt.«

Kamal holte ein Stück kalte Pizza aus einer flachen Pappschachtel neben seinem Klappbett. Dabei registrierte Laila Namen und Adresse des Restaurants, wo er sie gekauft hatte, auf dem Karton.

»Bist du dir sicher, daß dich in diesem Lokal niemand hat identifizieren können?« fragte sie.

Kamal warf ihr einen verärgerten Blick zu. Immer mußte sie den Boß spielen. Er betrachtete seinen Bruder eine volle Minute lang. Whalid hatte Anlaß, nervös zu sein. Wenn seine selbst gebaute Bombe versagte, blieb ihm nur eines übrig: sich umzubringen.

»Schließen wir den Apparat an«, sagte er.

»Wieso?« protestierte Whalid. »Das braucht genau sechzehn Minuten, und wir haben noch eine Menge Zeit.«

»Ich möchte aber nicht, daß etwas schiefgeht.«

Seufzend ging Whalid zu einer grauen Metallkiste von der Größe eines ansehnlichen Aktenkoffers, die neben seiner Bombe auf dem Boden stand. Nichts hätte friedlicher, unschuldiger aussehen können als dieser Kasten. Er war mit Aufklebern der Fluggesellschaft TWA, der Lufthansa und eines Halbdutzend der besten europäischen Hotels verziert. Tatsächlich hatte auf dem John-F.-Kennedy-Flughafen ein Zollbeamter Whalid damit angehalten, als dieser am Dienstag ins Land kam, ausgerüstet mit einem libanesischen Paß, der ihn als einen gewissen Ibrahim Khalid, Elektroingenieur von Beruf, auswies.

»Das ist ein Mikroprozessoren-Testgerät«, hatte Whalid dem Beamten erläutert. »Damit wird kontrolliert, ob Computer richtig arbeiten.«

»Aha«, hatte der Zollbeamte bewundernd bemerkt, während er den Metallkasten schloß, der dazu bestimmt war, bei der Zerstörung seiner Stadt mitzuwirken. »Eine komplizierte Geschichte, nicht?«

Wie kompliziert die »Geschichte« wirklich war, hätte er sich überhaupt nicht vorstellen können. Tatsächlich war der Kasten aus einem Mikroprozessoren-Testgerät entwickelt, einem in Amerika hergestellten Testline Adit 1000. An einem sengendheißen Sommertag im Juli hatte der technische Direktor der libyschen Telefonbehörde, Ishui Kamaguchi, dem Repräsentanten von Nippon Electric, der japanischen Firma, die Libyen mit Telefonen ausgerüstet hatte, eine Testline 1000 gezeigt. Er wünschte einen Umbau des Geräts für die Fernsteuerung eines elektrischen Impulses; das System müsse absolut zuverlässig und unverletzbar sein. Sechs Wochen später hatte Kamaguchi dem Libyer den Kasten, der nun auf dem Garagenboden stand — samt einer Rechnung über 165 000 Dollar — überreicht.

Nur die Japaner mit ihrer genialen Begabung für die Miniaturisierung konnten sich das Aufgebot an pannensicheren Vorrichtungen ausdenken, die zur Vereitelung jedes Versuchs einer Funktionsstörung in den Kasten eingebaut waren. Er war mit einer Spezialabschirmung gegen ultraviolette Strahlen versehen, die verhinderte, daß die in seinem Minicomputer gespeicherten Daten zerstört werden konnten. Ein Magnetfeld-Detektor gab automatisch den Befehl zur Zündung, falls man versuchte, das elektronische Schaltsystem mittels eines starken Magneten unwirksam zu machen. Elektrostatische Filter schirmten den Funkempfänger gegen Störversuche ab. Drei winzige Röhren, die höchst empfindlich auf Druckveränderungen reagierten, schützten das Gerät vor einer Vernichtung durch Sprengstoffe. Sobald es an die Bombe angeschlossen war, würde schon die Druckveränderung, die ein auf das Gerät fallendes New Yorker Telefonbuch bewirkte, ausreichen, die Zündung in Gang zu setzen.

Unter Kamals Blick, der mit gespannter Aufmerksamkeit zusah, öffnete Whalid das dreifache Sperrsystem und klappte den Kastendeckel auf. Eine hellblaue Schalttafel wurde sichtbar mit einem kleinen Bildschirm und einem Tastenfeld von sechzehn Tasten, die mit Ziffern sowie Buchstaben und speziellen Anweisungen beschriftet waren: END, AUTO, INIT, DATA, TEST. In der Mitte der Schalttafel befand sich ein Kassettengerät, das nur durch einen verschlüsselten Befehl geöffnet werden konnte. Es enthielt ein BASF-Band von dreißig Minuten Spieldauer, das in Tripolis mit Anweisungen an den Minicomputer programmiert worden war.

Im Deckel waren zwei sauber zusammengerollte Verbindungskabel verstaut. Das eine war dafür gedacht, an Whalids Bombe angeschlossen zu werden, das andere an das Kabel, das zu der von Kamal auf dem Dach installierten Antenne hinauflief. Jeder Versuch, die Kabel herauszuziehen, nachdem sie angeschlossen waren, setzte automatisch das Zündsystem in Gang. Außerdem befanden sich in dem Kasten ein Funkempfänger, ein Mikroprozessor, der Minicomputer und ein Paar leistungsstarker, langlebiger Lithium-Batterien.

Unter den gespannten Blicken der beiden Brüder erschien in der Kathodenstrahlröhre ein grünes Glühen. Die Stromkreise waren eingeschaltet. Auf dem Bildschirm formten sich die Worte STAND BY. Nervös rieb Whalid sich die schweißfeuchten Hände. Neben ihm entfaltete Laila eine Prüfliste, die sechzehn Punkte enthielt. Whalid warf einen Blick darauf und drückte dann auf die Taste mit der Beschriftung INIT. Auf dem Bildschirm erschien das Wort IDENTIFICATION.

Sorgfältig drückte Whalid den Code 01C2 auf das Tastenfeld. Auf dem Schirm erschien CORRECT. Hätte er einen falschen Code benutzt, wäre das Wort INCORRECT erschienen, und er hätte exakt dreißig Sekunden Zeit gehabt, den richtigen Code einzutippen. Andernfalls hätte die Anlage sich selbst zerstört.

Der Wissenschaftler entspannte sich. Auf dem Schirm erschienen die Worte STORAGE DATA. Whalid sah auf die Prüfliste in den Händen seiner Schwester und tippte dann F19A ein. Durch das kleine Sichtfenster des Kassettengeräts sah er, wie die BASF-Kassette sich zu drehen begann. Sie drehte sich eine knappe Minute lang und übermittelte in dieser Zeit ihr Programm dem Speicher des Minicomputers. Das Band stoppte, und auf dem Bildschirm zeigten sich die Worte STORAGE DATA: OK.

Der Computer war das elektronische Herzstück des Kastens. Nun, da er programmiert war, konnte er die Schaltkreise, die Zündanlage, die Schutzvorrichtungen, die Ladung der Batterien überprüfen und, falls nötig, die Selbstzerstörung des Geräts befehlen. Aber vor allen Dingen würde er das Funksignal aus Tripolis überprüfen und an dem Tag, wenn das Gerät tatsächlich an die Bombe angeschlossen war, die Explosion auslösen.

Whalid zog die Prüfliste zu Rate, die Laila in ihren vor Nervosität zitternden Händen hielt, und tippte dann mit methodischer Präzision nacheinander drei Code-Kombinationen in das Tastenfeld, wobei er jedesmal anschließend die Kontrolltaste drückte. Jedesmal trat eine kurze Pause ein, und dann erschien auf dem Bildschirm: COMPUTER CONTROL: OK. MICROPROCESSOR: OK. RADIO FREQUENCY SIMULATION: OK.

»Schön«, sagte Whalid, »alles funktioniert. Jetzt wollen wir die manuelle Zündung testen.«

An sich war das Gerät so konstruiert worden, daß die Bombe auf ein Funksignal zündete. Es enthielt jedoch auch eine Ersatzzündung, die die Geschwister Dajani bedienen konnten, falls etwas schiefgehen sollte. Whalid tippte sorgfältig die Codenummer 636 auf das Tastenfeld. Diese Zahlenkombination hatte man gewählt, weil keiner der drei Palästinenser sie jemals vergessen würde. Sie war das Datum der Schlacht von Jarmuk, als die arabischen Krieger Omars, des Nachfolgers des Propheten, am See Genezareth die Byzantiner schlugen und damit die arabische Herrschaft über ihre heute verlorene Heimat errichteten. Als Whalids Finger die zweite 6 eingab, verlosch das grüne Licht auf dem Schirm. Zwei Sekunden lang trat an seine Stelle ein hellrotes Glühen.

»Es funktioniert.« Whalid blickte auf seine Uhr und dann zur Decke hinauf. »Wir haben siebzehn Minuten bis zur Explosion.«

Irgendwo in der Grenzenlosigkeit des Weltraums wirbelte eine Metallkugel mit dem Namen »Oscar« durch das nächtliche Firmament. »Oscar« war ein vergessener Vogel, ein anonymer kleiner Satellit unter den Scharen der Nachrichten-, Wetter-, militärischen, Infrarot- und Schiffahrtssatelliten, die den Himmel über der Erde bevölkerten. Er war von der NASA 1961 für die Funkamateure der Welt, die dafür die Mittel aufgebracht hatten, ins All befördert worden; dann war er, von jeglicher internationalen Kontrolle und Überwachung unbehelligt, prompt vergessen worden. So gründlich vergessen, daß sein Name nicht einmal in dem Verzeichnis zu finden war, in dem die amerikanische Regierung alle im Weltraum befindlichen Satelliten registriert.

Um New York zu zerstören, brauchte Gaddafi nicht mehr zu tun, als auf einen einzigen Knopf zu drücken. Dieser Knopfdruck würde ein vorprogrammiertes Band in Gang setzen, das die Code-Kombination für die Zündung enthielt. Innerhalb von fünfzehn Sekunden würde dieses verschlüsselte Signal von seinem versteckten Sender aus durch den Weltraum zu »Oscar« und von dort aus zurück zur Erde gelangen, bis es die Antenne auf dem Dach der Garage erreichte, die die Dajanis ausgesucht hatten. So einfach war die Sache.

In der Garage herrschte Stille bis auf das trockene Rascheln der Ratten in dem dunklen Lagerhaus. Die drei Geschwister kauerten auf der kalten, betonierten Laderampe und warteten stumm. Ist das ein Traum, was ich jetzt erlebe? fragte sich Laila.

Whalid beobachtete den Sekundenzeiger seiner Uhr, der auf 22.15 Uhr zueilte. Er flüsterte die Sekunden, die vergingen: »Drei ... zwei ... eins ... null ...«

Die letzte Silbe war noch nicht verklungen, als es geschah: Das grüne Licht auf dem Bildschirm ihres Steuergeräts verschwand. Im Bruchteil einer Sekunde löste es eine andere Farbe ab, in beinahe augenblicklicher Reaktion auf die Handbewegung eines Mannes auf der anderen Seite der Erdkugel, in dem Haß und Fanatismus loderten. Es war das gleiche ominöse rote Glühen, das eine Viertelstunde vorher auf dem Schirm erschienen war.

Laila hielt den Atem an. Whalid sank leicht zusammen, halb erleichtert, halb entsetzt. Kamal sah schweigend zu. Das rote Glühen verging, und auf dem Bildschirm zeigten sich die Worte RADIO FREQUENCY GLOBAL: OK. Dann verschwanden auch sie, und an ihrer Stelle erschien das Wort CONNECTION. Es war, als ob nun, nachdem alle ihre Tests erfolgreich verlaufen waren, der graue Kasten vor ihnen das Kommando übernehme und von nun an jedes weitere Eingreifen des Menschen überflüssig mache.

Whalid verband nun das Kabel, das von seiner Bombe ausging, mit dem olivgrünen, kreisrunden Stecker am Kasten. Die Steckdose hatte vierundfünfzig Löcher, die zu den vierundfünfzig Stiften am Stecker des Kabels paßten, das zu der Bombe führte. Wenn der Bildschirm das nächstemal rot aufglühte, würde ein Stromstoß zu den Lithiumbatterien des Kastens durch diese Stifte schießen und den thermonuklearen Sprengkörper zünden, der auf der Plattform lag.

Whalid starrte den schwarzen Gegenstand an, den er erschaffen hatte. Er war sein ureigenstes Werk. Sollte jemals ein Stromstoß in dieses Faß zucken, dann würde er, nur er allein für all das Entsetzliche verantwortlich sein, das daraus entstehen würde. O mein Gott, mein Gott, dachte er, warum hast du mir nur solche Macht in die Hand gegeben?

»Was ist los?« fragte sein Bruder.

Whalid fuhr zusammen wie ein Kind in der Schule, das beim Vorsichhinträumen vom Lehrer ertappt worden ist. Er hielt noch immer die Uhr in der Hand.

»Das rote Licht hat keine vollen zwei Sekunden geglüht«, gab er zur Antwort. »Bist du dir sicher, daß du den Stab oben auf dem Dach fest mit dem Kabel verbunden hast?«

»Natürlich.«

»Ich finde, wir sollten lieber nachsehen.« Whalid nahm die kleine Taschenlampe. »Ich gehe mit dir hinauf und halte die Lampe, während du die Sache prüfst.«

Die beiden Männer gingen auf die Tür zu. Doch bevor sie sie erreicht hatten, krümmte sich Whalid vor Schmerzen zusammen.

»Verdammtes Magengeschwür. Ich kann nicht mit hinauf«, flüsterte er und gab die Taschenlampe seiner Schwester. »Geh du mit und leuchte ihm.«

Als Laila und Kamal zurückkamen, war der Anfall vorüber. Whalid saß auf der Rampe, sein Gesicht war wieder entspannt und ruhig.

»Es ist in Ordnung«, sagte Kamal.

Whalid griff hinüber und tippte noch einmal etwas in das Tastenfeld. Das Wort END erschien. Dann wurde der Kasten verschlossen. Nur die den drei Geschwistern Dajani bekannte Kombination konnte ihn wieder öffnen.

»Fühlst du dich wohl genug, um den Anruf zu machen?« fragte Laila ihren Bruder Whalid. Whalid nickte. »Es geht mir wieder besser.«

»Whalid, es ist klüger, du kommst zurück und bleibst die Nacht über hier, falls sie nach dir suchen«, sagte Kamal. »Und was ist mit dir, Laila?«

»Mach dir um mich keine Sorgen, Kamal«, antwortete sie. »Dort, wo ich jetzt hingehe, wird bestimmt niemand nach mir suchen.«

Ein grauer Schleier aus Zigarettenqualm hing im Konferenzraum des Nationalen Sicherheitsrates, obwohl das Lüftungssystem ohne Unterbrechung arbeitete.

Es war ein paar Minuten nach 22 Uhr; nicht mehr ganz zwei Stunden blieben, bis die in dem Drohschreiben enthaltene Ultimatumsfrist anlief. Auf dem Tisch und längs der Wandtäfelung des Raumes standen überall Pappbecher und -teller mit den Resten der Käse-Sandwichs und der schwarzen Bohnensuppe, die der Präsident aus der Küche des Weißen Hauses hatte kommen lassen.

Am anderen Ende des Raumes stellten drei Obersten der Luftwaffe die letzten Tabellen und Karten zusammen. Sie machten Eastman ein Zeichen, daß sie bereit seien, mit dem Briefing zu beginnen, um das der Präsident ersucht hatte. Der dienstälteste Offizier, ein jugendlich wirkender Oberst mit Sommersprossen im Gesicht, trat nach vorn.

»Herr Präsident, meine Herren, man hat uns um Auskunft darüber gebeten, wie Gaddafi oder eine Terroristengruppe ein Funksignal von Tripolis nach New York senden können, um die Bombe zur Explosion zu bringen, und welche technologischen Möglichkeiten wir haben, dies zu verhindern. Grundsätzlich kann Gaddafi die Bombe auf dreierlei Weise zünden.

Die erste Möglichkeit: Ein ›Kamikaze‹-Freiwilliger bewacht die Bombe bis zur Stunde Null, schaltet dann die Zündung ein, und stirbt, es sei denn, er hat einen Gegenbefehl erhalten.«

»Oberst«, warf Bennington ein, »wenn diese Drohung wirklich von Gaddafi stammt, dann wäre dies die allerletzte Methode, die er anwenden würde. Er würde persönlich die Kontrolle über die Operation behalten wollen.«

»Stimmt, Sir«, antwortete der Oberst. »In diesem Fall bleiben ihm zwei Möglichkeiten: Telefon oder Funk.«

Im Raum herrschte Stille, alle Augen waren auf den Redner gerichtet.

»Ein entsprechendes Gerät an ein gewöhnliches Telefon anzuschließen, ist ein Kinderspiel. Man braucht nur den Apparat zu öffnen und ein paar Drähte zu verbinden. Auf diese Weise wird der elektrische Impuls des Anrufs, der das Gerät erreicht, direkt in einen vorprogrammierten Signaldetektor geleitet. Sie sehen aus wie automatische Anrufbeantworter. Der Impuls öffnet einen Schaltkreis im Detektor und verbindet ihn mit einem Mikroprozessor, in den eine vorprogrammierte Code-Kombination eingespeichert ist. Der Mikroprozessor vergleicht automatisch den Anruf mit dem Code, und wenn die beiden übereinstimmen, gibt das Gerät einen Stromstoß an die Bombe ab. Das Schöne daran ist, daß eine falsche Nummer es nicht versehentlich in Gang setzen kann. Um die Bombe hochgehen zu lassen, muß Gaddafi nur von irgendeinem Ort aus jene Nummer anrufen und seine verschlüsselte Botschaft durchgeben.«

»So einfach ist das?« fragte der Präsident, offensichtlich irritiert.

»Leider ja, Sir.«

»Wir könnten binnen zehn Sekunden in einer Blitzoperation das libysche Telefonnetz zusammenbomben«, sagte der Vorsitzende des Stabschef-Gremiums am anderen Ende des Tisches. »Dann ist Libyen von der übrigen Welt abgeschnitten, nicht?«

»Was nützt das schon«, knurrte Energieminister Crandell. »Nach dem, was der Oberst uns erklärt hat, braucht Gaddafi lediglich irgendwo in Vermont jemanden in einem Haus zu verstecken. Der ruft dann einfach eine Nummer in New York an, und die Bombe geht hoch.«

»Kann man New York isolieren, gegen alle Anrufe von außen abkapseln?« fragte der Präsident.

»Nein, Sir«, antwortete der Oberst. »Das ist leider technisch unmöglich.«

Er wandte sich wieder, ganz Autorität, seinen Karten zu.

»Nach unserer Einschätzung, meine Herren, würden in einer Situation wie der gegebenen Gaddafi oder eine Terroristengruppe ohnehin den Sprengkörper auf dem Funkweg zünden. Dies bietet mehr Flexibilität und ist von den vorhandenen Kommunikationssystemen völlig unabhängig. Wenn er den Befehl zur Zündung von Libyen aus gibt, muß er Langwellen benutzen, die an der Ionosphäre abprallen und wieder zur Erde zurückkehren. Das bedeutet niedrige Frequenzen.«

»Wie viele Frequenzen stünden ihm dafür zur Verfügung?« erkundigte sich der Präsident.

»Von Tripolis nach New York — ein Megahertz.«

Der Präsident rieb sich mit Daumen und Zeigefinger das Kinn. »Könnten wir in diesem Frequenzbereich stören?«

»Sir, damit würden wir unser gesamtes Kommunikationsnetz blockieren. Wir würden unsere Polizei, das FBI, das Militär, die Feuerwehren lahmlegen, alles, was wir im Ernstfall brauchen.«

»Angenommen, ich gäbe dennoch den Befehl dafür. Wäre es realisierbar?«

»Nein, Sir.«

»Warum nicht?«

»Wir haben einfach nicht die Senderkapazität.«

»Und unsere Störeinrichtungen in Europa?«

»Nützen nichts in diesem Fall. Zu weit entfernt.«

»Gaddafi braucht irgend etwas, um das Funksignal in New York zu empfangen«, bemerkte Bennington. »Etwas wie eine Richtantenne.«

»Ja, Sir. Das einfachste wäre, eine solche Richtantenne irgendwo auf einem Dach in eine Standard-Fernsehantenne zu stecken und sie mit einem Verstärker zu verbinden. Dann könnte das Signal aufgenommen und über ein normales Antennenkabel zu seiner Bombe geleitet werden, egal, wo sie sich in dem betreffenden Gebäude befindet.«

»Aber man könnte doch«, fragte der Präsident, »eine Hubschrauber-Flotte über Manhattan fliegen lassen und sämtliche Frequenzen abtasten, die er möglicherweise benutzt? Und sein Gerät, wenn es antwortet, durch Funkpeiler aufspüren — durch Dreieckspeilung?«

»Ja, Sir, die Mittel dafür haben wir. Aber es würde nur dann funktionieren, wenn sein System auf eine Antwort programmiert ist. Ist es nur auf Empfang programmiert, dann antwortet es nicht, und wir können es nicht peilen.«

»Es gibt noch einen anderen Weg, wenn wirklich Gaddafi hinter der Sache steckt«, sagte Bennington. Seine Pfeife war ausgegangen, und alle Anwesenden im Konferenzraum mußten gespannt auf seine Worte warten, während er ein Streichholz anzündete. »Ein halbes Dutzend Atombomben über Libyen explodieren lassen. Dabei entsteht ein elektromagnetischer Teppich, der auf mindestens zwei Stunden jeden Funkverkehr lahmlegt. Dann kommt überhaupt nichts mehr raus.«

»Herr Präsident«, meldete sich Eastman, »ich glaube zwar nicht, daß diese Drohung wirklich von Gaddafi kommt. Aber wenn es sich gegen alle Wahrscheinlichkeit doch so verhält, dann müssen wir uns auf einige Dinge einstellen. Als erstes darauf, daß er, wenn er die Mittel für solch einen Schlag besitzen sollte, auch über die Phantasie verfügt, es richtig zu machen. Er wird sich nicht einer so naheliegenden Vergeltung aussetzen. Er wird ein pannensicheres System haben wie etwa ein Schiff, das irgendwo draußen im Atlantik versteckt ist.« Eastman deutete auf den großen blauen Fleck auf der Karte hinter dem Oberst. »Und von dort aus kann er oder sonst jemand jederzeit die Bombe zünden, falls wir einen Präventivschlag gegen Libyen führen sollten.«

Der Präsident nickte zustimmend und sah dann wieder den Oberst an. »Die fundamentale Frage, Oberst, auf die wir eine Antwort brauchen, ist die: Besitzen wir irgendwelche technischen Geräte oder Systeme, die verbürgen, daß wir ein Funksignal zur Zündung der Bombe von New York fernhalten können, falls sie tatsächlich existiert und sich hier in New York befindet — ja oder nein?«

»Nein, Sir. Beim gegenwärtigen Stand der Technik ist ein Versuch, ein von außen kommendes Signal abzufangen oder fernzuhalten, leider undurchführbar. Es ließe sich damit vergleichen, daß man mitten in einem Blizzard die richtige Schneeflocke erwischen wollte.«

Während er sprach, leuchtete das rote Lämpchen an Eastmans Telefonapparat auf. Es meldete sich der diensthabende Offizier vom Nachrichtenkorps der US-Armee, dem die Telefonzentrale des Weißen Hauses unterstand. Eastman erbleichte, während er zuhörte.

»Herr Präsident«, meldete er, »die Zentrale hat soeben eine telefonische Mitteilung von einem anonymen Anrufer erhalten. Er hat aufgelegt, bevor man ihn lokalisieren konnte. Im Schließfach K 602 in der Schließfächerreihe neben dem Shuttle-Terminal der Eastern Airlines soll sich eine höchst wichtige Nachricht für Sie befinden.«

Auf dem Flugplatz von Washington hielt eine dichte Polizistenkette mehrere spätabendliche Fluggäste zurück, die sich die Hälse verrenkten, um dem Suchtrupp des FBI bei der Arbeit zuzusehen. Vorsichtig suchten die Beamten die Reihe der graumetallenen Gepäckschließfächer mit Geigerzählern nach radioaktiven Spuren ab. Sie entdeckten nichts. Dann wurden drei Schäferhunde, die auf den Geruch hochexplosiver Sprengstoffe abgerichtet waren, die untere Reihe entlanggeführt. Und schließlich begannen zwei FBI-Leute mit der Sorgfalt eines Chirurgen, der eine Herzoperation durchführt, die Tür des Schließfaches K 602 abzuschrauben. Behutsam und ganz langsam hoben sie sie aus ihren Scharnieren.

Zu ihrer Erleichterung fanden die Beamten in dem Gepäckfach lediglich ein Kuvert, das gegen die hintere Wand lehnte. Darauf stand in Maschinenschrift: »An den Präsidenten der Vereinigten Staaten.«

Die Mitteilung, die der Umschlag enthielt, war knapp. Um Mitternacht Washingtoner Zeit, sieben Uhr vormittags libyscher Zeit, werde an einer Stelle 249 Kilometer östlich des Schnittpunktes des fünfundzwanzigsten Längen- und des zehnten Breitengrades, an der Südspitze des Ubari-Sandsees im Südwesten Libyens, Muammar Gaddafi den Vereinigten Staaten den schlüssigen Beweis liefern, daß er imstande sei, die in seiner früheren Mitteilung ausgesprochene Drohung zu verwirklichen. Um die Beobachtung der Demonstration aus der Luft zu erleichtern, schlug der libysche Diktator einen genau abgegrenzten Luftkorridor vom Mittelmeer bis zum Schauplatz des Geschehens vor, den amerikanische Aufklärungsmaschinen unbehelligt durchfliegen könnten.

Unweit des Pentagon-Eingangs am Potomac befindet sich unter einem Bogen mit der Beschriftung »Joint Chiefs of Staff« eine schlichte weiße Tür mit einer Zahlen- und Buchstabenkombination: 2 B 890. Zwei Wachen, mit Seitenwaffen ausgerüstet, kontrollieren mit elektronischen Geräten die Identität eines jeden Besuchers, der diese Tür passiert. Außerdem registriert ein Kabelfernsehsystem das Gesicht jedes Eintretenden, Uhrzeit und Tag sowie Grund seiner Anwesenheit auf Videoband.

Die strengen Sicherheitsvorkehrungen haben ihren guten Grund. Denn hinter dieser Tür liegt eine Ali-Baba-Höhle des elektronischen Zeitalters, die stupendeste Demonstration technologischer Zauberkünste, deren der Mensch im 20. Jahrhundert fähig ist: die Nationale Militärische Befehlszentrale der Vereinigten Staaten. Es ist ein 15-Millionen-Dollar-Komplex, der 1977 fertiggestellt wurde, eine der beiden Zentralen, die dem Präsidenten in einem Ernstfall zur Verfügung stehen.

Von einem Ledersessel an dem ovalen Konferenztisch aus, der den Raum 2 B 890 beherrscht, kann der Präsident im wahrsten Sinne des Wortes die Welt Revue passieren lassen. Jedes Kommunikationssystem, über das die Vereinigten Staaten verfügen, jedes elektronische Überwachungsnetz, das gesamte riesige elektronische Arsenal der CIA, der National Security Agency, der Defense Intelligence Agency — alles läuft letzten Endes in diesem makellos weißen Raum zusammen, der nicht viel größer ist als ein kleines Kino.

Das Netz der KH-11-Satelliten, die den Erdball umfliegen, kann auf jeden der Bildschirme von der Größe eine Filmleinwand eine Live-Aufnahme von jedem Winkel der Erde übermitteln. So fein ist die Rasterung der Aufnahmen, welche die Satellitenkameras aus dem Weltraum liefern, daß der Präsident eine Guernsey- von einer Jerseykuh auf einer Weide in Nottingham unterscheiden oder Farbe und Fabrikat eines Autos feststellen kann, das gerade den Kreml verläßt. Er kann sich mit einem Leutnant der Marineinfanterie unterhalten, der in Korea einen Zug Soldaten auf eine Patrouille führt, oder ein Gespräch zwischen dem Piloten einer in der Luft befindlichen MIG 23 und seinem Fluglotsen in Sewastopol belauschen, in simultaner Übersetzung. Er könnte, dank der CIA, die Schritte von Männern in bestimmten Amtsräumen in Moskau, Potsdam oder Prag hören, Zeuge ihrer geheimsten Gespräche sein, dem Klang der Wodkagläser lauschen, wenn sie anstoßen, oder dem Klicken des Telefons, während sie eine Nummer wählen.

Der Pilot einer F 15 auf der anderen Seite der Erdkugel könnte eine Rakete auf ein Ziel abfeuern und, mittels eines Videobandgeräts in seinem Cockpit, dem Präsidenten ein sofortiges Replay des Raketenabschusses liefern. Und der Präsident könnte, von diesem lederbezogenen Sessel aus, an der letzten Tragödie des Globus sowohl als Zuschauer wie auch als Mitwirkender teilnehmen. Er könnte beispielsweise befehlen, eine Minuteman-Rakete von ihrer Rampe in Süddakota abzuschießen, und dann wie ein Zuschauer im Kino auf einem der Bildschirme vor ihm verfolgen, wie das thermonukleare Grauen, das er entfesselt hat, die Menschen, Straßen und Wohnhäuser irgendeiner sowjetischen Stadt verschlingt.

Es war kurz nach 22.30 Uhr, als sich der Präsident, noch immer in seinen Jeans und der alten Strickjacke, in diesem Sessel niederließ. An der Wand gegenüber waren die sechs großen Bildschirme angebracht, die für Vorführungen benutzt wurden.

Am Ende des ovalen Konferenztisches befanden sich drei Schaltpulte, hinter denen die Offiziere saßen, die die Vorführungen auf den sechs Bildschirmen leiteten. Hinter einem vierten, etwas höheren Pult nahm der Kommandant der Zentrale, ein Vizeadmiral, in tadelloser Khakiuniform Platz, als ginge er soeben zu einem Galaabend.

Die Lichter im Saal erloschen, und auf den sechs Bildschirmen sah man zunächst, wie die sowjetischen Streitkräfte in eben diesem Augenblick verteilt waren: atomgetriebene Unterseeboote auf hoher See, jedes einzelne durch ein blinkendes rotes Lämpchen auf einer Weltkarte markiert; Raketenabschußrampen, so scharf aufgenommen, daß die Männer im Konferenzraum die Wachtposten sehen konnten, wie sie ihre Runden drehten; Backfire-Bomber an der Schwarzmeerküste; SS-20-Raketen längs der Oder.

Der Admiral drückte auf einen Knopf, und auf den Bildschirmen wurde es dunkel. An der gegenwärtigen militärischen Haltung der Sowjetunion, erklärte er, deute nichts darauf, daß die sowjetischen Streitkräfte sich über ihren normalen Bereitschaftszustand hinaus in einem Alarmzustand befänden. Es sei deshalb unwahrscheinlich, daß die Sowjets in irgendeiner Weise an dem beteiligt seien, was sich in Libyen abspielte. Gaddafi handle auf eigene Faust.

Er wandte sich wieder seinem Schaltpult zu und bediente eine Reihe von Knöpfen. Nun erschien auf einem Bildschirm ein Stück Wüste, das sich im ersten Morgenlicht rot färbte. In der Mitte, kaum zu sehen, stand ein Turm.

»Dies, Herr Präsident, ist der Ort, wo das Experiment angeblich stattfinden soll.«

Ein zweiter Bildschirm belebte sich. Auf ihm war der Turm in Vergrößerung zu sehen. Es war ein dürres Metallgerippe, das einem altmodischen Bohrturm ähnelte, und an seinem oberen Ende konnten die Männer im Konferenzraum die Umrisse eines großen zylindrischen Gegenstandes erkennen, der wie ein Faß aussah und eine starke Ähnlichkeit mit der Beschreibung des Sprengkörpers auf der Blaupause aufwies.

Zu der Zeit, als die Bombendrohung im Weißen Haus eingetroffen war, führte der Admiral aus, hätten sich keine Satelliten über Libyen befunden. Die kostbaren Satelliten, deren Umlaufbahnen der Nationale Sicherheitsrat einmal im Monat festlegte, wurden zum größten Teil über der Sowjetunion und Osteuropa eingesetzt. Doch seit dem ersten Alarm waren drei KH-11 in feste Orbitalpositionen über Libyen verlegt worden, und auf einem der sechs Bildschirme erschienen nun Aufnahmen, die ein zweiter Satellit lieferte. Sie zeigten einen Komplex von Gebäuden, die Kasernen von Bab Azizza, wo vor kurzem der amerikanische Geschäftsträger abgewiesen worden war. Die Männer um den Präsidenten konnten die Fallschirmjäger erkennen, die den Diplomaten weggeschickt hatten und nun in der morgendlichen Kälte die Stiefel gegeneinanderschlugen.

Das Bild bewegte sich und blieb dann wieder stehen; diesmal zeigte es eine Gruppe kleiner Gebäude. Ein weißer Kreis legte sich um eines von ihnen; es war von den anderen nicht zu unterscheiden, ein Dach innerhalb eines ummauerten Hofes.

»Sir«, sagte der Admiral, »nach unserer Ansicht wohnt hier Gaddafi. Wir haben es kurz nach dem ersten Alarm aus Los Alamos unter Überwachung gestellt. Bisher konnten wir nichts entdecken, was auf irgendwelche Aktivitäten hindeutet, auch kein Anzeichen dafür, daß das Gebäude überhaupt bewohnt ist.«

»Was bringt Sie darauf, daß Gaddafi hier wohnt?«

Der Admiral verschob das Satellitenfoto so, daß das von dem weißen Kreis umschlossene Gelände mit der Mauer ringsum den Bildschirm ausfüllte. Im Hof des Geländes war deutlich ein schwarzes Zelt zu sehen, neben dem, anscheinend daran festgebunden, ein Kamel stand.

»Sir, vom Geheimdienst haben wir erfahren, daß Gaddafi in seinem Hof ein Zelt und ein Kamel hat, weil er zum Frühstück gern frische Kamelmilch trinkt. Dies ist das einzige Quartier in Bab Azizza, das dieser Beschreibung entspricht.«

Der Admiral nahm seine Vorführung wieder auf und ließ nun eine Karte der libyschen Mittelmeerküste auf dem Bildschirm erscheinen. Darauf war, in der Großen Syrte, auf halbem Weg zwischen Tripolis und Benghasi, ein weißer Lichtfleck zu sehen. Nordwestlich davon, unweit von Malta, sah man ein blinkendes rotes Licht.

Das blinkende rote Licht, erläuterte der Admiral, stelle die *USS Allan* dar, ein elektronisches Überwachungsschiff ähnlich dem, das die Israelis während des Krieges 1967 vor Gaza versenkt hatten, weil es ihren Funkverkehr abhörte. Es war mit den raffiniertesten Abhörgeräten ausgerüstet, mit denen die CIA jahrelang von ihren Horchposten im Iran bis ins Herz der Sowjetunion gelauscht hatte. Das weiße Licht bezeichnete die Position, auf die die *Allan* mit einer Geschwindigkeit von siebenundzwanzig Knoten zudampfte. Sobald das Schiff dort eingetroffen war, konnte es den gesamten Funkverkehr in Libyen und sämtliche vom modernen Mikrowellen-Kommunikationssystem des Landes übermittelten Telefongespräche abhören. Praktisch jedes Gespräch in Libyen — vom Anruf eines Mannes, der für seinen Toyota ein Radio bestellte, oder einer Frau, die sich mit einem eifersüchtigen Liebhaber zankte, bis hin zu jedem Telefonat, das Gaddafi selbst führte, wenn er nicht eine unterirdisch verlegte, abhörsichere Leitung benutzte — wurde dann abgefangen, kopiert und in bordeigene Computer eingespeichert.

Das Pentagon hatte bereits Stimmproben von Gaddafi und fünf der ersten Männer Libyens an die *Allan* geschickt. Jedes abgefangene Telefongespräch würde per Computer mit diesen Proben verglichen, so daß Telefonate dieser sechs Männer sofort aus den Hunderttausenden von Gesprächen quer über das ganze Land ausgesiebt werden konnten.

Nun verschwand die Mittelmeerkarte, und es folgte eine Karte Libyens. Entlang der Grenze im Westen liefen zwei dicht beieinander liegende rote Linien: der Luftkorridor, den Gaddafi in seiner Nachricht angegeben hatte. Auf zwei Dritteln der Strecke konnte das bloße Auge ein blinkendes rotes Licht verfolgen, das sich südwärts bewegte.

»Sir, wir haben sofort eine *Blackbird* aus Adana in Marsch gesetzt, die uns zusätzliche Beobachtungen liefern soll«, bemerkte der Admiral. Eine *Blackbird* war eine SR-71, eine moderne Version des alten Spionageflugzeugs U2, die in einer Höhe von dreißigtausend Metern mit dreifacher Schallgeschwindigkeit fliegen konnte. Diese Maschinen waren mit äußerst empfindlichen Hitze- und Strahlungssensoren ausgerüstet, die man entwickelt hatte, um die chinesischen und französischen Nukleartests minuziös zu kontrollieren, und hatten außerdem Kameras für dreidimensionale Aufnahmen an Bord, die mit einem einzigen Klicken des Verschlusses hundertdreißig Quadratkilometer fotografierten.

Der Präsident wandte seine Aufmerksamkeit wieder den beiden Bildschirmen mit den Satellitenaufnahmen der Örtlichkeit zu, wo das Experiment Gaddafis stattfinden sollte.

Unterhalb des Turmes wurden nun im rasch heller werdenden Tageslicht Dutzende von quer durcheinanderlaufenden Reifenspuren erkennbar.

»Harold«, sagte der Präsident zu seinem Verteidigungsminister, »was machen Sie sich darauf für einen Reim?«

»Es sieht ganz ähnlich aus wie die Aufnahmen, die ich vom alten ›Trinity‹-Gelände gesehen habe.« ›Trinity‹ war die Code-Bezeichnung für den ersten Atombombentest, der im Juli 1945 in der Wüste von Neumexiko durchgeführt worden war. »Einfach. Primitiv. Aber effizient.«

Brown blickte auf den Bildschirm wie ein Professor, der den Konstruktionsentwurf eines Studenten betrachtet und nach schwachen Stellen forscht. »Irgendwo da in der Gegend müßten wir auf irgendeinen Hinweis auf den Befehlsstand stoßen, den er brauchen würde, um dieses Ding zu zünden.«

»Wir haben das Gebiet abgesucht, Sir«, antwortete der Admiral, »aber leider nichts dergleichen entdeckt.«

»Natürlich haben Sie das nicht.« Crandell war es, von dem die Bemerkung kam, in einem rauhkehligen Ton, der den Ohren fast so weh tat wie das Geräusch von Kies, der über eine eiserne Rutsche herabgleitet. »Weil so etwas gar nicht da ist. Dieser arabische Halunke nimmt uns doch nur auf die Schippe.«

Der Präsident ignorierte den Einwurf. »Harold«, sagte er, »wenn das Experiment funktioniert, verrät er doch der Welt sein Geheimnis?«

»Nicht unbedingt. Das ist eine der abgelegensten Gegenden, die man dort finden kann. Nur ein paar Beduinenstämme treiben sich da herum. Die nächste Stadt ist mehrere hundert Kilometer entfernt. Die Menschen dort werden einen Lichtblitz sehen, das schon, aber nicht viel mehr.«

»Wie steht's mit radioaktivem Niederschlag?«

Der Admiral hatte mitgehört, was der Präsident sagte. Auf einem der Bildschirme erschien über einer Karte des nordöstlichen Afrika ein wurstförmiger Bogen, der sich durch Südlibyen, den nördlichen Tschad, den Sudan bis in die südliche Ecke von Saudi-Arabien spannte.

»Sir, das ist das Fallout-Muster, das wir aufgrund von Stärke und Richtung der Höhenwinde über der Detonationsstätte vorhersagen.«

»Strahlenmeßgeräte gibt es dort keine«, bemerkte Brown. »In Europa wird man eine Stärke von vier oder fünf auf der Richter-Skala ablesen. Vermutlich tippen sie auf ein Erdbeben, wenn das Ding losgeht.«

Es war vier Minuten vor Mitternacht. Abwarten — viel mehr gab es jetzt nicht zu tun. Auf den Uhren an der einen Wand des Raumes zeigten die Leuchtziffern stumm jede Sekunde an, die verrann.

Der Präsident konzentrierte sich nicht auf das Testgelände, sondern auf den Bildschirm, auf dem Gaddafis Bungalow in dem weißen Kreis eingefangen war. Haus und Garten waren klar in ihren Details zu erkennen: die rötlichen Dachziegel, der Hof, die Palmen, das Zelt, das Kamel. Im Garten war etwas zu sehen, was sich wie ein Spielplatz für Kinder ausnahm. Neben dem Häuschen ragte die Schnauze eines beigefarbenen Autos aus einem überdachten Unterstellplatz.

Kann es denn wirklich sein, fragte sich der Präsident, daß ein Mann, der in einem so einfachen Haus lebt, ein Mann mit Kindern, ein Mann, der so fromm an seinen Gott glaubt wie ich an meinen, sich etwas derart Wahnsinniges ausdenkt? Was kann ihn zu einer solch irrationalen Tat treiben, welches Ausmaß an Haß, Machtgier, Bedürfnis nach Rache für ein Unrecht, das ihn und sein Volk nicht einmal direkt betroffen hat?

Harold Brown spürte, was den Präsidenten bewegte. »*Well*, Sir«, sagte er so leise, daß nur sein Chef neben ihm es hören konnte, »entweder wir stehen vor einem schauderhaften Problem, oder wir haben es mit einem ganz üblen Scherz zu tun, wie ihn sich noch niemand mit der amerikanischen Regierung erlaubt hat.«

Der Präsident nickte, schwieg aber. Er blickte noch immer unverwandt in angespanntester Konzentration auf die Bildschirme vor ihm.

Im Konferenzraum war bis auf das Surren der Ventilatoren kein Laut zu hören.

Selbst die Offiziere an ihren Pulten, an Spannungszustände so gewohnt, wie Rennläufer an Muskelkrämpfe, waren vor innerer Anspannung blaß geworden.

23.59 Uhr. Vier präzise aufgereihte Nullen erschienen auf den Zahlenschirmen der Uhren. Doch niemand sah sie. Alle Augen starrten auf den Bildschirm an der vorderen Wand des Raumes, auf die Leere der Wüste, den schwächlich wirkenden Turm, der sich aus dem Sand wie ein verdorrter Baumstamm erhob.

Fünf Sekunden, zehn Sekunden. Nichts geschah. Fünfzehn Sekunden. Dreißig. Ein erstes Knarren von Sessellehnen verriet, daß die Spannung nachließ, die sich in dem Raum aufgestaut hatte. Fünfundvierzig Sekunden. Nichts, nicht einmal ein Sandwölkchen, das eine Bö hochwirbelte, zeigte sich auf dem Bildschirm.

Eine Minute. Man lehnte sich entspannt zurück. Eine beinahe körperlich spürbare Erleichterung machte sich im Konferenzraum breit.

»Hab' ich's nicht gesagt? Der Halunke hat die Bombe nicht.« Auf Crandells Gesicht spiegelte sich Genugtuung.

Tap Bennington kaute an seinem Pfeifenmundstück. »Herr Präsident, wir müssen nun entscheiden, wie wir auf die Drohung reagieren sollen. Nach meiner Meinung sollten wir uns sofort mit den militärischen Optionen beschäftigen, die uns gegen Libyen zur Verfügung stehen.«

»Tap, Moment mal, um Gottes willen«, mischte sich Warren Christopher ein. »Wir haben ja noch immer nicht die geringste Bestätigung, daß Gaddafi hinter der Sache steckt.«

»Sie meinen also«, fuhr Crandell wütend dazwischen, »wir sollten diesen Halunken ohne jede Bestrafung davonkommen lassen, nur weil seine verfluchte Bombe . . .«

Er kam nicht mehr dazu, seinen Satz zu vollenden. Eine Mauer aus weißem Licht schien aus den Bildschirmen im Raum 2 B 890 zu bersten. So blendend hell war der Blitz, so schmerzend das grelle Licht, daß die Männer im Raum zusammenfuhren und mit den Händen die Augen gegen den Widerschein schützten. Draußen im Weltraum, in hundertfünfzig Kilometer Entfernung, nahmen die Satellitenkameras den Feuerball auf, der über dem Ubari-Sandsee hochschoß, und schickten ihn in Sekundenschnelle auf die Bildschirme des Pentagons: ein tobender Hexenkessel explodierender Gase, weiß, rot, gelb und orangefarben, ein blendendes Kaleidoskop von Licht und Feuer.

Mehrere Sekunden lang starrten die zwei Dutzend Männer in dem Raum, betäubt und unfähig zu reagieren oder zu sprechen, auf ein Bild, das noch nie ein menschliches Auge geschaut hatte — in die Abgründe der Hölle, in das flammende Herz einer thermonuklearen Explosion.

Der erste Laut, der in dem Raum zu vernehmen war, kam aus einer Höhe von dreißigtausend Metern über dem Schauplatz der Detonation, vom Piloten der SR 71. Mechanisch und unberührt von dem Schauspiel, das sich unter ihm bot, las er rasch die wechselnden Meßzahlen auf seinen Instrumententafeln ab: eine Flut von Gamma- und Betastrahlen, die an seinen Detektoren vorüberbrandete, von Neutronen, die seinen Lithiumjodid-Szintillator bombardierten. Die Zahlen, die er durchgab, bedeuteten den meisten Männern in dem Raum nichts. Aber es kam nicht darauf an. Alles, was sie wissen mußten, war hier auf dem Bildschirm vor ihnen zu sehen, in der unübertrefflichen Schönheit und unausdenkbaren

Schrecklichkeit eines Feuerballs, der vom Boden der Wüste in den Himmel stieg.

Der Präsident war sehr bleich geworden, seine Finger umklammerten Harold Browns Unterarm. Während er schreckgebannt auf den Bildschirm starrte, erfüllte ihn nur ein einziger Gedanke, der Gedanke an die Apokalypse in der Offenbarung Johannis: ». . . und siehe, ein fahl Pferd, und der darauf saß, deß Name hieß Tod, und die Hölle folgte ihm nach.«

Und jetzt, ging es ihm durch den Kopf, ist ein fünfter Reiter den Eingeweiden der Hölle entsprungen, Muammar Gaddafi, um die Menschheit mit einem unvorstellbaren Grauen zu geißeln.

»Gott«, wisperte er dem Mann neben ihm zu. »Großer Gott, Harold, wie hat er das nur zustandegebracht?«

2

»Wir werden der Gerechtigkeit endlich zum Sieg verhelfen«

Die Antwort auf die tiefbesorgte Frage des amerikanischen Präsidenten, als er Gaddafis gewaltigen Feuerball hochsteigen sah, ließ sich zurückverfolgen zu einem Novembernachmittag in Paris, nicht ganz ein Jahr bevor die schriftliche Drohung des Libyers an der Pforte des Weißen Hauses abgeliefert worden war.

Pünktlich wie immer, trat Präsident Valéry Giscard d'Estaing an diesem Nachmittag auf die Minute genau um 16.00 Uhr in den Kabinettsaal des Elysée-Palastes. Er ging um den Tisch herum und begrüßte zuerst den Premierminister, dann nacheinander den Industrie-, Finanz-, Innen- und Verteidigungsminister. Als er zu Pierre Foucault, dem Vorsitzenden der französischen Atomenergiekommission trat, zeigte sich auf seinem gemessenen Gesicht ein breites Lächeln.

»Bravo, *mon cher*«, sagte er zu seinem alten Freund und Schulkameraden. Foucault antwortete mit einem Blick auf den leeren Stuhl neben sich. Der Wissenschaftler, den er zu dieser Geheimsitzung im engsten Kreis eingeladen hatte, war noch nicht erschienen. Ein leichtes Kräuseln der Nasenflügel verriet, daß Giscard irritiert war. »Wir werden verfahren wie geplant«, sagte er. Er nahm seinen Platz am Kopfende des Konferenztisches ein und begann in jener langsamen, präzisen Ausdrucksweise, die er besonders feierlichen Anlässen vorbehielt.

»Messieurs«, verkündete er, »ich habe Sie heute hierhergebeten, um Ihnen ein Ereignis bekanntzugeben, das mit Sicherheit das Schicksal unserer Nation aufs tiefste beeinflussen wird. Einem Team unserer Wissenschaftler, das in unserem Laser-Forschungszentrum in Fontenay-aux-Roses arbeitet, ist es in der vergangenen Woche gelungen, ein Problem zu meistern, das zu den gewaltigsten in der menschlichen Geschichte gehört. Die Resultate seiner Arbeit werden unser Land, ja, die ganze Welt, in die Lage versetzen, die schwierigste Situation zu bewältigen, mit der wir alle konfrontiert sind — die weltweite Energiekrise.«

Er legte eine Pause ein, um seinen Worten die rechte Wirkung zu geben. »Wir haben M. Alain Prévost, dem wir unseren Erfolg verdanken, eingeladen, heute zu uns zu kommen, aber er ist offensichtlich aufgehalten worden. Darum bitte ich M. Foucault zu beginnen.«

Der Präsident nickte dem Vorsitzenden der Atomenergiekommission zu, der aus der Karaffe, die vor ihm stand, Wasser in sein Glas goß. Er nahm einen Schluck davon. Dann hielt er das Glas in die Höhe, als wäre er im Begriff, einen Toast auszubringen.

»*Messieurs*«, begann er, »die Bedeutung unserer Erfindung liegt darin, daß das Wasser in diesem Glas . . .« Er hielt kurz inne, um seinen Worten dramatische Wirkung zu geben, und schwenkte das Glas, so daß das Wasser darin im Sonnenlicht glitzerte. Dann fuhr er fort: ». . . zu einer Energiequelle geworden ist, die die Lampen der Menschheit erstrahlen lassen kann. Das bedeutet, daß allein dieses Glas Wasser genug Energie birgt, um den Energiebedarf der ganzen Stadt Paris und ihrer sämtlichen Bewohner achtundvierzig Stunden lang zu decken.«

Foucault stellte das Glas wieder auf den Tisch, so heftig, daß es knallend aufprallte. Die Männer um den Tisch sahen ihn verblüfft an. Er machte wieder eine Pause, um das perplexe Staunen zu genießen, das er mit seinen Worten hervorgerufen hatte. Dann begann er von neuem, nun in gedämpfterem Ton. »Bisher hat die Menschheit ihren Energiebedarf dadurch gedeckt, daß sie das Erbe der Vergangenheit ausgebeutet hat, Kohle, Erdgas, Öl und Uran. Doch das Überleben des Menschen auf lange Frist hing davon ab, eine neue Energiequelle zu finden, und zwar eine, die ihrer Natur nach unerschöpflich ist. Es gibt nur zwei solcher Energiespender, die Sonne und — Wasser.

Beim Wasser haben wir es mit der Ressource zu tun, die auf der Erde in der größten Menge vorhanden ist. Schließlich findet es sich überall. Und Wasser enthält eines der simpelsten Atome auf der Erde — Deuterium oder, wie wir sagen, ›schwerer‹ Wasserstoff. Wenn wir es fertigbringen, zwei dieser Atome mit solcher Wucht zusammenprallen zu lassen, daß sie verschmelzen — wir nennen diesen Prozeß Fusion —, bewirkt dies die Freisetzung einer so gewaltigen Energiemenge, daß man es sich beinahe nicht vorstellen kann.

Lassen Sie mich ein Beispiel anführen. Ein Kilogramm Erdöl, das wir heute zu so exorbitanten Preisen im Persischen Golf kaufen, ergibt, wenn es verbrannt wird, dreizehn Kilowattstunden Energie. Ein Kilogramm ›schwerer‹ Wasserstoff setzt, wenn die Fusion richtig verläuft . . .« Foucault legte wieder eine Pause ein und betonte dann jedes Wort: ». . . einundneunzig Millionen Kilowattstunden Energie frei.«

Auf den Gesichtern der Minister malte sich ungläubiges Staunen.

»Wasser wird zu einer Energiequelle, die allen zur Verfügung steht: reich und arm, schwarz und weiß, den Menschen auf der nördlichen wie auf der südlichen Hälfte der Erdkugel«, fuhr Foucault fort. »Wir werden für alle Zeiten die Drohung von Ölembargos, imperialistischen ›Energie‹-Kriegen und den Neid der Habenichtse unter den Nationen ausmerzen, denn es wird keine Habenichtse mehr geben. Die Suche nach dieser Energieform«, berichtete er seinen gebannt lauschenden Zuhörern, »begann schon in den dreißiger Jahren, als die Astrophysiker der Cavendish Laboratories in England erkannten, daß dieser Prozeß, die Fusion, die rätselhaften Freisetzungen von Energie auf der Sonne und den Sternen erklärt. Wenn er sich dort abspielt, so fragten sie, warum soll es dann nicht auf der Erde zu schaffen sein?«

Foucault beugte sich nach vorn und genoß einen Augenblick lang die Rolle des Pädagogen. »Das hatte zur Voraussetzung, *messieurs,* daß man den Faktor Zeit in Milliardstelsekunden beherrscht. Eine Milliardstelsekunde verhält sich zu einer Sekunde wie eine Sekunde zu 332 Jahren. Man mußte Temperatur- und Druckverhältnisse schaffen, die gleichbedeutend mit der Hölle auf Erden sind.

Den ersten großen Sprung nach vorn machten die Sowjets 1958, als sie auf den genialen Einfall kamen, mit Hilfe starker Magnetfelder den Effekt zu erzielen, den wir anstrebten. Als in den ausgehenden sechziger Jahren die Naturwissenschaftler die Kraft des Laserstrahls für unsere Arbeit auszunutzen begannen, stellte sich ein echter Fortschritt ein. Wie Sie alle wissen, haben wir hier in Frankreich in der Laser-Technik immer in vorderster Front gestanden. Unser erstaunlicher und ganz unerwarteter Durchbruch vor zwei Wochen ist das Resultat der wissenschaftlichen Fortschritte Ende der siebziger Jahre, als wir unseren neuen Kohlendioxyd-Laser entwickelten.

Ich muß Ihnen«, sagte der Vorsitzende der Atomenergiekommission warnend, »vor Augen halten, daß unser Erfolg striktes Geheimnis bleiben muß. Wir haben damit zum erstenmal demonstriert, daß der Fusionsprozeß technisch machbar ist. Seine kommerzielle Nutzung wird lange Jahre mühsamer Arbeit erfordern. Doch die potentiellen kommerziellen Vorteile, die unser Vorsprung Frankreich verschafft, lassen sich gar nicht berechnen. Wir dürfen nicht zulassen, daß ein vorzeitiges Bekanntwerden unserer Entdeckung Frankreich um den verdienten — und unermeßlichen — Lohn für die Arbeit seiner Wissenschaftler bringt.«

Die Runde um den Tisch hörte ihm so gebannt zu, daß niemand bemerkte, wie ein *hussier* leise in den Raum trat und dem Innenminister diskret einen Umschlag übergab.

Der Minister warf einen Blick auf den Inhalt. Dann wandte er sich an Valéry Giscard d'Estaing. Sein Gesicht drückte den Ernst der Nachricht aus, die er soeben überflogen hatte.

»*Monsieur le Président*«, sagte er und unterbrach damit Foucaults Ausführungen, »die Polizeipräfektur teilt mir soeben mit, daß in der Allée de Longchamps im Bois de Boulogne ein Wagen entdeckt wurde, in dem eine Leiche lag. Der Tote wurde vorläufig anhand eines *laissez passer* identifiziert, das für eine Teilnahme an dieser Zusammenkunft hier ausgestellt war. Anscheinend gehört es dem Wissenschaftler, auf den wir warten . . .« — er warf einen Blick auf die Mitteilung — ». . . Alain Prévost.«

Drei blaue Mannschaftswagen der Polizei mit blinkendem Gelblicht markierten den Schauplatz. Ein Kordon von Polizisten hielt Passanten, Prostituierte und Spaziergänger mit ihren Pudeln fern, die neugierig den Peugeot 504 und die Gestalt anglotzten, die mit einem Tuch verhüllt danebenlag. Ohne auf die salutierenden Polizisten zu achten, eilte der Innenminister, gefolgt von Pierre Foucault, durch die Absperrung auf Maurice Lemuel zu, den Chef der französischen Kriminalpolizei.

»*Alors?*« sagte der Minister barsch.

Lemuel drehte sich zu einem Plastiktuch um, das auf dem Gras des Bois de Boulogne ausgebreitet war. Zwei Gegenstände lagen darauf, eine Brieftasche und ein Rechenschieber, dessen weißer Lacküberzug vom Alter und häufigen Gebrauch eine gelbliche Färbung angenommen hatte.

»Ist das alles?« fragte der Minister. »Und die Dokumente, die er bei sich hatte? Nicht gefunden?«

»Das ist alles, *monsieur*«, sagte Lemuel. »Diese beiden Gegenstände und das *laissez-passer*, mit dem wir ihn identifiziert haben.«

Der Minister drehte sich zum Vorsitzenden der Atomenergie-Kommission um. »Das ist doch wirklich nicht zu fassen«, sagte er in einem Ton, der zeigte, daß er sich nur mit Mühe beherrschte. »Sie lassen diese Leute mit Geheimpapieren in Paris herumlaufen, als wollten sie Hemden in die Wäscherei bringen.«

»Olivier«, protestierte Foucault, »diese Leute sind Wissenschaftler. Sie denken über Sicherheitsprobleme einfach nicht so wie Sie.«

»Das mag ja sein«, sagte der Minister. »Aber Sie haben an solche Dinge zu denken. Sie sind persönlich verantwortlich für die Sicherheit Ihrer Behörde. Und in diesem Fall hat man sich eine bodenlose Schlamperei geleistet.«

Er wandte sich wieder Lemuel zu. »Was haben Sie herausgefunden?«

»Kaum etwas«, antwortete der Polizeibeamte. »Wir brauchen eine Autopsie, um die Todesursache genau festzustellen. Nach seinem Gesichtsausdruck würde ich annehmen, daß er entweder erdrosselt oder durch einen sehr kräftigen, fachmännischen Karatehieb gegen die Luftröhre getötet wurde.«

Am folgenden Morgen kurz nach vier Uhr zerriß das grelle Klingeln des Telefons die Stille in der Privatwohnung des Innenministers über der Place Beauvau. Er stöhnte. Unter der Bettdecke kam seine Hand hervor und tastete im Dunkeln unsicher nach dem Hörer.

Am Apparat meldete sich der Vorsitzende der Atomenergiekommission. »Sie haben angerufen«, sagte Foucault aufgeregt. »Die Typen, die Prévost umgebracht haben. Sie verlangen eine Million Franc für den Aktenkoffer. Bei Pierre Lebrun, unserem Forschungsleiter in Fontenay, haben sie sich gemeldet. Wenn er das Köfferchen wiederhaben will, soll er heute Punkt zwölf Uhr mittags in der Bar ›Cintra‹ im *Vieux Port* in Marseille sein und in einer Plastiktüte vom ›Bazaar d'Hôtel de Ville‹ eine Million Franc in Hundert-Franc-Noten mitbringen. Er soll einen dunkelblauen Anzug tragen, schwarze Schuhe, ein weißes Hemd mit Krawatte und einen Filzhut.«

Trotz des Ernstes, der aus Foucaults Worten sprach, mußte der Minister lachen. »In diesem Aufzug wird sich Ihr Monsieur Lebrun dort in der Gegend wie eine Nonne in einem Hurenhaus ausnehmen.«

Er erhob sich aus dem Bett und sah sich nach seinen Kleidern um. »Sie geben uns nicht viel Zeit. Bestellen Sie M. Lebrun für acht Uhr in mein Amt«, wies er Foucault an. »Ich werde sofort eine Sitzung mit meinen Spitzenleuten einberufen.«

Die vier höchsten Polizeibeamten der Französischen Republik saßen in respektvoller Haltung vor dem Schreibtisch des Innenministers, den einer seiner fernen Amtsvorgänger einst von Napoleon als Geschenk erhalten hatte. Die vier Männer waren Paul Robert de Villeprieux, Leiter der DST (Direction de la Surveillance du Territoire), der französischen Spionageabwehr; sein kahlköpfiger, etwas schmalschultriger Kollege General Henri Bertrand, Chef von — wie es im Ministerium allgemein hieß — »La Piscine« (dem Schwimmbecken), dem französischen Nachrichtendienst SDECE (Service de Documentation et de Contre-Espionnage); Maurice Fraguier, dem fünfundvierzig Jahre alten Generaldirektor der Polizei und General Marcel Piqueton, Chef der 4000 Angehörigen der Gendarmerie, der als einziger in dem Raum Uniform trug. Angesichts der gewaltigen wissenschaftlichen und kommerziellen Bedeutung der Papiere, die der ermordete Wissenschaftler bei sich gehabt hatte, hatte der Minister am Abend vorher persönlich diese vier Männer in den Fall eingeweiht. Rasch faßte er zusammen, was der Anruf des Erpressers enthalten hatte.

»Meine Herren«, sagte der Minister und nippte an dem schwarzen Kaffee, den er für alle Anwesenden hatte kommen lassen, »darf ich um Ihre Meinung bitten.«

Polizeichef Fraguier nahm als erster das Wort. »Offen gestanden, Herr Minister, hatte ich den Verdacht, daß wir es hier mit einer hochpolitischen Sache zu tun hätten, Diebstahl industrieller Geheimnisse durch einen ausländischen Geheimdienst, die CIA vermutlich oder den KGB. Diese Nachricht aber läßt klar erkennen, daß es sich um eine banale, vom korsischen Milieu organisierte Erpressung handelt.«

Fraguier zündete sich eine Zigarette an und lehnte sich zurück. »Es braucht nicht viel Phantasie, um vorherzusagen, wie die Sache ablaufen wird. Gleich hinter der Bar ›Cintra‹ in Marseille beginnt das größte von Korsen bewohnte Stadtviertel in Frankreich, der ›Brotkorb‹. Das werden sie sich für die Übergabe von Geld und Koffer zunutze machen, denn dort fühlen sie sich sicher.

Sie lassen den armen Lebrun eine Weile in der Bar zappeln, während sie die Umgebung ausspähen, um sich zu vergewissern, daß wir nicht in der Nähe sind. Dann wird er im ›Cintra‹ angerufen und Anweisung erhalten, die Bar sofort zu verlassen und sich auf einem präzise beschriebenen Weg an eine andere Stelle im ›Brotkorb‹ zu begeben. Sie haben die *heure du pastis* ausgewählt, und werden ihn deshalb in eine zweite Bar schicken und ihm ein Pseudonym geben — sagen wir Jean Dupont. In dieser Bar wird er wieder angerufen und angewiesen, wo er das Geld hinterlassen soll. Es wird ganz in der Nähe sein, allerdings von der Bar aus nicht zu sehen, die Mülltonne vor dem Haus rue Belle Ecuelles Nr. 17. Oder sie sagen ihm: ›Hängen Sie es an den Lenker des blauen Fahrrads, das an der Tür des Hauses rue des Trois Lucs Nr. 10 lehnt. Tun Sie es auf der Stelle und kommen Sie dann in die Bar zurück.‹ Wenn sie das Lösegeld kassiert haben, wird er einen letzten Anruf bekommen und erfahren, wo sich die Dokumente befinden.«

Der Minister klopfte leicht mit den Fingerspitzen gegeneinander und ließ sich das Szenario durch den Kopf gehen, das sein Polizeichef umrissen hatte. Dann bat er den Gendarmeriechef um seine Meinung. »Ich stimme Fraguier zu«, sagte dieser. »Die Sache trägt den Stempel des *milieu.* Es handelt sich wahrscheinlich nicht um eine Geheimdienst-Operation.«

»Und was meinen Sie, Villeprieux?« wandte sich der Minister an den Chef der DST.

»Ich finde, wir sollten mitspielen«, antwortete Villeprieux.

Der Minister überlegte einen Augenblick und wandte sich dann dem Chef des SDECE zu. Mit halbgeschlossenen Augen wie ein meditierender Mönch, eine Gauloise zwischen den Lippen, saß General Bertrand regungslos auf seinem Stuhl. Wie ruhig er dasaß, bezeugte die Asche am Ende seiner Zigarette, die zwei Fingerbreit abgebrannt war. Als er zu sprechen begann, fiel sie auf die Aufschläge seines grauen Anzugs.

»Seit wann«, fragte Bertrand, »interessieren sich Ihre korsischen Freunde so für die Naturwissenschaft?«

»Als die Russen an unsere Konstruktionsentwürfe für die ›Concorde‹ herankommen wollten, was haben sie da getan?« antwortete Fraguier. »Sie sind nach Marseille gegangen und haben bei den richtigen Korsen an der Tür geklopft, nicht? Vielleicht hat diese Erfahrung unsere korsischen Freunde darauf gebracht, welchen Wert Industriegeheimnisse haben.«

Betrand schnippte sich die Asche vom Anzug. »Der Preis, den sie fordern, ist nicht hoch«, gab er in seinem ruhigen Ton zu bedenken.

»Das ist richtig«, sagte Fraguier. »Aber bedenken Sie, für die ist das ein schöner Batzen Geld. Vielleicht sind sie sich einfach nicht im klaren darüber, wie wertvoll diese Papiere sind.«

»Welche Garantien haben wir«, erkundigte sich der Minister, »daß sie diese Dokumente nicht fotokopiert haben und versuchen werden, uns ein zweitesmal zu erpressen?«

»Keine«, antwortete Fraguier knapp. Er legte eine Pause ein. »Aber das werden sie nicht tun. Die Korsen sind honette Leute. Sie legen einen nur einmal herein.«

Einen Augenblick war in dem Raum nichts zu hören als das Knarren des Stuhles, auf dem der Minister sich langsam vor- und rückwärts wiegte. Sie waren gewissermaßen noch mit einem blauen Auge davongekommen. Wenn sie die Dokumente auslösten, würde alles bereinigt sein. Der Zwischenfall würde niemals ans Licht der Öffentlichkeit kommen, das Geheimnis ihres wissenschaftlichen Durchbruchs gewahrt bleiben.

»Also gut«, sagte er dann zu seinem Polizeichef. »Machen Sie die Sache. Ich werde die Million Franc beim Finanzminister loseisen.«

Ein grauer Fleck wanderte über den Rand des nächtlichen Horizonts. Die Dämmerung war im Begriff, über die karge, grenzenlose Weite der Wüste heraufzuziehen. Diese Spanne unmittelbar vor dem Erscheinen der Sonnenscheibe heißt bei den Anhängern des Propheten *El Fedschi,* die erste Morgendämmerung. Sie währt nur ein paar Minuten, genauso lange, wie die Gläubigen benötigen, um die erste ihrer fünf Suren, das vom Koran vorgeschriebene tägliche Gebet, aufzusagen.

Bekleidet mit einem groben, braun und weiß gestreiften Schäfermantel und auf dem Kopf eine wehende weiße Keffje, trat ein Mann Ende dreißig aus dem Zelt, das aus Ziegenhäuten bestand, und breitete einen Gebetsteppich auf dem Sand aus. Nach Osten gewandt, begann er Allah anzurufen, den »Herrn der Welt, den Allerbarmer und Allmitfühlenden«.

Er warf sich dreimal auf den Teppich. Jedesmal berührte er mit der Stirn die Erde, wenn er den Namen Gottes und seines Propheten pries. Als das Gebet beendet war, setzte sich Muammar Gaddafi, der unbestrittene Herrscher über die libysche Nation, wieder auf den Teppich und beobachtete die aufsteigende Sonne, die den Wüstenhimmel in Flammen setzte.

Wieder einmal fühlte er sich seinem eigenen Wesen von Angesicht zu Angesicht gegenüber. Er war ein Sohn dieser Wüste. Er war in einem Zelt aus Ziegenhäuten geboren worden, ähnlich dem, in dem er hier die Nacht verbracht hatte. Seine Geburt war durch das Artillerie-Duell angekündigt worden, das an jenem Abend die Kanoniere von Rommels Afrikakorps und Montgomerys Achter Armee einander lieferten.

In seinen Knabenjahren hatte Gaddafi mit seinem Stamm die Wüste durchstreift, war er herangewachsen in der Glut der Schirokko-Stürme, unter dem segenbringenden Winterregen, der raschen Frühlingsblüte der Weidegründe. Von den Sandseen im Südwesten der Cyrenaika bis zu den Palmen Fessans gab es keinen Dornbusch, keinen Fleck Gras, kein ausgetrocknetes Flußbett, das, bei der ewigen Suche des Nomaden nach Weideland für seine Herden, Gaddafis Raubvogelauge entgangen wäre.

Wenn ihm die Frustrationen und Enttäuschungen der Macht, die er heute in Händen hielt, zuviel wurden, zog er sich regelmäßig hierher in seine Wüste zurück, um wieder einmal in den Quell seines Wesens zu tauchen. Während er nun in Gedanken verloren auf seinem Gebetsteppich saß, erspähte er am Horizont zwei Autoscheinwerfer. Ein weißer Peugeot 504 fuhr auf das kleine, etwa einen Kilometer von seinem Zelt entfernte Militärlager zu, wo seine Besucher genau überprüft wurden und wo sich die Nachrichteninstallationen befanden, die ihn mit Tripolis verbanden. Die drei diensttuenden Wachtposten winkten dem Wagen anzuhalten und überprüften zuerst mit pedantischer Genauigkeit den Fahrer und dann seine Papiere. Sie tasteten seinen Körper mit einem Suchgerät ab, das auf metallische Gegenstände ansprach. Schließlich waren sie zufrieden und erlaubten ihm, sich allein und zu Fuß auf den Weg zum Zelt des libyschen Diktators zu machen.

Gaddafi verfolgte den Marsch des Mannes durch den Sand. Als er noch hundert Meter entfernt war, begann Gaddafi ihm entgegenzugehen. *»Salam aleikum!«* rief er zur Begrüßung.

»Aleikum salam«, antwortete der Besucher. Gaddafi machte ein paar Schritte auf ihn zu und umarmte ihn mit einem Kuß auf beide Wangen. »Sei willkommen, Bruder«, sagte er. Er trat einen Schritt zurück und be-

trachtete ihn vergnügt. Whalid Dajani hatte von der ungewohnten Anstrengung des kleinen Marsches durch den Wüstensand ein gerötetes Gesicht.

»Ich habe . . .«, begann er noch keuchend. Gaddafi hob die Hand und unterbrach ihn. »Zuerst Kaffee, mein Freund«, sagte er. »Und danach, *Inschallah*, unterhalten wir uns.«

Er nahm Dajani am Arm und führte ihn in das Zelt, wo er einen Kaffeetopf aus Messing vom Rost nahm, unter dem das Feuer glühte. Er goß den Kaffee, hell, wie ihn die Beduinen trinken, in henkellose Porzellantäßchen, geformt wie übergroße Fingerhüte, und bot das erste seinem Gast an. Sie tranken. Dann setzte sich Gaddafi auf einen der Orientteppiche, die auf dem Boden des Zeltes lagen. Über sein attraktives Gesicht huschte der Anflug eines Lächelns.

»So, mein Bruder«, sagte er, »und jetzt erzähle mir, was du Neues für mich hast.«

»Das Päckchen ist angekommen«, sagte der Besucher. »Gestern abend.« Er holte tief Luft und hielt sie an, als wolle er den Strom der Worte aufhalten, die sich über seine Lippen drängten. Schließlich atmete er aus, und sein Atem verriet die Dutzende von Pfefferminzdrops, die er gelutscht hatte, um den Geruch des Whiskys zu verbergen, den er die ganze Nacht getrunken hatte. Alkoholgenuß war in Gaddafis Reich aufs strengste verboten.

»Ich kann es noch nicht glauben«, sagte er. »Es ist alles da. Ich habe mich die ganze Nacht damit befaßt.« Er schüttelte den Kopf, als könnte er es noch immer nicht fassen. Wieder sah er vor sich die Zahlenreihen, die ein Bild unermeßlicher Macht heraufbeschworen, das zu schauen nur wenigen jemals vergönnt war.

Doch was er sah, waren nicht die unbegrenzten Energiereserven, die die Phantasie des französischen Wissenschaftlers beflügelt hatten, als er eine knappe Woche vorher diese Zahlenkolonnen betrachtete. Was Whalid Dajani geschaut hatte, war eine Vision der Hölle, die düstere Kehrseite des Traumes von der Kernfusion, die Bedingungen eines faustischen Paktes, den Alain Prévost und die anderen, die in aller Welt diesem Traum nachjagten, mit den unberechenbaren Göttern der Naturwissenschaft hatten schließen müssen. Denn als sie der Menschheit das Zukunftsbild unbegrenzter Energie vor Augen führten, zeigten sie ihr auch den Zugang zu einer Gewalt von solcher Zerstörungskraft, daß sie dem Menschen und seiner Umwelt ein vorzeitiges Ende bereiten konnten. Die endlosen Zahlenreihen auf dem Computerausdruck, den Prévost zu der Sitzung im Elysée-Palast mitgenommen hatte, bargen das Geheimnis der Wasserstoffbombe. »Carlos und seine Leute haben rasche Arbeit geleistet«, stellte Gaddafi fest. »Bist du sicher, daß sich die Spur nicht hierher zurückverfolgen läßt? Unsere Beziehungen zu den Franzosen sind überaus wichtig.«

Dajani schüttelte den Kopf. »Sie haben die Dokumente sofort kopiert und dann die Franzosen angerufen, damit es so aussähe, als wären sie korsische Gangster, die auf ein Lösegeld aus waren.«

»Und das haben die Franzosen geglaubt?«

»Es scheint so.«

Gaddafi stand auf und stocherte nachdenklich in den glühenden Kohlen unter dem Rost herum. »Mein Bruder«, sagte er. »Als wir diese Operation gestartet haben, sagtest du, die Franzosen arbeiteten an einer neuartigen Energiegewinnung.«

Sein Besucher nickte.

»Und«, fuhr Gaddafi fort, »wie seid ihr dabei hinter das Geheimnis der Wasserstoffbombe gekommen?«

»Worauf sie in Frankreich aus waren«, erläuterte Dajani, »das war eine winzig kleine Wasserstoffbombenexplosion. Eine kontrollierte, beherrschbare Explosion, damit man die freigesetzte Energie nutzbar machen kann. Das wird seit einem Vierteljahrhundert versucht, seit die Amerikaner ihre erste Wasserstoffbombe gezündet haben.«

Er legte eine Pause ein, griff sich dann an die Schläfe und zupfte sich mit einer dramatischen Geste ein einzelnes Haar vom Kopf, der schon kahl zu werden begann. Er hielt es vor Gaddafis Augen. »Sie haben sich darum bemüht, ein Kügelchen explodieren zu lassen, nicht dicker als dieses Haar. Um das zu erreichen, mußten sie es mittels eines Laserstrahls und in unvorstellbar kurzer Zeit auf das Zehnfache seiner normalen Dichte zusammendrücken.«

Gaddafis Augen weiteten sich. »Aber inwiefern ist dabei das Geheimnis der Wasserstoffbombe herausgekommen?«

»Deswegen, weil bei all diesen Experimenten die Entwicklung, die jeder einzelne Bestandteil nimmt, fortlaufend mit dem Computer aufgezeichnet wird. Für eine ganz winzige Zeitspanne vor der Explosion dieses Kügelchens hat es die einzig mögliche Anordnung einer Wasserstoffbombe angenommen. Damit geht das Geheimnis, das exakte Zusammenspiel seiner Prozesse, in den Computerausdruck ein.«

Gaddafi erhob sich und ging stumm zum Eingang des Zeltes. Er musterte den Horizont, den die emporsteigende Sonne nun in rosiges Licht tauchte. Einen kurzen Augenblick vergaß er, was der Wissenschaftler ihm soeben mitgeteilt hatte. Wie an jedem Morgen, den er seit seiner Knabenzeit in der Wüste verbracht hatte, suchte er instinktiv den Himmel nach irgendeinem Anzeichen ab, das den ewigen Feind der Beduinen ankündigte, den *guebli*, jenen sengend heißen Wind, der sich in den trostlosen Weiten der Sahara erhebt. Wenn der *guebli* bläst, hebt der Tod seine Flügel. Dann drängen sich Mensch und Tier aneinander und suchen Schutz gegen die heranstürmenden Sandwolken, unter denen schon ganze Stämme für immer verschwunden sind. Auch der junge Gaddafi hatte sich oft zwischen den Tieren der väterlichen Herde vor dem *guebli* in Sicherheit gebracht.

Doch an diesem Morgen zeigte der Himmel eine kraftvolle Bläue, nicht das silbrige Grau, welches den *guebli* ankündigt. Gleichsam beruhigt blickte Gaddafi auf den gewaltigen, geschlossenen Baldachin des Himmels, wo er sich mit dem endlosen Horizont seiner Wüste traf. Die Welt, die sich rings um sein Zelt weitete, war eine harte, grausame Welt, doch sie war auch eine einfache, wo jedes Tun seine klaren Konsequenzen hatte: Hier zog der Mensch auf der Suche nach dem Brunnen durch die Wüste. Er fand den Brunnen und blieb am Leben. Fand er ihn nicht, ging er zugrunde. Vielleicht hatte er nun mit dem, was sein Besucher ihm gebracht hatte, seinen Brunnen erreicht, war er ans Ziel seiner jahrelangen Suche gelangt. Während Gaddafi hier im Frühlicht stand, dachte er, bevor er in sein Zelt zurücktrat, einen Augenblick lang an die Geschichte, die ihm sein Vater von der *kettate*, der tätowierten Weissagerin, erzählt hatte, die in ihrem Lager aufgetaucht war, während Gaddafis Mutter sich schreiend in den Wehen wand. Sie war zu dem Zelt gegangen, wo die Männer des Stammes Tee tranken und auf die Geburt warteten, und hatte die dreiundzwanzig streng vorgeschriebenen Utensilien ihres Gewerbes auf einem Teppich ausgeschüttet, darunter eine alte Münze, eine Glasscherbe, einen getrockneten Dattelkern, ein Stück von einem Kamelhuf.

Dann verkündete sie, daß das Kind ein Junge sein werde. Ein Gesalbter des Herrn, weissagte sie, ein Mann, den das Schicksal über alle anderen erheben werde, damit er im Dienst seines Volkes Allahs Willen vollziehe. Kaum hatte sie zu Ende gesprochen, da erfüllte sich schon der erste Teil ihrer Prophezeiung. Aus dem Zelt der Gebärenden erscholl der Schrei der Hebamme, der rituelle Ruf, mit dem die Geburt eines männlichen Wesens begrüßt wurde: *Allah akbar!* — Gott ist groß.

Gaddafi trat in das Zelt zurück. Aus einem kupfernen Topf holte er eine Schale mit *leben*, dicker, geronnener Ziegenmilch, und ein Bündel schwarzer Datteln — das traditionelle Beduinenfrühstück. Er plazierte beides auf den Teppich und bat seinen Gast, sich zu bedienen.

Während Gaddafi eine Dattel in die cremige Ziegenmilch tauchte, dachte er wie so oft an die Prophezeiung der alten Frau und in welcher Gunst er tatsächlich bei Allah stand. Allah hatte ihm den Auftrag erteilt, seine Völker wieder auf den von Gott verordneten Weg zu führen, dem arabischen Volk das Bewußtsein seiner wahren Bestimmung wiederzugeben, das Unrecht aus der Welt zu schaffen, das seinen Brüdern angetan worden war. Und Allah hatte ihm das Mittel verliehen, diese Mission auszuführen: das Öl, auf das diejenigen, die sein Volk so lange ausgebeutet hatten, angewiesen waren. Um sein Öl zu bekommen, hatten sie ihm die Mittel zur Ausführung seines göttlichen Auftrages geben müssen — seinen Reichtum, die Waffen, die er gekauft, die Technologie, die er sich zugelegt hatte, und nun dieses Zukunftsbild, das sein Besucher ihm entworfen hatte, die Aussicht, die höchste Macht zu erlangen, die es auf der Erde gab.

»Und nun, mein Bruder«, sagt er zu Dajani, »können wir die Bombe nach den Unterlagen bauen, die sie dir gestern abend gebracht haben?«

»Wir haben einen mühsamen Weg mit vielen, vielen Problemen vor uns. Als erstes müssen wir unser Nuklearprogramm zu Ende führen. Es wird Schwierigkeiten und riskante Situationen geben — die Gefahr, daß die Isarelis herausbekommen, was wir tun, und uns vernichten, bevor wir ans Ziel gelangen.«

Gaddafi schaute in die Wüste hinaus, die sich in die Weite dehnte. In seinen sinnenden dunklen Augen lag ein entrückter Blick. »Mein Freund«, sagte er, »es hat noch nie Größe ohne Gefahr gegeben. Noch nie einen großen Sieg ohne große Risiken.«

Er erhob sich und gab damit Dajani zu verstehen, daß das Gespräch beendet sei. »Bruder«, sagte er in einem Ton, in dem fast Verehrung lag, »du hast gute Arbeit geleistet, seit Allah dich hierhergeschickt hat, um uns beizustehen. Du hast uns die Möglichkeit dazu gegeben — wir werden der Gerechtigkeit endlich zum Sieg verhelfen.«

Er begleitete seinen Besucher bis zu dessen Wagen. Wärend sie durch den Sand stapften, faßte er Whalid leicht am Ellenbogen. Ein leicht ironisches Lächeln huschte über sein Gesicht. »Bruder«, murmelte er, »du solltest vielleicht nicht so viele Pfefferminzdrops schlucken. So was tut der Gesundheit, die Allah dir geschenkt hat, nicht gut.«

Der Weg zum Triumph, der Muammar Gaddafi nun in seinem Wüstenrefugium freigelegt worden war, bildete nur die Schreckenskonsequenz eines Unternehmens, mit dem der Libyer beinahe schon am ersten Tag nach seiner Machtergreifung begonnen hatte. Macht, das war etwas, was der beduinische Diktator instinktiv begriff, und gab es einen besseren Weg, seinen Anspruch auf die Führerschaft der aufbegehrenden arabischen Welt durchzusetzen, denn als erster arabischer Führer seinem Land die gewaltigste Waffe zu verschaffen?

Im Unterschied zu den Israelis, den Indern, den Pakistanis und den Südafrikanern, die ihr Nuklearprogramm mit äußerster Geheimhaltung betrieben, verkündete der Libyer unablässig seine Absicht, sein Land nuklear zu bewaffnen. Doch seine häufigen öffentlichen Erklärungen hatten weithin wenig Eindruck gemacht, denn die Welt war nur zu bereit, in Gaddafi einen hitzigen, unbesonnenen Abenteurer zu sehen, der außerstande war, die für ein solches Projekt notwendigen geistigen und wissenschaftlichen Ressourcen aufzubieten.

Den ersten Schritt auf dem Weg, der schließlich zu dem Gespräch in der Wüste führte, hatte Gaddafi kurz nach der Konsolidierung seiner Revolution getan. Er entsandte seinen Ministerpräsidenten Abdul Salim Dschallud mit dem Angebot nach Peking, ein Halbdutzend Atombomben aus dem Nukleararsenal Chinas zu kaufen. Die Chinesen erteilten ihm eine Abfuhr, worauf er sich an die amerikanische Firma Westinghouse mit dem Anerbieten wandte, einen 600-Megatonnen Kernreaktor zur Entsalzung von Meereswasser zu kaufen, mit dem er angeblich die Wüsten seines Landes bewässern wollte. Da niemand in der Welt sich vorzustellen vermochte, wie dies zu Kosten geschehen sollte, die auch nur im entferntesten vertretbar waren, wurde klar, daß Gaddafi einen ganz anderen Verwendungszweck für den Meiler im Sinn hatte. Das Außenministerium in Washington verweigerte trotz des Protestes, den Westinghouse und die Lobbyisten der Firma im Kongreß erhoben, die Genehmigung des Verkaufs. Darauf bemühte sich der Libyer, von der Gesellschaft Gulf General Atomic in San Diego einen Versuchsreaktor zu erwerben. Dieser Reaktor selbst hätte zwar nicht zum Bau einer Atombombe verwendet werden können, doch der Nuklear-Brennstoff, den die Firma Gaddafi zusammen mit dem Meiler zu verkaufen bereit war — hochangereichertes Uran —, eignete sich in idealer Weise für eine Bombe. Henry Kissinger mußte persönlich eingreifen, um dieses Vorhaben zu blockieren.

Gaddafis Programm kam nach dem Jom-Kippur-Krieg 1973 auf volle Touren, denn er hatte erkannt, daß Israel im Besitz von Atomwaffen war. Er wählte persönlich die Codebezeichnung dafür aus — *Seif el Islam*, das Schwert des Islam — und unterstellte es direkt dem Amt seines Ministerpräsidenten. Drei Leitsätze sollten es bestimmen. Erstens sollte das Waffenbau-Programm unter dem Deckmantel eines Kernenergieprogramms für friedliche Zwecke durchgeführt werden. Zum zweiten sollte Libyen sich die notwendige Technologie vor allem aus Europa beschaffen. Und drittens wollte man alles daransetzen, arabische Wissenschaftler für das Projekt heranzuziehen, Männer, die an Universitäten oder in Nuklearprogrammen tätig waren oder auf libysche Kosten an den besten Universitäten der Welt ausgebildet wurden. Gaddafi erteilte Befehl, für sein Programm mit dem Bau einer ultramodernen »Wissenschaftler- und Technikerstadt« fünfundvierzig Kilometer südlich von Tripolis zu beginnen. Sie sollte die modernste Technologie, die anspruchsvollste Ausstattung bekommen, so daß kein Wissenschaftler eine Einladung ablehnen würde, dort zu arbeiten.

Mitte der siebziger Jahre hatte die CIA erste Anzeichen registriert, daß Libyen sich bemühte, europäische Kerntechniker anzuwerben, die man mit großen, auf Schweizer Banken deponierten Beträgen zu ködern versuchte. Zur gleichen Zeit tauchte zunächst ein Rinnsal, doch bald ein ganzer Strom libyscher Studenten an französischen, deutschen, englischen und vor allem amerikanischen Universitäten auf, wo sie fleißig Kernphysik studierten.

Um sich Zugang zu einer Rohmaterialquelle für sein Programm zu verschaffen, erhob Gaddafi Anspruch auf einen Landstreifen längs der Grenze zum Tschad, wo sich gewaltige Uranlager befanden. Sein nächster Schritt war der Abschluß eines Geheimabkommens mit Argentinien, wonach die Südamerikaner ihm mit Uran-Prospektoren, Geräten für die Uransuche und einer Anlage zur Reinigung des Uranerzes unter die Arme greifen sollten.

Doch den Zugang zum Atomgeheimnis selbst verdankte der libysche Diktator der Explosion des angeblich »friedlichen Zwecken dienenden

Atomsprengkörpers«, den Indien am 19. Mai 1974 in der Wüste von Radschastan detonieren ließ. Der pakistanische Staatschef Zulfikar Ali Bhutto gelobte sich an diesem Abend, daß auch sein Land eines Tages Kernwaffen besitzen werde wie der Rivale Indien, selbst wenn die Pakistanis »Gras fressen« müßten, um an sie heranzukommen. Angesichts der gähnenden Leere im pakistanischen Staatsschatz hätte dies als hohle Prahlerei erscheinen können, doch Bhutto hatte mit Gaddafi ein geheimes Geschäft ausgehandelt. Es war ein einfacher Handel: Libyen sollte den Ankauf einer Plutonium-Aufbereitungsanlage und mehrerer Reaktoren aus Frankreich finanzieren und dafür einen Teil des Plutoniums, das die Pakistanis aus der Anlage abzuzweigen gedachten, sowie Zugang zu ihrer hochentwickelten Nukleartechnologie erhalten.

Dieses Geschäft platzte schließlich, als die Franzosen sich unter amerikanischem Druck bereitfanden, den Verkauf zu stornieren. Unterdessen war es nach Bhuttos Sturz und späterer Hinrichtung zu einer kurzen Abkühlung in den Beziehungen zwischen Libyen und Pakistan gekommen. Doch die Kombination der libyschen Finanzkraft mit pakistanischer Technologie war zu verheißungsvoll, als daß sie persönlichen Querelen zum Opfer fallen durfte, und die frühere Zusammenarbeit wurde wiederaufgenommen, als General Mohammed Zia ul-Haq nach der »islamischen Bombe« zu streben begann.

Dieses Unternehmen basierte auf der Anreicherung von Uran durch ein Gaszentrifugen-Verfahren, dessen technologisches Schlüsselgeheimnis von einem pakistanischen Wissenschaftler gestohlen worden war, der früher für das holländische Nuklearprogramm gearbeitet hatte. Um das Rohmaterial für ihren ersten Versuch zu beschaffen, wandten sich die beiden Staaten an Niger, dessen Urangruben der technischen Überwachung einer französischen Firma, Cogemax, unterstanden.

Während Gaddafi sein kombiniertes Unternehmen mit Pakistan betrieb, setzte er gleichzeitig seine Bemühungen fort, ein rein libysches Programm auf die Beine zu stellen. 1976 überredete er Jacques Chirac, den damaligen französischen Ministerpräsidenten, ihm den bereits erwähnten Kernreaktor zur Entsalzung von Meereswasser zu verkaufen, den die Amerikaner ihm einige Zeit vorher verweigert hatten. Präsident Giscard d'Estaing sorgte dafür, daß das Projekt diskret beiseitegelegt wurde. Unter dem Druck, unter den die französische Zahlungsbilanz infolge der sprunghaft steigenden Ölpreise 1979 geriet, gab er dann schließlich widerstrebend seine Einwilligung zum Verkauf des Reaktors.

Die dramatischste Begegnung in Gaddafis langer Suche nach der Atombombe fand jedoch in einem Rahmen statt, der sich von dem Ziegenleder-Zelt, in dem er gern seine Mußestunden verbrachte, so kraß unterschied, wie man es sich nur vorstellen konnte. Sie fand in einem Prunksalon im Palast der Zaren, dem Kreml, statt. Gaddafis Gesprächspartner an diesem Tag im Dezember 1976 war kein Russe, sondern der stolzeste Industrielle des Landes, das einst Libyen zu seiner Kolonie gemacht hatte.

Wer hätte treffender die rastlose Welt des Lebensgenusses, die von dem strengen Visionär aus der Wüste bedroht wurde, symbolisieren können, als Gianni Agnelli: Aristokrat, Playboy, Erbe eines Unternehmenskomplexes von höchstem technischen Standard und einflußreich wie nur irgendeine Weltfirma — des Fiat-Konzerns.

Der Bittsteller an diesem Tag war Agnelli. Er war unter dem Mantel des Geheimnisses nach Moskau gekommen, weil er etwas brauchte, was Gaddafi ihm bieten konnte: Geld. Der Libyer besaß an der Firma Fiat bereits zehn Prozent, die er einige Monate vorher für die Summe von 415 Millionen Dollar erworben hatte, das Dreifache des Marktwertes der Anteile. Und nun schlug er dem staunenden Agnelli vor, noch weitere Anteile zu kaufen oder ihm mit großen Investitionsgeldern auszuhelfen, wenn Agnelli mit sowjetischer Unterstützung einen Teil seines Konzerns in eine moderne Waffenschmiede verwandeln könnte, darunter auch eine Abteilung, die sich mit Kernforschung und nuklearen Entwicklungsprogrammen zu beschäftigen hätte.

Es war eine teuflische Versuchung. Agnelli wurde der Vorschlag gemacht, ein instabiles Land, von seiner eigenen Heimat nur durch das Mittelmeer getrennt, in die Lage zu versetzen, Massenvernichtungswaffen zu erlangen, wofür er die Geldmittel bekommen sollte, die seinen Industriegiganten vor dem Zusammenbruch retten könnten. Der Italiener bestätigte mit seiner — wenn auch noch so vorübergehenden — Bereitschaft, den Vorschlag zu erwägen, wieder einmal eine der Grundannahmen, die Gaddafi bei seinem Unternehmen leiteten: daß der Tag kommen würde, an dem unter dem Druck der Energiekrise im Westen alles und jedes für Geld zu haben sein werde.

Eine halbe Stunde später fuhr Whalid Dajani über die von Eukalyptus- und Lorbeerbäumen gesäumte Straße, die ihn zurück in die Hauptstadt führte. Er war schweißbedeckt; seine Gedanken kehrten in die Wüste zurück, zu den quälenden Stunden, die er durchlebt hatte, seit ihm eine Woche vorher die Niederschrift von Prévosts Telefonat gebracht worden war. Er spürte das schmerzende Geschwür in seinem Magen, vor dem ihn sein Arzt gewarnt hatte.

Meinetwegen hat ein Mann sterben müssen, dachte er. Ein Mann wie ich, mit den Idealen, die auch ich einmal hatte. Mein Gott, wie weit ist es mit mir gekommen, wie fern bin ich dem, was ich einmal angestrebt hatte! Er blickte nach vorn, nicht auf die Straße nach Tripolis, sondern auf die andere, die furchtbare, die er eingeschlagen hatte. Gab es noch eine Umkehr, oder war ihm bestimmt, was im Koran geschrieben steht: Jedem Menschen ist das Schicksal um den Hals gebunden?

»Seit Allah dich hierhergeschickt hat, um uns beizustehen«, hatte Gaddafi gesagt. Whalid lächelte bitter. Allah hatte nichts damit zu tun. Es war das Werk seines Bruder Kamal, und alles hatte begonnen an jenem Vormittag im Januar 1977, als Kamal nach Paris kam.

Die Fluggäste, die der aus Wien kommenden Maschine der Austrian Airlines, Flugnummer 505, entstiegen, versammelten sich an der Paßkontrolle vor Flugsteig 26 des Flughafens Charles de Gaulle. Kamal Dajani trug eine beigefarbene Wildlederjacke und Blue jeans. Über der Schulter hing ihm eine Bordtasche der AUA. Eine tiefe Bräune — die er sich scheinbar auf den Skihängen in Tirol zugelegt hatte — bedeckte sein hageres Gesicht und ließ das zarte Blau seiner Augen hervortreten.

Er legte dem Paßbeamten am Pult einen österreichischen Paß vor, der ihn als einen Fredi Müller auswies, Vertreter für landwirtschaftliche Maschinen aus Linz. Dann schlenderte er lässig in die Halle und auf die nächste Herrentoilette zu. Er zögerte einen Augenblick, bevor er in das letzte Abteil in der Reihe trat. Er schloß die Tür ab und stellte seine AUA-Tasche auf den Boden. Im nächsten Augenblick zog eine Hand sie in das Nebenabteil, und gleich darauf erschien eine völlig gleich aussehende Tasche zu Kamals Füßen.

Er öffnete sie und überprüfte mit methodischer Genauigkeit den Inhalt. Eine automatische Pistole, Walther P58; drei Ladestreifen Munition; zwei amerikanische Splitterhandgranaten; ein Schweizer Schnappmesser; ein roter Stadtführer — *Paris par Arondissement* —, auf dem er seine Zieladresse und den Unterschlupf ausfindig machen konnte, dessen Adresse er auswendig gelernt hatte; neue Personalpapiere, diesmal französische, die ihn als Mohammed Yaacef auswiesen, einen in Frankreich studierenden Algerier; eine kleine, mit einer Flüssigkeit gefüllte Phiole und schließlich fünftausend französische Franc in verschiedenen Scheinen und Münzen. Als er auf dem Weg nach draußen an der Toilettenfrau vorbeikam, ließ er einen Franc auf das Tellerchen neben ihr klappern. Muß nicht sein, daß sie mich genauer ansieht, dachte er.

Vierzig Minuten später stieg er im Herzen des Quartier Latin, an der Kreuzung des Boulevard St. Michel mit dem Boulevard Saint-Germain, aus einem Taxi. Er überquerte die Place den Luxembourg und schlenderte am Eisengitter, das den Jardin du Luxembourg umgibt, hinunter zur rue d'Assas. Dort wandte er sich nach links, bis er das Haus Nr. 89, an der Ecke der rue Tavard, gegenüber der Mütterklinik Tarnier, erreichte. Im Erdgeschoß befand sich eine Bäckerei, und als Kamal zum ersten Stock hinaufstieg, sog er genießerisch den Duft nach warmem Brot und frischen Croissants ein, der durch das dunkle Treppenhaus zog.

Er klopfte an die erste Tür linker Hand. Es war zu hören, wie drinnen in der Wohnung nackte Füße über Holz tappten. Dann spürte er, daß ihn jemand durch das Guckloch beobachtete.

»Ich bin's«, flüsterte er auf arabisch. »Kamal.«

Seine Schwester Laila öffnete die Tür.

Einen Augenblick sahen die Geschwister einander an. Dann sanken sie sich mit halb erstickten Freudenrufen in die Arme.

»Fünf Jahre«, rief Laila. »Warum bist du so lange fortgeblieben?«

»Ich konnte nicht anders«, antwortete Kamal.

Sie winkte ihm einzutreten. Bevor sie die Wohnungstür schloß, spähte sie rasch die Treppe hinab, um sich zu vergewissern, daß ihm niemand gefolgt war. Dann sicherte sie die Tür mit zwei Schlössern.

»Laß mich sehen, was sie dir angetan haben«, sagte Laila, als sie im Wohnzimmer standen. Sie war ein Jahr jünger als Kamal, hatte ihn aber immer mit einer gewissen überlegenen Art behandelt, als hätte ihr der bloße Umstand, daß sie als Frau zur Welt gekommen war, einen Vorsprung im Leben gegeben.

Knurrend legte Kamal Jacke und Hemd ab. Die Narbe an seinem Hals lief in einer häßlichen, vernähten Hautstelle aus, die anzusehen war wie der Abdruck einer Tigerpranke.

Laila stieß einen leisen Schreckensschrei aus, als sie dieses Zeugnis der Laufbahn sah, die ihr Bruder auf einem windübertosten Plateau oberhalb von Damaskus eingeschlagen hatte, wo er in einem Ausbildungslager der Palästinensischen Befreiungsfront unter dem Feuerschutz von Maschinengewehren zum erstenmal über ein freies Feld robbte.

»Sie haben mir gesagt, du seist tot.«

»Ja, das dachten die Feiglinge, als sie abhauten und mich einfach im Stich ließen«, sagte ihr Bruder. Sechsmal hatte Kamal einen Fedajin-Trupp aus dem El-Fatah-Land im südlichen Libanon gegen den Feind geführt, zu Raketenüberfällen auf Kibbuzim, um eine Straße zu verminen oder ein vorüberfahrendes Auto aus einem Hinterhalt zu beschießen. Beim siebten Stoßtruppunternehmen, einem mißglückten Versuch, eine Katjuschka-Rakete in die Ölraffinerie von Haifa abzufeuern, waren sie von einer israelischen Patrouille abgefangen worden. Ein paar wohlgezielte Handgranaten hatten Kamal verwundet und seine Männer in die Flucht getrieben.

»Du hattest Glück, daß die Israelis dich nicht umgebracht haben, als sie dich fanden«, bemerkte Laila.

»Das hat nichts mit Glück zu tun. Einen toten Fedajin kann man ja nicht verhören.« Die Israelis hatten Kamal auf dem schnellsten Weg in die Gefangenenabteilung des Tal-Haschomer-Krankenhauses in Tel Aviv geschafft. Dort war er eine Woche lang im Koma gelegen, bis es dem Können der Ärzte im Verein mit seiner vitalen Konstitution gelang, sein Leben zu retten. Er hob seine beigefarbene Jacke auf und zog aus einer Tasche das wie ein Ohranhänger geformte, fingerlange Fläschchen, das sich in der ersten Bordtasche befunden hatte. Laila stieß einen schwachen Freudenruf aus, als sie die mattgelbe Flüssigkeit darin sah.

»Mein Jasmin!«

Kamal nickte. Seine Schwester packte das Fläschchen, öffnete den Verschluß und hielt es sich an die Nase. Eine vergessene Welt kehrte traumhaft wieder, während der betäubende Geruch in ihre Sinne eindrang. Abduls Parfümerie im Suk der Altstadt von Jerusalem, eine dunkle Höhle voll wundersamer Düfte, die Luft so geschwängert von Moschusaromata, daß man sie, wie es ihr vorkam, geradezu zwischen den Fingerspitzen liebkosen konnte.

»Wie hast du . . .?« begann sie.

»Einer von unsern Leuten, der einen Auftrag in Jerusalem ausführte, hat es mit herausgebracht«, erklärte Kamal. Schmuggel über die israelisch-jordanische Grenze war Kamal nichts Unbekanntes. Er war ja selbst als illegales Exportgut außer Landes gegangen, auf einem Lastauto unter einer Ladung Orangen versteckt, nachdem ihm die Flucht aus der Häftlingsabteilung des Tal-Haschomer-Krankenhauses geglückt war.

Laila drückte das Fläschchen an ihre Brust. »Der liebe, gute Abdul«, sagte sie und sah wieder die vertraute Erscheinung des alten Mannes vor sich, den fleckigen Tarbusch, seine altmodischen, runden Brillengläser, die Finger, die mit einer Kette aus Bernsteinperlen spielten.

Lailas Satz ließ ihren Bruder zusammenfahren. Seine blauen Augen, über die seine Familie immer gescherzt hatte, sie seien das Erbe einer Liebelei zwischen einem Kreuzfahrer und einem Mädchen aus dem Dajani-Klan, schienen ihm aus dem Kopf zu treten. Es war, als verdunkelte ein innerer Sturm ihr zartes, grünlich schimmerndes Blau.

»Geh mit dem Jasmin sparsam um«, sagte er. »Es ist zufällig das letzte Parfum, das dein lieber, guter Abdul verkauft hat, denn er lebt nicht mehr.«

Laila stieß einen erschrockenen Laut aus.

»Er wurde als Verräter hingerichtet.«

Seine Schwester sah ungläubig zuerst das Fläschchen in ihrer Hand und dann den Bruder an, der es ihr mitgebracht hatte.

»Kann ich eine Tasse Tee haben?« fragte er.

Laila, die kein Wort herausbrachte, wandte sich zu der Kochnische hinter sich um und machte Feuer auf dem Gasherd. Ihr Bruder fuhr fort: »Ich bin zu dir gekommen, weil ich deine Hilfe brauche.«

Laila drehte sich blitzschnell um, das Zündholz in der Hand, das noch nicht ganz abgebrannt war. Sie hatte ihre Stimme wiedergefunden. »Wozu? Willst du, daß irgendein armer Krämer unten an der Straße umgelegt wird?«

Ihr Bruder antwortete scharf: »Laila, wir töten nie ohne Grund. Du bist lange genug bei uns, um das zu wissen. Er hat zwei unserer Leute an die Juden verkauft.« Er legte eine Pause ein und bändigte seinen Zorn, bevor er weitersprach. »Ich möchte, daß du Whalid dazu bringst, uns bei einer sehr wichtigen Operation zu helfen.«

»Warum ich? Warum sprichst du nicht selber mit ihm? Er ist doch auch dein Bruder, oder?«

»Weil Whalid und ich nicht miteinander *reden* können. Wir streiten nur. Und mir geht es darum, seine Hilfe zu bekommen, nicht, in einem Streit Sieger zu bleiben.« Kamal stand auf und trat an das Fenster, von dem aus der Blick auf die Klinik gegenüber ging. Laila, die ihn beobachtete, wurde sich plötzlich bewußt, daß er nicht ging, sondern glitt wie eine Großkatze, die eine Beute von hinten beschleicht. Ist das aus meinem Bruder geworden, fragte sie sich, gewissermaßen ein gefährliches Dschungeltier?

»Whalid würde niemals verstehen, was ich in den letzten Jahren getan habe.« Kamal sah mit einem fast melancholischen Blick zum Fenster hinaus und suchte nach einem Satz, einem Gedanken, um Laila sein Tun zu erklären. »Der Zweck heiligt die Mittel. Für mich gilt das. Nicht für ihn. Außer in seinen Laboratorien, wo alles Abstraktion ist.« Er machte eine Kopfbewegung in Richtung auf die Straße drunten. »Er ist nie unten auf der Erde, wo die entscheidenden Dinge passieren.

Er würde mich einen Verbrecher nennen«, sagte er leise. »Ich würde ihn als Feigling beschimpfen. Und nach fünf Minuten hätten wir einander nichts mehr zu sagen.«

»Ihr hattet euch ja nie viel zu sagen«, bemerkte Laila. »Schon lange bevor er in seine Laboratorien ging und du . . .« Sie hielt inne und suchte nach einem Wort. Kamal lieferte es ihr. »Und ich ein Terrorist geworden bin. Oder ein Patriot. Die Trennlinie zwischen beidem ist manchmal unscharf.«

Kamal trat wieder ins Zimmer und deutete dabei auf die Kochnische. »Du wolltest mir doch eine Tasse Tee machen . . .«

Kamal fehlte es an der üblichen Redegewandtheit des Arabers, und er kam ohne Umschweife auf sein ursprüngliches Thema zurück. »Irgend jemand muß ihn dazu bringen, daß er uns hilft. Und du bist der einzige Mensch, dem das gelingen kann, nicht ich.«

Laila stellte den Teekessel auf den Herd und setzte sich dann ihrem Bruder gegenüber. »Weißt du, er hat sich verändert. Er ist heute französischer, als die Franzosen selbst es sind. Was uns passiert ist, unsre Eltern, Palästina — all das ist für ihn einfach verblaßt. Als gehörte es zu einem Leben, das er in einer anderen Inkarnation gelebt hat. Er ist wie alle andern Leute. Der Wagen. Das Haus. Die Putzfrau donnerstags. Seine Arbeit. Seine Frau. Ein glücklich verheirateter Mann.«

»Wir werden nicht von ihm verlangen, daß er all das aufgibt, Laila.« Kamals Stimme war ruhig, entspannt, beinahe heiter. »Aber er ist nicht wie alle andern. Zumindest nicht für uns.«

Seine Worte ließen Laila erschauern. Sie bestätigten, was sie geahnt hatte, als Kamal zum erstenmal ihren älteren Bruder erwähnte.

»Es geht um seine Arbeit, nicht? Darauf habt ihr es abgesehen?«

Kamal nickte. »Er weiß über einiges Bescheid, was wir unbedingt wissen müssen.« Der Teekessel pfiff. Laila stand auf. Mit bedächtigen Schritten ging sie zur Kochnische.

Darum also geht es! Nach all diesen Jahren, all den Gerüchten, all den hitzigen nächtlichen Diskussionen wollen sie jetzt zur Tat schreiten!

Sie stellte die Tassen auf den Tisch neben Kamals Sessel. Die Mittagssonne ließ ihr kastanienbraunes Haar erglänzen, das in üppigen Lockenkaskaden auf ihre Schultern fiel. Ungewollt überkam sie ein Frösteln beim Gedanken an das Ungeheuerliche, das ihr Bruder plante.

»Wie in Gottes Namen sollen wir ihn nur dazu bringen, daß er uns hilft?« fragte sie.

Draußen wurde die Mittagsstille vom grellen Sirenenton eines Krankenwagens zerrissen, der auf die Klinik auf der anderen Straßenseite zuraste.

Laila Dajanis Gesicht erstrahlte, als sie die vertraute Gestalt sah, die durch den überfüllten Warteraum des Marseiller Flughafens auf sie zukam. Ihr Bruder Whalid hatte noch immer seinen Spreizgang. Wie John Wayne, wenn er in einem Western von seinem Pferd weggeht. Als er näher kam, fiel Laila etwas anderes an ihrem älteren Bruder auf. Mein Gott, ging es ihr durch den Kopf, er hat aber zugenommen!

»Françoise verköstigt dich gut«, sagte sie lachend.

Schuldbewußt zog ihr Bruder den Bauch ein. »Ja, du hast recht«, antwortete er.

Mit einem breiten Lächeln führte Whalid seine Schwester aus dem Flughafengebäude zu seinem Renault 16, der auf dem reservierten Parkplatz gegenüber der Ankunftshalle geparkt war. Er verdankte dieses Privileg einem gelbgrünen Aufkleber in einer Ecke der Windschutzscheibe. Es war ein Ausweis für die Mitarbeiter des Kernforschungszentrums in Cadarache, dem Herzen von Frankreichs Atomenergieprogramm, und vor allem ein Passierschein für den Zutritt zum Super-Phénix, dem Brutreaktor, mit dem Frankreich die erste Generation von Kernreaktoren in der Welt abzulösen hoffte. Whalid Dajani war Atomphysiker. Er beschäftigte sich mit einem der kostbarsten und gefährlichsten Elemente auf der Erde, dem Plutonium. Seine Doktorarbeit für das Department für Kerntechnik an der Universität Berkeley, Kalifornien, hatte ihm den Ruf eines der brillantesten jungen Physiker seiner Generation eingetragen. Ein Referat, das er im November 1973 in Paris vor einem Wissenschaftler-Forum gehalten hatte, war für die französische Atomenergiebehörde der Anlaß gewesen, ihm eine Schlüsselposition innerhalb des Phénix-Programms anzubieten.

Whalid steuerte seinen Wagen aus dem Parkplatz und fuhr auf die Autobahn in Richtung Aix-en-Provence. Nach einigen Kilometern bog er auf eine schmale Landstraße ab, die zu dem provençalischen Landgasthaus führte, wo er sich mit Françoise, seiner Frau, zum Mittagessen verabredet hatte. –

Nach der spontanen Herzlichkeit der Begrüßung stellte sich nun ein lastendes Schweigen zwischen den Geschwistern ein.

Laila zog nervös an ihrer Zigarette und blickte zum Fenster hinaus auf die vorüberwogenden Weingärten mit ihren Rebstöcken, die zu dürren Skeletten zurechtgestutzt waren. Als sie in ein kleines Dorf einfuhren, warf Whalid einen raschen Blick auf seine Schwester. Sie schaute starr auf den Dorfplatz vor ihnen, dessen Lehmboden von der Sonne und von den trampelnden Füßen von *boule*-Spielern gehärtet war. Auch jetzt war ein Halbdutzend von ihnen zu sehen, die im fahlen Licht der Wintersonne mit ihren Bleikugeln hantierten.

»Du schreibst in deinem Telegramm, daß du etwas Wichtiges mit mir zu besprechen hättest.«

Ein fahrendes Auto, dachte Laila, eignet sich nicht für ein ernstes Gespräch. Im Auto redet man, wenn man etwas sagen will, ohne denjenigen ansehen zu müssen, mit dem man spricht. Doch bei dem, was sie ihrem Bruder zu sagen hatte, mußte sie ihm ins Gesicht sehen können.

»Ist der Platz nicht hübsch?« sagte sie. »Wollen wir nicht anhalten und etwas trinken?«

Whalid parkte den Wagen, und die Geschwister gingen auf eines der drei Cafés zu, vor denen Tische und Stühle standen. Whalid bestellte sich einen Pastis. Laila zögerte. »Nichts Alkoholisches«, sagte sie dann.

»Versuchen Sie's mit einem Pfefferminztee, *ma petite*«, schlug die Café-Besitzerin vor.

Sie drehte sich zu Whalid um und warf ihm einen freundlich-amüsierten Blick zu. »Ein starkes Aphrodisiakum.«

Als die Frau geschäftig davoneilte, sagte Whalid in sanftem Ton zu seiner Schwester: »Und worüber wolltest du mit mir sprechen? Geht es um Kamal?«

Laila kramte nervös in ihrer Handtasche, bis sie ihre Gitanes fand. Sie zündete sich eine an und inhalierte mehrmals tief.

»Nein, Whalid, es geht um dich.«

»Um mich?«

»Um dich. Die Brüder brauchen deine Hilfe.«

Whalid spürte, wie sich sein Magen nervös zusammenkrampfte.

»Laila, das liegt alles lange hinter mir. Ich habe mir mein Leben hier eingerichtet, mit Mühe und Fleiß. Ich habe eine Frau, die ich liebe. Und ich liebe meine Arbeit. Ich weiß, sie ist wichtig. Ich bin nicht bereit, all das zu gefährden. Nicht den Brüdern zuliebe. Für niemanden.«

Whalid mußte unwillkürlich an die ranke, blonde junge Französin denken, mit der sie sich zum Mittagessen treffen würden. Er war Françoise zum erstenmal in Cadarache begegnet, in einem Restaurant. Als er ihr ein Senftöpfchen reichte, wie sie gerne scherzten. Sie hatte ihm so vieles geschenkt, das Gefühl, endlich irgendwo zu Hause zu sein, hatte seiner Existenz Sinn, und damit der Arbeit, an die er so leidenschaftlich glaubte, eine neue Dimension gegeben. Ihr Domizil in dem mittelalterlichen Städtchen Meyrargues, ein Haus aus dem 17. Jahrhundert, wurde für Whalid zu einer Zitadelle, einer Fluchtburg gegen seine bedrängende Vergangenheit. Und sie zu bauen, half seine schöne junge Frau mit.

Laila nippte an ihrem Tee. »Whalid, du kannst deiner Vergangenheit nie entfliehen. Palästina ist deine Heimat. Jerusalem. Nicht das hier.«

Whalid gab keine Antwort. Die Geschwister saßen einen Augenblick stumm nebeneinander, in ihrem Schweigen geeint durch das, was sie einst gemeinsam durchgemacht hatten. Zwar hatten sie beide nicht das Elendsleben in einem palästinensischen Flüchtlingslager erlebt, dafür aber die schmerzliche Realität, daß sie ihre Heimat hatten verlassen müssen. Ihr Schicksal spiegelte einen Aspekt des palästinensischen Problems wider, den eine an das Lagerelend gewöhnte Welt nur selten wahrnahm: ein Palästina, das einst die Elite der arabischen Welt hervorgebracht hatte, eine lange, stolze Reihe von Gelehrten, Ärzten, Geschäftsleuten, Wissenschaftlern. Seit fünfundvierzig Generationen hatten die Dajanis auf den Hügeln Jerusalems gelebt und der Stadt bis 1947 einen ununterbrochenen Strom arabischer Führer und Denker geschenkt. Seitdem waren sie zweimal, 1948 und dann wieder 1967, durch israelisches Artilleriefeuer aus ihrer Heimat vertrieben worden. Israelische Bulldozer hatten 1968 das anmutige Haus ihrer Ahnen niedergewalzt, um für einen neuen Mietshauskomplex Platz zu schaffen. Ein Vierteljahr später war ihr Vater in seinem Beiruter Exil an gebrochenem Herzen gestorben.

Whalid nahm die Hand seiner Schwester und streichelte sie sanft. »Was uns geschehen ist, bewegt mein Herz genauso wie deines oder sonst ein Herz«, sagt er. »Aber es ist nicht das einzige, für mich. Für dich, nehme ich an, gibt es heute nur noch Palästina. Bei mir ist das anders.«

Laila schwieg und dachte darüber nach, was ihr Bruder eben gesagt hatte. »Whalid«, fragte sie, nachdem sie einen langen Schluck aus ihrer Tasse genommen hatte, »erinnerst du dich noch, wie wir zum letztenmal alle beisammen waren?«

Ihr Bruder nickte. Es war an dem Abend nach dem Begräbnis ihres Vaters gewesen.

»Du hast damals etwas gesagt, was ich nie vergessen habe. Kamal stand vor dem Aufbruch nach Damaskus, um sich den Brüdern anzuschließen und unser Volk zu rächen. Er wollte, daß du mitkommst, und du hast nein gesagt. Die Israelis, sagtest du, seien so stark, weil sie wüßten, was Erziehung und Ausbildung bedeuten. Man hatte dir die Möglichkeit geboten, in Kalifornien deinen Doktor zu machen. Berkeley, hast du zu uns gesagt, würde dein Damaskus sein. Die beste wissenschaftliche Qualifikation zu erwerben, die man in der Welt erlangen kann, das wäre *dein* Weg, unserem Volk und unserer Sache zu helfen.«

»Ja, ich erinnere mich. Und?«

Laila blickte auf den Platz, die *boule*-Spieler, die Frauen in ihren dunklen Kleidern, die mit prallgefüllten Einkaufstaschen vor dem Kaufhaus Prisunic standen und miteinander schwatzten. »Und wo ist die palästinensische Sache, wo ist jetzt dein Volk geblieben?«

»Hier«, antwortete Whalid und klopfte sich auf die Brust. »Wo sie immer waren, in meinem Herzen.«

»Bitte, Whalid«, sagte seine Schwester inständig, »werde nicht zornig. Ich wollte sagen, daß du damals an diesem Abend recht hattest. Jeder von uns muß unsere Sache auf seine eigene Weise unterstützen. Mit dem, was er hat. Es ist vielleicht kein großer Beitrag, wenn ich im Büstenhalter Botschaften nach Beirut schmuggle. Aber es ist eben das, was ich tun kann. Kamal kämpft. Das ist sein Beitrag. Aber du bist ein besonderer Fall, Whalid. Es gibt Tausende, Hunderttausende von uns, die eine Kalaschnikow tragen können. Aber es gibt in der ganzen Welt nur einen einzigen Palästinenser, der für sein Volk das tun kann, wozu du die Möglichkeit hast.«

Whalid durchfuhr ein Schauer. Als er das Telegramm gelesen hatte, ahnte er bereits den Grund dieses so dringenden Besuches. Er nahm einen Schluck von seinem Pastis und blickte dann Laila kalt-abschätzend an. »Und was ist dieses Besondere, dieser Beitrag für die Sache unseres Volkes, den die Brüder von mir erwarten?«

»Daß du ihnen hilfst, Plutonium zu entwenden. Aber nicht für sie selbst, Whalid, sondern für den großen Bruder in Tripolis.«

Whalid stellte sein Glas auf den Tisch. Instinktiv blickte er um sich, ob sich irgend jemand in Hörweite befinde, obwohl Laila arabisch gesprochen hatte. Nervös fuhr er sich mit der Hand über die Stirn und spürte dabei die kleinen Schweißtropfen, die sich dort gebildet hatten.

»Die Brüder stellen sich wohl vor, ich könnte an irgendeinem Sonntagnachmittag ein paar Kilo Plutonium auf dem Rücksitz meines Wagens verstauen und damit seelenruhig aus Cadarache herausfahren?«

»Whalid«, antwortete Laila, »die Brüder sind nicht verrückt. Die ganze Sache ist genauestens ausgedacht und geplant. Die Brüder wollen von dir lediglich Informationen. Wo das Plutonium gelagert ist. Wie es bewacht wird. Wie viele Leute es bewachen. Irgendeine Idee, wie man nach Cadarache hinein- und wieder herauskommt, ohne gefaßt zu werden.« Sie öffnete ihre Handtasche und suchte darin herum, bis sie ein dickes, weißes Kuvert fand. »Alles, was die Brüder wissen müssen, ist hier aufgelistet. Und ich bin autorisiert, dir eines zu versprechen: Es wird niemals herauskommen, daß die Sache auf dich zurückgeht.«

»Und wenn ich mich weigere?«

»Das wirst du nicht.«

Lailas aufreizend selbstsichere Antwort und die Anmaßung ihrer Auftraggeber erbitterten ihren Bruder.

»Ich werde es nicht tun?« flüsterte er mit heiserer Stimme. »Doch, ich weigere mich! Und ich werde dir auch erzählen, warum.«

Er griff nach ihrer Zigarettenpackung.

»Ich glaube an meine Arbeit, Laila. Ich glaube mit solcher Leidenschaft daran, wie ich jemals an Palästina geglaubt habe.«

Er verstummte und inhalierte langsam den Rauch der Zigarette. Dann fuhr er fort, eindringlich, ernst und gemessen. »Florence Nightingale hat einmal gesagt: ›Das erste, was ein Krankenhaus *nicht* tun sollte, ist Keime zu verbreiten.‹ Und ein Kernphysiker hat die erste Pflicht, *nicht* das furchtbare Wissen zu verbreiten, über das er verfügt, damit die Menschheit sich damit nicht umbringt, statt mit seiner Hilfe eine bessere Welt zu erbauen.«

Diesmal brauste seine Schwester auf. »Eine bessere Welt!« sagte sie verächtlich. »Warum will Gaddafi denn die Bombe? Weil die Israelis sie haben. Das weißt du doch ganz genau. Glaubst du, sie haben sie sich beschafft, um damit eine bessere Welt zu bauen? Den Teufel werden sie tun! Sie werden sie gegen uns einsetzen, wenn sie dazu gezwungen sind.«

Ihr Bruder blieb ungerührt. »Ja, ich weiß, daß sie sie haben.«

»Und da kannst du so ruhig neben mir sitzen und mir immer noch sagen, daß du deinem eigenen Volk nicht helfen willst, deinem eigenen Volk, auf dem man herumgetrampelt ist wie auf keinem anderen der Erde?«

»Ja, das kann ich, weil ich mich etwas Höherem als Palästina verpflichtet fühle. Oder unserer Sache. Oder wie du es auch nennen willst.«

»Etwas Höherem als deinem eigenen Fleisch und Blut? Als deinem eigenen toten Vater? Deinen Brüdern, die sie liquidieren wollen . . .?« Laila schlug einen fast inständigen Ton an: »Whalid, Gaddafi braucht die Bombe ja nicht einzusetzen. Aber ohne die Bombe kann kein arabischer Führer es mit den Israelis aufnehmen. Und wir werden auch in Zukunft bleiben, was wir seit sechzig Jahren sind, die Opfer, die ewigen, elenden Opfer.«

Bruder und Schwester schwiegen einen Augenblick, beide erschöpft von der Intensität ihrer Auseinandersetzung. Die Mittagssonne schien jetzt warm auf den Platz herab, und von den Stuckfassaden der Häuser auf der anderen Seite ging im funkelnden Licht ein tonfarbenes Glühen aus.

»Meine Antwort heißt nein, Laila. Ich werde es nicht tun!«

Ein Gefühl ohnmächtiger Leere und Verzweiflung erfaßte Laila. Eine Sekunde lang wurde ihr flau im Magen. O Gott, dachte sie, gib mir die richtigen Worte ein. Ich muß ihn dazu bringen. Ich muß es schaffen.

Ein Stück weiter weg sah sie linker Hand zwei Jungen, vielleicht zwölf Jahre alt, die ihre Rollbretter auf den von Menschen erfüllten Platz stellten. Im nächsten Augenblick schwangen sie sich mit der Anmut von Vögeln, die an einem Sommertag über den Himmel schweben, mitten durch die Menge. Lailas Blick fiel auf den Unterarm ihres Bruders. An der Innenseite des Handgelenks, dicht über dem Stahlband seiner Seiko-Taucheruhr, befand sich eine Tätowierung, eine blaue Schlange um ein Herz geringelt, das von einem Dolch durchbohrt war.

»Und das?« fragte sie.

Er sah sie wütend an. Diese Tätowierung war eine Erinnerung an den schmerzlichsten Augenblick seines Lebens, an den Tod seines Vaters nach ihrer Vertreibung aus Jerusalem, 1968. Am Tag seines Begräbnisses waren er und Kamal zu einem aus Saudi-Arabien stammenden Tätowierer in den Suks von Beirut gegangen. Der Saudi hatte beiden Brüdern dieses Muster in den Unterarm gestochen: ein durchbohrtes Herz für den toten Vater; eine Schlange für den Haß, den sie auf die Schuldigen an seinem Tod hatten; einen Dolch für die Rache, die sie geschworen hatten. Dann hatten sie beide einen Schwur aus der Vierten Sure des Koran abgelegt — den Tod ihres Vaters zu rächen oder ihr eigenes Leben zu verlieren, wenn sie in ihrem Entschluß wanken sollten.

Laila bemerkte, daß seine Muskeln zuckten. Wenigstens, dachte sie, habe ich dem Volk, der Sache, für die ich plädiere, ein Gesicht gegeben.

»Du hast dich davongemacht, Whalid«, sagte sie. Sanft war ihre Stimme, ohne die Spur eines Vorwurfs. »Du hast vergessen können, hier in diesem Land, durch ein neues Leben, mit deiner Frau. Aber was ist mit denjenigen, die dazu keine Möglichkeit hatten? Sollen sie für immer ein Volk ohne Heimat bleiben? Ohne Zuhause? Soll unser eigener toter Vater nie in seine Heimat zurückkehren?«

Whalid sah die Tätowierung an, so düster, als könnte sein Blick irgendwie dieses Stigma auf seinem Fleisch entfernen.

»Was soll ich denn sein?« Seine Stimme war ein zorniges Zischen. »Ein Gefangener dieser Haut, weil ich damit geboren wurde? Muß ich gegen meinen Verstand handeln, gegen alles, was ich glaube, nur weil ich in einem Land geboren wurde, das vor Jahrzehnten Palästina hieß?«

Laila ließ einen langen, gedankenschweren Augenblick verstreichen, bevor sie die Antwort darauf gab. »Ja, Whalid«, sagte sie. »Es ist dein Schicksal. Meines. Unser aller Schicksal.«

Nach dem Mittagessen mit Whalids Frau Françoise fuhren die Geschwister schweigend zum Flugplatz zurück. Laila begab sich sofort zum Check-in-Schalter, um ihren Rückflug nach Paris eintragen zu lassen. Als dies erledigt war, ging sie durch die Halle auf den Zeitungsstand zu, wo Whalid gerade die Schlagzeilen der Abendblätter überflog. Seine dunklen Augen hatten etwas Fernes, Melancholisches. Er hat verstanden, dachte Laila. Er ist unglücklich, aber er weiß, daß ihm keine andere Wahl bleibt. Sie legte eine Hand auf seinen Ellenbogen. »Ich werde ihnen sagen, daß die Sache in Ordnung geht. Daß du es tun wirst.« Whalid blätterte rasch ein Magazin auf dem Kiosktisch vor ihm durch. Es war ein unbewußter Versuch, noch um ein paar Sekunden die schreckliche Entscheidung hinauszuzögern, die seine Schwester ihm zugeschoben hatte.

»Nein, Laila«, sagte er schließlich. »Sage ihnen, ich werde es nicht tun.«

Seine Schwester spürte, wie ihre Beine zitterten. Einen Augenblick lang dachte sie, sie würde ohnmächtig zusammensinken.

»Whalid«, flüsterte sie, »du mußt. Es geht nicht anders!«

Er schüttelte den Kopf. Der Klang seiner eigenen Stimme, ihres »Nein«, hatte seiner Unentschlossenheit ein Ende bereitet. »Ich habe nein gesagt, Laila, und damit war es mir ernst.«

Laila war bleich geworden. Er begreift nicht, dachte sie. Oder er begreift doch, aber es ist ihm egal. »Whalid, du mußt. Du mußt es tun!«

Er schüttelte den Kopf. Laila verstand. Sie konnte nicht mehr gegen seinen Entschluß angehen. Entsetzt begriff sie, daß sie gescheitert war. Mit bebenden Fingern griff sie in ihre Handtasche und zog einen zweiten Umschlag heraus, der im Gegensatz zu dem ersten viel kleiner war. »Ich habe den Auftrag bekommen, dir das zu geben, wenn du ablehnen solltest«, sagte sie und drückte ihrem Bruder das Kuvert in die Hand.

Whalid wollte es aufreißen. Sie hielt ihn davon ab. »Warte, bis ich fort bin«, sagte sie. Sie drückte ihre tränenfeuchte Wange gegen das Gesicht ihres Bruders. *»Ma salaam«,* flüsterte sie. Und damit entschwand sie.

Whalid sah von der Terrasse des Flughafens aus zu, wie seine Schwester über das Rollfeld zu ihrer wartenden Maschine ging. Sie drehte sich nicht um. Als sie in der hinteren Einstiegsluke der Boeing 727 verschwand, öffnete er den Umschlag, den seine Hände umklammerten. Als er das Blatt Papier überflog, das sich darin befand, wankte er. Er hatte sofort den Vers aus der Vierten Sure des Koran wie auch die Schrift erkannt, in der er geschrieben war.

»Weichen sie aber ab«, las er, »so ergreift und tötet sie, wo ihr sie auch finden mögt.«

Am Sonntag, dem 3. März 1977, erklärte Whalid Dajani seiner Frau Françoise, daß er in Paris Familienangelegenheiten zu regeln habe, und bestieg den *Mistral,* dessen Ziel die französische Hauptstadt war. Kurz vor Mitternacht desselben Tages zerriß das Kreischen der Türglocke Françoise Dajanis friedlichen Schlaf. Als sie die drei schattenhaften Figuren vor ihrer Tür, den Ausweis mit den drei Amtsfarben der Trikolore sah, der ihr brutal vor die verschlafenen Augen gehalten wurde, stieß Françoise einen Schreckenslaut aus. O mein Gott, dachte sie, er ist verunglückt. Er ist tot.

Die drei Beamten von der DST drängten sich plötzlich an ihr vorbei ins Wohnzimmer. »Was ist denn passiert?« rief sie. »Ist meinem Mann etwas geschehen?«

Zwei der Beamten gingen, ohne auf sie zu achten, in ihr Schlafzimmer.

»Wo wollen Sie hin? Was fällt Ihnen ein?« schrie sie hinter ihnen her. Der Anführer des Trios, ein untersetzter, rotwangiger Mann, packte sie an den Schultern.

»Ziehen Sie sich an«, befahl er. »Sofort. Und packen Sie eine Tasche mit sämtlichen Toilettensachen, die Sie für die nächsten zweiundsiebzig Stunden brauchen.«

Françoise protestierte. Der Beamte zog aus seiner Jackentasche die einzige Erklärung, die er ihr zu bieten bereit war. Es war eine kurze maschinengeschriebene Anweisung eines Untersuchungsrichters, der die DST ermächtigte, sie zweiundsiebzig Stunden in Gewahrsam zu halten.

Françoise ging auf das Telefon zu. »Ich rufe meinen Vater an«, sagte sie zornig. Der Beamte war vor ihr am Telefon. Er hielt den Hörer mit einer Hand fest. »Nein, Madame, angerufen wird nicht.«

Eine knappe Stunde später wurde Françoise Dajani in das Amtszimmer des Chefs der Marseiller DST geführt, im zwölften Stockwerk eines Geschäftshauses, das den *Vieux Port* überragt. Draußen fegte der Mistral stöhnend durch die Straßen, zerrte an den Fensterläden der Häuser in der Umgebung und stieß mit seinen Böen so heftig gegen die Fenster des Büros, daß die Spiegelglasscheiben klapperten.

Françoise überlief es kalt. Vor ihr saß der DST-Leiter, der sich angelegentlich mit einem Bericht beschäftigte und ihre Anwesenheit geflissentlich ignorierte. Schließlich schob er die Blätter beiseite und blickte zu ihr hoch, mit der kalten, taxierenden Miene eines Feststellungsbeamten, der einen Versicherungsanspruch zu drücken versucht. Die Sorge und der Zorn, den Françoise nur mit Mühe unterdrückte, machten sich nun Luft.

»Was denken Sie eigentlich, die Leute mitten in der Nacht so einfach aus ihren Betten zu reißen?«

Der DST-Chef unterbrach sie mit einer matten Handbewegung. »Bitte machen Sie keinen Ärger, Madame. Wir haben heute nachmittag Ihren Mann in Paris verhaftet. Zusammen mit seinem Bruder und seiner Schwester.«

»Verhaftet?« sagte Françoise verblüfft. »Aber warum denn?«

»Weil er vorhatte, aus dem Kernforschungszentrum in Cadarache, wo er beschäftigt war, für die Palästinensische Befreiungsorganisation Plutonium zu entwenden.«

Die schlanke, blonde Frau kniff die Augen zusammen, um die Tränen zurückzuhalten. »Ich glaube Ihnen kein Wort.«

»Madame, es kommt mir nicht darauf an, ob Sie mir glauben oder nicht. Ein israelischer Agent, der Ihren Schwager bei der Ankunft auf dem Flughafen Charles de Gaulle sah, kam ihnen auf die Spur. Sie wurden verhaftet und trugen die Beweise ihrer Schuld bei sich. Alle drei sind geständig. Mir geht es hier lediglich darum, ob Sie in die Tat verwickelt sind oder nicht.«

Der DST-Chef, ein Mann mittleren Alters, ließ sich keine Spur von Mitgefühl anmerken, nur das professionelle Lauern des Vernehmers auf ein entlarvendes Lidzucken, die schwache Veränderung im Tonfall, mit der seine Beute sich verraten würde.

»Wo halten Sie meinen Mann fest?«

Der Beamte warf einen Blick auf seine Uhr. »Wir halten ihn nicht fest. Er wird in zwei Stunden in Beirut landen. Und er wird nicht nach Frankreich zurückkehren. Die Regierung hat ihn zur unerwünschten Person erklärt, wofür er sich angesichts der Umstände nur glücklich schätzen kann. Die Entscheidung ist höheren Orts getroffen worden.«

Wie hoch »höheren Orts«, dies wußte nicht einmal der DST-Beamte. Die Entwicklung des Super-Phénix-Brüters als Verkaufsschlager für den Export war ein Eckpfeiler der Ausfuhrplanung Frankreichs für die achtziger Jahre. Wenn in einem Prozeß ans Licht kam, daß eine Palästinensergruppe den Plan gefaßt hatte, aus Cadarache Plutonium zu entwenden, konnte dies, angesichts der in Europa bereits weitverbreiteten Ablehnung von Reaktoren, dem Programm einen verheerenden Schlag versetzen. Um diesem Risiko aus dem Weg zu gehen, hatte der Innenminister, mit Billigung des Staatspräsidenten, angeordnet, die drei Dajanis abzuschieben.

Françoise sank auf ihrem Stuhl zusammen. Instinktiv faßten ihre Finger das dünne goldene Medaillon, das sie um den Hals trug. Es zeigte eine

Darstellung des Fisches, der an den Wänden der römischen Katakomben die frühen Christen symbolisiert hatte. Sie war im Sternbild der Fische geboren, und das Medaillon hatte ihr ihr Vater am Vorabend ihrer Hochzeit geschenkt. Sie hing in inniger Liebe an ihm, mehr als an jedem anderen Menschen. Sie war ein schwaches, kränkelndes Kind gewesen, und er hatte sie gepflegt, ihr die Gesundheit, die Kraft zum Leben gegeben. Was geschehen war, würde eines Tages durchsickern, und dann würde das Gerede beginnen, das üble, gehässige Gerede. Und ihr Vater würde daran zugrunde gehen, langsam und grausam wie an einem Krebsgeschwür, das gnadenlos ein lebenswichtiges Organ zerfrißt. Durch das Fenster des Büros konnte Françoise zwölf Stockwerke tiefer die blinkenden Lichter des Jardin du Pharo am *Vieux Port* sehen. Sie lauschte dem trostlosen Jammern des Mistral, der traurigen Musik ihrer Kindheit, und sah sich wieder als kleines Mädchen, wie sie mit ihrem Vater am Kai des *Vieux Port* gestanden war und die kleinen Fischerboote angeschaut hatte, die auf dem bewegten Meer schaukelten. Verzweiflung, eine bittere, törichte Verzweiflung über den Schmerz, den Whalids Tat ihrem Vater antun würde, überschwemmte ihre Vernunft. »Entschuldigen Sie bitte«, sagte sie. »Mir ist übel. Könnte ich ein Glas Wasser haben?«

Kaum hatte der DST-Beamte sein Büro verlassen, um auf der Toilette am anderen Ende des Korridors ein Glas Wasser zu holen, da hörte er, wie die Glasfenster in seinem Büro zersplitterten.

Kamal Dajani stand auf dem Balkon des Hauses seiner Mutter, sein Blick schweifte über die lange, sanfte Dünung des Mittelmeers — einen kurzen Augenblick erfüllte ihn innerer Friede. Linker Hand waren die vertrauten Klippen des Taubenfelsens, der Orientierungsmarke, die den Seefahrern den Weg zum Beiruter Hafen weist, seit die Phönizier zum ersten Mal ihre Triremen mit der Flut aufs Meer hinausgesteuert hatten. Unterhalb von Kamals hochgelegenem Aussichtspunkt befand sich längs der Küstenstraße, die vom Flughafen Al Maza herführt, ein gigantischer Freiluft-Markt; Tausende von Händlern, durch den libanesischen Bürgerkrieg aus der Innenstadt Beiruts vertrieben, boten auf Decken neben der Straße, auf zusammenklappbaren Campingtischen und aus den Kofferräumen ihrer Autos eine bunte Warenvielfalt feil, von Eiern über Transistorradios bis zu Dior-Kleidern.

Ach, die Libanesen, dachte Kamal verächtlich. Nur Geld ist ihnen noch wichtiger, als sich gegenseitig zu massakrieren. Dies brachte ihn in die Wirklichkeit zurück. Für Fehlschläge hatte Kamal nichts übrig, und das Fiasko in Cadarache hätte nicht vollkommener sein können. Wenigstens blieb ihm ein kleiner Trost: Es war ihnen, dank seiner den Geschwistern zugemurmelten arabischen Anweisung, gelungen, den Franzosen ihre Verbindung zu Libyen zu verheimlichen. Nur zu bereitwillig waren die Franzosen auf die Idee eingegangen, daß das Trio im Dienst der PLO stehe.

Kamal ging es im Augenblick nur um eine einzige Sorge: aus dem Desaster ihrer gescheiterten Operation zu retten, was es zu retten gab. Und dafür schwebte ihm eine sehr gute Idee vor. Wenn er Muammar Gaddafi schon nicht das begehrte Plutonium verschaffen konnte, so konnte er ihm vielleicht etwas anderes liefern, etwas, was auf lange Sicht vielleicht ungleich wertvoller war: das wissenschaftliche Genie seines Bruders.

»Zu Tisch!«

Kamal folgte der Aufforderung seiner Mutter. Mochten ihre drei Kinder auch unterschiedliche Lebenswege eingeschlagen, unterschiedliche Leistungen erbracht haben, so gehorchten sie doch noch immer instinktiv den gebieterischen Befehlen Sulafa Dajanis. Das war nicht weiter verwunderlich. Madame Dajani war eine imponierende Erscheinung, das gerade Gegenteil der Vorstellung, die sich gemeinhin mit einer Araberin verbindet. Ihre hochgewachsene, geschmeidige Figur war in ein schwarzes Kostüm aus dem Atelier von Saint Laurent gekleidet, dessen herrlicher Schnitt jeder Kontur ihres Körpers folgte. Eine schlichte Perlenkette hob die blasse Haut ihres langen, anmutigen Halses und das hochmütige Kinn hervor. Ihr Haar war schwarz, kurz geschnitten und lockig. Ein paar vorwitzige graue Strähnen verliehen ihm wie Lichtblitze schimmernden Glanz.

Für sie war die summarische Ausweisung ihrer Kinder aus Frankreich ein Anlaß zum Jubeln. Sie brauchte nicht zu wissen, wessen sie sich schuldig gemacht hatten. Sie hatten es um der Sache willen getan, und das genügte. Den Wohnzimmertisch nahm ein gewaltiges arabisches *mezze* ein, eine bunte Reihe von Vorspeisen. Sie goß jedem ihrer Kinder ein Glas kristallklaren Arraks ein und hob ihr eigenes zu einem Trinkspruch.

»Auf das Gedächtnis eures Vaters; auf die Freiheit unseres Volkes; auf die Befreiung unseres Landes!« sagte sie und trank den brennend scharfen Alkohol mit einem einzigen Schluck. Nicht alle Gebote des Islam waren nach ihrem Geschmack.

Laila und Kamal stürzten sich hungrig auf die Speisen. Sulafa Dajani drückte ihrem niedergeschlagenen Ältesten einen Teller mit *samboussac,* einer köstlichen Fleischpastete, in die Hand. »Iß«, befahl sie ihm.

Whalid pickte deprimiert an der Kruste herum.

»Was hast du jetzt vor?«

Er antwortete mit einem Achselzucken. »Ich weiß nicht. Es kommt darauf an, was Françoise tun will, wenn sie hier ankommt . . . Falls sie überhaupt kommt . . . Falls sie mir vergeben kann, was ich getan habe.«

»Sie wird kommen«, stellte seine Mutter mit Emphase fest. »Es ist ihre Pflicht.«

»Whalid.« Kamal sprach in behutsamem Ton. Er war sich nicht sicher, wieviel Schuld ihm der Bruder an dem gab, was geschehen war. »Warum gehst du nicht mit mir nach Libyen?«

»Was, mein Leben vergeuden in diesem gottvergessenen Sandloch?«

»Du wirst dich vielleicht wundern über dieses gottvergessene Sandloch«, fuhr Kamal fort. »Dort passiert mehr, als du ahnst. Mehr als die meisten Leute ahnen.« Kamal dehnte seinen kraftvollen Körper. »Ein Mann wie du sollte nie voreingenommen sein. Komm wenigstens einmal mit, schau dir's an, und dann entscheide dich.«

Das Telefon klingelte. Sulafa Dajani erhob sich, um an den Apparat zu gehen. Keines ihrer Kinder bemerkte das schwache Glitzern in ihren Augen, als sie zurückkam und sich neben ihren ältesten Sohn setzte. Sanft nahm sie seine Hand und drückte sie sich an die Lippen. »Mein Sohn, eine traurige Nachricht. Es war ein Beamter von der französischen Botschaft. Françoise ist tot.«

»Tot!« rief Whalid entsetzt.

Sulafa Dajani streichelte seinen Kopf. »Sie ist aus einem Hochhaus in die Tiefe gesprungen, während die Polizei sie verhörte.«

Whalid sank an die Schulter seiner Mutter. »O mein Gott«, schluchzte er. »Françoise, meine arme Françoise!«

Kamal stand auf und zündete sich eine Zigarette an. Er starrte auf seinen weinenden Bruder.

»Ich bin schuld daran«, jammerte Whalid. »Ich habe sie umgebracht.«

Kamal trat hinter ihn und packte mit seinen kraftvollen Fingern Whalids Schulter. Wenn in dieser Geste überhaupt Mitleid lag, dann nicht so sehr mit dem Schmerz seines Bruders, als mit seiner Dummheit.

»Whalid, nicht du hast es getan. Die französische Polizei hat sie umgebracht.«

Whalid starrte ihn verständnislos an.

»Du glaubst doch nicht, daß sie aus dem Fenster gesprungen ist, oder?«

Entsetzen malte sich auf dem vom Kummer verwüsteten Gesicht seines Bruders. »Die französische Polizei würde nie . . .«

»Sei doch nicht so dumm. Sie haben sie aus dem Fenster gestürzt, was denn sonst. Die Franzosen, die dir so am Herzen liegen. Denen du unbedingt loyal bleiben wolltest. Wie soll es sich denn anders abgespielt haben?« Kamal stieß seine Worte in kurzen, bitteren Salven hervor. »Und Gott weiß, was sie vorher mit ihr gemacht haben.«

Whalid, dem die Tränen des Kummers, des Nicht-fassen-Könnens übers Gesicht liefen, wandte sich seiner Mutter zu, um ein wenig Trost zu finden, um ihre Meinung zu dem zu hören, was Kamal gesagt hatte.

Sulafa Dajani zuckte die Achseln. »Das ist die Art aller unserer Feinde.« Sie küßte ihren Sohn auf die Stirn.

»Geh mit deinem Bruder nach Libyen. Dort gehörst du jetzt hin. *B'ish Allah* — es ist Gottes Wille.«

3

»General Dorit, vernichten Sie Libyen!«

Der einzige Laut, der an Muammar Gaddafis Ohren drang, war das dumpfe traurige Seufzen des Windes in der Ferne. Kein Fernschreiber mit seinem Summen, kein Knistern in einem Funkempfänger, kein grelles Telefonklingeln beeinträchtigte die vollkommene Stille seiner Wüste. Wie es seinem Wesen entsprach, hatte er beschlossen, die kritischen letzten Stunden vor seinem Wasserstoff-Bombentest in der Einsamkeit der weiten Räume zuzubringen, in denen er seinen Glauben gefunden und seine Träume genährt hatte.

Sein Befehlsstand war das Symbol jener schwindenden Rasse, nach deren Lebensregeln er der Zukunft eine neue Ordnung geben wollte: sein Beduinenzelt, das immer bei ihm war. In den spartanisch-kargen Umkreis dieses Zeltes drang nichts ein, worin sich die Technologie verkörperte, die er sich dienstbar zu machen versuchte. Hier gab es keine Videoschirme, die die Welt vor ihm vorüberziehen ließen, keine Gehilfen in eleganter Uniform, die ihm seine Optionen darlegten, keine blinkenden Lichtertafeln, die ihm die Stärke seiner Armeen vor Augen führten. Gaddafi war allein mit der Einzigartigkeit seiner Wüste und der Stille in seiner Seele.

Hier, wußte er, war weder Zeit noch Raum für das Unnütze oder das Komplizierte. So wie das heraufziehende Licht des Tages die Trugbilder der Nacht vertrieb, so reduzierte sich das Leben in diesen Weiten auf das Wesentliche, auf das unerbittliche Ringen ums Überleben.

Seit undenklichen Zeiten hatte die grenzenlose, menschenfeindliche Einsamkeit die Wüste zum Nährboden der Spiritualität gemacht, einer Geistigkeit, die den Menschen zum Absoluten trieb. Moses im Sinai, Jesus in der Wüste, der Prophet auf seiner Hegira — jeder von ihnen hatte von seinem Rückzug in die Wüste Visionen mitgebracht, die dort aufgestiegen waren, und die Menschheit mit ihnen konfrontiert. Auch andere, Seher und Eiferer, Fanatiker und Idealisten, jener endlose Zug von Verzichtpredigern und Schwarmgeistern waren die Jahrhunderte hindurch immer wieder aus diesen weglosen Wüsten aufgetaucht und hatten das behagliche und genießerische Leben gegeißelt, das sie rings um sich sahen.

Ganz in die beruhigende Vertrautheit seiner Wüste versunken, wartete nun der letzte aus der langen Reihe dieser beunruhigenden Gestalten in größter Gelassenheit auf die Ereignisse seines Bombentests. War er geglückt, so sann er, würden jetzt, jeden Augenblick, die Amerikaner in der ersten Hitze ihres Zorns zum Schlag gegen ihn ausholen. Sollte dies Gottes Wille sein, so war er bereit, hier, in der Welt, die ihn geformt hatte, zugrunde zu gehen.

Seine wachen Ohren nahmen das Flattergeräusch eines Hubschraubers auf, der die Nachricht brachte, wie der Test ausgegangen war, und ihn in die Hauptstadt zurückbringen sollte, triumphierend oder mit Schande bedeckt. Mit dem Stoizismus und der Selbstdisziplin, dank deren seine Ahnen das Leben gemeistert hatten, sah er dem Helikopter entgegen, während dieser näher kam und schließlich zweihundert Meter von seinem Zelt entfernt aufsetzte. Ein Mann sprang heraus.

»*Ya siddi*«, rief er. »Es hat geklappt.«

Gaddafi rollte einen abgenutzten Gebetsteppich auf dem Sand aus. Seine erste Reaktion auf die Nachricht bestand darin, daß er den Kopf im Gebet senkte, einem Gebet voll Ehrfurcht und Dank für die Macht, die nun in seinen Händen ruhte. In die vielfarbenen Fäden des Teppichs, auf den er kniend das Haupt senkte, waren die Umrisse des islamischen Heiligtums gewebt, das er nun, im Besitz dieser Macht, im Namen seines Glaubens und seines Volkes würde zurückfordern können — der Omar-Moschee in Jerusalem.

Der Präsident der Vereinigten Staaten saß einige Augenblicke regungslos am Konferenztisch. Auch er hatte auf die Explosion in der Wüste mit einem Gebet reagiert, einem Gebet um Hilfe in der — wie er sofort erkannte — schwersten Krise, in der sich sein Land jemals befunden hatte. Nun starrte er gerade vor sich hin, in den hellblauen Augen spiegelte sich keine Spur von Sorge oder Gemütsbewegung. Er preßte den Zeigefinger gegen die Lippen und konzentrierte sich mit allen Fasern seines Wesens auf das Dilemma, dem er sich gegenübersah.

Schließlich unterbrach er sein Schweigen. »Als erstes«, begann er, »möchte ich sagen, daß wir dieser Drohung *nicht nachgeben* dürfen. Ein Nachgeben würde die Grundlage der internationalen Ordnung zerstören.«

Seine tief betroffenen Berater bemerkten in seiner Stimme eine Entschiedenheit, die in den letzten Stunden der Ungewißheit, vor Gaddafis Wasserstoffbombenexplosion, nicht festzustellen gewesen war. Zum Guten oder zum Schlechten, er war ihr Oberbefehlshaber, und jetzt kam alles auf sein Krisenmanagement in dieser schrecklichen Situation an.

»Alles, was wir tun, muß jetzt von der Annahme ausgehen, daß in New York tatsächlich eine Wasserstoffbombe versteckt ist«, fuhr der Präsident fort. »Und ebenso müssen wir annehmen, daß Gaddafi es völlig ernst meint, wenn er droht, sie zu zünden, falls irgend etwas davon bekannt wird.«

Auf eine merkwürdige Art, dachte der Präsident, hat er uns vielleicht damit einen Gefallen getan. Wenn die Sache tatsächlich herauskäme, würden wir wahrscheinlich einen Aufschrei der öffentlichen Meinung erleben, der uns keine andere Wahl mehr ließe, als die Israelis zur Räumung der West Bank zu zwingen. Er beugte sich vor, faltete die Hände auf der Tischplatte und ließ seinen Blick in die Runde schweifen, zuerst zu seinen um den Tisch versammelten Beratern und dann zu den Offizieren an ihren Kommandopulten: »Ich werde wohl niemandem von Ihnen sagen müssen, welche moralische Pflicht uns das auferlegt. Sicher sind unter uns manche, die Angehörige oder Freunde in New York haben. Aber jeder von uns muß sich darüber klar sein, daß möglicherweise das Leben von fünf Millionen unsrer Landsleute davon abhängt, daß die Sache geheim bleibt.«

Der Präsident sah seinen Sicherheitsberater an. »Jack, haben Sie irgendwelche speziellen Vorschläge?«

»Bitte, Sir. Es versteht sich von selbst, daß wir nur an abhörsicheren Telefonen darüber sprechen.« Es war in Washington wohlbekannt, daß die Sowjets Telefongespräche im und aus dem Weißen Haus abhörten, genauso wie es die Amerikaner mit dem Kreml machten. »Und Sekretärinnen müssen unbedingt aus dem Spiel bleiben. Wenn irgend jemand etwas schreiben muß, dann eigenhändig. Und ohne Durchschläge.«

»Wie halten wir die Sache vor der Presse geheim?« fragte Bennington.

Das war eine ganz entscheidende Frage. Im Weißen Haus waren zweitausend Journalisten akkreditiert. Vierzig bis fünfzig von diesen Presseleuten waren tagsüber fast ständig an Ort und Stelle, die meisten von ihnen schon beim morgendlichen Erwachen davon überzeugt, daß sie bis zum Sonnenuntergang von der Regierung mindestens einmal belogen werden würden. Gezielte Indiskretionen gehörten in der Hauptstadt zum täglichen Leben, und Klatsch über Amtsgeheimnisse lieferte die Hauptgesprächsthemen bei den Cocktail-Partys, Dinners und Mittagessen im *Duke Zeibert* und *Jean Pierre*, wo die großen Zeitungsfritzen einander ebenso eifrig auszuhorchen versuchten wie sie sich die weichschaligen Maryland-Krabben zu Gemüte führten.

»Sollen wir den Pressesprecher einweihen?« fragte der Präsident.

»Ich weiß nicht recht«, antwortete Eastman. »Wenn wir's nicht tun, reagiert er unbefangener, falls ihm Fragen danach gestellt werden. Weihen wir ihn aber ein, dann muß er sich eisern vornehmen, knallhart zu lügen und diese verdammte Geschichte so überzeugend zu dementieren, daß kein Schatten eines Verdachtes übrigbleibt.«

»Aber wenn wir ihm reinen Wein einschenken«, meinte William Webster vom FBI gedehnt, »kann er uns sofort sagen, ob in den Medien irgendeiner auf der Lauer liegt.«

»Keine Sorge«, entgegnete Eastman, »wenn in den Medien irgend jemand sich die Sache vornimmt, dann hören wir bald genug davon. Das wichtigste ist, den Kreis der Leute, die davon wissen, möglichst klein zu halten. Unter Kennedy wurde die Kubakrise eine volle Woche geheimgehalten, weil nur fünfzehn Leute in der Regierung darüber Bescheid wußten. Sie, Herr Präsident, müssen ebenfalls so tun, als ginge das Leben seinen normalen Gang. Das ist das beste Mittel, die Presse von der Fährte fernzuhalten.«

Der Präsident gab seine Zustimmung zu erkennen und wandte dann seine Aufmerksamkeit dem Admiral zu, der die Zentrale befehligte. Er wies den Offizier an, zunächst die militärische Situation und die Optionen zu erläutern, die den amerikanischen Streitkräften offenstanden.

Der Admiral trat wieder hinter das Rednerpult. Eastman konnte sich ein Lächeln nicht verkneifen. Selbst in einem so kritischen Augenblick wie diesem nahm der Admiral automatisch die im Pentagon übliche »Lage-Haltung« an: die Füße streng sechs Zoll weit auseinander, die linke Hand auf dem Rücken und in der rechten der zusammenklappbare Zeigestock aus Aluminium mit einem glühenden Lämpchen an der Spitze, mit dem er noch einmal die Verteilung der sowjetischen Streitkräfte in der Welt auf dem Bildschirm Revue passieren ließ. Nichts daran hatte sich geändert. Nun nahm Harold Brown, der Verteidigungsminister, das Wort.

»Herr Präsident, ich möchte vorschlagen, wir sollten als erstes die Sowjets informieren. So gespannt unsere Beziehungen gegenwärtig auch sein mögen, in dieser Frage, meine ich, können wir auf ihre Unterstützung zählen. Außerdem sollten wir ihnen klarmachen, daß keine unserer militärischen Maßnahmen sich gegen sie richtet.«

Der Präsident stimmte zu. »Setzen Sie die rote Leitung in Betrieb«, wies er Eastman an, »und teilen Sie den Sowjets mit, daß ich mit dem Generalsekretär sprechen möchte.«

»Sir«, sagte Warren Christopher, der stellvertretende Außenminister, »ich finde es auch wichtig, daß wir sämtliche Maßnahmen, die wir ergreifen, mit unseren Verbündeten koordinieren und sie auf höchster Ebene über diese Sache auf dem laufenden halten. Ich hätte gern die Ermächtigung, persönliche Botschaften an Mrs. Thatcher, Helmut Schmidt und vor allem an Präsident Giscard d'Estaing zu senden. Vermutlich stammt Gaddafis Plutonium aus dem Reaktor, den die Franzosen ihm verkauft haben. Vielleicht können sie dem FBI wichtige Informationen darüber liefern, welche Personen für Gaddafi in Tripolis arbeiten.«

Der Präsident erteilte seine Zustimmung und wies dann den Admiral an, seinen Lagebericht wiederaufzunehmen. Diesmal zeigte eine Reihe hellroter Lichter auf einem halbdunklen Bildschirm die Position jeder Einheit der Sechsten Flotte an, die größtenteils vor Kreta zu einer U-Boot-Bekämpfungsübung versammelt war. Der Zeigestab deutete auf die größeren Schiffe: zwei Flugzeugträger, drei Atom-U-Boote, einen Lenkwaffenkreuzer. Sie stellten die amerikanischen Einheiten dar, die Libyen am nächsten waren, und könnten, wie der Admiral seinem Publikum erklärte, sofort mit Kurs Südwest in Marsch gesetzt werden.

Henry Fuller, der Vorsitzende des Stabschef-Gremiums, unterbrach den Lagebericht. »Herr Präsident, ich bin der Meinung, daß ein Punkt auf der Stelle geklärt werden muß. Es gibt keine brauchbare militärische Lösung für diese Krise. Sicher, wir können Libyen sofort zerstören. Aber das würde uns nicht die geringste Gewähr geben, daß Gaddafis Bombe — falls sie sich in New York befindet — nicht doch hochgeht. Und deswegen ist es nach meiner Ansicht ausgeschlossen, daß wir im Augenblick irgendwelche militärischen Schritte gegen Gaddafi unternehmen.«

»Ich muß mich leider Ihrer Meinung anschließen«, sagte der Präsident. »Was empfehlen Sie uns dann zu tun?«

»Jeder Schritt, den wir tun«, erklärte der Admiral, »muß so ausfallen, daß er Gaddafi die möglichen Konsequenzen seines Handelns vor Augen führt. Er muß jede Stunde, jede Minute, jede Sekunde dieser verdammten Krise daran erinnert werden, daß wir ihn im Handumdrehen mit ein paar Wasserstoffbomben in Grund und Boden bomben können. Das soll er sich hinter die Ohren schreiben.«

Der Admiral wies mit der Hand auf die roten Lichter, die auf dem Bildschirm zuckten. »Ich finde auch, daß wir die Sechste Flotte schleunigst vor die libysche Küste schicken sollten. Sobald die Schiffe dort sind, würde ich sie so auffahren lassen, daß das libysche Radar sie ganz sicher erfaßt. Außerdem wird längs der Küste in großer Höhe der Luftraum durch die Maschinen der Flugzeugträger abgeschirmt, und an die Piloten geht die Weisung, im Klartext zu sprechen, damit Gaddafi weiß, daß sie genug Raketen an Bord haben, um sein gottverdammtes Land mir nichts, dir nichts in einen Trümmerhaufen zu verwandeln.« Ein dürres Lächeln erschien auf dem Gesicht des Admirals. »Ein militärischer Aufmarsch in einer solchen Situation muß zur Folge haben, daß der Feind seine Aktionen in einem anderen Licht sieht. Vielleicht wird ihn das eines Besseren belehren.«

»Herr Präsident.« Wieder einmal meldete sich Crandell mit seinem gedehnten Ton, der einem so unangenehm in die Ohren klang. »Sie werden nicht gerne hören, was ich jetzt sage, aber ich sage es trotzdem noch einmal. Vernichten Sie Gaddafi. Auf der Stelle!«

Der Präsident warf seinem Energieminister einen Blick voll kaum verhohlener Gereiztheit zu. Doch er konnte gegen den Strom von Crandells unerbetenen Ratschlägen nichts ausrichten.

»Unser großer Fehler in der iranischen Krise war, daß wir nicht schon am selben Tag handelten, als sie unsere Leute als Geiseln nahmen. Die ganze Welt hätte das verstanden. Wir haben abgewartet, und was geschah? Alle haben sich an unsere Rockschöße gehängt. ›Tut nichts Übereiltes. Denkt an unser Öl. Denkt an die Russen.‹«

»Mr. Crandell, wir reden hier nicht über fünfzig Geiseln in einer Botschaft.« Der Präsident schleuderte die Worte seinem Energieminister förmlich entgegen. Trotz der Gelassenheit, mit der er sich der Öffentlichkeit präsentierte, war er im Privaten ein sehr temperamentvoller Mann und, wenn ihn etwas zornig machte, eines schneidend verletzenden Tones fähig. »Wir sprechen über fünf Millionen Menschen in New York.«

»Wir sprechen hier über unser Land, Herr Präsident, und über einen Mann, der uns den Krieg erklärt hat. Wir müssen ihm und der ganzen Welt zeigen, daß es eine Grenze gibt, jenseits deren wir nicht mehr mit uns umspringen lassen, wie es anderen gefällt. Wenn Sie diesem Mann nicht entgegentreten und ihm sagen, Sie geben ihm fünf Minuten Zeit, Ihnen das Versteck der Bombe mitzuteilen, sonst ist es aus mit ihm und seinem Land«, sagte Crandell erregt, »dann werden Sie noch vor dem Ende dieser Nacht bereit sein, die Freunde unseres Landes zu verraten, und dem Erpresser zu geben, was er verlangt.«

»Crandell.« Der Präsident war von der Anstrengung, seinen Zorn zu zügeln, blaß geworden. »Wenn ich von Ihnen einen militärischen Rat möchte, werde ich es sagen. Ich bin nicht bereit, das Leben von fünf Millionen unserer Landsleute aufs Spiel zu setzen, solange ich nicht jede Möglichkeit ausgeschöpft habe, sie und die ganze Welt vor einer unaussprechlichen Katastrophe zu retten.«

»Durch Reden, Herr Präsident. Und wenn Sie damit einmal anfangen, fangen Sie auch mit den Konzessionen an.«

Der Präsident wandte sich aufgebracht von seinem Energieminister ab. In diesem Augenblick vor seinen Beratern die Beherrschung zu verlieren, wäre eine Katastrophe, gleichgültig, wie stark die Provokation war. Crandell sah ihn an und schüttelte langsam den Kopf. Sieht ihm ähnlich, dem guten alten Knaben, dachte er. Ein Kerl spuckt ihm ins Gesicht, und er glaubt, es regnet.

Am anderen Ende des Tisches hatte Bennington gerade den Hörer seines Telefons abgehoben. Der CIA-Chef lauschte einen Augenblick. »Herr Präsident«, sagte er dann, »es scheint, daß wir es mit einem weiteren Problem zu tun haben.«

Alle Blicke im Raum richteten sich auf den Neu-Engländer. »Der Mossad hat sich soeben mit unseren Leuten in Tel Aviv in Verbindung gesetzt. Sie haben die Explosion auf ihren Seismographen registriert und den starken Verdacht, daß es sich um eine Atomexplosion handeln könnte. Sie möchten wissen, was wir darüber herausgebracht haben.«

»O Gott!« stöhnte jemand am anderen Ende des Tisches, »wenn die Israelis herausbekommen, was Gaddafi gemacht hat, dann werden sie ihn sich selbst vornehmen, und wir verlieren vielleicht New York.«

Der Präsident runzelte die Stirn. Es war unvermeidlich gewesen, daß die Israelis die Schockwellen registrierten. Doch solange sie nichts von den radioaktiven Niederschlägen merkten, würden sie nichts Sicheres wissen, und der Fallout bewegte sich nicht in ihre Richtung. Das dringendste Erfordernis jetzt war, Zeit zu gewinnen, Zeit, um Ordnung in die Planung zu bringen, Zeit, um das Problem, das gelöst werden mußte, in den Griff zu bekommen.

»Halten Sie sie hin«, wies er Bennington an. »Sagen Sie ihnen, es sieht nach einem Erdbeben aus. Sagen Sie, wir gingen der Sache nach und würden sie auf dem laufenden halten.«

An der Wand gegenüber dem Präsidenten zeigten die Uhren an, daß es 0.30 Uhr war, 7.30 Uhr in Jerusalem und Tripolis. Sie hatten noch achtunddreißigeinhalb Stunden, und jede einzelne Minute dieser kostbaren Zeit mußte genutzt werden.

»Meine Herren«, sagte er, »versuchen wir, die Bereiche abzugrenzen, denen wir uns in der Reihenfolge ihrer Bedeutung widmen müssen. Zuerst kommt New York: Was tun wir hier? Zweitens: Wie sollen wir diese Bombe finden und verhindern, daß sie losgeht? Drittens: Was machen wir mit Gaddafi? Und viertens bleibt vermutlich die Frage: Was machen wir mit den Israelis, wenn ihnen die Wahrheit dämmert?«

Er sah Harold Brown an. Die Zivilverteidigung fiel unter die Zuständigkeit seines krakenhaft wuchernden Verteidigungsministeriums. »Verfügen wir über einen Plan, um in einem Ernstfall die Menschen aus New York herauszubringen?«

»Herr Präsident, die gleiche Frage hat John F. Kennedy am zweiten Tag der Kubakrise im Hinblick auf Miami gestellt«, sagte Brown seufzend. »Damals brauchte die Antwort zwei Stunden und sie lautete: Nein. Diesmal kann ich Ihnen die Frage in zwei Sekunden beantworten. Und noch immer heißt die Antwort: Nein.«

»Vergessen Sie nicht«, sagte Eastman warnend, »daß Gaddafi damit droht, diese Bombe zu zünden, wenn wir eine Evakuierung in die Wege leiten. Wahrscheinlich verlangt er deswegen, die Sache geheimzuhalten. Er sieht diese Menschen als seine Geiseln an und will nicht, daß sie aus der Stadt flüchten, falls die Geschichte bekannt wird.«

Der Präsident sah seinen Berater an. In seinen blaßblauen Augen stand grenzenlose Traurigkeit.

»Müssen wir annehmen, daß es ihm damit Ernst ist, Jack?«

»Ja, das fürchte ich, Herr Präsident.«

»Obwohl es fünf Millionen Tote bedeuten könnte?«

»Es könnte fünf Millionen bedeuten, wenn wir nicht kapitulieren, weil wir irrtümlicherweise glauben, daß er blufft.«

Der Hubschrauber, der Muammar Gaddafi zurück in seine Hauptstadt trug, setzte auf einer Landestelle auf, die in einem Aleppokiefern-Hain in der Nähe von Tripolis versteckt war.

Es war 7.52 Uhr libyscher Zeit. Der Diktator sprang aus dem Helikopter und klemmte sich auf den Fahrersitz eines himmelblauen VW, der zwischen den Bäumen verborgen war.

Vier Minuten später, gefolgt von einem Jeep mit Angehörigen seiner Prätorianergarde, passierte er eine unter Strom stehende Stacheldraht-Umzäunung und fuhr durch eine lange Zypressenallee, die auf die Mittelmeerküste zuführte. Kein ausländischer Diplomat, kein hochgestellter Besucher, keiner der anderen Führer der arabischen Staaten war jemals in das elegante alte Gebäude eingeladen worden, das am Ende der Auffahrt stand.

Mit ihrer schön geschmiedeten Balustrade, den dorischen Säulen, die den Portikus trugen, wirkte die Villa Pietri wie das Landhaus eines römischen Aristokraten, das irgendwie versehentlich an den Rand des afrikanischen Kontinents geraten war. Tatsächlich war sie von einem Römer gebaut worden, einem Angehörigen des Textiladels, der ihr seinen Namen gegeben hatte. In den Jahren nach seinem Tod hatte die Villa Pietri als Palast von Mussolinis Generalgouverneur in Libyen, als Residenz des Bruders des libyschen Königs Idris und später als die des kommandierenden Generals des amerikanischen Luftstützpunktes Wheelus bei Tripolis gedient. 1971 hatte Gaddafi das noble alte Bauwerk übernommen. Es war das Hauptquartier, von dem aus er die weltweiten Aktivitäten seines Terroristennetzes dirigierte.

Das Massaker bei den Olympischen Spielen in München war in dem eleganten Salon dieses Hauses eingefädelt worden; ebenso der Anschlag auf dem römischen Flughafen Fiumicino im Dezember 1973, bei dem Henry Kissinger getötet werden sollte; das Kidnapping der Ölminister der OPEC in Wien; die Entführung der Maschine nach Entebbe. Zwischen den Eukalyptusbäumen im Garten der Villa verbargen sich die Sendeantennen, über die Gaddafis Anweisungen an Terroristen der IRA, radikale westdeutsche Studenten, Mitglieder der Roten Brigaden, sogar an islamische Eiferer gesendet wurden, die man nach Taschkent und Turkestan einschleuste. Der Weinkeller der Villa, der einst die exquisitesten Chianti classichi der toskanischen Hügel beherbergt hatte, war in ein ultramodernes Kommunikationszentrum verwandelt worden, angeschlossen unter anderem an das libysche Radarsystem; eines der Schlafzimmer barg Modelle der Instrumententafeln der Boeing-Typen 747 und 707, an denen zahlreiche Flugzeugentführer aus den frühen und mittleren siebziger Jahren ausgebildet worden waren. Der libysche Staatschef hatte persönlich all jenen, die die Villa verließen, um seine Aufträge auszuführen, das Leitmotiv mitgegeben: »Alles, was unseren Feinden einen vergifteten Stachel in den Fuß drückt, ist gut.«

Bevor Gaddafi in seinen Hubschrauber gestiegen war, hatte er die frisch gebügelte Khaki-Uniform angelegt, die keinerlei Schmuck, nur seine Rangabzeichen als Oberst aufwies. Sein Gesicht strahlte zwar triumphierend, doch die grauen Flecke, die Spinnweben der Fältchen um seine Augen verrieten die nervliche Anspannung der letzten Tage.

»Von jetzt an«, erklärte er einer Handvoll Gehilfen, die vor dem Eingang der Villa warteten, um ihn zu begrüßen, »ist es vorbei damit, daß ich als arabischer Führer untätig zusehen muß, wie meine palästinensischen Brüder um die letzten Reste ihrer Heimat gebracht werden.«

Er umarmte jeden einzelnen — seinen Ministerpräsidenten Abdul Salim Dschallud, einen der wenigen, die von seiner ursprünglichen Junta geblieben waren, seinen Geheimdienstchef, die Kommandeure seiner Armee und Luftwaffe. Dann führte er sie in sein Arbeitszimmer.

Gaddafi, der sich an seinem Schreibtisch niederließ, war, wie sie alle wußten, ein Mann unergründlicher und unberechenbarer Stimmungen. Er konnte sich derart in Erregungszustände steigern, daß er imstande war, die Einrichtung seines Amtszimmers zu zertrümmern oder sich vor Wut buchstäblich auf dem Boden zu wälzen. Gelegentlich kam es vor, daß er sich in weitschweifigen Monologen erging, die keiner seiner Kollegen zu unterbrechen wagte. Etwas Ähnliches schien auch jetzt bevorzustehen.

»Sie sind Verbrecher, die Israelis. Die ganze Welt hat tatenlos zugesehen, wie sie mit ihren Siedlungen unseren Brüdern ihren Heimatboden gestohlen haben. Der sogenannte Friede dieses Feiglings Sadat, was für ein Hohn! Ein Friede — um welchen Preis? Um den Israelis zu erlauben, auch weiterhin das Land unserer Brüder zu rauben. Von Autonomie haben sie gesprochen.« Gaddafi lachte. »Autonomie, damit die Fremdlinge einen aus dem eigenen Heim jagen können! Ach, Sadat! Dieser Zwiebelverkäufer vom Nil! Vierzig Millionen Menschen führt er. Allah hat ihm den großen Schimmel des Kalifen gegeben, und was tat Sadat? Er hat sich mitten auf die Rennstrecke gelegt und ist eingeschlafen! Und womit gehe ich ins Rennen? Mit dem kleinen libyschen Esel und seinen goldenen Schuhen! Ich träumte davon, Führer eines Volkes zu sein, das seine Nächte nicht verschläft; das seine Tage damit verbringt, sich in den Dschebels auf die Rückeroberung der Heimat seiner palästinensischen Brüder vorzubereiten; das Gottes heiliges Gesetz achtet und dem Koran gehorcht, weil es den anderen ein Vorbild sein will.

Aber was für ein Volk führe ich? Ein Volk, das schläft. Ein Volk, dem es gleichgültig ist, was seinen Brüdern in Palästina widerfährt. Ein Volk, das nur davon träumt, sich einen Mercedes und drei Fernsehgeräte leisten zu können. Wir haben unsere besten jungen Männer als Piloten ausgebildet, damit sie sich mit den Mirages in den Kampf stürzen. Was aber haben sie getan? In die Suks sind sie gegangen, um einen Kramladen aufzumachen und japanische Air-condition-Geräte zu verkaufen!«

Die innere Spannung, die das Gesicht des libyschen Diktators verriet, nahm die Männer um ihn gefangen wie Opfer eines Hypnotiseurs.

»Jetzt aber«, fuhr er fort, »kann es uns mit unserer Bombe gleich sein, ob wir nur eine kleine Macht sind oder nicht. Soll das Volk doch weiter von seinem Mercedes träumen. Ich brauche die Millionen nicht, nur die wenigen, die bereit sind, den Preis zu zahlen, den ich von ihnen fordere. Haben die Kalifen die Welt mit den Millionen erobert? Nein, mit den wenigen, weil die wenigen stark waren und gläubig.«

Gaddafi streichelte geradezu die Fläche seines Schreibtisches, als er mit dem Offiziersstöckchen darüberstrich, das er immer bei sich trug, seit er 1961 von einem Ausbildungskurs für Nachrichtenoffiziere in England nach Libyen zurückgekehrt war. Seine Stimme wurde weich, beinahe klagend. »Außerdem«, sagte er, »verlange ich von den Amerikanern ja nichts Unmögliches. Ich fordere nicht die Vernichtung Israels. So weit könnten sie nicht gehen. Ich verlange nur, was recht und billig ist.«

Gaddafi sprach zwar nicht darüber, aber er war sich bewußt, daß ein Erfolg des Unternehmens noch etwas anderes zur Folge haben würde. Er würde ihn über Nacht zum Helden der arabischen Welt, zum Idol ihrer Massen machen. Er würde das größere Vorhaben sichern, das sich hinter seinem Haß auf den jüdischen Staat verbarg: die arabische Welt mit ihren gewaltigen Ölressourcen und der Macht, die sie darstellten, unter seine Führung zu bringen.

Salim Dschallud, der Ministerpräsident, rückte unruhig auf seinem Stuhl hin und her. Er war der einzige in diesem Raum, der sich von Anfang an gegen Gaddafis Plan ausgesprochen hatte. »Ich bleibe dabei, *Sidi*, die Amerikaner werden uns vernichten. Oder sie werden sich mit den Israelis verabreden, uns hereinzulegen, uns weiszumachen, daß sie unsere Forderungen erfüllen wollten, und dann zuschlagen, wenn wir nicht mehr auf der Hut sind.«

»Wir müssen jederzeit, jeden Augenblick auf der Hut sein.« Gaddafi deutete auf einen kleinen schwarzen Gegenstand auf seinem Schreibtisch. Es sah aus wie ein winziges Diktiergerät. »Das ist von nun an unser Wächter.« Das Gerät, ebenfalls ein Beitrag der Ingenieure von Nippon Electric, ähnelte den Fernsteuergeräten, mit denen man vom fahrenden Wagen aus das Garagentor öffnen kann. Mittels eines Fingerdrucks konnte Gaddafi einen elektrischen Impuls in einen Raum tief unter der Villa senden. Dort befand sich, bewacht von drei Fallschirmjägern seiner Leibwache, das Computerterminal, das auf Gaddafis Knopfdruck seinen Zündbefehl an »Oscar« und von dort an die Bombe in New York schicken würde.

»Die Amerikaner sind keine Narren«, fuhr er fort. »Glaubt ihr denn, daß fünf Millionen Amerikaner bereit sind, für Israel zu sterben? Für diese Siedlungen, gegen die sie ja selber sind? Niemals! Sie werden Israel zwingen, uns alles zu geben, was wir haben wollen.

Außerdem«, sagte er, »brauchen wir vor den Amerikanern keine Angst mehr zu haben. Bis jetzt haben sie es sich leisten können, den Israelis zu helfen und die Rechte unserer palästinensischen Brüder mit Füßen zu treten, denn sie waren eine Supermacht. Sie waren immun. Nun, meine Freunde«, auf seinen Zügen erschien ein verzerrtes Lächeln, »eine Supermacht sind sie zwar noch — immun jedoch nicht mehr.«

In Washington hatte der Präsident der Vereinigten Staaten die Sitzung des Krisenstabes in der Befehlszentrale verlassen, um über das »rote Telefon« mit dem Kreml zu konferieren. Nachdem er aus dem Raum gegangen war, bildeten sich unter seinen Beratern kleine Gruppen, die voll Sorge die Krisensituation erörterten. So unauffällig wie möglich schlängelten sich Marine-Stewards in weißen Jacketts mit dampfenden Tassen frisch gebrauten Kaffees zwischen ihnen durch. Nur Jack Eastman blieb am Konferenztisch sitzen und blätterte einen Stapel Dokumente durch, die zumeist den Stempel »Streng geheim« trugen.

Er mußte die ganze Disziplin aufbieten, die er in seinen langen militärischen Dienstjahren erworben hatte, um sich auf das Material vor ihm zu konzentrieren und seine Gedanken von dem gespenstischen Schauspiel zu lösen, dessen Zeuge sie alle gewesen waren. Er hatte die Aufgabe, die Dimensionen dieser Krise zu klären und dem Präsidenten die Optionen, die die Vereinigten Staaten hatten, so konzis und klar wie möglich darzustellen — auch wenn diese Optionen nur Variationen über das Undenkbare waren.

Er nahm einen vierbändigen blau eingebundenen Plan zur Hand, der die Bezeichnung »Maßnahmen der Bundesbehörden bei nuklearen Ernstfällen in Friedenszeiten« trug. Die Erstellung dieses Planes hatte Millionen Dollar und Tausende Stunden harter Arbeit verschlungen. Nach einem raschen Durchblättern schob Eastman ihn ärgerlich beiseite. New York würde in einen verkohlten Friedhof verwandelt sein, bis er oder sonst jemand sich auf dieses Bürokratenkauderwelsch einen Reim machen konnte.

Das nächste auf seinem Stapel war ein geheimes Memorandum vom September 1975 über »Massenzerstörung und Nuklear-Terrorismus«, das unter der Präsidentschaft Gerald Fords dem Nationalen Sicherheitsrat von seinem wortmächtigen und vorausdenkenden wissenschaftlichen Berater Robert Kupperman erstellt worden war. Eastman sann über die Ironie von Kuppermans erster Empfehlung nach. Unter keinen Umständen, hatte Kupperman gefordert, dürfe die Drohung eines Nuklearanschlags an die Öffentlichkeit dringen, weil dies die öffentliche Meinung derart hochputschen würde, daß die Regierung gezwungen wäre, sich den Forderungen der Terroristen zu beugen. Wenigstens, dachte Eastman zähneknirschend, kann Gaddafi nicht unsere Akten lesen.

»Der Präsident, meine Herren«, meldete der für die Befehlszentrale verantwortliche Admiral. Der Präsident kam mit raschen Schritten in den Beratungsraum zurück und begann zu sprechen, noch ehe die Männer Zeit gefunden hatten, sich zu setzen.

»Ich habe mit dem Generalsekretär gesprochen«, erklärte er. »Er hat mir versichert, daß die Sowjetunion Gaddafis Drohung uneingeschränkt verurteilt, und angeboten, in jeder ihm möglichen Weise mit uns zusammenzuwirken. Er wird durch seinen Botschafter in Tripolis Gaddafi eine persönliche Botschaft übermitteln, in der er dessen Aktion aufs schärfste mißbilligt und ihn vor den Konsequenzen warnt.«

»Herr Präsident«, meldete sich der stellvertretende Außenminister. »Ich möchte empfehlen, daß wir mit Moskau, Peking und Paris eine weltweite diplomatische Offensive gegen Gaddafi abstimmen, um ihm vor Augen zu führen, daß er absolut isoliert ist. Daß er nirgends in der Welt auch nur eine Spur von Unterstützung genießt.«

»Machen Sie das, Warren«, sagte der Präsident, »obwohl ich fürchte, daß wir es hier nicht mit einem Mann zu tun haben, der auf Druck solcher Art reagiert. Und rufen Sie den Außenminister aus Südamerika zurück.« Der Präsident erinnerte sich, wie wirkungsvoll John F. Kennedy zu Beginn der Kubakrise einen Schnupfen benutzt hatte, um seine Rückkehr aus Chicago nach Washington zu bemänteln. »Sagen Sie ihm, er soll irgendeinen gesundheitlichen Grund vorschützen.«

»Ich finde, wir sollten auch den Justizminister hinzuziehen«, sagte Eastman. »Wir müssen in dieser Sache verdammt rasch eine schöne Menge juristisches Unterholz wegräumen.«

»Wir haben auch die konstitutionellen Aspekte der Sache zu bedenken, Herr Präsident«, fuhr Eastman fort. »Wir müssen den Gouverneur und — was noch viel wichtiger ist, da er in der vordersten Linie steht — den Bürgermeister von New York einweihen.«

»Das«, meinte der Präsident nachdenklich, »könnte seine Haken haben.« Der Bürgermeister war ein sprunghafter Charakter und ein Mann, der das Herz auf der Zunge trug. Er würde möglicherweise überstürzt reagieren, wenn man ihn nicht pfleglich behandelte. »Ich glaube, es ist besser, ihm hier reinen Wein einzuschenken, unter vier Augen.«

»Und die Führung des Kongresses werden Sie wohl auch ins Bild setzen müssen.«

»Ja, aber wir halten den Kreis möglichst klein. Stellen Sie einmal fest, welche Leute Kennedy im Anfangsstadium der Kubakrise eingeweiht hat.« Der Präsident lehnte sich zurück, stützte das Kinn auf den gespreizten Daumen und Zeigefinger und sah seinen Sicherheitsberater fragend an. »Jack, zu welchem Vorgehen raten Sie?«

Eastman stöberte eine Sekunde in den Papieren herum, die vor ihm lagen. Dann begann er zu sprechen, mit dem leisen, eindringlichen Ton, den er sich während seiner Dienstjahre zugelegt hatte. »Nach meinem Eindruck, Herr Präsident, gibt es nur zwei praktikable Wege für uns, diese Sache zu lösen. Zunächst einmal müssen wir die Bombe ausfindig und unschädlich machen. Sie haben diese Aufgabe dem FBI und der CIA übertragen. Das zweite ist, mit Gaddafi Kontakt aufzunehmen und ihm klarzumachen, daß die Drohung, New York zu zerstören, ein absolut vernunftwidriges und verantwortungsloses Mittel ist — was immer er auch gegen Israel vorzubringen hat. Wie Sie vorhin bereits festgestellt haben, handelt es sich hier um eine ins Extrem getriebene terroristische Erpressung mit Geiselnahme. Wir haben es mit einem Fanatiker zu tun, der fünf Millionen Menschen den Revolver an die Stirn drückt. Wir müssen ihm zureden, daß er den Revolver wegnimmt, müssen ihn in eine Position der Verhandlungsbereitschaft manövrieren, was er vermutlich ohnehin will, genauso wie man bei einem Fall von Luftpiraterie versucht, den Terroristen zum Verhandeln zu bringen. Wir haben eine Menge Leute zur Verfügung, die etwas von dieser Sache verstehen. Meine Empfehlung ist, wir rufen sie zusammen, damit sie uns mit ihrem Rat helfen.«

»Einverstanden«, sagte der Präsident. »Die besten Leute, die wir haben, sollen sofort zu einer Sitzung ins Weiße Haus kommen.«

»Herr Präsident?«

Diesmal meldete sich der Stabschef der Armee. »Wir übersehen meiner Ansicht nach dabei einen äußerst wichtigen Punkt. Ich stimme Harry darin zu, daß wir keine tauglichen militärischen Optionen gegen Libyen haben, solange die Möglichkeit besteht, daß in New York diese Wasserstoffbombe explodiert. Das heißt aber nicht, daß wir uns nicht auf die Möglichkeit eines militärischen Vorgehens einstellen sollten.«

Bei den Worten des Stabschefs schob der Präsident das Kinn nach vorn.

»Eines Vorgehens nicht gegen Libyen. Sondern gegen Israel.«

»Gegen Israel?«

»Ja, gegen Israel, Herr Präsident. Denn wenn diese Bombe sich wirklich in New York befindet, dann steht das Leben von fünf Millionen Amerikanern auf dem Spiel. Gegen die Vertreibung einiger Tausend Menschen aus diesen Siedlungen im Westjordanland, wo sie an sich nichts zu suchen haben. Einige Tausend verrückter Zionisten oder New York. Das steht in keinem Verhältnis zueinander, Herr Präsident, ganz und gar nicht. Ich schlage vor, wir versetzen die 82. Luftinfanteriedivision und die Divisionen in Westdeutschland in Alarmbereitschaft und lassen die Truppentransporter der Sechsten Flotte im östlichen Mittelmeer, statt sie mit den Flugzeugträgern nach Libyen in Marsch zu setzen. Falls wir die Marineinfanterie landen lassen, dann in Haifa, nicht in Tripolis. Außerdem empfehle ich, daß das Außenministerium sehr diskrete Kontakte zu den Syrern aufnimmt.« Die Andeutung eines Lächelns spielte um die Mundwinkel des Generals. »Ich nehme doch an, daß sie bereit sein werden, uns Landemöglichkeiten in Damaskus anzubieten, falls wir sie brauchen sollten.«

»Der General hat recht.« Dies kam von Tap Bennington. »Es ist unbestreitbar, daß diese israelischen Siedlungen absolut illegal sind. Wir waren dagegen. Sie, Herr Präsident, waren von jeher dagegen. Wenn die Entscheidung heißt, New York oder die Siedlungen, und die Israelis nicht bereit sind, ihre Leute abzuziehen, dann sollten wir uns darauf vorbereiten, Truppen hinzuschicken, um ihnen auf die Sprünge zu helfen.«

»Wie Sie auch über diese Siedlungen denken«, bemerkte der Präsident, »und Sie wissen ja alle, wie ich darüber denke — die Israelis jetzt zu zwingen, sie zu räumen, würde heißen, sich Gaddafis Erpressung zu beugen. Wir würden der Welt zeigen, daß sich so etwas auszahlt.«

»Herr Präsident«, erwiderte Bennington, »das ist ja moralisch schön gedacht, aber auf die Menschen in New York dürfte es nicht viel Eindruck machen.«

Eastman hatte den Dialog mit diskretem Schweigen verfolgt. »Eine Sache ist ganz klar«, warf er nun ein, »nämlich daß es dabei für Israel um vitale Interessen geht. Je früher wir Herrn Begin hinzuziehen, desto besser.« Eine schwache Andeutung von Widerwillen glitt über das Gesicht des Präsidenten, als der Name des israelischen Ministerpräsidenten fiel. Es gab wohl in der ganzen Welt keinen Politiker, der ihm unsympathischer war. Wie viele Stunden hatte er sich die endlosen Vorträge Begins über die Geschichte des jüdischen Volkes, seine ständigen, überheblichen Hinweise auf die Bibel anhören müssen. Wie hatte ihn die Gewohnheit des Israeli verdrossen, endlos über die trivialsten Rechtsprobleme zu diskutieren. Der Umgang mit Begin hatte ihn gezwungen, Geduldsreserven zu mobilisieren, die er bei sich gar nicht vermutet hatte. Trotzdem, wie er über Begin auch dachte, es blieb ihm keine andere Wahl.

»Sie haben recht«, sagte er mit einem Seufzer. »Verbinden Sie mich mit Herrn Begin.«

Das Frühlicht tauchte den Jerusalemer Kalkstein des Hauses Balfour Street Nr. 3 in bernsteinfarbenes Licht. Der leise Hauch einer Morgenbrise streifte die Spitzen der Aleppokiefern, die sich über der Betonmauer erhoben, mit der die Residenz des israelischen Ministerpräsidenten schützend umgeben war. Es war Montag, der 14. Dezember, ein paar Minuten vor acht Uhr Jerusalemer Zeit.

Drinnen im Haus, in dem düsteren Arbeitszimmer im Erdgeschoß, starrte eine schwächliche Gestalt verdrossen durch die Verandatüren auf den Innenhof mit seinem Blumenschmuck. Zur linken Hand, keine achtzig Meter entfernt, zeigte sich die imposante Dachkontur des *King David Hotel*. Der Name des Mannes, der in den Innenhof hinausblickte, würde für immer mit diesem Gebäude verbunden bleiben. Dort hatte im Jahr 1946 ein Kommandotrupp von Menachem Begins Untergrundorganisation Irgun Zwai Leumi neunzig Menschen getötet, das Hauptquartier der britischen Palästina-Armee verwüstet und ihm selbst einen Platz in den Annalen seines noch nicht geborenen Staates gesichert. Die Ironie hatte es gewollt, daß der erste Bewohner dieses Hauses sein unversöhnlichster Feind jener Tage gewesen war. Evelyn »Bubbles« Barker, der berüchtigte britische General, der seinen Landsleuten den Rat gegeben hatte, »die Juden dort zu treffen, wo es weh tut, an ihren Brieftaschen«. Hinter Begin stand in einem der Bücherregale voller Enzyklopädien eine Fotografie, die ihn mit einem flachen, schwarzen Hut, schwarzem Gehrock und Rabbinerbart zeigte. Diese Verkleidung hatte es ihm immer wieder ermöglicht, sich vor der Nase von Barkers Soldaten durch die Straßen von Tel Aviv zu schleichen, während auf seinen Kopf ein Preis ausgesetzt war.

Er wandte sich vom Fenster ab und ging langsam zum Schreibtisch, wo er den Anruf des amerikanischen Präsidenten entgegengenommen hatte. Er trug einen grauen Anzug, ein weißes Hemd und eine dunkle, kleingemusterte Krawatte, ein Geschmack, der ihn, wie so vieles andere, als einen eigenwilligen Menschen auswies. In einem Land wie Israel waren Krawatten verpönt, wohlgebügelte Anzughosen eine Ausnahme und ausgebeulte Kordsamthosen die Regel.

Noch einmal ging er die Notizen durch, die er während des Anrufs aus Washington auf einen gelben Schreibblock gekritzelt hatte. Dazwischen nahm er immer wieder einen Schluck von dem lauwarmen, mit Sucrasit gesüßten Tee, der seit seinem zweiten Herzanfall, fünf Jahre vorher, sein Frühstück war. Er richtete ein stummes Gebet an den Gott Israels. Begin war sich über die Bedeutung dessen, was der Präsident ihm mitgeteilt hatte, völlig im klaren; es handelte sich um die tiefstgreifende Veränderung der Machtverhältnisse, die zu seinen Lebzeiten der Nahe Osten erlebt hatte. Der Präsident der Vereinigten Staaten mußte diese Machtverschiebung logischerweise im Licht der furchtbaren Bedrohung New Yorks sehen. Er, Begin, war verpflichtet, sie nach der Gefahr zu beurteilen, die sie für sein Volk und seinen Staat darstellte. Und diese Gefahr war tödlich.

Eine schwere Krise zog herauf, und Begin wußte, daß er in dieser Krise nicht auf die Freundschaft des Präsidenten zählen könne. Schon seit langem spürte er die wachsende Animosität, die ihm der Amerikaner entgegenbrachte. Begin seinerseits empfand keine Antipathie gegenüber dem Präsidenten, sondern eher Mißtrauen, so wie er den meisten Nichtjuden mißtraute — und nicht wenigen Mitjuden obendrein. Er hatte, wie seine politischen Widersacher behaupteten, eine Gettomentalität, eine engstirnige Denkart, die einem Weltpolitiker schlecht anstehe. Er sei außerstande, Probleme anders als aus dem jüdischen Gesichtswinkel zu sehen.

Dies war das natürliche Erbe seiner prägenden Jahre, der Knabenzeit in den polnischen Gettos, seiner Jugend, in der er als jüdischer Partisan gekämpft, seiner frühen Mannesjahre, die er als Untergrund-Kommandeur dem Kampf um die Vertreibung der Engländer aus Palästina geweiht hatte.

Ein großes Leitbild in diesen Kampfjahren war ihm die Vision seines Lehrmeisters Wladimir Jabotinsky gewesen, dessen Schriften in seiner Bibliothek den Ehrenplatz einnahmen. Es war die Vision von Erez Israel, nicht dem verstümmelten Klein-Israel, mit dem sich sein politischer Widersacher, David Ben-Gurion, 1947 wie mit einer Brotkrume vom Tisch der Welt begnügt hatte, sondern dem wahren Land Israel, dem biblischen Land, das Gott den Vorvätern verheißen hatte.

Israels Ansprüche auf das 1967 eroberte Gebiet, das er Judäa und Samaria nannte, zu konsolidieren und seinem Volk Frieden zu bringen — dies waren die beiden im Grunde unvereinbaren Ziele, die Begin seit seiner Wahl zum Ministerpräsidenten anstrebte. Beide schienen an diesem Dezembervormittag in weiter Ferne. Die komplexe, nur mühsam errungene Friedensvereinbarung zwischen Ägypten und Israel hatte sich als eine Chimäre erwiesen. Sie klammerte das palästinensische Problem aus und hinterließ damit im Herzen des Nahen Ostens eine offene, schwärende Wunde.

Statt die Wohltaten des Friedens zu genießen, den sie so leidenschaftlich ersehnt hatten, machten Begins Landsleute die schwierigsten Zeiten durch. Eine galoppierende Inflation und eine horrende Steuerlast erstickten das Wirtschaftsleben des Landes.

Die Einwanderung war zu einem Rinnsal kranker und alter Menschen zusammengeschrumpft. Jedes Jahr wanderten mehr Juden aus Israel aus, als Neuankömmlinge eintrafen. Im Gelobten Land leuchtete das Licht der Verheißung nur noch matt.

Am bedrohlichsten aber war, daß Israels Feinde — in ihrer Entschlossenheit, eine Friedensregelung zu Fall bringen, in der sie ein Betrugsmanöver sahen — wieder ihre Reihen schlossen. Der Irak und Syrien hatten eine Union gebildet, die Palästinenser waren aufsässig. Hinter ihnen stand, fanatisch und militant, die neue Islamische Republik im Iran mit ihrem Arsenal modernster amerikanischer Waffen, das durch den Sturz des Schahs in ihre Hände geraten war. Die Türkei, wo Israel früher so manch einflußreichen Freund besessen hatte, zeigte sich offen feindselig. Die Ölstaaten am Persischen Golf, von der revolutionären Flut im Norden bedroht, wagten es nicht mehr, ihren arabischen Brüdern zur Vorsicht zu raten.

Der Brennpunkt, auf den sich alle ihre Bestrebungen richteten, war Jerusalem und das Westjordanland. Plötzlich erschien dem israelischen Ministerpräsidenten Gaddafis verrückte Geste als der geradezu unvermeidliche Höhepunkt des Konflikts, in dem seit einem halben Jahrhundert Araber und Juden einander gegenüberstanden.

Das Knattern von Motorrädern riß Menachem Begin aus seinen Gedanken. Ein paar Sekunden später klopfte es an der Tür. Seine Frau kam in das Arbeitszimmer und legte einen weißen Umschlag — mit einem roten Streifen quer über einer Ecke — auf den Schreibtisch. Er war versiegelt und trug die Aufschrift *Sodi Beyoter — streng geheim.*

Das Kuvert kam aus einem schmucklosen, kasernenartigen Gebäude, ein paar Straßen weit entfernt, das nur mit einer Nummer, 28, und dem Schild »Zentrum für Forschung und politische Planung« gekennzeichnet war. In dem Umschlag befand sich der tägliche Kurzbericht des wichtigsten der drei israelischen Geheimdienste, des Mossad.

Der Ministerpräsident öffnete das Kuvert und strich den darin enthaltenen Bericht auf seinem Schreibtisch glatt. Um 7.01 Uhr, wurde darin gemeldet, hatten die seismographischen Stationen Israels einen Erdstoß von der Stärke 5,7 auf der Richter-Skala entdeckt. Als Zentrum hatte man den Ubari-Sandsee im Südwesten Libyens festgestellt, ein Gebiet, das nicht für Erdbeben bekannt war. Das, erkannte Begin, war die Explosion, deren Zeuge der amerikanische Präsident mit seinen Beratern gewesen war.

Als Begin den nächsten Absatz las, zuckte er zusammen. Um 7.31 Uhr stand da, hatte der Vertreter des Mossad in Washington persönlich mit dem CIA-Chef gesprochen. Dieser hatte ihm versichert, daß es sich um ein Erdbeben, nicht um eine Nuklearexplosion gehandelt habe.

Selbst in den schwierigsten Stunden zwischen Israel und den Vereinigten Staaten war das Verhältnis zwischen der CIA und dem israelischen Geheimdienstapparat eng und herzlich geblieben. Beinahe alles, was die Israelis in Erfahrung brachten, hatten sie unmittelbar an Washington weitergegeben. Und nun hatten die Amerikaner in einer Angelegenheit, die für Israels nationale Existenz von vitaler Bedeutung war, zu einer bewußten Lüge gegriffen. Was sich daraus möglicherweise folgern ließ, entging dem israelischen Ministerpräsidenten nicht.

Er sah seine Frau an. Sie wußte nichts von der Krise. Aber sie bemerkte, daß er plötzlich bleich geworden war.

»Was ist denn geschehen?« fragte sie.

»Diesmal sind wir allein«, sagte er. »Ganz und gar allein.«

Die Glocken des Johannesklosters schlugen halb neun Jerusalemer Zeit, als Menachem Begins schwarzer Dodge unterhalb der Knesset erschien und zu dem unansehnlichen Gebäude hinauffuhr, dem Sitz des israelischen Ministerrats. Vier stämmige junge Männer sprangen aus dem Wagen, jeder mit der linken Hand ein schwarzledernes Aktenköfferchen umklammernd. Wären sie nicht in Jeans und Lederjacken gewesen, hätte man sie für Börsenmakler oder eine Gruppe tatendurstiger junger Vertreter halten können, die mit ihren neuesten Aufträgen in die Firmenzentrale eilen. Doch nicht Aufträge bargen die Aktenkoffer, sondern die Werkzeuge ihres Berufs als Leibwächter des Ministerpräsidenten: eine geladene Maschinenpistole, zwei Extra-Gurte Munition, einen Colt, Kaliber 0.45, und ein Funksprechgerät.

Begin nickte höflich den betagten arabischen Bauern in ihren schwarzen Gewändern und weißen Keffjes zu; sie warteten darauf, in das Souterrain des Gebäudes eingelassen zu werden, wo das Archiv eines längst entschwundenen Palästina eingelagert war, des Palästina der Osmanenherrschaft, unter der die meisten von ihnen noch zur Welt gekommen waren. Begin ging an ihnen vorüber zu einem Tor, das von einer Wache elektrisch geöffnet und geschlossen wurde. Dahinter führte eine Treppe zu seinem Amtszimmer und zum Kabinettssaal hinauf.

Ein paar Minuten später nahm er seinen Platz an dem ovalen Tisch ein, um den sein Kabinett zu einer Krisensitzung versammelt war. Keiner der anwesenden Männer hatte auch nur den Schimmer einer Ahnung, welcher Art die Notsituation war, die sie hier zusammengeführt hatte. Begin hatte niemanden eingeweiht. Einen Augenblick schweifte sein Blick über den Raum. Die dunklen Augen wirkten größer hinter der Brille, die er trug, um seine Kurzsichtigkeit auszugleichen. Er überlegte sich sorgfältig seine Worte und begann.

»Meine Herren, wir stehen vor der ernstesten Krise unserer Geschichte!« Mit dem phänomenalen Gedächtnis, für das er berühmt war, berichtete er nun in sämtlichen Einzelheiten über sein Gespräch mit dem amerikanischen Präsidenten. Keine Enthüllung, keine Drohung hätte bei der Versammlung mehr Bestürzung auszulösen vermocht, als diese Worte. Seit anderthalb Jahrzehnten beruhte der Fortbestand ihres Landes auf zwei strategischen Pfeilern: der Unterstützung durch die Vereinigten Staaten und dem Wissen, daß Israel, sollte es zum äußersten kommen, als einziger Staat im Nahen Osten Atomwaffen besaß. Und nun hatte das Bild einer pilzförmigen Wolke, die über der libyschen Wüste in den Himmel stieg, das strategische Fundament ihres Staates zerstört.

»New York heute! Tel Aviv morgen! Wir können uns nicht von einem Irren einen thermonuklearen Revolver an den Kopf halten lassen. Wir haben nur *eine* Wahl!«

Die Worte dröhnten durch die betroffene Stille, die nach Begins Rede eingetreten war, in ihrer Wirkung noch verstärkt durch einen Fausthieb auf den Kabinettstisch. Sie kamen von einem Mann mit einem mächtigen Brustkorb. Er trug einen alten Pullover und ein offenes Hemd. Das dunkel gebräunte Gesicht kontrastierte gegen das dichte, blendendweiße Haar. Benny Ranan war einer der fünf echten Kriegshelden in diesem Raum, ein ehemaliger Fallschirmjäger-General, der im Jom-Kippur-Krieg

1973 in einer jener spektakulären Operationen an der Spitze seiner Truppen jenseits des Suezkanals abgesprungen war und damit den Weg für die triumphale Einschließung der 3. ägyptischen Armee durch Arik Scharon gebahnt hatte. Als Bauminister — beziehungsweise »Bulldozer-Minister«, wie er scherzhaft genannt wurde — war er einer der eifrigsten Verfechter der Politik zur Gründung neuer israelischer Siedlungen in dem Gebiet, das Begin Judäa und Samaria nannte. Ranan stand auf und ging um den Tisch herum, in dem wiegenden Gang, den seine Fallschirmjäger so gern nachahmten.

Er trat vor das große Bild, das eine Wand des Raumes bedeckte. Es war eine Aufnahme des Nahen Ostens, die Walter Schirra aus seinem Raumschiff Apollo 7 gemacht hatte. Nichts hätte anschaulicher die gefährliche Verwundbarkeit ihres Staates illustrieren können als dieses Kaleidoskop von blauen, weißen und schwarzen Flecken, das sich vom Roten bis zum Schwarzen Meer, vom Mittelmeer bis zum Persischen Golf spannte. Israel war nicht mehr als ein kleiner Splitter in dieser gewaltigen Weite, ein schmaler Streifen Land, der sich in gefahrvoller Lage an den einen Rand des Luftbildes klammerte.

Ranan warf einen Blick auf die Fotografie. »Die Bedingungen unserer Existenz sind total verändert. Wenn Gaddafi uns vernichten will, braucht er lediglich hier eine Bombe abzuwerfen . . .« Ranans dicker Zeigefinger traf die Karte in der Umgebung von Tel Aviv ». . ., dann noch eine hier und eine da. Drei Bomben, und unsere Nation hat aufgehört zu existieren.«

Ranan setzte sich wieder. Die dröhnende Generalsstimme wechselte das Register und ging in ein rauhes Flüstern über. »Was wäre unser Leben noch wert, wenn uns ein Fanatiker, der seit Jahren nach unserem Blut schreit, jede Stunde, jede Minute, jede Sekunde zu Asche verbrennen kann? Ich könnte so nicht länger leben. Könnte es irgendeiner von Ihnen? Überhaupt jemand?«

Er legte eine Pause ein, im Bewußtsein der Wirkung, die seine Worte auf die versammelten Männer hatten. »Vier Jahrtausende der Verfolgung haben uns doch eines gelehrt: Wir Juden müssen uns gegen jede Bedrohung unserer Existenz mit aller Kraft wehren. Meine Herren, wir müssen diesen Wahnsinnigen vernichten. Und zwar sofort. Bevor die Sonne am Himmel steht.«

Ranan legte die Unterarme auf den Tisch, so daß sein massiger Körper sich nach vorn lehnte:

»Und den Amerikanern werden wir unser Vorhaben mitteilen, sobald es ausgeführt ist.«

Wieder verbreitete sich Stille in dem Raum. Der stellvertretende Ministerpräsident zündete ein Streichholz an und hielt es nachdenklich an seine Pfeife. Yigal Yadins buschiger Schnauzbart, sein kahler Schädel gehörten ebenso zum politischen Dekor Israels wie Ranans massige Gestalt. Yadin war Archäologe, ein humanistischer Krieger, der Architekt von Israels Sieg im ersten Krieg, 1948, den es gegen seine arabischen Nachbarn hatte ausfechten müssen.

»Im Augenblick, Benny«, bemerkte er, »bedroht Gaddafis Bombe nicht die Menschen hier, sondern in New York.«

»Das ist egal. Wichtig ist nur, daß Gaddafi ausgeschaltet wird, bevor er handeln kann. Die Amerikaner werden uns dafür dankbar sein.«

»Und wenn die Bombe in New York trotzdem hochgeht? Glauben Sie, daß uns dann die Amerikaner viel Dankbarkeit entgegenbringen werden?«

Ranan seufzte. »Das wäre eine Tragödie. Eine furchtbare, entsetzliche Tragödie. Aber wir sind gezwungen, dieses Risiko einzugehen. Was wäre denn die größere Tragödie — die Vernichtung New Yorks oder die Zerstörung unseres Landes?«

»Für wen, Benny?« fragte Yadin. »Für uns oder die Amerikaner?«

»In New York leben drei Millionen Juden«, gab der Großrabbiner Yehuda Orent zu bedenken, der Führer der Religiösen in Begins Koalitionskabinett. »Mehr als hier.«

»Sie gehören hierher in dieses Land.«

Ranan schüttelte den Kopf. »Das, worum es hier geht, ist wichtiger als Juden irgendwo in der Welt, egal, wie viele es sind. Wir Israelis repräsentieren die ewige Berufung des jüdischen Volkes. Wenn wir verschwinden, wird das jüdische Volk aufhören, als Volk zu existieren. Wir verurteilen damit unsere Nachkommen, noch einmal zweitausend Jahre in der Fremde leben zu müssen, in den Gettos, in alle Winde zerstreut, umgeben von Haß.«

»Benny«, sagte der Ministerpräsident. »Ich muß Sie daran erinnern, daß die Amerikaner uns ersucht haben, jedes einseitige Vorgehen gegen Gaddafi zu unterlassen.«

»Die Amerikaner?« Ranan stieß ein grollendes, verächtliches Lachen aus. »Die Amerikaner werden uns verkaufen. Ja, verkaufen werden sie uns!« Er machte eine Handbewegung zu einer Reihe schwarzer Telefone in einer Ecke des Raumes. »Sie hängen jetzt gerade an der Strippe, um mit Gaddafi ins Gespräch zu kommen. Um *unser* Land zu verschachern, *unser* Volk, hinter *unserem* Rücken!«

»Vielleicht gibt es einen anderen Ausweg.«

Auf diese beruhigenden Worte wandten sich alle dem Mann zu, von dem sie kamen, General Yaacov Dorit, dem Chef der israelischen Verteidigungsstreitkräfte. »Wir könnten vielleicht Gaddafi kidnappen. Ein Blitzüberfall auf die Kaserne in Bab Azizza — Gaddafi würde mit einem Hubschrauber zu einer abgelegenen Stelle am Strand gebracht und von dort an Bord einer israelischen Barkasse.«

»Wäre das zu machen?« fragte Begin.

»Wenn es schnell geht und wir den Überraschungseffekt ausnutzen«, antwortete Dorit zuversichtlich.

»Yaacov?«

Der General blickte den Tisch hinunter zu Yusi Avidar, dem General, der den Shimbet, Israels militärischen Geheimdienst, befehligte.

»Gaddafi hält sich nicht in Bab Azizza auf. Unser Agent in Tripolis hat gestern abend gemeldet, daß Gaddafi seit achtundvierzig Stunden verschwunden ist. Wir wüßten also nicht, wo wir ihn uns schnappen sollen.«

»Damit ist die Sache gestorben«, erklärte Ranan. »Wir haben nicht soviel Zeit, um abzuwarten, bis er wieder auftaucht.«

»Und wenn wir doch über die Siedlungen verhandeln?«

Diese Worte aus dem Mund von General Avidar lösten Betroffenheit aus. 1967 hatte er an der Spitze seines Panzerbataillons in der Entscheidungsschlacht um Westjordanien die Arabische Legion besiegt. »Wenn wir sie aufgeben, bedeutet das nicht das Ende für Israel. Die meisten Leute hier waren ja ohnehin dagegen.«

»Es geht nicht um die Siedlungen«, antwortete Ranan mit tiefer, beherrschter Stimme. »Und auch nicht um New York. Es geht darum, ob unsere Nation neben einem Muammar Gaddafi leben kann, der die Wasserstoffbombe besitzt. Ich sage, nein.«

»Und deswegen sind Sie bereit, das Risiko einzugehen, daß fünf Millionen unschuldige Amerikaner hingemetzelt werden und wir uns das einzige Volk zum Feind machen, das uns unterstützt, auf das wir angewiesen sind?«

»Ja, dazu bin ich bereit.«

»Sie sind alle verrückt«, sagte Avidar seufzend. »Das ist dieser elende, krankhafte Massada-Komplex, der uns wieder einmal zur Selbstzerstörung und zum Selbstmord treibt.«

Ranan blieb völlig beherrscht. »Jede Minute, die wir an Diskussionen verschwenden, bringt uns unserer eigenen Vernichtung näher. Wir müssen auf der Stelle handeln, bevor die Großmächte sich absprechen, uns in den Arm fallen. Wenn wir warten, werden wir das Westjordanland und Jerusalem verlieren. Da unsere Hände von den Amerikanern gefesselt sind, bleibt uns nichts anderes übrig, als auf den Gnadenstoß des Henkers aus Tripolis zu warten.«

Menachem Begin hatte die Auseinandersetzung verfolgt, ohne einzugreifen, weil er jeder Meinung Gehör verschaffen wollte. Nun wandte er sich an seinen Verteidigungsminister Ezer Weizman und sagte mit leiser Stimme: »Haben wir irgendeine andere militärische Option, Gaddafi zu stoppen, als einen umfassenden nuklearen Präventivschlag gegen Libyen?«

Der stämmige ehemalige Jägerpilot und Baumeister von Israels Luftwaffe sagte langsam:

»Ich sehe keine. Wir haben nicht die Mittel, Hunderte von Kilometern von unserer Küste entfernt eine konventionelle Landeoperation durchzuführen.«

Begin schaute auf seine Hände, die auf dem Tisch gefaltet waren. »Ich habe einen Holocaust durchgemacht. Ich will nicht unter der Drohung eines zweiten leben. Ich glaube, es bleibt uns keine andere Wahl. Gebe Gott, daß die Bombe in New York nicht explodiert.«

»Großer Gott!« entfuhr es General Avidar. »Dann bleibt uns auf der ganzen Welt kein Freund mehr.«

»Wir haben schon jetzt keine Freunde mehr. Wir hatten nie Freunde. Von den Pharaonen bis zu Hitler waren wir immer ein Volk, von Gott und der Geschichte dazu verurteilt, in der Welt alleinzustehen.«

Begin forderte die Männer um den Tisch zu einer Abstimmung auf. Während sein Blick über die erhobenen Hände glitt, erinnerte er sich an jenen Nachmittag im Mai 1948, als die Führer des jüdischen Volkes beschlossen hatten, ihren Staat zu proklamieren — mit der Mehrheit von einer einzigen Stimme. Er zählte das Stimmenergebnis — und wiederum war es eine Mehrheit von einer einzigen Stimme. Dann blickte er General Dorit an.

»Vernichten Sie Libyen!« befahl er.

Kein Volk auf der ganzen Erde ist besser geschult oder besser ausgerüstet, in einer Krise rasch zu handeln, als die Israelis. Blitzartig zu reagieren ist ein Erfordernis, von dem Leben oder Tod dieser kleinen Nation abhängen, denn die wichtigste Stadt des Landes verfügt im Fall eines feindlichen Angriffs nur über eine Warnzeit von zwei Minuten, wenn Israel von Norden, und fünf Minuten, wenn es von Süden her angegriffen wird. Aufgrund dieser Situation besitzen die Israelis wahrscheinlich das perfektionierteste Alarmsystem der Welt. Es trat an diesem Dezembervormittag mit atemberaubender Schnelligkeit in Aktion.

Kaum hatte das Kabinett seine Entscheidung getroffen, stand General Dorit auf und ging hinaus ins Vorzimmer zu einem bestimmten Telefon. Der Apparat verband ihn direkt mit dem »Loch«, der unterirdischen Befehlszentrale, fünfzig Meter unter dem israelischen Pentagon in Tel Aviv, zwischen der Kaplan- und der Leonardo-da-Vinci-Straße.

»Die Mauern von Jericho«, sagte Dorit zu dem wachhabenden Offizier im »Loch«. Diese Code-Wort setzte das Befehlsnetz in Gang, das sämtliche siebenundzwanzig ranghöchsten Militärs des Landes Tag und Nacht miteinander verband. Ob sie nun auf den Plätzen des Hilton Tennis spielten, ihren Garten harkten, mit ihrer Ehefrau oder Freundin im Bett lagen oder auch nur auf die Toilette gingen, jeder dieser siebenundzwanzig Männer hatte jederzeit ein Telefon oder ein ultramodernes Kurzwellen-Sprechfunkgerät in Reichweite zu haben. Sie hatten Decknamen aus einer Liste von Blumen, Früchten oder Tieren zugeteilt bekommen, die am vierten Tag jedes Monats durch einen Computer gegen neue ausgewechselt wurden. Jeder Offizier hatte, sobald er die monatliche Namensliste erhielt, die Decknamen seiner sechsundzwanzig Offizierskameraden binnen einer halben Stunde auswendig zu lernen.

Dorit rannte aus dem Regierungsgebäude auf einen der beiden völlig identischen Befehlswagen zu, die immer hinter seinem grauen Plymouth herfuhren. Kaum saß er hinter seinem Kommandopult, leuchtete bereits eine Reihe von Lampen auf der Tafel vor ihm auf. Seine sechsundzwanzig leitenden Offiziere waren mit ihm verbunden und warteten auf seine Befehle. Genau drei Minuten waren vergangen, seit Menachem Begin die Weisung erteilt hatte, Libyen zu vernichten.

Im »Loch« öffnete ein weiblicher israelischer Soldat im Khaki-Minirock den Safe neben dem Kommandopult. Darinnen lagen Stapel von Kuverts, je zwei für jeden potentiellen Feind Israels. Die Israelis waren sich darüber im klaren, daß ihnen nach dem Ausbruch einer Krise keine Zeit für Planungen bleiben würde, und diese Kuverts enthielten Alternativpläne für einen Nuklearangriff gegen jedes Land, dem eine Bedrohung der Existenz Israels zuzutrauen war. Die Option A diente der Absicht, die Wirkung des Angriffs auf die Ballungsgebiete des betreffenden Landes zu maximieren, die Option B verfolgte das Ziel, militärische Ziele möglichst weitgehend zu zerstören. Die junge Soldatin zog die Kuverts für *Bernstein* (Libyen) heraus und legte sie auf das Kommandopult des wachhabenden Offiziers. Über Funk ging er sie rasch mit Dorit durch. Alles was der Chef wissen mußte, war in diesen Umschlägen enthalten: Radarfrequenzen; Angriffszeiten, bis auf die letzte Sekunde errechnet; eine komplette Beschreibung der libyschen Radar- und Luftabwehreinrichtungen; die besten Anflugsrouten für jedes einzelne Angriffsziel; Luftaufklärungsfotos nach dem neuesten Stand. Außerdem befanden sich Duplikate dieser Kuverts mit ihrem Inhalt griffbereit in den israelischen Luftwaffenbasen, wo die Piloten, die diese Pläne auszuführen hatten, sich Tag und Nacht für den Einsatz bereithielten.

Dorit ordnete an, Option B vorzubereiten. Sie stellte einige spezielle Probleme. Um den Überraschungseffekt zu verstärken, wünschte der General einen gleichzeitigen Angriff auf sämtliche Ziele. Wegen der Länge der libyschen Küste mußten die Maschinen, die den Angriff auf Tripolis fliegen sollten, zweitausend Kilometer, diejenigen mit Zielen in der Cyrenaika nur die Hälfte dieser Strecke zurücklegen.

Da Libyen außerhalb der Reichweite der israelischen Jericho-B-Raketen war, die nukleare Sprengköpfe bis zu tausend Kilometern weit tragen konnten, mußte die Flotte der Phantom-Maschinen den Schlag ausführen. Noch wichtiger war, daß die anfliegenden Geschwader den Radarschirmen nichtwohlwollender Beobachter ferngehalten wurden, bis die Maschinen über ihren Zielgebieten waren. Das libysche Radar bot kein ernsthaftes Problem, hingegen das der amerikanischen Sechsten Flotte, die sich gerade westlich von Kreta befand. Dorit erteilte dem Flughafen Ben-Gurion Weisung, den Start von »Hassida« vorzubereiten. »Hassida«, das hebräische Wort für Storch, war die Tarnbezeichnung für eine Boeing 707. Von außen wirkte sie beinahe wie eine Düsenmaschine der El Al, der israelischen Fluggesellschaft. Doch die Ähnlichkeit endete an der Kabinentür. Durchschritt man sie, sah man sich einem wahren Dschungel elektronischer Instrumente gegenüber.

Israelische Experten hatten bahnbrechende Arbeit auf dem Gebiet jener Techniken geleistet, mit deren Hilfe die feindliche Radarüberwachung ausgeschaltet werden kann. So hatten zum Beispiel, dank solcher Instrumente, die Maschinen mit den Einsatzkommandos an Bord, die eine Gruppe von Geiseln aus der Gewalt palästinensischer Kidnapper befreien sollten, unentdeckt vom zypriotischen Radar auf dem Flughafen von Nicosia landen können. »Hassida« erzeugte in der Luft eine Reihe »elektronischer Tunnels«, durch die sich die anfliegenden Phantomjäger unbemerkt ihren Zielen nähern konnten.

Als Dorits Befehlswagen das Kloster Latrun, auf halber Strecke nach Tel Aviv, erreichte, war der General mit seiner Arbeit fertig. In weniger als zwanzig Minuten hatte er während der Fahrt durch die mit Olivenbäumen bedeckten Hügel von Judäa den Plan für den ersten nuklearen Präventivschlag in der Geschichte ausgearbeitet.

Nur eines blieb noch zu tun: einen Decknamen für das Angriffsunternehmen zu finden. Der Offizier im »Loch« machte einen Vorschlag. Dorit akzeptierte ihn auf der Stelle. Er lautete »Operation Maspha«, benannt nach dem biblischen Ort, wo einst Jahwes Donner die Philister in die Flucht getrieben hatte.

Nach allen Richtungen dehnte sich flach der Sand. Nur der schwarze Fleck einer Ziegenherde, der ausgebleichte weiße Stein, der die Grabstätte eines Beduinen bezeichnet oder das Profil eines Beduinenzeltes, anzusehen wie ein Fledermausflügel, unterbrachen die Leere des grenzenlosen ockerfarbenen Sandmeeres. Hier waren einst die Karawanen des Altertums vorbeigezogen, und wahrscheinlich auch die Kinder Israels auf ihrem mühsamen Weg, der sie aus der ägyptischen Gefangenschaft in die Heimat zurückführte. Und hier, unter der rauhen Negev-Wüste, hielten die Kinder des modernen Israel seit mehr als einem Jahrzehnt in unterirdischen Gängen die Schreckenswaffen gelagert, die letzte Wehr für Zeiten der höchsten Not: eine Sammlung Atombomben.

Nur ein paar Augenblicke, nachdem General Dorits erster Alarmbereitschaftsbefehl das »Loch« erreicht hatte, flammten an den Schalttafeln in jedem Stollen rote Lampen auf. Gleichzeitig wurde eine Sirene in Gang gesetzt. Ihr jaulender Ton löste automatisch allgemeine Kampfvorbereitung aus. Dutzende von jungen Männern sprangen von ihren Schachpartien hoch, beendeten ihre Zeitungslektüre oder verließen ihre Schlafkojen und spurteten durch hellerleuchtete Gänge zu den Bombengewölben. An der Seite jedes Tunnels befanden sich in luftdichten Behältern glänzende Silberkugeln, nicht viel größer als die Grapefruits, die in den Obstplantagen der nahe gelegenen Kibbuzim wuchsen. Es waren die Plutoniumkerne für Israels neueste Generation nuklearer Waffen. Während ein Kommando sie aus den Behältern holte, rollte ein zweites die Sprengköpfe herein, die ihnen als Hüllen dienen sollten. Diese Trennung war ein geschickter Trick. Da man von einer Atombombe nur sprechen kann, wenn die beiden Teile verbunden sind, hatte Israel immer öffentlich behaupten können, daß es keine Kernwaffen besitze. Die Flugzeugträger der amerikanischen Siebten Flotte bedienten sich jedesmal, wenn sie japanische Häfen anliefen, einer ähnlichen List. Das Zusammensetzen der Bomben war ein Prozeß, der Präzision und Fingerspitzengefühl erforderte, doch die Techniker unter dem Wüstenboden des Negev übten jeden Monat viele Stunden, bis sie ihre Arbeit wie im Schlaf beherrschten.

Nur einmal vorher waren diese Bomben in dem schrecklichen Wissen montiert worden, daß sie möglicherweise eingesetzt werden müßten. Dies war vor dem Morgengrauen des 9. Oktober 1973 gewesen, knapp 72 Stunden nach dem Ausbruch des Jom-Kippur-Krieges. In dieser Nacht hatten die Syrer an der Nordfront die letzten israelischen Verteidigungsstellen durchbrochen, die noch ihren Vormarsch behinderten. Das Herzland Israels — die fruchtbaren Ebenen von Galiläa — war ihrem Zugriff schutzlos preisgegeben. Mosche Dajan hatte, in einem Zustand höchster Erregung, Golda Meir mit einem althebräischen Satz gewarnt, daß das Land vor einer Katastrophe stehe, die sich nur mit der Zerstörung des Zweiten Tempels durch die römischen Legionen vergleichen lasse.

Tief betroffen, doch entschlossen hatte sie darauf mit der Weisung reagiert, die sie niemals hatte geben wollen: Israels Kernwaffen zum Einsatz gegen die Feinde bereitzumachen. Die Syrer setzten jedoch ihre Offensive nicht fort, und so war die Krise vorübergegangen.*

Nun waren die israelischen Techniker in ihren taghell beleuchteten Tunnels wieder am Werk, diese Bomben einsatzbereit zu machen. Im Bedienungsraum jedes Tunnels rechnete ein Computer die Einstellung für den Druckzünder jeder einzelnen Bombe aus: ein paar sollten auf dem Boden, die Mehrzahl aber in mittlerer oder großer Höhe detonieren, um den Zerstörungsradius zu maximieren.

Sobald eine Bombe einsatzbereit war, wurde sie auf einen Elektrokarren verstaut, der für den Transport von vier scharfen Bomben konstruiert war. Der erste Karren fuhr exakt acht Minuten und dreiundvierzig Sekunden nach dem ersten Warnton der Sirene die Korridore entlang.

Diese Atombomben stellten die letzte Stufe eines Nuklearprogramms dar, das beinahe ebenso alt war, wie der Staat Israel selbst. Die ursprüngliche Anregung dazu hatte Chaim Weizmann gegeben, Israels erster Staatspräsident, ein brillanter Wissenschaftler. Gegen die Bedenken mehrerer seiner Kollegen hatte David Ben-Gurion, der kämpferische Gründer des jü-

* Allerdings hatten die Sowjets vorher noch in aller Eile aus ihrem Flottenstützpunkt Nikolajew am Schwarzen Meer eine Schiffsladung atomarer Sprengköpfe nach Alexandria geschafft, um sie dort auf ihre bereits in Ägypten stationierten Scud-Raketen zu montieren. Bei der Durchfahrt durch den Bosporus waren sie von verborgenen Gammastrahlen-Detektoren der CIA aufgespürt worden. Diese Nachricht hatte wiederum zu der von Richard Nixon angeordneten weltweiten Alarmierung amerikanischer Streitkräfte geführt.

dischen Staates, Anfang der fünfziger Jahre das Land auf das Nuklearprogramm festgelegt.

Israels erste Bundesgenossen bei diesem Unternehmen waren die Franzosen gewesen, die entgegen den Wünschen ihrer angloamerikanischen Verbündeten eine eigene Kernwaffenentwicklung begonnen hatten. Da die Amerikaner ihnen den Zugang zu ihrer Computer-Technologie verweigerten, wandten sich die Franzosen an die Wissenschaftler des Weizmann-Instituts in Rehovot bei Tel Aviv um Unterstützung bei den unzähligen Berechnungen, die das Bombenprojekt erforderte. Die Israelis weihten die Franzosen auch in eine von ihnen entwickelte Technik zur Herstellung von schwerem Wasser ein. Als Gegenleistung gewährte Frankreich den Israelis Zugang zu seinen Entwicklungsergebnissen und ließ sie an den Experimenten in der Sahara teilnehmen, bei denen die französische Atombombe getestet wurde. Dieses Entgegenkommen enthob Israel der Notwendigkeit, eigene Tests zu unternehmen. Schließlich, Ende 1957, fanden sich die Franzosen bereit, den Israelis einen Experimentierreaktor, der mit Natur-Uran betrieben wurde, zu verkaufen. Die Wissenschaftler beider Länder wußten, daß dieser Reaktor früher oder später dazu benutzt werden konnte, Plutonium für militärische Zwecke zu produzieren.

Ben-Gurion selbst wählte den Standort für seine atomare Forschungsstätte, einen trostlosen Wüstenstreifen dreißig Kilometer südlich seines Heimatkibbuz Sde Boker, der sich leicht isolieren und abschirmen ließ. Als Name wurde Dimona gewählt, nach einer biblischen Stadt, die hier zur Zeit der Nabatäer existiert hatte. Als die israelischen Ingenieure einzogen, um mit ihren Arbeiten zu beginnen, beschloß die Regierung, den wahren Zweck der Anlage zu verschleiern, und gab sie als eine Textilfabrik aus. Von da an hieß sie, während über dem Wüstenboden allmählich die Reaktorkuppel hochstieg, bei Eingeweihten in Israel »Ben-Gurions Hosenfabrik«.

Ein Jahr später, im Mai 1958, als in Frankreich de Gaulle ans Ruder kam, fand die nukleare Zusammenarbeit zwischen den Franzosen und den Israelis ein jähes Ende. Für den Nationalisten de Gaulle ging Frankreichs Nuklearprogramm nur Frankreich etwas an. Damit besaß Israel zwar das theoretische Wissen, das für den Bau einer Bombe notwendig war, aber, solange Dimona nicht fertiggestellt war, kein Material, womit es sie bauen konnte. Doch die Israelis fanden, was sie brauchten, an einer höchst unerwarteten Stätte, einem schäbigen Fabrikkomplex am Stadtrand von Apollo, im amerikanischen Bundesstaat Pennsylvania, fünfzig Kilometer nordöstlich von Pittsburg an der Bundesstraße 66. Dort arbeitete die Nuclear Materials and Equipment Corporation (NUMEC) — eine 1957 von Zalman Shapiro gegründete Firma — an der Produktion von Kernbrennstoff und der Wiedergewinnung von hochangereichertem Uran aus Brennstoff-Resten, die bei der amerikanischen Atom-U-Boot-Entwicklung anfielen. Zwischen 1960 und 1967 verschwand die unglaubliche Menge von 250 Kilogramm hochangereicherten Plutoniums vom

Firmengelände der NUMEC. Weit mehr als die Hälfte dieses Quantums, das für wenigstens ein Dutzend Bomben ausreichte, landete schließlich im Negev, wie die CIA später herausfand.

Das NUMEC-Uran lieferte den Brennstoff für die erste Generation von Israels Atombomben, die es dem Land ermöglichte, im Juni 1967 den erfolgreichen Präventivschlag gegen seine Gegner zu führen, in dem sicheren Wissen, daß es in dem Konflikt nicht unterliegen konnte. Die zweite Bombengeneration wurde aus Plutonium hergestellt, das man in einer 1967 errichteten Wiederaufbereitungsanlage aus den abgebrannten Brennstäben des Dimona-Reaktors gewonnen hatte.

Dank dieser Anstrengungen war Israel am Ende der siebziger Jahre die siebte Nuklearmacht auf der Erde. Die Bomben, die im Negev produziert wurden, gehörten zu einem Kernwaffen-Arsenal, das nach Ansicht mancher Geheimdienste ebenso groß wie das Großbritanniens und stärker als das chinesische war.

»Halten Sie hier an. Ich möchte mir Zigaretten besorgen.«

Yusi Avidar, der Chef des militärischen Geheimdienstes, bezeichnete seinem Fahrer eine Stelle an der Jaffa-Straße in Jerusalem und stieg aus. Er ging zu dem Tabakgeschäft gleich um die Ecke, wo er eine Packung europäische Zigaretten kaufte.

Als er aus dem Laden kam, kehrte er nicht zu seinem Wagen zurück, sondern schlenderte unauffällig die Straße entlang zu einem Telefonhäuschen, das gut zwanzig Meter entfernt war.

Avidar kannte die Nummer seines Gesprächspartners auswendig. Bevor er sie wählte, zündete er sich eine Zigarette an. Seine Hand zitterte. Er spürte, wie ihm die Knie weich wurden. Er wollte eine Münze in den Apparat werfen, hielt aber in der Bewegung inne. »Mein Gott, ich bringe es nicht fertig!«

Er öffnete die Tür des Telefonhäuschens, um frische Luft einzuatmen. Ein unwiderstehlicher Drang fortzurennen ergriff ihn. Um sich zu beruhigen, rauchte er seine Zigarette in langen Zügen. Dann ließ er in verzweifelter Entschlossenheit die Münze in den Schlitz fallen und wählte die Nummer der amerikanischen Botschaft in Tel Aviv.

Drei grelle Sirenentöne rissen das Halbdutzend junger Männer förmlich aus den Ledersesseln, in denen sie sich rekelten und Kabelfernsehen sahen. Drei Sirenentöne waren für diese Piloten der israelischen Luftwaffe das Signal für einen Luft-Boden-Einsatz; zwei hätten einen Luft-Luft-Alarm bedeutet.

Sie nahmen ihre Sturzhelme und orangefarbenen Schwimmwesten an sich und stürzten aus ihrem Bereitschaftsraum und über die Kiesfläche des Hofes zu dem einstöckigen Schuppen, von dem aus ihre Staffel befehligt wurde. Währenddessen wurden bereits die ersten montierten Atombomben in ihren Phantoms verstaut, die in betonierten Standplätzen bereitstanden, am Ende einer unterirdischen Rollbahn, die in die Wüste hineinführte. Die Einsatzbesprechung für den Angriff war kurz. Sie konzentrierte sich auf die Funkfrequenzen, die die Piloten in einem Notfall benutzen würden, und auf die Codes, die sie mit äußerster Präzision zu befolgen hatten, um eine perfekte Koordination ihres Angriffs zu gewährleisten.

Dem Staffelkapitän, Oberstleutnant Giora Lascov, einem der angesehensten israelischen Piloten, war als Ziel der Luftstützpunkt Uba ben Nafi zugeteilt, die ehemalige US-Air-Force-Basis Wheelus, außerhalb von Tripolis. Die anderen Piloten seiner Gruppe sollten sich die libyschen Luftstützpunkte in Benghasi, Al Adm und Al Awai vornehmen.

Wie die meisten der israelischen Piloten war auch der fünfunddreißigjährige Lascov ein Kibbuznik. In den fünfzehn Jahren, die er der Elite der israelischen Streitkräfte angehörte, hatte er in zwei Kriegen gekämpft und es auf mehr als dreitausend Flugstunden gebracht. Er war für einen Krisenfall derart geschult, ja programmiert, daß die plötzliche Enthüllung, es handle sich diesmal nicht um eine Übung und er würde in Kürze eine Atombombe auf ein Ziel abwerfen, seine ruhige Haltung nicht beeinträchtigte.

Weil er und sein Flügelmann die längste Strecke zurückzulegen hatten, sollten sie als erste starten. Als er auf den Jeep zuging, der draußen wartete, um ihn in rascher Fahrt zu seiner Phantom zu bringen, wurde sich Lascov jäh der ungeheuerlichen Bedeutung dessen bewußt, was vor ihm lag.

Er wandte sich um und schaute zu den jungen Piloten seiner Staffel zurück. Auf ihren Gesichtern malte sich das Entsetzen, das auch ihn so plötzlich überwältigt hatte. Er stand da und versuchte, ein paar Worte, irgendeinen Satz zu finden, den er seinen Männern zum Abschied sagen könnte. Dann erkannte er, daß es für einen so grauenvollen Augenblick keine Worte gab. Schweigend wendete Lascov seinen Jeep. Sekunden später raste er auf seine Phantom zu. Es war 10.42 Uhr. Genau fünfundvierzig Minuten waren vergangen, seit General Dorit aus dem Kabinettssaal geeilt war und den Telefonhörer abgenommen hatte, der ihn mit dem »Loch« verband.

Menachem Begin nahm die stahlgeränderte Brille ab. Er legte das Gesicht in die linke Hand und rieb sich langsam mit Daumen und Mittelfinger die buschigen Augenbrauen. Verzweiflung lag in dieser einfachen Geste, der Ausdruck tiefster Mattigkeit.

Der israelische Ministerpräsident las noch einmal die knappe Mitteilung auf dem Blatt, das vor ihm lag. Wie haben sie es nur herausbekommen? fragte er sich. Seit dem Jom-Kippur-Krieg war die Nuklearstrategie Israels in all ihren Details immer wieder überprüft und neu durchdacht worden, um zu gewährleisten, daß keinerlei Hinweis auf einen bevorstehenden Angriff von einem Satelliten erspäht, keine verfängliche Unterhaltung durch elektronische Überwachungsgeräte aufgespürt werden konnte. Und dennoch hatte er zwei Minuten vorher einen Anruf des französischen Botschafters erhalten. Mit zögernder Stimme, aus der tiefe Besorgnis sprach, hatte der Diplomat die Drohung des Generalsekretärs der Kommunistischen Partei der Sowjetunion übermittelt: Falls Israel seinen geplanten Atomangriff gegen Libyen ausführen sollte, würden augenblicklich sowjetische Raketen das Land vom Erdboden vertilgen.

Blufften die Sowjets? Drohten sie nur mit ihren Raketen, wie es damals während des Suezfeldzuges Chruschtschow getan hatte? Habe ich, fragte sich Begin, das Recht, die Existenz meines Landes aufs Spiel zu setzen, nur weil die Möglichkeit besteht, daß es sich um einen Bluff handelt?

Er sah auf seine Uhr. In zwölf Minuten würden die Phantom-Maschinen über ihren Zielgebieten eintreffen. Es blieb keine Zeit, das Kabinett noch einmal zusammenzurufen. Er selbst hatte die Entscheidung zu treffen — er ganz allein.

Er stand auf und ging ans Fenster. Bleich und zitternd blickte der »polnische Gentleman«, wie er oft genannt wurde, hinaus auf das judäische Hügelland, die Monumente des modernen Israel, die Knesset, die Hebräische Universität, das Museum von Jerusalem, dessen Kuppel im Sonnenschein glänzte.

Auf einer Geländeerhebung, Begins Blick knapp entrückt, stand das Monument, das ihm mehr bedeutete als alle anderen, der weiße Marmorbaldachin des »Zelts der Erinnerung«, unter dem eine ewige Flamme brannte, zum Gedenken an die Opfer des Holocaust — unter ihnen auch die meisten seiner eigenen Angehörigen.

Am Altar dieser sechs Millionen Toten hatte Begin geschworen, daß sein Volk niemals wieder einen Holocaust über sich ergehen lassen werde. Aber würde es nicht dazu kommen, wenn er seinen Angriffsbefehl gegen Libyen zurückzog? Die sowjetische Drohung war von furchtbarer Direktheit. Doch Ranan hatte recht. Wie konnte Israel mit der ständigen Gefahr leben, von Gaddafi vernichtet zu werden?

Alles hatte davon abgehangen, rasch und entschlossen zu handeln, Libyen auszuschalten und den Grund dafür hinterher zu erklären. In dem grausigen Schachspiel des globalen Schreckens gab es jetzt nur noch einen Zug, der die Russen bändigen konnte, und diesen Zug mußten die Amerikaner spielen. Konterten sie die Drohung mit einer Gegendrohung, so war es möglich, daß die Russen zurückwichen. Aber, so fragte sich Begin, würden die Amerikaner dieses Risiko auf sich nehmen, wenn sie entdeckten, daß er auf eigene Faust gehandelt, daß er nicht gezögert hatte, New York in die höchste Gefahr zu stürzen, um seine Nation zu retten?

Da kam ihm blitzartig eine Erkenntnis. Nein, die Russen waren nicht dahintergekommen. Niemand hatte es entdeckt. Die Amerikaner hatten ihnen, den Israelis, nicht getraut. Der Präsident der Vereinigten Staaten hatte erkannt, daß nichts die Israelis am Handeln hindern konnte. Deshalb hatte er sich an die Sowjets gewandt!

Gebeugt und plötzlich gealtert, wandte Menachem Begin sich um und trat ebenfalls an sein Telefon.

Weit unter seiner dahinrasenden Phantom konnte Oberstleutnant Lascov das blaue Mittelmeer sehen. Seine Augen suchten unablässig die Bordinstrumente ab, während er mit fast doppelter Schallgeschwindigkeit der libyschen Küste entgegenflog. Auf seinem Radarschirm erkannte er deutlich ihre Konturen. Noch neun Minuten, und er würde über Tripolis seine Maschine hochziehen, bis er auf der Abwurfhöhe für seine Bombe war.

Plötzlich vernahm er im Kopfhörer ein scharfes Geräusch. »Shadrock. Shadrock. Shadrock.« Lascov erstarrte einen Augenblick. Dann begann er hektisch sein Steuer zu betätigen, legte die Phantom in die Kurve und beschrieb einen Bogen von 180 Grad. Die afrikanische Küste verschwand von seinem Radarschirm.

Die »Operation Maspha« war abgeblasen worden.

4

»Mit dieser Krise kann New York nicht leben«

Zur Erinnerung für den Leser:

Am Ende des Buches befinden sich Übersichtskarten von New York und vom Mittelmeerbecken, ein Hilfsmittel zur rascheren Orientierung.

Es war 3.30 Uhr morgens in Washington, an diesem Montag, dem 14. Dezember. In der schlafenden, vom Dunkel verhüllten Stadt deutete keinerlei äußeres Zeichen auf die Krise, die heraufgezogen war. Unter der Oberfläche jedoch waren bereits alle technologischen Mittel und Möglichkeiten der amerikanischen Regierung im Einsatz, gemäß den Weisungen, die seit Mitternacht aus dem Pentagon strömten.

Zwölf Kilometer abseits der Autobahn I-87, die Baltimore mit Washington verbindet, am Stadtrand von Olney im Bundesstaat Maryland, lugte ein roter Ziegelsteinbau, der von fern dem Turm eines Unterseebootes ähnelte, über die schneebedeckten Weideflächen. Unter diesen gefrorenen Wiesen verbarg sich fünf Etagen tief die Nationale Alarmzentrale. Ihr Herz war ein Kommunikationspult, auf dem sich ein runder, schwarzer Wählblock befand, etwas größer als der eines alten Kurbeltelefons. Er zeigte nur drei Nummern — 0, 1 und 3. Dieser Apparat war mit 2300 Alarmstellen überall in den Vereinigten Staaten und durch diese mit sämtlichen Luftalarmsirenen des Landes verbunden. Tagein tagaus saß rund um die Uhr ein Mann davor, in jedem Augenblick bereit, zweimal die 3 für »Harmageddon« zu wählen — den Alarm, der ankündigte, daß am Himmel über den Vereinigten Staaten das nukleare Verderben auf ihre Großstädte zuraste.

In der Etage darunter befand sich ein gewaltiger Computer, darauf programmiert, die Trümmer zu zählen, die das Harmageddon hinterlassen würde. In diesen Computer waren die Daten der Verwüstungen gespeichert, von denen jedes großstädtische Zentrum im Fall eines Angriffs durch alle nur denkbaren Kernwaffen heimgesucht werden würde. Nun spuckte der Großrechner, auf eine Anfrage seiner Techniker, eine präzise Zusammenfassung des Zerstörungswerkes aus, das die Detonation einer Bombe von drei Megatonnen Sprengkraft in New York anrichten würde. Die Antworten waren furchterregend.

Ein paar Kilometer davon entfernt, kämmten einige der 2000 Angestellten des Bundessicherheitsamtes (NSA) die komplexesten und technisch anspruchsvollsten Computeranlagen der Welt durch. In ihnen waren die Ergebnisse der weltweiten Abhörsysteme der Agency gespeichert, die Funksendungen und Telefonate aus der Atmosphäre, die man zum Zweck des schnellen Abrufs in Schlüsselkategorien zerlegt und dann in die NSA-Computer eingegeben hatte. Schon einmal hatten die dort gespeicherten Informationen es den Vereinigten Staaten ermöglicht, eine großangelegte Terroristen-Aktion auf amerikanischem Boden zu vereiteln. Nun suchten die Erben der Entschlüsselungsexperten, die im Zweiten Weltkrieg den Code der japanischen Kriegsmarine geknackt hatten, fieberhaft nach dem Wort, dem Satz, der Nachricht, die es dem FBI möglich machen würde, auch diesen Anschlag zu durchkreuzen.

Aus dem FBI und aus der CIA-Zentrale in Langley, jenseits des Potomac, ging eine Flut von Anweisungen an FBI-Agenten und CIA-Residenten überall in der Welt, unter Einsatz aller Kräfte herauszufinden, wer

Gaddafi das Geheimnis der Wasserstoffbombe geliefert, wer sie gebaut hatte und wer damit beauftragt worden war, sie — falls die Drohung Wahrheit war — in New York zu verstecken.

In der unterirdischen Notstandszentrale im Bundesstaat Maryland, wo den NEST-Teams der Einsatzbefehl erteilt worden war, bereitete sich ein Halbdutzend Beamte auf die schwierigste und heikelste Fahndung vor, die der Organisation jemals übertragen worden war.

Sechsmal in seiner kurzen Geschichte hatte NEST in einer Blitzaktion seine Atomsuchbrigaden auf die Straßen einer amerikanischen Großstadt ausschwärmen lassen. Das Wirken der Organisation war geheim geblieben. Und nun sollten binnen weniger Stunden zweihundert Männer mit ihren Spürgeräten in Postautos und Leihtransportern der Firmen Hertz, Ryder und Avis in Manhattan nach einer Bombe fahnden, ohne daß irgendein Mensch Wind davon bekam, ja auch nur ihre Anwesenheit bemerkte.

Zwei NEST-Maschinen, ein zweimotoriges Düsenflugzeug vom Typ Beechcraft King Air 100 und ein Helikopter H 500, beide mit Kennzeichen, die sie nicht als Staatseigentum erkennen ließen, waren bereits auf der Luftwaffenbasis McGuire in New Jersey gelandet. Sie hatten einen Voraustrupp von zwanzig Mann an Bord und ein Dutzend Boron-Trifluorid-Neutronen-Detektoren. Aus dem westlichen Hauptquartier des NEST in der Highland Street in Las Vegas, nur zwei Straßen weit vom Hotel *Sahara* und dem neonglitzernden *Strip* mit seinen Spielkasinos entfernt, waren Dutzende von Spürgeräten, die auf dem alten Atomtestgelände in Nevada eingelagert waren, nach McGuire geflogen worden — mit der größten Flotte von Mietflugzeugen in den Vereinigten Staaten, die in Las Vegas für die betuchten Kunden der Kasinos bereitgehalten wurde.

Der Mann, der die verantwortungsvolle Aufgabe übernehmen sollte, die Suchaktion zu befehligen, näherte sich New York auf der New Jersey Turnpike in einem Dienstwagen ohne amtliches Kennzeichen. Bill Booth sah aus wie das Idealbild eines »Westerner«: schlank und muskulös, über 1,80 groß und mit der groben, körnigen Gesichtshaut eines Mannes, der oft Wind und Wetter ausgesetzt ist. Wie gewöhnlich trug er Cowboystiefel, ein kariertes Hemd und um den Hals einen silber-türkisblauen Navajo-Talisman an einem Band aus ungegerbtem Leder. Wäre ihm nicht düstere Sorge ins Gesicht geschrieben gewesen, hätte man ihn für einen Rancharbeiter halten können, den ein Reklameboß aus der Madison Avenue ausgesucht hatte, den Marlboro-Mann zu spielen.

Der Alarmruf hatte Booth erreicht, als er sich — an einem Wochenende im Winter unvermeidlich — auf den verschneiten Hängen des Copper Mountain in Colorado tummelte. Nun, während er New York entgegenraste, spürte Booth, wie sich ihm die Nervosität auf den Magen schlug.

Jedesmal überkam ihn dieses zornige, fast würgende Gefühl, wenn sein Funksprechgerät ihn rief, seine Atomsuchtrupps in die Straßen einer amerikanischen Stadt zu führen. Diese Teams waren Booths geistiges Produkt. Schon lange bevor der erste Autor den ersten Nuklear-Thriller über eine Atombombe in Manhattan geschrieben hatte, war Booth sich über die heraufziehende Gefahr des nuklearen Terrorismus im klaren gewesen. Die erste, apokalyptische Vision einer solchen Möglichkeit war ihm an einem Ort widerfahren, der dafür so gar nicht geeignet schien: inmitten der silbrig-grünen Olivenhaine und terrassierten Äcker eines kleinen spanischen Fischerdorfes namens Palomares.

Er war 1964 mit einem Team von Wissenschaftlern und Waffenkonstrukteuren dorthin entsandt worden, um die Kernwaffen zu suchen, die aus einer abstürzenden B 29 gefallen waren. Sie verfügten über die besten Spürgeräte, die anspruchsvollsten Suchtechniken. Tage, ja Wochen fahndeten sie; aber alles, was sie fanden, waren Kunstdüngerhaufen und eine Handvoll radioaktives Gestein.

Wenn sie schon in freiem Gelände eine veritable Atombombe nicht finden konnten, brauchte Bill Booth nicht viel Phantasie, um sich auszumalen, wie schwierig es erst sein mußte, einen nuklearen Sprengkörper zu entdecken, den eine Terroristengruppe in irgendeiner Stadt irgendwo auf einem Speicher oder in einem Keller versteckt hat.

Seit dem Augenblick, als er nach Los Alamos zurückgekehrt war, wo er als hochgestellter Waffenkonstrukteur arbeitete, hatte er sich dafür eingesetzt, die Vereinigten Staaten auf die Krise vorzubereiten, die, das stand für ihn fest, eines Tages über irgendeine amerikanische Stadt heraufziehen würde. Doch trotz all seiner Bemühungen war Booth sich nur zu deutlich einer Tatsache bewußt, von der ein Laie kaum etwas geahnt hätte, wäre ihm bekannt gewesen, welch raffinierte Geräte die NEST-Teams verwendeten: Wie schrecklich unzureichend sie für die Aufgabe ausgerüstet waren, die sie bewältigen sollten.

In freiem Gelände, in einer locker bebauten, vorstädtischen Villengegend konnten seine Detektoren eine Atombombe aufspüren, die jemand in seinem Schlafzimmer versteckt hatte, wenn die Wagen in einem Tempo von sechzig Kilometern an dem betreffenden Haus vorbeifuhren. Doch im kompakt bebauten Zentrum einer Großstadt, wo die dicht nebeneinanderstehenden Häuserkomplexe, die himmelwärts strebenden Wälder aus Glas- und Stahlwänden überreichliche Abschirmung boten und die Strahlungen blockierten, die seine Männer zu einer versteckten Bombe führen konnten, wie eine Geruchsspur einen Bluthund zu seiner Beute führt — hier mit denselben Gerätschaften auf Jagd zu gehen, das war für Bill Booth ein Unterfangen von deprimierender Hoffnungslosigkeit.

Draußen glitten die Schwefeldämpfe und das rosige Glühen der Gase, die in den Jersey-Raffinerien abgefackelt wurden, wie die Flammen einer technischen Hölle an seinem dahinrasenden Wagen vorüber. Er fuhr die Jersey Heights hinauf und dann die lange Schleife zum Lincoln Tunnel hinab. Plötzlich lag sie vor seinem Blick, hinter der schwarzen Fläche des Hudson: die Insel Manhattan mit ihrer Wolkenkratzerpracht. Booth fiel ein Satz ein, den er lange Jahre vorher als junger Student an der Cornell-Universität in einem Roman von Scott Fitzgerald gelesen hatte. Manhattan so zu sehen, von weitem, heiße, es einzufangen »in seiner ersten, überwältigenden Verheißung alles Geheimnisvollen und Schönen, das die Welt birgt«.

Booth überlief ein Frösteln. Ihm bot die Skyline von Manhattan keine Verheißung des Schönen. Auf ihn wartete am anderen Ende des Lincoln Tunnel die Hölle, die furchtbarste Bewährungsprobe, die er und seine Männer zu bestehen hatten.

In Washington brannten ein Halbdutzend Lampen im Westflügel des Weißen Hauses. Mit seinen schmalen Korridoren, den Wänden, an denen Currier- und Ives-Drucke und Ölbilder von Whig-Politikern hingen, wirkte der Westflügel mehr wie das Heim eines der Fuchsjagd ergebenen Grundbesitzers aus Virginia, als wie das, was er in Wirklichkeit war: das eigentliche Machtzentrum der Präsidentschaft der Vereinigten Staaten.

In einem der engen Zimmer, in denen die Gehilfen des Präsidenten arbeiteten, saß ein dreißigjähriger Redenschreiber bereits an der Arbeit, für die ihn Eastman aus einem Schlafzimmer in Georgetown hatte holen lassen. Er entwarf den Text für eine Fernsehansprache des Präsidenten, die dieser sofort halten sollte, falls Gaddafis Drohung an die Öffentlichkeit durchsickerte.

»Sie brauchen nicht zu lügen«, hatte ihn Eastman instruiert, »aber spielen Sie um Gottes willen die Möglichkeit herunter, daß das verdammte Ding hochgehen und ein paar Millionen New Yorker mit in die Luft nehmen könnte. Schreiben Sie was Beruhigendes, was den Leuten Zuversicht gibt, damit wir sie nicht auf den Hals bekommen, falls die Sache rauskommt.«

Der Redenschreiber mit seinen übermüdeten Augen lehnte sich zurück und begutachtete seinen ersten Versuch. »Wir haben zu diesem Zeitpunkt«, lauteten die Zeilen auf der Walze seiner Schreibmaschine, »keinen Grund zu der Annahme, daß es sich hier um eine eindeutige und akute Drohung handelt. In Abstimmung mit unseren Verbündeten in der freien Welt, mit der Sowjetunion und der Volksrepublik China sind wir . . .«

Eastman saß oben in seinem Amtszimmer und betrachtete mißvergnügt ein wenig appetitanregendes »Beefy Mac«, das er aus dem Automaten im Souterrain gezogen hatte, als Ersatz für sein Sonntagabendessen, zu dem er nicht gekommen war. Wie in den meisten Amtszimmern in Washington waren auch in seinem die Wände mit Fotos und Urkunden bedeckt, den Meilensteinen an der Straße, die Eastman ins Weiße Haus geführt hatte. Hier war er als junger F-86-Pilot in Korea zu sehen; dort sein Abgangsdiplom der Harvard Business School; daneben vier Delfter Kacheln aus dem 16. Jahrhundert, die er während eines Gastspiels im NATO-Hauptquartier in Brüssel erstanden hatte. Vor ihm standen auf dem

Schreibtisch in Silberrahmen Fotografien seiner Frau und seiner neunzehnjährigen Tochter Cathy, zwei Jahre vorher aufgenommen, als sie an der Cathedral School in Washington ihr Abschlußzeugnis erhalten hatte.

Der Sicherheitsberater stocherte mit der Plastikgabel lustlos in ein paar Makkaroni herum. Beinahe hilflos wandte sein Blick sich wieder der Gestalt auf dem Foto vor ihm zu, wie sie dastand, schlank, in ihrem weißen Kleid, und trotzig ihr Zeugnis umklammerte. Auf den ersten Blick schien auf ihrem langen, beinahe dreieckigen Gesicht, das sie von ihrer Mutter hatte, eine dem Anlaß entsprechende Feierlichkeit zu liegen. Doch Eastman sah, wie immer, auch etwas anderes, ein feines Lächeln um die Mundwinkel. Seit jenen Tagen, da er sie als Baby auf seinen Armen getragen hatte, war dieses Lächeln ein geheimes Band zwischen ihnen, ein verborgener Maßstab der Liebe, die sie füreinander empfanden.

Dieses Lächeln ließ ihn jetzt nicht los. An nichts anderes konnte er denken als an sein stolzes Kind in seinem weißen Kleid. Seine Kiefer mahlten langsamer und hielten dann inne. Ein ungutes Gefühl kroch ihm durch den Magen. Langsam und verzweifelt senkte er den Kopf auf die zusammengelegten Arme, gegen die Schluchzer ankämpfend, die ihn schüttelten, um die Selbstdisziplin ringend, in der er so lange geschult worden war. Jack Eastmans einziges Kind besuchte im zweiten Jahr das College an der Columbia-Universität in New York.

Laila Dajani eilte an den schwarzen Luxuslimousinen vorüber. Sie standen immer da, hintereinander aufgereiht wie die Wagen von Trauergästen, die am Begräbnis eines bekannten Politikers oder Mafia-Bosses teilnehmen. Einen kurzen Augenblick blickte sie mit mitleidiger Verachtung auf die Gaffer, die sich um den Eingang drängten. Trotz der Kälte und obwohl es Sonntagabend war, warteten sie gierig und in bizarrer Schaulust auf Prominente, die das *Studio 54* aufsuchten.

Als Laila eintrat, überwältigte sie aufs neue das Bild, das sich hier bot: die zwölf Landelichter einer Boeing 707, das bunte Feuerwerk der Lichtorgel, die ein grelles Farbgewitter gegen die Nylon-Draperien warf; die Kellnerinnen, die sich in ihren Satin-Shorts vorbeischlängelten; und auf der Tanzfläche die Horde aufgelöster Formen, die im blendenden Licht der zuckenden Farbstrahlen bald erstarrten, bald daraus verschwanden. Bianca Jagger war da, und auch Marisa Berenson, die sich auf einem Kanapee rekelte, als hielte sie hof. Vor Laila wand sich ein geschmeidiger Schwarzer, angetan mit einer hautengen Lederhose und einer mit Beschlägen verzierten schwarzen Lederweste, die Hände um die Genitalien gefesselt, in lasziven Posen, die ihm ekstatische Träumereien eingaben.

Laila bahnte sich den Weg durch die Menge, winkte Bekannten, warf anderen hin und wieder eine Kußhand zu, ohne auf die Hände zu achten, die ihre schwarze Satinhose betätschelten. Als sie schließlich die Gruppe entdeckt hatte, nach der sie suchte, schlängelte sie sich hinter einen jungen Mann, dessen langes Blondhaar über den Kragen eines weißen Seidenhemdes fiel. Sie umschlang ihn mit den Armen und strich ihm mit den Fingernägeln über die Haut, die sein aufgeknöpftes Hemd freigab, während ihr Mund mit raschen, neckenden Bissen sein Ohr liebkoste.

»Michael, *darling*, kannst du mir verzeihen, daß ich so spät komme?«

Michael Naylor drehte sich zu ihr um. Er hatte das Gesicht eines Engels: blaue Augen, Züge von einer beinahe zu vollkommenen Ebenmäßigkeit, Lippen, die leicht geöffnet waren; und das Ganze umgeben vom Heiligenschein seines blonden Haares, der ihm einen offenen, unschuldigen Blick verlieh.

Doch Unschuld war, wie Laila dankbar hatte feststellen können, kein Attribut Michaels. Er schob ihr die Hand unters Haar und umschloß ihren Nacken mit dem sanften Schraubstock von Daumen und Finger. Mit einer sehnsüchtigen Bewegung zog er ihr Gesicht an seines herab und hielt es so fest. Ihre Lippen berührten sich kaum. Schließlich gab er sie zögernd frei.

»Dir würde ich doch alles verzeihen.«

Laila ging um das Kanapee herum und ließ sich auf dem Kissen neben ihm nieder. Gegenüber wanderte ein Joint von Hand zu Hand. Michael griff sich ihn und gab ihn ihr. Laila nahm einen vollen Zug und hielt den Rauch in der Lunge fest, so lange sie konnte. Dann ließ sie ihn langsam ausströmen. Michael wollte den Joint weiterreichen, aber sie nahm ihn mit einer raschen Bewegung noch einmal zu einem ausgiebigen Zug. Dann lehnte sie sich zurück, schloß die Augen und wartete voll Verlangen darauf, daß die sanfte Betäubung sie überkomme. Sie schlug die Augen auf und sah Michael, der vor ihr stand und sie anblickte.

»Lust zu tanzen?«

Kaum waren sie auf der Tanzfläche, warf sie sich in die Musik, raste allein dahin mit der ohrenbetäubenden Klangflut, fort von allem, endlich geborgen in der schützenden Umarmung der Droge.

»Schwarzes Schwein!«

Der schrille Schrei riß Laila aus ihrer Traumstimmung. Der junge Schwarze, den sie beim Eintreten gesehen hatte, sank zu Boden. Von der Schläfe lief Blut herab, sein Mund stand offen, schmerzverzerrt. Der Mann, der ihm den Schlag versetzt hatte, ein stämmiger junger Weißer mit Bierbauch und einem Lederhut mit schlapp herabhängender Krempe, versetzte ihm noch einen Fußtritt in die Lenden, bevor zwei Rausschmeißer ihn abdrängen konnten.

Laila überlief es kalt. »Mein Gott«, flüsterte sie, »wie schrecklich! Setzen wir uns hin.« Sie umklammerte Michaels Hand, als sie zu ihrem Kanapee zurückgingen. Benebelt vom Gras, das sie inhaliert hatte, betäubt von der Szene auf der Tanzfläche, lehnte sie sich an ihn und hob den Kopf zu ihm auf. Ihre Augen schimmerten feucht.

»In was für einer scheußlichen Welt wir leben!«

Michael betrachtete sie. Sie wirkte abwesend, innerlich aufgewühlt. Vielleicht, sagte er sich, war das neue mexikanische Gras zu stark. Er fuhr ihr zärtlich über das kastanienbraune Haar, als sie sich setzten. Sie war noch immer weit fort.

»Warum werden immer Leute wie er getreten, die Schwachen, die Hilflosen? Für solche Menschen gibt es keine Gerechtigkeit, es sei denn, sie holen sie sich selbst. Und dafür bleibt ihnen nur ein einziges Mittel: Gewalt, immer mehr Gewalt.«

Sie zitterte, als sie ihre eigenen Worte hörte.

»Nein, Linda, das glaube ich nicht.«

»Aber ich. Diese Leute da«, sie deutete auf die überfüllte Tanzfläche, »die hören die Unterdrückten erst, wenn es zu spät ist. Sie interessieren sich nur für ihr Vergnügen, ihr Geld. Die Armen, die Menschen ohne Heimat, die Menschen, denen Unrecht geschieht — die lassen sie kalt. Die Welt bleibt taub, bis ihr die Gewalt die Ohren öffnet.«

Ihre Stimme sank zu einem kaum hörbaren Flüstern herab. »Wir haben einen Spruch in unserem Koran. Einen wirklich furchtbaren Spruch, aber wahr: Wenn Gott die Menschen nach ihren Fehlern strafte, würde er auf der Welt kein einziges Geschöpf verschonen.«

»In *eurem* Koran? Ich dachte, du bist Christin, Linda?«

Laila wurde starr. Plötzlich kam ihr das Gras verdächtig vor. »Du weißt doch, was ich meine. Der Koran ist arabisch geschrieben, nicht?«

Gegenüber dem Kanapee winkte ihnen jemand mit einem zweiten Joint. Michael wollte nichts davon wissen.

»Gehn wir zu mir.«

Laila umschloß seinen Kopf mit den Händen. Ihre Finger streichelten zärtlich die Haut an seinen Schläfen. Einen langen, langen Augenblick hielt sie ihn so und blickte ihm in das schöne Gesicht.

»Ja, Michael, bring mich zu dir nach Hause.«

Als sie auf die Tür zugingen, winkte ihnen aus dem Dunkel eine rundliche Pfote zu.

»Linda, *darling*! Du siehst phantastisch aus, einfach zum Niederknien!«

Sie drehte sich um und erkannte die pummelige Gestalt Truman Capotes, ähnlich einem verkleinerten Winston Churchill, in einem malvengrünen Party-Overall.

»Komm her, du mußt diese bezaubernden Leute kennenlernen.«

Mit dem Stolz eines Juweliers, der seine schönsten Klunker vorführt, stellte er sie den italienischen Pseudo-Aristokraten vor, die um ihn herumscharwenzelten.

»Die Principessa gibt morgen mir zu Ehren ein Lunch«, sprudelte er heraus und zeigte dabei auf eine grauhaarige Frau, deren scharf gespannte Gesichtshaut verriet, daß sie mehr als nur einmal bei den modischen Gesichtschirurgen in Rio zu Besuch gewesen war. »Du mußt unbedingt kommen!« Die hellen Augen taxierten Michael beifällig. »Und bringe diesen entzückenden Knaben mit.«

Capote beugte sich zu ihr her. »Alle Welt wird da sein. Gianni kommt eigens meinetwegen aus Turin herüber.« Seine Stimme sank zu einem verschwörerischen Wispern herab. »Sogar Teddy kommt aus Washington. Ist das nicht toll?«

Mit einem Kuß und einer Zusage gelang es Laila, sich und Michael aus Capotes Griff zu befreien. Als sie hinausgingen, hörte sie noch seine Stimme aus den Schatten hinter ihnen herquieken. Ihr hohes Timbre übertönte sogar den ohrenbetäubenden Lärm im Klub.

»Vergeßt nicht das Lunch am Dienstag, Schätzchen! Die ganze Welt wird dasein.«

»Sie sind da, Sir.«

Kaum waren diese Worte aus der Wechselsprechanlage gedrungen, standen »sie« bereits in Jack Eastmans Arbeitszimmer: Terrorismus-Experten aus dem Außenministerium und von der CIA — Dr. John Turner, Leiter des Psychologischen Dienstes der CIA, Lisa Dyson, eine 35jährige CIA-Beamtin, die in der Agency für Libyen zuständig war, und Bernie Tamarkin, ein Washingtoner Psychiater und eine weltweit anerkannte Kapazität auf dem Gebiet des Verhaltens von Terroristen in Streßsituationen.

Eastman musterte seine Besucher, bemerkte, daß ihre Gesichter leicht gerötet waren, und spürte den raschen Rhythmus ihres Herzschlags. Nervös sind die, dachte er. Alle kriegen das Zittern, wenn sie ins Weiße Haus kommen.

Kaum hatten sie Platz genommen, verteilte Lisa Dyson Kopien eines achtzehn Seiten starken Dokuments. Es befand sich in einer bossierten Mappe mit dem hellblauen CIA-Siegel, einem *Top Secret*-Stempel und der Beschriftung »Studie über Persönlichkeitsmerkmale und politisches Verhalten: Muammar Gaddafi«.

Diese Studie war ein Teil eines geheimen Programms, das die CIA Ende der fünfziger Jahre eingeleitet hatte. Es ging darum, die psychiatrischen Techniken auf das Studium der Persönlichkeits- und Charakterentwicklung einer ausgewählten Gruppe bedeutender Politiker der Welt bis in intimste Details anzuwenden und einigermaßen zuverlässige Prognosen zu erstellen, wie sie sich in einer Krise verhalten würden. Fidel Castro, Charles de Gaulle, Chruschtschow, Breschnew, Mao, der Schah von Persien, Nasser, auf sie alle hatte sich der sezierende Blick der CIA-Analytiker gerichtet. Tatsächlich waren einige der Erkenntnisse in den Persönlichkeitsprofilen von Castro und Chruschtschow während der Kuba-Krise Präsident Kennedy von großem Nutzen für seine Politik gegenüber diesen beiden Männern gewesen.

Hinter jeder dieser Studien verbarg sich ein enormer Aufwand an Anstrengungen und Kosten. Alles, was mit der »Zielperson« zu tun hatte, wurde unter die Lupe genommen: Was das Leben des Betreffenden beeinflußt hatte; welcher Art seine Traumata waren; wie er darauf reagierte; ob er bestimmte charakteristische Abwehrmechanismen entwickelt hatte. Agenten wurden um die Welt geschickt, nur um ein einziges präzises Faktum zu bestimmen, eine einzige Charakterfacette zu erkunden. Sie spürten alte Kameraden von der Kriegsschule auf und horchten sie aus, um herauszubekommen, ob der Betreffende masturbierte, dem Alkohol zugetan war, Eigenheiten beim Essen hatte, die Kirche besuchte, wie er auf Streß reagierte. Hatte er eine Vorliebe für junge Männer? Oder junge Frauen? Oder für beides? Hatte er eine überstarke Mutterbindung? Sein Leben wurde, wo es nur ging, durch die orale, die anale, die phallische Phase verfolgt. Man versuchte herauszubekommen, ob er einen großen oder einen kleinen Penis, ob er sadistische Neigungen hatte. Einmal war ein CIA-Agent zu dem einzigen Zweck nach Kuba eingeschmuggelt worden, eine Prostituierte auszufragen, mit der Castro als Student oft ins Bett gegangen war.

Eastman schlug die Mappe seines Exemplars der Studie auf und betrachtete auf der Innenseite das Porträt des Mannes, der damit drohte, seine, Eastmans, Tochter und mit ihr fünf Millionen Amerikaner zu massakrieren. Es war das Gesicht eines Getriebenen, abgezehrt, in den Krallen der Angst. Eastman dachte an Cathy, und es überlief ihn eiskalt. Er mußte sich nicht erst von Psychiatern sagen lassen, daß dieser Mann ein Fanatiker war; er sah es schon dem Foto an, den schwarzen Augen, die ihm entgegenstarrten, den zusammengepreßten Lippen.

Eastman seufzte und sah Lisa Dyson an. »Schön, Miss, fassen Sie doch bitte kurz zusammen, was in Ihrem Bericht über das Verhalten dieses Hundesohns in einer Krisensituation steht.«

Lisa überlegte einen Augenblick, suchte nach dem Satz, nach der Formulierung, in der sich die Quintessenz dieser achtzehn Seiten, die sie so gut kannte, ausdrücken ließ.

»Diese Studie«, antwortete sie, »sagt uns, daß er schlau ist wie ein Wüstenfuchs, aber doppelt so gefährlich.«

Der Times Square in New York lag verlassen da. Ein kalter Wind vom fernen Hafen her trieb die abendlichen Straßenabfälle die Gehsteige und Rinnsteine entlang. An der Kreuzung der 43. Straße mit dem Broadway drängten sich im Eingang eines Radio- und Elektrogeschäftes zwei frierende Huren wärmesuchend aneinander und boten sich lustlos den wenigen Passanten an, die zu dieser späten Nachtstunde vorbeikamen. Drei Straßen weiter, im zweiten Stock eines Mietshauses ohne Lift, rekelte sich in einem warmen Zimmer, dessen Wände und Decke schwarz bemalt waren, ihr Zuhälter, für den sie anschaffen sollten, auf einer mit einem goldenen Satintuch umhüllten Matratze. Es war ein schlank gewachsener Farbiger mit einem sorgfältig gestutzten Kinnbärtchen. Er hatte einen Hut aus weißem Biberpelz mit einer zehn Zentimeter breiten Krempe auf dem Kopf und trug, obwohl der Raum nur ganz schwach beleuchtet war, eine dunkle Brille, hinter der sich seine Augen verbargen. Seine Hüften, umhüllt von einer weißen, arabischen Dschellaba, zuckten suggestiv zu den Rhythmen von Donna Summers Stimme, die aus seiner Stereoanlage kam.

Enrico Diaz drehte sich zu dem Mädchen um, das neben ihm auf der Matratze lag. Sie war das dritte und neueste Pferdchen in seinem Stall. Er griff nach dem Schmuckstück, das ihm an einem Goldkettchen um den Hals baumelte. Es war eine Darstellung des männlichen Geschlechtsorgans, in dem er sein bestes kolumbianisches Coke aufbewahrte. Er wollte gerade dem Mädchen eine Prise offerieren, ihr liebevoll übers Haar streichen und ihr versichern, daß sie in seinem Herzen die erste sei, da läutete das Telefon.

Sein Mißmut verwandelte sich in offenes Mißfallen, als er eine Stimme hörte, die sagte: »Eddie am Apparat. Wie wär's mit einer Party?«

Eine Viertelstunde später blieb Enricos lindgrüner Lincoln, eine Sonderanfertigung, an der Kreuzung der 46. Straße mit dem Broadway stehen, gerade lange genug, daß eine Gestalt sich aus dem Schatten lösen und auf die vordere Sitzbank schwingen konnte.

Während Enrico sich in den Verkehrsstrom einfädelte, warf er einen verdrossenen Blick auf den Mann neben ihm, dessen Gesicht vom hochgeschlagenen Kragen seines beigefarbenen Mantels verdeckt wurde. Enrico war ein typisches Beispiel für die Dutzende von Männern und Frauen, die zu dieser nächtlichen Stunde in Bars, an Straßenecken, in Restaurants und Schlafzimmern in allen möglichen Gegenden von New York kontaktiert wurden. Er war nämlich ein FBI-Spitzel.

Diese Auszeichnung verdankte er dem Umstand, daß er eines Nachts mit einem Dutzend Zehn-Dollar-Tütchen Heroin in seinem Wagen geschnappt worden war. Es war nicht so, daß Enrico sich als Dealer betätigte. Er war ein Gentleman. Die Tütchen waren für eines seiner Mädchen bestimmt. Aber man hatte ihn vor die Wahl gestellt, acht bis fünfzehn Jahre in Atlanta abzubrummen oder sich für das FBI umzuhorchen und gelegentlich auszuspucken, was er in Erfahrung gebracht hatte. Außer seinem Job als Zuhälter spielte Enrico, Sohn einer schwarzen Mutter und eines portorikanischen Vaters, eine angesehene Rolle in der portorikanischen Untergrundbewebung FALN, einer Gruppe, für die das FBI sich interessierte.

»Ich hab' eine große Sache, Rico«, sagte sein Kontaktmann.

»O Mann«, seufzte Rico, während er sich gekonnt durch den nächtlichen Verkehr schlängelte. »Sie haben immer große Sachen.«

»Wir suchen nach Arabern, Rico.«

»Meine Mädchen werden nicht von Arabern gebumst. Die sind zu reich dafür.«

»Nicht *die* Sorte Araber, Rico. Die Typen, die nicht aufs Ficken aus sind, sondern Leute in die Luft sprengen wollen. Wie deine Freunde von der FALN.« Rico beäugte den Agenten argwöhnisch. »Ich brauche alles, was du über Araber auf Lager hast, Rico. Araber, die hinter Revolvern, falschen Papieren, Karten, einem Unterschlupf her sind.«

»Nichts von solchen Dingen gehört.«

»Wie wär's, horch dich doch mal für mich um.«

Rico stöhnte leise, und in diesem Laut sammelten sich alle Belastungen und Spannungen seines Doppellebens. Trotzdem, sagte er sich, das Leben ist ein Geschäft. Man erledigt was, man kriegt was dafür, man gibt, man bekommt. So läuft das.

»Hören Sie mal, Mann«, sagte er in jenem sanften, gedehnten Ton, den er speziellen Augenblicken vorbehielt. »Eines meiner Mädchen steckt in einem Schlamassel mit der Sitte vom achtzehnten Revier.«

»In was für einem Schlamassel?«

»Ach, Sie wissen schon, so ein Freier. Wollte nicht blechen, und da . . .«

»Und jetzt blühen ihr drei bis fünf Jahre Knast wegen bewaffneten Raubs?«

Fast zögernd tropfte Rico die Antwort von den Lippen: *»Yeah.«*

»Fahr hier ran.« Der Agent deutete auf den Randstein. »Eine kitzlige Sache, Rico. Wirklich kitzlig. Du beschaffst mir, was ich über Araber brauche, und kriegst von mir dein Mädchen wieder.«

Während Rico dem Agenten nachblickte, wie er den Broadway hinunterging und verschwand, konnte er nur an das Mädchen denken, das auf der goldseidenen Matratze auf ihn wartete, an ihre langen, muskulösen Beine, die weichen Lippen und die flinke Zunge, denen er zur Zeit die Künste ihres neuen Berufes beibrachte. Mit einem Seufzer der Entsagung fuhr er los, nicht zurück zu seinem Quartier in der 43. Straße, sondern nach Osten, in Richtung auf die East Side Drive.

Eine Viertelstunde lang hatte Lisa Dyson den Männern in Jack Eastmans Arbeitszimmer im Weißen Haus ihre tief beunruhigende Charakteristik des Mannes vorgetragen, der New York zu vernichten drohte. Der CIA-Bericht befaßte sich mit jeder einzelnen Facette von Gaddafis Leben: seiner einsamen, kargen Knabenzeit, als er in der Wüste die Herden seines Vaters hütete; dem grausamen Trauma, das er erlebte, als sein ehrgeiziger Vater ihn aus dem Zelt der Familie trieb und auf die ferne Schule schickte; wie seine Mitschüler ihn als einen unwissenden Beduinen verachtet, wie sie ihn gedemütigt hatten, weil er so arm war, daß er auf dem Fußboden einer Moschee schlafen und jedes Wochenende zwanzig Kilometer zu Fuß ins Lager seiner Eltern wandern mußte.

Die CIA hatte sogar seine Stubenkameraden an der Kriegsschule ausfindig gemacht, wo sich zum erstenmal seine politischen Ambitionen geregt hatten. Doch das Porträt, das sie von Gaddafi gaben, war mitnichten das eines masturbierenden, lüsternen jungen Arabers. Im Gegenteil, er war ein eifernder Puritaner gewesen, der sich gelobt hatte, keusch zu bleiben, bis er den libyschen König gestürzt hatte. Er hatte dem Alkohol und dem Tabak abgeschworen und seine Kameraden gedrängt, seinem Beispiel zu folgen. Ja, er konnte noch heute, wie Lisa Dyson darlegte, in Tobsuchtsanfälle ausbrechen, wenn er erfuhr, daß sein Ministerpräsident sich gegenüber den Hostessen der libyschen Fluggesellschaft Freiheiten herausnahm oder bei Bardamen in Rom den Casanova spielte.

Der Bericht schilderte den sorgfältig geplanten Staatsstreich, der ihm am 1. September 1969 — er war damals siebenundzwanzig Jahre alt — die Führung eines Landes verschaffte, das mit seiner Erdölförderung jährlich zwei Milliarden Dollar einnahm, und führte den Decknamen an, den Gaddafi seinem Putsch-Unternehmen gegeben hatte: *El Kuds* — Jerusalem.

Er schilderte die extreme, fremdenfeindliche Version des Islam, die er seinem Volk aufgezwungen hatte: die Rückkehr zur Scharia, dem Korangesetz, nach dessen Vorschriften Dieben die Hand abgehauen wird, Ehebrecherinnen zu Tode gesteinigt und Trinker ausgepeitscht werden; die Umwandlung der Kirchen des Landes in Moscheen; Gaddafis Verfügungen, die den Unterricht in der englischen Sprache verboten und den Gebrauch der arabischen Schrift für alle Schilder und Urkunden anordneten; wie er persönlich, mit der Pistole in der Hand, die Razzien angeführt hatte, mit denen die Nachtklubs von Tripolis geschlossen wurden; wie er den Stripperinnen Kleider anzuziehen befohlen und triumphierend Flaschen zertrümmert hatte, als wäre er ein amerikanischer Polizist in der Ära der Prohibition.

Der Bericht beschrieb Gaddafis »Kulturrevolution«, in der der ungebildete Mob auf die Straßen geschickt wurde und die Werke Sartres, Baudelaires, Graham Greenes und Henry James' verbrannte, in Privatwohnungen eindrang, um sie nach Whisky zu durchsuchen, durch die Baracken der ausländischen Erdöltechniker stürmte und von den Wänden die Posters aus dem *Playboy* herunterfetzte.

Am beängstigendsten jedoch war die lange Geschichte terroristischer Aktionen, für die er direkt oder indirekt verantwortlich gewesen war: die von ihm dirigierten, wenn auch gescheiterten Anschläge auf Sadat; der Versuch, in der Armee Saudi-Arabiens einen Putsch anzuzetteln; die Millionen, die er in den Libanon geschleust hatte, um dort den Bürgerkrieg zu schüren; und weitere Millionenzahlungen, mit denen er den Sturz des Schahs durch Ayatollah Khomeini gefördert hatte.

»Muammar Gaddafi ist im Grunde ein einsamer Mensch, ein Mann ohne Freunde oder Ratgeber«, las Lisa Dyson in dem Singsang der skandinavischen Redeweise des kleinen Dorfes in Minnesota vor, aus dem sie kam. »In jedem einzelnen Fall bisher hat seine Reaktion auf neue Situationen in einer Rückkehr zum Altgewohnten und Sicheren bestanden. Er hat allzu oft festgestellt, daß Unbeugsamkeit zum Erfolg führt, und unter schwierigen Gegebenheiten wird er unvermeidlich eine unbeugsame Haltung einnehmen.«

Sie räusperte sich und schob eine Locke aus der Stirn, die sich dorthin verirrt hatte. »Vor allen Dingen aber ist die CIA der Überzeugung, daß er, in einem wirklich kritischen Augenblick uneingeschränkt bereit wäre, die Rolle eines Märtyrers zu spielen, das Dach über sich einzureißen und alles mit sich ins Verderben zu stürzen, wenn man ihm nicht seinen Willen läßt.

Er liebt es, unberechenbar zu sein«, schloß sie, »und in einer Krise wird er vorzugsweise die Taktik einschlagen, sich die schwächste Stelle seines Gegners vorzunehmen.«

»Mein Gott«, stöhnte Jack Eastman. »Die hat er in New York allerdings gefunden.«

»Das, meine Herren«, sagte Lisa Dyson und klappte ihren Bericht zu, »ist Muammar Gaddafi.«

Bernie Tamarkin hatte ihr gespannt zugehört, vornübergebeugt, die Ellenbogen auf die Knie gestützt. Er stand auf und begann in Eastmans Arbeitszimmer hin und her zu gehen, wobei er nervös an seinem dichten Lockenhaar zupfte. Ohne dazu aufgefordert worden zu sein, begann er, sich zu dem Material zu äußern, das Lisa Dyson soeben vor ihnen ausgebreitet hatte.

»Wir haben es hier mit einem sehr, sehr gefährlichen Menschen zu tun. Zuerst einmal wurde er als Kind gedemütigt, was er nie verwunden hat. Er war der schmutzige kleine Beduinenjunge, den alle verachtet haben, und seither erfüllt ihn das Verlangen nach Rache. Die Geschichte, daß er seine Familie in einem Zelt leben läßt, bis alle anderen Libyer ein Haus haben — glatter Blödsinn! Damit bestraft er noch heute seinen Vater dafür, daß er ihn aus der Wüste fortgeschickt und in diese Schule gesteckt hat.«

»Ich glaube, man kann einige wichtige Hinweise darin finden, wie die Wüste auf ihn gewirkt hat«, bemerkte Dr. Turner vom Psychologischen Dienst der CIA. »Die Einsamkeit der Wüste hat ja von jeher religiöse Fanatiker hervorgebracht. Da es dort nichts, kein einziges lebendes Wesen gibt, an das man sich wenden kann, bleibt als Dialog allein das Gespräch mit Gott. Hier liegt vielleicht der Schlüssel, mit dem wir uns Zugang zu diesem Menschen verschaffen können: Gott und der Koran.«

»Tja, mag sein.« Tamarkin ging noch immer auf und ab. Der Ruf seines Verhandlungsgeschicks im Umgang mit Terroristen war einige Jahre vorher beträchtlich gestärkt worden, als in Washington Kannifis Black Muslims jüdische Geiseln nahmen und er geschickt den Botschafter eines arabischen Landes ins Spiel brachte, der mit dem Koran vertraut war. »Aber ich habe meine Zweifel. Dieser Kerl hält sich ja selbst für Gott. Denken wir an die Geschichte mit den Nachtklub-Razzien. Oder an die, wie er als Bettler verkleidet in ein Krankenhaus geht und einen Arzt bittet, zu seinem todkranken Vater zu kommen, dann plötzlich die Verkleidung abwirft und den Arzt aus dem Land weist, als der ihm sagt, er solle seinem Vater ein Aspirin geben. Das sind Allmachtsphantasien. Der Mann spielt Gott. Oder Gottes rächendes Schwert, was noch schlimmer ist.«

»Trotzdem möchte ich behaupten, daß wir in Verhandlungen am besten über die Religion an ihn herankommen.«

»Das glaube ich nicht. Mit Gott verhandelt man nicht.«

»Müssen wir wirklich davon ausgehen, daß er es ernst meint?« fragte Eastman. »Ist er der Typ, der so eine Sache wirklich bis zum Ende führt? Oder könnte es sein, daß er nur blufft?«

»Ausgeschlossen!« Tamarkins Antwort kam, wie Eastman feststellte, ohne das geringste Zögern. »Diesen Hundesohn müssen Sie jede Sekunde ernst nehmen. Zweifeln Sie nie, niemals an seiner Bereitschaft, daß er abdrücken wird, denn er wird es schon deswegen tun, um zu zeigen, daß er dazu imstande ist.«

Tamarkin trat an Eastmans Schreibtisch. »Das einzig Wichtige, wirklich Wesentliche, was Sie dem Präsidenten oder dem, der sich Gaddafi vornehmen wird, mitteilen müssen, ist folgendes: Nur nicht herausfordern! Wir müssen unser großes nationales Ego vergessen. Wir können uns nicht in eine dieser supermännlichen Frontal-Kollisionen stürzen und einander mit Penissen vom 45er Kaliber einschüchtern wollen. Wenn wir das tun, fühlt er sich bedroht. Und dann ist es um New York geschehen.«

»Schön«, sagte Eastman knapp, »ich werde es dem Präsidenten mitteilen. Aber was sollen wir sonst tun? Um uns das zu sagen, sind Sie ja hier.«

»Nun, als erstes möchte ich auf den Mann hinweisen, der in seinem Buch geschrieben hat, wie man mit solchen Situationen umgeht. Er ist ein Holländer und lebt in Amsterdam. Das beste wäre, wir hätten ihn hier, wenn die Sache brenzlig wird.«

»Wenn er ein Holländer ist und in Holland lebt, dann kann er uns hier in Washington ja nicht viel nützen, oder?« sagte Eastman ungeduldig.

»Bitte, das ist nicht meine Sache. Ich sage nur, daß der Mann uns eine große Hilfe wäre, wenn wir ihn hier hätten. Und was Gaddafi betrifft, so würde ich mich als erstes der Tatsache zuwenden, daß er ein Einzelgänger ist. Er hat keine Freunde. Wer mit ihm verhandelt — egal, wer —, muß sich in sein Vertrauen einschmeicheln. Sein Freund werden.«

Eastman machte sich eifrig Notizen auf dem gelben Schreibblock, der vor ihm lag. »Eine Sache«, sagte er zu Tamarkin, »ist mir in dem Bericht aufgefallen. Nämlich, daß ihm offenbar das Wohl seines Volkes am Herzen liegt. Bessere Wohnverhältnisse zum Beispiel, solche Dinge. Ist er überhaupt zu Mitgefühl fähig, so daß wir ihm die schreckliche Situation der Menschen in New York bewußt machen können?«

Der Psychiater setzte sich aufrecht, in einem jähen, geradezu krampfartigen Reflex. Seine dunklen Augen weiteten sich ungläubig, während er den Sicherheitsberater des Präsidenten anblickte.

»Aussichtslos«, sagte er. »Dieser Mann haßt New York. Auf New York hat er es in Wahrheit abgesehen, nicht auf Israel, nicht auf die israelischen Siedlungen. New York verkörpert alles, was dieser Mensch haßt. Es ist für ihn Sodom und Gomorrha. Geld. Macht. Reichtum. Korruption. Materialismus. New York, das ist alles, was seine spartanische Wüstenzivilisation bedroht. New York, das sind die Wucherer im Tempel, das ist die verweichlichte, degenerierte Gesellschaft, die er verabscheut.«

Tamarkin blickte rasch einen nach dem anderen an, damit auch jeder aufnahm, was er zu sagen hatte. »Sehen Sie, als allererstes müssen Sie sich eines klarmachen: In seinem Innersten, ob es ihm bewußt ist oder nicht, will dieser Kerl nur eines — er will New York vernichten.«

Das Kreischen einer Alarmglocke riß die Männer hoch, die in der Kommunikationszentrale des Nationalen Sicherheitsrates im Souterrain des Westflügels Dienst taten. Ihre blinkenden Konsolen wurden einen Augenblick dunkel, und dann flammten die Lämpchen wieder auf. Der diensthabende Offizier drückte auf drei rote Knöpfe neben seinem Schreibtisch.

Dreißig Sekunden später kam Jack Eastman in den Raum gestürmt.

»Die *Allen* hat Gaddafi gefunden, Sir!« rief der Diensthabende.

Eastman packte den Hörer des abhörsicheren Telefons, das diesen Raum mit der Nationalen Militärischen Befehlszentrale im Pentagon verband. »Wo ist er denn?«

»In einer Villa am Meer, gleich außerhalb von Tripolis«, meldete der Admiral, der die Zentrale gerade befehligte. »Die *Allen* hat vor einer halben Stunde einen Telefonanruf von ihm abgefangen und dorthin zurückverfolgt. Die CIA bestätigt, daß es eine seiner terroristischen Kommandozentralen ist.«

»Großartig!«

»Ich hatte soeben Admiral Moore von der Sechsten Flotte am Apparat. Sie können binnen dreißig Sekunden eine drei Kilotonnen-Rakete durch den Eingang dieser Villa jagen.«

»Laßt euch bloß das nicht einfallen!«

Eastman stand in dem Ruf, ein »kalter Hund« zu sein, der niemals die Ruhe verlor, egal, unter welchem Druck er stand, nun aber schrie er den Admiral des Pentagons an: »Der Präsident hat absolut klargestellt, daß es in dieser Situation ohne seinen ausdrücklichen Befehl kein militärisches Vorgehen gibt. Sie sorgen gefälligst dafür, daß jeder auf der Flotte dort das kapiert, ja?«

»Ja, Sir.«

Eastman überlegte eine Sekunde. Sollte er den Präsidenten wecken? Auf sein eigenes Drängen war dieser schlafen gegangen, um seine Kräfte für die Krise zu sammeln. Nein, sagte er sich, er soll schlafen. Er wird den Schlaf brauchen.

»Sagen Sie Andrews, er soll sofort eine der *Doomsday*-Maschinen in Richtung Libyen in Marsch setzen.« Die *Doomsday*-Maschinen waren drei umgebaute Boeing 747, bis in den letzten Winkel mit elektronischen Geräten und hypersensiblen Kommunikationsanlagen vollgestopft. Sie konnten zweiundvierzig Stunden in der Luft bleiben und waren dafür ausgerüstet, dem Präsidenten im Fall eines Nuklearkrieges als fliegende Befehlsstelle zu dienen.

»Ich möchte, daß Sie eine abhörsichere Verbindung zu Gaddafi herstellen, damit er von dieser Villa aus mit Washington sprechen kann.«

Eastman schwieg einen Augenblick. Auf seiner Stirn standen Schweißperlen. »Rufen Sie das Außenministerium an«, befahl er dem Diensthabenden neben ihm. »Sie sollen sofort den Geschäftsträger in Tripolis zu dieser Villa hinausschicken. Sie sollen ihm sagen . . .«

Eastman überlegte sorgfältig seine Worte. »Ihn instruieren, er soll Gaddafi mitteilen, daß der Präsident der Vereinigten Staaten um ein Gespräch mit ihm ersucht.«

Dumpf hallte das Echo klappernder Pferdehufe den Reitweg im Bois de Boulogne entlang, der im übrigen verlassen dalag. Mitte Dezember bricht in der französischen Hauptstadt die Morgendämmerung spät an, und der Reiter, der da herankam und sich aus den Schatten löste, wirkte wie ein Phantomreiter aus irgendeiner Legende. Dies paßte zu ihm, denn nichts hätte dem Charakter des Chefs der SDECE, Frankreichs Geheimdienst, besser entsprechen können als die beinahe verschwörerische Heimlichkeit, die seinen frühmorgendlichen Ausritt umgab.

In einer Zeit, in der die CIA den Weg zu ihrer Zentrale mit Schildern am Straßenrand markierte und die Namen englischer Geheimagenten bedenkenlos in Parlamentsdebatten genannt wurden, war der Geheimdienst, den General Henri Bertrand befehligte, noch immer wie besessen auf die Geheimhaltung seiner Aktivitäten bedacht. In keinem Telefonbuch, keinem Straßenverzeichnis, keinem Reiseführer waren Bezeichnung oder Adresse seiner Zentrale zu finden. Kein *Who's Who,* kein *Baedeker* der französischen Staatsbürokratie nannte den Namen Bertrands oder irgendeines seiner Untergebenen. Ja, Bertrand war nicht einmal der richtige Name des Generals. Es war ein *nom de service,* den er sich zugelegt hatte, als er 1954 während des Indochina-Krieges als junger Hauptmann der Fremdenlegion in den Geheimdienst geholt wurde.

Mit geübter Hand zügelte er sein Pferd zu einer gemächlicheren Gangart, zurück zum Stall im Pariser Poloklub. Er gehörte diesem exklusiven Verein seit fünfzehn Jahren an, doch nicht ein einziges Mal war sein Name in dem grünen Mitgliederverzeichnis aufgetaucht, das der Klub jedes Jahr herausgab. Als er im Schritt durch das weiße Tor ritt, fuhr er zusammen, denn eine Gestalt im Schatten grüßte ihn. Nur eine Sache von höchster Dringlichkeit konnte Palmer Whitehead, den Chef der Pariser Zentrale der CIA, zu dieser Stunde herausgeführt haben.

»Alors, *vieux?*« sagte Bertrand, als er sich von seinem Pferd schwang. Noch ehe Whitehead antworten konnte, schlug er vor: »Kommen Sie mit, während ich das Pferd herumführe.«

Fünf Minuten führten die beiden Männer das Pferd im Schritt um die riesige Rasenfläche, auf der Rothschild-Barone und *gauchos* aus Argentinien Polo zu spielen pflegten. Der CIA-Mann sagte seinem französischen Kollegen nichts von der Existenz der Bombe in New York; statt dessen berichtete er ihm, die amerikanische Regierung besitze unwiderlegliche Beweise, daß Gaddafi an die Bombe gekommen sei — vermutlich mit Hilfe von Plutonium, das aus dem französischen Reaktor abgezweigt worden war — und daß er sie zu terroristischen Zwecken benutzen wolle. Die CIA brauche dringendst und so rasch wie möglich Informationen über die Identität aller Personen, die an dem libyschen Projekt beteiligt waren.

»Sie werden verstehen«, sagte Bertrand, als der Amerikaner zu Ende gekommen war, »daß ich, da es hier um nukleare Dinge geht, die Einwilligung meiner Vorgesetzten brauche, bevor ich mich an die Sache mache. Angesichts dessen, was ich von Ihnen gehört habe, dürfte es da allerdings keine Schwierigkeiten geben.«

Der Amerikaner nickte gemessen. »Soviel ich weiß, ist in diesem Augenblick eine Botschaft des Präsidenten zum Elysée unterwegs.« Als er sich verabschiedete, fügte er noch einen letzten Satz hinzu. »Und bitte, Henri, seien Sie sehr, sehr diskret, und machen Sie schnell!«

Zwei Minuten später glitt ein Peugeot 604, am Volant ein Chauffeur, aus dem Bois de Boulogne und fuhr auf den Boulevard périphérique. Bertrand, an dem noch der Pferdegeruch hing, saß im Fond. Der Kopf war gegen das Polster zurückgelehnt, die Augen waren geschlossen — er schlief fest. Er hatte bereits die beiden wichtigen Anrufe erledigt, welche die Situation verlangte. Nun benutzte er, wie sein Idol Napoleon, die Gelegenheit, sich ein paar Minuten zu entspannen und neue Kraft für das zu sammeln, was er vor sich hatte.

Sally Eastman wachte sofort auf, als sie das metallische Geräusch hörte, mit dem die Haustür ins Schloß fiel. Das leise Knarren von Türen in den stillen Stunden der Nacht war die Begleitmusik ihrer siebenundzwanzig Ehejahre: Türen, die sich in Bungalows neben Luftwaffenstützpunkten in Colorado, in Frankreich, Deutschland, auf Okinawa schlossen, wenn ihr Mann einem Alarmanruf folgte; in Brüssel während ihrer Gastspiele bei der NATO, und hier in Washington, zuerst als Jack dem Pentagon zugeteilt gewesen war und nun, da er dem Stab des Präsidenten angehörte.

Sie lauschte den Schritten, die ihren vertrauten Weg gingen — in die Küche, wo Jack sich ein Glas Milch holte, und dann, müde, die Treppe ihres schindelgedeckten Kolonialstilhauses herauf.

Sie schaltete ihre Nachttischlampe ein, als die Schlafzimmertür aufging. Die Jahre ihres gemeinsamen Lebens hatten ihr die Fähigkeit gegeben, in den Falten auf dem Gesicht ihres Mannes zu lesen, wie ernst die Krise war, die ihn dem ehelichen Bett ferngehalten hatte. Als sie ihn sah, setzte sie sich abrupt auf und zog sich die Bettdecke um das zehn Jahre alte Nachthemd.

»Wie spät ist es?«

Ihre Stimme hatte jenen leicht metallischen Befehlston, wie man ihn oft von Frauen hört, die in den frühen fünfziger Jahren die Nobelcolleges Vassar oder Smith besucht, ihr Zimmer mit Mädchen, die Bootsie oder Muffin hießen, geteilt und in der Öde ihrer mittleren Jahre eine allzu große Liebe zum Alkohol entwickelt hatten.

Eastman sank auf das Bett. »Kurz nach vier.«

Drei Stunden, hatte er ausgerechnet; drei Stunden blieben ihm für den Schlaf, den er so dringend brauchte, während der *Doomsday*-Jet über den Atlantik raste.

»Du wirkst sehr besorgt. Geht es um etwas, worüber wir reden können?«

Eastman rieb sich die übermüdeten Augen und schüttelte den Kopf, als könnte diese Bewegung irgendwie die Erschöpfung lindern, die sein Hirn lähmte. Auf der Ahornkommode ihm gegenüber stand ebenfalls eine Fotografie in einem Silberrahmen. Die Aufnahme war 1961 in Wiesbaden gemacht worden und zeigte Major Eastman und seine Frau, wie sie stolz ihre neugeborene Tochter präsentierten.

Eastman mußte an das Gebot äußerster Verschwiegenheit denken, das der Präsident am späten Abend ausgesprochen hatte. Der Sicherheitsberater war es gewohnt, die schwere Last der Geheimhaltung zu tragen. Er hatte sie oft getragen, in vielen Krisen, aber noch nie hatte sie ihn so bedrückt. Doch der Präsident hatte diesmal die Grundregeln verändert. Er hatte nicht von ihnen verlangt, dieses Geheimnis im Kreis ihrer männlichen Kameraden zu bewahren. Ja, er hatte ihnen eine noch schwerere Bürde als Verschwiegenheit auferlegt: Sie durften das Geheimnis — mit all seinen Konsequenzen — mit den Menschen teilen, die ein Recht darauf hatten, es zu kennen.

»Ich bin zwar zur Geheimhaltung verpflichtet, Sal, aber dir darf ich es anvertrauen. Aber weder du noch ich haben das Recht, zu irgend jemand anderem darüber zu sprechen. Ist das klar?«

Seine Frau nickte.

»Kein Wort zu irgend jemandem«, betonte Eastman.

»Großer Gott!« rief Sally Eastman, nachdem ihr Mann ihr kurz Gaddafis Drohung geschildert hatte. »Was für ein Unmensch! Cathy! — Jack, wir müssen sofort Cathy anrufen und sie dort wegschaffen!«

Ein fassungsloser, halb furchtsamer, halb zorniger Ausdruck glitt über Sally Eastmans regelmäßige Züge, die von fern an ein Pferdegesicht erinnerten. »Hast du sie denn noch nicht angerufen?«

Eastman schüttelte den Kopf.

»Ja, warum denn nicht, um Gottes willen?«

»Sally, weil wir nicht können.«

»Wir können nicht? Was soll das heißen, wir können nicht? Natürlich können wir. Wir *müssen* sogar.«

»Sally, wir haben nicht das Recht dazu.«

»Jack, um Himmels willen! Wir brauchen ihr ja nicht zu sagen, daß in New York eine Bombe ist! Wir sagen ihr . . .« Sally Eastmans Augen flakkerten. ». . . ich werde ihr sagen, daß ich, ihre Mutter, ins Krankenhaus muß, wegen einer Operation.«

»Sally, versteh mich doch. Die ganze Zeit habe ich an Cathy gedacht. Aber wir haben einfach nicht das Recht, unsere eigenen Angehörigen zu retten, wenn Millionen Familien in New York das nicht können.«

»Jack, wir brechen ja kein Geheimnis damit.«

»Aber wir würden einen Vertrauensbruch begehen.«

»So? Und wie steht's mit all den anderen Leuten, die in dem Raum waren? Du glaubst doch nicht im Ernst, daß die jetzt nicht am Telefon hängen, um ihre Töchter zu retten? Daß sie nicht ihre Freundinnen anrufen? Oder ihre verdammten Makler? Denk mal an den Präsidenten und stell dir vor, einer seiner Söhne wäre in New York. Glaubst du denn, er würde ihn nicht wegholen?«

»Nein, Sally, das glaube ich nicht. Nicht von diesem Präsidenten.«

Eastman stieg aus dem Bett und ging ans Fenster. Nirgendwo in der Nachbarschaft brannte zu dieser Stunde eine Lampe; er sah nur das regelmäßige Lichtmuster der Straßenlampen, das auf den Schnee fiel, und die schattenhaften Umrisse der Nachbarhäuser dahinter. Welche großen Entscheidungen, dachte er beinahe aufgebracht, haben diese Leute in dieser Nacht zu treffen? Ob der Tierarzt den alten Hund der Familie einschläfern soll? Ob sie einem ihrer Kinder einen Zahn richten lassen sollen? Ob es Zeit ist, den Wagen für einen neuen in Zahlung zu geben?

Er sah seine Frau an, die sich noch immer die Bettdecke an die bloßen Schultern preßte. »Sally, stell dir vor, nur ein einziger in dem Raum, wo wir beraten haben, nur ein einziger Mensch bricht das Vertrauen des Präsidenten.« Er sprach inständig, um ihr Verständnis werbend. »Stell dir vor, er ruft seine Mutter an. Und die ruft ihren Bruder an. Und der seinen Geschäftspartner. Und der wieder seine Tochter. Und sie ruft ihren Freund an. Und schon ist die Sache heraus, schon ist sie an die Öffentlichkeit gedrungen. Und Gaddafi läßt seine Bombe hochgehen, denn damit droht er, falls diese Sache publik wird. Und fünf Millionen Menschen, unter ihnen unsere geliebte Cathy, müssen sterben, nur weil irgendeiner in diesem Raum das in ihn gesetzte Vertrauen brach, mit seiner moralischen Pflicht nicht fertig wurde . . .«

»Moralische Pflicht! Großer Gott, eine moralische Pflicht haben wir einzig und allein gegenüber unserer Tochter. Wenn sie ein Soldat an der Front wäre, sähe die Sache anders aus. Wenn wir ein Geheimnis preisgäben, das wäre ein anderer Fall. Aber das tun wir ja nicht. Wir retten doch nur das Leben unseres Kindes.«

»Mit Informationen, die mir anvertraut sind.«

»Ach Jack, es geht doch nicht darum, mit Insider-Kenntnissen Aktien zu kaufen. Es geht um das Leben unserer Tochter!«

Sally Eastman sah ihren Mann durch einen Schleier von Zornestränen an. Wenn es in den siebenundzwanzig Jahren ihrer Ehe in ihren Gefühlen für ihn eine Konstante gegeben hatte, dann war es die des Respekts. Nicht des Verstehens. Zwar hatte sie sich bemüht, aber es war ihr nie gelungen, sein soldatisches Denken zu begreifen, und jetzt begriff sie es schon gar nicht. Doch Respekt empfand sie für ihn. Auch jetzt.

»Laß sein, Liebling«, flüsterte sie matt, »komm ins Bett.«

Eastman zog sich rasch aus und schlüpfte unter die Decke neben sie.

»Um wieviel Uhr mußt du raus?«

»Die Telefonzentrale ruft an.«

Sally beugte sich über ihn, ehe sie ihre Nachttischlampe löschte. In seinen grünen Augen las sie einen tiefen Schmerz. Sie küßte ihn.

Auf der anderen Seite des Atlantiks war es kurz nach zehn Uhr vormittags, als ein schwarzer Peugeot 304 auf seinen reservierten Parkplatz vor flämischen Häuserfassaden manövrierte. Es waren rote Backsteinhäuser längs der Keerkstraat in Amsterdam. Der Mann, der aus dem Wagen stieg, war ein kurzgewachsener, stämmiger Sechziger mit den gesunden roten Wangen eines Bürgermeisters, wie Frans Hals ihn oft gemalt hat. Unter einen Arm hatte er eine abgenützte schwarze Ledermappe geklemmt. Ein paar Minuten später öffnete Henrick Jagerman in seinem kargen Arbeitszimmer, das auf die Keerkstraat ging, die Mappe und holte seinen Imbiß heraus, mit dem er jeden Arbeitstag begann: eine Thermosflasche voll dampfenden schwarzen Kaffees und einen Apfel.

Jagerman war der Sohn eines armen Fabrikarbeiters, der es zum Gefängnisinspektor in den Armenvierteln von Amsterdam gebracht hatte. Einer ungewöhnlichen Berufung folgend, hatte Jagerman einen ähnlichen Weg wie sein Vater eingeschlagen. Jagerman war tief fasziniert von der Mentalität und der Psyche des Verbrechers. Seine medizinische Ausbildung bestritt er damit, daß er Touristen die Kanäle und Museen von Amsterdam zeigte, und wurde dann Psychiater mit dem Spezialgebiet Kriminologie. Als die Regierung der Niederlande beschloß, eine Gruppe ins Leben zu rufen, die Methoden für die Bewältigung terroristischer Konfrontationen erarbeiten sollte, war Jagerman als psychiatrischer Berater in dieses Gremium geholt worden.

Viermal seither — als palästinensische Terroristen 1974 den französischen Botschafter in Den Haag in ihre Gewalt brachten, als gewöhnliche Kriminelle einen Chor als Geiseln nahmen, der zu einem Weihnachtsgottesdienst in das Gefängnis der Hauptstadt gekommen war, und während der beiden Molukkerüberfälle auf einen Eisenbahnzug — hatte Jagerman Gelegenheit gehabt, die Theorien, die er in langen Gesprächen mit Häftlingen entwickelt hatte, in der Praxis anzuwenden. Sie erwiesen sich als derart erfolgreich, daß er in der ganzen Welt als »Dr. Terrorismus« bekannt wurde, wegen der originellen und neuartigen Methoden manipulativer Psychologie, die er bei Geiselnahmen anwandte, von Polizisten bewundert und von Terroristen gefürchtet.

Er hatte buchstäblich die Bibel für den Umgang mit Terroristen geschrieben, anhand seiner eigenen Erfahrungen und von Gesprächen mit inhaftierten Terroristen in aller Welt. Dieses Sammelwerk von sechshundet Seiten Umfang, das in einer begrenzten Auflage erschien, ruhte bei der Polizei zahlreicher Staaten unter sicherem Verschluß. Es war das unentbehrliche und streng geheimgehaltene Rüstzeug, das immer zu Rate gezogen wurde, wenn irgendwo Terroristen zuschlugen.

Jagerman hatte sich kaum dem ersten Problem auf seinem Schreibtisch zugewandt, einer Meldung des Geheimdienstes, daß die Molukker neue terroristische Anschläge planten, als seine Sekretärin hereinkam. Jagerman erkannte sofort das von Aufregung gerötete Gesicht des amerikanischen Botschafters, der hinter ihr ins Zimmer trat.

Der Botschafter gab zu verstehen, daß er mit Jagerman unter vier Augen sprechen müsse, und berichtete ihm dann, was geschehen war. Eine Düsenmaschine des Hofes, sagte er, stehe in Teepol bereit, um Jagerman nach Paris zu fliegen, wo auf dem Flughafen Charles de Gaulle die Air France die Concorde nach Washington bis zu seinem Eintreffen aufhalten werde.

»Mit etwas Glück«, sagte der Botschafter und warf einen nervösen Blick auf seine Uhr, »sind Sie um neun Uhr Washingtoner Zeit im Weißen Haus.«

Jack Eastman atmete ruhig, zusammengerollt im Tiefschlaf, den er sich vor langer Zeit für Krisenstunden anerzogen hatte. Verzeih mir, Jack, dachte seine Frau. Dann schlüpfte sie geräuschlos aus dem Bett und verließ auf Zehenspitzen das Schlafzimmer. Behutsam ging sie die Treppe hinunter und zum Telefon in der Diele. Als erstes wählte sie 212, die Vorwahlnummer für New York.

Laila lag auf dem Rücken und starrte hinauf in die wohltuende Leere des hohen Raumes, hinauf zu dem kaum erkennbaren Punkt, wo alle Form und Gestalt sich im Dunkel verlor. Der schwere Duft des Weihrauchs, den Michael verbrannt hatte, vermengte sich mit den letzten Schwaden ihres Marihuanas und dem Geruch, den ihre Körper im heftigen Liebesspiel von sich gegeben hatten.

Es war dunkel bis auf einen einzigen fahlen Lichtstrahl, den eine im Studio nebenan brennende Bodenlampe durch das Zimmer und auf das Bett schickte. Hie und da traf sein sanfter Schein auf Kleidungsstücke, die sie sich, von der Lust getrieben, vom Leib gerissen und irgendwohin geworfen hatten: Lailas schwarze Satinhose lag als wirres Knäuel neben der Tür; Michaels Seidenhemd hing vom Bett herab; ihr kleiner Schlüpfer lag zusammengeknüllt auf dem Boden.

Michael lag auf dem Bauch, in tiefem Schlaf. Er hatte den Kopf in dem Bogen geborgen, den Lailas Brust und Schulter bildeten. Ein Arm lag auf ihrem Körper, die reglosen Finger hielten ihre andere Brust umschlossen. Rechts von ihr stand ein Reisewecker in einem Lederrahmen auf Michaels Nachttisch. Die Leuchtziffern zeigten die Zeit: 6.15 Uhr.

Zärtlich, doch gedankenverloren, streichelte Laila die langen Strähnen, die ihm auf den Rücken hingen, und versuchte an nichts anderes zu denken als an die verklungene Leidenschaft ihres Liebesgenusses. Der Lichtkeil traf auf die Härchen an Michaels Unterarm und verwandelte sie in ein Spinnennetz aus Silberfäden. Alles, so erschien es Laila plötzlich, lag in diesem Arm beschlossen, in dieser Hand, die ihre Brust umfaßt hielt. Sie brauchte nur eines zu tun, es bedurfte nur einer einzigen bewußten Willensanstrengung, um sie wegzunehmen und damit ihren schlafenden Geliebten zu wecken. Alles übrige würde diese Geste zwangsläufig nach sich ziehen, unerbittlich einen Schritt nach dem andern der Tat entgegen, zu der die Leuchtzeiger der Uhr sie riefen.

Sie dachte an eine Zeile Sartres: »Der Mensch kann nur dann etwas wollen, wenn er vorher begriffen hat, daß er auf niemand anderen als sich selbst zählen darf.«

Sie war allein hier in der Dunkelheit, ohne einen Menschen, auf den sie zählen konnte, außer sich selbst. Es gab niemanden, der ihr sagte, diese Hand wegzuschieben und mit ihren Füßen den Weg zu betreten, für den sie sich entschieden hatte. Der Wille zum Handeln — oder zum Nichthandeln — war ganz allein ihr eigener.

Wieder starrte sie ins Dunkel hinauf. Wir haben kein anderes Schicksal, hatte Sartre geschrieben, als das, das wir uns selbst schmieden. Ja, dachte sie, ich habe mir meines geschmiedet. Und die Zeit ist gekommen, es zu vollenden, was auch daraus werden mag. Sie hob mit ihrer freien Hand Michaels Handgelenk von ihrer Brust. Sie zog sie an ihre Lippen und küßte zart seine Fingerspitzen. Sein Körper regte sich.

»Du gehst doch nicht?« Seine Augen blinzelten. Er schaute sie von unten her an. Der Schlaf hatte seine Augenfarbe von ihrem hellen Blau zu einem sanften Grau gedämpft.

»Ich muß, mein Schatz, die Zeit ist gekommen.«

»Bleib doch«, flüsterte er.

Er hob den Kopf zu ihrer Brust, bis sein Mund über ihre Brustwarzen glitt und seine Zunge über sie hinzufahren begann, so zart wie der Flügelschlag eines Schmetterlings. Träge glitt seine Hand über ihren Bauch zu den Schenkeln hinab und fuhr mit den tanzenden Fingernägeln darüber hin. Sein Kopf folgte.

Laila überlief es kalt, als sie seinen heißen Atem spürte, die raschen Berührungen seiner Lippen, die ihre Bahn verfolgten, am Nabel vorbei zum wartenden Schutzhafen ihrer Schenkel. Sie dachte an die Leidenschaft, die sie beide zwei Stunden vorher verschlungen hatte, an die Erfüllungen, die sie von einem Gipfel der Lust zum nächsten getragen hatten.

»Nein, Michael, Lieber. Ich kann nicht. Ich *muß* fort.«

Einen Augenblick lang lag sie da, hilflos auf seine sanfte Attacke reagierend. Dann entzog sie sich seinen Armen und glitt aus dem Bett.

Michael beobachtete mit verträumten Augen, wie sie sich in ihre enge schwarze Hose wand, sich die Bluse über den Kopf zog, ihren Schlüpfer aufhob und in die Handtasche stopfte.

»Wann seh' ich dich wieder?«

»Ich weiß es nicht, Michael.«

»Essen wir zusammen? Meine Aufnahmen sind um zwölf abgeschlossen.«

»Heute kann ich nicht.« Sie spürte leise Schmerzen im Magen. »Ich bin mit Calvin Kleins Leuten zum Lunch verabredet.«

»Dann gehen wir morgen zusammen zu Capotes Einladung.«

Laila hatte das Gefühl, als hätte ihr jemand einen Packen Wolle in den Mund gestoßen. Sie nickte, aber es dauerte ein paar Sekunden, bis ihre Stimmbänder die Worte formten, die sie sagen wollte.

»Ja, Michael. Wir werden zusammen zu Trumans Lunch gehen.«

Sie kam noch einmal ins Bett und warf sich auf ihn. Ihr Mund suchte seinen, ihre Lippen schoben seine gegen die Zähne zurück, bis es ihm wehtat. Ihre Gürtelschließe, die harten Knöpfe ihrer Bluse drückten sich in sein nacktes Fleisch. Schließlich schob sie ihm eine Hand um den Hals, packte das Haar über seiner Stirn und zog langsam seinen Kopf auf das Kissen hinab. Einen Augenblick lang lag sie so da und starrte ihm mit einer solchen Intensität ins Gesicht, daß ihm beinahe angst wurde. Dann schüttelte sie den Kopf, wie jemand, der aus einem Traum erwacht. Sie stand auf.

»Bleib liegen, *darling*. Ich finde schon selbst hinaus.«

Er hörte, wie sie ihm durch die Dunkelheit zurief: »Auf Wiedersehen, mein Schatz.« Dann schlug die Tür hinter ihr zu, und sie war fort.

Ein Krankenwagen der New Yorker Polizei, zu einem Noteinsatz unterwegs, raste durch den orangefarbenen Dunst auf dem Columbus Circle. Das Blöken seiner Sirene erfüllte den leeren Platz mit einem Geräusch, das für viele die Hintergrundmusik dieser Stadt war. Laila Dajani sah ihm nach, wie er entschwand, und nahm dann ihren Fußmarsch zum *Hampshire House* wieder auf. Ein kurzes Stück vor ihr schleuderten Männer von der städtischen Müllabfuhr schwarze Plastiksäcke mit Abfällen in den Schlund ihres Müllwagens. Das laute Klappern der metallenen Kiefer drang mißtönend in den Schlaf der Apartmentbewohner in den Hochhäusern ringsum. In dem dunklen Park links von ihr knirschten bereits die Laufschuhe der frühmorgendlichen Jogger über den trockenen Schnee. Von Brooklyn Heights bis Forest Hills, in Harlem und in der South Bronx, längs der Park Avenue und hinunter zum Village blinkten die ersten Lichter an den dunklen Fassaden der Stadt auf, die Laila und ihre Brüder mit der Vernichtung bedrohten. Die sieben Millionen der fünf Stadtbezirke New Yorks machten sich für einen neuen Tag bereit.

Die stolze, streitsüchtige, gefährliche, schmutzige, schwierige, doch letzten Endes großartige Metropole, von der sie alle ein Teil waren, war ein einzigartiger Ort, höchster Ausdruck der ewigen Berufung des Menschen, sich in Gemeinschaften zusammenzuschließen. New York war mitnichten nur eine Großstadt unter vielen; es war das Urbild des Städtischen, Beispiel für das Beste wie für das Schlimmste, was das Stadtleben je hervorgebracht hat. Von den Sümpfen jenseits von Jamaica bis zu den Mietskasernen in Queens, den Reihenhäusern auf Staten Island und den Gettovierteln in Harlem war New York ein Mikrokosmos der Menschheit, ein Turm von Babel, in dem sämtliche Rassen, Völker und Religionen der Erde vertreten waren. Die Stadt beherbergte solch ein menschliches Kunterbunt, daß ihre Einwohnerstatistik ein Klischee war, das allerdings, wie die meisten Klischees, die banale Wirklichkeit ausdrückte. In New York lebten mehr Schwarze als in Lagos, der Hauptstadt Nigerias; mehr Juden als in Tel Aviv, Jerusalem und Haifa zusammen; mehr Portorikaner als in San Juan, mehr Italiener als in Palermo, mehr Iren als in Cork. In irgendeinem Winkel der fünf Stadtbezirke, hier oder dort, begegnete man den Spuren von allem, was die Welt hervorgebracht hatte: den Gerüchen Schanghais, dem Lärm Neapels, dem Bier aus München, dem Bossanova-Rhythmus von Porto Allegre, den Patios Haitis. Tibeter, Khmers, Basken, Galicier, Tscherkessen, Kurden, jeder unterdrückte und um Selbständigkeit ringende Volksstamm der Erde erhob hier die Stimme, um sein Elend zu beklagen. Die übervölkerten, vielfach verkommenen Viertel beherbergten 3 600 Andachtsstätten, mindestens eine für jeden Kult, jede Sekte und Religion, die der Mensch in seiner rastlosen Suche nach dem Göttlichen erfunden hat.

Es war eine Stadt der Kontraste und Widersprüche, der eingelösten und der unerfüllt gebliebenen Verheißungen. New York war das Herz der kapitalistischen Gesellschaft, ein Symbol einzigartigen Reichtums, zugleich aber so bankrott, daß es kaum die Zinsen für seine Schulden zahlen konnte. New York verfügte über die besten medizinischen Einrichtungen der Welt, gleichwohl aber starben Tag für Tag Menschen, die sich eine angemessene ärztliche Betreuung nicht leisten konnten, und war die Kindersterblichkeit in der South Bronx höher als in den Slums von Kalkutta.

New York besaß eine städtische Universität, an der mehr Studenten eingeschrieben waren, als viele große Städte Einwohner zählten, doch jeder achte Einwohner sprach kein Englisch, und das öffentliche Schulwesen produzierte einen unaufhörlichen Strom von Abgängern, die kaum lesen und schreiben konnten.

Wie die ägyptischen Pharaonen, die alten Griechen, die Pariser der napoleonischen Epoche die architektonischen Maßstäbe ihrer Zeit gesetzt hatten, so hatten die New Yorker der Stahl- und Glas-Ära den modernen Großstädten der Welt als Vorbild gedient. Zugleich aber entsprach ein Viertel der Bausubstanz nicht den gesetzlich vorgeschriebenen Normen, und hinter der Glitzerpracht von Lower Manhattan, der Park Avenue und der Sixth Avenue dehnten sich die trostlosen Öden der South Bronx, von Brownsville und Bedford Stuyvesant.

Keine andere Metropole der Welt bot ihren Bewohnern größere Hoffnung auf materiellen Erfolg, keine verfügte über ein reichhaltigeres geistiges und kulturelles Angebot. Die Museen in der Stadt, das Metropolitan, das Modern Art, das Whitney, das Guggenheim beherbergten mehr Impressionisten als der Louvre, mehr Botticellis als Florenz, mehr Rembrandts als Amsterdam. New York war die Bank der Vereinigten Staaten, ihr Modevorbild, Designer und Fotograf; ihr Verleger, Reklamefachmann, Publizist, Bühnenautor und Maler. Die Theater, Konzertsäle, Balletthäuser und Jazzklubs am Broadway, *off Broadway* und *off-off Broadway* waren die Brutkästen, in denen Geschmack und Geist einer Nation geformt wurden.

In den vierhundert Buchgeschäften der Stadt konnte man bedrucktes Papier jeglicher Art kaufen, vom *Book of Kells* bis zu Captain Marvels erstem Comic-Buch, seltenen Fotoalben und den neuesten Bestsellern. Und in dem Augiasstall um den Times Square ergänzten Dutzende von Porno-Shops die literarische Kost durch skatologische Würze, durch Offerten, die jeder Perversität Rechnung trugen, wie sie nur die hemmungsloseste Phantasie ersinnen konnte.

Die Menschen, die an diesem Morgen auf der Insel erwachten, die Peter Minot 1626 für sechsundzwanzig Dollar gekauft hatte, konnten — falls sie die Mittel dafür besaßen — praktisch alles und jedes in ihrer Stadt kaufen: Absurditäten wie goldene Mickey-Maus-Uhren bei Cartier; Erhabenes wie einen Renoir in den Finchley Galleries; Diamanten bei schwarzgewandeten chassidischen Juden in der 47. Straße; gestohlene Fernsehgeräte in Hehler-Geschäften mit der Angebotspalette kleiner Warenhäuser; mit Schokolade überzogene Ameisen aus Argentinien, Bären-Steaks aus Nepal, Wildkatzenfleisch aus Kanton. Doch inmitten dieses materiellen Überflusses lebte ein Achtel der Einwohnerschaft New Yorks von öffentlicher Unterstützung. Die Hälfte der amerikanischen Drogenabhängigen bevölkerte die Straßen. Die Polizeireviere der Stadt registrierten einen Diebstahl alle drei Minuten, einen Straßenraub-Überfall alle zwölf Minuten und pro Tag vier Vergewaltigungen und zwei Morde.

Genaugenommen gab es drei New York: die Oasen des mittleren und unteren Manhattan mit ihren Konzernzentralen und ihrer Pracht aus hochgetürmtem Glas und Stahl; eine glitzernde Welt der Diskotheken, Penthouses, Carey-Cadillacs und gemieteten Luxuslimousinen, der Kerzenlicht-Dinners in der gläsernen Pracht der Olympic Towers, das Gebäude der Vereinten Nationen. Daneben gab es die verkommenen Arbeitervorstädte in Queens, der Bronx, die Gegenden in Brooklyn, wo noch Bäume wuchsen und eine schrumpfende Bevölkerung der Erinnerung an den Brighton Beach Express, den Gewanus-Kanal, Ebbets Field und die Achterbahnen von Coney Island nachhing. Es gab die Totenstadt, die sterbenden Gettos von Bronxville, Hispanic Harlem, Williamsburg, der South Bronx. Und in einem gewissen Sinn existierte noch ein weiteres New York, eine Pendler-Stadt von dreieinhalb Millionen Menschen, die sich jeden Tag auf den 24 Quadratkilometern südlich des Central Park zusammendrängten.

Immobilienmakler, Fernsehleute, Rechtsanwälte, Börsenmakler, Ärzte, Verleger, Werbefachleute, Bankiers, sie lenkten das amerikanische Rom und regierten von ihren Glas- und Stahltürmen aus ein Imperium.

Die Wall Street mochte für die Marxisten rings um den Globus ein Schimpfwort sein, war aber dennoch ein Jahrhundert nach dem Tod ihres

Propheten und siebzig Jahre nach Lenins Ankunft in Petersburg noch immer das unbestrittene Finanzzentrum der Welt. An diesem Dezembervormittag würden Männer in ihren Vorstandsetagen über Anleihen an die französische Staatseisenbahn, die Wiener Wasserwerke, die Verkehrsbetriebe von Oslo, an die Regierungen von Ekuador, Malaysia und Kenia diskutieren. Kupferminen in Zaire, Zinngruben in Bolivien, Phosphatgewinnung in Jordanien, Hotels auf Bali, Reisplantagen in Thailand, auf all dies würden sich die Entscheidungen auswirken, die an diesem Montagvormittag in zwei der größten Banken der Welt getroffen oder vertagt wurden: in der First National City und in der Chase Manhattan Bank.

Im Rockefeller Center, im »schwarzen Felsen« der CBS und im Gebäude der ABC ließen die drei großen Fernsehgesellschaften der Vereinigten Staaten Programme produzieren, die Wertmaßstäbe setzten, Verhalten beeinflußten und in den entlegensten Winkeln der Welt gesellschaftliche Veränderungen bewirkten. Marokkanische Kinder in Marakesch versuchten, sich Lutschbonbons in den Mund zu schieben, wie Kojak es tat; Schulmädchen in Japan brachten sich um, weil sie nie hoffen durften, so auszusehen wie die Heldinnen der Fernsehshow *Drei Engel für Charlie*; in England schmückten Cockneys ihren Slang mit den Rülpsern von Mark und Mindy — alles Ausdruck einer neuen Art kultureller Hegemonie, die von den tonangebenden Männern in diesen Gebäuden einer Welt auferlegt wurde, die sie nicht immer freudig begrüßte.

Zwei Straßen weiter befanden sich die Hochburgen der Propheten der Konsumgesellschaft, der Werbeleute von der Madison Avenue. Sie hatten der Welt eine Revolution aufgezwungen, die Revolution steigender Ansprüche. Dank der Kommunikationswege, die diese Männer so wirksam beherrschten, hatte diese Revolution Millionen erfaßt und ihnen materielle Wohltaten und die geistige Unzufriedenheit beschert — die Malaise des Amerikanischen Zeitalters.

Zusammengenommen waren diese Männer und Frauen das im höchsten Wohlstand lebende, tüchtigste und einflußreichste Volk auf der Erde.

Und sie waren auch die idealen Geiseln für einen asketischen Fanatiker, den ein brennendes Verlangen erfüllte, die Welt ausgerechnet mit Hilfe der von ihnen erfundenen und beherrschten Technologie und Kommunikationssysteme neu zu ordnen.

Der Mann, der das schwere und entsagungsvolle Amt des Oberhauptes dieser Stadt innehatte, drückte sich in die abgewetzte Polsterung seines schwarzen Chrysler, der sich im dichten morgendlichen Verkehr auf der East Side Drive seinen Weg suchte. Was er tat, war nur verständlich, denn keinem Bürgermeister von New York konnte daran gelegen sein, seinen Wählern vor die Augen zu treten, wenn drei Tage vorher ein schwerer Schneesturm die Stadt heimgesucht hatte.

Abe Stern wedelte mit seiner kleinen, pfotenähnlichen Hand den dichten Rauch weg, der seinen Dienstwagen erfüllte. Der Bürgermeister war ein kleines Männchen, nur knapp 1,55 Meter groß. Sein Schädel war völlig kahl; schon Jahre vorher hatte er begonnen, die letzten Haare wegzurasieren, die sein Haupt noch zierten. In drei Wochen wurde er neunundsechzig, doch seine Gestalt versprühte noch immer eine Vitalität, wie an kalten, trockenen Tagen zuweilen statische Elektrizität aus Lichtschaltern sprüht. Er wandte sich dem Verursacher des Qualms zu, seinem schwergewichtigen Leibwächter, einem Kriminalbeamten, der auf dem Vordersitz eine Dutch Master paffte, während er die Sportseiten der *Daily News* studierte.

»Richy«, knurrte er, »ich werde dem Polizeichef sagen, er soll Ihnen eine Gehaltsaufbesserung geben, damit Sie sich zur Abwechslung mal eine anständige Zigarre leisten können.«

»Entschuldigung, Herr Bürgermeister. Rauch lästig für Sie?«

Stern knurrte wieder etwas und wandte sich dann seinem Pressereferenten zu, der neben ihm saß. »Und wie viele Lastwagen haben wir schließlich auf die Straße gebracht?«

»3 162«, antwortete Victor Ferrari.

»Eine Katastrophe!«

In knapp zwei Stunden mußte Stern im Rathaus der Meute der Journalisten gegenübertreten, die darauf lauerte, über ihn herzufallen, weil seine Stadtverwaltung außerstande gewesen war, nach dem Schneesturm vom Freitag die Straßen rasch genug zu räumen. Er sah dieser Begegnung mit ebensolcher Begeisterung entgegen wie ein Mann, der zum Zahnarzt geht, um eine Wurzelbehandlung über sich ergehen zu lassen.

»Sechstausend Scheißlastwagen hat die Stadt, und die Straßenreinigung bringt gerade die Hälfte davon auf die Straßen!«

Das war eine Zahl so recht nach dem Geschmack der Presseleute. Sie würden sich darauf stürzen. Stern hörte schon im Geist, wie sie dem Publikum der Fernseh-Abendnachrichten als ein weiteres Beispiel für die Unfähigkeit seiner Verwaltung hämisch vorgesetzt wurde.

Ferrari wand sich. »Sie wissen ja, wie die Dinge aussehen, Herr Bürgermeister. Die Mehrzahl dieser Laster sind zwanzig Jahre alt.«

»Ist, Victor, *ist*! Gütiger Gott«, stöhnte Stern, »ich bin mit einem Leibwächter geschlagen, der mich ersticken will, mit einem Straßenreinigungs-Chef, der den Schnee nicht von den Straßen bekommt, und mit einem Pressereferenten, der kein Englisch kann!«

Der Pressesprecher räusperte sich furchtsam. »Noch eine andere Sache, Herr Bürgermeister . . .«

»Ich will nichts davon hören.«

»Friedkin von der Straßenreinigungsgewerkschaft will für gestern doppelte Überstunden bezahlt haben.«

Stern starrte zornig auf die schwarze Fläche des East River hinaus und überlegte, wie er auf seiner Pressekonferenz den geldgierigen Gewerkschaftsführer in der Luft zerreißen könnte. Denn wenn er auch das Gegenteil beteuerte, so genoß er doch den rauhen Schlagabtausch einer Pressekonferenz. »Nicht unterzukriegen«, lautete das allgemeine Urteil über Abe Stern, und das war eine treffende Feststellung. Er war in einer Mietskaserne in der Lower East Side geboren, als Sohn eines eingewanderten polnischen Juden, der in einer Schneiderei Hosen bügelte, und einer geborenen Russin, die in einem gewerkschaftsfreien »Sweat Shop« im Garment District billige Frauenkleider zusammennadelte.

Er hatte es nicht leicht gehabt in diesem überwiegend von Juden bewohnten Viertel, an dessen Rändern aber auch kleine Gruppen irischer und italienischer Einwanderer lebten, einem Viertel, wo sich das Ansehen eines Jungen nach der Geschicklichkeit bemaß, mit der er seine Fäuste gebrauchte. Abe Stern war das nur recht gewesen. Er hatte Raufereien gern. Er träumte davon, einmal Preisboxer zu werden wie sein Idol, der Halbschwergewichtsmeister Bettling Levinsky. Er erinnerte sich noch daran, wie er in den erstickend schwülen Sommernächten in den Schlaf glitt, während durch die offen stehenden Fenster die gemurmelte Unterhaltung der Erwachsenen hereindrang, und wie er von den Triumphen träumte, zu denen ihm seine Fäuste eines Tages verhelfen würden.

Abe Sterns Zukunftsträume nahmen ein brutales Ende. Mit sechzehn Jahren hörte er unvermittelt zu wachsen auf. Doch wenn Gott ihm schon nicht den Körper gegeben hatte, mit dem er seine Knabenträume Wirklichkeit werden lassen konnte, so hatte er ihm immerhin etwas anderes, ungleich Wertvolleres geschenkt: ein Köpfchen. Abe Stern hatte es zuerst am städtischen College von New York geschult und anschließend an der New Yorker Universität, wo er in Abendkursen Recht studierte. Als er seine juristischen Examina ablegte, hatte er sich ein neues Idol erkoren, eine andere Art Kämpfer als der Boxer, den er als Junge vergöttert hatte. Es war der schwerkranke Mann im Weißen Haus, dessen kultivierter Akzent einem Land, das tief in der Wirtschaftskrise der dreißiger Jahre steckte, neue Hoffnung gab — Franklin Delano Roosevelt. Seinem Vorbild folgend, war Abe Stern in die Politik gegangen.

Im Kongreß-Wahlkampf 1934 hatte er seine Karriere im stramm rechtsdemokratischen Bezirk Sheepshead Bay begonnen, Klinken geputzt, die Leute an die Urnen geholt und dabei die ersten Freundschaften geschlossen, die ihn nach Jahren schließlich in die City Hall, New Yorks Rathaus, brachten, auf einen Posten, der von vielen als das höchste Wahlamt der Vereinigten Staaten betrachtet wurde. Es gab niemanden, der sich im komplexen Kräftespiel auf der New Yorker Bühne, in den politischen und Verwaltungsstrukturen der Stadt besser auskannte als dieser kleine Mann im Fond seines Dienstwagens. Abe Stern hatte seine Lehre hinter sich gebracht, während er sich auf seinem langen Weg Schritt für Schritt nach oben arbeitete. Er hatte in den Synagogen und bei den »Soda Fountains« die Trommel für sich gerührt, bei den »Wednesday night smokers«, den Totenwachen der irischen Immigranten, in den Bingo-Hallen; er hatte an Dinners zu den Festtagen von Heiligen teilgenommen, einer solchen Vielzahl von Heiligen, daß selbst der Frömmste die Übersicht verlieren konnte. Sein Magen hatte alle möglichen Pizzas, Chop sueys und Brezeln über sich ergehen lassen müssen, die den Verdauungstrakt eines ganzen Bataillons gewöhnlicher Sterblicher hätten zugrunde richten können. Sein nicht eben musikalischer Tenor hatte in Sheepshead Bay die *Hatiwka* mitgesungen, unter den Iren von Queens *Wrap the Green Flag Round the Boys*, in Little Italy Opernmelodien, in Hispanic Harlem spanische Liebeslieder. Bei alledem entwickelte sich das Bild eines gerissenen, streitbaren, oft schwer erträglichen, doch immer wieder zur Auseinandersetzung herausfordernden Politikers. Ja, zahlreiche seiner Wähler hatten, bewußt oder unbewußt, für ihn gestimmt, weil sie in diesem nicht unterzukriegenden kleinen Mann ein Spiegelbild ihrer selbst zu sehen glaubten. Für viele war Abe Stern schlechthin eine Verkörperung New Yorks.

Das Autotelefon läutete. Ferrari griff nach dem Hörer, doch die kleine Hand des Bürgermeisters kam ihm zuvor.

»Lassen Sie mich ran. Ja, hier ist der Bürgermeister«, schnarrte er. Er knurrte zweimal, sagte: »Danke, *darling*«, und legte auf. Auf seinem Gesicht erstrahlte ein beseligtes Lächeln.

»Was gibt's?« erkundigte sich Ferrari.

»Ist das zu fassen? Der Präsident will mich sofort sehen. Das Weiße Haus hat angerufen. Sie haben sogar eine Maschine bereitgestellt, die draußen am Marine Air Terminal auf mich wartet.« Abe Stern lehnte sich dicht an seinen Pressereferenten, seine Stimme sank zu einem verschwörerischen Tuscheln herab. »Es geht um das Projekt für den Wiederaufbau der South Bronx. Ich hab' so eine Ahnung, daß dieser wiedergeborene Baptist endlich die zwei Milliarden für uns lockermacht.«

Laila Dajani, heißhungrig nach ihrer langen, anstrengenden Liebesnacht, tunkte mit einem leicht verbrannten Toastbrot, dessen scharfer Geruch die Küche ihrer Suite im *Hampshire House* erfüllte, die Dotterreste ihres weichgekochten Eies auf. Nervös nahm sie einen letzten Schluck von dem chinesischen Tee, den sie sich sofort nach ihrer Rückkehr ins Hotel aufgegossen hatte, stellte das Geschirr in die Spüle und warf einen Blick durch die Suite. Alles war bereit.

»Es ist sieben Uhr dreißig, und in Manhattan-Mitte beträgt die Temperatur minus fünf Grad«, meldete eine Stimme aus dem Transistorgerät, das auf ihrem Kaffeetisch stand. »Das Wetteramt hat uns auch für heute einen klaren, kalten Tag versprochen. Und vergessen Sie nicht, daß bis Weihnachten nur noch zwölf Einkaufstage . . .«

Laila stellte mit einer raschen Bewegung das Radio ab und nahm ihr Adreßbuch zur Hand. Mit dem purpurroten Fingernagel fuhr sie die Eintragungen unter »C« herab, bis sie gefunden hatte, wonach sie suchte — »Colombe«. Sie ging ans Telefon, wählte die Nummer, die neben dem Namen stand, und ergänzte jede Stelle der Kombination durch eine Zwei.

Es dauerte lange, bis abgehoben wurde. Schließlich hörte Laila das Klicken, mit dem der Hörer von der Gabel genommen wurde.

»Seif«, sagte sie auf arabisch.

»El Islam«, kam die Antwort.

»Fange mit deiner Operation an«, befahl sie, noch immer in ihrer Muttersprache. Dann legte sie auf.

Der Mann, der Lailas Anruf entgegengenommen hatte, trat in den Lagerraum einer syrischen Bäckerei, ein paar Schritte von der Atlantic Avenue in Brooklyn entfernt. Dort erwarteten ihn zwei Männer. Alle drei waren Palästinenser. Alle drei waren Freiwillige. Alle drei hatte Kamal Dajani mehr als ein Jahr vorher in einem Palästinenser-Ausbildungslager außerhalb der syrischen Stadt Aleppo aus zwei Dutzend Freiwilligen ausgesucht. Jeder von ihnen hatte, in buchstäblichem Sinn, bereits sein Leben für die Sache gegeben.

Keiner hatte eine Ahnung, wer Laila war oder von woher sie angerufen hatte. Sie waren nur angewiesen worden, jeden Morgen um sieben Uhr dreißig am Telefon auf den Befehl zu warten, den Laila soeben übermittelt hatte.

Sie hoben einen Bleikasten aus dem unbenutzten Backofen in dem Lagerraum und öffneten methodisch die Siegel, die ihn verschlossen. Das Innere war in zwei Hälften geteilt. In der einen befand sich eine Sammlung von Metallringen in der Größe eines Fünfcentstücks. In der anderen waren mehrere Reihen grünlich-grauer Pillen, etwa so groß wie Alka-Seltzer-Tabletten. Sorgfältig drückten sie in jeden der Ringe eine Tablette.

Als sie damit fertig waren, öffneten sie die erste von drei völlig gleich aussehenden Holzkisten, die in einer Ecke des Raumes aufgestapelt waren, und hoben einen der Insassen heraus. Es war eine Taube, keine Brieftaube, sondern eine ganz gewöhnliche, graugefiederte Stadttaube, wie sie überall in New York von Kindern auf dem Speicher aufgezogen wurden. Sie verpaßten dem Vogel einen Ring an einen Fuß, setzten ihn wieder in seine Kiste und holten dann den nächsten heraus.

Als alle Tauben mit Ringen versehen waren, umarmte der Führer des Trios die beiden anderen Palästinenser. *»Ma salameh«,* murmelte er. »Bis wir uns in Tripolis wiedersehen. *Inschallah.*« Er hob eine der drei Kisten auf und trug sie hinaus zu einem Wagen, der auf der Straße geparkt war. Die beiden anderen folgten ihm in Abständen von je einer Viertelstunde.

Jenseits des East River, am unteren Ende von Manhattan Island, genoß der Polizeichef der Stadt New York einen seltenen Moment der Ruhe und der inneren Einkehr. Vom Fenster seines Amtszimmers in der vierzehnten Etage des Polizeipräsidiums sah Michael Bannion das erste Tageslicht über den Dächern der Stadt heraufziehen. Vor ihm, hinter den Türmen der Governor Smith Houses, erblickte er die vertraute Silhouette der Brooklyn Bridge, auf deren stadteinwärts führenden Fahrbahnen bereits dichter Verkehr herrschte. Zu seiner Linken, weit hinter dem Federal Courthouse am Poley Square konnte Bannion gerade noch das Dach des achtstöckigen Mietshauses erkennen, in dem er achtundfünfzig Jahre vorher zur Welt gekommen war.

Selbst wenn Bannion den Rest seiner Erdentage in der gefilterten Luft von Amtsräumen wie diesem hier verbringen sollte, würde er doch niemals die Gerüche loswerden, welche die düsteren Treppenhäuser jener Mietskaserne erfüllt hatten: die Düfte seiner Knabenjahre, der durchdringende Geruch nach Kohl, der in den Küchen auf dem Herd stand und kochte, den Gestank nach Urin, der aus den Klosetts auf jedem Treppenabsatz drang, das schwere Aroma des eingewachsten Holzgeländers.

Das Läuten eines Telefonapparats rief Bannion wieder an den massiven Mahagoni-Schreibtisch, das inoffizielle Symbol seiner Position, an dem schon Teddy Roosevelt in seinen Jahren als Polizeipräsident von New York seines Amtes gewaltet hatte. Es war sein Privatapparat. Er erkannte sofort die Stimme von Harvey Hudson, dem Abteilungsleiter des FBI, dem die New Yorker Dienststelle des Bureau unterstand.

»Michael«, sagte Hudson, »ich habe hier eine dringende Sache, die uns beide betrifft. Es ist mir sehr unangenehm, Sie wegzuholen, aber aus verschiedenen Gründen möchte ich das nicht am Telefon besprechen. Es wird besser sein, wenn wir uns hier darüber unterhalten. Und«, fügte er hinzu, »ich brauche die Mithilfe Ihrer Kripo.«

Bannion warf einen Blick auf seine überfüllte Terminliste, die auf seinem Schreibtisch lag.

»Ist es wirklich so dringend, Harv?«

»Ja, Michael«, antwortete der FBI-Direktor. Bannion hörte eine merkwürdige Beklemmung in Hudsons Stimme. »Überaus dringend. Ja, wir müssen Sie und Ihren Kripochef unverzüglich hier haben.«

In der Etage unter dem Amtszimmer des Polizeipräsidenten starrte der Kripochef, Al Feldman, durch die Glastür einem jungen Mann entgegen, der auf sein Büro zukam. Der junge Mann war ein *contract*, ein Streifenpolizist. Man hatte ihn seiner Abteilung aufgezwungen, weil sein Onkel ein hohes Tier bei der Polizei gewesen war. Natürlich hatte er Scheiße gebaut, wie Feldman es hatte kommen sehen.

Er winkte mit seiner erkalteten Zigarre den jungen Mann auf den abgetretenen Teppich, der das Linoleum vor seinem Schreibtisch bedeckte.

»Schaun Sie sich Baseball an, O'Malley?«

Die Frage machte den jungen Mann mit dem rot angelaufenen Gesicht perplex. Er hatte eine Standpauke erwartet, nicht eine Plauderei über Sport. »Klar, Chef. Im Sommer seh' ich mir die Spiele im Fernsehen an. Hin und wieder fahre ich mit meiner Frau ins Shea-Stadion hinaus, um den ›Mets‹ zuzuschauen.«

»Dann sagen Sie mir doch, was passiert, wenn einer zwei Schläge hat und beide verfehlt?«

»O je, dann ist er wohl draußen.«

»Genau«, fauchte Feldman. Er nahm ein silbernes Schildchen, wie es Streifenbeamte tragen, aus der Schublade seines Schreibtisches und ließ es über die Tischplatte segeln. »Und Sie sind auch weg vom Fenster. Ab morgen tragen Sie wieder Uniform.«

In seiner Geste kam die wenig bekannte Tatsache zum Ausdruck, daß die Angehörigen der New Yorker Kriminalpolizei, wenn es ihrem Chef beliebt, augenblicklich wieder in die blaue Uniform gesteckt werden können, die sie zuvor getragen hatten. Feldman blieb nicht einmal genügend Zeit, seine Tat auszukosten, als das Telefon läutete.

»Der Chef braucht Sie«, meldete sich die Sekretärin des Polizeipräsidenten. »Und zwar augenblicklich.«

Es gab in New York bestimmt eine halbe Million Wohnungen, wenn nicht noch mehr, wo sich an diesem Dezembermorgen eine beinahe identische Szene abspielte. Das Fernsehgerät im Wohnzimmer lief und war wie immer zu laut eingestellt. Der dreizehnjährige Tommy Knowland sah auf die Mattscheibe und verfolgte gespannt, was die Sendung »Guten Morgen, Amerika« zu bieten hatte. Von Zeit zu Zeit schob er sich einen Löffel Cornflakes und Bananenscheiben in den Mund, offenbar ohne jede Beihilfe der Augen, die keinen Blick vom Fernsehgerät ließen.

Grace Knowland, die auf dem Stuhl neben ihm saß, trank von ihrem Kaffee und betrachtete ihren Sohn mit Zärtlichkeit. Sie saß ohne eine Spur von Make-up am Frühstückstisch, hatte — außer einem Spritzer kaltes Wasser ins Gesicht und ein paar raschen Strichen mit der Haarbürste — noch keinerlei Versuche unternommen, sich zurechtzumachen, und sah dennoch wundervoll aus. Ihre Augen waren klar, das Gesicht wach.

»*Wow*, Mammi, hast du diesen Schmetterball gesehen?« Tommy war so erregt, daß sein Löffel klappernd auf seinen Teller fiel.

Grace lachte leise. »Nein, mein Liebling. Aber glaubst du, daß ich Jimmy Connors eine Rechnung für einen zersprungenen Teller schicken kann?«

Ihr Sohn schnitt eine Grimasse und wandte sich wieder der Fernsehsendung zu.

»Tommy, hast du dir schon einmal . . .«, Grace nippte nachdenklich an ihrer Tasse Kaffee. »Ich meine, nachdem dein Vater und ich geschieden wurden, warst du da traurig, daß du keine Geschwister hattest?«

Einen Augenblick schien es, als hätte ihr Sohn die Frage gar nicht registriert. Er starrte weiter auf die Mattscheibe, das Tennismatch nahm ihn völlig gefangen.

»Ne, Mammi. Eigentlich nicht.«

Tommy warf einen Blick auf seine Uhr. »Ich muß abhauen.« Er nahm seine Schulmappe und verpaßte seiner Mutter einen Schmatz auf die Wange. »Du, vergiß nicht, ich habe heut mein Match. Kommst du auch hin?«

»Aber natürlich, Liebling.«

»Ich werde ihn in die Pfanne hauen. Ich weiß, daß ich besser bin als er.«

»Ja, Liebling, aber eine Tennispartie gewinnt man auf dem Tennisplatz, nicht am Frühstückstisch.«

»Danke, Coach.«

Die Tür schlug ins Schloß. Grace saß sinnend da und lauschte, wie ihr Sohn durch die Diele rannte. Auch aus meinem Leben rennt er hinaus, dachte sie. Wieviel Zeit bleibt wohl noch? Zwei, drei Jahre. Dann ist er fort. Fortgegangen in seine eigene Welt, in sein eigenes Leben. Sie betastete ihren Bauch. War er bereits leicht geschwellt? Natürlich nicht. Unmöglich, daß schon etwas von dem Leben zu bemerken war, das sie in sich trug. Sie nahm eine Zigarette aus der Packung, entzündete ein Streichholz, hielt aber die Flamme mitten in der Bewegung an. Wenn sie das Kind bekommen wollte, sollte sie dann nicht doch mit dem Rauchen aufhören? Alle Ärzte predigten das. Langsam blies sie das brennende Streichholz aus.

Jack Eastman, dessen Augen noch vom Schlaf gerötet waren, mühte sich mit der ersten Aufgabe ab, die ihm der Präsident für diesen Tag gestellt hatte: die Krise, die das Weiße Haus in Atem hielt, vor der Öffentlichkeit geheimzuhalten. Kein Staatsoberhaupt der Welt führte ein Leben, das so im Licht der Öffentlichkeit stand wie das des Präsidenten der Vereinigten Staaten. Breschnew konnte zwei Wochen im Krankenhaus verbringen, ohne daß irgend etwas davon bekannt wurde. Der französische Staatspräsident konnte regelmäßig zu einer Verabredung mit einer Freundin fahren, und wurde nur ertappt, weil er das Malheur hatte, um vier Uhr morgens auf den Champs-Elysées ein anderes Auto zu rammen. Doch wohin der amerikanische Präsident auch seinen Fuß setzte, immer und überallhin folgte ihm die Meute der im Weißen Haus akkreditierten Journalisten. Wenn ihnen der Pressesprecher keine Mitteilungen zu machen hatte, hielten sie sich im Presseraum des Weißen Hauses auf und lauerten nur darauf, ob nicht irgend etwas Ungewöhnliches vor sich gehe.

»Nummer eins«, sagte Eastman zu seinen um den Schreibtisch versammelten Gehilfen, »ich möchte nicht, daß irgendwelche Zeitungsleute im Westflügel herumschnüffeln. Wenn irgend jemand hier mit einem Reporter verabredet ist, soll er ihn in die Messe zu einer Tasse Kaffee hinunterführen.«

Er nahm den Terminplan des Präsidenten von seinem Schreibtisch. Dieser war wie immer in zwei Teile aufgeteilt: das offizielle Programm, das jeden Tag in der *Washington Post* stand, und sein privater Terminplan, der nur dem Stab im Weißen Haus mitgeteilt wurde. Das offizielle Programm für Montag, den 14. Dezember, sah vier Punkte vor:

9.00 Uhr Sitzung des Nationalen Sicherheitsrates
10.00 Uhr Budget-Besprechung

11.00 Uhr Ansprache anläßlich des Jahrestages der Allgemeinen Erklärung der Menschenrechte
17.25 Uhr Abfahrt zur Einweihung des Weihnachtsbaums im Park des Weißen Hauses

Der erste Punkt bot keine Probleme. Eastman dachte kurz über den zweiten, die Budget-Besprechung nach.

»Charlie Schultz kann den Präsidenten vertreten«, schlug er vor. Schultz war der erste Wirtschaftsberater des Präsidenten. »Sagt ihm, der Präsident möchte seine Meinung über die Auswirkung der Budgetkürzungen auf die Wirtschaft hören.«

»Soll man ihm sagen, was vorgeht?« fragte jemand.

»Zum Teufel, nein. Wozu denn?« Eastman wandte sich seinem Freund und Kollegen Jody Powell zu, dem Pressesprecher des Weißen Hauses. »Wie sieht's mit den Menschenrechten und dem Weihnachtsbaum aus?« Beides waren öffentliche Ereignisse; über beides würden die Presseleute im Weißen Haus berichten. »Können wir das ausfallen lassen?«

»Wir müßten uns weiß Gott was einfallen lassen, um eine Erklärung dafür zu geben. Ich würde mich vor Fragen nicht retten können.«

»Und wenn wir behaupten, er hat Grippe?«

»Dann werden sie Dr. McIntyre ausquetschen wollen. Nimmt er Medikamente? Wieviel Fieber hat er? Jack, öffentliche Auftritte des Präsidenten lassen sich nur absagen, wenn man einen hundertprozentig abgesicherten Vorwand hat. Und du müßtest ja wissen, daß solch ein Vorwand in dieser Stadt nicht leicht zu finden ist.«

»Das mit den Menschenrechten — okay. Wenn die Sache brenzlig wird, während er im Oval Office ist, können wir ihn vermutlich schnell rausholen, ohne daß jemandem etwas auffällt. Aber wenn etwas passiert, während er dort unten den Christbaum anzündet, dann sitzen wir in der Patsche. Völlig unmöglich, ihn da wegzuholen, ohne daß die ganze Welt merkt, irgendwas ist im Gang.«

»Trotzdem, wenn man diese Geschichte geheimhalten will, dann muß man ein Risiko eingehen und ihn hingehen lassen.« Powell streckte die langen Beine zu Eastmans Schreibtisch hin. »Am besten ist, man macht weiter wie bisher. So haben es Kennedys Leute in der Kubakrise gemacht; sie sind zu Dinners gegangen und so fort, um die Fassade zu wahren. Wir müssen das gleiche tun.«

»Wie sollen wir denn den ganzen Tag hier Leute rein- und rausschaffen, ohne daß die Presse Wind davon bekommt, daß sich etwas zusammenbraut?« fragte Eastman.

»Auch darin«, antwortete sein Kollege, »nimm dir ein Beispiel an Kennedys Leuten. Sie haben damals gesagt, sie sollen mit ihren Privatautos kommen. Zu zweit, damit keine ganze Parade von Limousinen daherkommt. Rush und McNamara mußten in ihren Autos sogar auf dem Boden kauern.«

»Gut«, antwortete Eastman. »Und behaltet das um Himmels willen alles für euch. Damit sich nicht irgendeiner als Held aufspielt und irgendwelchen Leuten anvertraut, daß er es mit einem ganz großen Ding zu tun hat!«

Eastman zuckte zusammen: Draußen, auf der schneebedeckten Einfahrt, sah er eine geisterhafte Gestalt um das Weiße Haus laufen. Jeder Präsident hatte seine eigene Technik, sich elastisch und in Form zu halten, in einer Krisensituation dafür zu sorgen, daß sein Adrenalin flüssig blieb. Und draußen im Schnee betrieb nun Jack Eastmans Arbeitgeber seine eigene Methode. Der Präsident der Vereinigten Staaten von Amerika trabte als Jogger umher.

Die Zentrale des SDECE befindet sich am Boulevard Mortier, hinter dem Friedhof Père Lachaise, im 20. Arondissement von Paris, einem trostlosen Viertel, das selbst an einem lichtdurchfluteten Frühlingstag fast ebenso grau und bedrückend wirkt wie eine Winterszene von Utrillo. Von der Straße her sieht das Gebäude, das den SDECE beherbergt, wie eine alte Armeekaserne aus, was es tatsächlich auch einmal war. Von der Fassade blättert der Anstrich.

Doch dieser baufällige Eindruck verschwindet sofort, wenn man durch den Eingang tritt. Im Innern begegnet man ganzen Computerbatterien, welche all die Zauberkünste des elektronischen Zeitalters in den Dienst einer Organisation stellen, die von jeher mehr für den gallischen Schneid ihrer Agenten als für hohe technische Leistungsfähigkeit bekannt war. Mochten jahrelange Untersuchungen des amerikanischen Kongresses und empörte Aufschreie in der öffentlichen Meinung den befreundeten Rivalen bei der CIA den Schneid genommen haben, so konnte General Bertrands Geheimdienst noch immer die Söldnertruppen aufbieten, die hin und wieder erforderlich waren, um einen afrikanischen Diktator zu stürzen, noch immer unbesorgt sich der Dienste korsischer Revolvermänner versichern, die ihren normalen Lebensunterhalt mit dem Verkauf weißer Pülverchen bestritten, oder seinen Residenten in Kuala Lumpur in einem Bordell einquartieren. Schließlich waren derlei Örtlichkeiten von jeher Stätten des Austauschs von Informationen, und die Franzosen hatten zuviel Sinn für die Schwächen des Fleisches, um solche Traditionen ganz gegen so sterile Arbeitsmittel wie Satellitenfotos einzutauschen.

Der Computerausdruck, der General Bertrand erwartete, als er, noch immer im Reitanzug, kurz nach acht Uhr Pariser Zeit an seinen Schreibtisch trat, war ein Spiegelbild der modernen Dimensionen seiner Behörde. Er enthielt alles, was der SDECE über den Verkauf des Reaktors an Libyen wußte, aus dem Gaddafi sich, wie die Amerikaner argwöhnten, das Plutonium verschafft hatte.

Vieles von dem Material war Bertrand bereits bekannt. Nukleare Sicherheitsprobleme waren in der französischen Hauptstadt eine delikate Angelegenheit, seit im April 1979 ein israelisches Kommando den inneren Kern eines für den Irak bestimmten Reaktors gesprengt hatte, nur ein paar Wochen bevor er an Bagdad geliefert werden sollte.

Bertrand hatte sich kaum den Ausdruck vorgenommen, als der Summer einen Besucher meldete. Es war ein Nuklearexperte des Geheimdienstes, ein kahlköpfiger, ganz in seiner Arbeit aufgehender junger Mann, der zehn Jahre vorher sein Studium an der *Ecole polytechnique* abgeschlossen hatte.

»Nehmen Sie Platz, Patrick«, wies ihn Bertrand an. Er hatte den Mann durch eines der beiden Telefonate von seinem Wagen aus zu sich ins Amt bestellt. In raschen Worten skizzierte er ihm, was geschehen war.

Patrick Cornedeau lächelte und zog eine Pfeife aus der Tasche. Er hatte sich vorgenommen, das Zigarettenrauchen aufzugeben, und jedesmal wenn er das Verlangen nach Nikotin in sich aufsteigen spürte, griff er nach diesem Hilfsmittel, seiner Pfeife, die jedoch kalt blieb.

»Wenn Gaddafi wirklich hinter Plutonium her ist«, sagte er, »hätte er sich keinen mühsameren Weg aussuchen können als diesen.«

»Vielleicht, *cher ami*, hatte er keine andere Möglichkeit.«

Der Wissenschaftler zuckte die Achseln. Er hatte Dutzende von Möglichkeiten durchgespielt, wie ein Diktator vom Schlag Gaddafis sich die Bombe verschaffen könnte: eine Ladung Plutonium entführen; das gleiche zu tun wie die Inder — einen kanadischen Schwerwasser-Reaktor kaufen, der mit Natururan betrieben wird. Aber dies war ein anderer Fall. Plutonium heimlich aus einem Standard-Leichtwasser-Reaktor abzuzweigen, das war am schwierigsten zu bewerkstelligen.

Cornedeau stand auf und ging hinüber zu der Tafel, die an einer Wand von Bertrands Amtszimmer hing. Eine volle Minute stand er davor und spielte mit einem Stück Kreide, während er seine Gedanken sammelte wie ein Lehrer, der seiner Klasse etwas erklären will.

»*Mon général*«, sagte er, »wenn man bei einem Kernreaktor schummeln will, schummelt man mit dem Brennstoff. Wenn dieser brennt oder sich spaltet, gibt er Hitze ab, bringt er Wasser zum Sieden, so daß Dampf entsteht, der Turbinen zwecks Stromerzeugung antreibt. Er schickt dazu auch einen Strom von streuenden Neutronen aus, die herumfliegen. Einige von ihnen«, er klopfte auf die Tafel, »rasen in den unverbrannten Brennstoff, niedrig angereichertes Uran, und setzen dort eine Reaktion in Gang, die einen Teil davon in Plutonium verwandelt. Es gibt einige Meiler, wie den kanadischen Candu-Reaktor, wo der Brennstoff in kleinen, leichten Einheiten eingegeben wird, die beinahe täglich ausgewechselt werden, so daß es eine ziemlich einfache Sache ist, an den abgebrannten Brennstoff heranzukommen, um das Plutonium herauszuholen.

In diesem Reaktor«, fuhr er fort und machte eine Skizze auf die Tafel, »befindet sich der Brennstoff in einem Druck-Kern innerhalb eines Mantels, der so aussieht. Er wird nur einmal im Jahr ausgewechselt. Er besteht aus riesigen, schweren Bündeln von Brennstäben. Um das Uran herauszuholen, muß man den Reaktor stillegen. Dann braucht man zwei Wochen

Zeit, viel schweres Gerät und eine Menge Leute. Vergessen Sie nicht, daß wir zwanzig Techniker dafür abgestellt haben. Es ist absolut unmöglich, daß die Libyer den Brennstoff hätten herausholen und irgendwann in einer dunklen Nacht beiseite schaffen können, ohne daß einer von ihnen etwas bemerkt hätte.«

Bertrand zog an seiner Gauloise. »Und was passiert mit diesem Brennstoff, wenn er herauskommt?«

»Zunächst einmal ist er so heiß, im radioaktiven Sinn, daß er einen sofort in eine wandelnde Krebszelle verwandeln würde, wenn man zu nahe hinkäme. Die Brennelemente werden in Bleibehältern verpackt und in ein Abklingbecken gebracht, wo sie dann abkühlen.«

»Wie lange bleiben sie dort?«

»Beim gegenwärtigen Stand auf Jahre. Für immer. Das ist ja der Kernpunkt des Streites um die Wiederaufbereitung zwischen uns und den Amerikanern. Unsere Absicht ist, die Brennstäbe hierher zurückzutransportieren, selbst das Plutonium herauszuholen und es als Brennstoff im Brüter zu verwenden. Die Amerikaner halten uns vor, wenn wir das tun, wird es schließlich dazu kommen, daß Plutonium um die Welt transportiert wird wie Zink.«

»Also liegen die Brennstäbe einfach da in dem Abklingbecken. Was kann Gaddafi davon abhalten, sie rauszuholen und sich das Plutonium zu verschaffen?«

»Die Internationale Atomenergiebehörde in Wien hat Inspektoren, die dafür zu sorgen haben, daß mit diesen Dingen keine krummen Touren gemacht werden. Sie führen pro Jahr mindestens zwei Inspektionen durch. Und für die Zwischenzeit haben sie versiegelte Kameras, die das Becken pausenlos überwachen. In der Regel sind mindestens zwei vorhanden, so eingestellt, daß sie ungefähr jede Viertelstunde eine Weitwinkelaufnahme des Beckens machen.«

»Und damit bleibt vermutlich nicht genug Zeit, um die Brennstäbe wegzuschaffen?«

»Du meine Güte, nein. Sie müßten in riesigen, gepanzerten Bleibehältern verstaut werden, damit man keine Strahlung abbekommt. Sie müßten mit schweren Kränen bewegt werden. Die Operation nähme mindestens eine Stunde in Anspruch, aber eher zwei.«

»Könnten die Inspektoren an den Filmen etwas verändern?«

»Nein. Sie entwickeln sie nicht einmal. Das geschieht in Wien. Außerdem senken sie bei jeder Inspektion, die sie machen, Gammastrahlen-Meßgeräte in das Becken, um festzustellen, ob die Brennstäbe auch radioaktiv sind. Auf diese Weise bekommen sie heraus, ob etwas ausgetauscht worden ist oder nicht.«

Bertrand lehnte sich zurück und preßte den Kopf gegen die Nackenstütze seines Sessels. Die halbgeschlossenen Augen visierten eine Ecke der Decke an. »Klingt sehr überzeugend, was Sie dagegen vorbringen, daß die Libyer sich aus dieser Anlage Plutonium beschaffen könnten.«

»Ich halte es für höchst unwahrscheinlich, Chef.«

»Falls sie nicht in irgendeiner Phase ihrer Operationen Helfershelfer hatten.«

»Aber wo und in welchem Punkt?«

»Meine persönliche Begeisterung über das Wirken der Vereinten Nationen hat sich immer in Grenzen gehalten.«

Cornedeau ging durch den Raum, ließ sich in seinen Sessel fallen und streckte die langen Beine von sich. Sein Vorgesetzter war ein Gaullist der alten Schule, und alle im Haus wußten, daß er die Abneigung des früheren Präsidenten gegen eine Institution teilte, die de Gaulle einmal abschätzig *le machin* genannt hatte — das Dingsda.

»Schön, Chef«, sagte er mit einem Seufzer. »Ich stimme Ihnen ja zu, daß die Atomenergiebehörde nicht gerade das tollste ist. Aber nicht sie ist das Problem. Es liegt darin, daß niemand wirklich etwas von wirkungsvollen Kontrollen wissen will. Die Firmen, die die Reaktoren verkaufen, wie Westinghouse oder unsere Freunde bei Framatome, bekennen sich zwar in der Öffentlichkeit mit schönen Worten zu der Idee, insgeheim aber haben sie einen Horror vor Kontrollen und scheuen sie wie Gift. In der Dritten Welt sieht es keine Regierung gern, wenn sich diese Inspektoren in ihrem Land herumtreiben. Und sogar wir Franzosen selbst waren und sind nicht besonders darauf versessen, die Kontrollen zu verschärfen, trotz allem, was wir sagen. Zuviel hängt an unseren Reaktorverkäufen.«

»Nun ja, junger Mann«, murmelte der General durch den Schleier des Zigarettenrauchs, der ihn wie Nebel einhüllte, »eine gesunde Zahlungsbilanz ist ein zwingendes staatliches Gebot, gegen das sich in diesen Zeiten schwer argumentieren läßt. Besorgen Sie sich mal sofort die Inspektionsberichte aus Wien. Fragen Sie auch unseren Repräsentanten dort, ob er irgendwelche Kaffeehausgerüchte über gekaufte oder bestochene Inspektoren aufgeschnappt hat. Oder solche, die zu scharf auf die Barmädchen sind oder was sie sonst heute dort haben.« In die Augen des Generals trat plötzlich ein genießerischer Schimmer, als er sich an seinen letzten Besuch in der österreichischen Hauptstadt, 1971, erinnerte. »Ansehnliche Frauen, diese Wienerinnen, muß man schon sagen.« Er beugte sich nach vorn. »Und unsere eigenen Leute unten in Libyen? Was ist uns über sie bekannt?«

»Es sind zwanzig Techniker, wie gesagt. Wir haben ihre Daten drüben bei der DST. Und natürlich hat die DST alle Telefongespräche aufgezeichnet, die sie mit irgendwem in Frankreich geführt haben.«

»Wer war eigentlich unser ranghöchster Repräsentant dort unten?«

»Ein gewisser Monsieur de Serre«, antwortete Cornedeau. »Er ist seit ein paar Monaten zurück und hält sich für seinen nächsten Posten bereit.«

»Bertrand blickte auf die Hermes-Uhr in ihrem schwarzen Onyxrahmen, die auf seinem Schreibtisch stand. Es war kurz vor Mittag.

»Wissen wir, wo er sich gegenwärtig aufhält?«

»Soviel ich weiß, hier in Paris.«

»Gut. Besorgen Sie mir seine Adresse. Und während Sie diese bei unseren Freunden von der DST beschaffen, werde ich sehen, ob ich nicht mit Monsieur de Serre ein Schwätzchen bei einer Tasse Kaffee halten kann.«

Daß in seiner Stadt eine höchst ernste Sache vor sich ging, wurde Michael Bannion sofort klar, als er die ernsten Gesichter der drei ihm unbekannten Männer im Büro des New Yorker FBI-Direktors hoch oben im Federal Plaza sah. Doch der volle Ernst dämmerte dem Polizeipräsidenten erst langsam, als ihm ein sonnengebräunter Mann mit einem Medaillon um den Hals vorgestellt wurde. Er saß links von Harvey Hudson, dem New Yorker FBI-Direktor, und vorgestellt wurde er Bannion mit dem Zusatz: »Von den wissenschaftlichen Laboratorien in Los Alamos.«

Bannion sah Hudson an. Der Polizeipräsident hatte dunkelblaue Augen, »blau wie die Galway Bay an einem Junimorgen«, wie seine Großmutter oft zu ihm gesagt hatte. Nun trübten Angst und Sorge diese Augen, stand in ihnen eine Frage, die er nicht erst auszusprechen brauchte.

»Ja, Michael, es ist passiert.«

»Wie lange wißt ihr es schon?«

»Seit gestern abend.«

Normalerweise hätte eine solche Antwort bei Bannion einen Ausbruch keltischer Wut ausgelöst. Sie war typisch für das FBI. Selbst in einer Sache, bei der es um Leben und Tod Tausender von Menschen in seiner Stadt ging, hatte das Bureau es nicht für nötig befunden, seine Polizei sofort einzuweihen. Doch diesmal zügelte er seinen Zorn und hörte mit wachsendem Schrecken zu, wie Hudson kurz schilderte, um welche Art von Drohung es sich handelte und was man bisher unternommen hatte.

»Wir müssen diesen Sprengkörper bis morgen nachmittag um drei gefunden haben«, schloß er seinen Bericht. »Und zwar ohne daß jemand etwas von unserer Fahndung bemerkt. Wir haben aus dem Weißen Haus strengsten Befehl, die Sache geheimzuhalten.«

Bannion warf einen Blick auf seine Uhr. Es war drei Minuten nach acht. Erst einen Monat vorher, erinnerte er sich, hatten Hudson und er sich über die Möglichkeit eines nuklearen Terroristenanschlages unterhalten. »Seit Jahren schreien die Leute »die Nuklearterroristen kommen«, hatte er zynisch zu seinem FBI-Kollegen gesagt. »Wie denn, möchte ich wissen — vielleicht im Galopp das Hudson-Tal herunter wie Lochinvar?« Nun waren sie doch gekommen, und er fühlte sich völlig überfordert, etwas gegen sie zu unternehmen, absolut hilflos.

»Haben Ihre Leute in Los Alamos nicht irgendwelche technischen Mittel, mit denen wir das Ding aufspüren können?« erkundigte sich Bannion bei Bill Booth. »Es muß doch eine gewisse Strahlung abgeben, oder?«

Es war bezeichnend für die Geheimhaltung, welche die Operationen des NEST umgab, daß der Polizeichef von New York keine Ahnung von der Existenz der NEST-Teams und der Art ihrer Einsätze hatte. Rasch und so knapp wie möglich setzte Booth den Polizeipräsidenten und die übrigen Sitzungsteilnehmer ins Bild, wie die Trupps vorgehen würden.

»Werden Ihre gemieteten Lastwagen den Leuten nicht auffallen?« fragte Bannion.

»Das ist sehr unwahrscheinlich. Das einzige, was sie verraten könnte, ist ein kleines kapselartiges Radargerät am Fahrgestell. Man müßte schon eigens danach suchen.«

Booth zog ausgiebig an seiner Zigarette. »Die Grundidee der Operation ist äußerst diskretes, unauffälliges Vorgehen. Wir wollen auf jeden Fall vermeiden, daß der Terrorist, der irgendwo in einem Speicher auf seiner Bombe sitzt, etwas davon merkt, daß wir nach seiner Spur suchen.«

»Könnte man Hubschrauber einsetzen?«

Booth warf einen Blick auf seine Uhr. »Unsere eigenen müßten jetzt starten. Wir haben uns außerdem noch drei von den New York Airways geliehen und rüsten sie gerade mit Suchgeräten aus. Sie werden in ungefähr einer Stunde einsatzbereit sein. Ich habe beschlossen, daß sie am Wasser anfangen sollen. Dort leisten sie sehr gute Arbeit. Die Kais sind im Handumdrehen abgesucht, und die dünnen Lagerschuppendächer machen auch keine großen Schwierigkeiten.« Er verzog das Gesicht. »Wenn das Dings allerdings auf einem Schiff versteckt ist, müßten wir es zu Fuß durchsuchen. Die Decks würden die Strahlen abschotten, nach denen wir fahnden.«

Bei diesen Worten kam in Booth die ganze Hoffnungslosigkeit seiner Aufgabe hoch. Mit einer zornigen, ungeduldigen Geste drückte er seine Zigarette aus. »*Commissioner*«, sagte er zu Bannion, »erwarten Sie bloß keine Wunder von uns, denn die können wir Ihnen nicht liefern. Wir haben die beste Technologie, die es dafür gibt, aber sie ist vollkommen unzureichend.«

Der Wissenschaftler sah, wie die blauen Augen des Polizeichefs staunend hervortraten, wie sein Adamsapfel nervös zuckte. »Sämtliche taktischen Vorteile sind auf der Seite unserer Gegner. Meine Transporter können Strahlen nur bis zu vier Etagen hoch ablesen. Die Hubschrauber bestenfalls zwei nach unten. Alles, was dazwischenliegt, ist unerreichbar.

Wenn der Terrorist, der diese Bombe hierhergebracht hat, sie abschirmen wollte, brauchte er sie nur mit Wasser zu bedecken, und wir könnten sie nicht einmal aus einer Entfernung von einem Meter feststellen.«

Instinktiv griffen Booths nervöse Hände nach dem Navajo-Medaillon, das Bannion an seinem Hals bemerkt hatte. »Einen thermonuklearen Sprengkörper zu finden, der irgendwo in New York versteckt ist, das ist einfach zuviel von uns verlangt. Das könnten wir nur schaffen, wenn Sie und Ihre Leute uns Informationen liefern, die das Gebiet, das wir absuchen müssen, drastisch eingrenzen.«

Der Wissenschaftler gab sich keine Mühe, seine innere Bedrängnis, ja, sein tiefes Schuldgefühl zu verbergen, weil er vor den Männern, die hier versammelt waren, die Unmöglichkeit eingestehen mußte, in ihrer Stadt eine der grauenvollen Waffen zu finden, mit deren Bau er sich zeit seines Lebens beschäftigt hatte.

»Ohne Geheiminformationen, meine Herren«, schloß er, »ist es absolut aussichtlos, daß wir in der Zeit, die uns zur Verfügung steht, die Bombe aufspüren.«

Zwei Etagen unterhalb des FBI-Konferenzraumes läutete in einem der Büros, die der Ermittlungsabteilung des FBI zugeteilt waren, ein Telefonapparat. Der Beamte hob den Hörer ab.

»Hallo, Mann, hier spricht Rico.«

Der Beamte richtete sich auf, plötzlich hellwach. Er stellte das Gerät an, das den Anruf aufzeichnete.

»Was haste für mich, Rico?«

»Nicht viel, Mann. Ich hab' mich die ganze Nacht umgetan, aber das einzige, was ich rausgebracht habe, ist, daß ein schwarzer Typ, den ich kenne, irgendein Medikament für irgendeine Araberin hat besorgen sollen.«

»Drogen oder wirklich ein Medikament, Rico?«

»Nein, Mann, nichts Krummes, ein richtiges Medikament. Irgendwas für ihren Magen. Sie wollte sich kein Rezept besorgen, nichts mit einem Arzt zu tun haben.«

»Wie sah sie aus?«

»Mein Kumpel weiß nicht. Hat das Zeug einfach in ihr Hotel gebracht.«

»Und was war das für ein Hotel, Rico?«

»*Hampshire House.*«

Zwei Stockwerke höher rollte Al Feldman, der Kripochef, seine kalte Zigarre zwischen den Lippen hin und her und sann über Bill Booths hoffnungslose Worte nach. Natürlich, dachte er, das sieht diesen verdammten Wissenschaftlern ähnlich. Immer soll irgend jemand ihren Scheißdreck hinter ihnen aufkehren.

»Also, wonach suchen wir?« fragte er.

Booth reichte eine Skizze mit der Beschreibung des Sprengkörpers herum, die in Los Alamos nach Gaddafis Blaupause angefertigt worden war.

»Ist uns annähernd bekannt, wann dieses Ding ins Land gekommen ist?« erkundigte sich Bannion.

»Nein, das wissen wir nicht«, antwortete Hudson, der New Yorker FBI-Chef. »Aber es ist anzunehmen, daß es erst vor kurzem war. Die CIA schätzt, daß es aus Libyen, dem Libanon, dem Irak, Syrien oder Aden gekommen ist. Möglicherweise haben sie es erst nach Kanada und von dort über die Grenze geschmuggelt. Das ist keine große Sache. Vielleicht auch haben sie es durch einen normalen Überseehafen ins Land gebracht, als was anderes getarnt.«

Weiter unten am Tisch räusperte sich Hudsons Vorgesetzter Quenton

Dewing, der FBI-Fahndungschef, der mit einer Maschine aus Washington gekommen war, um die Gesamtregie der Suchoperation zu übernehmen. Er trug eine altmodische Brille mit durchsichtigem Kunststoffrahmen, hatte sich mit Brylcreem das graue Haar an den Schädel geklebt und war mit einem dunkelblauen Anzug bekleidet. Ein weißes Ziertuch schaute mit der Spitze genau einen Fingerbreit aus der Tasche. Ein Versicherungsmanager, hatte Feldman verächtlich gedacht, als er mit Dewing bekanntgemacht wurde.

»Das heißt also, daß wir für jedes Stück Frachtgut, das in den vergangenen Monaten aus einem dieser Länder hier angekommen ist, jeden Frachtbrief und jedes Schiffsmanifest überprüfen müssen. Wir beginnen mit den letzten Ladungen und arbeiten uns dann nacheinander durch die vorhergehenden.«

»Bis morgen um drei?« fragte der Polizeipräsident verdattert.

»Bis morgen um drei.«

Feldman achtete nicht auf ihren Dialog. Er musterte die Unterlagen, die Booth herumgereicht hatte. »Sagen Sie«, frage er den Wissenschaftler, »ließe sich das Ding auseinandernehmen, ins Land schmuggeln und hier wieder zusammensetzen?«

»Vom technischen Standpunkt würde ich sagen, beinahe unmöglich.«

»Na, immerhin eine gute Nachricht heute.« Feldman deutete mit seiner Zigarre auf die Zeichnung. »Diese 227 Kilogramm schließen eine Menge Frachtgüter aus. Und ebenso hochgelegene Etagen in Gebäuden ohne Aufzug.« Er legte die Blätter wieder auf den Tisch. »Und was die Leute betrifft, die die Bombe hierhergebracht haben — gibt es irgendeinen Hinweis auf sie?«

»Im Augenblick nichts Präzises.« Hudson deutete auf einen flachshaarigen Beamten Mitte Dreißig, der Feldman gegenübersaß. »Farrell ist der Palästinenser-Experte des Bureaus. Er ist heute nacht aus Washington gekommen. Frank, geben Sie uns eine rasche Übersicht über das, was uns bekannt ist.«

Auf dem Tisch vor dem Beamten lagen wohlgeordnet nebeneinander Computer-Resümees sämtlicher Ermittlungen, die das FBI zu dieser Zeit im Nahen Osten betrieb. Sie umfaßten ganz verschiedenartige Dinge, so einen vermuteten Schmuggel von Prostituierten zwischen Miami und dem Persischen Golf, eine illegale Fracht von 4000 automatischen Gewehren an die christlichen Phalangisten im Libanon, die Versuche des iranischen Revolutionsregimes, Mordkommandos in die Vereinigten Staaten einzuschleusen, die dort ihre revolutionäre Justiz ausüben sollten, wie auch das Dokument, das Farrell auf Hudsons Anweisung zur Hand nahm.

»Wir haben Unterlagen über einundzwanzig Amerikaner, die Gaddafis Ausbildungslager für Terroristen durchlaufen haben. Alle von ihnen sind gebürtige Araber. Neunzehn Palästinenser. Siebzehn Männer, vier Frauen.«

»Haben Sie sich die Typen gegriffen? Was haben Sie herausgebracht?«

Feldmans Frage löste bei dem jungen Beamten ein nervöses Hüsteln aus. »Die meisten sind zwischen 1975 und 1977 in den Nahen Osten gegangen. Wir haben sie unter Überwachung gestellt, als sie zurückkamen, aber keiner hat sich auch nur das geringste geleistet. Wir konnten sie nicht einmal dabei erwischen, wie sie aus einem Kaufhaus Süßigkeiten mitgehen ließen. Die Folge war, daß wir keine richterlichen Ermächtigungen zur Überwachung mehr bekamen, weil uns ein schlüssiger Anlaß fehlte.«

»Sie haben sie also aus den Augen gelassen?«

Der FBI-Beamte nickte.

»Großer Gott!« Feldmans ohnedies rundliche Figur sank noch mehr auf seinem Stuhl zusammen. »Sie wollen also sagen, daß Gaddafi sich in unserem Land eine perfekte Organisation eingeschleuster Leute aufgebaut hat und daß das FBI niemand von ihnen, keinen einzigen, unter Überwachung hält?«

»Das Gesetz schreibt es uns vor, Mr. Feldman. Wir sind seit gestern abend hinter ihnen her und haben bisher vier ausfindig machen können.«

Michael Bannion wandte sich seinem aufgebrachten Kripochef zu. »Wissen Sie, Al, es müßte einem eigentlich zu denken geben, daß das Araber-Viertel in New York von den Docks aus zu Fuß zu erreichen ist. Haben wir irgendwelches Material über PLO-Aktivitäten dort?«

»Nicht besonders viel«, antwortete Feldman. »Es gibt ein paar Bodegas, kleine Lebensmittelgeschäfte, Familienläden, die wir im Verdacht haben, daß sie Waffenschmuggelgeschäfte tarnen sollen, die vielleicht mit der PLO zusammenhängen. Als Arafat damals bei den Vereinten Nationen auftrat, sind seine Leibwächter ein paarmal unseren Leuten entwischt und dort gelandet. Vielleicht wollten sie dort eine Tasse Kaffee trinken, wer weiß. Oder Kontakte aufnehmen.« Feldman zuckte die Achseln. »Wer kann das schon sagen?«

»Haben Sie Leute in die PLO eingeschleust?«

Bannion wandte sich dem Mann zu, der die Frage gestellt hatte. Clifford Salisbury war ein Abteilungsleiter der CIA, Spezialgebiet Palästinenser-Fragen.

»Einschleusen dürfen wir heutzutage unsere Leute nur in die organisierte Kriminalität. Und außerdem«, setzte Bannion ätzend hinzu, »kann ich mir nicht einmal zwei Streifenbeamte in meinen Polizeiautos leisten. Ich werde bestimmt kein Geld an den Versuch verschwenden, die PLO zu unterwandern.«

Der Polizeipräsident verkniff sich allerdings zu sagen, daß es unter den 24000 Männern und Frauen, die ihm unterstanden, nur vier arabisch sprechende Beamte gab und daß von diesen kein einziger auf palästinensische Aktivitäten angesetzt war. Tatsächlich hatten sich die Araber in Brooklyn immer bemerkenswert friedlich verhalten. Seit den frühen sechziger Jahren hatte die Zahl der arabischen Einwanderer erheblich zugenommen, wobei unter den Neuankömmlingen zahlreiche Palästinenser waren; trotzdem aber war im Gebiet von New York nur ein einziger versuchter Terrorakt zu verzeichnen gewesen, der auf das Konto der PLO ging.

»Hat irgend jemand anders Leute bei ihnen eingeschleust?« erkundigte sich der Polizeipräsident. »Wie steht's bei Ihnen, Harv?«

Der FBI-Mann schüttelte den Kopf. Er mußte unter denselben gesetzlichen Beschränkungen arbeiten wie die New Yorker Polizei.

Dewing klopfte mit den Fingerknöcheln auf den Konferenztisch. »Meine Herren, wir müssen die Suchoperation so rasch wie möglich auf die Beine stellen. Können wir uns darauf einigen, angesichts der Worte ›Insel New York‹ in Gaddafis Mitteilung die Bemühungen der NEST-Teams auf Manhattan zu konzentrieren?«

Ein Murmeln zeigte Zustimmung an.

»Booth wird aus Geheimhaltungsgründen selbständig operieren. Wir stellen ihm Fahrer, die seinen Männern zugleich Schutz geben.«

Das FBI war an NEST-Operationen gewöhnt, denn die Wissenschaftler hatten es von Anfang an vorgezogen, mit den verschwiegenen Beamten des Bureau statt mit den Männern von der jeweiligen lokalen Polizei zusammenzuarbeiten.

»Und wo soll ich anfangen?« wollte Booth wissen. »An der Battery oder in der Bronx?«

»Ich würde die Battery vorschlagen«, sagte Bannion. »Dort ist man näher am Wasser, und sie hätten das Ding weniger weit schleppen müssen. Außerdem, jeder haßt die Wall Street.«

»Richtig«, bemerkte Dewing. »Zweiter Punkt: Personal. Wir haben die ganze verfügbare Mannschaft dafür aufgeboten und ziehen fünftausend Beamte für diese Operation zusammen. Ich habe das Finanzministerium, den Zoll, die Drogenpolizei und das Revier in der West 57th Street angewiesen, uns ihre Leute zur Verfügung zu stellen. *Commissioner*, wir können doch auf die Mithilfe Ihrer Kriminalpolizei zählen?«

»Selbstverständllich«, antwortete der Polizeichef.

»Wenn das Weiße Haus verlangt, daß wir mit äußerster Diskretion vorgehen, was benutzen wir dann als Kommunikationsmittel?« fragte Feldman. »Zu starker Funkverkehr auf unseren Frequenzen wird die Typen im Presseraum der Zentrale hellhörig machen. Die Familienkräche und der ganze Kleinkram, mit dem wir es sonst zu tun haben, das geht an ihren Ohren vorbei. Aber eine Sache wie das hier wird ihnen sofort auffallen. Das Funkvolumen wäre verräterisch.«

»Wir werden unser goldenes Band benutzen«, sagte Dewing. Das FBI verwendete zehn Frequenzen, fünf in seinem blauen Band für lokalen und fünf in seinem sogenannten goldenen Band für landweiten Funkverkehr. »Und wenn irgend möglich das Telefon ...

Hudson wandte sich dem Kripochef zu: »Al, wie packen wir die Sache am besten an?«

»Ich würde gemischte Zweiergruppen vorschlagen«, antwortete Feldman. »Ein FBI-Beamter mit einem meiner Männer. Auf diese Weise können Sie Ihre Leute, die sich in der Stadt nicht auskennen, mit meinen zusammenspannen, und die sind hier zu Hause.«

»Einverstanden.« Hudson biß die Spitze einer kubanischen Zigarre, Marke Romeo und Julietta Nr. 3, ab und kramte in der Tasche nach einem Zündholz. Der Respekt, mit dem ihn seine Vorgesetzten im Bureau begegneten, zeigte sich daran, daß man ihm seine flagranten Verstöße gegen das Embargo, das die Vereinigten Staaten über Kuba verhängt hatten, jahrelang hatte durchgehen lassen.

»Wir bilden Einsatzkommandos«, sagte er. »Teilen einem die Docks und einem zweiten die Flugplätze zu. Ein drittes wird systematisch alle üblichen Lokalitäten, Hotels, Mietwagen-Agenturen filzen.«

»Harvey.« Feldman biß auf seine kalte Zigarre. »Wenn Araber nach Manhattan kommen, gehn sie zu den Tunten, und dann geht's ›Hu-hu, da kommt die Nachbarschaft‹, stimmt's nicht? Doch drüben in Brooklyn, wo die Araber beisammenwohnen, da würden sie nicht auffallen. Ich schlage vor, daß wir unseren dritten Einsatztrupp dort anfangen lassen. Alles auf den Kopf stellen, ob sich vielleicht irgendwas Auffälliges entdecken läßt.«

»Ja, einverstanden.«

Feldman lehnte sich zurück und überlegte. »Wir müssen diese Sache eingrenzen, wenn wir überhaupt etwas erreichen wollen. Uns die Art Leute, nach denen wir suchen, genauer ansehen. Was sind das eigentlich für Typen?«

Hudson warf dem Palästinenser-Experten des FBI einen befehlenden Blick zu.

»Nun, in der Regel«, sagte Farrell, »leben sie recht anständig von Aufträgen. Sie haben eine Menge Geld. Sie geben sich bürgerlich, was sie meistens sowieso sind. Ich will damit sagen, sie verstecken sich nicht in Slums oder verkommenen Mietskasernen. Sie haben schon vor langer Zeit begriffen, daß sie sich am besten einfügen, wenn sie sich an das Niveau der oberen Mittelschicht halten. Hinzu kommt, daß sie meistens unter sich bleiben. Anscheinend trauen sie den anderen ethnischen Gruppen nicht sehr.«

Der Kripochef ließ sich das durch den Kopf gehen. »Noch was ist zu überlegen, würde ich sagen. Wenn man so ein Ding abziehen will, vertraut man es jemandem an, der sich in unserem Land auskennt, der schon mal hier war. Denn sonst würden eine Menge Spuren entstehen, die die ganze Operation im Handumdrehen hochgehen ließen.«

»Was Mr. Feldman sagt, ist schlüssig.« Der Sprecher war Salisbury, der Vertreter der CIA. »Wir können wahrscheinlich auch davon ausgehen, daß Leute, die so etwas tun würden, kühl überlegen und schlau genug sind, sich zu sagen: Eine Erfolgschance setzt voraus, daß nur ein sehr begrenzter Kreis von der Sache weiß. Ich bin überzeugt, daß es sich um eine kleine, geschlossene Gruppe von intelligenten, hochmotivierten Leuten handelt.

Und«, fuhr er fort, »ich bin auch überzeugt, daß jemand, den Gaddafi mit einer solchen Operation betrauen würde, bereits seine — bzw. ihre — Spuren bei einem der Nachrichtendienste der Welt hinterlassen hätte. Wir stehen in Kontakt zu jedem Geheimdienst, wo auch immer, der Unterlagen über palästinensische Terroristen besitzt. Sie schicken uns ständig Personalbeschreibungen und, falls sie welche haben, Fotos von jedem, den sie in ihren Karteien führen. Ich schlage vor, wir suchen alle heraus, die sich schon einmal in den Staaten aufgehalten haben, intelligente und gebildete Leute sind, und konzentrieren uns auf die.«

»Was schätzen Sie, wie viele wären das?« fragte Feldman.

Salisbury machte stumm ein paar Berechnungen. »Insgesamt treiben sich rund vierhundert bekannte und identifizierte palästinensische Terroristen in der Welt herum. Nach meiner Schätzung dürften auf fünfzig bis fünfundsiebzig von ihnen unsere Merkmale zutreffen.«

Der Kripochef schüttelte bestürzt den Kopf. »Das sind zu viele, einfach zu viele. In unserer Situation muß man die Zahl auf zwei, höchstenfalls drei drücken, um eine Chance zu haben. Wenn Sie helfen wollen, New York zu retten, mein Bester, dann geben sie uns ein, zwei Gesichter, aber keine Porträtgalerie.«

Der erste der beiden Beamten zückte sein goldenes Ausweisschild und hielt es dem jungen Mann am Empfang so diskret hin, daß dieser sich über die Art der Besucher erst klar wurde, als er das Wort »FBI« hörte. Dann wurde er rasch zuvorkommend, wie die meisten Leute, wenn sie es mit einem Beamten der Bundespolizeibehörden zu tun haben.

»Können wir bitte Ihre Gästeliste sehen?«

Der junge Mann legte den beiden Beamten beflissen das schwarz eingebundene Verzeichnis vor. Der ranghöhere fuhr mit dem Zeigefinger die Seiten hinab und hielt dann bei der Adresse *Hamra Street, Beirut, Lebanon* inne. Davor stand der Name Linda Nahar. Suite 3202 las er und blickte zum Schlüsselbord hinauf. Der Schlüssel war nicht da.

»Ist Miss Nahar auf 3202 im Hause?«

»Leider«, sagte der junge Mann, »haben Sie sie gerade verfehlt. Sie hat sich vor vierzig Minuten abgemeldet. Sagte aber, sie würde wiederkommen. In einer Woche.«

»So. Hat sie Ihnen auch gesagt, wohin sie reisen wollte?«

»Nach Los Angeles, mit dem Early Bird-Flug.«

»Hat sie eine Nachsende-Adresse hinterlassen?«

»Nein.«

»Könnten Sie uns vielleicht ein bißchen über Miss Nahar erzählen?«

Zehn Minuten später saßen die beiden Beamten wieder in ihrem Wagen und rauchten. Der junge Mann am Empfang hatte sich als äußerst unergiebig erwiesen. »Was sagen Sie dazu, Frank?«

»Ich finde, es ist wahrscheinlich Zeitverschwendung. Eine Frau, die Angst vor Ärzten hat, mehr nicht.«

»Auch meine Meinung. Nur davon abgesehen, daß sie sich entschlossen hat, heute morgen abzureisen, nicht?«

»Nehmen wir uns doch Ihren Informanten und seinen Kontaktmann vor.«

»Das könnte ein bißchen heikel werden. Rico geht mit einigen üblen Typen um.« Der Beamte schaute auf seine Uhr. »Überprüfen wir die Passagierlisten und stellen wir fest, welche Maschine sie genommen hat. Wir brauchen jemand dort, wo sie ankommt, der sie überprüft.«

»Es gibt einen wichtigen Punkt, den wir alle übersehen haben!« sagte Michael Bannion mit einer Autorität, so daß alle im Raum sich unwillkürlich zu ihm wandten. »Wollen Sie die Geheimhaltungsverfügung des Weißen Hauses auch auf die Männer anwenden, die die Ermittlungen durchführen, Harv?«

»Nein, natürlich nicht. Wie können wir sie denn motivieren, sich anzustrengen wie noch nie in ihrem Leben, wenn wir ihnen nicht reinen Wein einschenken?«

»Um Gottes Willen! Meinen Leuten sagen, daß in Manhattan eine Wasserstoffbombe versteckt ist, die in ein paar Stunden explodieren und die Stadt ausradieren wird?« Bannion schüttelte entsetzt den Kopf. »Sie sind ja auch nur Menschen. Sie werden in Panik geraten und sich als erstes sagen: Ich muß schleunigst die Kinder hier rausschaffen. Ich rufe sofort meine Frau an, daß sie die Kinder aus der Schule holt und sich schnellstens zu ihrer Mutter aufs Land absetzt.«

»Sie haben ja offenbar sehr wenig Vertrauen zu Ihren Männern, Herr Polizeipräsident.«

Mit blitzenden Augen blickte Bannion zu Quentin Dewing hin, dem FBI-Fahndungschef aus Washington.

»Meine Männer, zu denen ich das größte Vertrauen habe, Mr. Dewing, kommen nicht aus Montana, South Dakota und Oregon wie Ihre Leute. Sie stammen aus Brooklyn, der Bronx, aus Queens. Ihre Frauen, ihre Kinder, ihre Mütter, ihre Onkel und Tanten, ihre Kumpel, ihre Freundinnen, ihre Hunde, Katzen und Kanarienvögel sitzen hier in dieser gottverdammten Stadt in der Falle. Meine Leute sind Männer, aber keine Supermänner. Für sie müssen Sie sich schon eine Geschichte einfallen lassen, um ihnen die Wahrheit zu verheimlichen. Und zwar eine erstklassige, Mr. Dewing, denn sonst bricht auf dieser Insel eine Panik aus, wie weder Sie noch ich noch sonstjemand sie jemals erlebt hat.«

Die Journalistin Grace Knowland schlug ihren Mantelkragen hoch, um sich gegen den Wind zu schützen, der sie mit voller Wucht traf, als sie aus der U-Bahn-Station Chambers Street trat. Es war fast 8.45 Uhr. Als sie durch den City Hall Park eilte, wo einst George Washington den Bürgern der Stadt die Unabhängigkeitserklärung hatte verlesen lassen, wäre sie auf dem schlecht geräumten, nur halb mit Sand bestreuten Gehweg beinahe gestürzt. Der Bürgermeister, dachte sie sarkastisch, ist nicht einmal imstande, seinen eigenen Gehsteig freizuhalten. Vor ihr ragte der imposante Portikus der City Hall empor, deren Fassade, ein eigenartig geglücktes Stilgemisch aus französischem Klassizismus und dem eleganten Federal Style, von einem Franzosen und einem Amerikaner für die einst fürstliche Summe von 350 Dollar entworfen worden war. Sie lächelte dem Polizisten an dem Portal zu, das zu den Amtsräumen des Bürgermeisters führte, und trat in den von lärmender Geschäftigkeit erfüllten Presseraum. Noch im Mantel zog sie ihre Post aus ihrem Ablagefach, warf eine 25-Cent-Münze in den Kaffeeautomaten und ließ einen Papierbecher mit dampfendem schwarzem Kaffee vollaufen.

Eine Bewegung am Eingang des Raums unterbrach sie dabei. Vic Ferrari, der Pressereferent des Bürgermeisters, eine blaue Kornblume im Revers seines grauen Flanellanzugs, trat ein. »Meine Damen und Herren, ich habe eine kurze Mitteilung zu machen. Seine Ehren bedauern sehr, daß er verhindert ist, seinen Termin mit Ihnen heute morgen einzuhalten.«

Mit unbewegtem Gesicht wartete Ferrari, bis der Sturm der Mißfallensrufe abebbte. Den Ärger der New Yorker Presse über sich ergehen zu lassen war nur eine der schweren Aufgaben, die das Amt des Pressereferenten des New Yorker Bürgermeisters mit sich brachte.

»Der Bürgermeister wurde heute morgen vom Präsidenten nach Washington gebeten, um bestimmte Budgetangelegenheiten von beiderseitigem Interesse zu erörtern.«

Ein wahres Gewitter brach los. Seit Jahren waren die chronischen Finanzkalamitäten New Yorks ein Dauerbrenner für die Presse. Ferrari sah sich dem Fragensturm ausgesetzt wie dem Pfeilhagel einer Phalanx von Bogenschützen.

»Bitte, ich bin nicht bereit, Spekulationen über den Inhalt der Unterredung anzustellen.«

»Großartig!« rief der Mann von der *Daily News*. »Jimmy will ihm eine neue Schneeschippe kaufen.«

»Victor«, fragte Grace, »wann erwarten Sie den Bürgermeister zurück?«

»Später am Tag. Ich werde Sie auf dem laufenden halten.«

»Er fliegt mit einer Shuttle-Maschine, wie üblich?«

»Ich nehme es an.«

»Hallo, Vic!« schrie ein Fernsehreporter aus den hinteren Reihen der Journalisten, die Ferrari umdrängten. »Könnte das etwas mit der South Bronx zu tun haben?«

Ein bejahender Schimmer glitt über Ferraris Gesicht, wie bei einem mittelmäßigen Pokerspieler, der die fehlende Karte zu einer Straße gezogen hat. Ein einziger der Journalisten im Presseraum bemerkte es, Grace Knowland, und dabei war sie vermutlich der einzige Mensch hier, der nicht Poker spielte. »Ich habe schon gesagt, daß ich keine Spekulationen über das Thema der Unterredung anstellen möchte«, wiederholte Ferrari hartnäckig.

So unauffällig wie möglich schlich sich Grace an ihr Telefon und wählte die Stadtredaktion der *Times.* »Bill«, flüsterte sie ihrem Redakteur zu, »mit der South Bronx ist irgend etwas im Gange; Stern ist gerade in Washington. Ich möchte ebenfalls dorthin und versuchen, mit ihm zurückzufliegen.« Ihr Redakteur war sofort einverstanden. Grace beschloß, vorher noch einen zweiten Anruf zu machen, diesmal bei Angelo. Sein Telefon schien endlos zu läuten. Schließlich meldete sich eine Stimme, die sie nicht kannte. »Er ist nicht da«, sagte sie. »Sie sind alle irgendwohin zu einer Besprechung gefahren.«

Komisch, dachte Grace, als sie auflegte, er hat doch gesagt, daß er heute vormittag seinen Schreibkram aufarbeiten will.

Während sie sich unauffällig, beinahe verstohlen, auf die Tür zubewegte, hörte sie eine höhnische Stimme aus dem Kreis ihrer Kollegen, die noch immer den Pressereferenten umdrängten. »Das ist ja alles sehr hübsch, Vic, aber wir haben hier zufällig eine ernste Sorge. Wann gedenkt die Stadtverwaltung endlich den Scheißschnee aus Queens rauszuschaffen?«

Der Mann, dem das Reporterrudel in der City Hall so gern mit Fragen zugesetzt hätte, trat in diesem Augenblick in das private Arbeitszimmer des Präsidenten der Vereinigten Staaten.

»Herr Präsident, Sie sehen glänzend aus. Wunderbar. Großartig.« Abe Sterns Adjektive folgten einander wie eine Serie von Knallfröschen am Silvesterabend. Er schien auf den Mann an seinem Schreibtisch zuzuschnellen, als trieben ihn kleine, in den Sohlen seiner Schuhe verborgene Sprungfedern an. »Der Job muß Ihnen guttun. Sie haben nie so gut ausgesehen wie heute.«

Der Präsident, der aus Mangel an Schlaf abgespannt und fahl aussah, winkte Abe Stern auf ein aprikosenfarben bezogenes Sofa und wartete, während ein Butler ihnen Kaffee einschenkte. Im Hintergrund waren gedämpft die Melodien von Vivaldis *Vier Jahreszeiten* zu hören. Der Präsident bevorzugte die Intimität dieses Raumes gegenüber der imposanten Förmlichkeit des Oval Office mit all seinen Symbolen und dem Dekor, das ihn ständig an die Macht und die lastenden Pflichten der Präsidentschaft der Vereinigten Staaten erinnerte. Er hatte ihn mit den Erinnerungsstücken aus seiner eigenen Vergangenheit geschmückt: über dem Kaminsims eine Muskete, seine Offizierspatente von der Marine, ein Ölporträt seiner Frau und Kinder. Vor seine Schreibgarnitur hatte er das berühmte Schildchen gestellt, das einst Harry Trumans Schreibtisch geziert hatte. Die Worte darauf paßten zum Ernst dieses Vormittags: »Hier ist die Endstation für den Schwarzen Peter.«

»Also«, sagte der strahlende Stern, als der Butler aus dem Raum ging, »setzen wir uns endlich wegen der Finanzierung der South Bronx zusammen, nicht?«

Der Präsident stellte seine Kaffeetasse auf das Tellerchen, daß es schepperte. »Es tut mir leid, Abe, ich mußte Sie heute morgen ein bißchen hinters Licht führen. Nicht deswegen habe ich Sie hergebeten.«

Die Augenbrauen des Bürgermeisters zogen sich zusammen. Er begriff nicht.

»Wir haben es mit einer fürchterlichen Krise zu tun, Abe, und dabei geht es um New York.«

Stern gab einen halb seufzenden, halb knurrenden Ton von sich. »Na ja, deswegen wird die Welt nicht einstürzen, Herr Präsident. Krisen kommen und gehen; New York hat sie alle überlebt.«

In die Augen des Präsidenten trat plötzlich ein feuchter Schimmer, als er den kleinen Mann vor sich anblickte. »Sie täuschen sich, Herr Bürgermeister. »Mit dieser Krise kann New York nicht leben.«

Harvey Hudson, der Direktor der FBI-Dienststelle New York, erklomm, gefolgt vom New Yorker Polizeipräsidenten und seinem Kripochef, die Stufen zum Podium. Während die beiden New Yorker auf Stühlen zwischen der amerikanischen Flagge und dem blaugoldenen Banner des FBI Platz nahmen, trat Hudson an das Rednerpult, seine vierte Zigarre an diesem Morgen zwischen die Zähne geklemmt. Es war noch nicht ganz neun Uhr vormittags an diesem Montag, dem 14. Dezember. Hudson warf einen raschen Blick auf die Versammlung, holte langsam Luft und beugte sich ans Mikrophon.

»Meine Herren, wir haben es mit einer heiklen Situation zu tun.«

Seine Worte riefen eine unruhige Bewegung im Saal hervor, auf die tiefe Stille folgte. »Eine Gruppe palästinensischer Terroristen hat irgendwo in New York ein Faß Chlorgas versteckt, mit an Sicherheit grenzender Wahrscheinlichkeit hier auf der Insel Manhattan.« Hinter Hudson beobachtete Bannion die Gesichter seiner Kriminalbeamten und wartete, wie sie auf die Worte des FBI-Direktors reagieren würden.

»Ich muß Ihnen ja nicht erzählen, welche toxischen Eigenschaften Chlorgas besitz. Sie erinnern sich vermutlich alle, was vor ein paar Jahren drunten im Süden passierte, als nach einem Eisenbahnunglück Chlorgas ausströmte. Es ist hochgefährliches, tödliches Zeug.

Daß dieses Faß sich hier befindet und wir danach suchen, muß absolutes Geheimnis bleiben. Wir vertrauen es Ihnen an, weil Sie alle intelligente, verantwortungsbewußte Polizeibeamte sind, aber wenn es an die Öffentlichkeit käme, könnte eine verheerende Panik die Folge sein.«

Bannions erfahrener Blick las die tiefe Besorgnis auf den Gesichtern seiner Beamten. Mein Gott, dachte er, was wäre wohl passiert, wenn wir ihnen reinen Wein eingeschenkt hätten?

Hudson ging die verbleibenden Einzelheiten des Szenarios durch, wie er es mit Bannion und Feldman abgesprochen hatte. Irgendwo in dem vermuteten Bereich sitze ein palästinensisches Kommando, das Befehl habe, das Chlorgas-Faß zu zünden, falls die Israelis sich weigern sollten, zehn andere Terroristen freizulassen, die in israelischen Gefängnissen einsaßen. »Das Leben vieler, schrecklich vieler Menschen hängt davon ab, daß wir dieses Faß finden, bevor sie es in die Luft jagen können. So steht die Sache.«

Eine Vergrößerung der in Los Alamos angefertigten Skizze von Gaddafis Bombe — die nuklearen Details sorgfältig retuschiert — erschien auf der Leinwand hinter Hudson. »Einige von Ihnen werden den Auftrag haben, die Täter ausfindig zu machen; andere Areal um Areal durchkämmen; die übrigen sich die Piers und Docks vornehmen, um vielleicht eine Spur zu finden, wie das Zeug ins Land gekommen ist. Wir werden Sie in Zweiergruppen aufteilen, je ein Mann von der New Yorker Polizei und einer vom FBI, je zwei Leute von der Bombenfahndung, Entführungsfahndung und so der Reihe nach.«

»Zum Teufel noch mal«, rief eine Stimme aus dem hinteren Teil des Saales, »warum sagt denn keiner den Israelis, sie sollen den Arabern die verfluchten Häftlinge zurückgeben und nicht uns die Sache ausbaden lassen?«

Bannion fuhr zusammen, als er den New Yorker Akzent dieser anonymen Stimme hörte. Er war auf die Reaktion gefaßt gewesen. Er machte Hudson ein Zeichen, trat dann ans Rednerpult und nahm das Mikrophon. »Das haben die Israelis zu entscheiden, nicht wir.«

Die unbewegte Luft im Saal schien unter der Wucht seiner zornigen Worte zu erbeben. »Und Sie haben dieses gottverdammte Faß zu finden!«

Der Polizeipräsident hielt kurz inne, um seiner Stimme die genau richtig dosierte Mischung von Dringlichkeit und Ärger zu geben. ». . . und zwar, verdammt noch mal, auf dem schnellsten Weg!«

Der Geheimdienst-Beamte vor dem Haupteingang des Schatzamts-Gebäudes in Washington trat an die beiden Männer heran, kaum daß sie ihrem schwarzen Ford, einem Wagen der Regierung, entstiegen waren. Mit einem raschen, diskreten Blick prüfte er ihre Papiere, die sie als hochgestellte Beamte des Verteidigungsministeriums auswiesen und gab ihnen dann mit einer Handbewegung zu verstehen, sie sollten ihm in die belebte Lobby des Schatzamtes folgen. Er führte sie durch die Marmorhalle zu einer schweren Tür mit der Aufschrift »Ausgang«, über zwei Treppenfluchten hinab in den Keller und dann durch einen matt beleuchteten Gang zu einer zweiten, diesmal verschlossenen Tür.

Hinter dieser Tür bot sich ein fast unbekannter Aspekt des Weißen Hauses, ein Tunnel, der unter der East Executive Avenue hindurch ins Souterrain des Ostflügels führte. Der Gang diente seit Jahren dazu, die Identität von Besuchern zu verbergen, die an Staatsangelegenheiten — und bisweilen auch an anderen Affären — beteiligt waren. In der gegenwärtigen Krise war er bereits ein Dutzendmal dazu benutzt worden, Leute ins Weiße Haus zu schleusen, ohne daß Presse oder Öffentlichkeit etwas davon erfuhren.

Geführt von ihrem Geheimdienst-Mann, betraten die beiden Männer den Tunnel. Von oben her drang der Verkehrslärm wie ferner Donner in den unterirdischen Gang. David Hannon war der leitende Beamte im Amt für Zivilschutz; Dim Dixon war sein Assistent, ein Experte für die Auswirkungen von Kernwaffenangriffen.

Beide Männer hatten den größten Teil ihres Erwachsenenlebens der Untersuchung eines einzigen und grauenerregenden Themas gewidmet: den Verwüstungen, die der Einsatz nuklearer und thermonuklearer Waffen gegen das flache Land, die Großstädte und die Bevölkerung der Vereinigten Staaten anrichten könnte. Das Undenkbare war ihnen so vertraut wie ein Bilanzbogen einem öffentlich bestellten Rechnungsprüfer. Sie waren in Hiroshima und Nagasaki gewesen, hatten die Bombentests in der Wüste von Nevada beobachtet, waren an Planung und Bau der schmukken Häuser im Kolonialstil, der adretten Bungalows, an der Herstellung der Menschenpuppen beteiligt gewesen, an denen die militärischen Planer in den fünfziger Jahren die Wirkungen aller aufeinanderfolgenden Generationen nuklearer Sprengköpfe gemessen hatten.

Ihr Geleitmann führte sie unter dem Weißen Haus hindurch in den Westflügel, wo sich der Konferenzraum des Nationalen Sicherheitsrates befand. Dort übergab er sie einem Major der Marineinfanterie.

»Die Sitzung hat soeben begonnen«, teilte ihnen der Major mit und deutete auf ein paar Klappstühle unweit des NSC-Konferenzraumes. »Man wird Sie in ein paar Minuten rufen lassen.«

Drinnen im Konferenzraum hatte der Präsident gerade Abe Stern mit einer Handbewegung den Stuhl neben sich angewiesen, während die regulären Mitglieder des Krisenstabs ihre Plätze um den Tisch einnahmen. Die Digitaluhr an der Wand verzeichnete die Zeit: 9.03 Uhr.

»Wir halten den Gouverneur von New York telefonisch über die Krise auf dem laufenden«, begann der Präsident. »Ich selbst habe soeben dem Bürgermeister kurz skizziert, was geschehen ist, und ihn gebeten, mit hierherzukommen. Weil seine Stadt und ihre Bevölkerung in Gefahr sind, werden wir diesmal unsere normalen Regeln für die Zulassung zu diesen Sitzungen außer acht lassen.«

Er nickte Tap Bennington zu. Traditionsgemäß begannen die Krisenbesprechungen des Nationalen Sicherheitsrates mit einem Lagebericht des CIA-Chefs.

»Erster Punkt: Unser Ersuchen an die Sowjets, bei den Israelis zu intervenieren, hat Früchte getragen. Die Aufklärung der Sechsten Flotte meldet, daß die Israelis heute morgen um 3.27 Uhr einen Angriff auf Libyen abgebrochen haben. Ich glaube, wir können jetzt annehmen, daß sie gezügelt sind.«

Mit einem leichten Neigen des Kopfes nahm der CIA-Chef das zustimmende Murmeln zur Kenntnis, das seine Worte ausgelöst hatten. »Die Anstrengungen der Agency konzentrieren sich jetzt darauf, präzise Hinweise zu gewinnen, wer für Gaddafi die Bombe nach New York gebracht haben könnte.« Er machte eine Pause. »Leider haben wir bis jetzt nichts Konkretes herausgefunden.«

»Liegt irgendeine Antwort unseres Geschäftsträgers in Tripolis auf Eastmans Botschaft vor?« erkundigte sich der Präsident.

»Bis jetzt noch nicht, Sir. Aber die Maschine ist in ihrer Position. Wir stehen bereit, eine Verbindung herzustellen, sobald wir Gaddafis Antwort haben.«

»Gut.« An dieser lakonischen Antwort des Präsidenten konnte man seine feste Überzeugung ablesen, daß er, wenn er erst Kontakt zu Gaddafi hätte, mit dem Libyer vernünftig reden und ihn durch die Kraft des Glaubens und der Logik zu irgendeiner annehmbaren Lösung der Krise veranlassen würde.

»Tap, wieviel Bewegungsfreiheit hat Gaddafi? Hat er selbst das entscheidende Wort? Ist er in seinen Optionen irgendwie eingeschränkt?«

»Nein, Sir, er ist durch überhaupt nichts eingeschränkt. Nicht durch sein Militär. Nicht durch die Öffentlichkeit. Er ist der alleinige Drahtzieher.«

Der Präsident runzelte die Stirn, sagte jedoch nichts. Er wandte sich dem Direktor des FBI zu. »Mr. Webster?«

Einer nach dem andern umrissen die Männer um den Tisch, was ihre Behörde in den letzten Stunden unternommen hatte. Abe Stern hörte schweigend zu. Er war noch immer wie betäubt von den Worten, die er ein paar Minuten vorher aus dem Mund des Präsidenten gehört hatte. Doch als Admiral Fuller seinen Bericht mit der Nachricht schloß, daß die Flugzeugträger und Atom-U-Boote der Sechsten Flotte sich ihren vorgesehenen Positionen vor der libyschen Küste näherten, beugte er sich nach vorn. Es war, als erwachte er aus einem Alptraum.

»Meine Herrn, die Israelis hatten recht.«

Die sachlich-nüchternen Gesichter um den Konferenztisch wandten sich dem Fremden in ihrer Mitte zu.

»Sie hätten ihnen nicht in den Arm fallen sollen. Dieser Mann ist ein verantwortungsloser Verbrecher, eine Gefahr für die Menschheit, und die Israelis hatten die richtige Antwort: dieses Ungeheuer vernichten!«

»Uns«, bemerkte Jack Eastman ruhig, »ging und geht es in erster Linie um die Menschen in Ihrer Stadt, Herr Bürgermeister.«

Doch Stern ließ sich nicht beeindrucken. »Dieser Mann ist ein zweiter Hitler. Er hat gegen jeden einzelnen Grundsatz des Umgangs mit anderen Nationen verstoßen, den es gibt. Er hat überall in der Welt getötet, gemordet und Terroranschläge verübt, um seine Ziele zu erreichen. Er hat den Libanon mit seinem Geld zugrunde gerichtet, das er nach Beirut gepumpt hat, nebenbei bemerkt, durch unsere braven amerikanischen Banken. Er steckte hinter Khomeini. Er hat es darauf abgesehen, jeden unserer Freunde im Nahen Osten, von Sadat bis zu den Saudis, umbringen zu lassen, uns dann das Öl zu sperren und uns damit den Rest zu geben. Und wir sitzen seit fünf Jahren untätig herum und lassen ihm alles durchgehen, als wären wir ein Verein von Chamberlains, die vor einem zweiten Hitler auf allen vieren speichelleckend herumkriechen!«

Sterns Gesicht war gerötet vor Zorn, vor Grimm über die Bedrohung seiner Stadt. Er sah den Präsidenten an. »Ihr eigener verblödeter Bruder hat sich — und Sie — ebenfalls zum Narren gemacht, ist durchs Land gezogen und hat ihm die Stiefel abgeleckt. Wie damals diese Schwachköpfe im Deutsch-Amerikanischen Bund, die bei ihren Versammlungen 1940 ›Heil Hitler‹ geplärrt haben.«

Der Bürgermeister hielt einen Augenblick inne, um Luft zu holen, und setzte dann seine Strafpredigt fort. »Und jetzt ist es so weit gekommen, daß er eine Bombe in meine Stadt geschmuggelt hat, mitten unter ihre Menschen, und Sie gedenken, sich vor ihm in den Staub zu werfen und ihm zu geben, was er verlangt? Einem neuen Hitler? Einem Irren? Statt diesem Hund mit dem großen Prügel den Garaus zu machen!«

»Die Dinge liegen so, Herr Bürgermeister«, erwiderte Admiral Fuller, »daß der große Prügel gegen Libyen New York nicht retten würde.«

»Das glaube ich nicht.«

»Es ist nun einmal so.«

»Inwiefern?«

»Weil uns die Vernichtung Libyens trotzdem keine Garantie gäbe, daß diese Bombe nicht hochgeht.«

Der Bürgermeister hieb mit beiden Händen auf den Tisch. Er hob sich halb von seinem Stuhl, seine Augenbrauen zuckten zornig, als er zu dem mit Ordensbändchen dekorierten Vorsitzenden des Stabschef-Gremiums hinblickte.

»Sie sitzen hier und wollen mir sagen, daß nach den Milliarden und aber Milliarden von Dollar, die wir in den letzten dreißig Jahren in Ihre gottverdammte Militärmaschinerie hineingebuttert haben — all dieses Geld, das meine Stadt so bitter nötig hatte, aber nie bekam —, nach alledem wollen Sie mir erzählen, daß Ihre Flotten und Ihre Armeen meine Stadt nicht vor einem Klapskopf, einem halbverrückten Prahlhans von Diktator retten können, der ein Land regiert, das aus nichts als einer Unmenge Sand und Kameldreck besteht?«

»Und Öl«, bemerkte jemand. Das knochige Gesicht des Admirals nahm den traurigen Ausdruck eines altersschwachen Bluthundes an. »Es gibt nur eines, Bürgermeister, was Ihre Stadt mit Sicherheit retten kann: die Bombe finden und sie entschärfen.«

»Mit wem haben sie dich zusammengespannt?« Angelo Rocchia trocknete sich die Hände an dem Handtuchständer im FBI-Waschraum ab, während er diese Frage an den ihm sonst immer zugeteilten Kriminalbeamten, Henry Ludwig, richtete. Ludwig machte mit seinem schweren Kopf eine Bewegung zu einem schlanken, krausköpfigen Schwarzen hin, der am anderen Ende des Raumes stand und rauchte. »Joe Token, den dort. Und wen hast du bekommen?«

Angelo warf einen abschätzigen Seitenblick auf einen jungen Beamten, der sich, ein paar Waschbecken weiter, mit dem Kamm durch das blonde wellige Haar fuhr. Angelo stieß einen matten Seufzer aus und beugte sich dann vor, um sein eigenes Gesicht im Spiegel über Ludwigs Becken zu betrachten. Er bemerkte noch ein paar glänzende Reste von der Faltencreme, die er sich allmorgendlich unter die Augen und um den Mund rieb. Seit August betrieb er diese Kosmetik, kurz nachdem er sein Verhältnis mit Grace Knowland von der *New York Times* begonnen hatte.

Auf seine äußere Erscheinung hatte Angelo schon immer viel Wert gelegt. Als junger Kriminalbeamter war ihm in der East Side von Manhattan bald klargeworden, daß der Respekt, der einem entgegengebracht wurde, mit der Kleidung zusammenhing, die man trug. Zuerst mußte man dem Pförtner imponieren, damit man nach oben, zu seinen »Kunden« kam; und denen ein bißchen Respekt einzuflößen war nur wünschenswert.

Angelos Gehalt, juxten seine Freunde bei der Polizei, ging für Restaurants drauf, wanderte in seinen Magen und in Herrenbekleidungsgeschäfte. Fürs Glücksspiel hatte er nichts übrig, ebensowenig fürs Wetten. Er warf sein Geld nicht für Frauen weg. An diesem Vormittag trug er einen marineblauen Anzug, bei Tripler für 350 Dollar erstanden, ein schweres Baumwollhemd mit richtigen Manschetten und seinen Initialen auf der Brusttasche sowie eine Krawatte aus weißem Seidenbrokat, einer von einem halben Dutzend, die er alljährlich beim Räumungsverkauf des Zolladens kaufte.

Angelo zog die Krawatte gerade und fuhr sich glättend mit der Hand übers Haar. »Weißt du was, Holländer?« murmelte er. »An dieser Geschichte ist irgend etwas faul. Das Ding ist zu groß. FBI mischt mit. Task Force mischt mit. Ich habe vier Typen von den Drogenschnüfflern gesehen. Und das alles wegen eines einzigen, läppischen Fasses?«

Ohne eine Antwort abzuwarten, schlenderte er an der Reihe weißer Waschbecken entlang zu dem FBI-Beamten, mit dem er zusammenarbeiten sollte. »Tolle Krawatte haben Sie an, junger Mann«, sagte er und warf einen mitleidigen Blick auf den schmalen, lappigen Binder. »Wo haben Sie denn das kostbare Stück her?«

»Ach«, sagte Jack Rand lächelnd. »Gefällt sie Ihnen? Ich habe sie in Denver gekauft, im Kaufhaus Brown.«

Der Name der Stadt, wo er stationiert war, machte dem Achtundzwanzigjährigen wieder bewußt, wie hundemüde er nach dem langen Nachtflug war. Unwillkürlich gähnte er. Angelo warf seinem Partner, dem »Holländer«, einen verdrossenen Blick zu und legte dann dem FBI-Mann schwer die Hand auf die Schulter. »Kommen Sie, Bürschchen. Schaun wir mal, wo die uns hinschicken wollen.«

In einem großen Raum, ein paar Schritte entfernt, waren ein Dutzend graue Büroschreibtische zu einem Quadrat zusammengeschoben worden. An einem davon saßen ein FBI- und ein ranghoher Kripobeamter und verteilten die Einsatzanweisungen für das Hafengebiet. An anderen waren

Männer damit beschäftigt, verschlüsselte Funksignale festzulegen und die Funkgeräte auszugeben. Alle schrien durcheinander: »Wir haben nicht genug Funkgeräte. Ruft im Plaza an, daß wir noch welche brauchen.« — »Beschafft Wagen, die nicht wie Polizeiautos aussehen.« — »Kriegen wir dafür Überstunden bezahlt?«

Eine Hand berührte Angelos Ellenbogen, als er sich seine Einsatzorder holen wollte. Er drehte sich um und blickte in die dunklen, funkelnden Augen des Kripochefs. Feldman raunte ihm zu: »Gehn Sie diesmal voll ran, Angelo. Machen Sie sich keine Gedanken. Beschwerden von Bürgern — egal. Wir decken Sie auf jeden Fall.«

Ohne eine Antwort abzuwarten, ging Feldman weiter, nach dem nächsten Ohr Ausschau haltend, in das er seine Anweisung flüstern konnte.

Rand kam mit ihrer Einsatzorder zurück. Er zeigte Angelo einen Zettel, auf dem stand, wohin sie sich verfügen sollten. Der New Yorker warf einen Blick darauf und dann auf das Gewimmel der Männer, die sich vor dem Tisch drängten, wo jedes Team eine FBI-Funkausrüstung für sein New Yorker Polizeiauto bekam. Diese Operation, folgerte Angelo, wird den ganzen Tag in Anspruch nehmen. Lässig bahnte er sich den Weg zu dem Tisch, bückte sich, klemmte sich ein Funkgerät unter den Arm und wollte sich davonmachen.

»Halt!« schrie ihm der FBI-Mann nach, der an dem Tisch saß. »Wohin zum Teufel wollen Sie damit?«

»Wohin ich will?« knurrte Angelo. »Zu den Kais von Brooklyn, wofür ich eingeteilt bin. Wo soll ich denn sonst hin? Zum Rennplatz?«

»Das können Sie doch nicht machen!« Der Beamte, ein Mensch mit Brille, war geradezu außer sich. »Sie haben das Formular nicht unterschrieben. Sie müssen unterschreiben. Auf dem Formular müssen Datum und Unterschrift stehen.«

Angelo warf Rand einen angewiderten Blick zu. »Ist das zu fassen? Da liegt irgendwo ein Faß mit Giftgas rum, das jeden Augenblick eine Masse Menschen töten kann, und wir müssen erst ein Papier unterschreiben, bevor wir rausdürfen und danach suchen können?«

Er packte das Formular, mit dem der Beamte hektisch vor ihm herumwedelte. »Ich sag Ihnen, *kid*, selbst wenn die Welt jeden Augenblick in die Luft zu fliegen droht, wird immer noch irgendein vertrockneter Bürohengst daherkommen und sagen: ›Halt, zuerst haben Sie dieses Scheißformular zu unterschreiben!‹«

Zum erstenmal in seinem Leben sah sich David Hannon von Angesicht zu Angesicht einem amerikanischen Präsidenten gegenüber. Er sollte ihm die Auswirkungen darlegen, die eine thermonukleare Explosion auf die Stadt New York haben würde. Hannon zog eine kreisrunde, blau-weiße Plastikscheibe aus der Brusttasche seines Jacketts und legte sie vor sich auf den Tisch. Es war ein Rechengerät zur Bestimmung der Folgen einer Kernexplosion, eingestellt auf Bedingungen, wie sie in Meereshöhe herrschen. Hannon trug den Minicomputer immer bei sich. Es gab beinahe keine Frage zu diesem Thema, die er mit dieser Scheibe nicht beantworten konnte: Wieviel Druck pro Quadratzentimeter eine Fensterscheibe zerbrechen, einen Stahlbogen knicken oder eine Lungenblutung hervorrufen würde; Verbrennungen welchen Grades man in einer Entfernung von siebenunddreißig Kilometern vom Herd einer Achtzig-Kilotonnen-Explosion erleiden würde; wie lange es dauern würde, bis radioaktive Niederschläge einen erreichen — und wie lange man noch zu leben hat, wenn man ihnen ausgesetzt war. Hannon warf einen Blick auf die Scheibe. Er war beruhigt: New York liegt auf Meereshöhe. Er brauchte seine Ergebnisse nicht umzurechnen.

»Fangen wir an.«

Hannon erkannte das aus den Medien vertraute Gesicht des Sicherheitsberaters des Präsidenten. Etwas befangen zog er seine gestreifte Krawatte zurecht.

»Herr Präsident, wir haben in New York bei der Explosion einer Drei-Megatonnen-Wasserstoffbombe leider eine Situation, die in der Welt einzigartig ist. Ich meine die vielen Hochhäuser und Wolkenkratzer. Unsere Untersuchungen haben sich immer darauf konzentriert, welchen Schaden wir den Sowjets zufügen können, nicht umgekehrt. Und da es bei ihnen keine sehr hohen Bauwerke gibt, lassen uns unsere Daten gewissermaßen im Stich.«

Auf Hannons Stirn und Schläfen begannen kleine Schweißperlen zu glänzen. »Kurz, wir sind außerstande, mit letzter Präzision zu sagen, was ein Sprengkörper von drei Megatonnen Sprengkraft in Manhattan anrichten würde. Die Schäden wären so verheerend, daß sie beinahe unvorstellbar sind.«

Hannon stand auf und trat zu der Übersichtskarte von New York, die sein Kollege soeben an der Schautafel des Konferenzraumes befestigt hatte. »Wir haben hier, anhand unserer Computerberechnungen, unsere bestmögliche Schätzung eingetragen. Sie sehen hier das vermutliche Ausmaß der Zerstörungen, die dieser Sprengkörper anrichten würde.« Auf der Karte waren eine Reihe konzentrischer Kreise, blau, rot, grün und schwarz, zu sehen, die die schmale, bleistiftförmige Insel Manhattan umgaben.

»Da wir nicht genau wissen, wo dieser Sprengkörper versteckt ist, haben wir für den Zweck dieser Untersuchung angenommen, daß er sich hier befindet.« Sein Finger deutete auf den Times Square. »In diesem Fall stellt der blaue Kreis die Zone A dar. Innerhalb dieses Kreises wird nichts die Explosion in erkennbarer Form überstehen.«

»Nichts?« fragte der Präsident ungläubig. »Überhaupt nichts?«

»Nein, Sir, nichts — eine totale Verwüstung.«

»Das kann ich einfach nicht glauben.« Tap Bennington dachte an das Panorama von Manhattan Island, das er so oft vor sich gesehen hatte, wenn er drüben in Jersey in den Lincoln Tunnel einfuhr; an die glitzernden Bollwerke aus Glas und Stahl, vom World Trade Center über die Wall Street bis ins Stadtzentrum und darüber hinaus. Daß all dies durch einen einzigen thermonuklearen Sprengkörper in Schutt und Asche gelegt werden könnte, war ein unvorstellbarer Gedanke. Es muß, dachte der CIA-Direktor, eine Übertreibung sein, ausgedacht von einem Bürokraten, der sich zu lange in seinen Tabellen vergraben hat. »Aber manche von diesen alten Gebäuden sind gebaut wie Festungen.«

»Sir«, antwortete Hannon, »die Druckwelle einer solchen Bombenexplosion wird Stürme von einer Stärke entfesseln, wie es sie auf der Erde noch nie gegeben hat.«

»Nicht einmal in Hiroschima und Nagasaki?«

»Bedenken Sie, daß wir dort Atom-, nicht aber Wasserstoffbomben eingesetzt haben. Und mit vergleichsweise geringer Strahlung. Die Winde, die dabei entstanden, waren sommerliche Brisen verglichen mit denen, die dieser Sprengkörper entfesseln wird.«

Hannon wandte sich wieder dem schmalen blauen Band zu, das das Herz Manhattans kreisförmig umspannte: Wall Street, Greenwich Village, Fifth Avenue und Park Avenue, Central Park, East Side und West Side. »Wir wissen aus unseren Untersuchungen in den beiden japanischen Städten, daß moderne Stahlbetonbauten einfach verschwunden sind, mir nichts, dir nichts.« Hannon schnalzte mit den Fingern. »Einfach so. Bei dem Feuersturm, den diese Bombe hier auslösen wird, werden die Wolkenkratzer buchstäblich überall in der Gegend herumfliegen. Sie werden weggefegt wie Strandhütten in Long Island durch einen Hurrikan.«

Hannon wandte sich wieder seinen Zuhörern zu. Er sprach so beherrscht und gefaßt, als hätte er eine Klasse an der Militärakademie vor sich. »Wenn die Bombe wirklich explodiert, meine Herren, dann wird von Manhattan, so wie wir es heute kennen, nur noch ein rauchender Trümmerhaufen übrig sein.«

Eine Sekunde lang rangen die Männer an dem Tisch darum, die Ungeheuerlichkeit von Hannons Worten zu erfassen.

»Und wie sieht es mit den Überlebenden in diesem Bereich aus?« fragte Abe Stern und deutete mit einem Nicken auf den blauen Kreis, in dem in ebendiesem Augenblick vielleicht fünf Millionen Menschen in der Falle saßen.

»Überlebende? Hier drinnen?« Hannon sah den Bürgermeister verständnislos an. »Das überlebt keiner.«

»Großer Gott!« stieß Stern hervor, und einen Augenblick schien es, als hätte ihn der Schlag getroffen.

»Und das Feuer?« erkundigte sich Verteidigungsminister Harold Brown.

»Das von dieser Explosion ausgelöste Feuer«, erwiderte Hannon, »wird alles Dagewesene in den Schatten stellen. Sollte der Sprengkörper detonieren, wird er eine Hitzewelle freisetzen, die überall im Westchester County, in New Jersey und auf Long Island Häuser in Brand setzt. Zehn-, ja Hunderttausende von Holzhäusern werden in Flammen aufgehen wie Zunder.«

Hannon warf einen Blick auf seine Karte. »Innerhalb des ersten Kreises wird zunächst die Hitzewelle die Glasverkleidungen all dieser modernen Gebäude im Zentrum von Manhattan kaum abgeschwächt durchdringen. Und wenn Sie sich diese gläsernen Wolkenkratzer innen anschauen, was sehen Sie? Vorhänge, Teppiche. Mit Stapeln von Papier bedeckte Schreibtische. Oder anders ausgedrückt: Brennmaterial. Das bedeutet, daß an der Park Avenue augenblicklich eine Million Brände ausbrechen werden. Und dann wird natürlich die Druckwelle zuschlagen und das ganze Gebiet in rauchende Schutthalden verwandeln.«

»Gott im Himmel!« stöhnte jemand am unteren Ende des Tisches. »Wenn man sich die armen Menschen in diesen Glassilos vorstellt!«

»Aufgrund unserer Berechnungen«, antwortete Hannon, »wird sich vielleicht zeigen, daß diese Gebäude weniger gefährlich sind, als man es sich vorstellt, vorausgesetzt natürlich, sie sind vom Explosionspunkt weit genug entfernt. Bei dem enormen Druck, den diese Bomben erzeugen, werden diese Glasbauten in Milliarden winziger Fragmente zerbersten, die keine große Eindringtiefe haben. Ich meine damit, man wird davon aussehen wie ein Nadelkissen, aber tot ist man nicht.«

Ist dieser Mensch noch bei Trost? fragte sich Eastman und starrte Hannon an. Ist dem Kerl nicht bewußt, daß er von Menschen spricht, von lebenden Menschen aus Fleisch und Blut und nicht über eine Kette von Zahlen, die ein Computer ausgespuckt hat?

»Welche Chancen haben Überlebende außerhalb Ihres ersten Kreises?« fragte der Präsident.

»Die ersten Überlebenden«, antwortete Hannon, »werden wir innerhalb des zweiten Kreises haben, in dem Bereich von fünf bis neun Kilometer Entfernung vom Bodennullpunkt.« Er fuhr mechanisch mit dem Finger die rote Kreislinie entlang. Sie umschloß den Rest von Lower Manhattan, South Brooklyn, Williamsburg, Jackson Heights, den Flughafen La Guardia, Rikers Island, Secaucus und Jersey City, das Zentrum des bedeutendsten städtischen Ballungsgebietes auf der Welt. »In diesem Bereich werden fünfzig Prozent der Bevölkerung umkommen und vierzig Verletzungen erleiden. Zehn Prozent werden es überleben.«

»Nur zehn Prozent?« Abe Sterns Stimme war zu einem Flüstern herabgesunken. Er blickte Hannons Karte an, sah aber nicht die bunten Kreise, das strenge Netzschema der Straßen und Autobahnen. Er sah nur seine Stadt, die Stadt, die er in fünfzig Jahren als Politiker und Wahlkämpfer durchwandert, geliebt und verflucht hatte. Er sah die jüdischen Wohnviertel um die Sheepshead Bay, wo er in den dreißiger Jahren auf Wählerwerbung Treppenhäuser auf und nieder gestiegen war, die nach »gefilte Fisch« rochen. Er sah die erschreckende Wüstenei der South Bronx, die zu retten er hierhergekommen war; die Bretterpromenade am Strand von Coney Island, wo die Männer an ihren Ständen *pommes frites* und Hot Dogs feilboten; die *barrios* von Spanish Harlem und das Gewimmel in den Gassen von Chinatown, wo es nach gesalzenem Fisch, geräucherter Ente und Vogeleiern in Pickles duftete; er dachte an Little Italy mit den roten und grünen Girlanden zu Ehren des Heiligen, dessen grellbunte Statue durch die hochgestimmte Menge getragen wurde; an die endlosen Viertel mit ihren Zwei-Familien-Reihenhäusern und Mietskasernen in Bensonhurst, Astoria und in der Bronx; an die Häuser und Wohnungen seiner New Yorker: die Taxifahrer, Kellner, Friseure, Büroangestellten, Elektriker, Feuerwehrleute und Polizisten, die sich ein Leben lang abgerackert hatten, es dahin zu bringen, wozu sie es gebracht hatten. Sie alle waren jetzt gefangen innerhalb dieser dünnen roten Kreislinie auf einer Karte.

»Wollen Sie mir sagen, daß von zehn New Yorkern nur ein einziger unversehrt davonkommen wird?« fragte er. »Und daß die Hälfte der Bevölkerung dabei umkommt?«

»Ja, Sir.«

»Und wie sieht die Wirkung auf die übrigen Gebiete aus?« wollte der Präsident wissen.

»Der größte Teil von Jersey City, Upper Manhattan und Flatbush wird einfach zusammenstürzen. Die neueren Gebäude aus Glas werden augenblicklich als Skelette dastehen, die allerdings meistens standhalten dürften, weil der Wind nichts zu fassen kriegt. Am äußeren Rand des roten Kreises werden Gebäude von geringer Höhe einstürzen. Alles mit weniger als zehn Etagen kracht zusammen.«

»Wie stehen die Überlebenschancen im grünen Kreis?« erkundigte sich Eastman mit scharf auffahrender Stimme, die seine tiefe, persönliche Betroffenheit verriet. Der Campus der Columbia-Universität lag gerade noch innerhalb dieses Bereichs.

»Hier außen«, antwortete Hannon, »wird Glas herumfliegen. Innenwände brechen zusammen. Jeder, der sich nicht in einem Keller aufhält, riskiert schwere Verletzungen durch herumfliegende Glassplitter und Trümmer. Für diesen Gürtel rechnen wir mit zehn Prozent Toten und vierzig bis fünfzig Prozent Verletzten. Diese schwarze äußere Kreislinie«, fuhr er fort, beschreibt die Grenze der Schäden durch die Druckwelle.« Der Kreisring reichte bis zum John F. Kennedy Airport, dem südlichen Rand des Westchester County und schloß einen breiten Streifen der wohlhabendsten Schlafstädte von New Jersey ein. »Dort werden Scheiben zu Bruch gehen und leichte Mauern zusammenstürzen. Wer sich im Freien aufhält, riskiert schwere Verbrennungen.«

»Wie sieht es mit dem radioaktiven Niederschlag aus?« fragte der Präsident.

»Schlimm würde die Sache, Sir, wenn zur Zeit der Explosion ein Wind vom Meer her weht, der den Fallout nach New England und in den Staat New York hinausträgt. Er würde einen Landstreifen von Tausenden von Quadratkilometern verseuchen. Bis hin nach Vermont. Noch nach vielen Generationen würde kein Mensch dort leben können.«

»Hören Sie, Herr Wie-Sie-gleich-heißen«, sagte Abe Stern, der langsam seine Fassung wiedergewann. »Eines möchte ich von Ihnen wissen. Gott möge mir vergeben, daß ich diesen Ausdruck für so etwas Schreckliches gebrauche, aber ich möchte den Saldo. Wie viele Menschen in meiner Stadt werden umkommen, wenn dieses Ding losgeht?«

»Ja, Sir.« Hannon blätterte in einem Stapel von Papieren von der Größe eines Aktenkoffers, der vor ihm auf dem Tisch lag. Dieser Stapel war die unerläßliche Krücke des modernen Bürokraten, ein Computerausdruck.

Auf diesen Seiten war alles zu finden, was der Stadt widerfahren würde, sollte Gaddafis Bombe explodieren. Es war, als hätte eine computerisierte Kassandra in einer unfehlbaren Weissagung jedes einzelne makabre Detail der unmittelbaren Zukunft vorausgesagt, die New York bevorstand, wenn dieser grauenhafte Fall eintreten sollte: wieviel Prozent der Gebäude längs der Clinton Avenue in Brooklyn stehen bleiben würden (null); die Prozentzahl der Toten in der Eight Avenue zwischen der 34. und der 36. Straße (100); der Prozentanteil der Einwohner von Glen Cove auf Long Island, die durch radioaktiven Niederschlag getötet würden (10); wie viele private Behausungen in East Orange, im Staat New Jersey, schwere Beschädigungen erleiden würden (7,2 Prozent); das Schicksal der Bewohner von Queens — Druckwelle und Feuer würden 57,2 Prozent, der radioaktive Niederschlag 5 Prozent töten, 32,7 Prozent würden Verletzungen erleiden. Es war ein Baedeker für das Unvorstellbare, der viele Millionen Dollar gekostet hatte, eine Bestandsaufnahme von Tod und Verwüstung bis auf den kleinsten Punkt — wie viele Krankenschwestern, Kinderärzte, Osteopathen und Installateure, Krankenhausbetten, Startbahnen auf Flugplätzen und natürlich Akten der Staatsbürokratie in jedem Winkel des betroffenen Gebietes die Katastrophe überleben würden. Hannon zog rasch eine Bilanz des Grauens, das diese düsteren Zahlenketten bargen.

»Die Gesamtzahl der Toten, Sir, würde angesichts der Bedingungen in den fünf Stadtbezirken und in New Jersey 6,74 Millionen betragen.«

5

»Fuchs-Basis hat Verbindung abgebrochen«

Endlos wirkte die Wagenkolonne vor Angelo Rocchias vier Jahre alter Corvette, die ihnen den Weg von der Brücke versperrte. Jack Rand neben ihm warf einen besorgten Blick auf seine Uhr. »Vielleicht sollten wir Meldung machen.«

»Meldung machen? Wozu denn, um Himmels willen? Daß wir auf der Brooklyn Bridge festsitzen?« Dieses Bürschchen ist wirklich zu übereifrig, dachte Angelo. Er holte Erdnüsse aus der Tüte, die in der Tasche seiner Jacke steckte. »Hier«, sagte Angelo und bot Rand eine an. »Genießen Sie den Ausblick. Das Gute kommt noch. Der Arsch von Brooklyn.«

Langsam, grausam langsam fädelte er den Wagen von der Brückenrampe und fuhr dann hinunter in die Henry Street, ein paar Straßen vom East River entfernt. Der junge FBI-Mann riß die Augen auf, als er sah, was sich hier für ein Anblick bot: lauter zwei- oder dreistöckige Mietshäuser, und fast jedes davon ein leeres Gehäuse. Die Mauern, soweit sie noch standen, waren mit obszönen Schmierereien bedeckt, sämtliche Fensterscheiben zerbrochen, die Fenster im Erdgeschoß vernagelt, die Türen verrammelt. Auf den Gehsteigen türmten sich Abfälle. Überall stank es nach Urin, nach Fäkalien, nach Asche.

An den Straßenecken wärmten sich Männer und junge Burschen die Hände über dem flackernden Feuer brennender Abfälle, die sie in alten Mülltonnen oder auf dem Gehsteig in Brand gesteckt hatten. Rand starrte hinaus — Schwarze und Hispano-Amerikaner. Gelegentlich belebte ein rascher, haßerfüllter Blick auf den vorbeifahrenden Wagen die sonst ausdruckslosen Gesichter dieser Menschen, für die der amerikanische Traum ein Alptraum war, ein fernes, unerreichbares Zauberbild, das spöttisch herüberfunkelte von der anderen Seite des schmalen Wasserarmes, den die beiden Beamten eben überquert hatten.

»Gibt's so was auch bei euch in South Dakota?« fragte Angelo. »Wissen Sie, was die hier für einen Mord bekommen? Zehn Lappen. Zehn Dollar, wenn sie jemanden umbringen.« Er schüttelte traurig den Kopf. »Und das war mal eine hübsche Wohngegend. Italiener. Ein paar Iren. Manche der Menschen, die jetzt hier vegetieren, leben schlimmer als die Tiere im Zoo in der Bronx. Die Araber tun uns einen Gefallen, wenn sie die Gegend mit ihrem Gas ausräuchern.«

Aus den Augenwinkeln sah Angelo, wie der FBI-Mann lächelte.

Er deutete auf die verfallene Fassade einer katholischen Kirche, an der sie vorbeifuhren. »Dort drüben ist die President Street«, sagte er, nicht ohne einen gewissen Stolz. »Joey Gallos altes Revier. Dort sind seine Docks.«

Rand folgte der Handbewegung zu den Kais, die in den grauen, schlammigen East River hinausragten. »Herrscht die Mafia noch immer dort?«

Was ist denn mit dem los, dachte Angelo. Als nächstes wird er fragen, ob der Papst katholisch ist. »Natürlich. Die Profaci-Familie. Anthony Scotto.«

»Und ihr schafft es nicht, ihnen das Handwerk zu legen?«

»Ihnen das Handwerk legen, machen Sie Witze? Denen gehören sämtliche Ladefirmen, die die Piers gepachtet haben. Und der Gewerkschaftsboß auf jeder Pier ist einer aus der Gang, die die Ladefirma besitzt. Wenn einer nicht einen Onkel, einen Bruder, einen Cousin in der Gewerkschaft hat, der ein Wort für ihn einlegt, ist's schon aus, bekommt er keinen Job. Wenn er am ersten Tag dort ankommt, spricht ihn irgendein Kerl an und sagt: ›Hör mal, wir sammeln für Tony Nazziato. Hat sich auf Pier 6 das Bein gebrochen.‹

Er sagt: ›Tony, was für ein Tony?‹, und er hat das letztemal gearbeitet. Denn der große Tony, der ist drüben, im Saal der Gewerkschaft, und sammelt Hunderte von Dollarscheinen ein für seine imaginären Beinbrüche. Das Gesetz des Dschungels. Wie alles in den Docks.«

Genug davon, dachte Angelo. Er warf dem FBI-Mann einen prüfenden Blick zu. »Merkwürdig, daß sie euch bis aus Denver hierhergekarrt haben, alles wegen eines läppischen Fasses Chlorgas.«

Rand schluckte nervös. »Ich würde Chlorgas nicht gerade was Läppisches nennen. Sie haben doch auch gehört, wie giftig es ist.«

»Tja, schön. Wissen Sie, wie viele sie von euren Leuten hierhergeholt haben? Mindestens zweitausend!«

»Ich habe keine Ahnung«, antwortete der FBI-Mann. Er zögerte einen Augenblick. »Sie müssen nicht mehr weit vom Pensionierungsalter sein, Angelo.«

Okay, sagte sich Angelo, wenn er das Thema wechseln will, kann er haben. »Richtig. Ich könnte in den Ruhestand gehen. Die Jahre dafür habe ich. Aber mir gefällt der Job. Das Aufregende daran. Niemand kann mich unter Druck setzen. Was sollte ich tun, wenn ich aufhöre? Irgendwo draußen auf Long Island herumsitzen und zuhören, wie das Gras wächst?«

Ausgerechnet der Gedanke an den Ruhestand rief ihm in Erinnerung, daß er hier, in diesem Revier, 1947 seine erste Runde als Polizist gegangen war. Damals war sein Zuhause so nahe gewesen, konnte er rasch auf eine Tasse Kaffee in dem Haus einkehren, wo er das Licht der Welt erblickt hatte, Mama ein Küßchen geben. Er konnte mit seinem Vater in der Schneiderei plaudern, die dieser sich eingerichtet hatte, als er nach dem Ersten Weltkrieg aus Sizilien herübergekommen war, und ein ruhiges Viertelstündchen in dem Hinterzimmer sitzen, wo er, Angelo, selbst an den Samstagnachmittagen an der Nähmaschine saß. Dort hörte er den Übertragungen aus der Metropolitan Opera und seinem Vater zu, der mit knarrender Stimme aus *Rigoletto,* dem *Troubadour,* aus *La Traviata* sang. Er kannte die Opern auswendig, sein alter Herr. Wohin, dachte Angelo, sind sie entschwunden, all diese Jahre, wohin?

»Sie sind schon lange beim FBI?« fragte er Rand.

»Seit drei Jahren. Seit ich von der Rechtsfakultät abgegangen bin.«

Da sieht man's mal wieder, dachte Angelo. Mir geben sie immer die Veteranen. »Kommen Sie aus Louisiana?«

»Aus Thibodaux, draußen an der Lagune. Mein Vater ist dort Ford-Händler.«

»Wo Ron Guidry herkam«, sagte Angelo anerkennend. »Der beste Werfer, den die ›Yankees‹ hatten, seit Whitey Ford ganz groß rauskam.«

»Ich habe selbst Football gespielt.«

Der Kriminalbeamte warf ihm einen abschätzenden Blick zu. »Sie wirken ein bißchen leichtgewichtig dafür.«

»Das haben die Profis auch gesagt. Sie haben mich nicht ins Team aufgenommen, und deshalb bin ich auf die Rechtsfakultät in Tulane gegangen.«

Angelo schwieg einen Augenblick. Er betrachtete wieder das Viertel, das ihm einst so vertraut gewesen war und nun ganz ähnlich aussah wie die zerschossenen Dörfer nördlich von Neapel, wo er seinerzeit, im Winter 1943, gekämpft hatte. Diese Jahre beim Militär, im Krieg. Er hatte sich ordentlich gehalten, für einen Italiener jedenfalls. Polizei und Feuerwehr in New York, da hatten die Iren die Hand drauf. Den Italienern gehörte die Stadtreinigung. Die Juden stellten das Gros der Lehrer. Es hieß zwar, New York sei ein Schmelztiegel, aber hier war die Grenze.

»Sind Sie verheiratet, junger Mann?«

»Ja«, antwortete Rand. »Wir haben zwei Kinder. Und Sie?«

Zum erstenmal bemerkte er einen weicheren Schimmer in den Augen des Kriminalbeamten. »Meine Frau ist mir vor ein paar Jahren an Krebs gestorben. Wir hatten ein Kind, eine Tochter.« Die Worte kamen heraus wie eine Verlautbarung, eine definitive Feststellung, die keine weiteren Fragen mehr zuließ.

Angelo bog von der Straße ab und fuhr an einem Toreingang vor. Er zückte seine Dienstmarke und zeigte sie dem Wächter, der ihnen zuwinkte weiterzufahren. Sie rollten leicht bergab zu einer riesigen dreistökkigen Fassade aus gelblichem Beton, die in eine dunkle Höhle führte. Die Höhle erinnerte etwas an einen überdachten Bahnsteig. Ein Quergang in der Höhe verband das Gebäude mit zwei massiven Lagerhäusern. Sie waren in sachlich-funktionaler Behördenarchitektur errichtet: massig und geschmacklos, ohne jeden anmutigen Schnörkel. Vier Bahngeleise führten in die dunklen Winkel der Piers. In schwarzen Blockbuchstaben stand oben angeschrieben: PASSENGER TERMINAL.

»Die letzte Station vor dem Abtransport ins Schlamassel«, sagte Angelo gedankenverloren.

»Was?« fragte Rand verblüfft.

»Egal, lassen wir das. Sie waren damals noch gar nicht auf der Welt.« Er warf sich mit einer raschen Handbewegung eine Erdnuß in den Mund. »Von hier bin ich im Jahr 42 in See gegangen.«

Ein Windstoß vom Fluß her trieb ihnen den Gestank des schmutzigen Wassers in die Nase, das gegen die Hafenanlagen schwappte. Angelo ging auf ein schuppenartiges Häuschen am Ende der Pier zu, dessen Fenster von Fliegenschmutz, öligem Dreck und Staub völlig blind waren.

»Sollte man das für möglich halten?« sagte er zu Rand. »Ein amerikanisches Zollbüro. Einen Zirkuselefanten könnte man an diesen Fenstern vorbeiführen, und der drinnen würde nicht mal was bemerken.«

Angelo trat als erster in das schwacherleuchtete Zollbüro. Fotos von Baseball-Stars, Ansichtskarten, ein Pin-up-Girl aus dem Playboy zierten die Wände. In einer Ecke stand eine Kochplatte in einer Pfütze kalten Kaffees. Um sie herum waren eine offene Kanne mit Nescafé, zwei große Tassen mit abgeschlagenen Henkeln, ein kleiner Krug mit Sahne, ein paar Stücke Würfelzucker, jeder mit Fliegen bedeckt. Neben dem Arbeitsplatz des Zollbeamten stand ein Regal mit Ablagefächern, aus denen Formulare quollen, grüne, rosafarbene, weiße, gelbe, wie übergroße Monopoly-Scheine. Der Mann hatte die Füße auf dem Schreibtisch und las die Sportseite der *Daily-News*.

»Hab' schon gesagt bekommen, daß Sie sich hier sehen lassen werden«, sagt er, als Angelo seine Dienstmarke zückte. Er blieb ruhig sitzen. »Sie werden nebenan im Büro der Ladefirma erwartet.«

Das Büro der Hellenic Stevedore Company wirkte etwas anders als die Zollkontrolle. Jeweils nach dem betreffenden Monat geordnet, waren sechs Stöße Papier aufgestapelt, rund dreißig Zentimeter hoch: die Manifeste der Schiffe, die in den zurückliegenden sechs Monaten am Kai angelegt hatten.

Angelo zog seinen Mantel aus, faltete ihn ordentlich zusammen und legte ihn auf ein schmutziges Schränkchen. Er holte ein paar Erdnüsse aus der Tasche und offerierte sie Rand. »Nehmen Sie eine, junger Mann, und dann an die Arbeit. Und sagen Sie sich: *Che va piano, va sano.*«

»Und was heißt das, wenn ich fragen darf?«

»Es heißt, mein Freund, ein guter Cop, das ist einer, der sich Zeit läßt.«

Die plumpen Hände Abe Sterns, mit denen er sich einst im Scheinwerferlicht des Boxrings Ruhm hatte erkämpfen wollen, preßten sich flach gegen die Fensterscheibe im Weißen Haus. In jeder Falte, die siebzig Jahre eines von Mühen erfüllten Lebens auf seinem Gesicht hinterlassen hatten, stand Verzweiflung geschrieben. Sechs Millionen siebenhunderttausend Menschen, dachte er immer wieder, sechs Millionen siebenhunderttausend! Ein Holocaust, noch entsetzlicher als die Tragödie, die zahlreiche Angehörige seiner Familie in die Gaskammern von Auschwitz getrieben hatte. In ein paar Sekunden eines blendend grellen Lichtblitzes!

»Herr Präsident.« In seiner Stimme lag ein rauher, doch inständig bittender Ton. »Wir müssen etwas für die Menschen in meiner Stadt tun. Wir *müssen*!«

Der Präsident der Vereinigten Staaten saß auf einer Ecke seines Schreibtisches und stützte sich nur auf einen Fuß auf. Er hatte nach der Sitzung des Nationalen Sicherheitsrates den Bürgermeister noch einmal hierher in sein privates Arbeitszimmer geführt, um ihn für die Stunden der Prüfung zu wappnen, denen sie gemeinsam entgegengingen.

»Wir tun ja was, Abe«, antwortete er. »Wir werden durch Verhandlungen einen Ausweg finden. So widervernünftig, so irrational kann doch einfach kein Mensch sein. Vorläufig aber kommt alles darauf an, daß wir ruhig bleiben und uns zu keiner Panik hinreißen lassen.«

»Herr Präsident, das reicht mir nicht. Sie müssen in diesem Schlamassel an Ihre Verantwortung gegenüber der ganzen Nation denken. Ich aber habe an die sechs Millionen in meiner Stadt zu denken, denen dieser Fanatiker mit dem Massenmord droht. Was sollen wir tun, um sie zu retten, Herr Präsident?«

Der Präsident stand auf und trat ans Fenster. Seine Landsleute hatten ihn in dieses hohe Amt gewählt, obwohl viele von ihnen Zweifel an seiner Stärke, an seiner Fähigkeit hatten, das Land in kritischer Zeit zu führen. Und nun standen diese Fähigkeiten auf dem Prüfstand, wie es noch kein amerikanischer Präsident seit dem Zweiten Weltkrieg erlebt hatte. In der letzten großen internationalen Krise hatte Präsident Kennedy Chruschtschow Auge in Auge gegenübertreten können, weil er die schreckengebietende Macht der Vereinigten Staaten hinter sich wußte. Ihm selbst aber war diese Möglichkeit versagt. Wie konnte er Gaddafi mit der militärischen Macht der USA auch nur drohen, wenn der Libyer genau wußte, daß bei ihrem Einsatz auf jeden toten Libyer drei oder vier getötete Amerikaner kommen würden?

»Abe, um Gottes willen«, sagte er, und seine Stimme klang etwas brüchig. »Wenn wir sonst noch etwas für diese Menschen tun könnten, glauben Sie denn nicht, wir würden es tun?«

»Eine Evakuierung der Stadt, wäre das möglich?«

»Sie haben doch Gaddafis Drohung gelesen, Abe. Wenn wir damit anfangen, schreibt er, läßt er die Bombe hochgehen. Wollen Sie denn dieses Risiko eingehen? Noch bevor wir mit ihm gesprochen haben?«

»Ich weiß, was ich nicht will: daß dieser Hundesohn uns seine Bedingungen vorschreiben kann, Herr Präsident. Könnten wir nicht einen Weg finden, die Stadt zu räumen, ohne daß er dahinterkommt? Vielleicht in der Nacht? Radiosender, Fernsehen, das Telefonnetz blockieren? Es *muß* doch eine Möglichkeit geben.«

Der Präsident wandte sich vom Fenster ab. Die Schönheit dieser Aussicht war ihm an diesem Vormittag unerträglich, die reine Schneedecke, das in den blauen Himmel ragende Washington-Monument, aus dessen spartanisch strengen Formen eine andere, einfachere Zeit sprach.

»Abe.« Er sprach in einem ruhigen, nachdenklichen Ton. »Bei uns hier haben eine ganze Menge Leute diesen Mann unterschätzt, seit diese Krise ausbrach. Glauben Sie mir, ich gehöre nicht zu ihnen. Er hat sich diese Sache genau überlegt. Der Schlüssel zu seiner strategischen Gleichung liegt einzig und allein darin, daß er mit New York eine unvergleichlich verwundbare, dichte Konzentration von Menschen hat. Seine ganzen Berechnungen gehen davon aus. Er weiß, daß es seinen Tod bedeutet, wenn wir die Stadt räumen. Er muß jemanden haben, der dort in einem Versteck sitzt und einen sehr starken Kurzwellensender hat, der ihm auf der Stelle meldet, wenn jemand das Wort ›Evakuierung‹ spricht.«

»Herr Präsident, in meinem Kopf ist nur ein einziger Gedanke, und der gilt den sechs Millionen siebenhunderttausend Menschen in New York, die diese Bombe töten kann. Sie zu warnen, ist das Mindeste, was ich tun kann. Sie über Rundfunk und Fernsehen aufzufordern, daß sie alles liegen und stehen lassen und zu den Brücken rennen.«

»Abe.« In der Stimme des Präsidenten lag kein Vorwurf. »Wenn Sie das tun, werden Sie vielleicht eine Million Menschen retten. Doch das werden die Reichen sein, die Autos haben. Was aber wird aus den Schwarzen, den Lateinamerikanern in Bedford Stuyvesant und East Harlem? Die sind kaum aus der Haustür, und die Bombe geht hoch.«

»Zumindest werden sie mir auf den Grabstein schreiben: ›Er hat einer Million Menschen das Leben gerettet.‹«

Der Präsident schüttelte betrübt den Kopf. »Aber es kann auch sein, Abe, daß in den Geschichtsbüchern steht, Sie hätten durch übereiltes Handeln zum Tod von fünf Millionen anderer Menschen beigetragen.«

Eine Minute lang schwiegen die beiden Männer. Dann nahm der Präsident das Gespräch wieder auf. »Außerdem, Abe, können Sie sich das Pandämonium vorstellen, das Sie mit dem Versuch, New York zu räumen, entfesseln würden?«

»Natürlich kann ich mir das! Ich kenne ja meine Leute. Es ist wahr, wenn man zehn New Yorker nimmt und ihnen sagt, sie sollen morgens rechts aus ihrem Bett aufstehen, weil ihr Leben davon abhängt, dann steht die Hälfte bestimmt aus purem Trotz links auf. Aber ich muß doch etwas unternehmen! Ich kann nicht zurückfliegen, in den nächsten dreißig Stunden untätig herumsitzen, Herr Präsident, und darauf warten, daß es Ihnen mit Ihrem Charme und mit Ihrer Überredungskunst gelingt, das Leben von sechs Millionen New Yorkern vor einem Verrückten zu retten.«

Der Bürgermeister deutete mit dem ausgestreckten Zeigefinger zum Fenster hinaus.

»Was ist mit den Typen da drüben im Pentagon, den Leuten vom Zivilschutz, die die letzten dreißig Jahre Millionen Dollar Steuergelder ausgegeben haben? Worauf warten wir denn noch? Die sollen mal anfangen, endlich ihr Geld zu verdienen. Geben Sie mir die besten Leute, die Sie haben. Ich nehme sie mit nach New York und setze sie mit den besten meiner Männer an einen Tisch. Wir wollen mal sehen, ob ihnen irgend etwas einfallen wird.«

»Schön, Abe«, antwortete der Präsident. »Sie sollen sie haben. Ich lasse sie von Harold Brown sofort nach Andrews in Marsch setzen.« Er legte eine seiner großen Hände dem Bürgermeister auf die Schulter. »Und wenn ihnen etwas einfällt, irgendwas, das vielleicht funktionieren könnte, werden wir es tun, Abe. Das verspreche ich Ihnen.« Er drückte die Schulter des Älteren mit festem Griff. »Aber es wird gar nicht nötig sein. Wenn wir erst mal Verbindung zu Gaddafi aufgenommen haben, werden wir eine Möglichkeit finden, ihm diesen Wahnsinn auszureden. Glauben Sie mir.

Und bis dahin«, sagte er seufzend, »dürfen wir uns nach außen nichts anmerken lassen.« Er nahm ein Blatt Papier von seinem Schreibtisch und stand auf. »Dazu werden wir wohl jetzt gleich Gelegenheit bekommen.«

Draußen wartete ein Rudel Journalisten, die im Weißen Haus akkreditiert waren. Der Präsident lächelte, sagte zu einigen ein paar scherzende Worte, und las dann die drei Zeilen lange, harmlos klingende Erklärung auf seinem Blatt ab. Sie hätten, lautete der Text, die Frage erörtert, ob ein Bundeszuschuß für New York ins neue Budget aufgenommen werden solle, und sich darauf geeinigt, das Gespräch jetzt zu beenden und während der folgenden Tage fortzusetzen.

»Herr Bürgermeister«, rief einer aus dem Kreis der Reporter, »wie soll New York sich aus der Patsche helfen, wenn Sie das Geld nicht kriegen?«

Der Präsident bemerkte, daß die Frage seinen Gast überrumpelt hatte, denn Abe Stern war mit seinen Gedanken wohl dem East River näher als dem Potomac.

»Machen Sie sich keine Sorgen um New York, junger Mann«, fuhr er den Fragenden an, als er geistig ins Weiße Haus zurückgekehrt war. »New York findet sich schon selbst zurecht.«

Jeremy Painter Oglethorpe hob, als genau drei Minuten auf seiner Küchenuhr vorbei waren, mit einem Löffel das Ei aus dem elektrischen Eierkocher, ließ eine Scheibe Hafermehl-Toast aus dem Toaster hüpfen und goß sich aus seiner Kaffeemaschine eine Tasse voll. Mit penibler Sorgfalt, die zwanzigjährige Gewohnheit war, stellte er die Bestandteile seines Frühstücks auf den Tisch in der Frühstücksecke seines Split-level-Hauses in Arlington ab. Wie Oglethorpes ganzes Leben war auch das Frühstück ein eingeschliffenes Ritual. Er würde den Arbeitstag, der nun vor ihm lag, achteinhalb Stunden später genauso exakt abschließen, wie er ihn begonnen hatte — mit dem Klappern von Eiswürfeln in einem Krug auf dem Sideboard im Wohnzimmer, und dieser Krug würde selbstverständlich einen Martini-Cocktail enthalten.

Oglethorpe war achtundfünfzig, beleibt, kurzsichtig und hatte einen Hang zu lässig gebundenen Fliegen, weil einmal eine Sekretärin zu ihm gesagt hatte, sie verliehen ihm ein weltmännisches Aussehen. Was seinen Beruf anging, war er ein Akademiker im Staatsdienst, ein Produkt jener sonderbaren Union zwischen den Hainen, wo der Geist wandelt, und den Korridoren der Macht in der Hauptstadt, einer Verbindung, welche die Universitäten der Vereinigten Staaten in ihrer unersättlichen Gier nach Bundesmitteln hervorgebracht hatten. »Denktanks«, Forschungsinstitute, staatliche Beratergremien — die Organisationen, die Männer wie Oglethorpe beschäftigten, waren in den Jahren seit dem Zweiten Weltkrieg längs des Potomac aus dem Boden geschossen wie Pilze nach einem warmen Regen. Eine Projektion der Auswirkungen eines Nullwachstums der

Bevölkerung auf den Wohnungsbau im Jahr 2005; der künftige Cadmium-Lagerbedarf der Computerindustrie; die Treffgenauigkeit der MX-Rakete innerhalb eines Spektrums von Wiedereintrittsgeschwindigkeiten — kein Gegenstand war ihrem Forschungseifer zu entlegen. Nicht einmal, wie Senator William Proxmire wütend entdeckt hatte, eine Untersuchung der sozialen Hackordnung in südamerikanischen Puffs. Die Produktion dieser Organisationen ergoß sich alljährlich in einer Springflut aus Papier über Washington, zumeist in einer Sprache formuliert, die so leichtverständlich war wie eine anspruchsvolle Integralgleichung. Was dies alles den amerikanischen Steuerzahler kostete, bemaß sich nach Hunderten von Millionen Dollar.

Oglethorpe gehörte einer der angesehensten dieser Institutionen an, dem Stanford Research Institute, angeschlossen an die Universität Stanford im kalifornischen Palo Alto. Sein Spezialgebiet befaßte sich mit der Strategie, amerikanische Städte im Fall eines sowjetischen thermonuklearen Angriffs zu evakuieren. Allerdings war in seinen Arbeiten in bezug auf solche Operationen nie von »Evakuierung« die Rede. Die Staatsbürokratie hatte entschieden, daß diesem Wort ein negativer Beiklang anhafte wie etwa der Bezeichnung Krebs, und es durch einen freundlicheren Terminus ersetzt, *crisis relocation* — Umsiedlung in Krisenzeiten.

Seit vollen dreißig Jahren widmete sich Oglethorpe seinem Thema mit einem Eifer, der der Hingabe nicht nachstand, mit der sich die Nonnen von Mutter Theresa in den Slums von Kalkutta der Armen annahmen. Die krönende Leistung seiner Laufbahn war das jüngst erschienene, 425 Seiten umfassende Monumentalwerk: *Die Durchführbarkeit einer Krisen-Umsiedlung im Nordosten der Vereinigten Staaten.* Seine Erstellung hatte drei Jahre lang die Arbeit von zwanzig Leuten beansprucht und die amerikanische Regierung mehr Geld gekostet, als selbst Oglethorpe gern zugab. Seither hatte er seine Arbeitsstunden zumeist dem schwierigsten Problem gewidmet, das in diesem Bericht aufgeworfen war, der Evakuierung New Yorks.

Wenn es überhaupt jemanden gab, den man als einen Experten für die Probleme der Räumung New Yorks betrachten konnte, dann war es Oglethorpe — und dies, obwohl er niemals in der Stadt gelebt hatte und sie ihm persönlich herzlich zuwider war. Ja, er hatte auch — obwohl er als Fachmann für dieses Gebiet galt — in keinem anderen der Bevölkerungszentren im Nordost-Korridor gelebt, es sei denn, man wollte Arlington im Bundesstaat Virginia als repräsentativ für diese Region ansehen. Doch daß er keine eigene, unmittelbare Kenntnis der Städte besaß, mit deren Evakuierung er sich befaßte, hatte die Staatsbürokratie nie bekümmert — dergleichen macht ihr ja nur selten Sorgen.

In diesen langen Jahren hatte Oglethorpe immer wieder eine Sache bekümmert: die völlige Gleichgültigkeit seiner Landsleute gegenüber seinen Mühen, für ihr Wohl am Tag der Größten Katastrophe vorzusorgen. Oglethorpe, der nicht mehr weit bis zu seiner Pensionierung hatte, kam sich manchmal selbst gewissermaßen wie eine größte Katastrophe vor: ein Mann von unbestrittenem Talent und anerkannter Tüchtigkeit, dessen Stunde anscheinend niemals kommen wollte.

Doch an diesem Montagvormittag, dem 14. Dezember, war sie gekommen. Oglethorpe hatte gerade zweimal kräftig mit dem Löffel an sein Ei geschlagen, da läutete das Telefon. Es blieb ihm beinahe die Luft weg, als ihm ein Oberst aus dem Pentagon ankündigte, daß der Verteidigungsminister ihn sprechen wolle. Er war bei sich zu Hause noch nie von einem Höhergestellten als dem Chef vom Dienst angerufen worden. Sein Frühstück in der Eßecke blieb unverzehrt, und zwei Minuten später stieg er in eine graue Limousine der amerikanischen Marine, um im Höchsttempo in sein Büro zu fahren, dort die Dokumente abzuholen, die er in den bevorstehenden Stunden brauchen würde, und dann zum Luftwaffenstützpunkt Andrews hinauszurasen.

Von Oglethorpes Heim gesehen am anderen Ufer des Potomac, reagierten im Westflügel des Weißen Hauses die von Sorge und Müdigkeit gezeichneten Berater um Jack Eastmans Konferenztisch jeder in anderer Weise auf den holländischen Psychiater, der sich nun ihrem Kreis anschloß. Für Lisa Dyson, die blonde CIA-Beamte, die für Libyen zuständig war, brachte er die Verheißung eines frischen Elementes in einer Versammlung, die nach einer Nacht intensiver und gelegentlich erbitterter Diskussionen zu erschlaffen begann. Bernie Tamarkin, der Washingtoner Psychiater und Experte im Umgang mit Terroristen, blickte Henrick Jagerman mit der Ehrfurcht eines jungen Cellisten an, der zum erstenmal Pablo Casals vorgestellt werden soll. Jack Eastman sah in der untersetzten Gestalt die einzige Hoffnung, die ihm für eine gewaltlose Lösung dieser grauenvollen Krise geblieben war.

Nachdem die Vorstellung beendet war, nahm Jagerman den Platz am oberen Tischende ein, den Eastman ihm mit einer Handbewegung anbot. Er warf durch das Fenster hinter dem Sicherheitsberater einen flüchtigen Blick auf die berühmte barocke Fassade des Executive Office Building auf der anderen Seite der Fahrstraße, die so ganz anders wirkte als die vertrauten roten Backsteinhäuser daheim in der Kerkstraat. Er war abrupte Ortsveränderungen gewohnt, hatte jedoch noch nie eine derart rasche, derart totale erlebt.

Noch eine knappe Stunde vorher war er mit doppelter Schallgeschwindigkeit über den Atlantik getragen worden und hatte dabei an eiskaltem Champagner, Marke Dom Perignon, genippt und das Psychoporträt Gaddafis studiert, das ein CIA-Mann ihm auf dem Flughafen Charles de Gaulle übergeben hatte. Und nun saß er hier im Sicherheitsrat der mächtigsten Nation der Erde und sollte eine Strategie vortragen, die eine Katastrophe von unfaßbaren Ausmaßen verhüten könnte.

»Haben Sie bereits Kontakt mit Gaddafi aufgenommen?« erkundigte er sich, als Eastman seine Lageübersicht abgeschlossen hatte.

»Leider nicht«, gab der Amerikaner zu, »allerdings haben wir eine abhörsichere Verbindung eingerichtet, die wir benutzen können, wenn es soweit ist.«

Jagerman blickte zur Decke hinauf. Auf der Stirnmitte hatte er ein großes, schwarzes Muttermal. Es ähnelte, wie er gern erläuterte, der *tikka*, dem Fleck, den sich die Hindus oft als Darstellung des Dritten Auges auf die Stirn malen, das hinter der äußeren Erscheinung die Wahrheit zu erkennen vermag.

»Es ist sowieso nicht sehr dringend.«

»Nicht dringend?« Eastman war entgeistert. »Wir haben nicht einmal mehr dreißig Stunden, um ihm diese Wahnsinnsidee auszureden, und Sie sagen, es sei nicht dringend, an ihn heranzukommen?«

»Nach seinem erfolgreichen Bombentest in der Wüste befindet sich dieser Mann in einem Zustand paranoider Über-Spannung.« Jagermans Stimme hatte den autoritativen Tonfall eines Chefchirurgen, der einem Kreis von Assistenten seine Diagnose verkündet. »Diese Explosion hat ihm bestätigt, daß er nun besitzt, wonach er seit Jahren strebt: absolute, totale Macht. Er sieht endlich, daß ihm alle Möglichkeiten, die er ersehnte, offenstehen: Israel zu vernichten, sich zum unbestrittenen Führer der Araber aufzuschwingen, Herr über die Ölversorgung der Welt zu werden. In diesem Augenblick mit ihm zu sprechen, könnte ein tödlicher Fehler sein. Es ist besser, man läßt diesen brodelnden Topf ein bißchen abkühlen, bevor wir den Deckel abheben und nachschauen, was darunter ist.«

Er preßte mit den Fingern die Nasenflügel zusammen und versuchte, seine Gehörgänge freizubekommen, die blockiert waren, weil die Concorde wegen der Anweisung aus dem Weißen Haus, keine Sekunde zu verlieren, mit abnorm hoher Sinkgeschwindigkeit den Flughafen angeflogen hatte.

»Wissen Sie«, fuhr er fort, »wenn man es mit Terroristen zu tun hat, sind die gefährlichsten Augenblicke die ersten. Zu Beginn einer Aktion ist der Angstquotient des Terroristen sehr, sehr hoch. Häufig befindet er sich in einem Zustand der Hysterie, in dem er von einer Sekunde auf die andere ins Irrationale umkippen kann. Man muß ihm die Gelegenheit geben, Dampf abzulassen. Seine Meinungen und Beschwerden zu äußern.«

Der Holländer fuhr fort: »Übrigens, diese Kommunikationseinrichtungen werden uns wohl die Möglichkeit geben, seine Stimme zu hören, nicht?«

»Möglicherweise gibt es ein Sicherheitsproblem, aber . . .«

»Wir *müssen* seine Stimme hören«, sagte Jagerman mit allem Nachdruck. Für ihn war die Stimme eines Menschen das unbedingt notwendige Fenster zu seiner Psyche, mit dessen Hilfe man seinen Charakter, die Veränderungen seiner Gemütsstimmung beurteilen und schließlich seine Verhaltensmuster voraussagen konnte. Wenn er mit einem Fall von Geiselnahme zu tun hatte, zeichnete er jedes Wort auf, das mit den Terroristen gewechselt wurde, hörte sich dann immer wieder ihre Stimmen an, suchte nach Veränderungen in den Sprachmustern, im Tonfall, im Wortgebrauch, nach den verborgenen Hinweisen, die ihn bei seiner Suche nach einem Weg zur Bewältigung der Situation anleiten konnten.

»Wer soll mit ihm sprechen?« fragte Eastman. »Der Präsident vermutlich.«

»Auf gar keinen Fall!« Jagermans Stimme klang geradezu schockiert, daß Eastman auch nur auf einen solchen Gedanken kommen konnte. »Der Präsident ist derjenige, der ihm geben kann, was er möchte — oder jedenfalls glaubt er das. Er ist der letzte, der mit ihm sprechen sollte.« Der Psychiater nahm einen Schluck aus der Tasse Kaffee, die jemand neben seinen Ellenbogen gestellt hatte.

»Unser Ziel«, fuhr er fort, »muß darin bestehen, Zeit zu gewinnen, damit die Polizei diese Bombe aufspüren kann. Wenn wir den Präsidenten mit Gaddafi sprechen lassen, wie sollen wir dann Zeit schinden, wenn es notwendig wird? Der Libyer kann ihn in die Enge treiben, in eine Situation, wo es nur noch ein Ja und Nein gibt. Er kann eine sofortige Antwort verlangen, weil er weiß, daß der Präsident sie ihm geben kann.«

Jagerman bemerkte mit Genugtuung, daß die um den Tisch Versammelten seiner Logik folgten. »Aus diesem Grund schiebt man ja zwischen dem Terroristen und der Autorität den Unterhändler ein. Verlangt ein Terrorist irgend etwas augenblicklich, kann ein Unterhändler immer auf Zeitgewinn spielen, indem er ihm sagt, er müsse über die Forderung erst mit den Verantwortlichen sprechen. Die Zeit«, sagte er mit einem Lächeln, »ist immer auf der Seite der Autorität. Je mehr Zeit vergeht, desto schwächer wird die Selbstsicherheit von Terroristen. Und sie werden verletzlich. Was man auch bei Gaddafi erhoffen muß.«

»Wie sollte also dieser Unterhändler aussehen?« fragte Eastman.

»Er sollte ein älterer Mann sein, weil Gaddafi einen jüngeren vielleicht als bedrohlich empfinden würde. Irgendein Mann mit innerer Gelassenheit, der ihm zuhört, der ihn wieder zum Reden bringt, wenn er in Schweigen versinkt. Eine Vaterfigur, wie es in seiner Jugend Nasser für ihn war. Vor allem aber jemand, der ihm Vertrauen einflößt. Der Betreffende muß den Eindruck vermitteln: ›Ich habe Verständnis für Ihre Ziele. Ich will Ihnen helfen, daß Sie sie erreichen.‹«

Der Holländer war mit dieser Aufgabe bestens vertraut. Fünfmal schon hatte er mit Terroristen in ihrer ersten, irrationalen, gefährlichen Phase verhandelt, sie langsam in die Realität zurückgelockt, ihnen die Rhythmen aufgenötigt und sie schließlich dazu gebracht, die Rolle zu akzeptieren, die er für sie bereithielt: generöse Helden zu sein, die das Leben ihrer Geiseln geschont haben. Viermal hatte diese Taktik aufs glänzende funktioniert. Und in dieser Situation jetzt dachte man wohl besser nicht an das fünfte Mal.

»Der erste Kontakt wird entscheidend sein«, sprach er weiter. »Gaddafi muß sofort erkennen, daß wir ihn ernst nehmen.« Sein rascher, wacher

Blick überflog den Raum. »Angesichts seiner Drohung wird Ihnen das, was ich jetzt sage, vielleicht grotesk vorkommen, aber es ist ein überaus wichtiger Teil der Strategie. Wir müssen ihm als erstes sagen, daß er im Recht ist. Völlig im Recht mit seiner Anklage gegen Israel, und daß wir außerdem bereit seien, ihm bei der Suche nach einer vernünftigen Lösung zu helfen.«

»All das«, bemerkte Lisa Dyson, »hat natürlich zur Voraussetzung, daß er bereit ist, mit uns zu sprechen. Es würde durchaus seinem Charakter entsprechen, wenn er — bitte verzeihen Sie mir mein schlechtes Französisch — einfach sagte: ›Scheiß drauf. Reden Sie nicht mit mir. Tun Sie, was ich verlange, mehr nicht.‹«

Diese jungen Amerikanerinnen! dachte Jagerman. Die reden ordinärer daher als ein holländischer Gefängniswärter. »Denken Sie sich nichts, junge Dame«, erwiderte er. »Er wird sprechen. Ihre ausgezeichnete Studie macht das schon klar. Dieser schmutzige kleine Araberjunge aus der Wüste, über den sich früher alle Kinder lustig machten, wird nun zum Helden aller Araber, weil er dem wichtigsten Mann in der Welt seinen Willen aufzwingt. Glauben Sie mir, er wird sprechen.«

»Ich hoffe bei Gott, daß Sie recht behalten.« Eastman hatte Jagermans Darlegungen mit Gefühlen verfolgt, in denen sich seine Skepsis gegenüber dem Handwerk des Psychiaters mit der verzweifelten Hoffnung mischte, dieser Mann könne ihnen die Antworten liefern, die sie brauchten. »Doch vergessen Sie nicht, Herr Jagerman, daß wir es hier nicht mit einem Terroristen zu tun haben, der verrückt spielt und einem alten Mütterchen eine Pistole an den Kopf drückt. Dieser Mann verfügt über die Macht, sechs Millionen Menschen zu töten. Und darüber ist er sich völlig im klaren.«

Jagerman nickte. »Ganz recht«, sagte er zustimmend. »Aber wir Psychiater haben es auch mit gewissen unveränderlichen psychologischen Mustern und Prinzipien zu tun. Sie gelten für ein Staatsoberhaupt ebenso wie für einen Terroristen mit der Waffe in der Hand. Die meisten Terroristen sehen sich als unterdrückte Menschheitsbeglücker, die sich vorgenommen haben, irgendein Unrecht zu rächen. Der Mann, mit dem wir es hier zu tun haben, ist eindeutig ein solcher Fall, ein echter religiöser Fanatiker. Und das kompliziert die Sache, denn die Religion kann immer einen Menschen radikalisieren, wie wir es ja alle mit Khomeini im Iran erlebt haben.«

Jagerman warf einen kurzen Blick auf Lisa Dyson, beifällig und väterlich. »Auch hier ist Ihr Porträt höchst instruktiv. Es besteht kein Zweifel daran, daß sein Verlangen, das zu bekommen, was er als Gerechtigkeit für seine arabischen Brüder sieht, der Urgrund seiner Tat ist. Doch tief in seinem Innern ist noch ein anderer Antrieb verborgen: das Verlangen, die Verachtung zu tilgen, mit der man ihn im Westen betrachtet. Er weiß, daß Sie, die Amerikaner, wie auch die Engländer, die Franzosen und sogar die Russen ihn für verrückt halten. Und darum eben will er beweisen, daß Sie im Irrtum sind. Er, dieser armselige, verachtete Araber, will Sie zwingen, seinen unmöglichen Traum wahr zu machen. Und um Ihnen zu beweisen, daß er nicht so verrückt ist, wie Sie es glauben, ist er bereit, den äußersten Preis zu zahlen: notfalls Sie und sich selbst und sein eigenes Volk zu vernichten, um an sein Ziel zu kommen.«

Angelo Rocchia blickte auf die Gruppe der Männer, die in einer Ecke des Büros um einen alten Kohlenofen standen und sich die Hände wärmten. Hier waltete der Pierboß der Schiffsentladefirma Hellenic Stevedore Company seines Amtes. Alles Dock-Bosse, in der Hauptsache Italiener, mit einem einzigen Schwarzen als Feigenblatt, die widerwillig zugestandene Konzession des »Mob« an den Druck des Zeitgeistes. Mit ihren Ledermützen, den ausgebleichten Lumberjacks und Kattunhosen hätten sie die ideale Besetzung für ein Remake der *Faust im Nacken* abgeben können. Ihre Unterhaltung bestand aus geknurrten, kehligen Lauten, einem Mischmasch aus Englisch und Sizilianisch, und drehte sich um Sex und die Kälte, Geld und Baseball. Und immer wieder warfen sie feindselige Seitenblicke auf Angelo und den FBI-Mann neben ihm.

Der Kriminalbeamte wußte, daß in den Docks niemand so unwillkommen war wie ein Cop. Die werden sich ganz schön den Kopf zerbrechen, was uns hierhergeführt haben könnte, sagte sich Angelo befriedigt. Von draußen, von der gewaltigen Pier des Brooklyn Ocean Terminal, konnte Angelo das Rasseln der Gabelstapler, das Scheppern von Metall, das Quietschen der Kräne hören, die Paletten mit Frachtgütern aus den Laderäumen der vier Schiffe holten, die an den Anlegestellen des Terminal festgemacht hatten. Es war eine »Gemischtwaren«-Pier, eine der letzten im New Yorker Hafen, wo noch immer auf Paletten festgezurrte Frachtgüter entladen wurden — ein Anachronismus in der Epoche des modernen Container-Frachtverkehrs.

Angelo dachte an die alten Zeiten zurück, als noch alles auf Paletten angekommen war, als die Schauerleute sich wie ein Rudel Ratten darauf gestürzt und ihre Ladungen förmlich aus den Schiffen gefressen hatten. Damals hatte ein Schauermann sich mit Klauen ein nettes Zubrot verdienen können.

Doch damit war es vorbei. Heutzutage kam alles in Containern an. Drei, vier Tage nahm es in Anspruch, die am Terminal liegenden Schiffe mit Kränen und manueller Arbeit zu entladen. Drüben, am anderen Ufer des Hudson, in den modernen Containerhäfen in Elizabeth und Newark, holten sie innerhalb einer halben Stunde dreißig Tonnen von Bord. Das brachte den Verschiffern enorme Ersparnisse, und die Modernisierung hatte wahrscheinlich den Hafen von New York gerettet.

Sie hatte noch etwas anderes bewirkt, und Angelo war darüber bestens im Bilde. Sie hatte den Hafen in ein Schmuggelparadies verwandelt. Der Zoll mußte die Kosten erstatten, die anfielen, wenn zu Kontrollzwecken ein Container geöffnet, entladen und wieder gefüllt wurde, während die

Spediteure danebenstanden und Zeter und Mordio schrien, weil sie in ihrer Arbeit behindert wurden. Infolgedessen hatte man die Stichprobenkontrolle von Waren praktisch aufgegeben. Der Zoll ließ die Container einfach passieren, es sei denn, daß man über schlüssige Tips verfügte, die auf Schmuggel deuteten. Durch die Docks drüben in Jersey, dachte Angelo, könnte man hundert Fässer von dem Zeug, nach dem wir fahnden, ins Land schleusen, ohne daß einem jemand auf die Schliche käme.

Er rieb sich die Augen und setzte seine methodische Durchsicht des Manifests der *Lash Turkiye* fort, das zweiundfünfzig Frachtposten aufwies, lauter verschiedenartige Ladungen offenbar, und jede einzelne in einem anderen Hafen an Bord genommen. Er hatte bereits zwei festgestellt, die in den Rahmen des Gesuchten paßten. Das letzte Dutzend Frachtgüter enthielt nichts. Angelo legte das Manifest auf die anderen, die er bereits kontrolliert hatte, und griff nach dem nächsten auf dem Stapel vor ihm.

Als er es auf dem Tisch ausbreitete, spürte er, daß sein Magen knurrte. »Sag, Tony«, rief er dem Pierboß zu, »dieses Restaurant unten an der Henry Street, *Salvatore*, gibt's das noch?«

Tony Piccardi, der gerade Papiere kontrollierte, während einer der Lastwagenführer vor seinem Schalter stand, blickte auf. »Nein. Der Alte ist schon vor ein paar Jahren gestorben.«

»Ach, wie schade. Sie glauben nicht, was der für köstliche *manicotti* fabriziert hat.«

Jack Rand warf einen ungeduldigen Seitenblick auf den Kommissar, dem er zugeteilt war. Dummes Gequatsche. Seit sie hier waren, hatte er die halbe Zeit mit diesen Leuten verquatscht, meistens auf italienisch. Unwillig schlug der junge Beamte eine Seite seines Manifests um. Als er die erste Eintragung sah, zuckte er zusammen.

»Ich hab' hier was«, rief er. Seine Stimme überschlug sich beinahe vor Aufregung.

Angelo beugte sich zu ihm hin und folgte Rands Finger, der über das Manifest glitt:

Verlader: Libyan Oil Service, Tripolis, Libyen.
Empfänger: Kansas Drill International, Kansas City, Kansas.
Bezeichnung und Nummern: LDS 8477/8484
Menge: fünf Paletten.
Beschreibung: Ölbohrausrüstung.
Gesamtgewicht: 771 kg.

»Ja«, stimmte er zu, »da könnte was dran sein. Geben Sie's doch durch.«

Rand ging ans Telefon, und Angelo nahm sich wieder sein eigenes Manifest vor. Es war das kürzeste bisher und verzeichnete kaum ein Dutzend Einzelposten. Der Typ, dem dieses Schiff gehört, sagte sich Angelo, kann davon nicht reich werden. Er überflog rasch die übliche Palette mediterraner Produkte: griechisches Olivenöl in Dosen, Kupferzeug aus Syrien. Dann las er das Wort »Benghasi« und hielt inne.

Das klang vertraut. Onkel Giacomo. Dort hatten 1941 die Engländer Onkel Giacomo gefangengenommen. In Benghasi, in Libyen. Er betrachtete sich die Eintragung genauer.

Verlader: Am Al Fasi, Exportfirma, Benghasi.
Empfänger: Durkee Filters, Queens, Jewel Avenue 194.
Bezeichnung und Nummern: 18/37 B.
Menge: Eine Palette.
Beschreibung: Zehn Faß Diatomee.
Gesamtgewicht: 2270 kg.

Angelo überlegte einen Augenblick. Zehn Fässer, also wog das einzelne 227 Kilo, beträchtlich weniger als das Quantum, nach dem sie fahndeten.

»Hallo, Tony«, sagte er zu dem Pierboß. »Sehn Sie sich das mal an.« Er schob Piccardi das Manifest zu. »Was ist das für Zeugs?«

»So ein weißes Pulver. Gemahlene Meermuscheln.«

»Wozu verwenden sie denn das bloß?«

»Weiß nicht genau. Ich glaube zum Filtern von Wasser, für Swimmingpools und so.«

»Richtig, die brauchen Filter. Ich benutze meinen immerzu.« Angelo bemerkte das Wort »Filter« neben dem Namen der Empfänger-Firma. »Kennen Sie dieses Schiff?«

Piccardi sah sich die Überschrift des Manifests an. »Ja. Ein alter, verrosteter Kahn. Ist in den letzten drei, vier Monaten ungefähr alle vier Wochen mit dem Scheiß hier angekommen.«

Angelo betrachtete das Manifest einen Augenblick nachdenklich. Du würdest dich blamieren, sagte er sich, wenn du sie in der Zentrale auf Fässer ansetzt, die nur ein Drittel so schwer sind wie das, was sie suchen. Die Fahndung war eine brisante Sache, keine, um Zeit und Leute unnütz einzusetzen. Außerdem kamen die Transporte regelmäßig. Er legte das Manifest auf den Stoß der durchgesehenen Papiere. Dabei fiel sein Blick auf den Namen des Schiffes, das die Ladung gelöscht hatte — *SS Dionysos.*

Eine riesige Sonnenbrille mit Gläsern so dunkel wie Augenklappen schirmte die Augen des Zuhälters gegen das grelle Tageslicht ab. Der frühe Vormittag war nicht Rico Diaz' beste Zeit. Aus dem Kassetten-Deck hallte Bobby Womacks *Road of Life* mit schwerem Vibrato durch seinen Lincoln. Für dieses Zusammentreffen war ihm Soul passender erschienen als Disco. Er jagte den Wagen die Seventh Avenue hinunter, um möglichst viel Abstand zwischen sich und sein »Revier« zu legen. Es wäre nicht das richtige, wenn ihn die Brüder mit diesen zwei Typen in seinem Lincoln zu sehen bekämen — obwohl sie, dachte er und warf einen verächtlichen Seitenblick auf seinen FBI-Kontaktmann, ohne weiteres als zwei Freier hätten hingehen können, die zu einer kleinen Entspannung mit seinen Damen unterwegs waren.

»Rico, wir haben ein kleines Problem.«

Rico gab seinem Kontaktmann keine Antwort. Seine Augen, hinter den dunklen Gläsern sichtbar, musterten im Innenspiegel den Mann, der im Fond saß. Rico sah ihn heute zum erstenmal, und was er sah, gefiel ihm nicht. Der Mann hatte ein gemeines, eiskaltes Gesicht, er sah aus wie jemand, dem es Spaß macht, kleine Käfer zwischen den Fingerspitzen zu zerquetschen.

»Diese Araberin, von der du uns erzählt hast. Die heute morgen das *Hampshire House* verlassen hat, um nach Los Angeles zu fliegen . . .«

Rico deutete mit einer gleichgültigen Bewegung auf die Berge aus schmutziggrauem Schnee, die die Avenue säumten. »Die hat's gut.«

»Nur ist sie leider nicht in die Maschine gestiegen, Rico.«

Der Zuhälter spürte, wie sich ihm der Magen zusammenkrampfte. Er bedauerte es jetzt, daß er keine Weckdosis Koks geschnupft hatte, bevor er aus dem Haus ging.

»Und deswegen würden wir uns gern ein bißchen mit deinem Kumpel unterhalten, der mit ihr zu tun hatte.«

»Kein Drandenken, Mann. Ein ganz übler Hund.«

»Ich habe ja nicht erwartet, daß er ein Heiliger ist, Rico. Was treibt er denn so?«

Der Zuhälter stieß ein leises Stöhnen aus. »Er verklopft hin und wieder ein bißchen Stoff.«

»Gut. Bestens, Rico. Wir holen ihn ab, um uns über Stoff mit ihm zu unterhalten. Da kommt er niemals drauf, daß die Sache auf dich zurückgeht.«

»Blödsinn, Mann.« Rico spürte, wie ihm der Schweiß übers Rückgrat lief, und das lag nicht daran, daß er seinen fünftausend Dollar teuren, knielangen nerzgefütterten Mantel anhatte. »Sie sagen zu ihm: ›Araberin, *Hampshire House*‹, und da denkt der doch nur noch an einen einzigen Nigger in New York.«

»Mr. Diaz.« Das war der FBI-Beamte im Fond. Rico betrachtete das flache, ausdruckslose Gesicht. »Wir haben es hier mit einer überaus wichtigen Sache zu tun. Und einer von äußerster Dringlichkeit. Wir brauchen Ihre Hilfe.«

»Die haben Sie ja schon.«

»Das weiß ich, und wir sind Ihnen sehr dankbar für das, was Sie bereits getan haben. Aber wir müssen unbedingt diese junge Frau finden, und deswegen bleibt uns nichts übrig, als mit Ihrem Freund zu sprechen.« Der FBI-Mann zog eine Packung Zigaretten aus der Tasche, beugte sich nach vorn und bot Rico eine an. Der Schwarze schob die Hand weg.

»Sie sind für uns sehr wichtig, Mr. Diaz. Wir werden auf keinen Fall etwas tun, was Sie irgendwie bloßstellen könnte, glauben Sie mir das. Ihr

Freund wird überhaupt nicht auf den Gedanken kommen, aus unseren Fragen zu schließen, daß wir mit Ihnen Kontakt hatten. Das verspreche ich Ihnen.«

Der Beamte zündete sich eine Zigarette an, machte einen tiefen Zug und ließ langsam den Rauch ausströmen. »Frank«, sagte er zu Ricos Kontaktmann auf dem Vordersitz, »soviel ich weiß, hat eine von Mr. Diaz' Freundinnen einige Scherereien mit der New Yorker Polizei.«

»*Yeah*«, antwortete Frank, »wenn Sie mit Scherereien fünf Jahre Knast meinen, dann hat sie welche.«

»Könnten Sie arrangieren, daß man die Anklage fallenläßt? Angesichts dessen, wie wichtig für uns die Zusammenarbeit mit Mr. Diaz ist?«

»Ich denke schon.«

»Noch heute?«

»Wenn es wirklich sein müßte.«

»Dann machen Sie die Sache.«

Im Innenspiegel stellte Rico fest, daß der Mann hinter ihm ihn wieder ansah. »Sie haben Ihr Mädchen wieder, Mr. Diaz, aber Sie müssen uns dafür auch behilflich sein. Noch einmal: Ihr Freund wird nie darauf kommen, daß die Sache von Ihnen ausgegangen ist. Nie!«

Warum, dachte Rico wütend, bin ich nur in diese Scheiße geraten? Anita war das einzige seiner Pferdchen, das hundert Dollar pro Freier brachte. Sie war eine Goldmine. Zwei-, dreitausend Dollar schaffte sie in der Woche an, doppelt soviel, wie ihm die beiden anderen Mädchen brachten. Sie war die Hauptstütze seines sehr aufwendigen Lebensstils, und niemand brauchte Rico klarzumachen, was aus seinem schönen Leben würde, wenn er auf diese beiden Typen nicht einging. Wenn er den Mund aufmachte, käme sie frei; tat er es nicht, hieß es, *bye-bye, baby*, fünf Jahre Knast für Anita und für ihn selbst eine harte Zeit, bis er ein Ersatzmädchen für sie auftrieb.

»Sind Sie sicher, daß es nicht auf mich zurückfallen kann?«

»Haben Sie Vertrauen zu uns.«

Rico hieb mit dem Ballen einer Hand auf das Lenkrad. Blöde Ziege, dachte er. Ich habe ihr doch gesagt, sie soll nie einen Freier ausrauben. Er schluckte nervös, rechnete in seinem Hirn die gefährliche Bilanz aus, wog die Risiken gegen die galoppierenden Preise für gutes Coke ab, gegen den Zaster, der nötig war, damit man anständig auftreten und sein Prestige auf der Straße wahren konnte.

Sein Kontaktmann mußte sich nach vorn beugen, um die geflüsterten Worte zu hören, als zögernd und bitter die Auskunft kam: »Franco — Apartment 5A, West 55th Street, Nr. 213.«

Die junge Frau, nach der die FBI-Beamten suchten, befand sich zu dieser Zeit fünfzig Kilometer nördlich von Manhattan. Sie fuhr mit einem Leihwagen auf dem New York State Thruway in Richtung Albany. Laila Dajani hatte den Wagen schon zwei Wochen vorher in Buffalo gemietet. Vorsichtshalber hatte sie auch noch die Nummernschilder abgenommen und gegen zwei aus dem Bundesstaat New Jersey vertauscht, die ein halbes Jahr vorher palästinensische Agenten vom Auto eines amerikanischen Touristen abgeschraubt hatten, das in einer Straße von Baden-Baden geparkt war.

Neben ihr saß Whalid. Es war zehn Uhr vormittags, und er drehte am Autoradio herum. »Vielleicht«, sagte er lächelnd zu seiner Schwester, »bringen sie in den Nachrichten, daß die Israelis mit dem Abzug der Siedler begonnen haben.«

Laila warf ihm einen raschen Seitenblick zu. In den letzten Stunden, dachte sie, hat sich Whalid bemerkenswert verändert. Er lebt wieder im Frieden mit sich. Seine besessene Angst vor einem Fehlschlag, die ihn in der letzten Nacht gequält hatte, schien verflogen. Oder vielleicht war es die Wirkung des Medikaments, das sie ihm verschafft hatte. Seit er in den Wagen gestiegen war, hatte er kein Wort der Klage über sein Magengeschwür verloren.

Laila zog sanft den Wagen auf die linke Spur, um einen riesigen Kühltransporter zu überholen. Sie achtete sorgfältig darauf, das Tempolimit von neunzig Kilometern einzuhalten. Sie durfte jetzt nicht das Risiko eingehen, wegen zu schnellen Fahrens festgenommen zu werden.

Daß er jetzt so entspannt ist, dachte sie, kommt vielleicht auch davon, weil für ihn nun die Sache ihr Ende hat. Er brauchte nur noch in dem Unterschlupf zu bleiben, den sie nördlich von New York auf dem Land gefunden hatte, und zu warten, während sie und Kamal noch einmal vierundzwanzig Stunden in der Stadt verbrachten: Kamal in der Garage, mit den Ratten und seiner Luftpistole, als Hüter der Bombe, und sie in dem Hotel, in das sie umgezogen war. Dort würde sie warten und ihn zwei Stunden vor dem Zeitpunkt der Bombenexplosion abholen und in ihren Unterschlupf bringen.

Sobald Gaddafis Pläne geglückt waren — und Laila hatte keinen Zweifel, daß die Amerikaner sich seinem Ultimatum beugen würden —, würde er Washington mitteilen, wo die Bombe versteckt war, und den Code funken, der den Zündkreislauf unterbrechen würde. Inzwischen waren sie und ihre beiden Brüder bereits mit gefälschten kanadischen Pässen über der Grenze. Ihr Ziel würde Vancouver sein, wo sie ein zweiter Unterschlupf erwartete. Am 25. Dezember sollte sie dann dort ein panamesischer Frachter mit einem griechischen Kapitän, doch in libyschem Besitz, an Bord nehmen. Die Kanadier, rechneten die Geschwister, würden am Ersten Weihnachtsfeiertag ihre Piers nicht allzu scharf kontrollieren.

Laila bog in Spring Valley von dem Thruway ab und ein paar Minuten später in die Zufahrt zu einem riesigen Einkaufszentrum ein. Vorsichtshalber fuhr sie auf dem halbleeren Parkplatz weit nach hinten.

»Whalid«, sagte sie, »dein Gesicht prägt sich wahrscheinlich nicht so leicht ein wie meines. Wie wär's, wenn du die Sachen einkaufst? Es hat ja keinen Sinn, ein Risiko einzugehen, wenn es nicht nötig ist.«

Whalid lächelte und stieg, sorgfältig um sich blickend, aus dem Wagen. Als er draußen war, stellte Laila mit einem raschen Druck auf eine Taste das Radio an. Ihr Bruder hatte vielleicht seine innere Ruhe wiedergefunden, doch sie selbst wurde mit jedem Augenblick, der verging, immer nervöser. Sie drehte an den Knöpfen, bis sie lärmende Rock-Musik fand. Irgendwie hoffte sie, daß das Getöse die schwarzen Gedanken bezwingen würde, die sie bedrängten. Beinahe verzweifelt klammerte sie sich am Steuer fest. Denk nicht nach, dachte sie, denk nicht nach, denk bloß nicht nach!

Doch sie konnte das Bild nicht verscheuchen, das sie im Geist sah — Michael, zu schwarzer Asche verbrannt; Michael in dem Augenblick, da die sengende Hitze des grellen Lichtblitzes in einer qualvollen Sekunde das Leben aus seinem Körper brannte. Nein, sie wird nicht losgehen, sagte sie sich immer wieder. Sie wird es nicht! Und wenn sie doch losgeht?

Sie fuhr zusammen, aus ihrer qualvollen Träumerei durch das Geräusch gerissen, das Whalid beim Öffnen der Wagentür verursachte. Er stieg ein, und Laila griff nach dem Zündschlüssel. Dabei fiel ihr Blick auf die Plastiktüte, die er auf die Sitzbank zwischen ihr und sich gestellt hatte. Entgeistert zog sie eine Flasche Johnny Walker heraus. »Denkst du nicht an dein Magengeschwür?«

»Mach dir darum keine Sorgen«, antwortete ihr Bruder lächelnd. »Das Geschwür hat sich beruhigt.«

In Paris war die Mittagsstunde bereits vorüber. General Henri Bertrands Augenlider waren wie immer halb geschlossen, und seine undurchdringliche Miene vermittelte den Eindruck, daß er mit seinen Gedanken weit fort war. Tatsächlich aber konzentrierten sie sich kennerisch auf den wippenden Popo des spanischen Hausmädchens, das ihn durch den blankpolierten Korridor des Appartements im eleganten sechzehnten Arondissement von Paris führte.

»Monsieur wird gleich hier sein«, sagte sie mit melodischem Stimmfall und öffnete die Tür zum Studio ihres Brotherrn. Der Direktor des französischen Geheimdienstes nickte würdevoll und trat in den Raum.

Es war ein Museum *en miniature*. Die eine Wand nahm ein großes Fenster ein, durch das man auf den Bois de Boulogne blickte. Die drei anderen säumten Vitrinen, matt beleuchtet und mit samtbezogenen Rückwänden, vor denen sich wirkungsvoll die kostbaren orientalischen und griechisch-römischen Antiken abhoben, die sie bargen. Bertrand selbst war in Indochina geboren und verstand mehr als ein gewöhnlicher Laie von orientalischer Kunst. Manche der Hindu-Stücke, namentlich eine Darstellung des Gottes Schiwa aus feingemeißeltem Stein, nach Bertands Eindruck aus dem 7. oder 8. Jahrhundert, waren von unschätzbarem Wert.

Das Prunkstück der Sammlung war ein gewaltiger Römerkopf von drei- bis vierfacher Lebensgröße, der sich in einer Vitrine in der Mitte des Raumes befand. In das diffuse Glühen gehüllt, das von einer darüber angebrachten Lampe ausging, strahlte dieses antike Marmorstück eine Schönheit aus, wie Bertrand sie nur selten zu Gesicht bekommen hatte.

Der SDECE-Direktor hörte, wie sich hinter ihm eine Tür öffnete. Er drehte sich um und sah sich einem würdevollen, kahlköpfigen Herrn in einem Morgenmantel aus scharlachroter Seide gegenüber, der bis zum Hals zugeknöpft war und bis zu den Knöcheln herabfiel. Ein Mandarin, dachte Bertrand, oder ein Kardinal auf dem Weg zu einem Konklave in der Sixtinischen Kapelle.

Paul Henri de Serre war ein angesehenes Mitglied des französischen nuklearen Establishments. Er hatte seine Laufbahn bei den Arbeiten an »Zoe«, dem ersten Atomreaktor des Landes, begonnen, der noch so primitiv gewesen war, daß die Brennstäbe mittels eines Motors bewegt wurden, den man aus einer Singer-Nähmaschine ausgebaut hatte. In jüngster Zeit hatte er das Projekt in Libyen beaufsichtigt, den Bau des Reaktors geleitet, und anschließend war er während des ersten kritischen Halbjahres nach der Inbetriebnahme der Verantwortliche gewesen.

»Das sieht unseren amerikanischen Freunden ähnlich, uns anzuklagen«, sagte er seufzend, nachdem Bertrand ihm den Anlaß seines Besuches erklärt hatte. »Seit Jahren verfolgen sie unser Programm mit scheelen Blicken. Allein schon der Gedanke, daß die Libyer sich aus unserem Reaktor irgendwie Plutonium beschafft haben könnten, ist eine Lächerlichkeit.«

Betrand zog eine Gauloise aus der Packung und fragte höflich, ob er rauchen dürfe. Sekunden später hing die Zigarette an ihrer üblichen Stelle in seinem rechten Mundwinkel, so regungslos, daß sie beinahe wie ein Auswuchs seiner Lippen wirkte. Er lehnte sich in dem hochlehnigen Ohrensessel zurück, den de Serre ihm angeboten hatte, und faltete die Hände über seinem leichten Bauchansatz.

»Unsere Experten bestätigen, was Sie sagen«, bemerkte er. »Trotzdem aber ist die Geschichte verdammt peinlich für uns, wenn sie wirklich passiert ist. Sagen Sie, *cher monsieur,* ist dort unten irgend etwas vorgefallen, was Ihnen nicht ganz koscher vorkam? Irgend etwas Ungewöhnliches, etwas Besonderes?«

»Nein, nichts dergleichen.«

»Es gab keine — wie soll ich sagen? —, keine verdächtigen Störungen im Betrieb des Reaktors, keine mechanischen Schwierigkeiten, die sich nicht logisch erklären ließen?«

»Überhaupt keine.« De Serre nippte nachdenklich an seinem Kaffee Paquita, den ihnen das spanische Hausmädchen gebracht hatte. »Das soll allerdings nicht heißen, daß ich nicht glaube, Gaddafi würde gern Plutonium in die Finger bekommen. Jedesmal, wenn das Wort ›nuklear‹ fällt, kommt ein Leuchten in die Augen seiner Leute. Ich will nur sagen, daß er es sich nicht von uns beschafft hat.«

»Haben Sie irgendeine Vorstellung, woher er es sich sonst besorgt haben könnte?«

»Offen gesagt, nein.«

»Wie sieht es mit Ihrem Personal aus? Gab es Leute mit ausgesprochenen Sympathien für die arabische Sache? Sympathien, die sie für Bitten von seiten der Libyer hätten zugänglich machen können?«

»Sie wissen ja, daß die DST alle unsere Leute, bevor sie dem Projekt zugeteilt wurden, sicherheitsmäßig überprüft hat. Um genau die Sorte auszusieben, von der Sie sprechen. Sie sind alle mit mehr oder weniger Sympathie für die arabische Sache angekommen. Allerdings, möchte ich ergänzen, die Zusammenarbeit mit den Libyern hat den meisten solche Ideen wohl ziemlich rasch ausgetrieben.«

»Schwierige Leute, was?«

»Unmögliche Leute.«

Der General registrierte mit Interesse die vehemente Reaktion. Dieser Mann, dachte er, ist den Libyern nicht gerade gewogen.

Das Gespräch ging noch eine halbe Stunde weiter. Doch — so schien es dem Chef des SDECE — es erbrachte nichts, was seinen Dienst näher interessieren könnte. Die Quelle von Gaddafis Plutonium lag wahrscheinlich anderswo; vielleicht war es schlicht und einfach gestohlen worden.

»Nun, *cher monsieur,* ich habe Ihre Zeit lange genug in Anspruch genommen«, sagte er und erhob sich aus seinem Sessel.

»Falls ich sonst noch etwas für Sie tun kann, bitte zögern Sie nicht, mich aufzusuchen«, murmelte sein Gastgeber.

Als Bertrand sich zum Gehen wandte, fiel sein Blick wieder auf den herrlichen Kopf in der Vitrine, die in der Mitte des Raumes stand.

»Ein eindrucksvolles Stück«, sagte er bewundernd. »Woher haben Sie es?«

»Es stammt ursprünglich aus Leptis Magna an der libyschen Küste.« De Serre betrachtete seine Kostbarkeit nicht weniger hingerissen als sein Besucher. »Herrlich, nicht?«

»Das kann man wohl sagen. Ihre ganze Sammlung ist imponierend.« Bertrand trat vor den Schiwa-Kopf, den er vorher schon bemerkt hatte. »Ein ganz ungewöhnliches Stück. Mindestens tausend Jahre alt, würde ich denken. Haben Sie es aus Indien?«

»Ja. Ich wurde Anfang der siebziger Jahre als technischer Berater dorthin geschickt.«

Der General blickte voll Bewunderung die zart gemeißelte Skulptur an. »Sie sind ein glücklicher Mann«, sagte er seufzend, »wirklich ein glücklicher Mann.«

Jack Rand las sein letztes Schiffsmanifest zu Ende, legte es sorgfältig auf den Stoß Papiere vor ihm, knöpfte sich den Hemdkragen zu und begann den Schlips zurechtzuziehen. Sein Partner, stellte er gereizt fest, war bereits fertig. Er hatte die Füße auf den Schreibtisch gelegt und knabberte an einem Hosteß-Kuchen, den er sich aus dem Durcheinander von angebissenen, geleegefüllten Donuts und anderen Backwaren um die Kochplatte herum geangelt hatte. Der Andrang der Lastwagenfahrer vor dem Schreibtisch des Pier-Bosses hatte vorübergehend nachgelassen, und so waren Angelo und Piccardi wieder einmal beim Quatschen.

»Ich glaube, hier ist alles erledigt«, meldete sich Rand. »Gehn wir zur nächsten Pier und machen dort weiter.«

Angelo verbarg seinen Ärger hinter einem kühlen Lächeln. Langsam, ganz bewußt langsam leckte er sich die Schokoladenkrümel von den Fingerspitzen. Dieser Grünschnabel ging ihm wirklich auf die Nerven. Er hatte noch niemanden erlebt, der ein solches Feuer unter dem Hintern hatte. Es sei denn, ging es ihm plötzlich durch den Kopf, jemand hat ihm etwas gesteckt, was man mir anzuvertrauen nicht für notwendig befunden hat.

Der Kriminalbeamte stellte die Füße auf den Boden und betrachtete einen Augenblick seinen eigenen Stapel durchgesehener Manifeste. Dann langte er hin, suchte kurz darin herum und zog eines heraus. Ohne auf Rand zu achten, wandte er sich dem Pier-Boß zu. »Sagen Sie, Tony, haben Sie sonst noch was über diese Ladung?«

Piccardi warf einen Blick auf das Manifest der *Dionysos* und griff dann nach einem schwarzen Aktenordner. Er hielt sich einen für jedes Schiff, das an der Pier Ladung löschte. Der Ordner enthielt eine Kopie des Frachtbriefes für jedes einzelne Frachtgut, das entladen wurde; die Ankunftsmitteilung an den Agenten, der damit betraut war; seinen vom Zollamt geprüften Lieferauftrag und die Kaipapiere. Piccardi nahm sich die Kaipapiere für die zehn Fässer Diatomee vor, die für die Firma Durkee Filters in Queens bestimmt gewesen waren. Darauf stand der Name des Autospediteurs, der die Ladung übernommen hatte, das Kennzeichen seines Transporters, die Uhrzeit, zu der er die Docks verlassen hatte, und die Einzelheiten über seine Ladung.

»Doch«, sagte er, »ich erinnere mich an die Sache. Gewöhnlich wird das Zeug dieses Kerls von der Firma Murphy abgeholt. Aber ihr Fahrer ist an dem Tag nicht gekommen. Ein Typ in einem Leihtransporter von Hertz hat es abgeholt.«

Rand peilte von oben das Manifest an. »Angelo«, sagte er, »von diesen Fässern wiegt doch jedes nur 227 Kilo.«

»Was Sie nicht sagen.« Angelo warf Piccardi einen Blick schlecht geheuchelten Staunens zu. »Der junge Mann hat das reinste Computergehirn.«

»Also, warum verschwenden wir unsere Zeit damit, wo wir doch noch zwei Piers erledigen müssen?«

Angelo drehte sich auf seinem Hocker herum, bis er dem jungen FBI-Beamten ins Gesicht sah. »Junger Mann, wissen Sie was? Sie haben recht. Wenn wir das Manifest hier in die Stadt schicken, wird es heißen: ›Was ist denn los? Können die Kerle denn nicht dividieren?‹ Aber wir zwei gehen der Sache jetzt doch mal nach. Und dann können Sie heute abend in dem Howard-Johnson-Motel, wo sie euch einquartiert haben, ganz beruhigt einschlafen. Sie wissen, Sie haben alles erledigt, nichts ungeklärt gelassen.«

Angelo wandte sich dem Pier-Boß zu. »Tony, könnte es sein, daß sich einer Ihrer Männer, der mit der Ladung zu tun hatte, noch erinnert?«

Piccardi deutete auf zwei Namen am unteren Rand der Kaipapiere. »Vielleicht der Kontrolleur und der Lader, die mit dem Zeug hantiert haben.«

Angelo stand auf, mit leise knarrenden Kniegelenken. »Meister, würden Sie uns vielleicht einmal hinführen und uns mit den Leuten bekanntmachen?« Er winkte Rand mit dem Zeigefinger. »Los, *kid*. Jetzt bekommen Sie Gelegenheit, sich eine Brooklyn-Pier anzusehn.«

Der Brooklyn Ocean Terminal war eine langgestreckte, dunkle Höhle, so breit wie ein Football-Feld und doppelt so lang. In endlosen Reihen stapelten sich die Frachtgüter bis zur Decke hinauf, und der Geruch von altem Sackleinen vermischte sich in der staubschweren Luft mit dem Duft von Gewürzen, Nüssen und Kaffee, daß man fast an einen orientalischen Basar erinnert wurde. In Abständen fielen an der Längsseite Lichtstrahlen in das Halbdunkel, durch die Tore, die zu den an der Pier festgemachten Schiffen führten. Sie bildeten Lichttümpel auf dem Boden, durch die Gapelstapler flitzten und kreisten wie Wasserwanzen, die über die Oberfläche eines Teiches huschen.

Am Ende der Pier führte ein verrosteter Aufzug zu einer oberen Halle. An ihre graue Seitenwand waren die Worte »An Bord gehende Einheiten« gemalt. Knapp dahinter befand sich ein aus Holzlatten gezimmerter Käfig, der »Pferch« für wertvolle Frachtgüter, spanischen Kognak, italienischen Spumante, Elfenbein aus Senegal, Schnitzereien aus Bali. Während Angelo Rocchia und Jack Rand die Pier hinuntermarschierten, kamen sie an hoch aufgestapelten Kisten mit griechischem Olivenöl, silbernen Maiskeimöl-Dosen aus der Türkei, getrockneten Rosinen aus dem Sudan, Säcken voll indischer Kaschunüsse, an Ballen pakistanischer Baumwolle, stinkenden Kuhhäuten aus Afghanistan, Säcken mit Kaffeebohnen aus Kenia vorüber.

Der New Yorker umfaßte mit einer Handbewegung die Reihen der Waren aus aller Welt, die sich in den Schatten verloren. »Einen schönen Selbstbedienungsladen haben die hier. Sie würden es nicht glauben, wenn man in den Ecken herumstochert, was diese Schauerleute für Zeug auf die Seite schaffen.«

Piccardi war ihnen ein paar Schritte voraus. »Hallo, Tony«, rief Angelo, »sagen Sie, kommen hier viele Leihtransporter heraus, um Sachen abzuholen?«

»Nicht viele«, antwortete Piccardi. »Zwei, drei pro Woche. Kommt drauf an.«

Er führte sie zu einer Gruppe Schauerleute, die aus einem der an der Pier liegenden Schiffe Paletten mit Kupferröhren entluden, und winkte einen kleinen, dunkelhäutigen Mann zu sich, an dessen rechter Hand ein Stauhaken baumelte. Angelos Blick fiel auf das Weiße in den Augen des Mannes. Es war von kleinen, rosigen Äderchen durchzogen. Ein Trinker, dachte er.

Piccardi zeigte ihm die Kaipapiere. »Der Mann hier möchte wissen, ob Sie sich noch erinnern, wie das Zeugs abgeholt wurde.«

Die anderen Schauerleute hatten zu arbeiten aufgehört. Sie blickten Rand und Angelo feindselig an. Der Angesprochene warf nicht einmal einen Blick auf das Papier, das Piccardi ihm hinhielt. »Nein«, sagte er abweisend und mit knarzender Stimme. »Daran erinnere ich mich überhaupt nicht.«

Der Suff hat auch sein Gedächtnis erwischt, dachte Angelo. Er griff in die Tasche nach einer Packung Marlboro. Zwar hatte er fünf Jahre vorher das Rauchen aufgegeben, aber immer eine Packung einstecken, neben seinen Erdnüssen.

»Da, *gumba*«, sagte er auf italienisch zu dem Hafenarbeiter, »nehmen Sie sich eine.«

Der Mann zündete sich die Zigarette an, und Angelo fuhr fort: »Sehn Sie, was mich interessiert, hat nichts damit zu tun, irgend jemanden hier in der Gegend hinter Gitter zu bringen, Sie verstehen mich?« Der Schauermann warf Piccardi einen argwöhnischen Blick zu. In diesem Augenblick machten sich Angelos scheinbar belanglose Plaudereien mit Piccardi bezahlt. Mit einem kaum bemerkbaren Zucken der Augenbrauen gab der Pier-Boß zu verstehen, daß der Satz ehrlich gemeint war.

»Wie sehen diese Fässer aus?« drängte Angelo sanft.

»Na, eigentlich wie Tonnen. Wie Mülltonnen.«

»Erinnern Sie sich an den Typen, der das Zeug abgeholt hat?«

»Nein.«

»Ich meine, war es einer, der regelmäßig hierherkommt? Einer, der sich auskennt? Der die richtigen Dinge macht, Sie verstehen schon?«

Es war Tradition auf den Piers, die Schauerleute, die die Ladung löschten, zu schmieren, ihnen für ihre Arbeit fünf oder zehn Dollar zuzustecken.

Die Anspielung auf diesen Brauch bewirkte, daß sich auf dem Gesicht des Hafenarbeiters zum erstenmal ein anderes Gefühl andeutete als der Argwohn, den der Kriminalbeamte darauf bemerkt hatte.

»Yeah.« Die Antwort war ein langgezogenes Knurren. »Jetzt erinnere ich mich wieder an diesen Gipskopf. Wir mußten ihm klarmachen, daß er was springen lassen muß. Sie verstehn . . .« Er blies die Luft durch die Zähne, daß es leise pfiff. ». . . wir mußten ihm ein bißchen auf die Sprünge helfen. Als ihm die Sache aufging, hat er einen halben Hunderter rausgerückt.« Nun zierte sogar ein Lächeln das verdrossene Gesicht des Schauermannes. »Logisch, daß ich mich an ihn erinnere.«

Angelos dichte Brauen hoben sich. Wer legt denn fünfzig Dollar dafür hin? fragte er sich. Kein Italiener. Kein Ire. Überhaupt niemand, der sich in den Docks auskennt. Das muß einer gewesen sein, der hier fremd ist, der keine Ahnung hat.

»Wissen Sie noch, wie er ausgesehen hat?«

»Es war so ein Typ. Was kann ich Ihnen sagen? Ein Kerl eben.«

»Angelo«, sagte Rand in scharfem Ton, »wir verschwenden hier nur unsere Zeit. Gehn wir jetzt zu unserer nächsten Pier.«

»Schon gut, *kid*, wir gehen ja gleich.« Angelo deutete auf Piccardis Kaipapiere. »Was ist mit dem andern, der mit dieser Ladung befaßt war? Dem Kontrolleur?«

»Er macht gerade Pause drüben im Hafenarbeiterklub.«

»Okay, *kid*, schaun wir auf unserem Weg hinaus einen Sprung dort vorbei.« Noch bevor Rand den erwarteten Protest erheben konnte, legte ihm der Kriminalbeamte einen Arm um die Schulter. »Ich will Ihnen sagen, wie es in einem Italiener-Klub wie dieser Dockerkneipe hier zugeht«, sagte er, in der Stimme ein gutmütiges Grollen. »Sie spielen italienische Kartenspiele. Wissen Sie, wie das aussieht? Alle sitzen auf derselben Seite des Tisches.« Er lachte und schlug Rand freundschaftlich auf die Schulter. »Wenn man Leute bei einem italienischen Kartenspiel befragt, läuft das so: ›Wer hat den Kerl erschossen?‹ — ›Hei, wie soll ich das wissen. Ich habe nichts gesehen, hab' Karten gespielt, mit dem Rücken zur Tür.‹ Also fragt man den nächsten. ›Was haben Sie gesehen?‹ — ›Ich? Nichts. Was soll ich Ihnen sagen? Ich bin mit dem Rücken zur Tür gesessen. Hab' Karten gespielt.‹

So geht das immer. Alle sitzen auf derselben Seite. Alle mit dem Rükken zur Tür. Nie einer auf den anderen drei Seiten.« Angelo lachte, während sie die Pier entlanggingen. Plötzlich blieb er stehen. Der Junge kann dir in dieser Kneipe nur schaden, sagte er sich. Wenn der neben mir steht, macht kein einziger die Schnauze auf.

»Ich will Ihnen was sagen, *kid*«, sagte er schmeichelnd. »Ihnen pressiert es. Mir auch.« Er nahm Piccardi die Kaipapiere ab und deutete auf die Nummer des Transporters, der die Ladung abgeholt hatte. »Während ich da drinnen bin, könnten Sie doch in Tonys Büro gehen, bei Hertz anrufen und feststellen, woher dieser Transporter ist und was der Mietvertrag hergibt.«

Keine fünf Minuten später erschien Angelo wieder. Sein Besuch in der Kneipe hatte keinerlei Resultat erbracht. Rand reichte ihm einen Zettel mit den Angaben aus dem Mietvertrag über den Transporter der Firma Hertz. Das Fahrzeug war bei einer Filiale in der Fourth Avenue, gleich hinter den Docks, gemietet worden, und zwar am Freitagvormittag um 10.00 Uhr, ein paar Minuten bevor auf dem Kaipapier seine Ankunft auf der Pier vermerkt wurde. Das Fahrzeug war am Ende desselben Tages zurückgebracht worden. Der Mann, der es gemietet hatte, hatte mit seiner American-Express-Karte gezahlt. Sein vom Staat New York ausgestellter Führerschein nannte als Namen und Adresse: Gerald Putman, Interocean Imports, Cadman Plaza West 123, Brooklyn Heights.

Angelo warf einen prüfenden Blick auf die Adresse. »Scheint in Ordnung.« Er wollte schon Rand den Zettel zurückgeben, sagte dann aber: »Ach was, gehn wir der Sache doch mal nach. Ein Anruf genügt, und wir wissen, daß nichts dran ist.« Er nahm das Telefonbuch zur Hand, fand die Nummer der Firma Interocean Imports und wählte sie.

Rand hörte mit, wie Angelo sich bei einer Telefonistin auswies und dann bat, mit Mr. Putman verbunden zu werden. In der Stille, die folgte, warf der New Yorker dem FBI-Mann ein erstauntes Lächeln zu. »Schon mal von einem Lastwagenfahrer gehört, der eine Sekretärin hat?«

»Mr. Putman«, meldete er sich. »Hier spricht Angelo Rocchia von der New Yorker Kripo. Die Lastwagenverleihfirma Hertz, Filiale in der Fourth Avenue in Brooklyn, teilt uns mit, daß Sie am letzten Freitag gegen zehn Uhr vormittags ein Fahrzeug bei ihnen gemietet haben, und wir wüßten gern . . .«

Rand, der einen Meter weit weg stand, konnte Putmans Stimme hören, die überrascht und aufgebracht den Anrufer unterbrach. »Ich, was? Hören Sie, *officer*, am vergangenen Freitag, da habe ich meine Brieftasche verloren. Den ganzen Vormittag habe ich mich nicht aus meinem Büro weggerührt.«

Gesteuert wurde die Suchoperation auf den Piers, in der Angelo Rocchia und Jack Rand ein kleines Element bildeten, von der Notstands-Befehlszentrale der Stadt New York aus. Sie hatte ihre Tätigkeit ein paar Minuten nach neun Uhr aufgenommen. Drei Stockwerke unterhalb des Staatsgerichtshofes von New York am Foley Square war sie ideal für ein geheimes Krisenmanagement. Die Zentrale, seinerzeit von der Stadtverwaltung unter Bürgermeister Lindsay eingerichtet, war so selten benutzt worden, daß alle — die im Rathaus akkreditierten Reporter eingeschlossen — ihre Existenz praktisch vergessen hatten.

Man gelangte in die Zentrale durch eine unauffällige Seitentür des Gerichtsgebäudes. Grob gekennzeichnet, war sie eine riesige unterirdische Höhle, durch lachsrosafarbene zweieinhalb Meter hohe Holzwände in einzelne Bereiche aufgeteilt. Alles übrige war in einem amtlichen Grau gehalten: graue Wände, graue Fußböden, graue Aktenschränke, graues Mobiliar, das man aus dem Rathaus als überflüssig hinausgeworfen hatte. Und grau waren auch die Gesichter der Polizeibeamten, die sie rund um die Uhr bewachten. Zum letztenmal war die Zentrale während des großen Stromausfalls im Juli 1977 benutzt worden, als sogar im Polizeipräsidium, zur peinlichen Verlegenheit der Behörde, die Lichter ausgingen wie überall in der Stadt. Irgend jemand hatte vergessen, dafür zu sorgen, daß die Generatoren gewartet wurden.

Quentin Dewing, der FBI-Fahndungschef, hatte es übernommen, organisatorischen Schwung in die Zentrale zu bringen. Dies tat er mit der Methodik und der Sorgfalt, für die das Bureau berühmt war. Als der Polizeipräsident und Al Feldman, sein Kripochef, die Einteilung ihrer verfügbaren Leute abgeschlossen hatten, war er bereit, sie zu einer Besichtigung durch die Zentrale zu führen. Den ersten Raum, der in einem Krisenfall als Telefonzentrale dienen sollte, hatte er für die Fahndung nach den Arabern eingeteilt, die, laut ihren I-94-Formularen, im vergangenen halben Jahr in das Stadtgebiet von New York gekommen waren. Der Raum enthielt fünfzig Telefonanschlüsse, jeder mit einem FBI-Mann besetzt; einige hielten ständig Verbindung zum John-F.-Kennedy-Flughafen und zur Einwanderungs- und Naturalisierungsbehörde in Washington. Auf einem der Schreibtische stand ein Minicomputer, der als zentrales Fahndungsregister diente. In dieses Gerät wurden sämtliche Namen und Adressen eingespeichert, die über die Telefonleitungen einliefen. War der Betreffende, zu dem dieser Name gehörte, nicht binnen zwei Stunden gefunden und als unverdächtig befunden worden, beförderte der Computer den Namen in ein Register mit höherer Priorität.

Nebenan bot sich ein interessanteres Bild. Diesen Raum hatte Dewing als Zentrale für die Suchoperation auf den Piers bestimmt. An den Wänden hingen Karten der 867 Kilometer langen Seeseite von New York und New Jersey. Unter den Karten war jeder einzelne der zweihundert Piers auf einer Tabelle aufgeführt.

Jedesmal, wenn eines der Fahndungsteams auf den Piers auf verdächtiges Frachtgut stieß, wurde Name und Adresse des Empfängers telefonisch an die Zentrale durchgegeben. War das Frachtgut an eine Adresse im Gebiet von New York geliefert worden, schickte die Zentrale einen Trupp Zollinspektoren oder Beamte der Rauschgiftfahndung los, um es ausfindig zu machen. Wenn es aus New York hinaustransportiert worden war, wurde ein Beamter der nächstgelegenen FBI-Zweigstelle in Marsch gesetzt.

Feldman blieb einen Augenblick in der Mitte des Raumes stehen und nahm mit einem sardonischen Lächeln die zielstrebige Atmosphäre in sich auf.

»Detroit. Wir haben eine Ladung mit fünfhundert Kisten getrockneter Feigen aus Basra für Sie. Empfänger war die Firma Marie's Food Products, Dearborn Avenue 1132A.«

»Romeo 14 hat soeben in der Gerberei Glidden in Metuchen zwölf Ballen Kuhhäute überprüft, eingetroffen am 19. November mit *SS Prudential Eagle* an der Pier 32 in Port Elizabeth.«

»Scanner 6.« Scanner war der den Leuten von der Zollfahndung zugeteilte Code-Name. »Melde zweihundertfünfzig Kartons Oliven aus Beirut, bestimmt für Pardise Supply in Brooklyn, Decatur 1906.«

Als der Rundgang beendet war, führte Dewing sie in seine eigene Kommandozentrale, eingerichtet in den Räumen, die in einer Notsituation für den New Yorker Bürgermeister bestimmt waren.

Während der Kripochef, an einen alten Schreibtisch gelehnt und die Arme über der Brust verschränkt, zuhörte, erläuterte Dewing, daß Clifford Salisbury von der CIA das Material über palästinensische Terroristen durchgehe und jene Personen heraussuche, die sich seit längerer Zeit in den Vereinigten Staaten aufhielten und anscheinend von intellektuell anspruchsvollem Niveau seien.

An einem Morgen wie diesem war Feldman jedes einzelne seiner zweiundsechzig Jahre anzusehen. Er war ein Mann von kleiner, drahtiger Statur, der seine Position allein dem verdankte, was er im Kopf hatte. Sein Haar war, soweit noch vorhanden, grauweiß und fettig und stand in kleinen spiraligen Büscheln vom Schädel ab. Die Schultern seines dunklen Anzugs waren immer mit Schuppen gesprenkelt. Er zupfte sich an der Nase, sah den CIA-Mann an und betrachtete den Stapel Dossiers, der sich auf Salisburys Schreibtisch türmte.

Ein schöner Haufen Arbeit, dachte er. Er wird hundert davon beisammen haben, bis er sich durchgewühlt hat. Und nützen werden sie nicht das geringste. Was soll er mit ihnen anfangen? Sie ins Araberviertel schleppen und dort irgendeinem Barmann zeigen — »Sagen Sie, haben Sie den schon mal gesehn? Und den? Oder den da?« Nach drei oder vier Fotos würde der Mann abschalten. Er käme völlig durcheinander und wäre nicht einmal mehr imstande, eine Aufnahme von seiner eigenen Schwester zu erkennen.

Feldman zog eine Camel aus einer Packung, die aussah, als hätte er darauf geschlafen, und zündete sie an. Er hatte den höchsten Respekt vor der methodischen, geradezu behäbigen Arbeitsweise des Bureaus. Schließlich spielte sich ja der Gang der meisten Ermittlungen so ab, gewissermaßen in Form einer Pyramide. Es begann mit einer breiten Basis, und dann arbeitete man sich planmäßig und hoffnungsvoll aufwärts, einer ganz präzisen Spitze entgegen. Es war ein bewährtes System, das Ergebnisse erbrachte — wenn man eine Woche, zehn Tage zur Verfügung hatte.

Dummerweise, dachte Feldman, hat dieser Mann nur leider vergessen, daß er nicht mehr als dreißig Stunden Zeit hat. Gaddafi wird New York schon ausgeräuchert haben, da ist der noch in der Phase III seiner Ermittlungsarbeit. Wenn das alles zu etwas führen soll, überlegte Feldman, brauchen wir den großen Zufallstreffer, den Frauenmörder, der sich durch einen simplen Strafzettel wegen Falschparkens verrät. Wir brauchen ein ganz bestimmtes, das einzige Gesicht, um unsere Suche darauf zu konzentrieren. Und außerdem brauchen wir es verdammt schnell!

»Entschuldigung, Mr. Dewing«, sagte er und warf einen Blick auf seine Uhr. »Ich habe meinem Ermittlungsbeamten, der für die arabischen Viertel drüben in Brooklyn zuständig ist, gesagt, er soll das Material herbeischaffen, das er über die PLO hat. Ich schaue mich jetzt mal nach ihm um.«

»Natürlich, *Chief*. Es wäre sicher von Nutzen, wenn wir uns alles daran ansähen, was möglicherweise irgendeinen Aufschluß geben könnte.« Doch der Ton des FBI-Mannes ließ deutlich erkennen, wie wenig er sich davon versprach.

Der Ermittlungsbeamte war ein umgänglicher, sommersprossiger Ire, dem die New Yorker Polizeibehörde mit feinem Gespür für Ausgewogenheit auch die Zuständigkeit übertragen hatte, die Aktivitäten der Jüdischen Verteidigungsliga im Auge zu behalten. Seine Unterlagen enthielten fast nichts von Belang. In der Hauptsache handelte es sich um gehobenen Klatsch, Dinge, wie einen Tip, den ein Polizist auf einem Streifengang von einem Barkeeper oder Lebensmittelhändler, den er näher kannte, aufgeschnappt hatte, einen Hinweis, der einem Zuträger abgequetscht worden war. Beispielsweise: »Die arabische Gesellschaft Roter Halbmond, Atlantic Avenue 135, die als karitativer Verein um Steuerbefreiung nachgesucht hat, steht im Verdacht, Gelder für die PLO zu sammeln.« Oder auch: »Das Damascus Coffee House, Atlantic Avenue 204, wird häufig von Anhängern George Habaschs besucht.«

Da diese Unterlagen, wenn sie zum FBI gelangten, möglicherweise öffentlich überprüft werden konnten, wurde nie etwas Lohnendes in sie aufgenommen. Das wirklich gute Material wurde »an der Hüfte gehalten«, nämlich im privaten Notizbuch des Ermittlungsbeamten aufbewahrt, das aufzuschlagen außer ihm niemand berechtigt war.

Der Beamte hatte an diesem Vormittag achtunddreißig Verdächtige in seinem Notizbuch stehen, zumeist jüngere, ärmere palästinensische Einwanderer, die in den Vierteln nahe den schwarzen Slums von Bedford Stuyvesant lebten.

»Wenigstens«, sagte Feldman, »wissen wir bei ihren achtunddreißig Typen, wo sie sich aufhalten. Im Gegensatz zu denen, nach denen die da drinnen suchen. Laden sie alle vor. Quetschen sie sie aus. Über alles, was sie in den vergangenen zweiundsiebzig Stunden getrieben haben.«

»Mit welcher Begründung, Chef?«

»Denken Sie sich irgendeine aus. Einwanderungspapiere. Die Hälfte davon ist wahrscheinlich sowieso illegal ins Land gekommen.«

»Gütiger Himmel! Wenn wir das tun, bekommen wir jeden Bürgerrechtsanwalt in der Stadt auf den Hals.«

Feldman war nahe daran hinzuzusetzen: »Na wenn schon! In ein paar Tagen wird's ohnehin keine Bürgerrechtsanwälte mehr geben, die das Maul aufreißen können.«

Da unterbrach ihn ein Beamter in Zivil. »Sie werden am Telefon verlangt, Chef.«

Angelo Rocchia meldete sich. Der Kripochef war weder überrascht noch ärgerlich, daß Rocchia ihn direkt anrief und die Befehlshierarchie übersprang, die Dewing gerade erläutert hatte. Feldman kannte die guten Leute in seiner Abteilung, die zuverlässigen Arbeiter, die ihm bei seinen Vorgesetzten Ansehen eintrugen. Er hatte sie von jeher ermuntert, selbständig zu handeln und zu ihm persönlich zu kommen, wenn sie ein Problem hatten. Er hörte sich an, was Angelo ihm zu melden hatte, und reagierte darauf mit drei Wörtern, die in der Kriminalabteilung der New Yorker Polizeibehörde wohl am häufigsten benutzt wurden: »Wiederholen Sie das.«

Diesmal kritzelte Feldman ein paar hastige Notizen auf einen Schreibblock. Als Angelo zu Ende berichtet hatte, brauchte der Kripochef fünf Sekunden, dann war seine Entscheidung getroffen.

»Fahren Sie in das Büro dieses Mannes drüben in Brooklyn und sehen Sie zu, ob Sie was rausbekommen, wer ihm die Brieftasche geklaut haben könnte«, befahl er. »Ich schicke einen andern für Sie auf Ihre Piers.«

Während er noch sprach, wählte er auf einem zweiten Telefonapparat die Nummer der Taschendieb-Fahndung und wies deren Leiter an: »Besorgen Sie sich die Fotos von sämtlichen Langfingern, die in Brooklyn ihr Unwesen treiben und kommen Sie damit schleunigst zum Cadman Plaza West 123.«

»Was rausbekommen, Chef?« erkundigte sich der Ermittlungsbeamte.

»Ich habe meine Zweifel«, knurrte Feldman. »Jetzt geh' ich mir erst mal eine Tasse Kaffee besorgen.«

Er machte sich auf den Weg zur Loge des Hausmeisters, wo er vorher eine Silex-Kaffeekanne und eine Kochplatte erspäht hatte. Es war der erste Augenblick, der ihm für sich selbst blieb, seit er zwei Stunden vorher sein Amtszimmer verlassen hatte. Beinahe versonnen blies er in die Tasse mit dem heißen schwarzen Kaffee. Dann warf er einen Blick auf die Wand über der Heizplatte. Daran befestigt war, so schien es, ein altes Zivilschutzplakat mit dem früher einmal allbekannten CD, umgeben von einem schwarzen Kreis und einem weißen Dreieck. Er bemerkte die Nummer der Staatsdruckerei und las die Überschrift: *Anweisung für das Verhalten im Fall eines Wasserstoffbombenangriffs.*

Sieben Punkte waren darauf aufgeführt, beginnend mit »Erstens: Halten Sie sich von sämtlichen Fenstern fern.« Feldman überflog die Liste der Instruktionen.

»Fünftens: Krawatte lockern, Hemdsärmel aufknöpfen sowie sämtliche beengenden Kleidungsstücke lockern.

Sechstens: Nach dem blendenden Blitz einer Kernexplosion sofort vornüberbeugen und den Kopf zwischen die Beine pressen.«

Als der Kripochef die letzte Zeile las, vermochte er vor Lachen nicht mehr an sich zu halten. Keine Worte konnten besser zusammenfassen, in welch einem verrückten, ausweglosen Schlamassel sie saßen.

»Siebtens«, hieß es auf dem Plakat, »verabschieden Sie sich mit einem Kuß von Ihrem Arsch.«

»In unserer Stadt geht es zu . . .« Angelo Rocchia, stellte Jack Rand mißgestimmt fest, hatte wieder einmal einen seiner Monologe begonnen. Der FBI-Beamte war noch immer über die Eigenmächtigkeit aufgebracht, mit der der New Yorker die Befehlsstruktur umgangen hatte, so daß sie jetzt nicht mehr auf den Piers, sondern nach Taschendieben fahndeten. Wie das Marinecorps brachte auch das FBI seinen Rekruten bei, daß der Erfolg vor allem Disziplin erfordere: geistige Disziplin, um Charakterstärke zu gewinnen; kollektive Disziplin bei der Teamarbeit, damit jedes Mitglied wußte, es konnte sich darauf verlassen, daß auch jeder andere genau das tat, was ihm aufgetragen war. Doch an dieser Art Disziplin, dachte Jack Rand verdrossen, fehlt es meinem New Yorker Teampartner ganz und gar.

Wenn Angelo die Mißstimmung des jungen Mannes ahnte, so ließ er sich doch davon nichts anmerken. Er fuhr fort, als hätte er eine Gruppe Dienstanwärter in der Polizeiakademie vor sich. »In unserer Stadt arbeiten die Langfinger nach Auftrag, Maßarbeit nennen sie das. Der Hehler kommt zum Taschendieb und sagt: ›Hör mal, Charlie, ich brauche morgen mittag ein paar frische Kreditkarten. Vor nicht mehr als zwei, drei Stunden geklaut. Möchte einen Farbfernseher für die Gattin kaufen, sie hat Geburtstag.‹ Der Langfinger macht also die Sache im Lieferauftrag. Er kann das Bargeld in der geklauten Brieftasche behalten und kriegt ein paar Hunderter für den Personalausweis und zwei, drei Kreditkarten. Hat der Beklaute einen ganzen Packen von den Plastikdingern, hält der Dieb ein paar Karten zurück. Die verkauft er jemand anderem für einen Zehner-Lappen pro Stück. Bei dem Geschäft steckt er zwei-, dreihundert Dollar ein — gar nicht so schlecht.«

Zehner-Lappen, Hunderter-Lappen, dachte Rand. Nicht einmal anständiges Englisch können sie in dieser Stadt sprechen. Dann sah er hinaus und bemerkte, daß hier, nur ein paar Straßen weiter, die Stadt ein ganz anderes Gesicht hatte, kaum fünf Minuten vorher waren sie an der Pier in Angelos Corvette gestiegen, doch die scheußlichen Hafenslums waren verschwunden, und statt ihrer sah man nun die schön renovierten Fassaden der Brownstone-Häuser, die glänzenden schmiedeeisernen Vorgartengitter und -türen, die gepflegten Gehsteige und wohlgestutzten Büsche von Brooklyn Heights.

Rand wandte den Blick von der Szene. »Sie meinen also, Angelo, wenn ich Sie recht verstehe, daß sich so etwas in diesem Fall abgespielt haben könnte?«

»*Yeah*, möglicherweise.«

»Und wie viele Taschendiebe arbeiten nach Ihrer Schätzung im Stadtgebiet von New York?«

Angelo pfiff leise durch die Zähne und überholte die Autos, die sich vor der Ampel gestaut hatten, auf der rechten Spur. »Drei-, vier-, fünfhundert wohl.«

Rand klopfte leicht auf das Glas seiner Seiko. »Es ist schon elf vorbei, Angelo. Und dieses verfluchte Faß soll morgen nachmittag um drei hochgehen. Glauben Sie denn im Ernst, daß wir bis dahin fünfhundert Taschendiebe aufstöbern und verhören können? Daß wir aus dieser Masse den herausfischen, der dem Mann die Brieftasche — vielleicht — gestohlen hat? Herausbringen, an wen er sie weitergab, diesen Typen ausfindig machen? Und das alles bis morgen nachmittag drei Uhr?«

»Junge, wie soll ich das denn wissen?« Angelo fuhr nun die Fulton Street hinauf und sah die Umrisse des Cadman Plaza, das neben den Ausfahrschleifen der Brooklyn Bridge in den Himmel stieg. »Aber vorläufig ist es das Beste, was wir in der Hand haben. Ja, genaugenommen ist es das einzige, was wir haben.«

Er hielt bereits nach einer Stelle in der Nähe ihres Zieles Ausschau, wo er den Wagen verbotswidrig parken konnte. »Außerdem, das sage ich Ihnen, werden wir beide dieses Ding nicht knacken. Keiner von uns hier in New York. Wir sind nur Staffage. Mit dieser Geschichte müssen die Leute in Washington fertig werden, nicht wir.«

Die Leute in Washington saßen seit ihrer ersten Krisenstabssitzung mit Abe Stern mehr oder weniger in einer Dauerkonferenz zusammen. Der Präsident kam und ging, je nach seinem Terminkalender und dem Bestreben, der Presse wegen eine Fassade der Normalität aufrechtzuerhalten. Er hatte gerade die Leitung der Budgetberatung Charlie Schultz übertragen und war in den Nationalen Sicherheitsrat zurückgekehrt.

»Haben wir etwas aus Tripolis gehört? Ist Gaddafi bereit, mit uns zu sprechen?« fragte er den stellvertretenden Außenminister, während er sich auf seinem Stuhl niederließ.

»Wir hatten gerade das Konsulat am Telefon, Sir.« antwortete Warren Christopher. »Der Geschäftsträger ist noch immer draußen in der Villa, wo sich Gaddafi angeblich aufhält.«

Ein paar Stühle weiter nahm Harold Brown das Wort. Es war beinahe, als dächte er laut. »Merkwürdig, seit Beginn dieser Geschichte hat niemand Gaddafi gesehen oder die Drohung aus seinem eigenen Mund gehört. Wissen wir eigentlich mit Sicherheit, daß sie von ihm ausgeht? Könnten nicht andere dahinterstecken? Ist er vielleicht entführt worden? Opfer irgendeines Coups von palästinensischer Seite?«

Beinahe automatisch wandte sich die Aufmerksamkeit der Versammelten Bennington, dem CIA-Chef, zu. Der Stapel Papiere vor ihm war auffällig höher als vor jedem anderen um den Tisch. Darin spiegelte sich der Umstand wider, daß man seit der Kuba-Krise die Politik befolgte, das Material des Geheimdienstes in einer Krisensituation dem Präsidenten zur Verfügung zu stellen, wie es hereinkam. Man ließ es nicht erst von einem Analytiker der CIA aufbereiten, auch wenn es Widersprüchliches enthielt.

»Wir haben uns damit befaßt«, antwortete Bennington, »und uns für ein Nein entschieden. Das libysche Nuklearprogramm war immer Gaddafis ureigenste Sache. Er hält seine eigenen Palästinenser an kurzer Leine und behält sie scharf im Auge. Seine Beziehungen zu Arafat und der PLO sind gespannter geworden, seit er ihnen zu große Kompromißbereitschaft vorwarf. Und unsere Stimmanalytiker haben inzwischen bestätigt, daß die Stimme auf dem Originalband wirklich seine eigene ist.«

»Besser spät als nie«, bemerkte der Präsident.

Bennington nickte eilfertig und etwas betreten. »Und die *Allen* hat zwei Telefongespräche abgefangen, die dafür sprechen, daß seine Willensfreiheit in nichts eingeschränkt ist.«

Eastman lächelte vor sich hin. Eine der Hauptaufgaben der Geheimdienste bestand darin, Optionen auszuschließen. Sie konnten einem nur selten sagen, was eine bestimmte Person vorhatte, häufig aber, was sie nicht tun würde. Und das hatte Bennington eben gewissermaßen getan. »Deswegen ist es von höchster Wichtigkeit, daß wir an ihn herankommen.«

»Allerdings«, sagte der Präsident mit einem Seufzer. »Gibt es irgendwelche Neuigkeiten aus New York?«

Bevor William Webster vom FBI die Frage beantworten konnte, zuckte das rote Warnlämpchen an Warren Christophers Telefonapparat auf. Nachdem er eine Sekunde gelauscht hatte, sagte er: »Sir, in der Operationszentrale läuft gerade ein Cherokee-NODIS aus Tripolis ein.« Cherokee-NODIS war die Bezeichnung für ein Kabel, das im Außenministerium höchste Priorität genoß, eingeführt von Dean Rusk zu Ehren seiner Heimat, des Cherokee County in Georgia. »Wir bekommen es in einer Sekunde.«

In der Operationszentrale im siebenten Stockwerk des Außenministeriums wurde der einlaufende, verschlüsselte Text automatisch in einen Computer eingespeist, der ihn augenblicklich dechiffrierte und auf der Telegrammkonsole des diensthabenden Beamten im Klartext ausdruckte. Dieser wiederum übermittelte ihn sofort an die Kommunikationszentrale des Weißen Hauses, wo ein Offiziersanwärter einen Knopf auf einer zweiten Konsole drückte, die den gedruckten Text ebenso rasch ausspuckte, wie die Worte des Kabels auf dem Bildschirm erschienen. Christopher hatte kaum den Hörer aufgelegt, als der Offiziersanwärter bereits Eastman den Text der Nachricht reichte.

Er warf einen kurzen Blick darauf und sagte dann: »Sir, der Geschäftsträger hat soeben persönlich mit Gaddafi gesprochen.«

»Und?«

»Gaddafi sagt, alles, was er zu sagen hat, sei schon in seiner ersten Botschaft enthalten. Er lehnt es ab, mit Ihnen zu sprechen.«

Die New Yorker Polizei, dachte Gerald Putman, ist besser als ihr Ruf. Er hatte sich nicht einmal die Mühe gemacht, seine Brieftasche als verloren oder gestohlen zu melden, weil er annahm — und dabei glaubte er sich mit allen Bürgern in der Stadt einig —, daß seine Anzeige nur in einem Morast bürokratischer Gleichgültigkeit und Schlamperei versinken würde. Doch er hatte sich offensichtlich getäuscht, denn hier in seinem Büro waren ein anscheinend ranghoher Kriminaler, der Chef des Taschendiebstahldezernats und ein FBI-Mann versammelt, alle darum bemüht herauszufinden, wie ihm seine Brieftasche hatte abhanden kommen können.

»Gut, Mr. Putman«, sagte Angelo Rocchia, »gehen wir das noch einmal durch. Sie waren den ganzen Freitagvormittag hier in Ihrem Büro. Dann, ungefähr um . . .«

»Halb eins.«

Der Kriminalbeamte sah in seinem Notizbuch nach. »Richtig. Sie sind hinüber zum Fulton-Fischmarkt gegangen, um im Restaurant *Luigi* Mittag zu essen. Ungefähr um zwei Uhr wollten Sie Ihre Brieftasche herausziehen, um mit einem American-Express-Scheck zu zahlen, und stellten fest, daß Ihre Brieftasche nicht mehr da war, richtig?«

»Richtig.«

»Sie sind hierher zurückgekommen, wo Sie alle Ihre Kreditkartennummern registrieren, und sagten Ihrer Sekretärin, sie solle den Verlust melden.«

»Genau, Kommissar.«

»Und Sie haben sich gar nicht erst die Mühe gemacht, die Sache beim hiesigen Revier zu melden.«

Putman lächelte Angelo etwas unsicher an. »Tut mir leid, Kommissar, aber ich dachte mir, die Polizei hat heutzutage ja so viel um die Ohren, da würde so eine Sache, Sie wissen schon . . .« Seine Stimme verlor sich in einem betretenen Gemurmel.

Der Kriminalbeamte erwiderte das Lächeln, doch seine grauen Augen musterten Putman kalt. Angelo hatte es gern, wenn solche Leute von ihm den Eindruck erhielten, daß er etwas langsam und schwerfällig sei. Es konnte nie schaden, einen Kunden zu entwaffnen, ihn ein bißchen zu lokkern. Putman war Mitte dreißig, von mittlerer Größe, mit leichtem Bauchansatz, sonnengebräunt und von dunkler Gesichtsfarbe.

»Und jetzt, Mr. Putman gehen wir ganz langsam, ganz methodisch alles durch, was Sie an diesem Tag erlebt haben. Als erstes: Wo haben Sie Ihre Brieftasche aufbewahrt?«

»Hier.« Putman klopfte auf die Gesäßtasche. Er trug eine graue Baumwollhose, ein blaues Hemd mit Knopfkragen und eine Streifenkrawatte. Alles in seinem Büro, der dicke, flauschige Teppichboden, das breite Panoramafenster mit Blick auf die Spitze von Manhattan, zeugte von gutbürgerlichem Wohlstand.

»Sie hatten vermutlich einen Mantel an, ja?« Diese Frage kam vom Chef des Taschendiebstahldezernats, den Feldman angewiesen hatte, sich hier mit Angelo zu treffen.

»O ja«, antwortete Putman. »Ich habe ihn hier.« Er ging zu einem Wandschrank und holte einen Mantel aus Cheviot-Tweed heraus, den er bei Burberry in London gekauft hatte. Der Chef des Taschendiebstahldezernats betrachtete ihn und fuhr dann mit den Fingern den Rückenschlitz hoch.

»Sehr praktisch«, sagte er lächelnd.

Unter Angelos Anleitung rekonstruierte Putman, was er an jenem Freitag, dem 11. Dezember, alles getan hatte. Er war um sieben Uhr in seinem Haus in Oyster Bay aufgestanden. Seine Frau hatte ihn, wie sie es regelmäßig tat, zum Bahnhof gefahren, wo er das *Wall Street Journal* kaufte und dann nur zwei Minuten auf dem Bahnsteig wartete, bis der Zug aus Long

Island einlief. Während der Fahrt saß er neben seinem Freund und Squash-Partner Grant Esterling, einem leitenden Angestellten bei IBM. Er war wie immer am Bahnhof Flatbush Avenue ausgestiegen. Er konnte sich an nichts Ungewöhnliches, an keinen besonderen Vorfall erinnern, weder in der Bahn noch auf dem New Yorker Bahnhof oder auf dem zehnminütigen Fußmarsch zum Büro. Niemand sei mit ihm zusammengestoßen, keiner habe ihn angerempelt — nichts.

Als er seinen Bericht beendet hatte, war es so still im Raum, daß die vier Männer das Ticktack der altmodischen Großvateruhr in einer Ecke hören konnten. Rand schlug ungeduldig ein Bein über das andere und nahm es dann wieder herunter.

»Ich habe den Eindruck, daß hier wirkliche Könner am Werk waren«, bemerkte der Chef des Taschendiebstahldezernats anerkennend.

»Allerdings.« Angelo malte mit ein paar raschen Strichen ein Püppchen, dünn wie ein Besenstiel, auf seinen Schreibblock. Mein guter Einfall, ging es ihm durch den Kopf, sieht jetzt gar nicht mehr so gut aus. Er stand auf. »Mr. Putman«, sagte er, »wir zeigen Ihnen jetzt ein paar Fotos. Lassen Sie sich beim Anschauen Zeit, soviel Sie wollen. Betrachten Sie sich die Gesichter sehr sorgfältig, ob Sie vielleicht eines davon schon irgendwo einmal gesehen haben.«

Wenn Reisen bildet, dann hätten die jungen Männer und Frauen auf den Fotos, die Angelo eins nach dem andern auf Putmans Schreibtisch legte, eine kulturelle Elite ohnegleichen darstellen müssen. Nur eine Handvoll Menschen mit reicher Reiseerfahrung konnte sich rühmen, die Hauptstädte der Welt ebensogut zu kennen. Keine große internationale Begegnung, von den Olympischen Spielen in Montreal, einer Papstwahl im Vatikan, dem silbernen Regierungsjubiläum der Queen in London bis zum World Cup in Buenos Aires, die nicht mit ihrer Anwesenheit beehrt wurde. Sie waren die Besten aus dem Taschendiebsgewerbe der Welt, dunkelhaarige, dunkelhäutige junge Menschen, die fast ausnahmslos aus Kolumbien stammten.

Wie die Basken Schafhirten exportieren, wie Antwerpen Diamantenschneider in die Welt schickt, so exportierte dieses lateinamerikanische Land Kaffee, Smaragde, Kokain — und Taschendiebe. In den armseligen *calles* von Bogotà, der kolumbianischen Hauptstadt, gab es eine ganze Reihe von Schulen für Taschendiebe. Kinder armer Bauern wurden buchstäblich an die Lehrer verkauft und lernten bei ihnen das Handwerk. Auf der Plaza Bolivia, längs der Avenue Santander wurde ihnen jeder Trick ihrer Kunst beigebracht: wie man eine Tasche mit einem Rasiermesser aufschlitzt, unbemerkt eine Handtasche öffnet, einem Ahnungslosen die Rolex vom Handgelenk zieht. Als Reifeprüfung mußten sie so geschickt eine Brieftasche aus einer Tasche angeln, die mit kleinen Glöckchen gesäumt war, daß nicht ein einziges davon zu klingeln begann.

Sobald sie ihre Ausbildung hinter sich hatten, schlossen sie sich zu Duos und Trios zusammen, weil ein guter Taschendieb nie allein arbeitet, und schwärmten in die ganze Welt aus, auf der Suche nach großen Menschenansammlungen, Parteitagen, Touristen und schlecht gehüteten Hosen, Jacken und Mänteln, die sie alljährlich um gewaltige Summen erleichterten.

Putman hatte sich schon beinahe fünfzig Fotos angesehen, als er plötzlich stockte und die Aufnahme eines Mädchens anstarrte, mit dunklen, auf die Schulter herabfallenden Haarrollen und provozierend herausgestreckter Brust in einer knapp sitzenden weißen Bluse.

»Oh«, sagte er mit einem unterdrückten nervösen Kichern, »die, glaube ich, kenne ich. Ich glaube, das ist das Mädchen, das ich neulich beinahe umgerannt hätte, als ich vom Bahnsteig die Treppe herunterkam.« Er erinnerte sich nun ganz deutlich an den Vorfall. »Natürlich. Das ist sie ganz bestimmt. Es war recht peinlich. Ich bin gegen sie geprallt, und sie mußte sich an mir festklammern, damit sie nicht hinfiel.«

»Mr. Putman«, sagte Angelo ganz ruhig. »Sie sagen, neulich. Könnte das am Freitag gewesen sein?«

Der Importeur zögerte und versuchte den Zeitpunkt zu rekonstruieren. »Mein Gott«, sagte er, »ich glaube wirklich, daß es Freitag war.«

Der Kriminalbeamte nahm die Fotografie zur Hand und betrachtete das hübsche Gesicht des Mädchens, die aufreizenden Brüste, die sie der Polizeikamera so herausfordernd darbot. »Sie sind nicht gegen das Mädchen geprallt, Mr. Putman, sondern es war umgekehrt. Die arbeiten gern mit vollbusigen Mädchen. Sie rammt das Opfer mit ihren Titten, und zur gleichen Zeit zieht ihm der Dieb die Brieftasche heraus.«

Er sah, daß die Wangen des Importeurs sich röteten. »Denken Sie sich nichts, Mr. Putman. Jeder fällt auf Mädchen mit großen Titten rein. Selbst Leute wie Sie aus Oyster Bay.«

Abe Stern blickte Jeremy Oglethorpe ärgerlich an. Der Evakuierungsfachmann eilte geschäftig im Amtszimmer des Polizeipräsidenten umher, dekorierte Wände und Staffeleien mit Arbeitsdiagrammen, Tabellen und Karten mit diesen verfluchten bunten Kreisen und legte eine so hektische Energie an den Tag, als wäre er ein Werbeboß aus der Madison Avenue, der im Begriff ist, eine neue Zahnpastareklame zu präsentieren. Und dabei pfiff er sogar, wie Stern angewidert feststellte, leise den Triumphmarsch aus *Aida*.

Der Bürgermeister hatte sich dafür entschieden, Oglethorpe nicht in das Rathaus, sondern hierherzubringen, da das Amtszimmer des Polizeichefs besser abgeschirmt war.

Sie waren vom Air Terminal der Marine per Hubschrauber direkt zum Landeplatz auf dem Dach des Gebäudes geflogen worden — der fast nie benutzt wurde, weil die Vorschriften des Flugaufsichtsamtes das Überfliegen städtischer Gebiete durch einmotorige Helikopter untersagten und, wie anders, keiner der Hubschrauber der New Yorker Polizei mehr als einen Motor hatte.

»Nun«, sagte Oglethorpe mit einem Blick stillen Stolzes auf sein Bühnenbild, »ich glaube, ich bin soweit. Wie steht's mit Ihnen?«

Der Polizeipräsident wandte sich an einen der beiden Inspektoren, die er für die Sitzung zugezogen hatte. »Wo zum Teufel steckt denn Walsh?« knurrte er.

»Er ist hierher unterwegs, Sir.«

»Walsh« war Timothy Walsh, siebenunddreißig, ein aus Brooklyn gebürtiger, über 1,90 Meter großer Lieutenant, der das Amt für Zivilschutz bei der New Yorker Polizei unter sich hatte. Er war ein intelligenter, ehrgeiziger Typ irischer Abkunft, der von der Ermittlung zum Bevölkerungsschutz mit dem Auftrag versetzt worden war, Schwung in die Bude zu bringen. Und das tat er. Eigentlich war er für jegliche Art von Katastrophen zuständig, die die Stadt heimsuchen konnten. Doch Walsh hatte eine ausgesprochene Vorliebe für solche, mit denen sich die Medien stark beschäftigten, für Bereiche, in denen Beifall vom Polizeipräsidenten zu gewinnen war, mit denen sich mehr Geld für seine Abteilung, mehr Personal, herausholen ließ — Dinge wie Zusammenbrüche des Stromnetzes, Hurrikane, Überschwemmungen, Blizzards.

Evakuierung und Zivilschutz kamen da ganz zuletzt. Die Schwierigkeit mit dem Zivilschutz bestand, wie Timothy Walsh gern bemerkte, darin, »daß die Leute nichts davon hören wollen. Da heißt's nur: ›Lassen Sie mich bloß mit diesen blöden Russenbomben in Frieden. Bei mir liegt in der Einfahrt der Schnee dreißig Zentimeter hoch.‹«

Wie er selbst über dieses Thema dachte, kam in einem Satz zum Ausdruck, den sein Stellvertreter oft von ihm zu hören bekam: »Immer mal wieder fahre ich nach Washington und beuge vor dem Altar des atomaren Holocaust das Knie, damit weiter das Geld vom Bund für die Dinge reinkommt, die wirklich wichtig für diese Stadt sind, beispielsweise ein paar zusätzliche tragbare Generatoren für den nächsten Stromausfall.«

Nun nickte Walsh, fröhlich pfeifend, dem Beamten zu, der die elektrisch betriebene Tür zur Suite des Polizeipräsidenten bewachte, und wurde rasch in das Amtszimmer geleitet. Als Walsh all die hier versammelten hohen Tiere bemerkte, verschwand seine fröhliche Stimmung.

»Walsh, haben wir einen Plan für eine Evakuierung der Einwohner New Yorks im Fall einer Krise?« erkundigte sich der Polizeipräsident.

Mein Gott, mein Gott, dachte Walsh, warum stellt er ausgerechnet diese Frage! Hier heißt es, geschmeidig und vorsichtig sein. Ein paar Bälle in die Luft werfen, damit man sieht, woher der Wind weht. An sich gab es einen solchen Plan tatsächlich. Er nannte sich »Operationsplan für die Sicherung von Menschenleben im Gebiet von New York, Band I, Grundplan« und wurde allgemein als wertlos betrachtet. So wertlos, daß Walsh sich nicht einmal die Mühe gemacht hatte, ihn durchzulesen. Und so weit ihm bekannt war, hatte sich in seiner Abteilung auch sonst niemand damit beschäftigt.

»Sir, das letztemal haben wir uns mit der Frage einer Evakuierung in einem Bericht befaßt, den wir im Dezember 1977 für Polizeipräsident Codd erstellten. Die Elektrizitätsgesellschaft wollte auf dem East River Flüssiggas zu ihrem Speicher auf Berrian's Island transportieren, und man hat uns gefragt, ob wir im Falle eines Gasaustritts die East Side auf eins, zwei räumen könnten.«

»Und?«

»Und wir kamen zu dem Ergebnis, daß eine solche Sache völlig aussichtslos wäre. Man sollte die Gastransporte im River von vornherein nicht zulassen.«

Der Polizeipräsident brummte etwas. »Jetzt nehmen Sie mal Platz und hören Sie diesem Mann hier zu. Bis vier Uhr heute nachmittag haben Sie beide sich einen Plan auszudenken, mit dem die Stadt in kürzestmöglicher Zeit geräumt werden kann.«

Walsh verstaute sein langes Gestell auf dem blauen Sofa des Polizeipräsidenten, wobei in seinem Kopf eine ganze Reihe von Alarmklingeln auf einmal zu ertönen begannen. Er beobachtete, wie Oglethorpe zu seinen Tabellen und Diagrammen trat. Der Mann kam ihm irgendwie bekannt vor. Kannte er nicht von irgendwoher dieses Gesicht über der Fliege mit den blauen Punkten?

Oglethorpe nahm einen Zeigestab mit Gummispitze zur Hand und begann seine Ansprache wie ein Professor im Hörsaal. »Glücklicherweise ist die eventuelle Evakuierung der Bewohner von New York ein Problem, dem wir schon sehr viel Zeit gewidmet haben. Ich brauche Ihnen ja nicht zu sagen, daß es sich um eine Sache handelt, die eine ungeheure Anstrengung verlangt. Der kürzeste Zeitraum für eine Räumung New Yorks sind nach unseren Berechnungen drei Tage.«

»Drei Tage!« sagte Abe Stern grimmig. »Dieser Hundesohn in Tripolis gibt uns ganze drei Stunden!«

Oglethorpe zeigte durch eine Grimasse an, daß er sich dessen bewußt war. Leider, erläuterte er, hätten alle Evakuierungspläne zum Schutz der Zivilbevölkerung das, was er ein »Szenarium für Kriegszeiten« nenne, zum Mittelpunkt. Danach blieben den Vereinigten Staaten fünf bis sechs Tage Warnzeit vor einem thermonuklearen Angriff der Sowjetunion, weil die Russen dafür bestimmte Vorbereitungen treffen müßten, die von amerikanischen Satelliten erspäht würden.

»Unser erstes Problem, meine Herren«, fuhr Oglethorpe fort, »ist folgendes: Manhattan ist drei Kilometer breit und sechzehn Kilometer lang. Sollte sich hier irgendwo eine Waffe befinden, sehen wir uns einer großen Ungewißheit gegenüber, welches Gebiet bedroht ist. Um sicherzugehen, müssen wir unseren Plan darauf einstellen, Manhattan, die South Bronx, den größten Teil von Queens und Brooklyn sowie einen sechs Kilometer tiefen Uferstreifen längs des New Jersey River zu räumen.«

»Wie viele Menschen sind davon betroffen?« fragte der Bürgermeister.

»Elf Millionen.«

Abe Stern stöhnte leise auf. Walsh sah ihn an. Großer Gott im Himmel, dachte er, aus welchem Grund evakuiert man elf Millionen Menschen? Es gibt doch nur einen einzigen.

Oglethorpe wandte sich wieder seiner Karte zu. »Eines wissen wir immerhin, nämlich daß es sich um eine Explosion auf dem Boden handeln wird. Das bedeutet Fallout, und zwar in schlimmer Form. Wenn wir uns die vorherrschenden Windbedingungen in New York ansehen, stellen wir fest, daß für Queens und Long Island die höchste Wahrscheinlichkeit besteht, von starkem radioaktivem Niederschlag getroffen zu werden. Wir haben gerade vom Wetterdienst die derzeit herrschenden Windverhältnisse überprüfen lassen, und es sieht so aus, daß sie es dort dick abbekommen, wenn dieses Ding losgeht. Den besten natürlichen Schutz gegen Fallout finden die Menschen in den Kellern. Wir haben im Bundesstaat New York den höchsten Anteil an Kellern im ganzen Land — 73 Prozent.« Oglethorpe war nun auf vertrautem Gelände, wo es um Zahlen und statistische Angaben ging. »Leider aber beträgt die Prozentzahl draußen auf Long Island nur 22, weil die Insel einen hohen Grundwasserspiegel hat. Für die Menschen dort wird es höchst gefährlich, wenn die Bombe in die Luft fliegt.«

»Sollten wir sie ebenfalls evakuieren?« fragte der Bürgermeister.

»Wie?« antwortete Oglethorpe. »Sie können ja nicht von der Insel wegschwimmen, und wenn wir sie bei den Brücken konzentrieren, setzen wir sie noch mehr Fallout und der Gefahr von Verbrennungen aus.« Normalerweise hätte Oglethorpe, ein Mann von milder Gemütsart, keine so brutale Antwort gegeben, aber die New Yorker, so seine feste Überzeugung, hatten es gern, wenn man nicht um den Brei herumredete.

»Was wir vor allem und um jeden Preis vermeiden müssen, das ist, Menschen in ein Gebiet zu bringen, wo es Fallout regnet. Das heißt also, daß, falls sich die Wetterbedingungen nicht verändern, die Evakuierung in nördlicher und westlicher Richtung nach Westchester und nach Jersey hinein, erfolgen muß.

Als erste Maßnahme würde ich sämtliche Zugänge zur Stadt sperren, sobald wir grünes Licht bekommen. Alle Verkehrsverbindungen nur noch für den abfließenden Verkehr offenhalten. Hier in Manhattan besitzen offensichtlich nur 21 Prozent der Menschen einen Erstwagen. Im Vergleich zum landesweiten Durchschnitt eine sehr niedrige Zahl. Daraus ergibt sich, daß 80 Prozent der Menschen auf andere Weise aus der Stadt gelangen müssen. Es wird notwendig sein, daß wir sämtliche Busse mobilisieren, deren wir habhaft werden können. Und außerdem auch ganze Armadas von Lastwagen. Zum Glück können wir uns der Untergrundbahn bedienen, was uns in unserem Kriegsszenarium versagt war. Wir werden sie in umfassender Weise einsetzen müssen. Mit Leuten vollstopfen, auf die Expreß-Spuren setzen und losschicken auf Teufel komm raus. So viele hinaus in die obere Bronx schicken, wie wir nur können. Die Züge sollen die Menschen bis zur allerletzten Station bringen, dann müssen sie zu Fuß weiter.«

»Gott im Himmel!« Es war die Stimme des Polizeipräsidenten. Er stellte sich im Geist das Chaos vor, das ausbrechen würde, sollten Oglethorpes Vorschläge Wirklichkeit werden. »Können Sie sich ausmalen, was das für ein Freudentag für die Plünderer wird?«

Oglethorpe lächelte. »Klar, eine Menge von Aasgeiern wird die Luxushochhäuser gründlich ausräumen«, gab er zu. »Aber wenn sie das Risiko eingehen wollen, wegen eines Farbfernsehgerätes zu Asche verbrannt zu werden, dann sollen sie es tun. Sie können ja von Ihren Polizisten, die Sie ohnehin für Wichtigeres brauchen, nicht erwarten, daß sie herumrennen und Anzeigen schreiben, als gäbe es Manhattan am Mittwochvormittag noch.«

»Wohin wollen Sie alle diese Menschen bringen?« fragte der Bürgermeister. »Man kann sie doch nicht hinausbefördern und dann in einer Straße in der Bronx oder drüben in den Jersey Flats mitten im Winter abladen.«

»Die Sache ist so, Sir«, sagte Oglethorpe und richtete sich gerade auf. »Die Krisen-Umsiedlung basiert auf dem Konzept von Risikogebieten und Aufnahmegebieten. Wir verlegen Bevölkerungsgruppen aus übervölkerten Risikogebieten in unterbevölkerte Gastregionen. In unserem ›Kriegsszenarium‹ für New York«, fuhr er fort und warf einen Blick auf die Karte des Bundesstaates New York, »sahen wir vor, solche Verlegungen bis nach Syracuse und Rochester vorzunehmen. In diesem Fall aber sind wir genötigt, auf viel näher gelegene Gebiete zurückzugreifen. Ersuchen Sie die Behörden, Vorbereitungen für die Aufnahme dieser Menschen in ›Sammelbetreuungsstätten‹ zu treffen, in Schulen und Krankenhäusern.«

Toll, dachte Walsh, während er Oglethorpe zuhörte. Wirklich großartig! Das Gesicht, das der Polizeichef droben in Scarsdale machen wird, wenn wir anrufen und sagen: ›Hören Sie, Chef, wir schicken Ihnen zum Wochenende eine halbe Million von unseren besten Schwarzen aus Bedford Stuyvesant.‹ Der Mann geht doch die Wand hoch!

Plötzlich fiel Walsh wieder ein, wo er Oglethorpe schon einmal gesehen hatte. Es war in Washington gewesen, im Pentagon, bei einem Vortrag über Krisen-Umsiedlung. Er war damals mit der Überzeugung geschieden, daß allein schon der Versuch, New York zu räumen, reiner Schwachsinn sei. Das Temperament der New Yorker, ihre Ungebärdigkeit, ja Aufsässigkeit, die unfaßliche Größenordnung des Unternehmens — das machte alles aussichtslos; besser gar nicht daran denken.

»Und was soll mit den Alten geschehen, den Gebrechlichen, den Leuten, die einfach nicht aufstehen und sich in Bewegung setzen können?« wollte der Bürgermeister wissen.

Oglethorpe antwortete mit einem hoffnungslosen Achselzucken: »Denen werden Sie eben sagen müssen, sie sollen in den Keller gehen und beten.«

Er wandte sich seiner Tabelle zu. Bei ihren Untersuchungen hatte alles so klar gewirkt. Schließlich hatten sie ja die Evakuierung der New Yorker Bevölkerung im März 1977 in Washington dreimal auf dem Computer durchgespielt und den dafür notwendigen Zeitaufwand Schritt für Schritt von drei Tagen und achtzehn Stunden auf genau drei Tage gedrückt. Nach einem halben Jahr angestrengter Arbeit hatten sie ihre Ergebnisse veröffentlicht, in einer, der — wie allgemein anerkannt wurde — besten Untersuchungen des Stanford-Forschungsinstituts: *Die Durchführbarkeit einer Krisen-Umsiedlung von elf Millionen Menschen aus dem Stadtgebiet von New York.* Das Werk umfaßte 195 Seiten und war in sieben Abschnitte gegliedert, von einer Durchführbarkeitsanalyse bis zu Alternativmöglichkeiten samt ihren Auswirkungen sowie Diagrammen, Karten, Tabellen.

In dem vertrauten weißgrauen Einband des Reports war alles wunderbar dargelegt, tabelliert und mit Verweisen versehen. Man wußte, daß das Risikogebiet 3,8 Millionen Wohneinheiten mit einer durchschnittlichen Belegung von 3,0 Personen aufwies, von 3,8 im Suffolk County bis 2,2 in Manhattan. Man wußte, daß man im Nassau County 75000 Personen, 21400 Wohneinheiten und 19600 Erstwagen pro Postleitbezirk hatte und daß es in Manhattan 40000 Menschen, 19400 Einheiten und 4300 Erstwagen waren.

Sie würden, beispielsweise, 310 Maschinen kommerzieller Fluggesellschaften requirieren, von acht Flugplätzen innerhalb des Risikogebietes starten lassen und so mit 71 Flügen pro Stunde, drei Tage lang, 1,24 Millionen Menschen hinausschaffen. Es hatte zwar geheißen, dies sei unmöglich, doch sie hatten das widerlegt. Dann die Eisenbahn. Sie wußten, wie sie die sechs Bahnlinien, die in die Stadt hinein- und aus ihr hinausführten, benutzen, wie sie den Verkehrsfluß maximieren konnten. Der Bericht des Stanford Research Institute hatte sogar dargelegt, wie man die Güterwagen im Jersey-Güterbahnhof verwenden würde — 30 Frachtwaggons und eine Lokomotive pro Zug würden 2500 Menschen transportieren.

Sie hatten in ihre Berechnungen die Staten-Island-Fähren aufgenommen und ermittelt, daß man durch die Benutzung des für Autos verfügbaren Platzangebotes 5000 Menschen auf einer Fähre unterbringen könnte. Selbst die 125 Schlepper und die 250 Schleppkähne, die es in New York gab, waren in ihre Pläne eingegangen.

Sie hatten wochenlang daran gearbeitet, neun bestimmte Highway-Routen für den Abtransport von Menschen aus der Stadt zu bestimmen. Alles war bis ins kleinste ausgedacht, alles berücksichtigt — sogar der Umstand, daß auf der Insel Manhattan eine Viertelmillion Menschen mit Haustieren lebte, die alles verrückt machen würden, wenn sie ihre Lieblinge nicht mitnehmen dürften. Doch der ganze schöne Plan beruhte auf der Basis von drei Tagen — drei Tagen sorgfältig gesteuerter Organisation, nicht auf einem hektischen Sturm auf die Brücken, den man in dieser Situation berücksichtigen sollte.

Oglethorpe schüttelte den Kopf und versuchte, dieses Problem, das seinem geordneten Denken ein Ärgernis war, aus dem Kopf zu bekommen. Er fuhr in seinem Vortrag fort. »Unsere wichtigsten Instrumente werden die Highways und die Untergrundbahn sein. Wir müssen dafür sorgen, daß der Abfluß von Autos aus der Stadt geordnet vor sich geht. Dafür gibt es eine Menge Möglichkeiten. Wir können alphabetisch vorgehen. Die Anweisungen über Rundfunk und Fernsehen bekanntgeben. Fahrzeuge, von Besitzern, deren erster Buchstabe A bis D ist, verlassen die Stadt sofort! Oder Nummernschilder mit ungeraden Zahlen. Nach Postleitzahlen vorgehen. Mit den stark gefährdeten Gebieten in der Kernregion Manhattan beginnen und die Leute hier zuerst in Sicherheit bringen.«

»Hören Sie«, sagte der Polizeipräsident, »Manhattan ist eine Insel. Es wird passieren, daß Autos liegenbleiben, weil der Motor überhitzt oder nicht genug Benzin im Tank ist. Sie werden die Tunnels und Brücken blockieren. Leute werden ihre Kutschen mit ihren Angehörigen und Habseligkeiten überlasten.«

»Ja«, stimmte Oglethorpe zu. »Aber unsere Psychologen sagen uns, wenn eine Familie ein Auto hat, wird sie es auch benutzen. Es gibt den Leuten Mobilität und verschafft ihnen ein gewisses Sicherheitsgefühl.«

Timothy Walsh rückte unbehaglich auf seinem Stuhl hin und her. Träume ich denn? fragte er sich. All diese großartigen Tabellen und Karten, diese einfallsreichen Ideen. Er sah den Bürgermeister und den Polizeipräsidenten an, die so verzweifelt-aufmerksam zuhörten, als wünschten sie sich in ihrem Herzen, daß all dies tatsächlich ausgeführt werden könnte.

»Hören Sie, *Mister*«, schaltete sich Walsh ein. »Ich möchte ja hier keine Hoffnungen zerstören, aber ich bin mir nicht so sicher, ob Sie sich über einige Gegebenheiten in dieser Stadt im klaren sind. Sie möchten in alphabetischer Reihenfolge evakuieren? Mr. Abbott sagen, er soll sich in sein Auto setzen und als erster abhaun? Glauben Sie denn im Ernst, daß Mr. Rodriguez droben in Spanish Harlem ruhig dasitzen und zuschauen wird, wie der davonprescht? Schöne Vorstellung. Wissen Sie, was Mr. Rodriguez tun wird? Er wird unten an der Straßenecke mit seiner *Saturday night special* stehen und Mr. Abbott sagen: ›Raus mit dir aus dem Auto und nimm die Beine unter den Arm.‹ Und dann setzt er sich selbst hinein und fährt los.«

»Dafür ist ja die Polizei da. Um Ordnung zu halten und dafür zu sorgen, daß so etwas nicht passiert.«

Walsh mußte lachen. »Die Polizei? Wie kommen Sie denn auf die Idee, daß die Cops gehorchen werden? Ich sage Ihnen, jeder zweite wird mit seinem Dienstrevolver an der Straßenecke stehen. Neben Mr. Rodriguez. Er schnappt sich den ersten Wagen, den er sieht, und haut damit genauso ab.«

Walsh zuckte die Achseln — die ganze Sache war einfach hoffnungslos. »Ihre ganzen Pläne sind großartig, wenn Sie dafür Militär haben, das für den Straßenkampf ausgebildet ist. Aber hier gibt's keine Soldaten, nur eine Masse Menschen, die vor Angst schlottern.«

»Schon gut, Walsh«, fuhr ihn der Polizeipräsident zornig an. »Es reicht.« Doch trotz seiner aufgebrachten Worte sagte ihm eine bange innere Stimme, daß der Lieutenant vermutlich recht hatte. Er sah Abe Stern an. Das Gesicht des Bürgermeisters war ausdruckslos und ließ nicht im geringsten erkennen, was er über die ganze Sache dachte.

»Wir werden Fernsehen und Rundfunk als Mittel zur sofortigen Verständigung der Bevölkerung einsetzen«, fuhr Oglethorpe fort, dankbar für das Eingreifen des Polizeipräsidenten. »Ich würde augenblicklich die Banken schließen und das öffentlich bekanntgeben. Sonst rennen alle Leute hin, um ihre Ersparnisse abzuheben.«

Auf Oglethorpes Gesicht zeigte sich eine jähe Erleuchtung, wie hinter einer Gewitterwolke hervorbrechendes Sonnenlicht. »Ich schlage vor, daß wir für Fernsehen und Rundfunk unseren Plan CHAT benutzen, den wir vor einiger Zeit entwickelt haben.« Ein beinahe herablassendes Lächeln erschien auf seinem Gesicht. »CHAT ist ein Kürzel für Crisis Home Alert Technique (Technik zur Alarmierung von Haushalten im Krisenfall). Leider hat uns die Behörde nie erlaubt, sie anzuwenden.

Gemäß diesem Plan läßt man über alle Rundfunk- und Fernsehsender eine wichtige Botschaft des Präsidenten — in unserem Fall des Bürgermeisters — ankündigen. Sobald er vor dem Mikrophon steht, senken sämtliche Radio- und Fernsehstationen ihre Modulation auf sechzig Prozent des Normalwertes. Das zwingt die Leute, ihre Geräte voll aufzudrehen, damit sie ihn verstehen können. In seiner Rede sagt er dann, sie sollen ihre Radios und Fernsehgeräte ohne Unterbrechung laufen lassen, um Instruktionen empfangen zu können.

Gibt es jetzt eine wichtige Meldung, weisen Sie die Sender an, ihre Modulation wieder auf den Normalstand zu heben. Glauben Sie mir, das Geplärre, das aus den Fernsehgeräten kommt, wird ohrenbetäubend sein.

Allerdings«, fügte Oglethorpe bedauernd hinzu, »nützt es nicht sehr viel, wenn man taub ist.«

O je! dachte Walsh. Immerhin, eines war beruhigend an dem, was Oglethorpe von sich gegeben hatte — Radio und Fernsehen einsetzen. Denn eines stand todsicher fest: für eine Alarmierung der Bevölkerung war das alte Sirenen-Netz des Zivilschutzes völlig untauglich. Früher einmal hatte es 750 Sirenen in der Stadt gegeben, die allwöchentlich getestet wurden und von 95 Prozent der Einwohner gehört werden konnten. Jetzt aber, wußte Walsh, funktionierten kaum mehr dreihundert davon, und auch die waren zumeist schrottreif. Seinen jüngsten Beitrag zum Wohl der Stadt hatte das Netz auf dem Harold Square geleistet, als eine der Sirenen auf die Straße kippte und um ein Haar eine Dame erschlagen hätte, die bei *Macy's* Einkäufe machen wollte.

»Es ist sehr wichtig«, sagte Oglethorpe gerade, »daß alles, was wir übers Fernsehen bekanntgeben, sehr positiv wirkt. Die Öffentlichkeit muß die Gewißheit bekommen, daß wir vorbereitet sind, daß alles genau durchdacht ist und daß die Leute in Obhut genommen werden, wenn sie dort ankommen, wohin sie unterwegs sind. Unsere Pläne müssen so präzise und glaubwürdig sein, daß sie die Menschen beruhigen und keine Panik entstehen kann.«

Als nächstes wandte er sich einer tabellarischen Übersicht auf einem seiner Gestelle zu. Ein einziges Wort stand darüber: MITNEHMEN. »Wir können diese Tabelle in Abständen im Fernsehen zeigen, damit die Leute die richtigen Dinge mit auf den Weg nehmen.«

Walsh betrachtete sich die Liste.

Ein zweites Paar Strümpfe, eine mit Wasser gefüllte Thermosflasche, ein Dosenöffner, Kerzen, Zündhölzer, Transistorradio, Zahnbürste und Zahnpaste, Toilettenpapier, benötigte Medikamente, Sozialversicherungskarte, Kreditkarten.

Oglethorpe schlug das Blatt um. Auf dem folgenden stand die Überschrift NICHT MITNEHMEN. Die Liste bestand aus: Schußwaffen, Drogen, Alkohol.

Der Mann ist ein Genie, dachte Walsh. Er hat genau die drei Dinge herausgefunden, die in einer Notstandssituation niemand in dieser Stadt zu Hause lassen wird.

»Wir müssen die Sache in den Griff bekommen und im Griff behalten«, verkündete Oglethorpe. »Ich möchte mir in den folgenden drei Stunden vom Hubschrauber aus einen Überblick über Ihre Zufahrtswege verschaffen. Dann würde ich gern in der Bronx mit Ihren Leuten die U-Bahn-Verwaltung in der Jay Street aufsuchen, um einen Plan für den Einsatz der Untergrundbahn zusammenzustellen.«

Mein Gott! dachte Walsh. Die Jay Street ist in Brooklyn! Dieser Bursche will New York retten und kennt nicht mal den Unterschied zwischen Brooklyn und der Bronx!

»Moment mal.« Das war Abe Sterns befehlsgewohnte Stimme. »Ich habe den Eindruck, daß wir in diesem ganzen verdammten Panorama eines der wichtigsten Elemente übersehen. New York hat – oder hatte zumindest, als Rockefeller Gouverneur war – eines der besten Luftschutzkeller-Systeme auf der Welt. Warum zum Teufel machen wir denn davon keinen Gebrauch?«

Oglethorpe strahlte. Niemand brauchte einen eingefuchsten Zivilschutz-Mann wie ihn an Rockefellers Programm zu erinnern. In den späten fünfziger und frühen sechziger Jahren war, dank Rockefellers hartnäckigem Einsatz, das New Yorker Bunker-Programm der Stolz des gesamten Zivilschutzes gewesen. Das Pionierkorps der amerikanischen Armee und das New Yorker Baureferat hatte 16000 Luftschutzräume, die 6,5 Millionen Menschen in Kellern im Inneren der Bauwerke New Yorks Zuflucht gewähren sollten, ausgewählt und genehmigt.

Das gelb-schwarze Schild, das auf die Bunker zum Schutz gegen radioaktive Niederschläge verwies, war zu einem ebenso vertrauten Teil der

Stadtlandschaft geworden wie die blinkenden Rot- und Grünlichter mit der Aufforderung an die Fußgänger, zu warten oder zu gehen, die ungefähr zur gleichen Zeit eingeführt wurden. Millionen Dollar aus dem Stadtsäckel und entsprechende Mittel aus Washington waren dafür aufgewendet worden, die Luftschutz-Keller mit dem Grundbedarf auszustatten, mit dem sich die Leute, die sie aufsuchten, vierzehn Tage lang versorgen konnten: Süßigkeiten mit Kohlehydrat-, Cracker mit Proteingehalt, einzeln in Wachspapier verpackt; pro Person dreimal täglich zwölf Crakker würden die lebensnotwendige Mindestration von 750 Kalorien liefern. Dazu kamen Verbands- und Medikamentenkästen, Penicillin, Trinkwasser, dessen Behälter in chemische Toiletten verwandelt werden konnten, Toilettenpapier und Miniatur-Geigerzähler, mit denen Überlebende in Abständen ins Freie kriechen und die Radioaktivität in der Trümmerlandschaft über ihren Köpfen messen konnten.

»Natürlich, Euer Ehren«, antwortete Oglethorpe. »Die Luftschutzräume sollten eine wichtige Rolle in unserem Programm übernehmen.«

»Walsh«, knurrte der Polizeipräsident, »in was für einem Zustand sind die eigentlich?«

Um die Antwort auf diese Frage hätte Walsh sich gerne gedrückt. Die Luftschutzräume beherbergten heute in den meisten Fällen halbwüchsige Junkies. Sie hatten die Luminaltabletten in den Medikamentenvorräten entdeckt, und nun spielte sich ein Wettlauf ab, wer sie sich zuerst griff, die Junkies oder Walshs Männer. Die Junkies lagen eindeutig vorn.

»Die Sirenenwartung und Luftschutzkellerverwaltung beim Baureferat ist dafür zuständig, Sir. Ich glaube, daß man sie sich von Zeit zu Zeit ansieht.« So ungefähr einmal alle zehn Jahre, ging es Walsh durch den Kopf.

»Und die Cracker und das ganze andere Zeug, sind die noch brauchbar?«

»Hm, das könnte ein bißchen problematisch aussehen, Sir.«

»Inwiefern problematisch, Walsh?«

»Sehen Sie, als sie in Nicaragua 1975 diesen großen Hurrikan und die Überschwemmungen hatten, haben wir eine ganze Menge davon rausgeholt und zu den Leuten da unten geschickt.«

»Was ist also damit?«

»Die Menschen, die davon gegessen haben, sind alle krank geworden.«

Der Polizeipräsident ächzte. Unsere geliebte Stadt, dachte er.

Er wandte sich Abe Stern zu. »Was halten Sie von alledem, Euer Ehren?« Und während Bannion die Frage stellte, sagte er zu sich selbst: Ich weiß, was ich davon halte. Daß nichts übrigbleibt, als schleunigst diese Bombe zu finden.

»Schicken Sie diese zwei Leute los, daß sie sich die Luftschutzräume ansehen. Ich möchte, daß sie um halb drei wieder hier in diesem Zimmer sind, mit dem besten Vorschlag, der ihnen gemeinsam einfällt.« Stern blickte traurig seinen Polizeichef an. Sie waren seit zwanzig Jahren miteinander befreundet. »Wenn Sie wirklich die Wahrheit wissen wollen,

Michael«, flüsterte er, »ich hab's aufgegeben, noch nachzudenken. Ich versuch's lieber mit dem Beten, stelle aber fest, daß ich darin nicht so gut bin.«

Es war kurz vor halb fünf Uhr nachmittags in Paris, als General Henri Bertrand, der Direktor des französischen Geheimdienstes, von seinem Gespräch mit Paul Henri de Serre, dem Mann, der Libyens französischen Reaktor installiert hatte, in sein Amtszimmer zurückkehrte. Die Maßnahmen, die er früher am Tag, nach seinem ersten Kontakt mit dem Chef der Pariser Zweigstelle der CIA, angeordnet hatte, waren nicht ohne Resultate geblieben.

Auf seinem Schreibtisch lagen vier verschlossene Aktenköfferchen. Sie enthielten die Unterlagen, die er von seinen Kollegen von der DST, Frankreichs innerem Sicherheitsdienst, angefordert hatte: die Dossiers aller für die Arbeit an dem libyschen Reaktor abgestellten Franzosen und Aufzeichnungen sämtlicher Telefongespräche, die sie mit Anschlüssen in Frankreich geführt hatten.

Die Transskripte stellten nur einen winzigen Teil des Materials dar, das sich die DST in ihrem Kommunikationslabor in der obersten Etage ihrer Zentrale in der rue de Saussaies jeden Tag massenhaft aus der Atmosphäre holte. Die Zentrale befand sich unmittelbar hinter dem Innenministerium. Dort arbeiteten technische Spezialisten in staubfreier Umgebung mit Oszilloskopen, Schnellrechnern, ultraempfindlichen Peil- und Horchgeräten; sie zeichneten sämtliche von französischem Boden ausgehende Sendungen und Auslandstelefonate auf und speicherten sie dann in die Computer, aus denen sie jederzeit abgefragt werden konnten.

Bertrand war noch damit beschäftigt, den Empfang der DST-Dokumente zu bestätigen, als sein Telefonapparat läutete. Patrick Cornedeau, sein wissenschaftlicher Berater, meldete sich. »Chef«, sagte er, »vor einer Stunde sind die Inspektionsberichte aus Wien eingetroffen. Ich bin gerade mit ihrer Durchsicht fertig geworden und habe etwas gefunden, was ich Ihnen sofort vortragen sollte.«

Cornedeau brachte einen zehn Zentimeter dicken Stoß Papiere in einem blauweißen Aktendeckel, der mit dem Siegel der Vereinten Nationen gestempelt war, in das Amtszimmer des Generals. Bertrand gab einen erstaunten Laut von sich. »Gütiger Himmel, haben Sie sich durch all das Zeug durcharbeiten müssen?«

»Ja, das habe ich getan«, antwortete Cornedeau und kratzte seinen kahlen Schädel. »Und ich bin verwirrt.«

»Das ist gut«, sagte sein Chef. »Verwirrung ist mir bei meinen Leuten lieber als allzu große Sicherheit.«

Cornedeau legte die Berichte auf Bertrands Schreibtisch und begann sie durchzublättern.

»Am 7. Mai haben die Libyer der Internationalen Atomenergiebehörde in Wien mitgeteilt, sie hätten im Kühlsystem ihres Reaktors Radioaktivität festgestellt. Sie hätten daraus geschlossen, daß die Brennstoffbeschikkung fehlerhaft sei, und würden den Reaktor abschalten, um den Brennstoff herauszunehmen.«

Cornedeau deutete auf seinen Bericht. »Die Atomenergiebehörde hat sofort ein Team von drei Inspektoren nach Libyen entsandt. Einen Japaner, einen Schweden und einen Nigerianer. Brave Leute. Sie waren dabei, während die Brennstäbe herausgeholt und in das Abklingbecken transportiert wurden. Sie installierten ihre versiegelten Kameras, von denen ich Ihnen heute vormittag berichtet habe, um das Becken herum. Seitdem haben sie zwei Inspektionen durchgeführt.«

»Mit welchem Ergebnis?«

»Alles ist in bester Ordnung.«

»Wenn das so ist«, sagte der General, »sehe ich nicht recht den Grund Ihrer Verwirrung.«

»Die Sache ist die«, sagte Cornedeau und ging wieder an die Tafel. »Plutonium tritt, wie die meisten Elemente, in verschiedenen Isotopen auf, Variationen über dasselbe Thema. Wenn man eine Bombe bauen will, braucht man sehr, sehr reines Plutonium 239. Normalerweise enthält das Plutonium, das man aus den abgebrannten Brennstäben eines Reaktors dieses Typs gewinnt, einen sehr hohen Prozentsatz eines anderen Isotops, Plutonium 240. Auch damit kann man Bomben bauen, allerdings ist die Sache überaus heikel.«

»Interessant«, bemerkte Bertrand, »aber was ist hier der springende Punkt?«

»Die Zeit«, fuhr Cornedeau fort. »Je kürzer der Brennstoff im Reaktor ist, um so mehr Plutonium 239 enthält er.«

Bertrand wand sich unbehaglich in seinem Sessel. »Und wieviel dürfte in dem Brennstoff sein, den sie rausgenommen haben?«

»Das ist es ja, was mir Sorgen macht.« Cornedeau drehte sich zu der Tafel um, um noch einmal die Berechnungen zu bestätigen, die er bereits im Kopf angestellt hatte. »Wenn man aus dem Brennstoff dieses Reaktors, ideales, 97prozentiges, für die Herstellung von Kernwaffen geeignetes Plutonium gewinnen wollte, würde man ihn exakt siebenundzwanzig Tage in dem Reaktor lassen.«

Er wandte sich zu Bertrand um. »Chef, und zufällig haben sie den Brennstoff genau so lange in dem Reaktor dort unten gelassen.«

Die Idee für diese Zusammenkunft war Quentin Dewing gekommen. Der FBI-Fahndungschef hatte verfügt, daß die Männer, die die Bombensuche in New York leiteten, sich alle neunzig Minuten um seinen Schreibtisch in der unterirdischen Befehlszentrale versammeln und berichten sollten, welche Fortschritte sie erzielt hatten. Er blickte sie nun an, hüstelte nervös und deutete auf den FBI-Abteilungsleiter, der für die Aufgabe zuständig war, jeden Araber zu ermitteln, der während des vergangenen halben Jahres in das Gebiet von New York gekommen war.

»Sämtliche Namen, hinter denen wir her sind, stammen aus Washington oder vom John F. Kennedy Airport und sind im Computer nebenan«, berichtete der Angesprochene. »Es handelt sich um insgesamt 18372 Leute.«

Diese enorme Zahl löste Betroffenheit bei den Versammelten aus. »Ich habe 2000 Leute losgeschickt, die hinter ihnen her sind. Sie haben bereits 2102 Namen überprüft. Diejenigen, die sie nicht beim ersten Versuch ausfindig machen können, aber von denen wir den Eindruck haben, daß sie unverdächtig sind, ordnen wir in die Kategorie Blau im Computer ein. Jene, die nicht aufzutreiben waren, aber zweifelhaft wirkten, kommen in die Kategorie Grün. Eindeutige Fälle von Einschleusung nehmen wir in die Kategorie Rot auf.«

»Wie viele von denen haben Sie?« erkundigte sich Dewing.

»Bis jetzt zwei.«

»Und was unternehmen Sie?«

»Ich habe fünfzig Beamte aus meinem Personalbestand genommen und sie auf die ›roten‹ und ›grünen‹ Namen angesetzt. Wenn wir mehr Araber überprüft haben, gebe ich ihnen Verstärkung durch weitere Agenten.«

Dewing nickte befriedigt. »Henry?«

Die Frage richtete sich an den Leiter der Washingtoner FBI-Dienststelle, der hierher beordert worden war, um die Leitung der Pier-Fahndung zu übernehmen.

»Es geht etwas rascher, als wir eigentlich erhofft hatten, Mr. Dewing. Lloyd's in London und die Maritime Association in der Broad Street haben uns die Liste sämtlicher Schiffe geliefert, nach denen wir suchen, die Tage, an denen sie einliefen, und die Piers, an denen sie angelegt haben. Es waren 3816, etwa die Hälfte der Schiffe, die im letzten halben Jahr den Hafen angelaufen haben. Unsere Pier-Teams haben die Manifeste von achthundert Schiffen bis jetzt durchgesehen. Wir konnten in der vergangenen Stunde bei ungefähr der Hälfte feststellen, wohin die Ladung ging.«

»Gut. Und Sie, Mr. Booth?« sagte Dewing zum Chef der NEST-Suchteams. »Was haben Sie uns zu bieten?«

Booth hob sich matt von seinem Stuhl und trat an die Karte von Manhattan, die er an der Wand befestigt hatte. »Unsere Organisation ist seit zwei Stunden voll im Einsatz. Im Augenblick kämmen alle zweihundert Transporter und unsere Hubschrauber Lower Manhattan ab.« Sein Finger fuhr die Spitze der Insel entlang. »Von der Canal Street hinunter zur Battery.«

»Schon irgend etwas Verdächtiges entdeckt?« erkundigte sich Dewing.

Der Wissenschaftler sah den FBI-Mann verdrossen an. »Und ob. Das Dumme an unseren Spürgeräten ist, daß sie nicht nur Nuklearbomben registrieren. Bis jetzt besteht unsere Beute aus einer alten Dame, die Big-Ben-Wecker mit Radium-Leuchtziffern sammelt, dem Lager der Firma, die die Gärten der halben Stadt mit Kunstdünger versorgt, und zwei Leuten, die aus einem Krankenhaus kamen, wo man ihnen für eine Röntgenuntersuchung des Magens einen bariumhaltigen Milchshake verpaßt hatte. Aber von einer Bombe nicht die Spur.«

Er betrachtete wieder seine Karte. »Wir nehmen uns die Straßen und die Dächer sehr gründlich vor. Aber, wie ich Ihnen ja schon heute morgen sagte, wenn sich das Ding oberhalb der dritten Etage eines dieser Gebäude befindet, dann werden wir es nicht aufspüren. Wir haben einfach nicht die Ausrüstung und auch nicht das Personal dafür.«

Nachdem Salisbury von der CIA seinen Bericht erstattet hatte, wandte sich Dewing dem Chef der New Yorker FBI-Dienststelle, Harvey Hudson, zu. Hudson war die Koordinierung der übrigen Fahndungsoperationen anvertraut.

»Ich habe zwei Dinge, Quent. Das eine ist gerade aus Boston gekommen und sieht sehr vielversprechend aus. Es handelt sich um einen dieser Burschen, die in Gaddafis Lagern ausgebildet wurden. Hier ist sein Dossier mit Bild.« Er ließ ein hektographiertes Blatt herumgehen.

SINHO, MAHMUD

Geboren in Haifa am 19. Juli 1946. 1962 in die Vereinigten Staaten eingewandert im Rahmen des Spezialkontingents gemäß dem Gesetz über Flüchtlinge aus Palästina. Studierte an der Universität Boston von 1966 bis 1970 Betriebswirtschaft. Durch das Bostoner Bureau 1972 als für die PLO tätiger Organisator und Spendensammler identifiziert. Unser lokaler Gewährsmann stellte Sinhos Teilnahme an einem palästinensischen Ausbildungslager in Misratah, Libyen, im April 1976 fest. Nach seiner Rückkehr in die Vereinigten Staaten, im September 1976, vom Bostoner Bureau unter Überwachung gestellt. Der Beobachtete brach sämtliche palästinensischen Aktivitäten ab. Überwachung durch gerichtliche Verfügung 9342-77 vom 23. Mai 1977 wegen mangelnder Verdachtsgründe eingestellt. Kein Strafvermerk. Keine bekannten kriminellen Verbindungen. Letzte bekannte Adresse: Horace Road 49, Belmont, Massachusetts.

»Der Mann ist am Sonntag ungefähr um zehn Uhr vormittags aus seiner Wohnung verschwunden und seither nicht mehr gesehen worden. Die Telefongesellschaft New England Bell hat gerade eine Überprüfung seiner Telefonate abgeschlossen. Er erhielt zwei Stunden, bevor er verschwand, einen Anruf aus der Atlantic Avenue in Brooklyn.«

»Großartig!«

»Er fährt eine grüne Chevelle mit dem in Massachusetts ausgestellten Nummernschild 792-K83. Ich werde sofort das ›Überfallkommando‹ – es bestand aus fünfzig FBI-Agenten und New Yorker Kriminalbeamten, die als strategische Reserve in Bereitschaft gehalten wurden – nach Brooklyn schicken. Die Leute sollen sich umsehen, ob sie irgendwo eine Spur von ihm finden können.«

»Das ist bisher der meistversprechende Anhaltspunkt an diesem ganzen Vormittag«, sagte Dewing begeistert. »Und was ist das zweite, was Sie haben?«

»Einer unserer Zuträger, ein schwarzer Zuhälter mit Verbindungen zur FALN, gab uns einen Tip über einen kleinen Rauschgiftdealer, der am Samstag irgendein Medikament für eine Araberin droben im *Hampshire House* besorgte. Sie ist heute vormittag ausgezogen und hat dem Hotel offensichtlich falsche Angaben gemacht, wohin sie wollte.«

Hudson nahm den Stoß Papiere zur Hand, auf denen er sich, während er auf dem Weg zu der Besprechung war, ein paar Dinge notiert hatte. »Wir mußten ihn ziemlich in die Mangel nehmen, damit er den Mund aufmachte. Es hat sich herausgestellt, daß sie ihn anrief. Eine PLO-FALN-Verbindung. Sie wußte die Parole und bat ihn, ihr das Medikament zu besorgen, weil sie nicht selbst einen Arzt aufsuchen wollte. Das Problem ist, daß der Kerl schwört, er hätte sie nie zu Gesicht bekommen, sondern lediglich das Medikament an der Rezeption abgegeben, was das Hotel übrigens bestätigt.«

»Was war das für ein Medikament?«

»Tagamet. Ein Mittel gegen Magengeschwüre.«

»Das ist also alles, was wir haben. Wir suchen nach einer Araberin mit einem Magengeschwür.« Dewing runzelte enttäuscht die Stirn. »Chef«, sagte er zu Feldman, »was haben Sie für Neuigkeiten?«

Feldman reagierte, als wäre er bei einer Tagträumerei ertappt worden. Tatsächlich hatte er versucht, sich ein Bild von der Wichtigkeit der beiden Hinweise zu machen, die das FBI entdeckt hatte, und sich gefragt, was — wenn überhaupt — seine Abteilung tun könnte, um mehr daraus zu machen. Er sah Dewing an. »Nicht sehr viel. Ein Kriminalbeamter, der eines der Pier-Teams führt, hat mir am Telefon berichtet, er hätte ein paar Fässer aus Libyen aufgetan, die zwar erheblich unter unseren Gewichtslimits liegen, aber von jemandem abtransportiert wurden, der dazu einen gestohlenen Personalausweis benutzt hat. Ich habe sofort einen Wagen losgeschickt, um den Empfänger dieser Fässer genau unter die Lupe nehmen zu lassen.«

Dewing dachte über Feldmans Worte nach. Nicht ganz nach unseren Regeln, sagte er sich, aber lassen wir die Sache lieber auf sich beruhen. »Gut, Chef, bitte halten Sie uns auf dem laufenden.«

Er sammelte seine Papiere ein und wollte gerade die Besprechung beenden, als ein Beamter mit aufgekrempelten Hemdsärmeln aus dem Funkraum hereinstürzte. »Mr. Booth«, rief er, »Ihre Zentrale hat sich gemeldet. Einer Ihrer Hubschrauber hat Strahlung registriert.«

Booth sprang von seinem Stuhl hoch und rannte hinter dem Mann in den Funkraum. »Verbinden Sie mich mit dem Hubschrauber«, schrie er dem diensthabenden Funker zu.

»Wieviel zeigt Ihr Meßgerät an?« rief er hinein, als die Verbindung hergestellt war.

Die Rotoren des Helikopters dröhnten so laut, daß Booth seinen Techniker kaum verstand.

»Neunzig Millirad!«

Booth stieß einen leisen Pfiff aus. Es handelte sich um eine beachtliche Strahlung, zumal sie mit einer an Sicherheit grenzenden Wahrscheinlichkeit ihren Ausgangspunkt in einer der obersten Etagen unter dem Dachniveau haben mußte.

»Woher kommen die Strahlen?«

Mit Hilfe von Karten, die im Funkraum vorhanden waren, engten Booth und zwei Männer von der New Yorker Kriminalpolizei das Areal, aus dem die Strahlung zu kommen schien, auf vier Hochhäuser in der südöstlichen Ecke der Baruch Houses ein, eines Häuserkomplexes gleich hinter der East Drive und nur ein paar Dutzend Meter von der Williamsburg Bridge entfernt.

»Sagen Sie dem Hubschrauberpiloten, er soll schleunigst dort weg, damit wir uns nicht verraten«, befahl Booth seinem Untergebenen, »und geben Sie den Teams für die manuelle Suche Anweisung, dort reinzugehn.«

Noch bevor der Funker Booths Anweisungen durchgeben konnte, war dieser schon aus der Tür der unterirdischen Befehlszentrale hinausgestürmt. Er rannte die Treppe hinauf, zwei Stufen auf einmal nehmend, und lief dann hinaus auf den Foley Square, wo am Straßenrand ein nicht gekennzeichneter FBI-Wagen auf ihn wartete.

In Paris war General Henri Bertrand mehrere Minuten schweigend in seinem Amtszimmer hin und her gegangen und hatte sich durch den Kopf gehenlassen, was sein wissenschaftlicher Berater ihm von den Inspektionsberichten der Internationalen Atomenergiebehörde über den aus Frankreich gelieferten libyschen Reaktor gemeldet hatte. Schließlich zündete sich Bertrand am Stummel seiner zu Ende gerauchten Gauloise eine neue an und sank in seinen Ledersessel.

»Gibt es keine Möglichkeit nachzuprüfen, daß mit den Brennstäben, die sie dort so früh herausgenommen haben, wirklich etwas nicht in Ordnung war?«

»Das könnte man erst in ungefähr sechs Monaten. Bis die Stäbe sich so weit abgekühlt haben, daß man sie sich vornehmen kann.«

»Wie sich das alles fügt«, bemerkte Bertrand und die Andeutung einer Grimasse glitt über sein Gesicht. »Ist doch seltsam, daß Monsieur de Serre den Vorfall nicht erwähnte, als ich mich mit ihm unterhalten habe.«

»Vielleicht«, gab Cornedeau zu bedenken, »dachte er, die Sache sei zu technisch, als daß sie Sie interessieren könnte.«

»Ja, mag sein.«

Der General schenkte seinem jungen Berater ein, wie er hoffte, ironisch wirkendes Lächeln. »Von euch Kernphysikern ist doch einer wie der andere. In Wahrheit seid ihr eine kleine Mafia, die versucht, uns Außenstehende von den Schätzen eures Wissens fernzuhalten. Wahrscheinlich, weil ihr überzeugt seid, daß wir in unserer Ignoranz euch daran hindern würden, die Welt mit den Früchten eurer Weisheit zu beglücken.«

Bertrand griff nach den Aktenkoffern, die der Vertreter der DST auf seinem Schreibtisch zurückgelassen hatte. »Wir werden uns einige Leute vornehmen und dieses Material sehr sorgfältig durchgehen müssen.«

Seine Finger blätterten durch den dicken Stapel von Kuverts, von denen jedes einen Höchst-geheim-Stempel trug, bis er den Namen fand, nach dem er suchte.

»Ich glaube«, sagte er, »ich werde von oben anfangen, mit dem Dossier von Monsieur de Serre.«

Angelo Rocchia belustigte sich noch über Gerald Putmans letzte Worte, während er, Jack Rand und der Chef des Taschendiebstahldezernats zu seiner Corvette zurückgingen. »Es freut einen wirklich«, hatte der Importeur zu ihnen gesagt, »wenn man sieht, wieviel Mühe sich die New Yorker Polizei gibt, um einem einzelnen Bürger dazu zu verhelfen, daß er seine gestohlene Brieftasche wiederbekommt.«

»Okay«, sagte er und setzte sich wieder hinters Steuer. »Was haben Sie über dieses Mädchen auf Lager, Tommy?«

Während sein Kollege in seiner Aktentasche nach dem Registerauszug des Mädchens suchte, warf Angelo einen beinahe verstohlenen Blick auf Jack Rand, der auf dem Rücksitz saß. Unser ungeduldiger junger Springinsfeld, konstatierte er mit Befriedigung, hat sich doch ein bißchen beruhigt. Angelo nahm dem Taschendieb-Experten den Registerauszug ab.

Yolande Belindez, alias Anita Sanchez,
alias Maria Fernandez.
Geburtsort und -datum: Neiva, Kolumbien, 17. Juli 1959
Haarfarbe: dunkel
Augenfarbe: grün
Gesichtsfarbe: leicht bräunlich
Unveränderliche körperliche Merkmale: keine
Festnahmen: London, Regierungsjubiläum der Königin, Juni 1977. Zwei Jahre Gefängnis, ein Jahr davon erlassen; München, Oktoberfest, 3. Oktober 1979. Zwei Jahre Gefängnis, nach einem Jahr auf freien Fuß gesetzt.
Bekannte Komplizen: Pedro »Pepe« Torres, alias Miguel Costanza.
New Yorker Polizeibehörde, Aktenzeichen 3742/51

Tom Malone, der Taschendieb-Experte, suchte auch sogleich nach dem Register jenes »Torres« und stellte fest, daß sich dessen Festnahmen mit denen des Mädchens deckten.

»Es ist nicht viel«, sagte Angelo seufzend, »aber wenigstens etwas. Wo wollen wir uns nach den beiden umsehen, Tommy?«

»Es gibt hier eine Gegend, wo sie sich herumtreiben«, antwortete Malone. »Im South End. Hinter der Atlantic Avenue. Fahren wir hin, vielleicht ist jemand um die Wege, der mir einen Gefallen schuldet.«

Bevor Angelo den Motor anlassen konnte, meldete sich knackend das FBI-Funkgerät neben ihm. »Romeo vierzehn bei Basis melden.«

Angelo stieg aus und ging auf das Telefonhäuschen an der Straßenecke zu. Die Wände waren mit obszönen Schmierereien bedeckt, der Hörer hing an der halb abgerissenen Schnur herunter, Vandalen hatten den Münzbehälter herausgerissen. »Schweine!« knurrte der Kriminalbeamte. »Hoffentlich haben sie dieses verdammte Faß in ihrem Hinterhof.« Er winkte Malone, mit dem Wagen nachzukommen, und ging die Avenue auf der Suche nach einem anderen Telefonhäuschen entlang.

Er fand eines. Es war besetzt. Von einer älteren, grauhaarigen Farbigen, die sich in einem Wortschwall über den Pfingstgottesdienst erging, den sie am Sonntagabend besucht hatte. Angelo wartete ungeduldig ein paar Sekunden und zückte dann seine Dienstmarke. Die Frau gab einen unterdrückten Angstschrei von sich und räumte fluchtartig die Telefonzelle.

Den beiden Männern in der Corvette entging nicht, wie verändert Angelo wirkte, als er aus dem Telefonhäuschen kam. Er pfiff laut und gekonnt *Caro nome*; sein Schritt war schwungvoll und zielbewußt, und auf seinem Gesicht lag ein breites — und diesmal echtes — Grinsen.

Er schwang sich auf den Fahrersitz und hieb Jack Rand mit der Hand aufs Knie. Sein Gesicht glühte vor Stolz und Befriedigung, als er den jungen Mann ansah. »Feldman war am Apparat. Sie haben zu der Adresse in Queens, wohin die Fässer gingen, ein Team hinausgeschickt. Ein abgeschlossenes Haus mit einer großen Garage nach hinten hinaus. Sämtliche Fässer, die diese Firma jemals bekommen hat, sind da drinnen, *kid*. Sämtliche von diesen Scheißfässern der *Dionysos* — bis auf eines.«

Bill Booth kam eine Idee, während sein vom FBI gestellter Fahrer den Wagen durch die schmalen Straßen von Lower Manhattan steuerte, in denen dichter Verkehr herrschte. Seine NEST-Teams brauchten unbedingt Informationen über die Gebäude, die sie absuchten — die Dicke von Mauern, Wänden, Decken und Dächern, das verwendete Baumaterial. »Diesen Häuserblock«, fragte er, »den muß doch die Stadt gebaut haben, nicht?«

Bevor der Agent, der ihn fuhr, auch nur eine Antwort geben konnte, hatte Booth schon das Funkgerät in der Hand und rief seine Einsatzzentrale an: »Schicken Sie jemanden zum Rathaus«, befahl er, »er soll die Pläne für den Baruch-Häuserkomplex holen. Ich warte darauf in unserem Einsatzwagen an der Ecke Columbia und Houston Street.«

Als das Fahrzeug die Houston Street erreichte, erspähte Booth einen gelben Hertz-Transporter, der an der Ecke geparkt war. Vier schwere Metallscheiben, nicht viel größer als Silberdollars, und eine kurze Antenne waren die einzigen Hinweise, daß das Fahrzeug nicht dazu benutzt würde, Pakete oder Möbel für einen Umzug zu befördern. Es war ein rollendes wissenschaftliches Labor, eines von den zweihundert, die Booths NEST-Teams überall in der Stadt einsetzten. Die kleinen, schwarzen Scheiben waren mit einem Boron-Trifluorid-Neutronendetektor verbunden, der den Neutronenausstoß selbst der geringsten Plutoniummenge aufspüren konnte. Die Antenne war an ein Germanium-Gammastrahlen-Meßgerät angeschlossen und dieses wiederum mit einem Minicomputer im Laderaum des Lieferwagens verbunden, wo ein Bildschirm als Oszilloskop diente. Dieser Detektor konnte nicht nur auf große Entfernung — die Distanz war ein sorgfältig gehütetes Geheimnis — Gammastrahlen aufspüren, sondern sie auch »lesen«, das heißt, feststellen, von welchem Isotop welchen Elementes sie ausgingen.

Booth ging hinüber zu dem sonnengebräunten Mann neben dem Fahrer. Jack Delaney war Waffenkonstrukteur in Livermore, der in Berkeley promoviert hatte und zu seiner Gesichtsbräune kam, wenn er an den Wochenenden die Sierras bestieg.

»Nichts«, sagte Delaney.

Booth blickte die Straße zu dem Häuserkomplex hinunter, dessen dreizehnstöckige Türme sich mit häßlicher Plumpheit in die New Yorker Skyline drängten. »Überrascht mich nicht«, sagte er. »Es muß aus den oberen Etagen kommen.«

Er ließ den Blick nicht von dem Komplex. Mehr als zweihundert Leute, die meisten von ihnen Sozialhilfeempfänger, in fünfunddreißig Wohnungen pro Turm. Dort drinnen keine Aufmerksamkeit zu erregen würde nicht einfach sein. Ein zweites FBI-Fahrzeug mit einem unauffälligen Kennzeichen näherte sich und rollte hinter ihnen aus. Ein FBI-Mann stieg aus und reichte Booth eine dicke Rolle Blaupausen.

Booth kletterte in den vollgestopften Laderaum des Transporters. Ein FBI-Agent klebte Delaney gerade ein »Kel« auf die Brust, ein Funkmikrofon, das es Booth ermöglichen würde, von dem Transporter aus Delaneys Weg durch den Häuserkomplex zu verfolgen. Ein elfenbeinfarbener Kunststoffknopf, anzusehen wie ein Hörgerät, wurde ihm ins Ohr gesteckt. Dies war ein Funkempfänger, über den er Booths Anweisungen entgegennehmen konnte.

Der NEST-Chef breitete den Bauplan auf einem kleinen Klapptisch aus und betrachtete ihn sorgfältig. Windig, dachte er. Irgend jemand, irgendein Politiker, irgendein Bauunternehmer muß sich daran gesundgestoßen und die Stadt um Millionen geprellt haben. Immerhin kam ihm die Dünne der Mauern, die Minderwertigkeit des Baumaterials, zustatten. Die Emissionen, nach denen sie fahndeten, mußten die Mauern und Dächer der Baruch Houses mühelos durchdringen.

»Okay«, entschied Booth, nachdem er ein paar Berechnungen angestellt hatte. »Wir nehmen uns die oberen sechs Stockwerke vor, obwohl kaum eine Chance besteht, daß sich das Ding tiefer als in den oberen vier Etagen befindet. Ihr beiden Jungs durchsucht das Gebäude A. Vielleicht gebt ihr euch als Versicherungsvertreter aus?«

Der New Yorker FBI-Agent, der Delaney begleiten sollte, hob warnend den Finger. »Hier in der Gegend ist es überzeugender, wir kommen von einem Inkassobüro.«

»Wenn Sie meinen«, stimmte Booth ihm zu. Sich an die Stelle heranzutasten, wo sich eine Bombe befand, war der heikelste, der gefährlichste Teil des Unternehmens, und er dachte nicht daran, gegen den Rat eines Beamten zu handeln, der hier zu Hause war. Booths Wissenschaftler konnten größtenteils nicht mit Schußwaffen umgehen und mußten deshalb mit FBI-Männern zusammenarbeiten, die ihnen notfalls Schutz gaben.

Für das Gebäude B hatte Booth bereits einen schwarzen Chemiker zusammen mit einer schwarzen FBI-Agentin vorgesehen. Delaney hob seinen tragbaren Detektor auf. Es war ein Kasten, der Größe und Aussehen einer Aktentasche oder eines Musterköfferchens hatte. Der gebräunte Bergsteiger sah blaß aus.

»Nervös?« fragte Booth.

Delaney nickte.

»Kein Anlaß«, redete Booth ihm beruhigend zu. »Denken Sie daran, daß wir bisher noch nie eine Bombe gefunden haben.«

»Die Bombe? Wegen der mache ich mir keine Sorgen, Bill. Ich habe nur Angst, daß mir da drinnen einer ein Messer zwischen die Schulterblätter rammt.«

Sobald die beiden sich auf den Weg gemacht hatten, kontrollierte Booth per Funk den Aufbruch der Suchteams in die übrigen Gebäude. Dann verfolgte er nach dem Bauplan, der vor ihm lag, wie sie sich von Wohnung zu Wohnung, Etage zu Etage voranarbeiteten.

Delaney meldete sich, nachdem er das letzte Stockwerk abgesucht hatte.

»Hören Sie«, wies Booth ihn an, »gehen Sie hinauf und sehen sich das Dach an.«

Delaney stöhnte. »Der Lift ist kaputt.«

»Na und?« antwortete sein Boß. »Sie sind doch schließlich Bergsteiger, oder?«

Mehrere Minuten später erreichte der Kalifornier keuchend das Dach. Vor ihm war nichts als die ferne Skyline von Brooklyn. Sein Detektor rührte sich nicht. Er blickte angewidert auf die graugrünen Flecke, mit denen das Dach gesprenkelt war. »Bill«, meldete er, »hier oben ist absolut nichts zu sehen. Nichts als eine Menge Taubendreck.«

Während der Präsident die Mitglieder des Pressecorps beobachtete, die ins Oval Office geschlendert kamen, kam ihm der Gedanke, daß sie in dieser Krise das einzige Element darstellten, das unter Kontrolle war. Wie lange aber, fragte er sich, werden wir das noch sagen können?

Sie stellten sich in einem Halbkreis um seinen Schreibtisch auf und drängelten sich mit diskreten Tricks nach den besten Plätzen. Manche versuchten mit Witzeleien sich und ihren Kollegen vorzumachen, daß sie auf besonders gutem Fuß mit dem Präsidenten der Vereinigten Staaten stünden. Dieser musterte ihre Gesichter, ob irgendeinem der Reporter anzumerken war, daß er das schreckliche Geheimnis der Regierung herausgebracht hatte. Zu seiner Erleichterung spürte er, daß es für die meisten im Augenblick nichts Wichtigeres als die Frage gab, wohin sie zum Mittagessen gehen wollten.

Aber er ließ sich auch durch nichts die Belastung anmerken, unter der er stand. Diese zeigte sich nur an dem leichten Tanz, mit dem seine Fingerspitzen auf den schweren präsidialen Schreibtisch klopften, der aus dem Holz der *HMS Resolute* gezimmert und von Königin Victoria einem seiner Amtsvorgänger, Rutherford R. Hayes, geschenkt worden war.

Die kleine Zeremonie, die sein Pressesprecher mit ein paar rituellen Worten einleitete, gehörte zu der Scharade, die sie spielten, um die Journalisten zu überzeugen, daß nichts Ungewöhnliches im Gange sei. Es handelte sich um die Erklärung des Präsidenten zum dreiunddreißigsten Jahrestag der Annahme der Allgemeinen Erklärung der Menschenrechte, und das Staatsoberhaupt hatte gerade die erste Hälfte vorgetragen, als er sah, wie Jack Eastman sich unauffällig in den Raum schob und an die Wand lehnte. Mit Zeige- und Mittelfinger machte der Sicherheitsberater eine Scherenbewegung über seiner Krawatte — kurz machen.

Der Präsident durcheilte den Rest des Textes und ging dann, so rasch er konnte, ohne daß es auffiel, auf die Tür zu. Im gleichen Augenblick, als er in seinem privaten Arbeitszimmer Platz genommen hatte, trat auch schon Eastman ein.

»Herr Präsident«, meldete er, »er ist bereit zu sprechen!«

Timmy Walsh und Jeremy Oglethorpe gingen langsam den Broadway hinauf und bogen dann in Richtung auf die großen Glastüren der Verwaltungszentrale des Staates New York ab. Einen Augenblick lang ließen sie den Menschenstrom, der sich daraus ergoß, an sich vorbei; die hübschen schwarzen Sekretärinnen, geschmackvoll und elegant gekleidet, mit tadellosem Make-up und vielfach mit Schmuckbrillen, die ihre ausgeprägten Wangenknochen noch betonten; die Gruppen der teiggesichtigen, korpulenten männlichen Angestellten des Bundesstaates New York, die angelegentlich diskutierten, als ginge es um ein Millionenprojekt für den Autobahnausbau, während sie sich vermutlich über das Spiel ihrer Baseballmannschaft am heutigen Abend ereiferten.

Er hatte das Gebäude bewußt als erstes in ihrer »Stichprobenerhebung« über den Zustand der New Yorker Luftschutzkeller ausgewählt. Angesichts dessen, wie stark sich Rockefeller und Albany für das Bunkerprogramm engagiert hatten, mußte dieses Gebäude eigentlich das Schmuckstück unter den Luftschutzräumen der Stadt bieten.

Sie bahnten sich ihren Weg durch die Eingangshalle, an den Aufzügen vorbei, bis zu einer Türe, die in den Keller führte und über der sie das vertraute gelbschwarze Schild sahen. Zumindest, stellte Walsh fest, war das Schild sauber.

Er legte dem Mann am Schreibtisch in der Gebäudeverwaltung sein Schild vor. »New Yorker Polizei, Amt für Zivilschutz«, sagte er. »Wir machen einen Rundgang durch die Luftschutzkeller, um nachzusehen, ob alles in Ordnung gehalten wird, die Kekse, die tragbaren Toiletten und das übrige Zeug.«

»Aber gewiß«, sagte der Hausmeister. »Luftschutzkeller. Die Schlüssel sind gleich dort.« Er stand auf und ging zu einem riesigen Kasten an der Wand, der von Schlüsseln jeglicher Größe und Form überquoll. »Einer von denen hier drinnen . . .« Seine Stimme wurde etwas unsicher ». . . irgendwo gleich da.« Er begann sich den Kopf zu kratzen. Mehr als drei Minuten stand er da und starrte die Fächer an, betastete einen Schlüssel nach dem andern und verwarf ihn dann. »Ich weiß, daß er da ist. Er muß doch irgendwo sein, Herrgott noch mal. Harry!« brüllte er entnervt, »wo zum Teufel ist denn der Schlüssel zu dem Scheißluftschutzkeller?«

Ein schwarzer Gehilfe kam herbei. Er starrte ebenso ratlos auf das Chaos in den Schlüsselfächern. *»Yeah«,* sagte er und bewegte dabei den Kopf vor- und rückwärts, wie im Gebet, »er muß irgendwo hier sein.«

Oglethorpe blickte auf die Uhr an der Wand. Mittlerweile waren fünf Minuten vergangen, und der Schlüssel hatte sich noch immer nicht gefunden. Fünf Minuten, in denen sich, wie sein Planergehirn ihm sagte, in einer Krise draußen in den Korridoren ein wahres Pandämonium aufbauen würde.

»Da ist er!« sagte der Hausmeister triumphierend.

»Sind Sie wirklich sicher, daß er es ist?« fragte sein Gehilfe und blinzelte zweifelnd den schweren Schlüssel an, der an einem roten Plastikring hing. »Ich finde, er sieht nicht danach aus.«

»Er muß es sein«, wies ihn sein Vorgesetzter zurecht.

Doch er war es nicht.

Als sie wieder zurückkamen, waren zehn Minuten verstrichen, wie Oglethorpe feststellte. Schließlich fand der Hausmeister den Schlüssel doch — geschickt versteckt unter drei anderen, die im gleichen Fach baumelten.

Sie gelangten in einen riesigen, höhlenartigen Raum, an dessen Decke Heizungsrohre verliefen. Walsh mußte sich klein machen, um unter ihnen durchzukommen. An der Wand hing ein Anschlagbrett mit einem vergilbten Papier. Es war ein Bestandsverzeichnis mit dem Datum 3. Januar 1959, in dem das eingelagerte Material aufgelistet war: 6000 Wasserfässer, 275 Verbands- und Medikamentenkästen, 500 Miniatur-Geigerzähler, 2,5 Millionen Protein-Cracker.

Walshs Taschenlampe leuchtete die Horizonte des weitläufigen Kellers ab, dessen Düsternis die hie und da von der Decke hängenden Glühbirnen nichts anhaben konnten. »Da sind sie ja!«

Entlang einer Wand zeigten sich im Strahl seiner Taschenlampe Tausende khakifarbener Fäßchen und lange Reihen von Kisten mit den Crakkers. Er klopfte mit dem Fingerknöchel gegen ein Faß. Ein hohles Echo kam.

»Komisch«, sagte er, »sie sollen doch voll sein.« Er klopfte an ein zweites, mit dem gleichen entmutigenden Resultat. Die Männer begannen aufs Geratewohl Fässer an den dunklen Wänden abzuklopfen — kein einziges davon war gefüllt. Irgendein Zivilschutz-Experte hatte an jenem Januartag zwei Jahrzehnte vorher sorgfältig alle diese Fässer hier aufgereiht — und war dann fortgegangen, ohne sie zu füllen.

Walsh und Oglethorpe tauschten einen betroffenen Blick. »Sehen wir uns lieber einen anderen an«, sagte Walsh und reichte Oglethorpe tröstend die Liste der Luftschutzkeller in der Umgebung. »Suchen Sie einen davon aus. Irgendeinen.«

Der Luftschutzraum, den Oglethorpe auswählte, befand sich im Keller der Sprengstoff-Firma MacKenzie, Read Street 105. Die drei Männer wurden dort nicht ohne eine gewisse Betroffenheit empfangen, was vielleicht bei einer polizeilichen Visite in einem Unternehmen dieser Art eine begreifliche Reaktion war. Der Bürochef, ein junger Mann Mitte Dreißig mit hochgekrempelten Hemdsärmeln und einer gestreiften Krawatte, lächelte sichtlich erleichtert, als Walsh ihm sagte, weswegen sie gekommen waren.

»Ach ja, dieses Zeug vom Zivilschutz. Mein Vater hat mir einmal etwas davon gesagt. Es ist drunten im Keller.«

Er führte das Trio über eine Holztreppe in ein Untergeschoß. Sie sahen sofort, was sie suchten, zwischen ein paar alten Aktenschränken und kaputten Schreibtischen sauber an der Wand aufgestapelt. Walsh trat hin und pochte gegen ein Wasserfaß. Es gab ein dröhnendes »Bong« von sich.

»Voll«, meldete er.

Walsh betrachtete die Wand. Auf Dreiviertelhöhe, knapp über den Kisten mit den Protein-Crackers, war eine wellige, gelbliche Linie zu sehen. Unterhalb davon zeigte sich die Wand merklich dunkler als darüber.

»Was ist das?« fragte er.

»Ach«, antwortete der Bürochef, »das ist die Hochwassermarke von der Überschwemmung, die wir vor ein paar Jahren hatten.«

»Eine Überschwemmung?«

»Ja. So hoch stand das Wasser hier in dem Keller, beinahe drei Wochen lang.«

Oglethorpe warf Walsh einen Blick zu. Dann riß er den obersten Karton mit Protein-Crackers auf und fuhr mit der Hand hinein. Was er herausholte, war eine Art gelblichbrauner Schlamm.

Oglethorpe war der Verzweiflung nahe.

»Ach, Jeremy«, sagte Walsh zu ihm, »an Ihrer Stelle würde ich mir darüber nicht allzu großen Kummer machen. Wir haben vor ein paar Jahren versucht, den Milchfarmern droben im Bundesstaat ein paar von diesen Crackers für ihre Herden anzudrehen. Aussichtslos. Nicht einmal die

Kühe wollten den Mist fressen. Zu alt. Sehen wir uns lieber woanders um.«

Wenn Jeremy Oglethorpe jetzt noch Illusionen über die Brauchbarkeit der New Yorker Luftschutzkeller hatte, so schwanden sie dahin, als sie in das Hotel *Bond*, Chambers Street 127, traten. Was für eine Art Absteige das war, zeigte schon die Nische, welche die Rezeption darstellte. Sie war durch Eisenstangen und eine Trennwand aus kugelsicherem Drahtglas abgeschirmt. Das Halbdutzend junger Männer, die in der Halle umherlümmelten, war schon zur Eingangstür hinaus, ehe Walsh noch seine Erklärung beenden konnte, die mit dem Wort »Polizei« begonnen hatte. Der Mann am Empfang hatte noch nie etwas von einem Luftschutzkeller in seinem Hotel und übrigens auch woanders gehört.

Walsh meinte, das, wonach sie suchten, könnte sich vielleicht im Keller befinden. Der Mann wurde blaß bei der Vorstellung, jemand könnte so verrückt sein, auch nur auf den Gedanken zu kommen, in den Keller des Hotels *Bond* zu gehen. Als Walsh hartnäckig blieb, deutete er mit einem verständnislosen Achselzucken auf eine Tür auf der anderen Seite der Hotelhalle.

Die beiden stiegen eine knarrende Holztreppe hinunter, wobei sie sich ducken mußten, um den Heizungsrohren aus dem Weg zu gehen, von denen zerrissene Spinnweben und Asbestfetzen hingen, die ihre Gesichter streiften. Aus der Düsternis vor ihnen waren rasche raschelnde Geräusche zu hören.

»Ratten«, stellte Walsh fest. »Nett, wenn man hier ein paar Nächte verbringen muß.«

Da ging das Licht an, und ein dürrer, kleiner Mann tauchte aus den dunklen Schatten auf. Er trug eine Baseballmütze und eine Steppjacke. Die sportlichen Abzeichen, die sie einst geschmückt hatten, waren sämtlich entfernt worden. Jetzt war das Kleidungsstück bedeckt mit Buttons, Medaillons, Aufklebern und aufgenähten Sprüchen wie »Jesus ist dein Erlöser«, »Der Erlöser kommt bald«, »Jesus sei unser Vorbild«.

Walsh sprach den Mann an. Er antwortete auf spanisch und hatte zudem einen Wolfsrachen, was es Oglethorpe nicht gerade erleichterte, ihn zu verstehen.

»Er ist der Hausmeister«, klärte Walsh ihn auf.

Mehrere Minuten unterhielten er und Walsh sich auf spanisch. »Er sagt, er hätte nie von dem Zeug vom Zivilschutz gehört«, berichtete Walsh. »Aber er erinnert sich, daß er irgendwo in einem Nebenkeller Sachen gesehen hat, über die er nichts weiß.«

Der kleine Portorikaner führte sie durch mehrere Kellerabteile, in denen bis zur Decke altes Hotelmobiliar aufgestapelt war. Wie ein Bergführer, der einen Skifahrer unter einer Lawine auszugraben versucht, stürzte er sich auf das Gerümpel und bahnte sich seinen Weg durch Matratzen, an denen Rattenkot klebte, alte Bettgestelle, Matratzenfedern, Trümmer von Stühlen und Tischen. Schließlich schob er mit einem kehligen

Triumphschrei eine letzte kaputte Kommode beiseite und trat zurück. Da waren, vergraben unter diesem Haufen Gerümpel, die vertrauten khakifarbenen Fässer und Cracker-Kartons des alten Zivilschutzprogramms.

Oglethorpe stieß einen bestürzten Laut aus. Walsh trat zu ihm und legte ihm seinen schweren Arm um die Schulter. »Jerry, hören Sie«, flüsterte er. »Droben beim Polizeipräsidenten wollte ich nichts sagen, verstehn Sie? In unserer Stadt muß man die großen Tiere mit Vorsicht behandeln. Diese Luftschutzkeller hätten vor zehn, fünfzehn Jahren vielleicht Menschen retten können. Aber heute? Vergessen Sie's, Jerry. Heute werden sie niemanden retten.«

Der Portorikaner meldete sich zu Wort. »Er sagt, er hat jetzt Mittagspause«, berichtete Walsh. »Er muß hinüber nach Brooklyn und Schriften für seine Kirche verteilen.«

»Aber natürlich«, sagte Oglethorpe. »Wir sind ja fertig.«

Der kleine Portorikaner lächelte und wollte sich auf den Weg machen. Dann, als hätte er etwas vergessen, blieb er stehen und zog zwei der Schriften aus der Tasche. Er gab Walsh und Oglethorpe je eine.

Walsh warf einen Blick auf sein Geschenk. »Jesus gibt Rettung«, lautete der Text. »Geh mit deinen Sorgen zu ihm.«

Er sah Oglethorpe an, der am Boden zerstört war. »Wissen Sie«, sagte er, »der Typ hat vielleicht nicht so unrecht.«

Im Weißen Haus warteten die Mitglieder des Krisenstabes im Konferenzraum des Nationalen Sicherheitsrates auf die Rückkehr des Präsidenten von seinem Auftritt vor der Presse. Von den Militärs abgesehen, hatten alle Anwesenden die Ärmel hochgekrempelt. Die Krawatten waren verrutscht, das zerzauste Haar der Männer und ihre hohlen Gesichter ließen die schreckliche Belastung erkennen, der sie seit Stunden ausgesetzt waren. Sie wollten sich erheben, als der Präsident eintrat, doch er gab ihnen ein Zeichen, sitzenzubleiben. Er war nicht in der Stimmung für Formalitäten des Protokolls. Während Eastman eine Übersicht über das inzwischen Geschehene gab, legte auch das Staatsoberhaupt der Vereinigten Staaten die Jacke seines grauen Anzuges ab, lockerte die Krawatte und rollte die Hemdsärmel hoch.

»Der Geschäftsträger hat vor ein paar Minuten einen Anruf von Gaddafis Ministerpräsidenten Salim Dschallud erhalten«, sagte Eastman. »Gaddafi möchte um 16.00 Uhr Greenwicher Zeit mit Ihnen sprechen.« Der Sicherheitsberater warf einen Blick auf die Uhren an der Wand. »Das ist in siebenundzwanzig Minuten. Die Verbindung geht über die *Doomsday*-Maschine, wie wir es ihm heute vormittag vorgeschlagen haben. Gaddafi spricht englisch, aber wir sind uns ziemlich sicher, daß er, zumindest am Anfang, darauf bestehen wird, arabisch zu sprechen. Diese beiden Herren«, fuhr er fort und deutete auf zwei ältere Herren, die etwas beklommen in der Mitte des Konferenztisches saßen, »sind die Arabisch-Dolmetscher des Außenministeriums. Wir schlagen, wenn Sie zustimmen, folgende Prozedur vor: Einer dieser beiden Herren wird eine Simultanübersetzung liefern, während Gaddafi arabisch spricht, so daß wir sofort wissen, was er zu sagen hat. Jedesmal, wenn Gaddafi, der davon nichts weiß, eine Pause einlegt, damit wir übersetzen können, löst der zweite Dolmetscher den ersten ab. Während er dolmetscht, haben wir etwas Zeit, um uns unsere Antworten zu überlegen. Sollten wir mehr Zeit brauchen, kann der zweite Übersetzer dafür sorgen; er befragt Gaddafi nach dem genauen Sinn eines seiner Worte oder Sätze, den er angeblich nicht ganz verstanden hat.«

Der Präsident nickte zustimmend.

»Natürlich nehmen wir auch seine Worte und die Übersetzung auf und lassen außerdem alles mitstenografieren. Die Mädchen draußen werden es in Schichten für uns abtippen. Und dort«, Eastman deutete auf ein schwarzes Kunststoffpult mit einem Bildschirm, »haben wir einen Stimmanalysator von der CIA, der jedes Anzeichen von Nervosität oder innerer Spannung in Gaddafis Stimme aufdeckt.«

»Mich verschonen Sie damit lieber«, sagte der Präsident trocken. »Die Resultate, die Sie bekommen würden, könnten eine Enttäuschung sein.«

Eastman hüstelte. »Das bringt mich auf einen anderen Punkt, Herr Präsident.« Er wandte sich Henrick Jagerman, Bernie Tamarkin und Dr. Turner von der CIA zu, die auf halber Länge des Tisches neben den Arabisch-Dolmetschern des Außenministeriums saßen.

Ihre Anwesenheit war für den Präsidenten keine Überraschung. Die Öffentlichkeit wußte zwar wenig davon, doch die amerikanische Regierung bediente sich seit Jahren in Krisensituationen des Rats von Psychiatern, namentlich solcher, die mit der CIA zusammenarbeiteten.

»Die Herren empfehlen aufgrund ihrer eigenen Erfahrungen im Umgang mit Terroristen dringlichst, daß Sie nicht persönlich mit Gaddafi sprechen.«

Der Präsident drehte rasch den Kopf in die Richtung, wo die Psychiater saßen. Dies war das einzige Anzeichen, daß er irritiert war; seine Stimme jedoch blieb ruhig und bemüht höflich. »Ich möchte Ihnen danken, meine Herren, daß Sie hierhergekommen sind, um uns zu unterstützen. Besonders Ihnen, Dr. Jagerman.«

Der Holländer quittierte den Dank mit einer leichten Bewegung des Kopfes.

»Nun, aus welchem Grund möchten Sie nicht, daß ich mit ihm spreche?«

Jagerman zählte rasch die Argumente auf, die er vorher schon Eastman dargelegt hatte.

»Es gibt noch einen anderen Grund, Herr Präsident«, ergänzte Tamarkin. »Wenn er gezwungen ist mit einem Unterhändler zu verhandeln, können Sie in aller Ruhe Ihre Strategie entwerfen. Anders ausgedrückt, wir halten ihn unter Druck und haben Zeit zum Nachdenken.«

»Im Augenblick scheint es mir, daß wir es sind, die unter Druck reagieren«, bemerkte der Präsident bitter. »Und wen schlagen Sie als Unterhändler vor?«

»Wir hoffen, daß Gaddafi sich bereit finden wird, Mr. Eastman als Gesprächspartner zu akzeptieren«, antwortete Jagerman. »In der ganzen Welt ist ja bekannt, daß Mr. Eastman Ihnen persönlich sehr nahesteht. Sein Amt verleiht ihm die notwendige Autorität. Und wir sind der Meinung, daß er die richtige Persönlichkeit für diese Aufgabe ist.«

Der Präsident strich mit den Fingerspitzen über die Tischplatte. »Einverstanden, meine Herren«, sagte er. »Ich akzeptiere Ihre Empfehlung. Ob Gaddafi es tut, wird sich ja zeigen. In der Psychologie der Macht kennen Sie sich vielleicht nicht ganz so gut aus wie im psychiatrischen Umgang mit Terroristen. Jetzt würde ich gern von Ihnen erfahren, was einen Mann zu solch einer Tat treiben kann. Ist er verrückt?«

Jagerman verschränkte die Hände und beugte sich nach vorn. Wäre ich nur in meinem Büro in Amsterdam, sagte er sich dabei, irgendwo, nur nicht hier in diesem Raum und unter dieser fürchterlichen Belastung.

»Es kommt eigentlich nicht darauf an, ob er verrückt ist oder nicht, Herr Präsident«, begann er. »Wichtig ist, warum und wieso er sich so verhält, welche Motive dahinterstecken. Obwohl«, setzte er hinzu, »ich mit Ihrer CIA übereinstimme: Er ist durchaus nicht verrückt. Jedenfalls nicht, wenn man ihn im Kontext seines eigenen kulturellen Hintergrundes beurteilt.«

»Warum zum Teufel hat er dann aber so etwas Verrücktes getan?«

Die schwarzen Wölbungen von Jagermans Augenbrauen zogen sich blitzschnell nach oben, so daß das Muttermal in der Mitte seiner Stirn auf einer kleinen Wulst zu tanzen begann. »Am Charakter dieses Mannes fällt als erstes auf, daß er ein Einzelgänger ist. Er war ein Einzelgänger als Junge in der Schule, auf der Militärakademie in England. Er ist auch als Herrscher seines Landes ein Einzelgänger. Und Isolation ist gefährlich. Je einsamer ein Mann ist, um so gefährlicher kann er werden. Terroristen sind grundsätzlich einsame, isolierte Menschen, Outcasts der Gesellschaft, die ein Ideal oder irgendein Ziel zu kleinen Gruppen zusammenschließt. Je isolierter sie sind, um so mehr fühlen sie sich zum Handeln getrieben. Für den Terroristen wird die Gewalt zum Mittel, mit dem er der Gesellschaft beweisen will, daß er existiert.«

Der Präsident fixierte ihn mit einem derart gesammelten Blick, daß Jagerman sich vorkam wie ein Mann, der aus dem Dunklen in einen hellen Raum kommt und vom Licht geblendet wird. »Je mehr Gaddafi sich international isoliert, aus der Weltgemeinschaft ausgeschlossen fühlte, desto stärker wurde bei ihm das Bedürfnis zu handeln und immer dringender das Verlangen, der Welt zu zeigen, daß sie mit ihm zu rechnen hat. Die Einsamkeit gibt Terroristen einen Überlegenheitskomplex. Sie werden zu Göttern, die sich nur nach ihrem eigenen Gesetz richten, von der Gerechtigkeit ihrer Einstellung absolut überzeugt. So ist es ganz augenscheinlich auch bei Gaddafi. Und nun, da er im Besitz seiner Wasserstoffbombe ist,

ist er für sich zu Gott geworden, menschlicher Vernunft entrückt und bereit, selbst Gerechtigkeit walten zu lassen.«

»Wenn dieser Mann für Vernunft nicht mehr zugänglich ist«, warf der Präsident ein, »warum verschwenden wir dann unsere Zeit daran, mit ihm zu sprechen?«

»Herr Präsident, wir wollen ihm ja nicht mit Vernunftgründen kommen. Wir wollen lediglich versuchen, ihn dazu zu bewegen, daß er uns mehr Zeit gibt, genauso wie wir einen Terroristen von der Notwendigkeit zu überzeugen versuchen, daß er uns seine Geiseln gibt. Oft kommt es dazu, daß mit der Zeit die isolierte, der Realität entzogene Welt, in der der Terrorist lebt, um ihn zerbröckelt. Die Realität überflutet ihn, und seine Abwehrmechanismen brechen zusammen. Dies könnte auch in Gaddafis Fall durchaus eintreten. Vielleicht werden ihn all die unvorhergesehenen Konsequenzen seiner Tat plötzlich lähmen.«

Der Zeigefinger des Psychiaters schoß in die Höhe, wie es immer geschah, wenn er eine Warnung aussprechen oder einen Punkt unterstreichen wollte. »Dieser Augenblick, falls er eintritt, ist ungeheuer gefahrvoll. In einem solchen Moment ist der Terrorist bereit, zu sterben, einen spektakulären Selbstmord zu begehen. Das Risiko, daß er dann auch seine Geiseln mit in den Tod reißt, ist sehr hoch. In diesem Fall . . .«

Jagerman brauchte seinen Satz nicht zu vollenden. Alle Anwesenden hatten begriffen. »Trotzdem aber bietet ein solcher Augenblick auch die goldene Chance, den Terroristen gewissermaßen an der Hand zu nehmen und ihn von der Gefahr wegzuführen. Ihn zu überzeugen, daß er ein Held ist, ein bezwungener Held, der ehrenvoll überlegenen Kräften weicht.«

»Und Ihre Hoffnung ist, daß es uns irgendwie gelingen wird, Gaddafi auf diese Weise zu manipulieren?«

»Es ist eine Hoffnung. Nicht mehr. Aber die Situation bietet ja sonst kaum etwas.«

»Schön. Aber wie? Wie sollen wir es schaffen?«

»Das ist das Endziel, Herr Präsident. Die Taktik müssen wir entwerfen, während wir mit ihm sprechen. Deswegen kommt ja so ungemein viel darauf an, einen Dialog mit ihm zu eröffnen. Wir werden unsere Taktik danach einstellen, was wir erfahren, wenn wir ihn sprechen hören. Man muß sich immer wieder vorsagen: ›Wir finden uns mit der Situation ab, weil wir wissen, daß wir letzten Endes gewinnen werden.‹«

Nur, dachte der Holländer, während seine Worte durch den überfüllten Konferenzraum gingen, gewinnt man letzten Endes doch nicht immer.

Die Glocke über der Tür bimmelte. Es war wie ein Alarm. Alle Leute in der schummrigen Kneipe, das Halbdutzend junger Männer auf den Barhokkern mit den abgewetzten Moleskin-Polstern, der dickliche, unrasierte Barmann, die drei Typen in schwarzen Lederjacken, die am Flipper spielten, drehten sich um und starrten die drei Polizisten an, die in ihre Freistatt eindrangen. Kein Geräusch war in dem Raum zu hören als das Klikken der Bleikugel, die im Flipper noch immer lief, und das leise Klingeln, wenn die Lämpchen an der Zahlenwand aufflammten.

Malone, der Chef der Taschendiebsfahndung der New Yorker Polizei, ging langsam an der Bar entlang und musterte genau jedes einzelne Gesicht. Es waren die Langfinger, die regelmäßig auf der Bahnstation in der Flatbush Avenue ihrem Handwerk nachgingen und zwischen den Stoßzeiten eine Pause bei Kaffee und Tequila einlegten. Er blieb zwei Meter vor dem Flipper stehen, deutete auf einen der drei jungen Männer und winkte ihn mit dem Zeigefinger zu sich her.

»Hei, Mr. Malone.« Der Jüngling vollführte eine nervöse Verrenkung, die ihm auf der Tanzfläche in einem Disco-Klub als einfallsreich ausgelegt worden wäre. »Warum schnappen Sie sich mich? Ich habe nichts getan. Wirklich nichts.«

»Wir möchten ein bißchen mit dir plaudern. Draußen im Wagen.«

Dieser stand um die Ecke. Malone schob den Taschendieb auf den Vordersitz und setzte sich neben ihn. Angelo ging um den Wagen herum, um auf der anderen Seite einzusteigen. Rand wollte sich auf den Rücksitz setzen. »Nein«, sagte Angelo zu ihm, »gehen Sie zurück und behalten Sie die Kneipe im Auge. Für alle Fälle.«

Eingezwängt zwischen den beiden Kriminalbeamten, schien der Kolumbianer vor Angst zusammenzuschrumpfen. Sein Kopf drehte sich in einem fort zwischen Malone und Angelo hin und her, wie eine Wetterfahne, die von einem ständig die Richtung wechselnden Wind hin und her getrieben wird. »Warum wollen Sie mich einlochen, Mr. Malone? Ich habe doch nichts getan, ich schwöre.« Er wimmerte jetzt beinahe.

»Ich loche dich nicht ein«, antwortete Malone. »Ich will dir nur eine Chance geben, dir einen Pluspunkt zu verschaffen, wenn wir dich das nächstemal erwischen.«

Er zog die Fotos von Yolande Belindez und Torres heraus und hielt sie vor den Taschendieb hin. Angelo konzentrierte seine ganze Aufmerksamkeit auf das Gesicht des jungen Mannes. Für den Bruchteil einer Sekunde sah er, wonach er Ausschau hielt: ein jähes ängstliches Flackern des Erkennens.«

»Kennst du diese Typen?« fragte ihn Malone.

Der Taschendieb zögerte. »Nein. Ich sie nicht kennen. Nie gesehen.« Bevor der junge Mann wußte, wie ihm geschah, hatte Angelo eine seiner Hände gepackt und drückte ihm die Fingerspitzen langsam immer weiter nach hinten.

»Mein Freund hier hat dir eine Frage gestellt.«

Auf der Stirn des Taschendiebes brach der Schweiß aus. Wieder pendelte sein Kopf wie wild zwischen den beiden Beamten hin und her. »He, Mann. Ich nicht sehen. Ich nicht sehen.«

Angelo drückte stärker. Der Dieb wimmerte vor Schmerz.

»Schon mal versucht, mit einem Arm im Gips eine Brieftasche zu klauen? Erzähl meinem Freund was, sonst laß ich deine Sehnen platzen.«

»Au!« schrie der Taschendieb, der sich vor Schmerzen wand. »Ich sag's. Ich sag's.« Angelo lockerte den Druck. »Sind neu in der Stadt. Nur ein einziges Mal gesehen. Vielleicht zweimal.«

»Wo wohnen sie?«

»Hicks Street. Drüben an der Schnellstraße. Haus nicht wissen. Nur einmal gesehen, ich schwöre.«

Angelo gab die langen Finger frei. *»Gracias amigo«,* sagte er und öffnete die Wagentür, um den Taschendieb hinauszulassen. »Und vielen Dank für deine Hilfe.«

Henri Bertrand las höchst ungern die Transskripte von abgehörten Telefongesprächen. Allerdings waren es nicht moralische Skrupel, die dem Chef des französischen Geheimdienstes diese Lektüre zuwider machten. Seine jahrelange nachrichtendienstliche Tätigkeit hatten ihn den potentiellen Wert solchen Materials zu sehr schätzen gelehrt, als daß er an den Methoden, mit dem es beschafft wurde, moralischen Anstoß genommen hätte. Aber er fand die Beschäftigung mit den Transskripten jedesmal deprimierend. Nichts, so war ihm schon vor langer Zeit klargeworden, enthüllte so vollständig, welch ein leeres, banales, schmutziges Leben die meisten Leute führten, wie diese elektronisch aufgezeichneten Konfessionen von Menschen, die nicht ahnten, daß sie belauscht wurden.

Als er sich die Transskripte von Paul Henri de Serres Telefonaten vorgenommen hatte, war es in der Erwartung geschehen, darin die Äußerungen eines erhabenen Geistes zu finden, eines Mannes mit der Liebe zum Schönen, wie sie doch dem Besitzer der Antikensammlung eignen mußte, die Bertrand in de Serres Appartement so bewundert hatte.

Statt dessen war er einem kleinlichen, ränkesüchtigen Bürokraten begegnet, einem gewöhnlichen Menschen ohne jede Spur menschlicher Schwächen, die jemand ausnützen könnte, um ihn zur Zusammenarbeit zu veranlassen. Er hatte keine Frauengeschichten; oder wenn, dann unterhielt er sich darüber nicht am Telefon. Ja, die strikte eheliche Treue dieses Mannes, hatte Bertrand belustigt gedacht, war vielleicht die einzige Abnormität in seinem Charakterbild.

Das Transskript, durch das Bertrand sich ackerte, wollte kein Ende nehmen. Es stammte vom November des vergangenen Jahres. Gesprächspartner de Serres war der Verwaltungsdirektor des Kernfusions-Forschungszentrums in Fontenay-aux-Roses, und die Unterhaltung schloß, wie der General erleichtert feststellte, schließlich doch noch mit ein paar persönlichen Worten. Er überflog sie rasch:

Direktor: Übrigens, *cher ami,* steht uns ein Nobelpreis ins Haus.

de Serre: Machen Sie keine dummen Witze, Jean. Einem Mann, der auch nur im entferntesten mit unserem Programm zu tun hat, werden die Schweden nie einen Nobelpreis geben.

Direktor: Nun, da irren Sie. Erinnern Sie sich an Alain Prévost?

de Serre: Diesen ziemlich schwerfälligen Menschen, der vor Jahren am U-Boot-Reaktor in Pierrelatte gearbeitet hat?

Direktor: Ja, der ist's. In strengstem Vertrauen: Er und seine Leute vom Laserstrahlen-Projekt haben gerade den Durchbruch mit der Fusion geschafft, auf den wir alle so gehofft haben.

de Serre: Sie haben das Kügelchen hochgejagt?

Direktor: Zersprengt. Prévost ist für nächsten Dienstag vier Uhr ins Elysée eingeladen, um Giscard und einer Auswahl von Ministern vorzutragen, was das alles bedeutet.

de Serre: Mein Gott, vielleicht haben Sie recht! Sprechen Sie bitte Prévost meine Gratulation aus. Obwohl ich nie auch nur im Traum gedacht hätte, daß er die geistigen Kapazitäten für so etwas besitzt. *Au revoir.*

Alain Prévost. Nachdenklich zog Bertrand an seiner Gauloise und versuchte sich zu erinnern, wo er diesen Namen schon einmal gehört hatte. Dann fiel es ihm ein — der Mord im Bois de Boulogne.

Eine eigenartige Stimme drang in den Konferenzraum des Nationalen Sicherheitsrates. Sie kam aus derselben weißen Plastikbox, aus der knapp achtzehn Stunden vorher Harold Wood gesprochen und enthüllt hatte, daß Gaddafi die Wasserstoffbombe besaß. Es war die Stimme eines Generalmajors der Luftwaffe, der am Kommunikationspult der *Doomsday* 747 saß, gute 11000 Meter über dem Mittelmeer.

»Adler Eins an Adler-Basis«, sagte er. »Abhörsichere Verbindung mit Fuchs-Basis jetzt einsatzbereit.« Fuchs-Basis war die Code-Bezeichnung für Tripolis. »Sämtliche Kontakte überprüft, sie funktionieren. Fuchs-Basis meldet, Fuchs Eins wird in sechzig Sekunden in der Leitung sein.«

Das Gemurmel im Konferenzraum verstummte bei den Worten »Fuchs Eins«. Einen Augenblick war nichts zu hören, als das Summen der Ventilatoren. Jeder stellte sich auf seine eigene Weise darauf ein, daß in ein paar Sekunden die Stimme des Mannes zu hören sein würde, der sechs Millionen ihrer Landsleute bedrohte.

In der Kunststoffbox knisterte es, und plötzlich füllte Gaddafis Stimme den Raum. Da er über eine abhörsichere Leitung sprach, hatte seine Stimme einen eigenartigen Klang, als sprudelte sie langsam durch eine wassergefüllte Tonne nach oben oder als käme sie von der Tonspur eines Science-fiction-Films, in dem extraterrestrische Wesen den Planeten Erde erobern.

»Hier spricht Muammar Gaddafi, Generalsekretär des Libyschen Volkskongresses.«

Kaum hatte der eine Dolmetscher übersetzt, beugte sich Jack Eastman nach vorn. »Herr Gaddafi, hier spricht Jack Eastman, der Sicherheitsberater des Präsidenten der Vereinigten Staaten. Ich möchte Ihnen zuerst die persönliche Zusicherung meines Präsidenten übermitteln, daß die Verbindung, über die wir sprechen, absolut abhörsicher ist. Zur Erleichterung unseres Gesprächs habe ich hier Mr. E. R. Sheehan vom Außenministerium, der zwischen uns dolmetschen wird.«

Eastman machte eine Bewegung in Richtung zu dem Dolmetscher.

Als Sheehan fertig war, antwortete Gaddafi:

»Ich bin mit Ihrem Arrangement einverstanden und bereit, zu Ihrem Präsidenten zu sprechen.«

»Vielen Dank, Euer Exzellenz«, erwiderte Eastman höflich. »Der Präsident hat mich ersucht, Ihnen als erstes zu sagen, daß er den Inhalt Ihres Schreibens mit dem vollsten Ernst aufnimmt. Er konferiert zur Zeit mit unseren Spitzenleuten, was in der Frage Ihrer Vorschläge am besten zu tun sei, und hat mich gebeten, Ihnen gegenüber als sein persönlicher Verbindungsmann zu fungieren, während wir versuchen, zusammen eine Lösung der Probleme zu finden, die Sie zur Sprache gebracht haben. Ihr Schreiben enthält einige Punkte, zu denen wir Sie um eine Klärung bitten möchten. Haben Sie schon erwogen, welche Interimsvorkehrungen im Westjordanland getroffen werden sollen, während die Israelis sich zurückziehen?«

Die drei Psychiater tauschten ein zufriedenes Lächeln. Eastman hatte seine Rolle als Verhandlungsführer glänzend begonnen und mit einer Frage geschlossen, die Gaddafi zwingen würde, das Gespräch fortzuführen, und ihm zugleich den Eindruck vermittelte, daß er bekommen werde, was er verlangte.

Erst nach einem langen Schweigen meldete Gaddafi sich wieder. Alle im Raum bemerkten seinen veränderten Ton, obwohl er arabisch sprach.

»Mr. Eastman. Der einzige Mann in Ihrem Land, mit dem ich zu sprechen bereit bin, ist der Präsident.«

Die Männer um den Tisch warteten darauf, daß Gaddafi weiterspräche, doch aus dem Lautsprecher kam nur das Summen des Verstärkers.

»Versuchen Sie, Zeit zu gewinnen«, flüsterte Jagerman dem Sicherheitsberater zu. »Sagen Sie ihm, Sie hätten den Präsidenten benachrichtigt, er sei schon unterwegs. Sagen Sie ihm, was Ihnen einfällt, nur damit er weiterspricht.«

Eastman konnte nur ein paar Worte von sich geben, als Gaddafis Stimme sich wieder meldete. Diesmal sprach der Libyer englisch.

»Mr. Eastman, ich werde Ihnen nicht so leicht in die Falle gehen. Wenn dem Präsidenten das, was ich mit ihm zu erörtern habe, nicht wichtig genug ist, um meine Mitteilung selbst entgegenzunehmen, habe ich Ihnen nichts weiter zu sagen. Kontaktieren Sie mich nicht wieder, wenn der Präsident nicht bereit ist, persönlich mit mir zu sprechen.«

Wieder war nur das Summen des Verstärkers zu hören. »Herr Gaddafi?« sagte Eastman.

»Adler Eins an Adler-Basis.« Es war der Generalmajor der Luftwaffe in dem *Doomsday*-Jet. »Fuchs-Basis hat die Verbindung abgebrochen.«

Angelo Rocchia und Jack Rand fuhren gemächlich in südöstlicher Richtung durch die Hicks Street, der Angabe des Taschendiebs folgend, den Angelo ein paar Minuten vorher in die Mangel genommen hatte. Die Straße kam dem FBI-Mann aus Denver beinahe ebenso verkommen und trostlos vor wie jene, durch die sie früher am Tag auf ihrem Weg zu den Docks gekommen waren: die gleichen obszönen Schmierereien an den Wänden, auch hier eingeschlagene Fenster, verrammelte Türen, ausgeweidete Autos, die ihre Besitzer am Straßenrand hatten stehenlassen. Rand erspähte an einem Fenster im dritten Stock, unmittelbar über ihrem Wagen, ein menschliches Wrack von einer Frau, die neugierig zu ihnen herabblickte. Wirr zerzaustes, gelb-graues Haar hing ihr übers Gesicht. Die eine Hand hielt einen verblichenen Morgenrock fest, den sie umgeworfen hatte, die andere umklammerte den Hals einer Flasche Four-Roses-Whisky. Rand überlief es kalt. Auf diesem Gesicht stand mehr Verzweiflung, mehr Hoffnungslosigkeit, als der junge Mann ertragen konnte. Er wandte sich zu Angelo um.

»Wie gehen wir vor?« fragte Rand. »Von Tür zu Tür?«

Angelo überlegte einen Augenblick schweigend. »Nein«, sagte er dann. »Wenn wir das tun, macht es sofort die Runde, daß was im Anzug ist. Sie werden denken, wir sind von der Einwandererbehörde. Die Hälfte von den Leuten, die hier leben, ist illegal im Land. Wir müssen uns was anderes einfallen lassen.«

Sie kamen an einem winzigen Lebensmittelladen vorbei, nicht mehr als ein Loch in der Mauer. Ein paar halbleere Kisten mit welkem Gemüse waren vor dem Schaufenster aufgestapelt. Der Name des Besitzers war mit weißer Farbe auf die Türfüllung gepinselt. »Ich habe eine Idee«, sagte Angelo und hielt nach einer Parkmöglichkeit Ausschau.

Zwischen dem Schutt und Unrat auf dem Gehsteig, vorbei an einer Gruppe Jugendlicher, die emsig einrissen, was von der ausgebrannten Ruine eines dreistöckigen Hauses noch übrig war, bahnten sich die beiden Männer den Weg zurück zu dem Lebensmittelladen.

»Lassen Sie mich da drinnen allein reden«, schärfte Angelo seinem Partner ein.

Wieder einmal war das vertraute Bimmeln einer Glocke über der Tür zu hören. Als sie eintraten, drang ihnen der scharfe Geruch von Knoblauch, billiger Salami und Aufschnitt stechend in die Nase. Rand sah einen kleinen, von Unordnung erfüllten Raum vor sich, nicht halb so groß wie die Hotelzimmer in den *Holiday Inns,* in denen er so oft nächtigte. Konservendosen, Flaschen voll Öl, Teigwaren, getrocknete Suppen, alles lag und stand kunterbunt umher. An einer der Wände waren Glasballons mit billigen Weinen aufgereiht: Ruffino, Frascati, rot und weiß, farbenfrohe Verheißung einer kurzen Flucht aus dem Elend in der Hicks Street.

Hinter einer Kühltruhe, die mit Milch, Butter und einem Sortiment billiger Gefrierkost vollgestopft war, ragte das Gesicht einer beleibten, älteren Frau mit grau-schwarzem Haar empor, das zu einem festen Knoten gebändigt war. Argwöhnisch sah sie die beiden fremden Männer an, die da in ihren Laden eindrangen.

»Signora Marcello?« fragte Angelo. Die Frau brummte bejahend. Angelo trat einen Schritt näher an sie heran und betonte damit bewußt den Abstand zwischen ihm und Rand. Seine Stimme senkte sich zu einem kehligen Beinahe-Flüstern.

»Ich habe ein Problem und brauche ein bißchen Hilfe.« Es kam natürlich nicht in Frage, ihr zu sagen, daß er von der Polizei war. Ältere Frauen ihrer Art, drüben in der alten Heimat geboren, redeten nicht mit Polizisten, basta. »Eine Nichte von mir, nettes italienisches Mädchen, wurde am letzten Sonntag auf der Straße ausgeraubt, als sie von der Zehn-Uhr-Messe in St. Anthony drüben in der Fourth Avenue nach Hause ging.«

Er lehnte sich der Frau entgegen, wie ein Priester, der sich anschickt, eine Beichte abzunehmen. »Das ist der *fidanzato*«, wisperte er und wies mit dem Daumen auf Rand. Über sein Gesicht glitt eine Andeutung von Antipathie. »Er ist kein Italiener, aber was soll man tun, so wie die Jugend heute ist? Immerhin ein braver Katholik. Deutscher.«

Er trat einen Schritt zurück. Das Band des Einverständnisses zwischen ihm und dieser Frau, das spürte er, wurde stärker. Sein massiger Kopf bewegte sich mit der gespielten Traurigkeit eines Mannes, der die Welt nicht mehr versteht. »Können Sie sich das vorstellen, daß jemand imstande ist, ein nettes Mädchen, eine von uns, die gerade das Vaterunser gesprochen hat, beinahe auf den Kirchenstufen niederzuschlagen und ihr die Handtasche zu entreißen?« Er trat wieder nahe an die Frau heran, bis sein Gesicht nur noch ein paar Zentimeter von ihrem entfernt war. Jedes seiner geflüsterten Worte war darauf berechnet, ihre Vorurteile zu wekken. »Südamerikaner waren's. Portorikaner.« Das letzte Wort spuckte er verächtlich aus. »Sie stammen hier aus der Gegend.«

Angelo griff in seine Tasche und zog die Aufnahmen von Torres und Yolande Belindez heraus. »Ein Freund von mir, ein italienischer Kriminaler in Manhattan drüben, hat mir die Bilder gegeben.« Angelo schnitt eine Grimasse. »Aber Cops, Sie wissen ja, was können die schon tun?« Er klopfte mit dem Fingerknöchel auf die Fotos. »Ich, ich bin der Älteste. Ich werde sie mir schnappen. Wegen der Ehre der *famiglia, capito*? Haben Sie diese zwei schon einmal gesehn?«

»Ai, ai«, jammerte die alte Frau. »Jesus, Maria und Josef! Was ist aus der Gegend geworden!« Sie griff nach einer Brille mit gesprungenen Gläsern. »Die da kenne ich.« Ein knorriger Finger klopfte auf das Foto des Mädchens mit den großen Titten. »Sie kommt jeden Tag und kauft eine Flasche Milch.«

»Wissen Sie, wie sie heißt?«

»Aber ja. Carmen. Carmen irgendwas.«

»Wissen Sie auch, wo sie wohnt?«

»Weiter unten an der Straße, neben der Kneipe. Drei Häuser, eines wie das andere. Dort wohnt sie.«

Der einzige im Konferenzraum des Nationalen Sicherheitsrates, der über die Brutalität, mit der Gaddafi das Gespräch mit Eastman abgebrochen hatte, nicht betroffen war, war der Präsident. Er hatte erwartet, daß es so kommen würde. Staatsoberhäupter, wie irrational sie sich auch verhalten mögen, folgen nicht den gleichen psychologischen Imperativen wie verzweifelte, isolierte Terroristen.

»Machen wir eine angemessene Pause, und dann sagen Sie der *Doomsday*«, wies er Eastman an, »daß ich in der Leitung und bereit bin, mit ihm zu sprechen.«

Er blickte den Tisch entlang zu den drei Psychiatern hin. »Meine Herren, in der Zwischenzeit hätte ich gern Ihren Rat, wie man mit diesem Mann am besten umgeht. Dr. Jagerman?«

Jagerman seufzte. »Vor allen Dingen, Herr Präsident, dürfen Sie ihm weder drohen noch nachgeben. Aber vermitteln Sie ihm den Eindruck, daß das, was er will, nicht völlig unerreichbar ist.«

»Obwohl es das doch ist?«

»Ja, ja.« Der Holländer unterstrich seine Worte, indem er zweimal abrupt den Kopf neigte. »Wir müssen ihn täuschen, ihm den Glauben geben, daß er in dieser Sache gewinnen kann.

Sie müssen ihn Schritt für Schritt zu der Überzeugung führen, daß ihm der Erfolg winkt. Versuchen Sie, einer direkten Konfrontation aus dem Weg zu gehen, weil das nur seine negativen Einstellungen verstärkt. Nach seinen ersten Worten zu schließen, wirkt er recht kühl und gefühlsbeherrscht. Anders als Sie vielleicht meinen, ist das ein günstiger Umstand. Gefährlich sind die Schwachen, Unsicheren, die rasch Angst bekommen. Sie neigen dazu, bei der geringsten Provokation um sich zu schlagen.«

Der Psychiater legte eine Pause ein, während er sich seine abschließenden Gedanken durch den Kopf gehen ließ. »Was die Taktik betrifft, Sir, so würde ich ihn zu überreden versuchen, daß er sich zu einem Dialog mit Mr. Eastman bereitfindet. Sagen Sie ihm, auf diese Weise könnten Sie Ihre ganze Zeit und Energie darauf konzentrieren, eine Lösung für die Probleme zu suchen, die er in seinem Brief zur Sprache gebracht hat. Es ist wirklich sehr, sehr wichtig, daß wir ihn in einen fortlaufenden Dialog locken.«

Der Präsident faltete die Hände auf dem Tisch, sammelte seine Gedanken und bereitete sich auf den schweren Gang vor, den er vor sich hatte. Er holte tief Luft, so daß sich sein Brustkorb weitete, bis das blaue Hemd sich straff über ihm spannte. Dann atmete er tief aus. »Gut, Jack«, sagte er, »ich bin bereit.«

Als der Präsident sich auf das Mikrofon der Wechselsprechanlage zubeugte, erschien über seinem Kragenrand eine jähe Rötung. Sie verriet seinen heimlichen Zorn; den Grimm über die Erniedrigung, daß er diese Komödie spielen mußte; daß er, der stolze Führer des mächtigsten Landes auf der Erde, gezwungen war, sich vor einem Menschen zu demütigen, der bereit war, sechs Millionen Amerikaner zu töten.

»Oberst Gaddafi«, begann er, als der libysche Führer wieder in der Leitung war, »hier spricht der Präsident der Vereinigten Staaten. Die Nachricht, die Sie gestern meiner Regierung übermitteln ließen, hat bei meinen Beratern und mir eingehende und sorgfältige Beachtung gefunden. Wir sind noch mitten in dieser Analyse. Sie dürfen sich aber nicht darüber täuschen, Sir, daß sowohl ich selbst als auch meine Regierung Ihren Schritt verurteilen. Gleichgültig, wie Sie in den Fragen denken, die uns im Nahen Osten entzweien, oder über die Ungerechtigkeiten, die den Arabern Palästinas zugefügt worden sind — Ihr Versuch, das Problem mit der Drohung gegen sechs Millionen unschuldiger Amerikaner in New York zu lösen, ist ein völlig unverantwortlicher und beklagenswerter Schritt.«

Diese barsche Sprache löste bei den Psychiatern sichtbare Besorgnis aus. Tamarkin zog das Seidentüchlein aus der Brusttasche seines Jacketts und tupfte sich den Schweiß an seinen Schläfen ab. Jagerman saß starr aufgerichtet da und hielt den Kopf leicht nach hinten geneigt, als warte er schon darauf, das ferne Grollen der Apokalypse zu vernehmen. Der Präsident achtete nicht auf sie. Er wies mit dem Finger auf den Arabisch-Dolmetscher aus dem Außenministerium.

»Übersetzen Sie das. Und zwar ganz genauso, wie ich es gesagt habe.«

Als der Dolmetscher seinen letzten Satz beendet hatte, beugte sich der Präsident nach vorn, um fortzufahren, bevor ihn Gaddafi mit einer Erwiderung unterbrechen konnte.

»Sie sind Soldat, Herr Gaddafi, und als Soldat wissen Sie, daß ich nur den Finger zu rühren brauche, um augenblicklich jedes lebende Geschöpf in Ihrem Land zu vernichten. Seien Sie sich darüber im klaren, daß ich, falls Sie mich dazu zwingen sollten, ohne Zögern von dieser Macht Gebrauch machen werde, ungeachtet aller Konsequenzen.«

Eastman lächelte in stummer Genugtuung. Nichts, gar nichts hat er sich von den Psychiatern einreden lassen, dachte er befriedigt.

»Die meisten Männer an meiner Stelle, Sir, hätten diese Macht dazu benutzt, Sie zu vernichten, sobald sie Ihr Schreiben gelesen hätten. Ich habe es nicht getan, denn es ist mein glühender Wunsch, eine Lösung für dieses Problem zu finden. Zusammen mit Ihnen und mit Ihrer Hilfe. Wie Ihnen vielleicht bekannt ist, habe ich seit meinem Präsidentschaftswahlkampf und seit meiner Amtsübernahme unermüdlich die Überzeugung verkündet, daß es für die Probleme im Nahen Osten keine dauerhafte Lösung geben kann, wenn nicht die legitimen Ansprüche des palästinensischen Volkes berücksichtigt werden. Aber Sie dürfen nicht vergessen, Sir, daß die Verwirklichung der Ziele, die Sie in Ihrem Schreiben aufgezählt haben, nicht allein von meiner Regierung abhängt. Und deswegen möchte ich vorschlagen, daß mein enger Berater, Mr. Eastman, als Verbindungsmann zwischen uns in ständigem Kontakt mit Ihnen bleibt, während ich mit Jerusalem verhandle.«

Von der Anstrengung psychisch erschöpft, sank der Präsident auf seinen Stuhl zurück. »Wie ist es gegangen?« fragte er Eastman und zupfte an seinem verschwitzten Hemdkragen, während der Dolmetscher seine Arbeit begann.

»Großartig!« sagte sein Berater. »Absolut erstklassig.«

Ein paar Minuten später tönte die Antwort des Libyers aus der Box. Im Vergleich zu der klangvollen Rednerstimme des Präsidenten wirkte sein Ton matt, geradezu, als versuchte der Diktator unbewußt, sich zu entschuldigen, daß er eine Besprechung im Weißen Haus störe. Doch die Worte, die Gaddafi gebrauchte, hatten überhaupt nichts Entschuldigendes an sich.

»Herr Präsident, ich habe Sie nicht angerufen, um mit Ihnen über mein Schreiben zu diskutieren. Die darin enthaltenen Bedingungen sind eindeutig. Eine Diskussion oder Vertiefung meinerseits erübrigt sich — nur Sie Ihrerseits müssen handeln. Ich habe nicht die Absicht, jetzt oder künftig in eine Diskussion mit Ihnen einzutreten.«

Gaddafi legte eine Pause ein, damit der Dolmetscher seine Worte übersetzen konnte. Jagerman und Tamarkin tauschten einen raschen, besorgten Blick.

»Herr Präsident«, fuhr der Libyer fort. »Ich spreche mit Ihnen lediglich, um Sie darauf hinzuweisen, daß wir auf unseren Radarschirmen und über unsere Funkkanäle den Aufmarsch Ihrer Sechsten Flotte entdeckt haben, die unsere Küste bedroht. Ich lasse mich von Ihrem kriegerischen Gehabe nicht einschüchtern, Herr Präsident. Ich lasse mir nicht drohen!«

»Dieser arrogante Hundesohn!« Die Worte, die *sotto voce* die Übersetzung des Dolmetschers begleiteten, kamen von Delbert Crandell, dem Energieminister. »Jetzt hält ausgerechnet *er* sich für bedroht!«

»Die Schiffe befinden sich jetzt zwanzig Kilometer vor meiner Küste. Ich verlange, daß sie augenblicklich auf eine Entfernung von mindestens hundert Kilometern zurückgezogen werden, Herr Präsident. Geschieht das nicht, werde ich die Zeitspanne, die ich Ihnen in meinem Ultimatum angegeben habe, um fünf Stunden verkürzen.«

Der Präsident schüttelte den Kopf, wie benommen von der Dreistigkeit des Libyers. Es war offenbar eine wahre Lust für ihn, Ultimaten zu stellen.

»Herr Gaddafi, angesichts der Drohung, die Sie bereits gegen die Bürger von New York ausgesprochen haben, finde ich Ihr Ersuchen nicht nur übertrieben, sondern völlig unerwartet. Doch da es mein aufrichtiger Wunsch ist, zusammen mit Ihnen eine friedliche Lösung dieser Krise zu finden, bin ich bereit, die Sache sofort mit meinem Beraterstab zu erörtern. Ich werde Ihnen unsere Entscheidung in ein paar Minuten mitteilen.«

Das Oberhaupt der Vereinigten Staaten warf den Männern im Raum einen zornigen, vorwurfsvollen Blick zu. »Damit haben Sie in keiner Ihrer so klug ausgedachten Taktiken gerechnet, meine Herren«, sagte er ätzend. »Was tun wir denn jetzt?« Er wandte sich dem Vorsitzenden des Stabschef-Gremiums zu. »Harry, was empfehlen Sie?«

»Ich bin sehr dagegen, die Schiffe zurückzunehmen, Herr Präsident«, antwortete Admiral Fuller. »Schließlich bestand ja der ganze Sinn dieses Manövers darin, ihm aufs deutlichste vor Augen zu führen, womit er zu rechnen hat, wenn diese Bombe hochgeht. Das ist uns eindeutig gelungen. Ziehen wir aber die Einheiten wieder ab, wird er es vielleicht einfacher haben, die Bombe zu zünden, falls es dazu kommt.«

»Außerdem, Sir«, sagte der Operationschef der Marine, der neben Fuller saß, »ist die Sechste Flotte ein empfindliches Instrument. Man kann sie nicht einfach hin und her schieben wie einen Bauern auf einem Schachbrett. Wenn wir sie jetzt zurücknehmen, ist sie vielleicht nicht rasch genug gefechtsbereit, sollten wir sie plötzlich wieder brauchen.«

»Harold?«

»Auch meine Meinung«, erwiderte der Verteidigungsminister.

»Mr. Peabody?«

Der Außenminister, der aus Lateinamerika zurückgerufen worden war, drehte zwischen den Fingern einen Kugelschreiber hin und her. Er versuchte unbewußt, ein paar Sekunden Zeit zu gewinnen und sich noch einmal die Alternativmöglichkeiten durch den Kopf gehen zu lassen. »Von militärischen Überlegungen einmal abgesehen«, sagte er dann, »hielte ich es bei einem Mann von seinem Ruf für einen katastrophalen Fehler, Verhandlungen mit einer solchen Konzession zu eröffnen. Ich bin überzeugt, daß er dadurch nur noch halsstarriger würde. Daher: Forderung ablehnen.«

»Tap?«

»Der Mann ist anscheinend zu einer Kraftprobe entschlossen, Herr Präsident. Wenn er die unbedingt haben will, sollten wir ihn dann nicht jetzt sofort wissen lassen, daß er sie haben kann?«

Die blauen Augen des Präsidenten fixierten Benningtons mildes, selbstsicheres Patriziergesicht. Mein CIA-Direktor, dachte er, ist immer bereit, eine Frage mit einer Gegenfrage zu beantworten, so daß man ihn nie im Protokoll auf eine Position festnageln kann. Er muß bei Kissinger studiert haben, als er in Harvard war.

»Jack?«

Eastman lehnte sich zurück. Es war ihm unbehaglich, daß er im Zentrum der Aufmerksamkeit stand. »Ich muß leider aus der Reihe tanzen, Herr Präsident. Unser Hauptproblem ist doch, wie wir die sechs Millionen New Yorker retten, und das können wir eben nur mit dem einen Mittel, das Gaddafi uns wegzunehmen versucht: Zeit. Wir brauchen diese fünf Stunden für die Bombensuche in New York viel dringender als die Präsenz der Sechsten Flotte vor der libyschen Küste.«

»Sie empfehlen also, daß wir die Schiffe zurückziehen?«

»Ja, Sir.« Eastman versuchte, das Bild seiner Tochter aus seinen Gedanken zu verbannen, um sicher sein zu können, daß er die Frage des Präsidenten einzig und allein nach einer sachlich-kühlen Analyse der Situation beantwortete. »Die Realität dieser fünf Stunden ist für uns ungleich wichtiger als das, was Gaddafi für Stärke oder Schwäche bei uns hält. Und wenn es wirklich zur Katastrophe kommen sollte, dann brauchen wir die Sechste Flotte nicht, um Libyen zu vernichten.«

»Eine Sache kommt mir an alledem sonderbar vor«, sagte der Präsident. »Warum fünf Stunden? Warum nicht fünfzehn? Warum tut er's nicht sofort? Wenn er wirklich so außer sich ist, warum dann so eine winzige Forderung?« Er schwieg eine Sekunde und versuchte, sich selbst eine Antwort auf diese Frage zu geben, fand aber keine. »Wie sieht Ihre Analyse aus, meine Herren?« fragte er die Psychiater.

Wieder spürte Henrick Jagerman einen prickelnden Schauer der Nervosität auf seiner Haut. Die Empfehlung, die er aussprechen würde, dessen war er sich sicher, würde bei der Hälfte der Anwesenden auf heftige Ablehnung stoßen. Und dies um so mehr, als sie von einem Ausländer kam.

»Zunächst, um Ihre Frage zu beantworten, Sir, glaube ich, daß sein Verlangen eine fundamentale Unsicherheit bei ihm verrät. Im Unterbewußtsein testet er, wie weit er gehen kann, hofft er auf Ihre Zustimmung, die ihm die Gewißheit geben soll, daß sein grauenhaftes Spiel sich lohnen wird. Wir begegnen dieser Haltung immer wieder, wenn wir zum erstenmal mit Terroristen Kontakt aufnehmen. Sie sind aggressiv, verlangen, daß man sofort eine Forderung erfüllt, denn ›sonst töte ich eine Geisel‹.

In solch einem Fall rate ich dazu, zu tun, was der Terrorist verlangt, und in diesem Fall hier empfehle ich: Tun Sie, was Gaddafi fordert. Damit zeigen Sie ihm, daß er etwas erreichen kann, wenn Sie im Spiel sind. Sie geben ihm ganz unmerklich die Vorstellung, daß er eine Chance hat, sich letztendlich durchzusetzen, wenn er weiter mit Ihnen zusammenarbeitet. Aber ich würde ihn einen Preis dafür zahlen lassen. Benutzen Sie Ihre Bereitschaft als Lockmittel, um ihn in die Diskussion zu ziehen, gegen die er sich sträubt.«

Der Präsident nickte und versank in ein Schweigen. Er war nun gefangen an diesem Platz einsamer Verantwortung, wo nach den Worten seines Vorgängers Truman der Schwarze Peter zuletzt landet und ein einziger Mann ganz allein mit seinem Gewissen die Entscheidung treffen muß.

»Schön«, sagte er seufzend. »Harry, weisen Sie die Flotte an, sich für den Abzug in Bereitschaft zu setzen.«

»Großer Gott! Sie können doch nicht so vor diesem Hundsfott in die Knie gehen, Herr Präsident. Wenn Sie das tun, werden Sie sich in den Geschichtsbüchern als der Chamberlain Amerikas wiederfinden!«

Der Präsident wandte sich mit wohlbedachter Langsamkeit dem Energieminister zu. »Mr. Crandell, ich habe nicht die Absicht, vor Gaddafi oder sonst jemandem in die Knie zu gehen.« Er sprach jedes einzelne Wort gemessen aus, im langsamen Rhythmus eines Trauermarsches. »Mr. Eastman hat zutreffend gesagt, was das Wertvollste in dieser Krise ist, und darum spiele ich . . .« Die blauen Augen blickten zu den Uhren an der Wand hoch. ». . . um Zeit.«

In demselben gemessenen Ton wandte er sich nun an den Libyer, um ihm seine Entscheidung zu erläutern. »Herr Gaddafi«, sagte er. »Ich möchte Ihnen ganz klar sagen, daß ich auf Ihr Ersuchen nur aus einem einzigen Grund eingehe: Um Ihnen zu demonstrieren, wie ernst und aufrichtig es mir mit meinem Wunsch ist, mit Ihnen einen Ausweg aus dieser Krise zu finden, der für uns beide befriedigend ist. Mein Befehl an die Flotte hat zur Voraussetzung, daß Sie sich zu intensiven Gesprächen bereitfinden, wir wir zu dieser Lösung kommen können.«

Diesen Worten folgte eine ungewohnt lange Stille, in der nur das bedrohliche Summen der leeren Leitung zu vernehmen war. Irgend etwas Sonderbares, dachte Eastman, geht in Tripolis vor sich.

Als Gaddafi sich endlich meldete, sprach er wieder englisch. »Solange Ihre Schiffe vor meiner Küste liegen, gibt es keine Diskussion. Wenn sie verschwunden sind, werden wir miteinander sprechen. *Inschallah.*«

Ein Klicken, und die weiße Box verstummte.

6

»Der Präsident lügt«

Angelo Rocchia betrachtete die drei Häuser, die die italienische Gemischtwarenhändlerin, Signora Marcello, ihm angegeben hatte. Sie befanden sich in einem jämmerlichen Zustand des Verfalls: schäbige vierstöckige Mietskasernen, zerstörte Feuerleitern, die an den Fassaden baumelten wie morsche abgebrochene Äste an einem alten Baum; überall blätterte verblichene Farbe von den vergitterten Fenstern und den Türen. »Zimmer zu vermieten — Anfragen beim Hausmeister, Hicks Street 305« hieß es an einer.

»Bruchbuden«, konstatierte Angelo. »Gehören wahrscheinlich irgendeinem Slumlord, der darauf wartet, daß sie abbrennen. Er stopft sie mit illegal eingewanderten Leuten voll und läßt sie Pro-Kopf-Miete zahlen.« Die beiden Beamten traten in den Hausflur des Hauses Nr. 305. Vor ihnen lag ein Haufen stinkenden Unrats, verdorbene Lebensmittel, Flaschen, Bierdosen, zerfetzte Kartons. Noch schlimmer war der Gestank, der ätzende Uringeruch, der dem Treppenhaus anzuhaften schien wie ein feuchter, unsichtbarer Belag.

»Passen Sie auf, *kid*«, sagte Angelo, nahm eine der Flaschen und warf sie auf den Haufen Müll. Vor den entgeisterten Augen des FBI-Mannes huschte aus dem Abfall ein ganzes Bataillon Ratten.

Angelo amüsierte sich über das Entsetzen des jungen Mannes, ging dann zu der Tür, an der »Hausmeister« stand, und klopfte leicht dagegen. Man hörte Sperrketten rasseln. Die Tür, von innen mehrfach gesichert, öffnete sich einen schmalen Spalt breit. Ein älterer Farbiger in einem Overall spähte heraus. Angelo zückte seine Polizeimarke so rasch, daß der Mann nur ein goldenes Glitzern wahrnehmen konnte. Rand verschlug es fast den Atem über das, was er als Nächstes zu hören bekam.

»Wir kommen vom Gesundheitsamt«, erklärte Angelo dem Farbigen. Er machte eine Kopfbewegung in Richtung auf den Müllhaufen. »Menge Abfall liegt da rum. Brandgefahr. Da muß was geschehen.«

Unter Rands und Angelos Blicken sperrte der geängstigte Hausmeister nacheinander die Schlösser auf, die ihm in seinem kleinen Zimmer Sicherheit gaben. »*Mister,* was kann ich machen? Die Leute hier, Tiere sind das. Sie machen einfach die Tür auf und schmeißen das Zeug hier runter.« Er schüttelte in hilflosem Kummer den Kopf, um Angelos Mitgefühl werbend.

»*Yeah,* ganz schöne Menge von Verstößen hier. Muß ein paar davon aufschreiben.« Angelo griff in die Tasche und zog die Fotografie der jungen Taschendiebin heraus. »Übrigens, kennen Sie dieses Mädchen? Kolumbianerin. Große Titten. Die müßte man schon eine Meile weit sehen. Carmen heißt sie.«

Der Hausmeister sah die Aufnahme an. Ein Zucken seines Adamsapfels, die Zunge, die rasch herausfuhr, verrieten den beiden Männern, was er verheimlichen wollte: Er hatte sie erkannt. »Nein, nein«, behauptete er, »keine Ahnung.«

»Zu schade.« Angelo sah dem Farbigen gerade in die Augen. »Ich dachte, wir könnten beide einander einen Gefallen tun. Sie verstehen mich?« Der Kriminaler seufzte und holte seinen Notizblock heraus. »Mindestens ein Dutzend Verstöße haben wir hier.« Er deutete auf den Müll, die miserable Treppenbeleuchtung. South Dakota, dachte Rand neben ihm. Ich werde den Rest meiner Dienstjahre in Elkhart, South Dakota, verbringen, wenn das Bureau dahinterkommt, was wir hier treiben.

»Moment, *Mister,* einen Augenblick«, sagte der Hausmeister flehend. »Regen Sie sich nicht auf. Der Hausbesitzer läßt mich die Strafbefehle zahlen.«

»Ach, wirklich? Na, da werden Sie wohl fünfhundert Lappen hinblättern müssen.«

Angelo bemerkte den angstvollen Schimmer in den Augen des Hausmeisters, als er diese Summe hörte. Wahrscheinlich, überlegte sich Angelo, ist er ein anständiger, fleißiger Kerl, der in diesem Dschungel eine Familie durchzubringen versucht. Und sicher ist ihm klar, daß seine Mieter ihm bedenkenlos ein Messer in den Rücken stoßen würden, wenn sie glaubten, er hätte sie an die Polizei verpfiffen. Angelo legte dem Schwarzen den Arm um die Schulter.

»Kommen Sie, Freundchen, ich will Sie nicht langweilen mit diesem ganzen Papierkram. Sagen Sie mir nur, in welcher Wohnung wir sie finden. Wir wissen ja, daß sie im Haus ist.«

Einen Augenblick lang schienen die Augen des Hausmeisters zu rollen wie die eines Mannes, den ein epileptischer Anfall schüttelt. Hektisch hielt er Ausschau, ob vielleicht eine der Türen im Hausflur einen Spalt geöffnet war.

»Sie ist in 307, zweiter Stock. Zweite Tür rechts.«

»Ist sie jetzt da?«

Der Hausmeister zuckte die Achseln. »Die kommen und gehen die ganze Zeit. Manchmal sind fünfzehn Leute dort oben.«

Angelo und Rand gingen aus dem Haus und blieben ein paar Sekunden auf dem Gehsteig davor stehen. »Angelo«, drängte Rand, »wir sollten Unterstützung anfordern. Das könnte sehr, sehr haarig werden.«

»*Yeah*«, murmelte der Kriminaler. »Fünfzehn Kerle. Das ist schon zu überlegen. Und wir sind nur zu zweit.« Er zupfte an seinem stacheligen Kinn. »Aber Taschendiebe sind im allgemeinen nicht bewaffnet. Sie wollen nicht wegen bewaffneten Raubüberfalls ins Kittchen kommen. Andererseits . . .«, sagte er und schüttelte den Kopf, ». . . in das Viertel hier eine Gruppe Cops unbemerkt hereinschmuggeln, daran ist nicht zu denken. Kommen Sie.« Er hatte seinen Entschluß gefaßt. »Wir nehmen sie auf uns.«

Als Angelo auf den ersten Treppenstufen war, griff er nicht nach seiner Waffe, sondern nach der Brieftasche. Er entnahm ihr einen kleinen Kalender von der Chase Manhattan Bank, der auf einen biegsamen, doch steifen Streifen Plastik gedruckt war. Vom Hausmeister einen Schlüssel zu verlangen, sagte er sich, wäre gleichbedeutend mit einem Todesurteil. Sie konnten die Tür eintreten, aber das würde sie um den Überraschungseffekt bringen. »Ich mache die Tür damit auf. Sie gehen rein und halten die Typen in Schach.«

»Mein Gott, Angelo«, sagte der FBI-Mann bestürzt. »Das können wir doch nicht tun. Wir haben ja keinen Durchsuchungsbefehl.«

»Machen Sie sich darüber keine Gedanken, *kid*«, sagte Angelo, während er auf die zweite Tür rechts in der zweiten Etage zuging. »In dieser Welt ist nichts vollkommen.«

»Fabelhaft!«

Michael Naylor umtanzte das Modell, das unter den Bogenlampen seines Studios in künstlicher Anmut erstarrt war, dann ließ er sich auf ein Knie nieder, genau an der Stelle, wo er das spiegelnde Licht auf dem malvenfarbenen Satin ihres St.-Laurent-Abendkleides am besten einfangen würde.

Er machte noch ein Dutzend Aufnahmen, gab noch ein Dutzend Adjektive von sich, jedes überschwenglicher als das vorhergehende, und richtete sich dann auf. Die Anstrengung und die Hitze der Lampen hatten ihm den Schweiß aus den Poren getrieben. »Vielen Dank, Liebling«, sagte er zu seinem Modell, »das reicht für diesmal.«

Als er aus dem Lichterkreis trat, sah er Laila. Sie war auf so leisen Sohlen eingetreten, daß er es nicht einmal bemerkt hatte.

»Linda!« sagte er überrascht, »ich dachte, du hättest eine . . .«

Sie verschloß ihm mit einem Kuß den Mund. »Ich habe meine Verabredung abgesagt«, erklärte sie ihm. »Führ mich zum Lunch aus.«

»Polizei, keine Bewegung!«

Die Worte hallten durch die Wohnung mit der Wucht einer abprallenden Pelota-Kugel. Angelo und Rand standen im Rahmen der Tür, die der Kriminalbeamte mit seinem Plastikkalender geöffnet hatte, in der klassischen Polizistenhaltung: halb gebückt und jeder den Revolver in den ausgestreckten Händen. So plötzlich waren sie eingedrungen, so einschüchternd ihr Anblick, daß das Halbdutzend Menschen in dem Raum zu Eis erstarrte.

Hier sah es genauso aus, wie Angelo es erwartet hatte, Matratzen überall auf dem Boden, ein schmutziges, schwach beleuchtetes Zimmer, das nach Schweiß und billigem Kölnisch-Wasser roch. Eine Wäscheleine, an der tropfende Unterhosen, Büstenhalter, T-shirts und Jeans hingen, teilte es in zwei Hälften. Nur ein einziges Möbelstück war zu sehen, ein altersschwaches Sofa, durch dessen zerfetzte Polsterung die Federn kamen. Auf dem einen Ende saß eine weibliche Person und rührte in einem Topf, der auf einer Kochplatte auf dem Boden stand. Es war das Mädchen mit den großen Titten.

Angelo erkannte sie sofort. Er richtete sich auf, steckte den Revolver wieder in die Halfter, stieg über einen Kolumbianer, der sich verängstigt auf einer Matratze zusammenkrümmte, trat neben sie und zog schnuppernd den Geruch des Stews ein, das in dem Topf brodelte.

»Riecht gut«, stellte er fest. »Zu schade, daß du nicht dazu kommen wirst, es zu essen. Los, zieh deinen Mantel an, *muchacha.* Du kommst mit.«

Angelo war im Begriff, ihr die erste Frage zu stellen, als schon die Antwort kam — furienhaft sprang eine Gestalt von einer Matratze an der Wand hoch und schrillte ihn an:

»Warum wollen Sie meine *mujer* mitnehmen?«

»Keine Bewegung!«

Das war Rand, der noch immer mit gezogener Waffe unter der Tür stand. Torres, der Mann auf dem zweiten Foto, verstummte auf der Stelle. Er war ein junger Mann mit abgezehrten, schwindsüchtigen Wangen, fahler Gesichtsfarbe und einem Schopf ungekämmter schwarzer Locken, die sich ihm in die Stirn ringelten.

»Zieh das aus«, befahl ihm Rand und winkte mit seinem Revolver auf den geometrisch gemusterten roten Poncho, in den der Kolumbianer sich eingewickelt hatte. Trotz Angelos Bemerkung auf der Straße wollte der Agent sichergehen, daß sich unter den Falten der Decke nicht eine Waffe verbarg.

»Danke, *kid.*« In Angelos Ton lag nicht nur Dankbarkeit, sondern auch ein neuer Respekt. Torres zog sich den Poncho über den Kopf. Darunter war er nackt bis auf die Strümpfe, die nicht zueinander paßten, und eine schmutzige, gelbgraue Unterhose. Angelo trat zu ihm, holte die Aufnahme des Langfingers aus der Tasche, betrachtete sie, hob den Kopf und sah Torres lächelnd an.

»Sieh an«, sagte er, »du bist ja der Kerl, nach dem wir suchen, Freundchen. Du kommst ebenfalls mit.«

Torres begann in einem Gemisch aus Spanisch und Englisch seine Unschuld zu beteuern. Angelo unterbrach ihn barsch. »Der Mann, dem du am Freitag auf der Bahnstation die Brieftasche geklaut hast, hat dein Bild aus einem ganzen Stapel herausgesucht. Du kommst mit. Aber zuvor werden wir beide uns ein bißchen unterhalten.«

Einer der drei Männer, die auf den Matratzen umherlagen, regte sich bei Angelos Worten. Es war ein mürrisch aussehender, schon älterer Mann. »*Officer*«, sagte er, »er neu hier. Noch nicht viel Beute gemacht.« Seine Hand kramte unter der Matratze nach Bargeld. »Ich helfe, Sache in Ordnung bringen.« Er sah den Kriminalbeamten mit einem gerissenen Feixen an.

»Scheiß auf dein Geld!« knurrte Angelo ihn an. »Wir wollen euer Geld nicht.« Er deutete auf den Mann, die beiden anderen im Zimmer und auf ein zweites Mädchen, das in einer Ecke kauerte. »Raus mit euch allen. Augenblicklich. Sonst hole ich die Einwanderung, daß sie sich mal eure Papiere ansieht.«

Die vier Südamerikaner verschwanden, als das Wort »Einwanderung« fiel, mit erstaunlicher Eilfertigkeit. Als sich hinter dem letzten die Türe schloß, richtete Angelo seine Aufmerksamkeit wieder auf Torres. »Ich möchte eines von dir wissen. Wo ist diese Kreditkarte gelandet. Für wen hast du sie geklaut?«

Hinter sich hörte Angelo eine rasche Salve in idiomatischem Spanisch. Er verstand nur zwei Wörter, *derechos civiles* — Bürgerrechte. Er warf dem Mädchen mit den großen Titten einen ärgerlichen Blick zu. Sie hockte noch immer über ihrem Topf mit dem brodelnden Stew, auf dem hübschen Gesicht ein feindseliger Ausdruck. Die muß hier raus, sagte sich Angelo. Er sah zu Rand hin, der noch immer unter der Tür stand. »Führen Sie sie hinunter zum Wagen«, wies er ihn an. »Ich komme mit ihm nach, sobald er angezogen ist.«

Rand zögerte einen Augenblick. Er nimmt ihn sich jetzt vor, dachte er. Er wollte etwas sagen, doch nicht vor den beiden. Zuviel stand auf dem Spiel, als daß sie irgendeine Meinungsverschiedenheit zwischen ihnen hätten bemerken dürfen. »Gehen wir«, sagte er zu dem Mädchen mit den großen Titten.

Torres hatte vom Boden eine Blue jeans aufgehoben und wollte sie gerade anziehen, als Rand und das Mädchen verschwanden.

»Laß die Hose fallen«, befahl ihm Angelo. »Du gehst noch nicht so rasch. Ich habe gesagt, daß ich mich mit dir unterhalten will. Also, wo ist die Kreditkarte gelandet, die du letzten Freitag geklaut hast? Wer hat sie gekauft?«

»Wovon reden Sie denn?« Der Kolumbianer zitterte, versuchte aber trotzdem, seiner Stimme einen trotzigen Ton zu geben.

»Du hast mich schon verstanden. Du hast am Freitag auf Bestellung geklaut. Genau nach Personenbeschreibung. Ich möchte wissen, wohin diese Scheißkreditkarte gegangen ist.«

Torres machte ein paar angstvolle Schritte nach hinten, wo er beinahe über einer Matratze zu Fall gekommen wäre. Er wich zurück, bis er dicht vor der Wand stand. Das Stew auf der Kochplatte brodelte noch immer geräuschvoll vor sich hin. Angelo folgte ihm »*Mii-ster*«, bettelte der Kolumbianer, »ich hab' meine Bürgerrechte.«

»Bürgerrechte? Du hast gar keine Bürgerrechte, du kleiner Dreckskerl. Deine Bürgerrechte sind dort, wo du sie zurückgelassen hast, in Bogotà.«

Angelo rückte Torres näher auf den Leib. Er war wenigstens einen Kopf größer als der Kolumbianer. Torres klapperte mit den Zähnen, vor Kälte, vor Furcht, überwältigt vom Gefühl der Wehrlosigkeit, wie es einen Gefangenen, der nackt vor seinen Häschern steht, immer überkommt. Er hielt die Hände über die Genitalien, zog die Schultern ein und wirkte noch magerer, als er es ohnedies schon war.

Er hatte gerade noch einen halben Schritt zur Wand gemacht, als Angelo zuschlug. Der Angriff kam so schnell, daß Torres völlig überrascht wurde. Angelos rechte Hand fuhr blitzartig hoch, packte ihn unter dem Kinn am Hals und warf ihn buchstäblich an die Wand. Zweimal schlug der Kopf des Kolumbianers gegen den Gips. Er erschlaffte, die Hände fielen herab. In diesem Augenblick packte Angelos Linke Torres' Hoden und preßte sie mit aller Kraft zusammen.

Der Kolumbianer stieß einen schrillen Schrei der Qual aus.

»Okay, du mieser Hund«, fauchte Angelo ihn an. »Jetzt sagst du mir entweder, wo diese Karte hingegangen ist, oder ich reiße dir die Eier heraus und stopfe sie dir in deinen verdammten Hals.«

»Sprechen! Ich sprechen«, schrie Torres.

Angelo lockerte seinen Griff eine Spur.

»Union Street. Benny. Der Hehler dort.«

Angelo quetschte wieder fester. »Wo in der Union Street?«

Torres heulte auf, Tränen des Schmerzes liefen ihm übers Gesicht. »Bei der Sixth Avenue. Gegenüber Supermarkt. Zweiter Stock.«

Angelo ließ den Taschendieb los. Torres taumelte zu Boden und wand sich in Qualen. »Zieh deine Hose an«, befahl ihm Angelo. »Wir gehn jetzt beide diesen Benny besuchen.«

Laila Dajani hatte beim Lunch die meiste Zeit geschwiegen, gleichgültig in ihren *tagliatelle verdi* und dem Salat herumgestochert, kaum von ihrem Bardolino genippt und anscheinend ihren Appetit, der ohnehin kaum vorhanden war, vollends mit einem Halbdutzend Zigaretten getötet. Und dabei hatte sie auf dem Weg zu dem Restaurant Michael mindestens dreimal angekündigt, daß sie über eine sehr ernste Sache zu sprechen habe.

Ihre Schweigsamkeit hatte ihren Liebhaber nicht weiter beunruhigt. Michael hatte einen Teller *fettucine* und anschließend eine Portion *fegato alla veneziana*, Kalbsleber mit Zwiebeln, verschlungen, alles um den Heißhunger zu stillen, an dem Laila ein gut Teil Verantwortung trug. Der Kellner trug ihre Teller ab und fegte obenhin mit seiner Serviette über den Tisch.

»Dessert?«

»Nein«, antwortete Michael. »Espresso, zweimal.«

Als er ging, beugte sich Michael vor und sah Laila an. Sie hatte sich umgezogen und trug jetzt eine weiße Bluse von Givenchy, die jedes Detail ihrer von keinem Büstenhalter beengten Brüste nachzeichnete. »Du hast doch gesagt, daß du etwas mit mir zu besprechen hättest.«

Laila zog eine neue Zigarette aus der Packung, zündete sie an und ließ langsam und nachdenklich den Rauch ausströmen. »Ich möchte, daß wir einen Augenblick über uns nachdenken.«

Michael grinste lasziv. »Okay, ich denke nach.«

»Michael, wir brauchen mehr Phantasie in unserem Leben.«

Michael hatte gerade einen Schluck von seinem Espresso genommen und hätte ihn beinahe wieder von sich gegeben, so mußte er über ihre Worte lachen. »Liebling, woran dachtest du da? Möchtest du von mir gepeitscht werden oder was sonst?«

»Michael, jetzt sei mal ernst. Die Liebe ist wie eine Pflanze, die ständig gehegt werden muß, wenn sie nicht verblühen soll. Wir müssen verrückte, wunderbare Dinge zusammen machen, damit unsere am Leben bleibt. Einfach so.« Sie schnippte mit den Fingern. »Wie es uns gerade einfällt. Einfach, weil uns danach zumute ist. Weil es für uns zwei ist.«

Michael lachte ein zärtliches Lachen und griff nach ihrer Hand. »An was denkst du da zum Beispiel?«

Laila schluckte nervös und tat so, als überlegte sie. »Verrücktheiten. Ich weiß nicht. Zum Beispiel, irgendwohin fahren, aus einer Augenblicksidee heraus. Wir zwei ganz allein. Sogar ohne Gepäck, nur du und ich.« Plötzlich überstrahlte ein Lächeln ihr Gesicht. »Paß auf, ich muß diese Woche für einen Tag nach Montreal fliegen und mir dort eine Kollektion ansehen. Ich nehme morgen die erste Maschine. Und du kommst nach. Mittags gibt es einen Direktflug. Wir treffen uns im Chateau Pontenac. Kennst du es?« Sie sprudelte ihre Ideen nur so heraus, um ihn mitzureißen im Strom ihrer Worte, während sie zugleich den Ton der Hysterie in ihrer Stimme hörte. »Es ist wunderbar dort! Hübsche, malerische Straßen. Man glaubt sich nach Paris versetzt. Wir machen eine Schlittenfahrt und essen im Bett zum Frühstück warme Croissants und flanieren die Saint Lawrence Street entlang und kaufen in den köstlichen kleinen Geschäften dort ein. O Michael, Liebling, mach doch mit! Mir zuliebe. Bitte.«

Ihre Hände schlossen sich um seine und streichelten sie zärtlich.

Michael küßte ihre Fingerspitzen. »Schatz, ich kann nicht. Unmöglich. Ich habe morgen zwei Aufnahmetermine für *Vogue,* die ich auf keinen Fall absagen kann. Außerdem dachte ich, wir gehen zu Truman Capotes Lunch.«

»O Michael, was soll uns denn dieses kleine Scheusal mit all den Ekeln, die ihn umschmeicheln? Ich möchte, daß wir etwas für uns selbst tun, ganz allein für uns.«

Michael nippte an seinem Espresso. »Wenn du unbedingt etwas wirklich Verrücktes tun willst, weiß ich was. Ich habe einen Bekannten in einer der Agenturen, der eine Wohnung in Acapulco besitzt. Er bietet immerzu an, sie mir zur Verfügung zu stellen. Wir nehmen die Maschine am Freitagabend und verbringen zusammen ein ganz tolles Wochenende in der Sonne.« Ein Frösteln überlief ihn. »Weißt du, in Quebec, da ist es so kalt.«

Laila streckte eine Hand aus, streichelte seine Wangen und fuhr mit ihren langen Fingernägeln zart über seine Ohren. »Das ist eine wunderbare Idee, Liebling.« Sie legte eine Pause ein. »Aber ich habe eben dieses komische Gefühl wegen morgen. Du weißt ja, wie abergläubisch wir Araber sind. Komm, mach bitte mit. Bitte.«

Michael nahm die Rechnung zur Hand, die der Kellner gerade auf den Tisch gelegt hatte. »Mein Engel, ich kann nicht. Wirklich nicht. Wenn ich die Aufnahmen sausenlasse, die ich morgen habe, kann ich gleich Arbeitslosenunterstützung beantragen.«

Laila sah ihm zu, wie er das Geld für die Rechnung abzählte. Wie weit darf ich gehen, fragte sie sich, wie weit?

Draußen war die Luft sehr frisch. Schnee, feucht und grau, schien sich anzukünden. »Hast du noch Aufnahmen zu machen?« fragte sie.

»Nein, ich habe mein Pensum für heute erledigt.«

Laila legte den Arm um Michaels Taille. »Dann gehen wir zurück in dein Studio«, sagte sie.

»Welchem Anlaß«, fragte Baron Claude de Fraguier, Generalsekretär im französischen Außenministerium, Henri Bertrand, »habe ich das Vergnügen dieses unerwarteten Besuches zu verdanken?«

Der Chef des französischen Geheimdienstes hielt nach einem Aschenbecher Ausschau. Mit einer Kopfbewegung deutete der Baron auf einen, der mitten im Raum auf einem Empire-Gueridon stand.

Bertrand ging zu seinem Sessel zurück, wobei er den übergroßen Aschenbecher unsicher in der Hand hielt.

»Am 15. April 1973«, antwortete er, »haben Ihre Leute einen Monsieur Paul Henri de Serre von der Atomenergiekommission für einen Dreijahresvertrag verpflichtet, wonach er als technischer Berater für das Nuklearprogramm Indiens tätig sein sollte. Er kehrte im November 1975 nach Frankreich zurück, ungefähr sechs Monate vor dem Ablauf seines Vertrages. Aus dem Dossier, das meine Kollegen von der DST mir über Monsieur de Serre gegeben haben, geht nicht hervor, warum er vorzeitig zurückkam. Vielleicht können Ihre Leute uns darüber Aufklärung verschaffen?«

Der Baron blickte Bertrand kühl an. Der Mann mißfiel ihm ebensosehr wie sein Geheimdienst. »Darf ich fragen, warum Sie das zu erfahren wünschen?«

»Nein«, erwiderte Bertrand und verbarg hinter seinem unergründlichen Gesichtsausdruck das Vergnügen, das es ihm bereitete, dieses Wort auszusprechen. »Das dürfen Sie nicht. Allerdings kann ich so viel sagen, daß meine Anfrage höchsten Orts sanktioniert ist.«

Diese Leute, dachte der Baron angewidert. Immer sind sie mit dem Elysée bei der Hand, um zu vertuschen, daß sie sich in die Amtsbereiche von anderen eindrängen. »Vermutlich, *cher ami*«, sagte er, während er Weisung gab, ihm das Dossier zu bringen, »werden Sie einen ganz alltäglichen Anlaß feststellen, wie eine arme, verwitwete Mutter in der Dordogne, die am Krebs stirbt.«

Als ein Gehilfe de Serres Dossier auf den Schreibtisch legte, schlug der Baron es selbst auf, wobei er sorgfältig darauf achtete, daß es der Reichweite von Bertrands Blick entzogen blieb. Dem Dokument über den Abschluß von de Serres Funktion in Indien war ein Vermerk beigefügt. Er verwies auf einen versiegelten Umschlag im Dossier, der ein Schreiben des französischen Botschafters in Neu-Delhi an den Vorgänger des Barons enthielt. Der Baron löste das Siegel und las den Brief, wobei er die offenkundige Ungeduld des SDECE-Chefs ostentativ ignorierte. Als er zu Ende gelesen hatte, faltete er den Brief zusammen, schob ihn wieder in den Umschlag, legte den Umschlag wieder in das Dossier und gab das Dossier seinem Assistenten zurück.

»Nicht weiter überraschend«, sagte er und legte in seine Stimme einen ätzenden Klang, der lange Jahre der Übung verriet. »Eine kleine schmutzige Affäre. Genau von der Art, die Ihre Dienste interessiert. Ihr Freund, Monsieur de Serre, wurde dabei ertappt, wie er die Kurierpost dazu benutzte, indische Antiken aus dem Land zu schmuggeln. Ziemlich wertvolle Objekte, wie sich herausstellte. Um keine peinlichen Ungelegenheiten mit unseren indischen Freunden zu riskieren, wurde er abberufen und auf seinen Posten bei der Atomenergiekommission zurückversetzt.«

»Interessant.« Bertrand drückte mit einer sorgfältigen Drehbewegung den Zigarettenstummel in dem Aschenbecher aus, den er in der Hand hielt. Da haben wir die Bruchstelle, dachte er. Nach solchen kleinen Charakterschwächen, nach den kaum wahrnehmbaren Sprüngen in der glatten Fassade zu suchen, die jemand der Welt präsentierte, und diese Risse auszuweiten und auszunutzen, das war eigentlich die Aufgabe, zu der Bertrand sich berufen fühlte.

Die schweren Zeiger der Empire-Messinguhr auf dem Schreibtisch des Barons zeigten, daß es bereits halb sieben Uhr war. Der samtene Mantel des Abends, die magische Stunde der Legenden und der Liebenden senkte sich auf Paris herab. Wenn er dieser Sache noch heute abend auf den Grund gehen wollte, mußte er sich beeilen. Er zögerte. Eigentlich, dachte er, sollte ich es bis morgen vormittag aufschieben. Doch sein CIA-Kollege hatte sehr besorgt gewirkt. Und die Araber, das wußte Bertrand, arbeiteten bis spät in die Nacht.

»Es tut mir leid, *mon cher*«, teilte er dem Baron mit. »Ich werde Ihren Funkdienst bemühen müssen, um eine eilige Nachricht an unseren Mann an der Botschaft in Tripolis durchzugeben. Angesichts dessen, was ich soeben von Ihnen erfahren habe, läßt sich das nicht aufschieben, bis ich wieder in meiner Zentrale bin.«

Jeremy Oglethorpe, der Evakuierungsexperte aus Washington, starrte entzückt das Bild vor ihm an, wie ein kleiner Junge an Weihnachten, der auf dem Boden im Wohnzimmer eine elektrische Eisenbahn entdeckt, die seine kühnsten Träume übertrifft. Eine ganze Wand der Betriebssteuerzentrale im Gebäude der New Yorker Verkehrsverwaltung in Brooklyn nahm eine Karte des U-Bahn-Systems ein. Jeder der 450 Bahnhöfe seiner drei Streckennetze war mit Namen und einem Lämpchen gekennzeichnet, jeder der in diesem Augenblick auf dem insgesamt 380 Kilometer umfassenden Streckennetz verkehrenden 506 Züge durch ein rotes Blinklicht markiert.

»Wunderbar!« sagte er. »Sogar noch eindrucksvoller, als ich es mir vorgestellt hatte.«

Er saß in der verglasten Zelle des Direktors, in der Mitte des Raumes, und neben ihm der Fahrdienstleiter, ein gutmütiger, etwas übergewichtiger Schwarzer. Auf dem Schreibtisch vor Oglethorpe war eine Karte des U-Bahn-Netzes ausgebreitet und daneben ein dicker Stapel Notizen, in einen weiß-grauen Aktendeckel des Stanford Research Institute eingeheftet. »Ich habe mich gründlich mit Ihrem Netz beschäftigt, Chef«, sagte er, »Sie haben 6000 Waggons zur Verfügung?«

»Heute waren es 5062. Ein paar müssen immer repariert oder technisch überprüft werden.«

»Und Sie können 250 Menschen in einem Waggon unterbringen?«

»Nur wenn Sie Krawall bekommen wollen. 200 ist unsere Obergrenze.«

Oglethorpe brummte etwas. Für mein Szenarium ist meine Zahl brauchbar, dachte er. »Chef, ich möchte, daß Sie sich mit mir ein Problem durch den Kopf gehen lassen. Nehmen wir an, wir müssen in einem Krisenfall Manhattan räumen. Schnell, wirklich schnell. Und wir wollen die Leute nicht nach Brooklyn oder Queens hinausschaffen. Wir wollen sie hierher bringen.« Oglethorpes pummeliger Finger deutete auf die U-Bahn-Stationen in der Upper Bronx, 207. Straße, Manhattan College und Woodlawn, 205. Straße, 241. Straße, Dyre Avenue und Pelham Bay Park.

Der Fahrdienstleiter drehte einen Plastikbecher mit schwarzem Kaffee in der Hand hin und her und betrachtete Oglethorpe mit einem skeptischen Blick. »Warum diese ganze Operation?«

»Nun, sagen wir, es ist zu befürchten, daß in Manhattan eine Atombombe versteckt ist. Oder daß die Russen kommen.«

Der Fahrdienstleiter überlegte einen Augenblick, stand dann auf und schaute auf die Karte mit dem Streckennetz herab. »Okay. Als erstes müßten Sie an die Züge denken, die bereits auf der Strecke sind, wenn Sie Alarm geben. Ich nehme an, Sie wollen sie ohne Halt durchschicken. Nehmen Sie einen Zug, der gerade in der Station Fulton Street oder in Broadway Nassau einläuft. Sie informieren den Fahrer: ›Wir müssen wegen eines drohenden Notstandes Manhattan räumen.‹ Dann sagen Sie ihm, daß er *nonstop* bis zur 205. Straße durchfahren und dort seine Ladung absetzen soll.«

Oglethorpe notierte in fliegender Eile, was der Mann sagte.

»Aber«, fuhr der Fahrdienstleiter fort, »das könnte ein bißchen schwierig werden. Die New Yorker lassen sich nicht gern kommandieren.« Er lachte kurz. »Oben in der Bronx werden Sie ein bißchen Hilfe brauchen, weil manche Leute sich weigern werden auszusteigen. Sie werden unbedingt zurückwollen, um ihre Frauen oder ihre Kinder oder ihre Schwiegermütter zu holen. Oder ihre Kanarienvögel.

Das größte Gedränge wird es unten in der Wallstreet und im Stadtkern geben«, fuhr der Fahrdienstleiter fort. »Auch mit den Leuten in der First und Second Avenue wird es heikel werden. Sie müssen zur Lexington Avenue, um einen Zug zu erwischen.« Er legte eine Pause ein und strich sich nachdenklich übers Kinn. »Das größte Problem wäre natürlich das Beladen der Züge. Alle Leute auf den Bahnsteigen werden versuchen, sich den Weg in die Waggons freizukämpfen.«

»Und jetzt sagen Sie mir«, fragte ihn Oglethorpe, »auf der Basis, die Sie hier umrissen haben, und wenn man die kleineren Schwierigkeiten einrechnet, die immer auftreten — wieviel Zeit ist nach Ihrer Schätzung notwendig, um nach diesem Plan Manhattan zu räumen?«

»Vermutlich vier bis sechs Stunden. Vielleicht ein bißchen mehr.«

»Und wenn wir Sie ersuchten, auch aus Queens und Brooklyn Leute rauszuschaffen?«

»Dann würde das Problem natürlich viel größer.«

Oglethorpe setzte sich, beschäftigte sich mit seinen Aufzeichnungen, ging seine Studie für das Stanford Research Institute durch. »Können wir unsere Kapazität steigern, wenn wir längere Züge nehmen?«

»Nicht zu machen«, antwortete der Fahrdienstleiter. »Wir verwenden Züge mit zehn Waggons, weil die Bahnsteige dafür konstruiert sind.«

»In welchen Abständen würden Sie die Züge fahren lassen?«

»Eineinhalb Minuten ist unser absolutes Minimum, und so weit gehen wir nur selten herunter. Noch kürzere Abstände würden garantiert zu Unfällen führen.«

»Okay.« Oglethorpe strahlte. Er sah Walsh mit einem beinahe triumphierenden Lächeln an. »Ich sagte Ihnen ja, das ist die Lösung. Jetzt eine Frage, Chef. Wenn Sie sofort damit anfingen — mit jeder Hilfe, die Sie wünschen —, könnten Sie mir diesen Plan zu Papier bringen, alles, Logistik, Signalsysteme, Zeitplanung — alles in zwei Stunden?«

»Ich glaube schon.«

»Großartig.« Oglethorpe sah wieder Walsh an. »Wir werden einen großartigen Plan bekommen.«

»Klar werden Sie einen großartigen Plan bekommen, *Mister*«, sagte der Fahrdienstleiter. Seine Stimme war tief und gelassen. »Er wird nur einen kleinen Fehler haben.«

»Welchen denn?«

»Er wird nicht funktionieren.«

»Nicht funktionieren?« Oglethorpe machte ein Gesicht, als hätte er einen Schlag in die Magengrube erhalten. »Was wollen Sie damit sagen, er wird nicht funktionieren?«

»Wer, glauben Sie, wird die Züge für Sie fahren?«

»Na, Ihre Fahrer«, antwortete Oglethorpe. »Wer denn sonst?«

»Das werden sie nicht tun, mein Freund, wenn sie erfahren, daß auf Manhattan Island eine Atombombe ist. Sie werden ihren ersten Zug hinauf zur Dyre Avenue bringen, das schon. Aber dann sind sie mit all den anderen zum Stationseingang hinaus. Auch die Weichensteller und die Rangierarbeiter, die Sie brauchen, um die Züge zu wenden, werden Ihnen abhauen.«

»Dann klären wir sie eben nicht auf«, murmelte Oglethorpe. »Wir werden sagen, es ist eine Übung.«

Der Fahrdienstleiter lachte, ein sattes herzliches Lachen. »Sie wollen dreieinhalb Millionen von der Insel Manhattan evakuieren und ihnen weismachen, Sie tun es nur zum Spaß? Als eine Art Übung?« Seine Stimme überschlug sich fast, so sehr erheiterte ihn die Absurdität des ganzen Vorhabens. »*Mister*, in ganz New York werden Sie keinen Menschen bei Verstand finden, der Ihnen einen solchen Blödsinn abnimmt.«

Er deutete mit der Hand auf den Übersichtsplan. »Und diese Bahnhöfe dort oben. Wer soll die Menschenmassen im Zaum halten? Die Bahnpolizisten bestimmt nicht. Die werden im ersten Zug sein, der hinauf zur Bronx fährt. Ich sage Ihnen, eine halbe Stunde, nachdem Sie damit angefangen haben, liegt jeder Zug in unserem ganzen Netz auf den Gleisen dort oben in der Bronx fest, und auf jeder U-Bahn-Station in der Innenstadt macht Ihnen eine heulende, tobende Menge alles zu Kleinholz.«

Oglethorpe hörte ihm in bestürztem Schweigen zu, während er mit einer Hand seine penibel geschriebenen Aufzeichnungen und die Studie des Stanford Research Institute umklammerte.

»Mit den U-Bahnen können Sie die Stadt nicht räumen«, schloß der Fahrdienstleiter, »und übrigens auch auf keinem anderen Weg.« Er blickte traurig auf die Papiere in Oglethorpes Hand. »Alles, was da drin steht, ist nur eine Handvoll Träumereien.«

Der sonst stets phlegmatische NEST-Chef war aufgewühlt wie ein Mann, der soeben erfahren hat, daß seine Frau Drillinge bekommen wird. Dreimal, seit er in seine Einsatzzentrale in der Kaserne in der Park Avenue zurückgekommen war, hatten seine Manhattan überfliegenden Helikopter starke Strahlung registriert, und jedesmal hatte sie sich auf geheimnisvolle Weise verflüchtigt, wenn seine Suchteams sich ans Werk machten.

Wie alles bei NEST war auch die Funkanlage eine Einrichtung, die unabhängig arbeiten konnte. Von den Batterien, Ersatzteilen und Schraubenziehern bis zu Handfunkgeräten war alles aus Las Vegas eingeflogen worden. Dadurch konnte Booth sich einigermaßen sicher fühlen, daß die CB-Fans, die Stationen der Presse und des Fernsehens seinen Funkverkehr nicht heimlich mithören konnten.

An den Wänden befanden sich riesige farbige Luftaufnahmen der fünf New Yorker Stadtbezirke. Ihre Rasterung war so fein, daß man mit Hilfe einer Lupe erkennen konnte, welche Farbe der Hut einer Frau hatte, die die Fifth Avenue entlangging.

Plötzlich hörte Booth im Stimmengewirr seines Funknetzes eine aufgeregte Meldung:

»Feder Drei an Boß. Registriere starke Strahlung.« Feder Drei war einer aus dem Hubschrauber-Trio der New York Airways, das Booth beschlagnahmt hatte.

Großer Gott, betete Booth, bitte gib, daß das nicht wieder ein blinder Alarm ist! Sonst werde ich noch verrückt.

Der Techniker und der Pilot in dem Helikopter versuchten gerade die Strahlung exakt zu lokalisieren, als einer der beiden rief: »Verdammt, sie wird schwächer!« Ein paar Sekunden verstrichen, dann war seine Stimme wieder zu hören. »Nein, doch nicht, Bill. Sie bewegt sich! Sie bewegt sich die Sixth Avenue hinauf!«

Booth schlug sich mit dem Handballen gegen die Stirn. Natürlich, das war die Erklärung! Die schlauen Hunde hatten die Bombe auf einem Lastwagen versteckt und kutschierten damit in der Stadt herum.

Fiebernd vor Aufregung verfolgten Booth und die Männer in seiner Einsatzzentrale, wie das Zielobjekt sich stetig die Sixth Avenue hinaufbewegte, bis über die 34. Straße hinaus. Plötzlich meldete sich der Hubschrauber, dessen Pilot herauszufinden versucht hatte, von welchem Lastwagen in dem Verkehrsgewimmel unter ihm die Strahlung ausgehen könnte, wieder bei Booth. »Zielobjekt bewegt sich nicht mehr.«

»Wo ist es?«

»Wie mir scheint, am Bryant Park, Kreuzung Sixth Avenue und 42. Straße!«

Booth erteilte einem Halbdutzend NEST-Transportern und FBI-Autos Weisung, Kurs auf die Kreuzung zu nehmen.

»Ich hab's!« rief der Techniker in dem ersten Transporter, der die Stelle erreichte.

»Wo sind Sie?« wollte Booth wissen.

»An der Fifth Avenue, gleich südlich der Kreuzung«, antwortete der Mann. »Direkt vor der Stadtbibliothek.«

Die Ziffern auf der Digitaluhr in dem holzgetäfelten Konferenzraum des Nationalen Sicherheitsrates zeigten 14.28 Uhr an. Der Raum war geschwängert von einem Gefühl der Hilflosigkeit. Den Tisch bedeckten Kaffeetassen, halb gegessene Sandwiches, Aschenbecher, die die Zigarettenstummel nicht mehr fassen konnten, und dazu Top-secret-Telegramme von der CIA, aus dem Verteidigungs- und dem Außenministerium.

Nichts in diesen Kabeln, nichts in den Meldungen, die über die raffinierten technischen Apparaturen der Kommunikationszentrale nebenan in diesen Raum gelangten, hatte den Anwesenden einen Lichtschimmer, einen Funken Hoffnung gebracht, daß es noch zu einer zufriedenstellenden Lösung der Krise kommen werde. Knapp zwanzig Stunden bevor das Ultimatum des libyschen Diktators ablief, waren die Vereinigten Staaten, nach Maos Ausspruch, den Harold Brown bitter zitiert hatte, der »mitleiderregende Riese«.

Während sie den Verlauf der Bombensuche in New York anhand der regelmäßig im Stundenabstand eintreffenden Berichte verfolgt hatten, war ihnen eines immer deutlicher geworden: Die Aufgabe war so enorm, ihre Ausführung derart zeitraubend, daß keine Hoffnung bestand, den Sprengsatz in der Frist aufzuspüren, die Gaddafi ihnen gesetzt hatte. Was die geheimen Botschaften anging, die das Weiße Haus aus jeder bedeutenden Hauptstadt der Welt, von allen Führern der wichtigen Staaten erreicht hatten, so drängten sie den Präsidenten ausnahmslos, gegen Gaddafis Drohung standfest zu bleiben. Doch kein einziger von ihnen hatte einen Vorschlag zu bieten, wie dies geschehen sollte, ohne New York und die Menschen in der Stadt in Gefahr zu bringen. Es war wieder einmal wie in der iranischen Krise. Amerikas Verbündete waren leicht mit Ratschlägen zur Hand, aber bemerkenswert furchtsam, wenn es darum ging, zu helfen oder zu handeln.

Jack Eastman atmete tief die Luft ein, die schwer war von Zigarettenqualm und scharfem Schweißgeruch. Plötzlich kam ihm der Gedanke, daß ihre Lage ganz der einer U-Boot-Besatzung ähnelte, die auf dem Meeresgrund in der Falle sitzt, weil ihr Boot sich aus unerklärlichen Gründen weigert, wieder an die Oberfläche zu steigen.

Kurz nach halb drei unterbrach ein Marine-Offizier einen CIA-Bericht aus Paris mit der Meldung, daß die letzte Einheit der Sechsten Flotte sich außerhalb des Hundert-Kilometer-Bereichs zurückgezogen hatte. Damit war Gaddafis Forderung erfüllt. Der Präsident nahm die Nachricht mit einer Mischung aus Erleichterung und Besorgnis auf. Er war sich sicher, daß nun ihre sämtlichen Hoffnungen an dem Unternehmen hingen, das er jetzt beginnen konnte: dem Versuch, einem Mann Vernunft zuzureden, der sechstausend Kilometer entfernt war, der noch eine Generation vorher ein bedeutungsloser Herrscher über eine Sandwüste gewesen wäre, nun aber dank seinem Öl, dem technischen Genie des modernen Menschen — und dem Wahnsinn des Westens, der sein kostbarstes Wissen auf den Markt getragen hatte — die Macht besaß, der Welt seine »Vision« aufzuzwingen. Die Menschheit, sinnierte der Präsident, konnte sich im Zeitalter des Schwertes Tyrannen leisten. Heute ist es damit vorbei.

Während aus der weißen Box der summende Klang der Raumflug-Ära kam und die *Doomsday* die Verbindung mit Tripolis wiederherstellte, warf er einen letzten Blick auf den gelben Schreibblock, der vor ihm lag. Er überflog die Notizen, in denen er die Ratschläge der Psychiater festgehalten hatte:

- Gaddafi schmeicheln; seine Eitelkeit als großer Weltpolitiker ansprechen.
- Er ist ein Einzelgänger. Muß sein Freund werden. Ihm zeigen, daß ich derjenige bin, der ihm aus der Ecke heraushelfen kann, in die er sich geblufft hat.
- Stimme immer leiser, ohne Drohung im Ton.
- Ihm *nie* den Eindruck geben, daß ich ihn nicht ernst nehme.
- Grundsätzlich in Ungewißheit halten; er darf nie wissen, woran er genau ist.

Gute Vorsätze für einen Mann, den die Polizei als Unterhändler einsetzt, sagte er sich, aber werden sie mir wirklich etwas nützen? Er schluckte und spürte, wie die Spannung ihm die Kehle zuschnürte. Dann sah er Eastman an und gab ihm zu verstehen, daß er bereit war.

»Herr Gaddafi«, begann er, nachdem er sich versichert hatte, daß der Abzug der Flotte dem Libyer bekannt war. »Ich möchte auf das ernste Problem zu sprechen kommen, das in Ihrem Schreiben angeschnitten wird. Ich verstehe, wie glühend Ihr Wunsch ist, daß Ihren arabischen Brüdern in Palästina Gerechtigkeit widerfährt. Seien Sie versichert, Herr Gaddafi, daß ich diese Gefühle teile, daß ich . . .«

Der Libyer unterbrach ihn. Seine Stimme war ebenso sanft wie zwei Stunden früher, aber aus seinen Worten sprach ebensowenig Konzilianz.

»Bitte, Herr Präsident, vergeuden Sie meine Zeit nicht mit Reden. Haben die Israelis mit der Räumung der ›besetzten Gebiete‹ begonnen, ja oder nein?«

»Keinerlei Spur irgendeiner Emotion«, meldete der CIA-Techniker, der den Stimmanalysator beobachtete. »Er ist völlig gelassen.«

Doch der Präsident ließ nicht locker. »Herr Gaddafi«, sagte er und versuchte, seine eigenen Gefühle im Zaum zu halten. »Ich verstehe Ihre Ungeduld, eine Regelung zu erreichen. Ich teile sie. Aber wir müssen gemeinsam den Grundstein für einen dauerhaften Frieden legen, der alle Betroffenen zufriedenstellt, nicht einen Frieden, der der Welt durch eine Drohung aufgezwungen wird, wie Sie sie über New York verhängt haben.«

»Nichts als Worte, Herr Präsident.« Der Libyer hatte ihn irritierenderweise abermals unterbrochen. »Die gleichen hohlen, heuchlerischen Worte, mit denen Ihr Land meine palästinensischen Brüder seit dreißig Jahren abzuspeisen versucht.«

»Ich versichere Ihnen, daß ich aufrichtig spreche«, konterte der Präsident — doch vergebens. Gaddafi ignorierte ihn und sprach weiter: »Ihre israelischen Verbündeten bombardieren und beschießen palästinensische Flüchtlingslager im Libanon mit amerikanischen Flugzeugen und Geschützen, töten arabische Frauen und Kinder mit amerikanischen Kugeln, und was bieten Sie? Worte, schöne Worte, und zur gleichen Zeit verkaufen Sie den Israelis skrupellos noch mehr Waffen, damit sie noch mehr Menschen aus unserem Volk töten können.

Und was tun Sie jedesmal, wenn die Israelis mit ihren illegalen Siedlungen meinen Brüdern das Land wegnehmen? Sie geben uns wieder schöne Worte und fromme Sprüche, und in Washington ringen Ihre Pressesprecher die Hände. Aber haben Sie schon jemals etwas unternommen, um die Israelis davon abzuhalten? Nein! Nie!

Nun, Herr Präsident, von jetzt an können Sie und die anderen führenden Leute in Ihrem Land sich Ihre Worte sparen. Die Zeit dafür ist vorbei. Endlich besitzen die Araber Palästinas das Mittel, sich die Gerechtigkeit zu verschaffen, die ihnen schon längst hätte widerfahren sollen. Und sie werden sie bekommen, Herr Präsident, denn andernfalls werden Millionen Ihrer Landsleute mit ihrem Leben für das Unrecht zahlen, das meinem Volk angetan worden ist.«

Die Wirkung von Gaddafis Worten wurde noch verstärkt durch seine unbewegt-monotone Stimme, eine Stimme, die so leidenschaftslos sprach, daß Jack Eastman an einen Makler denken mußte, der einem Kunden Börsennotierungen vorliest, oder an einen Piloten, der seine Checkliste für den Start durchgeht. Tamarkin und Jagerman gab die präzise, beherrschte Stimme die letzte Bestätigung dessen, was sie beide vermutet hatten: Dieser Mann würde nicht zögern, seine Drohung wahrzumachen.

»Ich vermag nicht zu glauben, Herr Gaddafi«, fuhr der Präsident fort, »daß ein Mann wie Sie, so stolz darauf, für seine Revolution kein Blut vergossen zu haben, im Ernst daran denken kann, dieses Werkzeug des Satans einzusetzen und Millionen um Millionen schuldloser Männer und Frauen zu töten und zu verstümmeln.«

»Herr Präsident.« Zum erstenmal war ganz leicht ein schneidender Ton in Gaddafis Stimme vernehmbar. »Warum können Sie das nicht glauben?«

Der Präsident war fassungslos, daß der Libyer diese Frage auch nur stellen konnte. »Weil es völlig irrational ist, eine Tat von bodenloser Verantwortungslosigkeit. Es ist . . .«

»Eine Tat, wie ihr Amerikaner sie begingt, als ihr eine ähnliche Bombe auf die Japaner abwarft. Wo waren da menschliches Mitleiden und Barmherzigkeit? Ist es recht, Tausende gelber Asiaten oder Araber oder Afrikaner zu töten, zu verbrennen, zu verstümmeln, aber unrecht, wenn dies sauberen weißen Amerikanern geschieht? Geht es darum?

Wer hat denn überhaupt dieses satanische Werkzeug geschaffen, wie Sie es nennen? Deutsche Juden. Wer allein hat es jemals eingesetzt? Weiße, christliche Amerikaner. Welche Staaten häufen diese Waffen auf, die die Welt vernichten können? Eure zivilisierten, fortgeschrittenen Industriegesellschaften. Es sind Produkte Ihrer Welt, Herr Präsident, nicht meiner. Und jetzt sind *wir* dran, um sie zu benutzen und dem Unrecht ein Ende zu machen, das Ihr an uns begangen habt.«

Der Präsident überflog in fliegender Hast seinen gelben Block. Nun, da er mit seinem Gegenspieler wirklich konfrontiert war, erkannte er erst, wie unzulänglich die Worte waren, die er sich aufgeschrieben hatte. »Herr Gaddafi.« Der sonst so strenge und selbstbewußte Bariton wurde unsicher. »So groß auch Ihre Empörung über die Ungerechtigkeiten sein mag, die den Palästinensern angetan werden, Sie werden doch einräumen, daß dafür nicht meine unschuldigen Landsleute in New York verantwortlich sind: die Schwarzen in Bedford Stuyvesant, die Portorikaner, die Millionen einfacher, fleißiger Männer und Frauen, die sich dort abrackern, um ihr tägliches Brot zu verdienen?«

»O doch, sie sind verantwortlich, Herr Präsident«, erwiderte der Libyer. »Alle miteinander. Wer ist verantwortlich dafür, daß Israel überhaupt geschaffen wurde? Ihr Amerikaner! Wer hat den Israelis die Waffen geliefert, die sie in vier Kriegen gegen uns einsetzten? Ihr Amerikaner! Wessen Geld hält sie über Wasser? Eures!«

»Glauben Sie denn, die Israelis würden Ihnen das straflos durchgehen lassen, selbst wenn sie einwilligen sollten, sich vorläufig zurückzuziehen?« fragte der Präsident. »Welche Garantien können Sie erhoffen, daß die Lösung, die Sie verlangen, Bestand haben wird?«

Ganz offensichtlich traf die Frage des Präsidenten den Libyer nicht unvorbereitet. »Lassen Sie von Ihren Satelliten, die mein Land beobachten, jetzt das Gebiet längs unserer Ostgrenze von der Küste bis Al Kufra absuchen. Dort werden Sie vielleicht einige neue Bauten finden. Meine SCUD-Raketen sind anders als Ihre. Sie können nicht um die Erde fliegen und einen Stecknadelkopf treffen. Aber sie können immerhin tausend Kilometer zurücklegen und die israelische Küste finden. Ich muß sie nur losschicken. Mehr Garantien brauche ich nicht, wenn diese Sache geregelt ist.«

Mein Gott, dachte der Präsident, es ist ja noch schlimmer, als ich es mir vorgestellt hatte. Er kritzelte hektisch auf seinem Schreibblock herum und hoffte, irgendeinen Gedanken von magischer Kraft zu finden, der die Saite anschlug, die er bisher nicht hatte entdecken können.

»Herr Gaddafi, ich habe den Verlauf Ihrer Revolution mit aufrichtiger Bewunderung verfolgt. Ich habe gesehen, wie klug Sie Ihren Ölreichtum eingesetzt haben, um Ihrem Volk Fortschritt und materiellen Wohlstand zu bringen.« Der Präsident tastete sich unsicher durchs Gelände und war sich dessen auch bewußt. »Sie wollen doch, wie Sie über New York auch denken mögen, sicher nicht erleben, daß Ihr Land und Ihr Volk durch einen thermonuklearen Holocaust vernichtet werden?«

»Mein Volk ist bereit, notfalls für unsere Sache zu sterben, Herr Präsident, ebenso wie ich.« Wieder war der Libyer zum Englischen übergegangen, um die Diskussion abzukürzen.

»Mao Tse-tung hat die größte Revolution in der Geschichte mit einem Minimum an vergossenem Blut zustande gebracht«, versetzte der Präsident. Das war zwar eine Unwahrheit, aber er folgte damit dem Rat der Psychiater. Beschwören Sie das Bild Maos, hatten sie gesagt, er sieht sich selbst als einen Mao der Araber. »Sie haben die gleiche Chance, wenn Sie vernünftig sind, Ihre Drohung gegen New York zurücknehmen und gemeinsam mit mir auf einen gerechten und dauerhaften Frieden im Nahen Osten hinarbeiten.«

»Vernünftig sein, Herr Präsident?« kam als Antwort. »Vernünftig sein bedeutet für Sie, daß palästinensische Araber aus ihren Heimen vertrieben, daß sie gezwungen werden können, dreißig Jahre lang in Flüchtlingslagern zu vegetieren. Vernünftig sein, das heißt, die Araber sollen der schleichenden Annexion ihres angestammten Bodens durch diese israelischen Siedlungen ruhig zusehen. Vernünftig sein heißt, wir Araber sollen zulassen, daß Ihr Amerikaner und eure israelischen Bundesgenossen weiterhin den Palästinensern ihre von Gott verliehenen Rechte auf ein Heimatland, einen Staat vorenthaltet, während wir euch weiterhin das Öl verkaufen, mit dem ihr eure Fabriken betreiben, eure Autos fahren, eure Wohnungen heizen könnt.

Alles das ist vernünftig. Doch wenn meine Brüder und ich zu euch, den an ihrem Elend Verantwortlichen, sagen: ›Gebt uns die Gerechtigkeit, die ihr uns so lange vorenthalten habt, oder wir schlagen zu‹, dann ist das mit einemmal unvernünftig. Plötzlich sind wir, weil wir Gerechtigkeit fordern, Fanatiker. Und ihr faßt es nicht, genausowenig wie ihr etwas begriffen habt, als das iranische Volk seinen Haß gegen euch gekehrt hat.«

Während Gaddafi sprach, schob Jagerman einen Zettel den Tisch hinauf in Richtung zum Präsidenten. Darauf hatte er die Worte geschrieben: »Die Taktik des größeren Ziels?« Damit war ein Manöver gemeint, das der Holländer einige Zeit vorher zur Debatte gestellt hatte: ein Versuch, Gaddafi zum Verzicht auf seine Drohung gegen New York zu überreden, indem man ihn dazu brachte, gemeinsam mit dem Präsidenten ein noch größeres Ziel anzustreben als sein eigenes Vorhaben. Seinen Ehrgeiz über den Rahmen hinaus zu steigern, den er selbst abgesteckt hatte. Leider hatte niemand im Nationalen Sicherheitsrat eine praktikable Möglichkeit anbieten können, die Theorie zu verwirklichen. Der Präsident sah den Zettel an, und plötzlich kam ihm eine Idee. Sie war so kühn, so dramatisch, daß sie vielleicht Gaddafis Phantasie entzünden würde.

»Herr Gaddafi«, sagte er, außerstande, seine Erregung im Tonfall zu verbergen. »Ich habe Ihnen einen Vorschlag zu machen. Sie nehmen die Drohung gegen meine Landsleute in New York zurück, und ich fliege sofort in der Präsidentenmaschine nach Libyen, ohne Begleitung. Ich, der Präsident der Vereinigten Staaten, stelle mich Ihnen als Geisel, während wir zusammen, Hand in Hand, einen Plan erarbeiten, der der Welt und Ihren palästinensischen Brüdern etwas noch Größeres schenken soll als das, was Sie vorgeschlagen haben — einen echten, dauerhaften Frieden, mit dem alle sich einverstanden erklären können. Wir werden diesen Frieden gemeinsam schaffen, und Ihr Ruhm wird größer sein als der Saladins, weil an ihm kein Blut klebt.«

Der völlig unerwartete Vorschlag des Präsidenten kam für seine Berater wie ein Blitz aus heiterem Himmel. Jack Eastman war entsetzt. Eine völlig undenkbare Vorstellung: der Präsident der Vereinigten Staaten als Geisel eines arabischen Öl-Despoten, irgendwo in einer Oase hinter Schloß und Riegel wie ein reisender Händler vor zweihundert Jahren, den Korsaren von der Barbarenküste entführten, um ein Lösegeld zu erzwingen.

Doch auf dem Gesicht des Präsidenten lag ein Ausdruck des Triumphes. Er war überzeugt, daß sein Schritt den psychologischen Schock liefern würde, der notwendig war, um das Dilemma zu lösen. Aus der Wechselsprechanlage kam kein Ton. Der Libyer, der ebenso erstaunt war wie die Berater des Präsidenten, war um eine Antwort verlegen. Warren Christopher, der stellvertretende Außenminister, brach das Schweigen im Konferenzraum.

»Herr Präsident, Ihr Vorschlag zeugt von großem Mut, aber ich glaube, es würde verfassungsrechtlich sehr, sehr schwierig werden.«

Der Präsident wandte sich ihm zu. Seine blauen Augen verrieten Ärger.

»Wir haben größere Probleme, wenn wir sechs Millionen Menschen in New York retten wollen, Mr. Christopher, und wie wir das tun sollen, sagt uns die Verfassung nicht, oder?«

Noch bevor Christopher antworten konnte, erfüllte Gaddafis Stimme bereits wieder den Raum. »Herr Präsident, Ihr Angebot hat meine Bewunderung. Ich spreche Ihnen meinen Respekt dafür aus. Aber es ist nicht notwendig. Mein Brief ist klar, und ebenso klar sind die darin enthaltenen Bedingungen. Wir verlangen nicht mehr. Einer weiteren Diskussion zwischen Ihnen und mir bedarf es nicht, weder hier noch sonstwo.«

Der Präsident fiel dem Libyer beinahe ins Wort. »Herr Gaddafi, ich kann Ihnen gar nicht genug ans Herz legen, meinen Vorschlag zu akzeptieren. Wir waren in den vergangenen zwei Stunden in Kontakt mit sämtlichen Führern der großen Staaten auf der Erde. Und auch mit allen bedeutenden arabischen Staatsoberhäuptern, Präsident Sadat, Präsident Assad, König Hussein, König Chalid. Sogar mit Yassir Arafat. Und alle, ausnahmslos alle, verurteilen Ihren Schritt. Sie stehen allein, sind isoliert, und das werden Sie nicht mehr sein, wenn Sie meinem Vorschlag Ihre Zustimmung geben.«

»Ich spreche nicht in ihrem Namen, Herr Präsident.« Das Arabisch des libyschen Diktators strömte in den Raum, und es hatte noch immer den langsamen, gleichbleibenden Tonfall wie zu Beginn. »Ich spreche für das Volk, für das arabische Volk. Seine Brüder sind es, die um ihren Besitz und ihre Heimat gebracht wurden, nicht die Brüder unserer Präsidenten und Könige, die in ihren Palästen verfaulen.« Plötzlich veränderte sich Gaddafis Ton, dem nun Ungeduld und Gereiztheit anzumerken war. »Das sind alles Reden, die zu nichts führen, Herr Präsident. Was getan werden muß, muß getan werden.«

»Wir registrieren eine gewisse Nervosität«, meldete der Techniker am Stimmanalysator.

»Ihr hattet dreißig Jahre Zeit, um meinem Volk Gerechtigkeit widerfahren zu lassen, aber ihr habt nichts getan. Jetzt haben Sie dafür vierundzwanzig Stunden.«

Der Zorn übermannte den Präsidenten der Vereinigten Staaten. »Herr Gaddafi.« Zur Bestürzung der Psychiater war er fast am Brüllen. »Wir lassen uns nicht erpressen! Wir lassen uns nicht zum Nachgeben zwingen durch Ihre widervernünftigen, maßlosen Forderungen, durch Ihre empörende Tat!«

Seinem Ausbruch folgte ein langes Schweigen, das nichts Gutes verhieß. Dann kam Gaddafis Stimme wieder, ebenso ruhig und gelassen wie früher. »Herr Präsident, an meinen Forderungen ist nichts maßlos. Ich verlange nicht, daß Israel vernichtet wird. Ich verlange nur, was recht und billig ist — daß meine palästinensischen Brüder die Heimat bekommen, die Gott allen Menschen in dem Land zugesprochen hat, das er ihnen gab. Wir Araber waren seit dreißig Jahren im Recht, doch weder mit Krieg noch mit politischen Mitteln ist es uns gelungen, unser Ziel zu erreichen, weil wir nicht die Machtmittel besaßen. Und die haben wir nun, Herr Präsident. Entweder Sie zwingen die Israelis, uns das Recht zu geben, das uns zusteht, oder wir werden wie Samson in eurer Bibel die Säulen des Tempels umstürzen, daß das Dach herabfällt und uns und alle, die in dem Tempel sind, unter sich begräbt.«

Während Muammar Gaddafi gegenüber dem Präsidenten diese Drohung aussprach, bereitete eines seiner Werkzeuge, von denen er im Notfall die Ausführung dieser Ankündigung erwartete, sich in einem New Yorker Schlafzimmer auf eine Liebesstunde vor. Warum bin ich hier? fragte sich Laila Dajani. Sie wußte die Antwort darauf. Weil ich schwach bin. Weil mir die stählerne Seele fehlt, die die andern haben und die ein Revolutionär einfach haben muß, wie Carlos sagt. Weil ich anfällig und wehrlos gegen die Todsünde des Terroristen bin: Ich denke zuviel.

Die Tür ging auf, und Michael kam herein. Er hatte sich ein Badetuch um die schmalen Hüften geschlungen und hielt in jeder Hand ein mit Weißwein gefülltes Glas. Er beugte sich zu Laila herab, küßte sie zart, gab ihr das für sie bestimmte Glas und legte sich dann neben sie aufs Bett. Einen Augenblick lagen sie schweigend so da. Michaels Hand glitt langsam, beinahe zerstreut über die Wölbung ihrer Brust.

»Michael?«

»Ja, Liebling.«

»Komm mit nach Quebec morgen.«

Michael richtete sich auf einem Ellenbogen auf und blickte zu Laila hinab. Selbst im schwachen Licht seines Schlafzimmers bemerkte er den kummervollen Ausdruck auf ihrem Gesicht, das schwache Funkeln der Tränen, die in ihren Augen hochstiegen.

»Linda, warum ist dir denn die Sache mit Quebec so wichtig? Du kommst ja gar nicht davon los.«

Laila drehte sich auf den Bauch, drückte ihre Zigarette aus, zog eine neue aus der Packung und zündete sie an. »Michael, ich habe dir gesagt, daß ich abergläubisch bin, nicht?«

Michael ließ den Kopf auf sein Kopfkissen sinken. Das ist es also, dachte er.

»In Brooklyn gibt es einen alten ägyptischen Weissager, den ich manchmal besuche. Unglaublich, wie's bei dem aussieht. Wenn man drinnen ist, meint man, man wäre an den Ufern des Nils. Seine Frau ist ganz in schwarz, wie eine Beduinenfrau. Ihr Gesicht ist tätowiert. Sie bringt einem eine Tasse *masbut*, arabischen Kaffee.«

Sie legte eine Pause ein.

»Der Weissager sitzt den ganzen Tag betend in einer kleinen, dunklen Kammer. Wenn du ihn sähest, wüßtest du, daß du einen heiligen Mann vor dir hast. Er hat ein unglaublich reines, asketisches Gesicht. Es glüht. Er nimmt deine Tasse und hält sie in den Händen. Er fragt dich nach deinem Namen, dem Namen deiner Mutter, deinem Geburtsdatum. Dann versinkt er betend in eine Art Trance. Man darf nicht rauchen, nicht die Beine übereinanderschlagen, nicht die Arme verschränken. Denn das würde den Strom unterbrechen, der zwischen dir und ihm hin- und hergeht. Immer wieder hört er auf zu beten und unterhält sich mit dir.«

Laila setzte sich auf, lehnte sich gegen die obere Lehne des Bettes und zog heftig an der Zigarette. »Michael, du würdest mir nicht glauben, wenn ich dir ein paar von den Dingen erzählte, die dieser Mann mir prophezeit hat.«

»Wie zum Beispiel ein geheimes Rendezvous in Quebec?«

Sie achtete nicht auf ihn.

»Ich habe ihn heute morgen wieder besucht. Am Schluß, kurz bevor ich ging, wurde er ganz starr, als sähe er etwas Schreckliches voraus. Er sagte: ›Ihnen steht jemand sehr nahe. Ein Mann. Ein junger, blonder Mann.‹ Er sagte es auf arabisch, ein *messarwarati*. Michael, weißt du, was ein *messarwarati* ist?«

Michael verdrehte den Kopf auf dem Kissen. »Ein lüsterner Ungläubiger?«

»Bitte, Liebling. Sei doch ernst. Ein Fotograf. Das konnte er doch unmöglich wissen, nicht?

Er sagte: ›Er schwebt hier in großer Gefahr. Schon bald. Morgen. Er muß sofort New York verlassen.‹«

Laila umklammerte seine Hand, bange vor dem Einsatz, den sie wagte. »Michael, höre auf mich, bitte. Fliege morgen nach Quebec.«

Michael stützte sich wieder auf einen Ellenbogen und betrachtete ihr kummervolles Gesicht, die Tränen, die auf ihren Wangenknochen schimmerten. Was für lächerlich abergläubische Geschöpfe Frauen doch sein können, dachte er.

Zärtlich küßte er ihr jede Träne vom Gesicht. »Süß von dir, Liebling«, sagte er, »daß du so über mich denkst.«

Dann lachte er leise. »Aber ich habe wirklich keine Verwendung für die Prophezeiungen eines alten arabischen Wahrsagers.«

Ich habe es versucht, dachte Laila und blickte ihren Liebhaber in tiefem Ernst an, Gott weiß, daß ich es versucht habe.

»Ein Jammer, Michael«, flüsterte sie. »Ach, was für ein Jammer!«

In Washington saß der Präsident zitternd auf seinem Stuhl. Gaddafis Worte über Samsons Tempelsturz hatten ihn mehr als alles andere erschüttert, seit er um Mitternacht auf den Bildschirmen im Pentagon die Explosion des Feuerballs mitangesehen hatte.

»Jack«, befahl er in einem heiseren Flüsterton, »lassen Sie der *Doomsday* durchgeben, sie sollen während der nächsten paar Minuten irgendeine Schwierigkeit mit der Verbindung simulieren. Wir brauchen etwas Zeit, um über diese Sache nachzudenken.«

Als die weiße Box verstummte, betrachtete der Präsident die Gesichter der Anwesenden. Auch auf ihnen lag Entsetzen. Es war, als ob das ganze

Ausmaß des Dramas, mit dem sie konfrontiert waren, erst jetzt, durch den fanatischen Starrsinn dieses Mannes in Libyen, ins Licht getreten sei. »Meine Herren«, fragte der Präsident, »was sagen Sie dazu?«

Admiral Fuller am anderen Ende des Tisches schien den Kopf unter seinen weißen Kragen zu ziehen, wie eine alte Meeresschildkröte sich in ihren Panzer zurückzieht. »Sir, nach meiner Meinung wird er uns nur eine Option offenlassen — ein militärisches Vorgehen.«

»Ich bin anderer Ansicht«, warf Außenminister Peabody ein, noch bevor der Admiral richtig zu Ende gesprochen hatte. »Es gibt eine andere Option, und ich finde, wir sollten sehr schnell eine Entscheidung darüber treffen. Statt noch weitere Mühe darauf zu verwenden, einem ganz und gar unvernünftigen Mann vernünftig zuzureden, müssen wir die kostbare Zeit, die uns noch bleibt, dazu nutzen, die Israelis zu einem Einlenken zu zwingen, das ihn zufriedenstellen und New York retten wird.«

»Ein solches Unternehmen hat zumindest den Vorteil, daß es sehr wenig Zeit in Anspruch nimmt«, bemerkte Bennington sarkastisch. »Lediglich die dreißig Sekunden, die Begin brauchen wird, um ›nein‹ zu sagen. Seit fünf Jahren weist die Agency immer wieder darauf hin, daß diese verdammten Siedlungen eine Bedrohung des Friedens sind und uns eines Tages noch in ernste Kalamitäten bringen werden. Leider Gottes hat sich keine andere Regierungsstelle bemüßigt gefühlt, etwas dagegen zu unternehmen.«

Während der Präsident seinen Beratern zuhörte, erfaßte ihn eine Sekunde lang das Verlangen, einen Urschrei auszustoßen. Ließen sich denn die Organe der amerikanischen Regierung nicht einmal durch die furchtbarste Krise aus ihrem stereotypen Reaktionsmuster bringen? Das Pentagon, dachte er, drängt uns, den Hundesohn in Stücke zu zerfetzen; das Außenministerium rät zum Nachgeben; die CIA versucht sich aus der Schußlinie zu bringen, wie sie es seit ihrer Pleite im Iran getan hat.

»Jack?« sagte er matt zu seinem Sicherheitsberater.

»Ich komme auf das zurück, was ich vor einer halben Stunde gesagt habe, Herr Präsident. Der entscheidende Faktor in dieser Krise ist die Zeit. Wenn wir die Israelis zu irgendeinem Zugeständnis bewegen können, dann können wir vielleicht damit Gaddafi veranlassen, seine Drohung zurückzunehmen. Oder zumindest seine Frist zu verlängern, was uns eine bessere Chance gäbe, diese verfluchte Bombe noch rechtzeitig zu finden.«

Der Blick des Präsidenten ging über Delbert Crandell hinweg zu den Psychiatern. »Was entnehmen Sie daraus, meine Herren?«

Tamarkin sah die Notizen an, die er eilig hingekritzelt hatte, während er Gaddafi zuhörte. Er war entsetzt, wie wenig er letzten Endes dem Präsidenten zu bieten hatte. »Ich glaube, wir haben es bei ihm mit einem Menschen zu tun, der Allmachtsgefühle hat, den ein schwacher, doch krankhafter Zug ins Paranoide kennzeichnet. Leute seinesgleichen haben oft Schwierigkeiten, mit Situationen zurechtzukommen, deren Ausgang offen ist, die mehrere Möglichkeiten in sich schließen.

Es kommt darauf an, ihm keinen Ansatzpunkt zu liefern, den er benutzen kann, um seine Aktionen zu kristallisieren. Vermutlich rechnet er ganz einfach damit, daß wir entweder vor ihm kapitulieren oder ihn mit der Vernichtung bedrohen. Mit anderen Worten, für ihn die Entscheidung fällen. Wenn wir das nicht tun, sondern ihn mit einer ganzen Reihe spezieller, peripherer Probleme eindecken, kommt er vielleicht ins Schwimmen.«

»Ich neige dazu, meinem jungen Kollegen recht zu geben«, bemerkte Jagerman. »Wenn Sie erlauben, Sir, möchte ich darauf hinweisen, daß wenig damit zu gewinnen ist, wenn man ihm weiter wegen des *Anlasses* zu seinem Schritt zusetzt. Er ist völlig überzeugt, im Recht zu sein, und Sie werden ihn nur noch störrischer machen, wenn Sie in diesem Punkt insistieren. Ich meine, Sie sollten sich statt dessen auf das *wie* konzentrieren, sollten versuchen, ihn durch alle möglichen weniger wichtigen, halbtechnischen Fragen nach der Durchführung seines Vorhabens abzulenken. Sie erinnern sich an meine ›Hamburger-oder-Hühnchen-Option‹?«

Der Präsident nickte. Jagermans »Option« wirkte in der gegenwärtigen Situation grotesk, doch sie beschrieb eine Technik für den Umgang mit terroristischen Geiselnehmern, die in jedem geheimen Polizei-Handbuch in der Welt zu finden war. Jagerman selbst hatte bei ihrer Formulierung mitgewirkt. Terroristen sollten danach mit einem endlosen Strom von Fragen und Problemen in Atem gehalten werden, die nichts mit dem Punkt, um den es eigentlich ging, zu tun hatten. Wie die Methode funktionierte, wurde immer wieder an der empfohlenen Reaktion auf die Forderung eines Terroristen nach Essen demonstriert: Was er wünsche, Hamburger oder Brathühnchen? Schenkel oder Flügel. Nur halb oder gut durchgebraten? Mit Senf oder Ketchup? Auf einer Scheibe Weißbrot? Getoastet? Vielleicht eine Beilage? Süß oder sauer? Mixed Pickles? Mit Zwiebeln oder nicht?

Einen Terroristen durch ein solch pausenloses Trommelfeuer von Fragen abzulenken, trug häufig dazu bei, ihn innerlich zu beruhigen, ihn der Realität auszusetzen und ihn schließlich zugänglicher zu machen. Der Holländer ergänzte diese Technik durch eine Reihe von Verfeinerungen. Beispielsweise ließ er dem Terroristen das verlangte Essen immer auf Porzellantellern, mit Gläsern und Silberbesteck schicken. Dies, so behauptete er, führe unter der Hand ein Element geschliffenen Betragens in die Beziehung zwischen Polizei und Terroristen ein. Zudem ließ er, wann immer dies möglich war, den Terroristen die Teller abspülen, bevor er sie zurückgab, und zwang ihn auf diese Weise, sich der Autorität zu fügen.

»Wenn es Ihnen gelingen sollte, eine Variante dieser Methode zur Wirkung zu bringen«, empfahl Jagerman, »dann könnten Sie vielleicht den Vorschlag anbringen, daß er das Gespräch mit Mr. Eastman fortführt, während Sie sich mit den Israelis unterhalten.«

»Versuchen können wir's ja«, erwiderte der Präsident. »Holen Sie ihn wieder in die Leitung, Jack.«

Er nahm den Dialog wieder auf. »Mr. Gaddafi«, begann er, »es gibt gegenwärtig, wie Sie wissen, achtundvierzig israelische Siedlungen in den von Ihnen als ›besetzte Gebiete‹ bezeichneten Regionen. Dort wohnen mehr als fünfzigtausend Menschen. Diese in der überaus knappen Zeit, die Sie uns eingeräumt haben, abzutransportieren, schafft kaum zu bewältigende logistische Probleme.«

»Herr Präsident.« Der Libyer sprach unverändert ruhig und höflich. »Diese Leute haben ihre Siedlungen in wenigen Stunden errichtet. Das ist Ihnen bekannt. Sie schleichen sich im Schutz der Nacht an, und wenn es Tag wird, präsentieren sie der Welt ein *fait accompli.* Wenn sie dazu nur ein paar Stunden brauchen, dann können sie auch binnen vierundzwanzig Stunden abziehen.«

»Aber Herr Gaddafi«, bohrte der Präsident weiter, »jetzt haben sie dort Ihr Zuhause, ihren Besitz, ihre Fabriken, ihre landwirtschaftlichen Betriebe, ihre Schulen, ihre Synagogen. Man kann doch nicht erwarten, daß sie innerhalb von vierundzwanzig Stunden das alles liegen- und stehenlassen und fortziehen.«

»Das kann ich erwarten und das erwarte ich. Ihr Eigentum wird unter Bewachung gestellt werden. Sobald der palästinensisch-arabische Staat gegründet ist, können sie zurückkehren und abholen, was ihnen gehört.«

»Was gibt uns denn Sicherheit, daß nicht Unordnung und Chaos ausbrechen werden, während die Israelis abziehen.?«

»Die Menschen, die jubelnd ihre Heimat wiederentdecken, werden für Ordnung sorgen.«

»Sie werden vielleicht jubeln, aber ich bin mir nicht sicher, ob das genügt, die Ordnung aufrechtzuerhalten, Sir. Sollten wir nicht König Hussein ersuchen, jordanische Truppen bereitzustellen?«

»Auf gar keinen Fall. Warum sollte diese Marionette der Imperialisten die Früchte dieser Ruhmestat ernten?«

»Was meinen Sie zur PLO?«

»Nein. Das sind Kompromißler und Verräter. Wir müssen die Männer von der Verweigerungsfront einsetzen.«

»Wir müssen unsere Vorbereitungen sehr, sehr sorgfältig treffen. Uns darüber klarwerden, welche Einheiten herangezogen werden sollen. Unter welchen Kommandeuren. Woher sie kommen, wie sie sich ausweisen sollen. Wie werden wir ihre Bewegungen mit denen der Israelis koordinieren? All dies verlangt genaue Planung und sorgfältige Diskussion.«

Wieder folgte aus Tripolis ein langes Schweigen ohne Erklärung. Dann antwortete Gaddafi: »Die sollen Sie bekommen.«

»Und die Bombe in New York? Ich nehme an, wenn diese Vorbereitungen getroffen sind, werden Sie uns sagen, wo sie sich befindet, und Ihren Leuten, die sie bewachen, über Funk Anweisung geben, sie zu entschärfen, ja?«

Abermals folgte ein langes Schweigen. »Die Bombe ist so eingestellt, daß sie beim Ablauf meines Ultimatums detoniert. Das einzige Signal, auf dessen Empfang ihr Funkempfänger programmiert ist, ist ein nur mir allein bekannter negativer Funkspruch, der sie entschärft.«

Jack Eastman gab einen leisen Pfiff von sich, als der Dolmetscher mit seiner Übersetzung zu Ende war. »Was für ein schlauer Fuchs. Das ist seine Garantie, daß wir ihn nicht im letzten Augenblick mit unseren Raketen eindecken. Wir müssen ihn am Leben erhalten, um New York zu retten.«

»Entweder das«, antwortete Bennington, »oder es ist eine sehr gerissene . . .« Er spitzte nachdenklich die Lippen. ». . . er könnte ja auch lügen. Und vielleicht war auch das mit den SCUD-Raketen gelogen.« Er wandte sich unvermittelt dem Präsidenten zu. »Herr Präsident, für unsere Planung wäre es von größter Bedeutung zu wissen, ob er lügt oder nicht. Wir haben hier einen bei der Agency entwickelten Apparat, der uns unschätzbare Dienste leisten könnte, wenn wir Gaddafi dazu bringen könnten, mit Ihnen über eine Fernsehverbindung zu sprechen.«

»Was ist das, Tap?«

»Es ist ein Gerät, das mit Hilfe von Laserstrahlen die Augenmuskulatur eines Mannes mit Ultra-Geschwindigkeit abtastet, während er spricht. Es registriert bestimmte charakteristische Veränderungen der Bewegungsmuster, die eintreten, wenn der Betreffende lügt.«

Der Präsident warf Bennington ein bewunderndes Lächeln zu. »Sie haben recht. Versuchen wir's damit.«

»Herr Gaddafi«, sagte er, als er den Dialog wiederaufnahm, »bei den sehr komplexen Diskussionen, zu denen es hier über das Westjordanland kommen wird, wäre es eine große Hilfe, wenn wir einander nicht nur hören, sondern auch sehen könnten. Auf diese Weise wären wir in der Lage, unsere Vereinbarungen mittels Landkarten und Luftaufnahmen auszuarbeiten, ohne daß sich Irrtümer einschleichen könnten. Würden Sie zustimmen, eine Fernsehverbindung zwischen uns beiden zu installieren? Wir könnten die dafür notwendigen Geräte sofort nach Libyen einfliegen.«

Wieder ließ sich Tripolis Zeit. Bennington drehte abwesend einen Pfeifensäuberer in seiner Dunhill und betete stumm, daß Gaddafi einwilligen möge. Zu seinem Staunen geschah es wirklich. Er gab nicht nur seine Zustimmung, sondern hatte auch in seinem eigenen Hauptquartier die notwendigen Geräte zu sofortiger Verfügung.

Der Bedauernswerte, dachte Bennington, der aus Gaddafis Antwort einen Ton des Stolzes heraushörte. Er ist so von der Technik als Spielzeug gefangen, daß er vergißt, wie weit wir ihm voraus sind.

Während der Techniker in der *Doomsday* sich daran machte, eine TV-Verbindung herzustellen, die die Bilder aus Tripolis zum Satelliten COMSAT über dem Atlantik und von dort zur CIA-Zentrale übermitteln sollte, rollten zwei Techniker der Agency ihren Augen-Abtaster in den Konferenzraum des Nationalen Sicherheitsrates.

Die Versammelten sahen fasziniert zu, wie die beiden Männer dieses neueste Instrument aus einem Arsenal von Waffen aufstellten, welche die CIA hatte konstruieren lassen, um die Abwehrbarrieren des menschlichen Gewissens zu durchbrechen und Menschen zu zwingen, Gefühle preiszugeben, die so tief verborgen waren, daß sie in manchen Fällen selbst nichts davon ahnten.

Das Gerät sah ungefähr wie ein tragbarer Röntgenapparat aus. Oben ragten zwei kleine, schwarze Metallröhren heraus wie die Augenmuscheln eines Fernrohrs. Aus diesen kamen zwei Lichtstrahlen, die bereits über den Fernsehschirm tanzten, auf dem Gaddafis Gesicht erscheinen sollte. Diese hochintensiven Laserstrahlen würden auf seine Augäpfel gerichtet werden und für den Minicomputer im Abtaster die winzigsten Veränderungen ablesen. Die Ergebnisse würden dann augenblicklich mit den bereits im Speicher befindlichen Kontrolldaten verglichen und auf dem Mini-Videoschirm ausgedruckt werden, der mit dem Gerät verbunden war.

Ein paar Sekunden lang wuchs und schrumpfte das Fernsehbild aus Tripolis auf dem Schirm wie eine Amöbe unter einem Mikroskop. Dann plötzlich gerann es zu einem scharfen Bild des libyschen Führers. Seltsamerweise wirkte es geradezu beruhigend. Gaddafi machte einen so jungenhaften, so schüchtern-ernsten Eindruck, daß die Möglichkeit, er könnte seine Drohung wahrmachen, als undenkbar erschien. In seiner schlichten, schmucklosen Khaki-Bluse, die nur seine Obristenepauletten zierten, wirkte er mehr wie ein Taktiklehrer an einer Offiziersakademie als ein Mann, der sich vorgenommen hatte, Gottes rächendes Schwert zu werden.

Eastman vermochte auf Gaddafis Gesicht keine Spur von Gefühlen oder innerer Anspannung zu entdecken, allenfalls die Andeutung eines ironischen Lächelns um die Mundwinkel.

Die winzigen Lichtpunkte aus dem Abtaster fuhren über den Bildschirm und kamen dann wie zwei Kontaktlinsen auf den Augäpfeln zur Ruhe.

»Wir sind auf Aufnahme«, sagte einer der beiden Techniker.

Diesmal, du Hundesohn, haben wir dich erwischt, dachte Bennington befriedigt und zog ausgiebig an seiner Pfeife.

Gegenüber dem Präsidenten glühte ein rotes Lämpchen an der Fernsehkamera auf, die sein Bild nach Tripolis übertrug.

»Es geht los«, wisperte Eastman.

Die Bilder der beiden Staatsführer wurden nun nebeneinander auf die Bildschirme an der Wand des Konferenzraumes geworfen. Der Präsident bemühte sich, trotz der Nervenbelastung eine Andeutung von persönlicher Wärme auf sein Gesicht zu zwingen; Gaddafis Ausdruck war frei von jedem Gefühl, wie der einer römischen Büste.

»Herr Gaddafi«, nahm der Präsident den Dialog wieder auf. »Ich denke, wir werden beide diese optische Verbindung, die wir jetzt hergestellt haben, sehr nützlich finden, wenn wir unsere schwierigen Probleme angehen. Ich glaube mich zu erinnern, daß Sie vorhin sagten, die Explosion der Bombe in New York werde durch eine automatische Zeiteinstellung gesteuert, die nur Sie allein mittels eines Funksignals aus Tripolis verändern können. Trifft das zu?«

Sämtliche Blicke im Raum waren auf Gaddafis Bild auf dem Schirm gerichtet, auf die zwei hellen Lichtpunkte des Abtasters, die nicht von seinen Augäpfeln wichen. Bevor er dem Präsidenten antwortete, griff seine rechte Hand in die Tasche in seiner Kampfbluse. Er knöpfte sie mit einer Langsamkeit auf, die beinahe weh tat. Dann zog er eine dunkle Sonnenbrille heraus und setzte sie unter den bestürzten Blicken seiner Zuschauer im Weißen Haus auf.

»Der Hundesohn!« entfuhr es einem der beiden CIA-Techniker.

Das Lächeln, das sich auf dem Gesicht des Libyers erst nicht hatte durchsetzen können, brach voll hervor. »Ja, Herr Präsident«, antwortete er, »das trifft zu.«

Im Vergleich zum Konferenzraum des Nationalen Sicherheitsrates wirkte die unterirdische Befehlszentrale, aus der Muammar Gaddafi zum amerikanischen Präsidenten sprach, geradezu spartanisch in ihrer Schlichtheit. Nicht viel größer als zwei Eheschlafzimmer, war sie durch eine brusthohe Trennwand aus Beton, auf die eine dicke Glasscheibe aufgesetzt war, in zwei Hälften geteilt. In der einen saß Gaddafi an einem einfachen Holztisch, auf den die Fernsehkamera gerichtet war, die sein Bild nach Washington übertrug. Dem Blickfeld der Kamera knapp entzogen war ein achtundzwanzigjähriger libyscher Absolvent der Universität von Texas. Er diente Gaddafi als Dolmetscher, so wie die Arabisten aus dem Außenministerium dem Präsidenten.

In der anderen Hälfte der Zentrale saßen fünf Männer an einem grauen, stählernen Schreibtisch. An den Wänden waren keine Landkarten zu sehen, neben ihren Ellenbogen standen keine Telefone mit Leuchtlämpchen, vor ihnen waren keine Geheimtelegramme aufgestapelt, die Ratschläge anboten. Ja, auf dem Boden lag nicht einmal ein Teppich. Unter diesen fünf Männern waren Gaddafis Ministerpräsident Salim Dschallud, sein Geheimdienstchef und Wladimir Iljitsch Sanchez »Carlos«, der elegante Terrorist aus Venezuela, sowie ein kurzgewachsener Mann mit dicken Brillengläsern und langem, ungepflegtem Blondhaar. Er war ein Deutscher, in einem kleinen Dorf im bayrischen Voralpenland geboren, der in den sechziger Jahren an der Freien Universität in Westberlin seine wahre Berufung als professioneller Radikaler entdeckt hatte. Er hatte unter anderem auch in Psychologie promoviert, und ebendies erklärte seine Anwesenheit in der Villa Pietri. Für die Summe von 50000 Dollar, eingezahlt auf eine Schweizer Bank, hatte er sich bereitgefunden, Gaddafis psychiatrischer Berater zu werden. Schon daß der Libyer sich überhaupt mit dem amerikanischen Präsidenten unterhielt, ging gegen seinen grundsätzlichen Rat. Auf seine Veranlassung hatte Gaddafi die erste Initiative des US-Geschäftsträgers abgelehnt, allerdings nur zögernd. Dieser Umstand und der irrationale Wutausbruch, als Gaddafi die Sechste Flotte auf seinem Radar erblickte, hatten den Deutschen in seiner Überzeugung bestärkt, daß der Libyer doch mit dem Präsidenten sprechen wollte — wie seine psychiatrischen Kollegen in Washington angenommen hatten.

»Meine Zeit, Herr Präsident«, sagte Gaddafi, »ist ebenso wertvoll wie Ihre. Ich bin nicht gesonnen, mich in ein langes Gespräch mit Ihrem Berater Eastman einzulassen und Ihnen damit die Möglichkeit zu verschaffen, sich auf andere Dinge zu konzentrieren.«

»Aber«, protestierte der Präsident, »ich muß doch mit Herrn Begin über unsere Note sprechen.«

Der Deutsche lächelte. Genau diese Antwort hatte er Gaddafi vorausgesagt.

Hinter seiner dunklen Brille starrte der Libyer in die Fernsehkamera. Ein schwaches Lächeln umspielte einen Mundwinkel. »Herr Präsident«, sagte er mit jäher Kälte im Ton, »Sie werden mir doch nicht erzählen wollen, daß seit der Explosion meiner Bombe fünfzehn Stunden vergangen sind, ohne daß Sie mit den Israelis Diskussionen über die Verwirklichung meiner Forderungen aufgenommen hätten.«

Das Bild des amerikanischen Präsidenten wurde auf der Mattscheibe eines gewöhnlichen, im Handel erhältlichen Philips-Farbfernsehgeräts mit einer Bildfläche von sechzig mal sechzig Zentimeter übertragen. Die Amerikaner lieferten eine Nahaufnahme, die nur Kopf und Schultern zeigte. Diese Einstellung hatten die Psychiater empfohlen. Ein sehr enger optischer Kontakt zu einer Autoritätsperson war bei Unterhandlungen mit einem Terroristen oft eine Hilfe.

In diesem Fall war er zumindest den beiden jungen Männern eine Hilfe, die das Gerät bedienten, welches nun auf die Augen des amerikanischen Präsidenten auf der Mattscheibe zwei Lichtstrahlen richtete. Diese Apparatur, von einer Stuttgarter Firma hergestellt, war »Carlos« zum erstenmal aufgefallen, als die westdeutsche Polizei sie bei Verhören mutmaßlicher Terroristen einsetzte. Mit Hilfe des deutschen Psychiaters hatte er sie erstanden und nach Tripolis gebracht.

»Natürlich habe ich mit den Israelis gesprochen«, antwortete der Präsident. »Ausführlich und sehr eingehend. Und ich kann Ihnen versichern, daß Herrn Begins erste Reaktion sehr entgegenkommend ist. Deswegen ist es ja so wichtig, daß ich meine Gespräche mit ihm wiederaufnehme.«

Der eine der beiden Techniker an dem Augenabtaster zuckte zusammen. Die grüne Linie, die quer über den Schirm des Oszilloskops lief, hatte einen sägeartig gezackten Verlauf angenommen, während der Computer die Worte des Präsidenten aufzeichnete. Der Techniker drückte rasch auf einen roten Knopf, der es ihm ermöglichte, mit dem durch die Glasscheibe von ihm getrennten Gaddafi zu sprechen.

»*Ya sidi*«, meldete er, »der Präsident lügt!«

Im Gesicht des Libyers zuckte kein einziger Muskel. Er nahm die dunkle Brille ab und beugte sich dicht vor die Kamera. »Herr Präsident«, sagte er, »ich habe Sie für einen ehrlichen, anständigen Mann gehalten. Ich stelle fest, daß ich mich darin getäuscht habe. Sie sprechen uns nicht nur jede Begabung ab, es mit der Technologie Ihrer Welt aufzunehmen, sondern Sie haben mich auch belogen. Eine weitere Unterhaltung zwischen uns ist zwecklos. Sie haben jetzt noch vierundzwanzig Stunden Zeit, um die Bedingungen in meinem Brief zu verwirklichen, oder die Bombe explodiert.«

Aus dem roten Avis-Leihtransporter blickte der Techniker des ersten NEST-Suchtrupps, der die Kreuzung der 42. Straße mit der Sixth Avenue erreichte, hinaus und musterte die breite Treppe der New Yorker Stadtbibliothek. Das Oszilloskop seines Detektors registrierte eine konstante Strahlung von vierzehn Millirad. Doch erstaunlicherweise befanden sich vor der Bibliothek keine parkenden Fahrzeuge. Nichts stand zwischen den Meßgeräten seines Fahrzeugs und dem monumentalen Treppenaufgang, gesäumt von zwei Löwen aus massivem Granit. Die Stufen waren, wie um die Mittagszeit üblich, stark belebt: Studenten, die eine Pause in ihrer Arbeit in den Lesesälen einlegten und hier draußen einen Hot dog verdrückten; Verkäuferinnen und Sekretärinnen aus den Bürogebäuden der Umgebung; Mittagsbummler und ein paar Leute, die ihre Hunde spazierenführten.

Was zum Teufel ist da bloß los? fragte sich der verdutzte Techniker.

Ehe er die Frage beantworten konnte, war vorne bereits Bill Booth eingestiegen. Er betrachtete erst das Oszilloskop und dann die Aussicht durch die Windschutzscheibe, ebenso ratlos wie sein Techniker. Über das Funknetz erhielt er durch einen Hubschrauber die Bestätigung, daß die verräterische Strahlung von irgendwoher drüben auf der anderen Straßenseite komme. Mittlerweile wimmelte die Gegend von FBI- und Polizeiwagen ohne amtliche Kennzeichen. Hinter seinem Fahrzeug waren zwei weitere NEST-Transporter eingetroffen. Sie bestätigten die Strahlung, die der erste festgestellt hatte.

Booth betrachtete verblüfft das Bild vor seinen Augen. Konnte es sein, daß jemand einen anderthalb Tonnen schweren Sprengkörper in dieses Gebäude geschafft hatte, bevor der erste Transporter die Stelle erreichte? Er sah die Bibliothek an — nein, sagte er sich, durch die dicken Fußböden und Decken könnte die Strahlung keinesfalls zu den Helikoptern hinaufdringen. »Mist!« knurrte er. »Vielleicht folgen wir jemandem mit einem Barium-Milchshake, der hier gerade aus dem Bus gestiegen ist.«

Er wies vier seiner Techniker mit tragbaren Detektoren an, über die Straße zur Bibliothek hinüberzugehen, und folgte ihnen dann selbst im Kielwasser ihres FBI-Bewachers. Die vier Männer bahnten sich unauffällig ihren Weg zwischen den Jungen hindurch, die auf dem Gehsteig Rollschuh liefen — um die Ohren Kopfhörer, damit ihnen ja kein einziger Ton der Disco-Melodien entging, nach denen sie tanzten —, vorbei an zwei attraktiven farbigen Mädchen im Afrolook und einem Straßenhändler, der Küchengeschirr verkaufte.

Sie näherten sich der Treppe in einer Art Dreiecksformation, aus verschiedenen Richtungen, damit sie die Richtung feststellen konnten, aus der die Strahlung kam.

»Sie kommt von dort drüben«, sagte der Techniker, neben dem Booth ging. Er grüßte mit einem Neigen des Kopfes Prudence, wie einer der beiden Löwen hieß, die die Treppe bewachten. Auf der Granitmauer dahinter saß ein Halbdutzend Leute, die die Morgenzeitung oder in einem Taschenbuch lasen oder einfach vor sich hin starrten.

»Einer von denen muß es sein«, sagte Booth.

Als sie näher kamen, veränderte die Strahlungsquelle ihren Platz. Und tatsächlich, einer der Menschen auf der Mauer, eine alte, gebeugte Frau in einem zerfransten schwarzen Mantel, schlurfte die Stufen herunter. Booth machte den andern ein Zeichen, sich zurückzuziehen, und folgte ihr zusammen mit dem Techniker und einem FBI-Beamten. So unauffällig wie möglich kreisten sie die Frau ein. Sie hatte ein abgehärmtes, wachsgraues Gesicht, dem nur zwei rostbraune Flecke Rouge auf den eingefallenen Wangen Farbe gaben — traurige, matte Reminiszenzen einer vielleicht einmal vorhanden gewesenen entschwundenen Schönheit. Als sie die Plakette des FBI-Mannes sah, preßte sie die schwarze Plastiktüte, die sie trug, an ihren mageren Busen.

»Es tut mir schrecklich leid, *Officer*«, stammelte sie, »ich wußte nicht, daß es unrecht von mir war. Ich bin Fürsorgeempfängerin.«

Mit einer ihrer knochigen Hände schob sie die graue Haarsträhne beiseite, die ihr aus der Wollmütze gerutscht war, und lächelte den massigen Beamten inständig bittend an. »Die Zeiten sind ja so furchtbar schlecht, und ich, ich . . .«, stammelte sie wieder, ». . . ich habe mir eben nichts Schlimmes dabei gedacht, als ich sie aufhob, um sie mit nach Hause zu nehmen. Ich wußte nicht, daß sie staatliches Eigentum sind. Wirklich, glauben Sie mir, ich wußte es nicht.«

Booth beugte sich nach vorne. »Entschuldigen Sie, *Ma'am*, was haben Sie aufgehoben?«

Ängstlich öffnete sie ihre Plastiktüte und hielt sie Booth hin. Er schaute hinein und sah eine graue Masse. Er fuhr mit der Hand hinein und zog den noch warmen Körper einer toten Taube heraus. Dabei erkannte er die todbringende Substanz in dem Ring, der an einem Fuß befestigt war.

»Großer Gott!« rief er. »Wie lange ist es her, daß Sie die Taube aufgehoben haben?«

»Gerade vor fünf Minuten. Kurz bevor Sie drei die Treppe heraufgekommen sind.«

Das also ist es, dachte Booth, während er auf die Tablette in dem Metallring starrte. Deswegen sind uns die Strahlungsquellen immer wieder entkommen. Schlaue Hunde. Wie viele von diesen Ringen, dachte er, lassen sie wohl durch die Gegend fliegen?

Er blickte die alte Frau mitleidvoll an. »*Ma'am*, wir möchten Sie zu Ihrem eigenen Besten ersuchen, uns ins Krankenhaus zu begleiten. Einige von diesen Tauben haben nämlich bösartige Krankheiten.« Er tätschelte beruhigend ihren Arm. »Aber Sie werden sehen, daß man Ihnen dort ein schönes Abendessen geben wird.«

Zum drittenmal innerhalb von knapp fünf Stunden waren die Männer, denen die Suche nach der Bombe in New York übertragen worden war, um Quentin Dewings Schreibtisch in der unterirdischen Notstandszentrale versammelt.

»Harvey«, fragte Dewing den Direktor der New Yorker Dienststelle des FBI, »haben Sie irgendeine Spur von diesem Mann aus Boston entdeckt, der in Gaddafis Lagern ausgebildet wurde?«

Hudson schüttelte den Kopf. »Nichts. Dabei klappern fünfzig Leute von uns seit zwei Stunden drüben in Brooklyn die Straßen ab. Aber eines ist sicher: Die Docker, durch deren Hände die Fässer mit Diatomee gegangen sind, haben ihn auf dem Foto nicht erkannt.«

»Schön. Dehnen Sie die Fahndung aus. Ich möchte, daß jedes Bauchtänzerinnenlokal und jedes arabische Restaurant von New Haven bis Philadelphia überprüft wird. Das ist wohl immer noch das Aussichtsreichste, was wir haben.«

Am anderen Ende des Konferenztisches meldete sich ein scharfes Hüsteln. »Was gibt's, *Chief*?« fragte Dewing den New Yorker Kripochef.

Al Feldman zupfte sich an einem Nasenflügel. »Wenn diese Typen auch nur halb so schlau sind, wie Ihre Leute sie uns schildern, dann gehen sie zum Mittagessen auf keinen Fall in irgendein arabisches Restaurant, sondern vermutlich in eine Pizzakneipe oder in einen *Hamburger Heaven*.«

»Gut, wir müssen uns alles vornehmen. Wie steht es mit unserer technischen Spurensuche? Was hat sich über das Haus ergeben, wohin die Fässer gingen?«

Dewing hatte die Aufgabe, das Haus in Queens nach Spuren abzusuchen, der zuständigen Abteilung der New Yorker Polizeibehörde übertragen. Den Hertz-Transporter, mit dem das Faß aus dem Hafen transportiert worden war, hatte er einem FBI-Spurensicherungsteam übergeben, das aus dem Washingtoner Kriminaltechnischen Untersuchungslabor per Flugzeug nach New York gebracht worden war. Beide Gruppen waren dazu angehalten worden, sich ihrer Aufgabe mit der penibelsten Sorgfalt zu unterziehen. Sie sollten selbst nach den kleinsten Spuren suchen, einem Fingerabdruck, einer Haarnadel, einer Zündholzschachtel, Schmutz auf dem Türabstreifer oder Schmierfett im Profil der Reifen des Transporters, nach allem, was irgendeinen Hinweis auf die Leute liefern konnte, die das Fahrzeug benutzt und das Anwesen in Queens betreten hatten.

Feldman zog ein schwarzes Notizbuch aus der Innentasche seiner Jacke und legte es auf den Schreibtisch. »Das Haus gehört einem Börsenmakler in Bay Shore, der in Pension gegangen ist. Erbschaft von seiner Schwester. Eine Frau hat es vergangenen August gemietet. Sie legte ihm eine volle Jahresmiete in bar hin, so daß er nicht allzu viele Fragen stellte. Wir haben eine Phantomzeichnung dieser jungen Araberin, die heute morgen das *Hampshire House* verließ, nach der Beschreibung des Portiers und des Zimmermädchens anfertigen lassen und ihm vorgelegt. Er glaubt, daß sie es war.«

»Die Botschaft in Beirut hat endlich ihren Visumsantrag beigebracht«, warf Salisbury von der CIA ein. »Der Name, unter dem sie sich im *Hampshire House* eingetragen hat, war fingiert. Sie haben uns aus Beirut ihr Foto geschickt, aber bei unseren Geheimdiensten liegt überhaupt nichts vor, was sie betrifft. Wir wissen lediglich, daß sie am 26. November mit dem TWA-Flug 701 auf dem John-F.-Kennedy-Flughafen angekommen ist.«

Dewing knurrte. »Weiter nach ihr suchen. Was gibt's zu dem Haus selbst zu sagen, *Chief*?« fragte er den New Yorker Kripochef.

»Wie die Nachbarn angeben, hat sich der Benutzer nicht sehr häufig dort blicken lassen. Der Autohändler an der Ecke meint allerdings, er hätte letzte Woche einen Hertz-Transporter dort herumfahren sehen.«

»Was für ein Kanalsystem haben sie in dem Viertel da draußen?«

Feldman, der sich beinahe das Lachen nicht verkneifen konnte, wandte sich zu dem Fragesteller um. Es war Bill Booth. Wie kommt er nur auf diese komische Frage, dachte Feldman.

»Ich werde ein paar von meinen Leuten hinausschicken, daß sie sich mal umsehn. Leute, die in engen Körperkontakt zu dem nuklearen Sprengkörper kommen, müssen in ihrem Urin und Kot radioaktive Spuren hinterlassen. Die Aussicht ist zwar nicht groß, aber wenn wir etwas finden, liefert uns das wenigstens die Bestätigung, daß es sich dabei um den Transport handelt, hinter dem wir her sind.«

Dewing quittierte Booths Bemerkungen mit einer knappen Geste und wandte sich wieder Feldman zu. »Wann können wir mit Ihrem Bericht rechnen?«

»In ungefähr einer Stunde. Sie haben ein paar Fingerabdrücke gefunden. Jetzt klappern sie die Geschäfte in der Gegend ab und suchen nach Leuten, die sie gekannt haben könnten. Und die Telefongesellschaft stellt im Moment eine Liste der Anrufe für uns zusammen.«

»Wie weit sind unsere Leute mit dem Transporter, Harv?«

Hudson hatte sich bei ihnen umgesehen, ehe er zu der Besprechung kam. »Sie untersuchen ihn gerade, Mr. Dewing. Im Augenblick wissen wir lediglich, daß das Fahrzeug 410 Kilometer auf dem Tageskilometerzähler hatte, als es am Abend zurückkam. Und das heißt, daß die Bombe innerhalb eines Kreises von 205 Kilometern Durchmesser weiß Gott wo sein kann.«

Das, dachte Dewing, bringt uns wirklich weiter. Unsere Laborleute sollen sich anstrengen, damit sie mehr herausbekommen.

»Und unsere Bemühungen, die Spur des gestohlenen Personalausweises zu verfolgen?« fragte er Feldman.

»Wir haben den Taschendieb, und wir nehmen uns jetzt den Hehler vor, für den er ihn geklaut hat.«

»Gibt es denn keine Möglichkeit, diesen Teil der Fahndung zu beschleunigen?«

»Mr. Dewing, hier müssen Sie sachte vorgehen. Kommt man manchen dieser Typen zu scharf, dann machen sie das Maul überhaupt nicht mehr auf. Und Sie sitzen da, mein Bester, und schauen dumm aus der Wäsche.«

»Dort oben.«

Pedro Torres, der Taschendieb aus Kolumbien, deutete mit einer Kopfbewegung auf den zweiten Stock des Backsteinhauses auf der gegenüberliegenden Straßenseite. Er saß im Fond von Angelo Rocchias Corvette und hielt die gefesselten Hände schützend über seine schmerzenden Lenden. Carmen, sein Mädchen, war bereits auf dem 18. Revier, wo sie gerade verhört wurde.

Angelo und Rand musterten von der vorderen Sitzbank aus das Haus. Die Fenster waren schmutzbedeckt, und das wenige, das man durch sie hätte sehen können, verdeckte eine Feuerleiter. »Wie sieht's da drinnen aus?« fragte Angelo.

Torres zuckte die Achseln. »Großer Raum. Ein Mädchen. Benny.«

Der Kriminalbeamte raunzte. »Typisch. Die versuchen sich als eine Art Großhandelsfirma zu tarnen. Sekretärin in einer Glaskabine, Büro und alles, was dazugehört. Kaufen, was ihnen in die Finger gelangt. Kameras, Fernsehapparate, Elektrogeräte, Teppiche, Autoteile, alles, was daherkommt. Eine Menge von den Burschen verleiht Waffen, für zwanzig Lappen die Nacht und dazu einen Anteil an der Beute.«

Er bog in die Sixth Avenue ein und begann nach einer Parkmöglichkeit Ausschau zu halten, die vom Fenster des Hehlerladens aus nicht mehr einzusehen war.

Auf halbem Weg bis zur nächsten Kreuzung manövrierte er schließlich den Wagen geschickt in eine enge Parklücke. »Okay«, sagte er und zog mit kräftigem Griff die Handbremse an. Er deutete mit dem Daumen auf Torres. »Ich geh' jetzt, und Sie bringen ihn eine Minute später nach. Verstecken Sie seine Handschellen unter dem Mantel, sonst laufen uns die Leute zusammen.«

Er holte eine Zigarre aus seiner Jackentasche und steckte sie an. Dann zog er unter dem Armaturenbrett ein altes Wettformular für Pferderennen heraus und machte sich auf den Weg. Er hielt es so vor sich hin, daß sein Kopf dahinter verschwand, und schlenderte die Sixth Avenue hinauf.

Vor der Ampel an der Ecke blieb er einen Augenblick stehen. Ein Stück die Union Street hinauf, vielleicht vierzig Meter vor dem Haus des Hehlers, stand ein Transporter der Elektrizitätsgesellschaft Con Ed. Die Besatzung war gerade damit beschäftigt, Holzbarrieren aufzustellen und einen Preßluftbohrer auszuladen. Müssen welche von uns sein, dachte Angelo. An der Mauer des Hauses lümmelten sich drei Schwarze in Denim-Hosen, mit Spitzbärten, dunklen Sonnenbrillen und Baskenmützen und lachten laut. Auch sie waren vermutlich Kriminalbeamte.

Das Hehler-Geschäft war nur durch ein Schild an der Tür — »Long Island Trading« — und den Namen des Besitzers gekennzeichnet: B. Moscowitz. Wie Angelo vorausgesagt hatte, saß neben der Tür eine unscheinbare Sekretärin, die sich lustlos die Fingernägel bemalte.

Sie sah Angelo überrascht an. Offensichtlich erwartete sie keine Besucher. »Was kann ich für Sie tun, *Mister*?«

Benny saß im nächsten Raum, hinter einer Glaswand. Er war ein kleiner, eingeschrumpfter Endfünfziger, der eine Weste trug und die Hemdsärmel hochgekrempelt hatte. Der Kragenknopf seines Hemdes war aufgeknöpft, die Krawatte hing schief. Auf seinem kahlen Kopf saß eine Hornbrille. Die Unterlippe war, wie der Kriminalbeamte bemerkte, nach vorn geschoben, wie bei einem schmollenden Kind, das mit den Tränen kämpft.

»Den da drinnen möchte ich sprechen«, antwortete Angelo der Sekretärin. Noch bevor das Mädchen Einwände erheben konnte, trat er in Bennys Büro.

»Was haben Sie hier zu suchen?« fauchte ihn der Hehler an.

Angelo zeigte ihm seine Dienstmarke.

Auf dem Gesicht des Hehlers war nicht die geringste Gemütsbewegung zu bemerken. »Was wollen Sie denn von mir? Ich betreibe hier ein legales Geschäft. Eine legale Handelsgesellschaft. Ich habe mit der Polizei nichts zu schaffen.«

Angelo stand vor dem Schreibtisch und blickte auf den erregten Hehler hinab. Langsam rollte er die Zigarre zwischen Daumen und Zeigefinger hin und her und versuchte dabei, mit seinen grauen Augen Benny auf seinem Stuhl festzubannen, dem kleinen Mann die volle Wucht seines, wie er es nannte, Gottvaterblickes zu verpassen. Schließlich nahm er die Zigarre aus dem Mund. »Hab' einen Freund von Ihnen mitgebracht, der möchte guten Tag sagen.«

Er drehte sich zur Tür um, und dort standen, wie er gehofft hatte, Rand und Torres. Angelo winkte ihnen hereinzukommen.

»Wer ist denn dieser Scheißtyp?« brüllte Benny. »Nie in meinem Leben gesehen.«

Angelo, gerade noch Gottvater, wurde nun zum Staatsanwalt. »Pedro Torres«, sagte er gebieterisch, »erkennen und identifizieren Sie den hier anwesenden Mr. Benjamin Moscowitz als die Person, die Sie beauftragte, am Freitagmorgen im Bahnhof Flatbush Avenue einem Pendler seine Personalpapiere zu entwenden, und der Sie dieselben aushändigten?«

Der Juristenjargon war zwar völlig belanglos, verfehlte aber zuweilen bei Leuten wie Benny nicht seine Wirkung. Torres trat unbehaglich von einem Fuß auf den anderen.

»*Yeah*«, antwortete er, »das ist er.«

»Der Scheißkerl weiß doch gar nicht, wovon er redet«, zeterte Benny.

»Was ist das überhaupt, ein abgesprochener Schwindel?« Er sprang vom Stuhl hoch und wedelte mit den Armen in der Luft herum.

Angelo drehte sich zu Rand um. »Schaffen Sie ihn hinaus«, sagte er mit einem Blick auf den Kolumbianer. Dann winkte er dem Hehler mit der Zigarre, sich hinzusetzen. »Ich möchte ein Wörtchen mit Ihnen sprechen, Benny.«

Noch immer protestierend, setzte sich der Hehler auf seinen Stuhl. Angelo hockte sich auf eine Ecke des Schreibtisches, so daß er ihn überragte. Er saß da, mit unbewegter Miene, und wartete, bis der Strom von Bennys aufgebrachten Worten abgeflaut war.

»Hören Sie mir zu, Benny. Ich weiß von dem Kolumbianer, daß Sie in der Woche fünfzig Kreditkarten kaufen.« Angelos Stimme hatte den vibrierenden, rauhen, aufrichtigen Ton eines Vertreters, der einen Abschluß machen möchte. »Aber mich interessieren nicht die fünfzig. Ich will nur über die eine etwas wissen, die Sie vergangenen Freitag klauen ließen.«

»Hören Sie mal, was soll das heißen? Ich mache keine solchen Sachen!«

Angelo warf Benny ein kaltes Lächeln zu. Sie wüßten doch beide, sollte dieses Lächeln sagen, wie sinnlos diese Beteuerung war. »Torres zieht nach dem Neun-Uhr-Zug im Bahnhof dem Mann die Brieftasche heraus und bringt die Papiere hierher. Um zehn mietet ein anderer mit der Kreditkarte drüben in der Fourth Avenue einen Hertz-Transporter.«

»Ihr Polizisten habt vielleicht Ideen. Mein Geschäft ist ein legales Unternehmen. Ich habe Unterlagen, die es beweisen. Alle möglichen Unterlagen. Vom Finanzamt. Wollen Sie meine Unterlagen sehen?«

»Benny, ich will überhaupt nichts sehen. Ich will lediglich wissen, wohin diese Karte gegangen ist. Es ist sehr wichtig für mich, Benny.« Ein schwacher Unterton von Drohung floß in die letzten Worte Angelos ein, doch wenn sie dem Hehler Angst machten, ließ er es sich nicht anmerken.

»Ich habe nichts Unrechtes getan. Ich bin ein Gebrauchtwarenhändler. Diese ganzen Sachen hier, alles legal.« Er wies mit einer Handbewegung auf seinen riesigen Kramladen von gestohlenen Waren, die er verhökerte.

»Benny.« Nun hatte Angelos Stimme nichts Freundschaftlich-Vertrauliches mehr. »Mir ist das scheißegal, was Sie hier für Zeug haben. Sagen Sie mir etwas über diesen Tag, diesen einen Tag, den vergangenen Freitag. Torres kommt hier mit einem Personalausweis an, den er zufällig gefunden hat, ja? Wir wissen alle, daß er ihn gefunden hat. Und sofort danach geht der Ausweis hier wieder raus. Wohin, Benny? Wohin, will ich wissen?«

Hinter Angelo öffnete sich die Tür des Büros und schloß sich leise wieder. Es war Rand. Er hatte Torres einem Hilfsteam auf der Straße übergeben. Die unscheinbare Sekretärin war, wie Angelo bemerkte, noch immer mit ihrer Maniküre beschäftigt, als ginge nichts Ungewöhnliches vor sich.

»Ich weiß darüber nichts.«

»Benny.« Angelo deutete mit seiner Zigarre auf ein Schild hinter der Bürotüre: Mittagspause. »Wenn Sie uns nicht entgegenkommen, machen wir Ihren Laden dicht.« Benny saß niedergeschlagen auf seinem Stuhl, wollte aber nicht klein beigeben.

»Wir werden Ihnen den Laden dichtmachen, Benny. Und wenn wir das tun, haben Sie hoffentlich eine ordentliche Brandversicherung.« Ganz langsam, ganz bewußt ließ Angelo die Asche von seiner Zigarre auf einige Papierfetzen fallen, die auf dem Boden verstreut lagen. »Schönes Brandrisiko hier. Eigentümer im Knast, Feuer bricht aus, Sie verstehn mich?«

Benny wurde blaß. »Sie gemeiner Kerl. Sie wollen doch nicht . . .«

»Wer hat denn was gesagt?« fragte Angelo und schnippte Asche auf die Papiere, die auf dem Schreibtisch des Hehlers lagen. »Aber ein schönes Feuer würde es hier schon geben.«

»Ich werde Amtsbeschwerde gegen Sie einlegen, daß Sie mir gedroht haben, mein Geschäft niederzubrennen.«

Angelo erinnerte sich an das, was Feldman ihm ein paar Stunden vorher zugeflüstert hatte. »Wissen Sie, was Sie mit Ihrer Amtsbeschwerde machen können, Benny? Die können Sie sich in den Arsch stecken.«

Der Hehler blinzelte ratlos. Sechsmal war er schon verhaftet worden, aber jedesmal freigekommen. Diesmal aber hatte die Sache etwas Bedrohliches, wie er es noch nie erlebt hatte. »Okay«, sagte er, und in seine Stimme schlich sich Resignation. »Ich hebe zwar hier nicht viel Bargeld auf, aber wir werden uns einig werden.«

»Benny.« Angelos Stimme war leise, aber energisch. »Ich bin nicht auf einen solchen Handel aus. Es ist mir scheißegal, was Sie hier in Ihrem Laden treiben. Es ist mir egal, wie viele Fürsorge-Schecks Sie verhökern oder was sonst. Ich will nur eines wissen, Benny: Wo ist diese Karte hingegangen?«

»Moment«, sagte Benny und bot allen Trotz auf, der ihm noch geblieben war. »Sie müssen mich meinen Anwalt anrufen lassen. Ich habe das Recht, meinen Anwalt anzurufen.«

»Klar, Benny.« Angelo setzte sein unlustiges Lächeln auf. »Rufen Sie Ihren Anwalt an.« Der Kriminalbeamte nahm die Zigarre aus dem Mund. Mit einem leisen Lachen klopfte er auf die Zigarre, und wieder fiel Asche auf den Schreibtisch. »Übrigens, Ihr Anwalt — taugt er was als Feuerwehrmann?«

Die dunkelbraunen Augen des Hehlers, noch ein paar Minuten vorher voller Wut, waren nun weich und schwammen in Tränen. Angelo betrachtete seine Beute. Bei jedem Verhör kam ein kritischer Augenblick wie dieser, wenn der Betreffende auf der Schwelle stand und schwankte und ein einziger geschickter Schubs ihn sanft hinüberbefördern konnte. Oder aber er bekam Angst vor den Folgen. Angst, wenn er einen anderen verpfiff, wich zurück und nahm es auf sich, in den Knast zu wandern. Der Kriminalbeamte beugte sich dicht zu Benny hin, und auf seinem Gesicht lag diesmal echte Wärme. »Ich muß lediglich wissen, wohin diese Karte ging. Benny. Dann ist zwischen uns beiden alles ausgeräumt.«

Die Unterlippe des Hehlers, die in permanenter Mißlaunigkeit nach vorn geschoben war, zitterte leicht. Das Kinn sank ihm auf die Brust. Dort blieb es einige Zeit, dann hob er den Kopf und blickte den Kriminalbeamten an. »Scheiß drauf«, sagte er, »machen Sie mich kaputt.«

»Angelo.« Es war Rand. Er sprach so sanft und wohlmoduliert wie ein Bankdirektor, der einem Kunden die Kreditlinie erhöht. »Könnte ich ein Wort mit Mr. Moscowitz sprechen, bevor wir ihn abführen?«

Der Kriminalbeamte blickte gereizt den Jüngeren und dann den Hehler an. Ein Gefühl ohnmächtiger Wut, der Demütigung, weil er vor Rands Augen gescheitert war, übermannte ihn. »Klar, *kid*«, sagte er und gab sich keine Mühe, seine Bitterkeit zu verbergen. »Unterhalten Sie sich mit dem Scheißkerl, wenn Sie wollen.« Er erhob sich von Bennys Schreibtisch und ging müde auf die Tür zum Vorzimmer zu. »Und versuchen Sie ihm eine kleine Brandversicherung zu verkaufen, wenn Sie schon dabei sind.«

»Mr. Moscowitz«, sagte Rand, als sich hinter seinem Partner die Tür schloß. »Sie sind, nehme ich an, jüdischen Glaubens?« Sein Blick ruhte auf einem goldenen Davidsstern, der aus dem offenen Hemdkragen des Hehlers lugte.

Benny sah ihn perplex an. Was soll denn das? dachte er verächtlich, ist der ein Professor oder was Ähnliches, daß er so daherredet — »jüdischen Glaubens«? Er schob trotzig das Kinn nach vorn. »*Yeah*, ich bin Jude. Na und?«

»Und die Sicherheit und das Wohl des Staates Israel liegt Ihnen am Herzen, nehme ich an?«

»Moment.« Benny gewann seine Fassung wieder. »Was wollt ihr Cops eigentlich? Israelische Staatsanleihen verklopfen?«

»Mr. Moscowitz.« Rand beugte sich nach vorn und legte die Arme auf den Schreibtisch des Hehlers. »Was ich Ihnen jetzt sage, sage ich Ihnen im strengsten Vertrauen, weil ich der Meinung bin, daß von allen Leuten gerade Sie es wissen sollten. Die Sache ist für den Staat Israel ungleich bedeutsamer als der Verkauf von ein paar Staatsanleihen.«

Angelo beobachtete die beiden durch die Glasscheiben. Benny wirkte zuerst skeptisch, dann betroffen, dann aufs höchste interessiert. Schließlich brach aus seinem Runzelgesicht die Erregung hervor. Er sprang von seinem Stuhl hoch, stürzte durch die Tür in das Vorzimmer und an Angelo vorbei, ohne dem Kriminalbeamten auch nur einen Blick zuzuwerfen. Zornig deutete er mit dem ausgestreckten Arm auf das Fenster.

»Es war ein Scheißaraber, der die Karte wollte. Treibt sich in der Kneipe dort unten an der Straße herum.«

Siehe da, dachte General Henri Bertrand, unser Kardinal hat sich in Sacha Guitry verwandelt, der ins *Maxim's* aufbricht. Wieder einmal stand er im eleganten Studio von Paul Henri de Serre, dem Kernphysiker, der den Bau und die erste Betriebsphase des von Frankreich gelieferten libyschen Reaktors beaufsichtigt hatte. Diesmal trug de Serre einen burgunderroten

Samtsmoking und eine schwarze Fliege. Die Füße steckten, wie der Direktor des SDECE bemerkte, in schwarzen Samtstiefeletten, die vorn mit Goldbrokat bestickt waren.

»Tut mir leid, daß ich Sie warten ließ.« Die Begrüßung durch de Serre war überschwenglich, besonders angesichts dessen, daß Bertrands Besuch ein kleines Diner gestört hatte, das der Hausherr einer Gruppe von Freunden gab. »Wir waren gerade dabei, das Dessert zu beenden.« Er trat an seinen Schreibtisch und nahm ein Zigarrenkistchen zur Hand. Er öffnete den Deckel und bot seinem Gast eine Zigarre an. »Probieren Sie eine der Davidoff Château-Lafite. Sie sind vortrefflich.«

Während Bertrand sorgfältig die Zigarre stutzte, ging der Wissenschaftler an den Getränkeschrank und goß aus einer Kristallkaraffe Kognak in zwei Ballongläser. Er reichte eines davon Bertrand, dann sank er in einen Ledersessel dem General gegenüber und machte den ersten genießerischen Zug an seiner eigenen Zigarre. »Sagen Sie, sind Sie in der Angelegenheit weitergekommen, über die wir heute vormittag gesprochen haben?«

Bertrand schnupperte an seinem Kognak. Er war vorzüglich. Seine Lider waren halb geschlossen, auf seinem Gesicht lag ein matter, melancholischer Ausdruck. »Praktisch so gut wie gar nicht, leider. Einen Punkt aber möchte ich mit Ihnen noch einmal durchsprechen.« Der anstrengende, schwierige Tag hatte die Stimme des Generals müde gemacht. »Diesen Störfall am Anfang, der Sie zwang, die Brennstäbe herauszunehmen.«

»Ach ja.« De Serre machte eine weitausholende Bewegung mit seiner Zigarre. »Das war eine recht peinliche Geschichte, weil der Brennstoff aus französischer Produktion stammte. Sie sind vielleicht darüber orientiert, daß unser Uranbrennstoff zumeist aus Amerika kommt.«

Bertrand nickte. »Es hat mich etwas überrascht, daß Sie diesen Vorfall in unserer Unterhaltung heute vormittag unerwähnt ließen.«

»Nun ja, *cher ami*«, antwortete de Serre, und seiner Stimme war weder Besorgnis noch Unsicherheit anzumerken, »das ist eine technisch derart komplizierte Sache, daß ich wirklich nicht dachte, es könnte Sie interessieren.«

»Ich verstehe.«

Die Unterhaltung ging eine weitere Viertelstunde ziellos dahin. Bertrand erkundigte sich bei dem Wissenschaftler nach der Zuverlässigkeit der Inspektionsmethoden der Internationalen Atomenergiebehörde. Schließlich leerte er mit einem müden Seufzer sein Glas und erhob sich.

»Bitte, *cher monsieur*, entschuldigen Sie noch einmal, daß ich Ihre Zeit in Anspruch genommen habe, aber diese Dinge . . .« Bertrands Stimme verlor sich. Er machte Anstalten, auf die Tür zuzugehen, blieb dann aber stehen und betrachtete hingerissen die Büste in der Vitrine, die in der Mitte des Raumes stand.

»Nicht zu sagen, wie prachtvoll das Stück ist«, bemerkte er. »Ich bin überzeugt, daß der Louvre nur wenige seinesgleichen hat.«

»Das trifft durchaus zu.« Monsieur de Serre bemühte sich nicht, seinen Stolz zu verbergen. »Ich habe dort noch nie etwas gesehen, was ihm gleichkommt.«

»Es muß Sie einige Mühe gekostet haben, von den Libyern eine Ausfuhrgenehmigung dafür zu bekommen.«

»Mein Gott!« In der Stimme des Wissenschaftlers schien die Erinnerung an den Verdruß nachzuschwingen, den er damit gehabt hatte. »Sie machen sich keinen Begriff, wie schwierig das war.«

»Aber schließlich gelang es Ihnen doch, nicht wahr?« sagte Bertrand mit einem leisen, vergnügten Lachen.

»Ja. Nachdem ich mich Wochen, buchstäblich Wochen mit ihnen herumgestritten hatte.«

»Nun, Sie sind ein glücklicher Mann, Monsieur de Serre. Ein glücklicher Mann. Aber jetzt muß ich mich wirklich auf den Weg machen.«

Der General ging gemütlich auf die Tür zu. Seine Hand lag schon auf dem Drehknauf, als er plötzlich innehielt. Er zögerte einen Augenblick. Dann drehte er sich blitzartig um. Sein Gesicht zeigte plötzlich keine Spur von Müdigkeit mehr. Die Augen, sonst immer halb geschlossen, waren weit geöffnet.

»Sie sind ein Lügner!«

Der Wissenschaftler erblaßte und wankte einen halben Schritt nach hinten.

»Die Libyer haben Ihnen keine Genehmigung erteilt, diese Büste aus dem Land zu bringen. Seit fünf Jahren haben sie niemandem erlaubt, etwas mit aus dem Land zu nehmen.«

De Serre taumelte rückwärts durch den Raum und sank in seinem Ledersessel zusammen. Auf seinem sonst so rosigen Gesicht lag die Blässe eines kranken Menschen; die Hand, die das Kognakglas umklammerte, zitterte.

»Das ist die Höhe!« keuchte er. »Empörend!«

Bertrand stand drohend vor ihm wie Torquemada vor einem Ketzer, der auf die Folterbank gefesselt ist. »Wir haben mit den Libyern gesprochen. Und hatten übrigens auch Gelegenheit, von dem Malheur zu erfahren, das Ihnen in Indien zustieß. Sie haben mich belogen«, dröhnte er, »seit ich heute vormittag den Fuß über diese Schwelle setzte. Belogen, was den Reaktor in Libyen angeht und den Schwindel, den die Libyer damit getrieben haben. Ich weiß es genau!« Der General folgte seinen inquisitorischen Instinkten, die ihm sagten, daß er nahe am Ziel war. Er beugte sich über den Wissenschaftler und drückte ihm seine kraftvollen Daumen auf die Schlüsselbeine. »Aber jetzt haben Sie ausgelogen, lieber Freund. Jetzt werden Sie mir alles erzählen, was sich dort abgespielt hat. Nicht in einer Stunde. Nicht morgen. Nein, jetzt sofort!«

Der General drückte so fest auf de Serres Schlüsselbeine, daß dieser sich vor Schmerz wand. »Denn wenn Sie nicht den Mund aufmachen, werde ich persönlich dafür sorgen, daß Sie den Rest Ihres Lebens im Gefängnis von Fresnes verbringen. Wissen Sie, wie es in einem Gefängnis zugeht?«

Bei dem Wort »Gefängnis« trat in de Serres Augen ein geradezu irres Flackern. »In Fresnes, *cher ami,* servieren Sie Ihnen nach dem Abendessen keine Davidoffs und keinen Rémy Martin. In Fresnes werden wehrlose alte Knacker wie Sie nach dem Abendessen von der ganzen Mannschaft in der Zelle rangenommen, bis ihnen Hören und Sehen vergeht.«

Bertrand spürte, daß sein Opfer von Panik erfaßt wurde. Jetzt, in diesen ersten Augenblicken hysterischer Angst, hatte der Inquisitor alle Vorteile auf seiner Seite. Mach ihn fertig, sagten Bertrands Instinkte, mach ihn rasch fertig, ehe er seine zertrümmerte Psyche wieder zusammenklauben kann. Und die lange geschulten, lange geschärften Instinkte ahnten auch, wo der zitternde Mann in seinem Sessel am schmerzlichsten getroffen werden könnte.

»Sie gedenken in ein paar Monaten in den Ruhestand zu treten, nicht wahr?« Bertrand zischte die Worte geradezu. »Und dann werden Sie jeden *sou* von Ihrer Pension brauchen, wenn Sie diesen Lebensstil weiterführen wollen, nicht? Ich weiß Bescheid, weil ich mir heute nachmittag Ihre Bankkonten angesehen habe. Auch das illegale Konto bei der Cosmos-Bank in Genf, das Sie sich zugelegt haben.«

De Serre stieß einen Schreckenslaut aus.

»Sie werden mir mit Auskünften behilflich sein, Monsieur de Serre. Das empfiehlt sich, denn sonst ruiniere ich Sie. Wenn ich mit Ihnen fertig bin, wird Ihre Frau nicht einmal genug Geld haben, um Ihnen Orangen nach Fresnes zu bringen.«

Bertrand lockerte den Druck auf de Serres Schlüsselbeine und schlug einen milderen Ton an. »Wenn Sie sich aber aufgeschlossen zeigen, verspreche ich Ihnen, mich für Sie einzusetzen. Was mich hierherführt, ist eine wichtige Angelegenheit. So wichtig, daß ich persönlich zum Staatspräsidenten gehen und ein gutes Wort für Sie einlegen werde. Ich werde dafür sorgen, daß diese Geschichte aus Ihrem Dossier ebenso vollständig getilgt wird wie Ihre kleine Episode in Indien.«

Monsieur de Serres Gesicht war nun aschgrau. Seine Brust hob sich schwer atmend, der Kiefer fiel ihm herunter. Großer Gott, dachte Bertrand, jetzt bekommt der meinetwegen einen Herzanfall. Ein würgendes Geräusch entrang sich de Serre. Er ließ das Kognakglas fallen und schlug sich die Hand vor den Mund, um das Erbrochene aufzufangen. Doch es schoß ihm zwischen den Fingern durch und ergoß sich in einem übelriechenden, gelbgrünen Strom über die Aufschläge seines burgunderroten Smokings und auf die schwarzen Hosenbeine. Verzweifelt tastete er an seiner Tasche herum, um ein Taschentuch herauszuzerren.

Dreimal nacheinander übergab er sich. Bertrand griff nach seinem eigenen Taschentuch, um de Serre zu säubern, doch dieser war mittlerweile halb zusammengesunken, hielt den Kopf in den Händen und schluchzte hemmungslos.

»Mein Gott! Mein Gott!« beteuerte er mit schriller Stimme, »ich wollte es nicht tun. Sie haben mich dazu gezwungen.«

Bertrand hob das Kognakglas, das auf den Teppich gefallen war, ging an den Getränkeschrank und füllte es mit Fernet Branca. Er war am Ziel und brauchte nicht mehr den Inquisitor zu spielen. Er brachte dem heftig zitternden Wissenschaftler das Glas. Während de Serre dankbar davon nippte, tupfte ihm Bertrand den gröbsten Schmutz von der Smokingjacke.

»Wenn man Sie gezwungen hat«, sagte er beruhigend, wie ein ältlicher Hausarzt am Bett eines Patienten, den er schon lange Jahre kennt, »wird alles viel einfacher. Erzählen Sie von vorn, wie alles angefangen und wie es sich genau abgespielt hat.«

»Ich fuhr jedes Wochenende nach Leptis Magna. Dort waren gelegentlich Objekte zu finden, besonders wenn ein Sturm den Sand aufgewühlt hatte.« Er zog ein Taschentuch heraus und schneuzte sich, angestrengt bemüht, seine Haltung zurückzugewinnen. »Ich habe dort einen libyschen Wächter kennengelernt, der mir manchmal für ein paar Dinar zeigte, wo ich Sachen finden könnte. Dann lud er mich eines Tages in seine Hütte zum Tee ein. Er hatte die Büste dort.« Er deutete auf den steinernen Kopf in der rosigen Beleuchtung seiner Vitrine, dessen Schönheit nun beinahe etwas Spöttisches hatte. Einen kurzen, rührenden Augenblick lang starrte de Serre das Kunstwerk an, wie vielleicht ein älterer Mann eine jüngere Frau, die ihm alles bedeutet, im Augenblick der Trennung ansieht. »Er bot sie mir für 10000 Dinar an.«

»Vermutlich ein Pappenstiel für ein solches Stück?«

»Das kann man sagen«, antwortete de Serre und zog die Nase hoch. »Sie ist Millionen wert. Zwei Wochen später wollte ich übers Pfingstwochenende nach Paris fliegen. Die Libyer hatten noch kein einziges Mal mein Gepäck angesehen, und darum beschloß ich, das Stück mitzunehmen.«

»Und am Flughafen hat der Zoll sich sofort darauf gestürzt?«

»Ja.« Monsieur de Serre schien erstaunt, wie rasch der General darauf kam.

»Natürlich, man hatte Sie ja in eine Falle gelockt. Und was geschah dann?«

Der entsetzte Ausdruck, der vorher über de Serres Gesicht gegangen war, als das Wort »Gefängnis« fiel, kehrte wieder. Er sah aus wie ein geängstigtes Tier in der Falle. Es würgte ihn wieder, und er goß den Fernet Branca hinunter.

»Sie haben mich ins Gefängnis geworfen.« Bertrand sah, daß de Serre am Rand der Hysterie war. »Das Gefängnis war ein schwarzes Loch. Ein schwarzes Loch ohne Licht und ohne Fenster. Ich konnte darin nicht einmal stehen. Es war völlig leer, keine Pritsche, keine Waschschüssel, keine Toilette, absolut nichts. Ich mußte in meinen eigenen Exkrementen hokken.«

Der Ärmste, dachte Bertrand, der sich mit solchen Verliesen auskannte.

Kein Wunder, daß er beinahe durchdrehte, als ich das Wort »Gefängnis« fallenließ.

Die Finger des Wissenschaftlers krallten sich in Bertrands Arme. »Ratten waren dort drinnen. Ich konnte sie im Dunkeln hören. Ich spürte, wie sie meine Haut streiften. Sie bissen mich.« Er schrie ungewollt, als er sich an die knabbernden Bisse der Ratten, ihre kratzenden kleinen Pfoten erinnerte. »Einmal am Tag bekam ich etwas Reis. Ich mußte ihn mit den Fingern und ganz rasch essen, daß die Ratten nicht dran kamen.« De Serre weinte nun hemmungslos. »Ich bekam Durchfall. Drei Tage saß ich in einer Ecke in meinem eigenen Kot und schrie die Ratten an, um sie mir vom Leib zu halten.

Dann holten sie mich. Sie sagten, ich hätte ihr Antiken-Gesetz verletzt. Sie ließen nicht zu, daß ich mit dem Konsul telefonierte. Sie sagten mir, ich müßte entweder ein Jahr in einem solchen Gefängnis sitzen oder . . .«

»Oder ihnen behilflich sein, Plutonium aus dem Reaktor verschwinden zu lassen?«

»Ja.«

Rasch und verzweifelt stieß de Serre das Wort heraus. Bertrand stand auf, nahm das Glas des Wissenschaftlers und füllte es noch einmal mit Fernet Branca.

»Wer kann Ihnen einen Vorwurf machen, so wie die mit Ihnen umgesprungen sind«, sagte er und reichte dem zitternden Mann das Glas. »Wie sind Sie vorgegangen?«

Monsieur de Serre nahm einen Schluck und saß dann einen Augenblick schweigend da. Er versuchte, seine Haltung zurückzugewinnen.

»Es war relativ einfach. Das Problem, das am häufigsten bei Leichtwasserreaktoren auftritt, sind schadhafte Brennstäbe. Irgendeine Schwachstelle in der Umhüllung. Die Spaltungsprodukte, die sich darin aufbauen, wenn das Uran brennt, sickern durch die undichte Stelle in das Kühlwasser des Reaktors und verseuchen es. Wir gaben vor, daß dies in unserem Fall geschehen sei.«

»Aber«, bemerkte Bertrand, der an das Gespräch mit seinem wissenschaftlichen Berater zurückdachte, »diese Reaktoren sind doch so komplexe Anlagen. Und sie sind gespickt mit Sicherungsvorrichtungen. Wie konnte Ihnen die Sache gelingen?«

Monsieur de Serre schüttelte den Kopf, während er sich noch immer bemühte, die grausigen Bilder der letzten Minute zu verscheuchen. »*Cher monsieur,* die Reaktoren selbst sind vollkommen. Sie sind mit derart vielen, fabelhaften Sicherungsanlagen ausgerüstet, daß man ihnen tatsächlich nichts anhaben kann. Doch die kleinen Dinge um sie herum, das sind immer die wunden Punkte. Es ist wie . . .«, de Serre legte eine Pause ein. ». . . ich hatte vor Jahren einen engen Freund, der Rennen fuhr. Ich war einmal mit ihm beim Grand Prix in Monte Carlo. Er fuhr damals für Ferrari, und man hatte ihm einen herrlichen neuen Zwölf-Zylinder-Prototyp gegeben. Der Wagen war Millionen wert. Aber er streikte, als er zum erstenmal am Hôtel de Paris vorbeifuhr. Nicht weil an dem wunderbaren Ferrari-Motor etwas gefehlt hätte. Sondern weil eine Gummidichtung für zwei Franc nicht hielt.

Was unseren Fall betrifft, begannen wir mit den Instrumenten, die in jeder der drei Brennkammern die Radioaktivität messen. Sie sind wie alle Instrumente dieser Art. Sie funktionieren mit Hilfe eines Rheostaten, der von Null an aufwärts zählt. Wir veränderten einfach die Einstellung nach oben, wodurch das Instrument Radioaktivität anzeigte — obwohl natürlich keine da war. Wir zapften dann eine Probe des Kühlwassers ab und schickten sie zur Analyse ins Labor. Da das Labor unter libyscher Regie stand, erhielten wir das gewünschte Ergebnis.«

»Und die Inspektoren und Sicherheitsvorkehrungen der Atomenergiebehörde in Wien?«

»Wir unterrichteten die Atomenergiebehörde, daß wir den Reaktor stillegen würden, um eine schadhafte Ladung herauszunehmen. Per Briefpost natürlich, um ein paar Tage Zeit zu gewinnen. Wie wir vorausgesehen hatten, entsandten sie ein Team Inspektoren, die uns beim Auswechseln beobachten sollten.«

»Wie konnten Sie diese Leute überzeugen, daß mit Ihrem Brennstoff wirklich etwas nicht in Ordnung sei?«

»Das war gar nicht notwendig. Wir hatten die Ausdrucke der falsch eingestellten Meßgeräte, die wir inzwischen wieder auf null gestellt hatten. Wir hatten die Labor-Ergebnisse. Und der Brennstoff selbst war so radioaktiv — wer hätte ihn sich schon genauer ansehen wollen?«

»Und die Inspektoren hatten keinen Verdacht, daß Sie ihnen etwas vorspiegelten?«

»Das einzige, was sie mißtrauisch machte, war der Umstand, daß alle drei Brennstoff-Ladungen des Reaktors zur selben Zeit Defekte zeigten. Sie müssen wissen, daß der Brennstoff in drei völlig voneinander isolierte Kammern eingegeben wird. Doch da er aus ein und derselben Quelle stammte, war es immerhin vorstellbar. Mit Mühe und Not, aber doch vorstellbar.«

»Und wie haben Sie die Brennstäbe aus dem Abklingbecken geholt, nachdem die Inspektoren dort ihre Kameras aufgestellt hatten, die alle Viertelstunden Aufnahmen machten?«

»Das hatten die Libyer eingefädelt. Die Kameras, welche die Internationale Atomenergiebehörde verwendet, sind österreichische Fabrikate, Psychotronics. Die Libyer kauften ein halbes Dutzend davon über einen Mittelsmann. Jede Kamera hat zwei Objektive, ein Weitwinkelobjektiv und ein normales, und sie sind so eingestellt, daß sie in einem bestimmten Zeitabstand aufnehmen. Die Libyer horchten die Kameras der Atomenergiebehörde mit hochsensiblen Stethoskopen ab, bis sie die Sequenz herausgefunden hatten. Dann nahmen sie mit ihren eigenen Kameras, von genau derselben Stelle aus, dieselbe Szene auf, die von den Kameras der Atomenergiebehörde fotografiert wurde. Sie machten riesige Vergrößerungen von den Fotos und plazierten sie vor die Kameras aus Wien, so daß diese praktisch Aufnahmen von Bildern fotografierten.«

»Und so konnten Sie ganz gemütlich die Brennstäbe herausholen.« Wieder dachte Bertrand an das Gespräch mit seinem wissenschaftlichen Berater. »Aber wie haben Sie die Inspektoren hinters Licht geführt, als diese wiederkamen, um nachzuprüfen, ob die Brennstäbe noch da waren?«

»Höchst einfach. Als die Libyer die echten Stäbe herausgeholt hatten, bestückten sie das Becken mit Attrappen, die mit Kobalt 60 behandelt worden waren. Die geben das gleiche bläuliche Glühen von sich, den Czerinkon-Effekt, wie echte Brennstäbe. Und sie ergeben identische Werte auf den Gammastrahlendetektoren, die die Inspektoren in das Becken tauchen, um zu kontrollieren, was darin ist.«

Bertrand konnte sich eine gewisse Bewunderung für den Einfallsreichtum der Libyer nicht versagen. »Wie haben sie das in dem Uran enthaltene Plutonium abgesondert?« Aus seiner Stimme war nun jede Feindseligkeit gewichen und an ihre Stelle Mitgefühl für den Mann getreten, der da gebrochen vor ihm saß.

»Damit hatte ich überhaupt nichts zu tun. Ich war nur ein einziges Mal an dem Ort, wo sie diese Sache machten. Es war eine landwirtschaftliche Station, etwa zwanzig Kilometer von der Anlage entfernt, an der Küste. Sie besaßen eine Reihe von Konstruktionsskizzen für eine Wiederaufbereitungsanlage, die sie sich in den Vereinigten Staaten beschafft hatten. Eine amerikanische Firma, die Phillips Petroleum, hat in den sechziger Jahren solche Informationen verbreitet. Es handelte sich um sehr ausführliche Skizzen und Konstruktionsmuster sämtlicher Komponenten, die an dem Prozeß beteiligt sind.

Sie kürzten den Prozeß ab, vernachlässigten eine ganze Menge fundamentaler Sicherheitsvorkehrungen. Aber wie die Dinge heute liegen, ist alles, was man für den Bau einer solchen Anlage braucht, auf dem Weltmarkt zu haben. Nichts, überhaupt nichts, was nicht zu beschaffen wäre, selbst das Entlegenste.«

»Ist das nicht alles fürchterlich gefährlich?« Der Direktor des SDECE dachte an die Warnung, die sein junger Berater am Vormittag über die Strahlungsgefahr ausgesprochen hatte.

Monsieur de Serre wurde plötzlich vom Gestank seines beschmutzten Smokings abgelenkt, eine schmerzende Erinnerung an den Alptraum, den er gerade durchlebt hatte. »Mein Gott, ich muß mich umziehen«, sagte er. »Sehen Sie, es waren Freiwillige, alle miteinander. Palästinenser. Eine Lebensversicherung möchte ich ihnen nicht ausstellen. In fünf, zehn Jahren . . .«, sagte er achselzuckend, ». . . aber ihr Plutonium haben sie bekommen.«

»Wie viele Bomben könnten sie damit bauen?«

»Mir sagten sie, daß sie pro Tag zwei Kilogramm Plutonium wiederaufbereiten, genug für zwei Bomben in der Woche. Das war im vergangenen

Juni. Alles in allem und unter Berücksichtigung einer gewissen Fehlerquote würde ich sagen, daß sie wohl genügend Material für vierzig Bomben beisammen haben.«

Bertrand stieß einen leisen Pfiff aus, wobei ihm die Asche von seiner Davidoff fiel. »*Mon dieu!* Würden Sie irgendeinen von diesen Leuten auf einer Fotografie wiedererkennen?«

»Vielleicht. Der Mann, mit dem ich zu tun hatte, war ein Palästinenser, kein Libyer. Ein kräftiger Mensch mit einem Schnurrbart. Er sprach perfektes Französisch.«

»Ziehen Sie diese Sachen aus«, befahl ihm Bertrand. »Sie begleiten mich zum Boulevard Mortier.«

Monsieur de Serre sah den SDECE-Chef an, und in seinen Augen schimmerte es feucht. Auf dem Gesicht, noch eine halbe Stunde vorher so herablassend, lag nun ein flehentlicher Ausdruck. »Heißt das, daß ich verhaf . . .«

Der Wissenschaftler brachte es nicht über sich, das Wort zu Ende zu sprechen. Bertrand tat die Frage mit einer verächtlichen Bewegung seiner Zigarette ab. »Im Augenblick, Monsieur de Serre, sind Sie meine geringste Sorge. Wir haben es mit einem ernsten Problem zu tun, mit einem fürchterlichen Problem, zu dem Sie leider einen erheblichen Beitrag geleistet haben. Sie werden mir jetzt helfen, es zu lösen, und diese Leute identifizieren.«

Der Wissenschaftler rappelte sich wankend aus seinem Sessel hoch. Von seiner beschmutzten Hose tropfte das Erbrochene. Er ging auf die Tür zu. »Ich gehe mich jetzt umziehen.«

Bertrand folgte ihm. »Sie werden«, sagte er, »angesichts der Umstände, wohl nichts dagegen haben, wenn ich Sie begleite.«

In jeder Weltkrise kommt einmal ein Augenblick, wo der Präsident der Vereinigten Staaten das Bedürfnis verspürt, auf kurze Zeit den Kreis seiner Berater zu verlassen, sich mit den ein, zwei Vertrauten abzusondern, in deren Gegenwart er sich vollkommen entspannt fühlt und deren freimütigem Urteil er uneingeschränkt vertraut. In den düsteren Stunden nach dem japanischen Angriff auf Pearl Harbor hatte Franklin D. Roosevelt sich an die gebrechliche Gestalt Harry Hopkins' gehalten. Die Stimme, auf die John F. Kennedy während der Kubakrise gehört hatte, war die seines Bruders Robert. Und nun, nach seinem bedrückenden, katastrophalen Telefongespräch mit Gaddafi war der Präsident mit Jack Eastman allein. Er ging mit ihm langsam auf der kolonadengeschmückten Terrasse auf und ab, die den Westflügel mit seinem Amtssitz verbindet.

Die Nachmittagssonne schien noch warm, und rings um die beiden Männer fiel der schmelzende Schnee in kleinen Brocken auf die Erde, mit dem sanften Rauschen eines leichten Regens. Der Präsident schwieg, die Hände in die Hosentaschen gerammt. Am Ende der Kolonnade hielt ein Geheimdienst-Beamter, die Arme über der Brust gekreuzt, diskret Wache.

Schließlich brach der Präsident sein Schweigen. »Wissen Sie, Jack, mir kommt unsere Situation wie die eines Menschen vor, der von irgendeinem unbekannten Virus befallen ist, gegen das offenbar keines der von seinem Arzt empfohlenen Wundermittel anschlägt.« Er blieb stehen und blickte über die Gartenanlagen des Weißen Hauses hinüber zur Ellipse. Dort irgendwo stand der »Nationale Weihnachtsbaum«, dessen Kerzen er in ein paar Stunden aufflammen lassen sollte. Es war eine alljährlich stattfindende, beruhigende Demonstration der Hoffnung, eine Bekräftigung des Glaubens an gewisse, die Zeiten überdauernde Werte, die den Amerikanern am Herzen lagen und die sie in guten und in schlechten Zeiten zu bewahren hofften.

Der Präsident blieb stehen und legte Eastman einen Arm um die Schulter. »Was tun wir jetzt?«

Eastman hatte diese Frage erwartet. »Nun, eines werden wir wohl nicht tun: uns noch einmal an ihn wenden. Sie müßten vor ihm kriechen. Und was die Psychodoktoren auch sagen, ich glaube nicht, daß er sich durch Argumente zur Vernunft bringen läßt. So, wie er spricht — nein.«

»Ich glaube es auch nicht.« Der Präsident nahm die Hand von Eastmans Schulter und fuhr sich durch das dichte, gewellte Haar. »Damit bleibt uns also nur Begin, nicht?«

»Begin oder daß die Leute in New York dieses verdammte Ding finden.«

Die beiden Männer gingen weiter.

»Wir bieten Begin eine unumstößliche Garantie seines Staates innerhalb der Grenzen von 1967, wenn er sich bereit findet, aus dem Westjordanland herauszugehen; und fordern die Sowjets auf, sich daran zu beteiligen, was sie sicher tun werden. Es ist ohnehin die einzige vernünftige Lösung für das verdammte Schlamassel dort.« Der Präsident wartete auf die Reaktion seines Freundes und Beraters.

»Schon«, sagte Eastman und schüttelte den Kopf. »Aber so, wie die Dinge liegen, sehe ich einfach nicht, daß Begin mitmachen wird. Jedenfalls nicht, solange Sie nicht bereit sind, aufs Ganze zu gehen. Erinnern Sie sich an das, was General Ellis gestern abend sagte? Sind Sie bereit, einzugreifen und selbst diese Siedler hinauszuwerfen, wenn er sich weigert? Oder zumindest damit zu drohen?«

Wieder schwieg der Präsident. Das Ausmaß dessen, was Eastmans Worte beinhalteten, war keine angenehme Vorstellung. Aber, dachte er, die Vorstellung, daß New York durch eine Wasserstoffbombe vernichtet wird, ist noch ungleich schlimmer.

»Es bleibt mir nichts anderes übrig, Jack. Ich muß ihn mir vornehmen. Gehen wir in den Konferenzraum zurück.«

William Webster vom FBI legte gerade seinen Telefonhörer auf, als die beiden eintraten. »Was gibt's?« erkundigte sich Eastman.

»Sie haben aus New York angerufen. Tatsächlich ist dort eine Bombe. Sie haben soeben radioaktive Spuren um ein Haus in Queens entdeckt, wo das Ding anscheinend vergangenen Freitag ein paar Stunden lang versteckt war.«

Nach den Maßstäben der Stadt, deren Oberhaupt er war, war das Amtszimmer des Bürgermeisters von New York winzig, kleiner als das Büro so mancher Sekretärin in den hohen Glastürmen an der Wallstreet und im Zentrum von Manhattan. Hier saß in diesem Augenblick Abe Stern und starrte das Ölporträt seines Vorgängers Fiorello La Guardia an, das an der Wand gegenüber hing. Stern bemühte sich, den Zorn und die Frustration zu bändigen, die in ihm tobten. Ebenso wie der Präsident achtete er angestrengt darauf, der Öffentlichkeit eine Fassade der Normalität zu bieten. Diesem Zweck zuliebe hatte er sich in der vergangenen halben Stunde mit den im Rathaus akkreditierten Reportern unterhalten, die seinen antiken Kirschholz-Schreibtisch wie ein Schwarm zorniger Hornissen umdrängten. Die Schreckensvisionen, die ihn seit seiner Rückkehr aus New York bedrängten, lagen ihm schwer auf der Seele, aber dennoch war er hier dreißig Minuten gesessen und hatte sich bemüht, die Transportprobleme zu erläutern, die mit der Beseitigung des Schnees auf den Straßen zusammenhingen.

Erleichtert sah er die letzten der Reporter verschwinden, dann ließ er seinen nächsten Besucher hereinkommen, den Budgetdirektor. »Was wollen Sie denn?« fuhr er den sanftmütigen Brillenträger an.

»Der Polizeipräsident möchte sein ganzes Personal für einen Notstand mobilisieren. Stellen Sie sich das vor, Euer Ehren.«

»Dann lassen Sie ihn doch.«

»Aber«, protestierte der Budgetdirektor nervös, »das bedeutet doch, daß wir den Leuten Überstunden zahlen müssen.«

»Na und? Zahlen Sie sie.« Stern war entnervt.

»Aber sind Sie sich denn nicht im klaren darüber, wie das den Haushalt belasten wird?«

»Das ist mir scheißegal!« Stern brüllte den Direktor beinahe an. »Geben Sie dem Polizeipräsidenten, was er verlangt. Um Himmels willen!«

»Schon gut, schon gut«, sagte der verängstigte Budgetdirektor und öffnete seine Aktentasche, »aber dann müssen Sie mir auch die Ermächtigung dazu unterschreiben.«

Stern riß das Blatt an sich und setzte seine Unterschrift darauf. Er schüttelte kummervoll den Kopf. Der letzte Mensch auf dieser Erde, dachte er, der allerletzte Mensch, das wird ein Bürokrat sein.

Als der Budgetdirektor aufbrach, drehte Stern ihm den Rücken zu und blickte zum Fenster hinaus, über den schneebedeckten Rasen des City Hall Park. Ich halte das nicht mehr aus, dachte er. Er drückte auf einen der Knöpfe an seiner Telefonkonsole. »Michael«, fragte er, »wo zum Teufel ist dieser Typ, der uns sagen wollte, wie wir die Stadt räumen sollen?

Sagen Sie ihm, er soll warten«, wies er den Polizeipräsidenten an, als dieser die Frage beantwortet hatte. »Ich komme mit.« Wie der Blitz war der Bürgermeister in dem kleinen Raum neben seinem Büro — dessen Kühlschrank mit Tomatensaft vollgestopft war, dem einzigen Getränk, das er zu sich nahm —, die Treppe hinunter und durch den für ihn reservierten, halb geheimen Seiteneingang zur Tür hinaus.

Fünf Minuten später wurde er auf dem Dach des Polizeipräsidiums in einem Helikopter auf seinem Sitz festgeschnallt. Neben ihm saß Oglethorpe, dahinter befanden sich der Polizeipräsident und Lieutenant Walsh. Hingerissen betrachtete er das Bild der Gestalt annehmenden Stadt in der Tiefe, während der Hubschrauber dröhnend in den nachmittäglichen Himmel stieg. Er schaute auf das Häusergewimmel von Chinatown hinunter, das aussah wie aus Spielzeughäuschen zusammengeschachtelt; auf den Fulton-Fischmarkt und das bräunlich-graue Kielwasser, das die Schiffe auf dem East River hinter sich herzogen; dann die Wallstreet und der Exchange Place und überall darum herum die stolzen Glas- und Stahlzylinder von Lower Manhattan, an denen sich die Pracht der Nachmittagssonne brach.

Wieviel Zielstrebigkeit diese Stadt hat, dachte Stern, welche Energie, welche Kraft und Vitalität. Er blickte hinunter in die rechteckigen Canyons, auf die gelben Taxis, die die Straßen verstopften, auf die Gestalten der Menschen, die über die Gehsteige eilten und bedenkenlos durch den Verkehr liefen. Weiter vorn erspähte er eine Fähre von Staten Island, die wie eine Sandkrabbe über den schiefergrauen Spiegel des Hudson kroch.

Nein, sagte sich Abe Stern, es ist nicht möglich, es ist undenkbar, daß ein Fanatiker, weit weg von hier, all dies vernichten könnte! Er blinzelte, spürte ein stechendes Gefühl in den Augen und hörte währenddessen das Geplapper des Zivilschutz-Experten neben sich, das in seinen Alptraum einbrach.

»Die Untergrundbahnen werden anscheinend ein schwieriger Fall«, stellte Oglethorpe fest, »falls wir nicht einen Weg finden, die Evakuierung durchzuführen, ohne den Leuten zu sagen, was vor sich geht.«

»Den Menschen verheimlichen, was vor sich geht?« Der Bürgermeister begann zu brüllen, und zwar nicht nur, um das Dröhnen der Rotoren zu übertönen. »Sind Sie verrückt? In dieser Stadt können Sie überhaupt nichts machen, ohne den Leuten zu sagen, was vor sich geht. Wenn ich die U-Bahnen einsetzen will, muß ich dem Boß der Transportarbeitergewerkschaft sagen, daß seine Leute Sonderschichten machen müssen. ›Ein Notstand?‹ wird er zu mir sagen. ›Was denn für ein Notstand?‹ Und dann werde ich zu hören bekommen: ›Wissen Sie was, das muß ich Vic Gottbaum von den städtischen Arbeitern sagen.‹ Und Gottbaum wird sagen: ›Wissen Sie was, das kann ich Al Shanker und den Lehrern nicht vorenthalten.‹«

Der Polizeipräsident beugte sich vor: »Das ist seine Sache, Abe. Wenn es soweit ist, haben wir keinen einzigen Zugführer mehr in der Stadt, ist Ihnen das klar?«

Stern drehte sich rasch und aufgebracht zu seinem Polizeichef um. Er wollte schon etwas brüllen, hielt dann aber doch an sich. Statt dessen wandte er sich wieder nach vorn und sank niedergeschlagen in seinen Sitz.

»Unsere einzige Hoffnung ist eine Evakuierung über die Autobahnen«, sagte Oglethorpe, der zur Battery hinabblickte. »Aber dort unten wird die Sache heikel. Nur zwei Spuren im Holland und im Brooklyn Battery Tunnel, die unsere besten Fluchtrouten sind. Nach unserer Schätzung schaffen sie allenfalls 750 Fahrzeuge pro Spur und Stunde, und wenn man auf ein Fahrzeug fünf Leute rechnet, ergibt das in der Stunde 15 000 Personen.« Nach einer kurzen Pause fuhr Oglethorpe fort: »Wir haben ungefähr eine Million Menschen dort unten zu evakuieren. Das wird schlimm werden. Ihre Polizei muß wirklich auf dem Damm sein. Ich meine damit, Ihre Beamten müssen bereit sein, die Leute zu erschießen, die aus der Reihe brechen und Unordnung in den Ablauf bringen wollen.«

Dann, dachte Walsh grimmig, muß man neun Zehntel der Menschen in der Stadt niederschießen. Und nicht wenige werden einfach zurückschießen.

Sie flogen nun am Hudson entlang, am Rand von Mid Manhattan. »Hier sieht es besser für uns aus«, sagte Oglethorpe tröstend. »Wir haben sechs Spuren im Lincoln Tunnel, neun auf der George Washington Bridge und auf dem Deegan Expressway und dem Major Bruckner Expressway zusammen zwölf. Damit brächten wir pro Stunde rund 100 000 Personen aus der Stadt.« Oglethorpe wurde allmählich heiser, weil er die Rotoren überschreien mußte; dennoch rackerte er sich weiter tapfer ab, ein entschlossener Sklave seiner Fakten und Zahlen, all der Jahre in Washington, wo er über seinen Schaubildern, Diagrammen und Computern gegrübelt hatte, wie alles funktionieren würde. »Wir brauchen eine Menge Polizisten, um auf den Zufahrten für einen reibungslosen Fluß zu sorgen. Helikopter zur Überwachung des Verkehrsstroms. Und ein absolut zuverlässiges, reibungslos funktionierendes System, um die Menschen Postleitzahl um Postleitzahl zu evakuieren, wie ich heute vormittag erwähnt habe.«

Abe Stern hörte nicht mehr hin. Ein absolut zuverlässiges, reibungslos funktionierendes Nichts, dachte er.

»Es kann nicht klappen, nicht wahr, Michael?«

»Nein, Abe, aussichtslos.« Bannion blickte hinunter auf die Dächer der Mietskasernen, die sich in der oberen West Side drängten, auf die weite, schneebedeckte Fläche des Parks. »Vielleicht wäre es vor dreißig, vierzig Jahren gegangen. Das waren noch andere Zeiten. Eine andere Stadt. Vielleicht hätten wir damals die Disziplin aufgebracht, ich weiß nicht. Aber heute?« Er schüttelte traurig den Kopf in der Erinnerung an Vergangenes, an Werte, die nicht mehr galten. »Heute ist die Sache völlig hoffnungslos. Wir haben uns alle zu sehr verändert.«

Oglethorpe, der auf ihr Gespräch nicht achtete, plapperte weiter, über die Notwendigkeit einer zuverlässigen, disziplinierten Steuerung der zu evakuierenden Massen, über die richtige Methode, den Verkehrsfluß zu den Brücken im Griff zu behalten.

»Oh, halten Sie doch die Klappe!« kläffte Stern ihn an. Der zusammengestauchte Bürokrat wurde rot. »Das ist doch alles nur verrücktes Zeug. Wir verschwenden unsere Zeit damit. Die Stadt ist nicht zu räumen. Ich werde dem Präsidenten sagen, diese Idee muß aufgegeben werden. Wir sitzen hier fest, und daran läßt sich nicht das Geringste ändern.« Er beugte sich nach vorn und stieß den Piloten in die Rippen. »Drehn Sie das Ding um«, befahl er ihm, »und bringen Sie uns zum Präsidium zurück.«

Der Hubschrauber legte sich in eine enge Kehre. Das Panorama von Manhattan Island unter ihnen schien zu kippen und zum Himmel aufzusteigen. Ein symbolischer Blick, ging es Abe Stern durch den Kopf, in die verkehrte Welt, in der wir gefangen sind.

Auf den ersten Blick machte die Szene in dem geräumigen Wohnzimmer neuntausend Kilometer von New York den Eindruck häuslicher Behaglichkeit und Ruhe. Menachem Begins jüngste Tochter Hassia saß am Flügel und unterhielt ihren Vater mit den perlenden Klängen einer Chopin-Etüde. Im Fenster stand eine Menora, an der eine der acht Kerzen flakkerte. Begin hatte selbst eine Stunde vorher die Kerze angezündet, zum ersten Abend des Lichterfestes Chanukka.

Er saß nun in einem ledernen Ohrensessel, ein Bein über das andere geschlagen, das Kinn auf den gefalteten Händen ruhend, scheinbar ganz in das Spiel seiner Tochter versunken. Doch in Wahrheit waren seine Gedanken weit in der Ferne, wie schon den ganzen Tag. Seine Streitkräfte befanden sich im Alarmzustand. Kurz bevor er in seinen Sessel gesunken war, hatte er mit dem Militärgouverneur des Westjordanlands und mit dem israelischen Botschafter in Washington gesprochen. Im Westjordanland war es ruhig. Wenn die Palästinenser, denen Gaddafis Untat zugute kommen sollte, von den Vorgängen etwas ahnten, so ließen sie sich nichts davon anmerken. Das gleiche traf auf Washington zu. Von der Krise, so berichtete die Botschaft, sei nichts an die Öffentlichkeit durchgesickert. Noch besorgter stimmte den israelischen Ministerpräsidenten, daß die sonst so zuverlässigen Quellen der Botschaft innerhalb des Weißen Hauses diesmal keine Aufschlüsse über die Debatten in den inneren Beratungsgremien der Regierung vermittelten.

Seine Tochter schloß ihre Etüde mit einem brillanten Schnörkel. Begin stand auf, ging an den Flügel und küßte sie sanft auf die Stirn. In diesem Augenblick erschien seine Frau unter der Tür. »Menachem«, meldete sie, »der Präsident der Vereinigten Staaten ist am Telefon.«

Hassia sah ihren Vater eine steife Haltung annehmen, wie er es oft tat, wenn er sich anschickte, eine Ehrenkompanie abzuschreiten. Dann marschierte er aus dem Zimmer. Er ließ sich in seinem Amtszimmer, wo er schon den ersten Anruf des Präsidenten entgegengenommen hatte, auf einem Sessel nieder und hörte sich schweigend dessen Vorschlag für eine

Lösung der Krise an. Er werde, sagte der Präsident, eine gemeinsame Krisensitzung beider Häuser des Kongresses einberufen. Die Vereinigten Staaten böten Israel die unumstößliche Garantie ihres nuklearen Schutzschirms für das Gebiet innerhalb der Grenzen von 1967 an. Der Generalsekretär habe bereits zugesagt, daß die Sowjetunion sich öffentlich und in aller Form der amerikanischen Deklaration anschließen werde. Dafür solle die israelische Regierung sofort ihren einseitigen Entschluß bekanntgeben, ihre Streitkräfte, Verwaltungsorgane und Siedler aus den »besetzten Gebieten« zurückzuziehen und diese wieder arabischer Hoheit zu unterstellen. Begin erblaßte, während er dem Präsidenten zuhörte, doch im übrigen wirkte er völlig gefaßt.

»Mit anderen Worten, Herr Präsident«, sagte er, als der Amerikaner zu Ende gesprochen hatte, »Sie verlangen von mir und meinem Volk, der Erpressung eines Tyrannen nachzugeben.«

»Herr Begin«, erwiderte der Präsident, »ich ersuche Sie nur darum, die einzige vernünftige Lösung der schwersten internationalen Krise zu akzeptieren, mit der die Welt es jemals zu tun gehabt hat.«

»Die einzige vernünftige Lösung war die, an deren Ausführung uns heute morgen die Sowjetunion gehindert hat — allein oder im Zusammenspiel mit Ihrem Land.« Wieder sprach der Ministerpräsident, ohne in Hitze zu geraten. Nichts an seinem Ton verriet den Sturm, der sein Inneres aufwühlte.

»Wenn diese Lösung eine vernünftige wäre«, antwortete der Präsident, »hätte ich es schon vor Stunden tun können — und getan. Aber der Gedanke, der mich in dieser Krise als erster leitet, Herr Begin, das ist, Menschenleben zu retten, das Leben von sechs Millionen unschuldiger Menschen in New York — ja, und auch von zwei Millionen ebenso schuldloser Libyer.«

»Aber Sie verlangen von uns, die Grundlagen unserer staatlichen Souveränität zu opfern, vor einer Tat zu kapitulieren, die verbrecherisch, die ohne Beispiel in der Geschichte ist und über die Sie heute vormittag selbst zu mir gesagt haben, daß sie den Weltfrieden und die internationale Ordnung in ihren Grundfesten bedroht.«

»Mein Vorschlag greift nicht in die Souveränität Ihres Staates ein, Herr Begin.« Der Ministerpräsident spürte den Unwillen des Präsidenten. »Israel hat nicht das Recht, die Souveränität über das Westjordanland zu beanspruchen, und hat es nie gehabt. Diese Gebiete wurden den palästinensischen Arabern 1947 von den Vereinten Nationen zugesprochen, zur selben Zeit, als Ihrem Volk ein Staat gewährt wurde.«

»Entschuldigen Sie, nicht die Vereinten Nationen haben dem jüdischen Volk diese oder irgendwelche Gebiete gegeben.« Aus der Stimme des Israeli sprach eine tiefwurzelnde Überzeugung. »Dieses Land wurde dem jüdischen Volk vom Gott unserer Vorväter gegeben, auf immer und ewig.«

»Herr Begin«, protestierte der Präsident, »als ein verantwortungsbewußter Staatsmann des 20. Jahrhunderts, des thermonuklearen Zeitalters, können Sie sich doch nicht anheischig machen wollen, die Welt auf der Basis einer viertausend Jahre alten religiösen Legende zu ordnen.«

Begin zog seine Krawatte gerade und lehnte sich im Sessel zurück. »Diese Legende, wie Sie es nennen, hat uns viertausend Jahre Kraft und Stärke gegeben, uns als ein eigenes Volk geeint. So schwer es für Sie zu verstehen sein mag, Herr Präsident, für einen Juden ist das Recht, in diesem Land oder in irgendeinem Teil davon zu siedeln, ein ebenso unverzichtbares Attribut der Souveränität seiner Nation wie für einen Amerikaner das Recht, von New York nach Kalifornien zu reisen.«

»Auf Land zu siedeln, das einem anderen Volk gehört? Das ihm seit zweitausend Jahren gehört? Ihm sogar das Recht auf eine nationale Existenz zu nehmen, das Ihr eigenes Volk so viele Generationen für sich gefordert, für das es so lange gekämpft hat? Und all dies wegen eines Ereignisses, eines Augenblicks religiöser Offenbarung, der sich möglicherweise einmal in grauer Vorzeit ereignet hat — oder auch nicht? Das kann doch nicht Ihr Ernst sein!«

»Mir war nie ernster zumute als jetzt. Aber hier geht es ja nicht um diese Siedlungen, gegen die Sie so sehr sind. Schließlich handelt es sich dabei nur um eine Handvoll Menschen. Sie fügen niemandem Schaden zu. Sie versuchen, ein anderes Volk zu etwas zu zwingen, was es aus sittlichen Gründen ablehnt, aus Gründen, die in den Kern seiner Existenzberechtigung führen. Sind wir ein souveränes Land, oder sind wir es nicht? Wenn wir gezwungen werden, auf Verlangen eines totalitären Diktators aus dem Westjordanland zu kriechen — ich brauche Sie ja nicht daran zu erinnern, was wir von solchen Männern erlitten haben —, dann machen Sie uns zu Sklaven, zerstören Sie unseren Glauben an uns selbst und an unsere Nation.«

»Mein Vorschlag, Herr Begin, bietet Ihrer Nation genau das, was schon so lange ihr Wunsch ist: eine zuverlässige Überlebensgarantie. Sie wird den Willen Ihrer Nation nicht schwächen, sondern stärken.« Die langsame, präzise Sprache des Jüngeren ließ den Israeli erkennen, wie der Präsident darum rang, seine Gefühle im Zaum zu halten.

»Eine Überlebensgarantie für uns, Herr Präsident? Welches Vertrauen soll mein Volk denn zu Ihren Garantien noch haben, wenn es erst einmal erlebt hat, daß Sie, die einzige Nation der Welt, die als unser Freund, unser Bundesgenosse galt, uns nötigt, gegen unseren Willen, unsere vitalen Interessen zu handeln?« Begin zögerte auszusprechen, was ihm auf der Zunge lag, doch er war so aufgewühlt, daß er sich nicht zu zügeln vermochte. »Das ist ja, als hätte Franklin Roosevelt zu uns Juden gesagt: ›Geht in die Lager. Ich werde garantieren, daß Hitler sich anständig zu euch verhält.‹«

Wieder konnte der Präsident seinen Unmut kaum noch beherrschen, drohten ihn die Frustration, der Zorn zu überwältigen, weil er in diesem anscheinend hoffnungslosen Dilemma gefangen war. »Herr Begin, ich ziehe nicht Israels Überlebensrecht in Zweifel. In Zweifel aber ziehe ich das Recht Israels, eine Politik fortzusetzen, die nichts anderes ist als ein kaltblütig berechneter Versuch, das Land eines anderen Volkes zu annektieren. Ihre Siedlungen dort haben nicht die geringste Rechtfertigung . . .«

Diesmal unterbrach ihn Begin. »Zu einer anderen Zeit, Herr Präsident, und in einer anderen Form ließe sich vielleicht über die Zukunft dieser Siedlungen reden. Nicht aber so. Nicht unter dieser Drohung.«

»Herr Begin, die Siedlungen sind nur deswegen dort, weil Sie sie dort errichtet haben. Gegen unseren Willen. Gegen das Abkommen von Camp David. Wenn wir heute in dieser schrecklichen Sackgasse stecken, dann wegen Ihrer starrsinnigen Hartnäckigkeit, mit der Sie eine Politik verfolgen, welche die ganze Welt — und sogar die Mehrheit Ihres eigenen Volkes — verurteilt.«

»Wie die Menschen meines Landes über diese Siedlungen auch denken mögen, Herr Präsident, ihre nationalen Gefühle sind unerschütterlich. Und sie werden, ebenso wie ich, in Ihrer Forderung einen Eingriff in ihre nationalen Rechte und in unsere Souveränität sehen.«

Diesmal trat eine lange Pause ein. Als der Präsident wieder sprach, war seine Stimme plötzlich matt und resigniert. »Ich sagte Ihnen zu Beginn unseres Gesprächs, Herr Begin, daß ich meinen Vorschlag als den einzigen vernünftigen Ausweg aus diesem Dilemma betrachte. Nehmen Sie ihn an. Verzichten Sie auf Ihre Ansprüche auf das Westjordanland, und Sie geben Ihrem eigenen Land Frieden und retten das Leben von sechs Millionen New Yorkern.« Er machte eine Pause und wartete auf die Antwort, die ausblieb. »Aber wenn Sie ihn ablehnen«, fuhr der Präsident schließlich fort, »werde ich nicht ruhig zusehen, wie sechs Millionen meiner Landsleute massakriert werden, weil Sie nicht bereit sind, die Folgen einer Politik zu beseitigen, die weder in der Gerechtigkeit noch in politischen Tatsachen eine Basis hat. Es wird für mich der schmerzlichste Befehl sein, den ich jemals zu geben hatte, Herr Begin, aber wenn Sie diese Siedlungen im Westjordanland nicht beseitigen, dann werden die Streitkräfte der Vereinigten Staaten das besorgen.«

Begin erbleichte und sank langsam gegen die Lehne seines Sessels. Da war sie also, die nackte Drohung mit Gewalt, die er seit dem Beginn dieses Gesprächs erwartet hatte. Eine seltsame Erinnerung ging ihm durch den Kopf: Er sah sich wieder als den vierjährigen Jungen in Lodz, der zitternd am Fenster zusah, wie eine galoppierende Horde berittener Kosaken durch das Getto tobte, große Holzstäbe wie Schwerter schwang, auf Kopf und Schultern jedes wehrlosen Juden einhieb, der ihr im Weg stand, und die zuckenden Leiber von den Hufen der Pferde niedertrampeln ließ.

Seine Stimme war heiser vor Trauer, als er schließlich antwortete. »Sind wir also so weit gekommen? Zum letzten Akt, zum, wenn ich das sagen darf, letzten Verrat?«

Begin stieß einen schmerzlichen Seufzer aus. »Wir leben in einer furchtbaren Welt, Herr Präsident. Alle Wertmaßstäbe, auf die wir uns verlassen haben, alle Leitideen der Weltordnung brechen um uns herum zusammen. Irgend jemand, irgendein Volk muß irgendwie den Mut aufbringen, sich dem entgegenzustellen. Ich hatte gehofft und geglaubt, Sie und Ihr Volk würden das tun, aber ich habe mich getäuscht.« Der Israeli spürte geradezu das Unbehagen des von ihm so weit entfernten Präsidenten, als er diese Worte sprach. »Wir sind eine Demokratie. Ich kann auf Ihre Forderung — beziehungsweise Drohung — nicht allein antworten. Das kann nur meine Regierung insgesamt. Ich werde sofort das Kabinett zu einer Krisensitzung einberufen.«

Nachdem Begin aufgelegt hatte, bat er als erstes seine Frau, ihm ein Glas Wasser zu bringen. Mit leicht zitternder Hand nahm er eine der Pillen, die er auf dringendes Anraten seiner Ärzte in Augenblicken starker Belastung einnehmen sollte.

In New York ließ die rasch einfallende Winterdämmerung ihr seidenes Tuch über die Stadt fallen. Die vier Männer, die am Fenster kauerten und ihre Ferngläser auf den Eingang der *Long Island Bar* auf der gegenüberliegenden Straßenseite richteten, erkannten nur noch mit Schwierigkeit die Gesichter der Gäste, die die Kneipe aufsuchten.

»Scheiße«, stöhnte Angelo Rocchia. »Wenn der Kerl nicht bald kommt, müssen wir Benny auf dem Rücksitz eines Wagens verstauen und mit der alten Kotex-Schachtel-Masche arbeiten.« Die »Kotex-Schachtel-Masche« war eine Standardmethode der Polizei. Ein Polizeiinformant wurde in ein Auto gesetzt, und über seinen Kopf eine Schachtel gestülpt, in der zwei Sehschlitze angebracht waren. Auf diese Weise konnte er jemanden identifizieren, ohne seine eigene Identität preiszugeben.

Benny, dem Hehler, der am Fenster seines »Geschäfts« zwischen Angelo und Jack Rand hockte, war gar nicht danach zumute, sich auf so etwas einzulassen. Er warf einen Blick auf seine Uhr. Es war ein paar Minuten vor fünf. »Er müßte jetzt jeden Moment kommen«, sagte er. Er wisperte diese Worte in einem heiseren Flüsterton, als hättte er Angst, sie könnten irgendwie durch das Fenster dringen, durch den dichten Verkehr auf der Union Street — es war Stoßzeit — und bis hinüber zur Eingangstür der Kneipe. »Normalerweise ist er um fünf dort.«

»Irgend jemand ist beschissen dran, wenn er nicht kommt.« Es war die Stimme des stellvertretenden New Yorker FBI-Direktors, der hinter Rocchia, Rand und Benny stand. Harvey Hudson, der Chef des Bureaus, hatte ihn angewiesen, das Kommando über den Hinterhalt zu übernehmen, sobald die Notstandbefehlszentrale von der Geschichte mit Benny dem Hehler informiert worden war. Ein halbes Dutzend weiterer Polizeibeamter und FBI-Männer — von denen einer die Verbindung zur Zentrale hielt — erschienen im Vorzimmer der Long Island Trading Company und verschwanden wieder daraus. Es war ein ständiges diskretes Kommen und Gehen. Bennys Sekretärin saß an ihrem Schreibtisch, und ihre Füße zuckten nach den Rhythmen der Melodien, die aus ihrem Transistorgerät kamen. Sie war zutiefst gelangweilt von dem, was um sie herum vorging. Ihr Arbeitgeber ging auf alle Wünsche der Polizei ein. Der Araber, der jeden Abend in die Kneipe gegenüber ging, hatte zum erstenmal drei Wochen vorher über den Barmann Kontakt zu Benny aufgenommen. Er hatte sich bei ihm einen Revolver mit Schalldämpfer, Kaliber 38, ausgeliehen, diesen aber unbenutzt am nächsten Tag zurückgebracht. Vor zehn Tagen hatte er Benny erklärt, er brauche »Plastik«, eine gute, frisch geklaute Kreditkarte und einen Personalausweis. Der Mann hat Zaster, hatte sich der Hehler gesagt. Er hatte für die gestohlenen Papiere 250 Dollar verlangt und bekommen, ein Preis, der beträchtlich über dem marktüblichen lag. Dann, vergangenen Mittwoch, hatte der Araber um eine »Maßanfertigung« gebeten — einen Taschendiebstahl am Freitagmorgen. Das Objekt sollte ein Mann Mitte Dreißig sein, von mittlerer Größe, nicht blond. Dafür hatte er 500 Dollar springen lassen.

Bennys Auskünfte hatten die Leiter der Fahndungsoperation zu einigen raschen Entscheidungen gezwungen. Es war unwahrscheinlich, daß der Araber selbst den Transporter abgeholt hatte. Er war vermutlich ein Mittelsmann. Aber nur er konnte die Polizei zu dem Mann führen, der das Fahrzeug gemietet hatte. Das FBI hatte sich sofort den Barmann vornehmen und ihn ausquetschen wollen, war jedoch bei den New Yorkern Bannion und Feldman auf heftigen Widerspruch gestoßen. Wenn man sich den Barmann griff, verbreitete sich womöglich die Nachricht, daß die Kneipe ein heißes Pflaster war. Dies konnte den Araber vertreiben und damit jeden Hinweis auf den Mann, der den Transporter gemietet hatte. Bannion und Feldman hatten daher die Falle empfohlen, die weiter unten an der Straße auf den Araber wartete, weil sie annahmen, er würde sich nach seiner Gewohnheit zu seinem allabendlichen Drink einfinden.

Unten an der Union Street hätte ein ungeübtes Auge nichts Außergewöhnliches entdecken können. Doch die Umgebung wimmelte von Polizei- und FBI-Beamten. Der angebliche Arbeitertrupp von der Elektrizitätsgesellschaft — in Wirklichkeit FBI-Leute — war noch immer eifrig damit beschäftigt, das Pflaster aufzureißen, und durch drei echte Arbeiter verstärkt worden, die mit einem Preßluftbohrer umzugehen verstanden. Sie suchten abwechselnd und unauffällig die Kneipe auf, um ein Glas zu trinken, und so saßen auch jetzt drei von ihnen im blauen Overall am Tresen. Ein Transporter, der einer TV-Reparaturwerkstätte in Queens gehörte, war hinter der Kneipe geparkt. In dem Fahrzeug saßen vier FBI-Leute und beobachteten durch die Fenster, die Spionscheiben hatten, den Hinterausgang der Kneipe. Die drei Schwarzen, die Angelo einige Zeit vorher erspäht hatte, schwänzelten nun an der Kreuzung der Sixth Avenue mit der Union Street herum und blockierten damit diesen Fluchtweg.

Fünf Minuten nach fünf Uhr war von dem Araber noch immer nichts zu sehen. Angelo suchte durch sein Fernglas die Straße um die Kneipe ab, ohne zu wissen, wonach er suchen sollte. Plötzlich packte er das Glas fester, als eine Gestalt in sein Blickfeld trat. Es war eine Frau Mitte Dreißig mit kastanienbrauner Pagenfrisur. Ihr schlanker Körper bewegte sich mit so energischem, zielbewußtem Schritt die Straße entlang, daß er an Grace erinnert wurde.

Er folgte ihr mit dem Glas bis zur Ecke. Dort blieb sie eine Sekunde lang stehen, bog dann in die Sixth Avenue ein und verschwand. Vermutlich unterwegs zu einem Liebhaber oder zu ihrem Ehemann. Sicher nicht nach Hause, in eine leere Wohnung. Solche Frauen gingen nicht nach Hause, in leere Wohnungen.

Wie lange noch, fragte sich Angelo, wird es Grace so wie dieser Frau eilen, sich mit mir zu treffen? Wird sie, dachte er, und es gab ihm einen Stich, sich bald aus meinem Leben entfernen, wie diese Frau um die Straßenecke verschwunden ist?

Angelo hörte, wie hinter ihm der FBI-Mann, der den Hinterhalt dirigierte, dem Beamten am Telefon befahl, der Einsatzzentrale zu melden, daß es allmählich spät würde. Die Zeit sei gekommen, in die Kneipe zu gehen und sich den Barmann zu greifen. Der Beamte übermittelte gerade seinen Auftrag, als Benny dumpf sagte: »Da kommt er.«

Er deutete auf einen schlanken jungen Mann in einer Schaffelljacke, der eben in die Kneipe trat. Rand stand auf. Er war ausstaffiert mit einer Drillichjacke, Blue jeans und einem Rollkragenpullover, den irgend jemand für ihn aufgetrieben hatte, und sah, dachte Angelo boshaft, wie ein Börsenmakler aus, der zu einer Kneipentour aufbricht. Er eilte die Treppe hinunter. Eine Minute später folgte ihm Angelo.

Kaum hatte er die Tür zu der Kneipe geöffnet, sah er den Araber schon. Er saß in der Mitte der Theke auf einem Hocker und nippte an seinem *seven and seven*. Zwei Hocker weiter saß Rand. Angelo schlenderte an der Bar entlang, bis er hinter dem Araber stand. Sanft, doch fest drückte er ihm die Mündung seines Revolvers in den Rücken, während er zugleich mit der linken Hand seine Dienstmarke zückte.

»Polizei«, sagte er, »wir möchten uns ein bißchen mit Ihnen unterhalten.«

Der Araber drehte sich um und sah ihn an. Rand war bereits von seinem Hocker heruntergerutscht und hielt diskret einen Arm ausgestreckt, wodurch er einen der beiden Fluchtwege blockierte. Drei andere FBI-Beamte in Overalls bildeten einen Halbkreis und schnitten damit den anderen ab.

»Hallo«, stieß der Araber hervor, »was soll denn das alles?«

»Das erfahren Sie im Polizeipräsidium«, sagte Angelo.

Äußerlich wirkte General Henri Bertrand gelassen wie immer. Auf seinem Gesicht lag der matte, unergründliche Ausdruck, für den er bekannt war. Doch in seinem Innern tobte die Ungeduld. Schon beinahe eine Stunde saß nun Paul Henri de Serre an Bertrands Schreibtisch und ging auf der Suche nach einem Gesicht, das er kannte, die SDECE-Sammlung von Fotografien arabischer Terroristen und Wissenschaftler durch.

Der General bezweifelte nicht, daß de Serre sich redlich Mühe gab. Der

Mann war bereit, alles zu tun, um die Folgen dessen, was er in Libyen getan hatte, abzumildern. Aufgrund einiger Fragen während der Fahrt hierher war Bertrand auch sicher, daß de Serre nicht in den Tod seines Kollegen Alain Prévost verwickelt war. Für diesen Mord mußte, wie auch für die Falle, in die man de Serre selbst gelockt hatte, Gaddafis Geheimdienst verantwortlich sein. Die Hunde werden allmählich besser, dachte Bertrand. Vielleicht werden sie vom KGB geschult. Übrigens eine Sache, ging es ihm plötzlich durch den Kopf, die man sich vornehmen muß, wenn diese Geschichte hier ausgestanden ist.

Er sah den Wissenschaftler an. Monsieur de Serre beendete gerade seine zweite Durchsicht der Aufnahmen. »Noch immer niemand, der Ihnen bekannt vorkommt?«

De Serre schüttelte entschuldigend den Kopf. »Nein, niemand.«

»Verdammt!« Die Gauloise in Bertrands Mundwinkel verdrehte sich, als er inhalierte. Er war sicher, daß alle verfügbaren Fotografien hier auf seinem Schreibtisch lagen. Es konnte nicht sein, daß ihm die CIA etwas vorenthalten hatte, nicht in dieser Sache. Seine Beziehungen zum israelischen Geheimdienst waren überaus eng, wie schon seit dreißig Jahren. Er war überzeugt, daß der Mossad ihm alles geliefert hatte, was er besaß. Sollte er eine Phantomzeichnung des palästinensischen Wissenschaftlers anfertigen lassen? Er hielt nicht viel davon.

Bertrand ging mit gemessenen Schritten in seinem Amtszimmer auf und ab. Plötzlich blieb er stehen und hob den Telefonhörer ab. Der Palästinenser hatte exzellentes Französisch gesprochen, nicht? Bertrand hatte schon vor langer Zeit gelernt, daß die Leute, die einem am wahrscheinlichsten etwas vorenthielten, zumeist ganz in der Nähe saßen. Er brauchte mehrere Minuten, bis er seinen Freund und Konkurrenten Paul Robert de Villeprieux, den Direktor der DST, ausfindig gemacht hatte.

»Sagen Sie, *cher ami*«, fragte er, als Villeprieux in seinem Appartement in Neuilly, wo er mit Freunden dinierte, ans Telefon kam, »sagen Sie, könnte es sein, daß Ihre Leute irgend etwas über Araber, vermutlich Palästinenser, besitzen, die mit Nuklearfragen zu tun haben? Irgend etwas, was in meinen Dossiers nicht enthalten ist?«

Die Andeutung eines befriedigten Lächelns erschien auf Bertrands Gesicht, als auf seine Anfrage ein langes Schweigen folgte.

»Ich muß Sie in dieser Angelegenheit leider zurückrufen«, antwortete Villeprieux schließlich.

»Sparen Sie sich die Mühe«, sagte Bertrand. »Rufen Sie einfach den Generalsekretär des Elysee an und bitten Sie um die Ermächtigung vom Präsidenten, mir alles zu schicken, was Sie haben. Und zwar augenblicklich, wenn ich bitten darf.«

Eine halbe Stunde später lieferten zwei Gendarmen aus der DST-Zentrale wieder einmal einen verschlossenen Aktenkoffer in Bertrands Amtszimmer ab. Er enthielt einen prall gefüllten Umschlag mit der Aufschrift: »Der Inhalt dieses Kuverts darf ohne die ausdrückliche Ermächtigung des

Präsidenten der Republik oder, falls er nicht im Land weilt, des Innenministers keinen anderen Personen mitgeteilt werden.« Der Umschlag enthielt die lange, geheimgehaltene Geschichte, wie die Dajanis in Cadarache vergeblich Plutonium zu entwenden versucht hatten und aus Frankreich ausgewiesen worden waren.

Bertrand reichte Whalid Dajanis Fotografie de Serre. »War das Ihr Mann?«

Der Wissenschaftler wurde blaß. »Ja«, antwortete er. »Das ist er.«

Bertrand schob ihm Kamals Foto über den Schreibtisch zu. »Und was ist mit dem?«

Monsieur de Serre betrachtete die Aufnahme des Terroristen genau. »Ja, ich glaube, der war einer von den Leuten, die ich in der Wiederaufbereitungsanlage gesehen habe.«

»Und diese Frau?« Bertrand reichte ihm Lailas Bild. Monsieur de Serre schüttelte den Kopf. »Nein. Frauen waren nie dort.«

Bertrand sprach bereits ins Telefon. »Stellen Sie eine Fotofaksimile-Verbindung nach Langley her«, befahl er, »und sagen Sie unserem Freund Whitehead, die Fotografien der Leute, nach denen er sucht, sind nach Washington unterwegs.«

Warum zum Teufel macht er denn nicht voran, dachte Laila Dajani wütend. Ich falle auf dieser Straße auf wie ein saudi-arabischer Prinz in einer Synagoge. Es war 19.30 Uhr, und auf der West 8th Street wimmelte es von Studenten der New Yorker Universität, Leuten, die Einkäufe machten, und Flanierern. Schließlich sah Laila, wie Kamal gemütlich aus der Pizzeria kam. Er hatte sich die karierte Mütze in die Stirn gezogen, den Kragen seiner schwarzen Lederjacke hochgeschlagen und trug unter dem Arm eine Pizzaschachtel. Sie begannen nebeneinander die West 8th Street entlangzugehen und ließen die Fifth Avenue hinter sich.

»Alles in Ordnung da draußen?« fragte ihr Bruder.

Laila nickte. »Nur davon abgesehen, daß Whalid wieder zu trinken begonnen hat. Er hat sich heute vormittag eine Flasche gekauft.«

»Laß ihn, wenn er trinken will. Er kann uns jetzt nicht mehr schaden. Kamal lachte ein leises, rauhes Lachen. »Wahrscheinlich ist er erleichtert, daß er über sein Spielzeug nicht mehr nachdenken muß. Er hatte ja von Anfang an nicht die richtige Einstellung.«

Kamal starrte auf die Passanten auf dem Gehsteig, die billigen Läden, die Imbißstuben, aus denen die Gerüche drangen, die grell beleuchteten Kneipen. Er fing den Blick einer halbwüchsigen Prostituierten auf, die auf der dunklen Vortreppe eines Brownstone-Hauses lauerte. Sie starrte ihn an. Kamal schnaubte verächtlich. Ein paar Minuten vorher hatte er sie für fünfundzwanzig Dollar genommen, schnell, mechanisch, brutal. Es war eine Unbesonnenheit, die er sich nie hätte leisten dürfen. Aber, hatte er sich gesagt, es ist vielleicht das letzte Mal, und war über das Mädchen in wildem Zorn hergefallen, bis sie vor Schmerz aufschrie.

Warum hast du geweint, Kleine, dachte er, als er sie jetzt ansah; schließlich wirst du es noch ein paarmal machen können, bevor du zu Asche wirst. Er wandte den Blick von ihr ab und wieder der Menge der Passanten zu, die vorüberströmte.

Ich hasse diese Straße, sagte sich Kamal. Ich hasse diese Menschen. Ich hasse diese Stadt. Nicht den Juden gilt mein Haß, wurde ihm plötzlich bewußt, sondern diesen Menschen hier. Allen. So satt. Wohlgekleidet. Gleichgültig. Sie fühlen sich als die Herren der Welt. Er spuckte aus. Warum hassen wir alle sie so sehr? fragte er sich. Die Typen von der Baader-Meinhof-Gruppe, die er in Deutschland kennengelernt hatte, seine italienischen Freunde, die Perser, diese komischen, sturen Japaner, mit denen er in den Ausbildungslagern in Syrien zusammengekommen war. Was haben diese Menschen an sich, daß wir solchen Haß auf sie empfinden? Waren die Römer früher auch so verhaßt?

»Was hast du heute abend vor?« fragte er seine Schwester.

»Nichts«, antwortete sie. »Ich habe mich im *Hilton* einquartiert und bleibe in meinem Zimmer, bis es Zeit ist, dich abzuholen.«

»Gut.« Kamal blieb stehen. Rechts von ihm war das Haus West 8th Street 74, ein Eisenwarengeschäft. »Wie spät ist's auf deiner Uhr?«

Laila schaute nach. »Sechs Minuten nach halb acht.«

»Ich treffe dich genau hier morgen um eins. Solltest du nicht da sein, komme ich um ein Uhr zehn wieder, dann noch mal um zwanzig nach eins. Wenn du bis dahin nicht hier bist, gehe ich zurück. Sollten sie dich erwischen, mußt du bis dahin dichthalten.«

Kamal war verstummt und sah seine Schwester eindringlich an. »Wenn etwas mit dem Auto schiefgeht und du verspätet in die Garage kommst, laß mich um Gottes willen merken, daß du es bist. Denn sobald ich dort bin, halte ich mich bereit, das Ding hochgehen zu lassen, wenn ich ein Geräusch höre.«

Er drückte ihr fest die Hand. »*Ma Salameh*«, sagte er. »Alles wird gutgehen. *Inschallah.*«

Dann ging er allein davon, zu seiner letzten, einsamen Nachtwache mit seinen Ratten und seiner Bombe, inmitten der Menschen und der Stadt, die er zu vernichten vorhatte.

»Komm her, Baby.«

Enrico Diaz ruhte ausgestreckt auf seiner goldseidenen Matratze wie ein orientalischer Nabob. Kopf und Schulter lehnten an der schwarzen Wand seines Zimmers, die Knie waren angezogen, die Beine gespreizt, die weichen Falten seiner Dschellaba fielen auf seine nackten Fußknöchel. Das Coke, das er zehn Minuten vorher geschnupft hatte, hatte ihn auf einen Trip zu einem fernen Ziel geführt, das Blut wallte ihm durchs Gehirn, während sein Geist durch kristallklare Prismen der Lust flog.

Zwei seiner Mädchen rekelten sich in einer Ecke seiner Bude und teilten sich in den Joint, dessen leicht scharfer Geruch sich mit dem des ceylonesischen Weihrauchs in den Räuchervasen an der Wand vermengte. Sein drittes Mädchen, Anita, kauerte wie eine Bittstellerin auf der Matratze vor Rico. Sie war zweiundzwanzig, schwedischer Abstammung und kam aus dem Norden von Minnesota. Ein hochgewachsenes, knochiges Geschöpf, dem die blonde, zerzauste Mähne wallend in den Nacken fiel. An sie hatte sich Ricos Befehl gerichtet.

»*Yeah,* Schatz.«

Anita schlängelte sich auf ihren Zuhälter zu. Ihre vollen Lippen waren zu dem Schmollmund geschürzt, der ihr, wie alle sagten, ein Aussehen wie Marilyn Monroe gab. Sie hatte eine hautenge, smaragdgrüne Disco-Hose an, die Rico ihr — allerdings mit dem von ihr selbst verdienten Geld — gekauft hatte, und einen trägerlosen schwarzen Spitzenbüstenhalter, wie sie ihn beim Anschaffen trug, weil sie ihn mit einer einzigen geschickten Bewegung losmachen und ihren wartenden Freiern herausfordernd zuwerfen konnte.

»Du weißt, was dein Kerl heute für dich getan hat?«

Anita schüttelte den Kopf.

»Er hat dir fünf Jahre Freiheit gekauft«, sagte Enrico.

»Nein, Schatz, du . . .?«

»Doch. Hab' mit einem Mann geredet, die Anklage ist fallengelassen worden.«

Anita wollte gerade ihre Dankbarkeit heraussprudeln, da setzte sich Rico kerzengerade auf. Seine Hände schossen nach vorn und packten die Mähne des Mädchens. Brutal riß er sie auf sich zu. Sie schrie auf.

»Blöde Nutte! Ich hab' dir doch gesagt, du sollst nie einen Freier ausrauben, oder nicht?«

»Rico, du tust mir weh«, wimmerte Anita.

Als Antwort darauf zog Rico noch stärker. »Ich will nicht, daß Cops um meine Weiber rumschnüffeln.«

Rico griff mit einer Hand unter die Matratze und zog ein Klappmesser heraus. Anita stieß einen gurgelnden Schreckensschrei aus, als er die Stahlklinge aufschnappen ließ. Bevor das vor Entsetzen versteinerte Mädchen ausweichen konnte, fuhr er damit von oben nach unten durch die Luft, in präzisem Millimeterabstand über dem rosigen Schmollmund. »Ich sollte dir eigentlich die Lippen zerfetzen.«

Ein brutaler Schnitt mit dem Rasiermesser über die Lippen war die traditionelle Rache von Zuhältern an einem Mädchen, das ihnen weggelaufen war. Selbst der geschickteste Chirurg konnte den Schnitt nicht mehr völlig reparieren. »Aber ich tu's nicht.«

Rico drückte die Klinge in das Messer und warf es über seine Schulter nach hinten. Mit aufreizender, lasziver Langsamkeit faßte seine freie Hand den Rand seiner Dschellaba und schob ihn über seine dunklen, muskulösen Waden zu den Knien hoch, dann die Oberschenkel hinauf, bis die dunkle Höhle zwischen den Beinen und das steif werdende Glied sichtbar wurden. Während seine Linke den Kopf des geängstigten Mädchens festhielt, griff die Rechte gemütlich nach seiner Schnupftabaksdose und entnahm ihr eine Prise Coke. Mit sinnlichen Bewegungen betupfte er die Spitze seines Gliedes mit dem weißen Pulver, dann packte er wieder Anitas Kopf.

»So«, sagte er, »jetzt wirst du dich ein bißchen mit meinem Freund da unten unterhalten. Du wirst ihm sagen, es tut dir leid, daß du deinem Rico solche Scherereien gemacht hast.«

Er zog das Mädchen zu sich heran und stieß ihren Kopf zwischen seine Beine. Gehorsam machte sie sich an ihre Arbeit. Die langen roten Fingernägel umspielten seine Hoden, während ihre geläufige Zunge das Coke ableckte.

Rico gab ihren Kopf frei und lehnte sich an die Wand zurück. »Guuut«, stöhnte er lustvoll.

In diesem Augenblick läutete es an der Tür.

Beim Anblick der beiden Männer in alten GI-Khakijacken und schwarzen Baskenmützen, die auf seiner Schwelle standen, erschlaffte Rico. Der größere der beiden machte eine Kopfbewegung in Richtung zur Treppe. *»Vamanos«*, sagte er, *»hay trabajo«* — gehn wir, wir haben zu arbeiten!

In Jerusalem schlug die hellklingende Glocke der Grabeskirche zwei Uhr morgens. Es war Dienstag, der 15. Dezember. Der Winterwind, der über die Hügel von Judäa fegte, trug jeden Glockenton über die Altstadt. Mit Augen, die vor Trauer und seelischem Druck halb geschlossen waren, betrachtete Menachem Begin die erbittert streitenden Mitglieder seiner Regierung, die im Kabinettssaal um ihn versammelt waren. Wie er es vorausgesehen hatte, war über den bedrohlichen Anruf des amerikanischen Präsidenten die grimmigste Debatte entbrannt, die dieser Raum jemals erlebt hatte; erbitterter als die vor dem Krieg von 1967, rachsüchtiger als die Abrechnung, die dem Konflikt von 1973 gefolgt war, und leidenschaftlicher als die Diskussion von dem Unternehmen in Entebbe.

Während die hitzigen Worte durch die Luft flogen, rechnete Begin stumm das Stimmenverhältnis zwischen den vierzehn Männern aus, die sich mit ihm in die Regierungsverantwortung teilten. Erwartungsgemäß war die temperamentvollste Reaktion auf die Drohung des Präsidenten von Benny Ranan gekommen. Der ehemalige Fallschirmjäger war aufgesprungen, fuchtelte mit den Armen herum und verlangte die volle und sofortige Mobilmachung der israelischen Streitkräfte, um jeder bewaffneten Intervention der Amerikaner Widerstand zu leisten.

Die stärkste Unterstützung fand er bei Rabbi Orent von den Religiösen. Es war eine sonderbare, doch symbolhafte Allianz; der fromme Mystiker und der indifferente Atheist, Synagoge und Kibbuz, der Mann, der das Land Israel liebte, weil Gott es seinem Volk zu eigen gegeben hatte, und der Mann, dem es am Herzen lag, weil es in einen Garten verwandelt werden konnte. Viel von Israels Stärke, sann Begin, drückt sich in diesem Bündnis aus.

Zu seiner Überraschung hatte sich am entschiedensten für einen Kompromiß mit den Amerikanern sein Innenminister Yusi Nero ausgesprochen, ein Mann, in dem die israelische Öffentlichkeit gewöhnlich einen Falken sah. Man solle, argumentierte er, diese Gelegenheit ergreifen, den Amerikanern und den Sowjets so felsenfeste Garantien abzuringen, daß ihr Staat nie wieder bedroht werden könnte. Das würde es ihnen erlauben, die drückende Last der Rüstungsausgaben zu reduzieren, die auf lange Sicht ihr Land sicherer zugrunde richten würde als Gaddafi und seine Bombe.

Fünf Männer in dem Raum, kalkulierte Begin, würden dafür votieren, sich dem amerikanischen Ultimatum um jeden Preis zu widersetzen: Ranan, Orent, Finanzminister Tamir, Erziehungsminister Rosenburg und Schul, der Chef des Außenressorts.

Dagegen waren Innenminister Nero, Justizminister Menache, Energieminister Ben Dor und der Chef des Handelsressorts, Shimar, alle aus Begins eigenem Likud-Block, sowie die Minister für Kommunikationswesen und jüdische Beziehungen aus Yadins Reformpartei. Yadin und Weizmann standen in der Mitte. Mit einem Wort: das Kabinett war hoffnungslos gespalten.

Begin räusperte sich, um seine Minister auf sich aufmerksam zu machen. So spannungserfüllt der Tag auch gewesen war, der Ministerpräsident zeigte noch immer die gleiche kühle Haltung wie im Morgengrauen, als ihn der erste Anruf des amerikanischen Präsidenten erreicht hatte. Das saubere, weiße Ziertuch steckte in der oberen Tasche seiner Jacke, die Krawatte war fest gebunden und präzise an ihrem vorgesehenen Platz.

»Ich möchte Sie alle«, sagte er, »an die fundamentale Pflicht erinnern, die wir gegenüber der Nation und der Geschichte haben. Wir müssen geeint bleiben. Jedesmal, wenn wir Juden uns von unseren Feinden — oder Freunden — auseinanderdividieren ließen, waren die Folgen katastrophal.«

»Mein lieber Menachem«, meldete sich Yadin, der ruhig an seiner Pfeife zog, während er sprach. »Es ist ja ganz in Ordnung, jetzt von Einigkeit zu sprechen, aber wenn wir so uneinig sind, dann zum Teil wegen einer Politik, die Sie hartnäckig verfolgten, ohne im geringsten zu bedenken, welche Auswirkungen sie auf unsere Geschlossenheit hat. Arabern Land für diese Siedlungen wegzunehmen . . .«

»Arabisches Land!« Rabbi Orents Stimme explodierte. Der Führer der Religiösen war dem traditionellen Erscheinungsbild des blassen, frommen Gelehrten mit den hängenden Schultern so unähnlich, wie es sich nur denken ließ: 1,85 Meter groß, neunzig Kilo schwer, ein ehemaliger Diskuswerfer und Fallschirmjägerhauptmann. Er unterstützte offen den Gusch Emunim, den Block der Getreuen, dessen Anhänger gegen den Willen der Mehrheit ihrer Landsleute, der Araber und fast der gesamten Welt in dem Land siedelten, das Israel während des Krieges 1967 Jordanien abgenommen hatte. »Es muß ein für allemal klar gesagt werden, daß es so etwas wie arabisches Land oder arabische Gebiete hier nicht gibt. Dies ist das Land Israel, das ewige Erbe unserer Väter. Die Araber haben dort nur gelebt, weil sie sich unser Recht darauf anmaßten. Sie haben nicht mehr Anspruch darauf als ein wilder Ansiedler ein Recht auf das Haus eines abwesenden Eigentümers besitzt, in dem er sich eingenistet hat.«

In den Worten, die Orent mit so leidenschaftlicher Inbrunst sprach, drückten sich die Ideen des Gründers des Gusch Emunim aus. Ironischerweise galt die Loyalität der Siedler nicht Begin oder Arik Scharon oder Mosche Dajan oder sonst einer der legendären Gestalten des modernen Israel, sondern einem Mann, der, wie Orent, Rabbiner war. Ein gebrechlich wirkender Greis von neunzig Jahren, hätte er ein Überlebender aus jener Welt sein können, die in den Gaskammern der Konzentrationslager zugrunde gegangen war, ein milder osteuropäischer Getto-Patriarch, der, wenn der Tag zu Ende geht, seinen Enkeln Weisheit und Frohsinn spendet. Doch Rav Zvi Kook war alles andere als das. Der bärtige alte Mann mit dem Runzelgesicht, knapp 1,60 Meter groß, trug, so unwahrscheinlich es war, das Banner des militanten Judentums weiter. Er war Nachfolger der rachedurstigen Krieger aus dem Alten Testament, in dessen Seiten er Quelle und Rechtfertigung der messianischen Vision gefunden hatte, die ihn und seine Anhängerschaft beflügelte.

Wie die meisten Ideen, die Menschen zu Eiferern werden lassen, bezog auch diese ihre Kraft aus ihrer Einfachheit. Gott habe das jüdische Volk dafür auserwählt, durch seine Propheten Seine göttliche Natur und Sein Walten der Menschheit zu offenbaren. Er habe Abraham und den Kindern Israels das Land Kanaan als sichtbares Zeugnis des Bundes zwischen ihnen verheißen. Und so wie ein Baum nur Früchte tragen kann, wenn seine Wurzeln im lebenspendenden Erdreich ruhen — so lehrte Rav Kook —, könne das jüdische Volk sein von Gott ihm zugeteiltes Geschick nur verwirklichen, wenn es das Land — das ganze Land Israel — in Besitz nehme, das Gott ihm zugesprochen habe. Gehet hin und nehmt es euch, hatte er seinen Anhängern gepredigt, als Werkzeuge von Gottes heiligem Willen.

»Täuschen Sie sich nicht«, dröhnte Orent und deutete mit einem Finger warnend auf Begin. »Kein Jude kann auf den Anspruch auf das Land verzichten, das Gott uns zu eigen gab. Unsere Siedler sind ausgezogen, um das Land mit ihrem Schweiß und ihrer Hände Arbeit fruchtbar zu machen, aber sie werden es auch mit ihrem Blut nähren, wenn irgend jemand es ihnen entreißen will.«

Die Aussicht auf Zank und Hader in seinem Volk wie auch der unversöhnliche Fanatismus in der Stimme des Rabbiners ließen Begin erschauern. Er war sich bewußt, daß er selbst viel getan hatte, diesen Fanatismus zu fördern. Traurig wandte er sich Yaacov Dorit zu, dem Kommandeur der Israelischen Verteidigungsstreitkräfte.

»General«, fragte er, »können wir uns darauf verlassen, daß die Armee die Siedlungen gewaltsam räumen wird, wenn sie den Befehl dazu erhält?«

»Werden Sie der Armee sagen, warum?«

Begin blinzelte, so erstaunt war er über Dorits Antwort.

»Denn wenn Sie das tun«, fuhr der General fort, »können Sie keinesfalls darauf zählen. Die Armee ist ein Spiegelbild der Mehrheit in unserem Land, und wie die Mehrheit auch über die Siedlungen denken mag, sie wird nicht dafür sein, Gaddafis wegen mit Gewalt gegen Israelis vorzugehen oder gar Landsleute zu töten. Nicht einmal, um New York zu retten.«

»Und nehmen wir an, wir verschweigen den wahren Grund?« wollte Begin wissen.

»Dann wird sie es ebenfalls nicht tun.«

Begin sah die Männer um den Tisch mit einem Blick voll grenzenloser Trauer an. »Meine Freunde, ich glaube nicht, daß wir die Möglichkeit haben, vor Gaddafis Drohung zu kapitulieren, selbst wenn wir es wollten. Wir würden unsere Nation zerstören durch inneren Aufruhr und Blutvergießen.«

Während er diese Worte sprach, verdrehte er zwischen Daumen und Zeigefinger den Rahmen seiner Brille — ein nervöser Reflex, der seine innere Unruhe verriet. »Man wird mir vorwerfen, daß das, was ich jetzt sagen werde, einem Massada-Komplex entspringt, aber es ist meine aufrichtige Überzeugung, daß uns keine Wahl bleibt. Wir müssen Gaddafi Widerstand leisten und auch den Amerikanern, wenn es so weit kommen sollte.«

»Die Amerikaner bluffen doch nur«, grollte Ranan. »Ich glaube nicht, daß sie über die militärische Kapazität verfügen, hier einzugreifen, und wenn sie es doch tun, werden wir sie in Stücke zerreißen.«

Begin betrachtete ihn mit einem kühlen Blick. »Ich wollte, ich könnte Ihre Überzeugung teilen, Benny.« Er seufzte. »Leider aber kann ich es nicht.«

Nach dem Empfang zu schließen, den man diesem Bürschchen bereitete, dachte Angelo Rocchia, könnte man meinen, wir brächten Yassir Arafat persönlich zum Verhör. Der Wagen, mit dem man den von ihm festgenommenen Araber im Eiltempo von der *Long Island Bar* zum Keller des Polizeipräsidiums befördert hatte, war vor dem Aufzug vorgefahren, der dem FBI vorbehalten war; dicht dahinter waren zwei weitere Autos, besetzt mit FBI-Beamten, gefolgt. Die Hand griffbereit über den unsichtbaren Waffen, bildeten die Insassen einen schützenden Schwarm um den Araber und die Polizeibeamten, als hätten sie einen Präsidenten gegen eine feindselig gestimmte Menschenmenge abzuschirmen.

Den ersten richtigen Eindruck von seiner Beute bekam Angelo im fluoreszierenden Licht des Aufzugs. Es war ein junger Mann Ende Zwanzig, blaß, von schwächlicher Gestalt, mit ungekämmtem schwarzen Haar und einem dichten Schnauzbart, der wohl eine Männlichkeit demonstrieren sollte, die nicht vorhanden war. Vor allem aber war der Araber verwirrt und verängstigt; Angelo roch geradezu, wie ihm die Angst aus den Drüsen drang, ein übelriechendes Sekret.

Alle warteten sie schon — Dewing, der Polizeipräsident, Salisbury von der CIA, Hudson und der Kripochef —, als in der sechsundzwanzigsten Etage die Lifttüren auseinanderglitten. Der Araber wurde zu einer eiligen Vorvernehmung weggeführt, und Angelo und Rand waren eine Sekunde lang die Helden des Tages.

»Gut gemacht«, sagte der Polizeipräsident mit klangvollem Bariton, den er Beförderungsfeiern vorbehielt. »Der erste richtige Durchbruch heute.«

Kaum waren die Fingerabdrücke abgenommen, die Fotos gemacht und die Personalien festgestellt, wurde der Araber, der als seinen Namen Suleiman Kaddourri angegeben hatte, in den FBI-Vernehmungsraum geführt. Dieser Raum war von den gängigen Vorstellungen des Bürgers, wie ein Vernehmungszentrum aussehen sollte, ebensoweit entfernt wie eine Imbißstube von einem Nobelrestaurant. Am nächsten kam er dem Wohnzimmer einer Mittelschichtfamilie in Suburbia. Dicke Spannteppiche bedeckten den Boden. Der Stuhl des Häftlings war ein komfortables Sofa mit mehreren Zierkissen. Davor stand ein Couchtisch mit Zeitungen, Zigaretten und einer Kaffeemaschine, in der es leise brodelte. Gegenüber dem Sofa, auf der anderen Seite des Tisches, befanden sich zwei Sessel für die FBI-Vernehmungsbeamten.

Die ganze sorgfältig inszenierte Atmosphäre war natürlich Hokuspokus, nur darauf berechnet, den Häftling zu entspannen und damit zu entwaffnen. Jedes Geräusch in dem Raum, vom Kratzen eines Zündholzes bis zum Rascheln eines Blattes Papier, wurde von empfindlichen Wandmikrofonen aufgenommen. An den Wänden hingen ein Halbdutzend Aquarelle, und hinter zweien davon zielte je eine Fernsehkamera genau auf das Gesicht des Arabers. Eine der Wände nahm ein riesiges Foto der Skyline von New York ein. Es verbarg ein Spionfenster, hinter dem sich der Beobachtungsraum, halb abgedunkelt, befand. Von hier aus konnten ein Dutzend hohe Beamte alles, was in dem Vernehmungsraum vor sich ging, sehen und hören. Auch Angelo war dabei, weil er den Araber festgenommen hatte.

»Hören Sie, Chef«, flüsterte er und deutete auf einen Unbekannten in einem weißen Hemd mit offenem Kragen, der über die Revers des blauen Anzugs geschlagen war. »Wer ist denn dieses neue Gesicht dort?« Feldmans Augen folgten Angelos Blick. »Vom israelischen Geheimdienst«, antwortete er. »Mossad.«

Im Vernehmungsraum selbst hockte der Araber, dem man die Handschellen abgenommen hatte, mißtrauisch auf dem Sofarand. Frank Farrell, der Palästinenser-Experte des FBI, goß gerade Kaffee ein, so fröhlich, dachte Angelo angewidert, wie eine Kellnerin in einem Howard-Johnson-

Motel das Frühstück serviert. Der zweite FBI-Mann in dem Raum, Leo Shannon, ein umgänglicher New Yorker irischer Abstammung, Spezialist für Verhöre und Verhandlungen mit Terroristen, griff in seine Jackentasche und legte eine weiße Karte auf den Tisch. Angelo stöhnte auf.

»Ist das zu fassen?« sagte er zum Kripochef. »Der Kerl will ein Gasfaß hochgehen lassen, das Gott weiß wie viele Menschen in unserer Stadt töten wird, und die haben den Nerv, ihm die Scheißkarte zu geben?«

Feldman antwortete mit einem resignierten Achselzucken. Die »Karte« war ein bedrucktes Blatt Papier, das alle New Yorker Polizei- und FBI-Beamten bei sich trugen. In dem Text wurde jeder Verhaftete auf seine Bürgerrechte gemäß dem Miranda-Urteil des Obersten Bundesgerichtes hingewiesen. Shannon »gab« sie dem Araber und klärte ihn auf, er habe das Recht, die Aussage zu verweigern oder nur in Gegenwart eines Anwalts zu sprechen. Der Zuschauer im Beobachtungsraum bemächtigte sich Spannung, denn dies war ein kritischer Augenblick. Es konnte sein, daß ihre Bemühungen, Gaddafis Wasserstoffbombe zu finden, hier ihr Ende fanden. Wenn der Araber einen Anwalt verlangte, vergingen vielleicht Stunden, bis sie ihn verhören, und weitere Stunden, bis sie sich mit dem Anwalt verständigen konnten, den Mann freizulassen, wenn er aussagte.

Entweder aus Unkenntnis des Gesetzes oder aus Gleichgültigkeit winkte der Araber matt ab. Er brauche keine Anwälte, sagte er, und die Männer in dem Beobachtungsraum seufzten erleichtert auf. Er habe nichts zu sagen, zu niemandem.

Hinter Angelo ging die Tür auf. Ein FBI-Mann mit aufgekrempelten Hemdsärmeln kam herein, blinzelte, um sich an die trübe Beleuchtung zu gewöhnen, und trat dann zu Dewing. »Er hat bereits ein Register«, meldete er triumphierend.

Die Männer in der Zentrale scharten sich um den FBI-Abteilungsleiter und vergaßen einen Augenblick die Szene hinter dem Spionfenster. Die Fingerabdrücke des Arabers waren, kaum daß man sie ihm abgenommen hatte, in die FBI-Zentrale in Washington durchgegeben worden, wo der Datenspeicher des IBM-Computers sie mit Millionen von Abdrücken verglich, die sämtlichen im Verlauf der letzten zehn Jahre im Land verhafteten Personen abgenommen worden waren. Ein zweiter Computer, in Langley, der im Dienst der CIA stand, verglich sie mit den Abdrücken sämtlicher palästinensischer Terroristen, die von den wichtigsten Geheimdiensten der Welt registriert worden waren. Dieser Rechner hatte, drei Minuten nach Eingabe der Fingerabdrücke, *tilt* angezeigt: Sie stammten von einem gewissen Nabil Suleiman. Suleiman, 1951 in Bethlehem geboren, war 1969 nach einer antiisraelischen Demonstration im Jerusalemer arabischen College festgenommen worden, wobei man ihm zum erstenmal Fingerabdrücke abgenommen hatte. 1972 war er wegen verbotenen Schußwaffenbesitzes verhaftet und zu sechs Monaten Gefängnis verurteilt worden. Nach seiner Freilassung war er ein halbes Jahr verschwunden, in eines von George Habbaschs PFLP-Ausbildungslager im

Libanon, wie der Mossad in der Folge herausfand. 1975 wurde er von einem Polizei-Informanten als einer von zwei Männern identifiziert, die auf dem Mahne-Yehuda-Markt in Jerusalem einen Einkaufskorb mit einer darin versteckten Sprengladung abgestellt hatten. Bei der Explosion wurden drei ältere Frauen getötet und siebzehn weitere Personen verletzt. Seitdem war der Araber von der Bildfläche verschwunden.

»Haben Sie seine Fingerabdrücke auch im Außenministerium und bei der Einwanderungsbehörde nachprüfen lassen?« fragte Dewing, während er die Fotografie, die dem Registerauszug beilag, mit dem Mann im Vernehmungsraum verglich.

»Ja, Sir«, antwortete der Beamte, der die Unterlagen gebracht hatte. »Es gibt keinen Vermerk über ein Visum. Er ist ein Illegaler.«

Drinnen im Vernehmungsraum gab der Araber als Adresse das *Century Hotel* in Brooklyn, Atlantic Avenue 844, an. »Schickt sofort ein paar von unseren Wagen hin«, befahl Hudson, als er dies hörte. Damit trat für den Araber zunächst Funkstille ein, da seine Stimmung umgeschlagen hatte. »Ich möchte doch einen Anwalt«, sagte er leise zu den beiden FBI-Beamten ihm gegenüber und weigerte sich dann, noch etwas zu sagen.

Angelo betrachtete ihn: Der hat Angst, dachte er, der hat vor Angst die Hosen voll. Sein Mißerfolg mit Benny, den Rand miterlebt hatte, machte ihm noch immer zu schaffen. Der junge FBI-Mann stand im Schatten hinter ihm, in diesen Korridoren der Polizeibürokratie etwas entspannter als Angelo.

Angelo beugte sich Feldmans Ohr zu.

»Chef«, flüsterte er, »geben Sie mir zehn Minuten mit ihm, während die nach einem Anwalt für ihn herumtelefonieren. Schließlich habe ich ihn ja auch geschnappt, nicht?«

Fünf Minuten später ließ Angelo sich, mit einem matten Seufzer und über die Hitze im Raum schimpfend, auf dem Sessel gegenüber dem Araber nieder. Er zog ein Tütchen Erdnüsse aus der Tasche und ließ ein Häufchen davon auf seine Handfläche rieseln.

»Erdnuß, junger Mann?« fragte er. Zugesperrt wie eine Auster, dachte der Kriminalbeamte, als er den Araber trotzig den Kopf schütteln sah. Angelo warf sich die Hälfte der Erdnüsse in den Mund und bot die andere wieder dem Festgenommenen an. »Kommen Sie. Sie brauchen keinen Anwalt, um eine Erdnuß zu essen . . . Nabil.«

Er hatte vor dem Namen eine kleine Pause eingelegt, um die Wirkung zu verstärken, und das Gesicht des Arabers fixiert, als er ihn aussprach. Er sah ihn zusammenzucken, als hätte ihn ein elektrischer Schlag getroffen. Angelo lehnte sich in seinem Sessel zurück und kaute langsam die übrigen Erdnüsse. Bewußt ließ er dem Araber Zeit, darüber nachzudenken, daß seine Identität bekannt war. Schließlich schlug er leicht die Hände zusammen, um sie zu säubern, und beugte sich nach vorn.

»Junger Mann, die einen gehn so vor, die andern so.« Er sprach in dem gleichen väterlichen Ton, der ihn bei Benny nicht zum Ziel geführt hatte.

»Das Bureau hat seine Methoden, ich habe meine. Und ich bin immer für die ehrliche Tour. Der andere soll wissen, woran er ist.«

»Ich will nicht sprechen«, fauchte der Araber.

»Sprechen?« Angelo lachte. »Wer will denn, daß Sie sprechen? Ums Zuhören geht's.« Wieder lehnte er sich gemütlich in den Sessel zurück. »Nun, wir haben Sie hier erwischt, weil Sie gestohlene Sachen gekauft haben. Ein bißchen Plastik von Benny Moscowitz am Freitag vor einer Woche, für fünfhundert Dollar.« Angelo legte eine Pause ein und lächelte den Araber freundlich an. »Übrigens, junger Mann, haben Sie zuviel gezahlt. Die Hälfte ist der übliche Preis.«

Er sprach geradezu wie ein Priester, der einem jungen Ehemann ausreden will, sich scheiden zu lassen. »Sie können sich ausrechnen, daß das ein bis zwei Jährchen gibt, je nach Ihrem Strafregister und dem Richter. Ja, aber diese Sache interessiert uns hier eigentlich nicht. Sondern wohin das Zeug gegangen ist. Für wen Sie die Sache gemacht haben.«

»Ich habe schon gesagt, daß ich nicht sprechen will.« Der Ton des Arabers war keine Spur weniger trotzig als vorher.

»Sie müssen ja nicht. Sie haben gehört, was auf der Karte steht.« Aus Angelos Stimme träufelte es beruhigend. Er kaute nachdenklich ein paar Erdnüsse und machte dann eine Kopfbewegung zu dem großen Foto von New York hin, das links von ihm an der Wand hing. »Schon gesehen?«

Der Araber nickte.

»Spionfenster, man kann hier hereinsehen. Dahinter sind ungefähr zwanzig Leute, die uns beobachten. Richter. FBI-Leute. Einer in einem weißen Hemd ist an Ihnen besonders interessiert.« Angelo machte wieder eine Pause, um die Neugier des Arabers zu steigern. »Stammt aus diesem israelischen Laden — wie heißt er gleich wieder? Ja, Mossad.« Erneut wartete Angelo, tat so, als kaute er eine Erdnuß, und beobachtete dabei durch die halbgeschlossenen Lider den Araber. Dem stand die Angst aufs Gesicht geschrieben, auf die Angelo gewartet hatte.

»Ja, so stehn die Dinge, junger Mann.« Seine Stimme nahm einen sachlichen Ton an, als wäre es ihm völlig gleichgültig, was er nun zu sagen hatte. »Sie sind illegal im Land. Das ist uns bekannt. Sie haben kein amerikanisches Visum. Wir haben da einen Vertrag mit den Israelis. Über die Auslieferung von Terroristen. Bums!« Angelo schnalzte mit den Fingern. »Keine große Sache. Im Moment ist einer zum Bundesgericht unterwegs, um die Verfügung abzuholen. Dieser Mann vom Mossad hat draußen auf dem John-F.-Kennedy-Flughafen eine Maschine auf Sie warten, ganz allein für Sie. Sie rechnen damit, daß Sie um Mitternacht in dem Flugzeug sitzen werden.«

Angelo sah, daß der Araber rasch blinzelte. Der wird gleich butterweich, dachte er. »Ja, wir werden Sie ausliefern. Wir müssen. Haben keine andere Wahl. Wir haben keinen Grund, Sie festzuhalten. Daß Sie bei einem Hehler was gekauft haben, ist für eine Anklage zu läppisch.« Er schlug die Hände zusammen und strich sich über die Hose, als wollte er aufstehen und gehen. »Sie wollen nicht mit uns sprechen. Das ist Ihr gutes Recht. Schön. Aber damit haben wir eben auch keinen Grund, Sie festzuhalten.«

Angelo begann sich aus dem Sessel zu erheben.

»Moment«, sagte der Araber, »ich verstehe nicht.«

»Die Sache ist ganz einfach«, klärte ihn Angelo auf. »Sie helfen uns, wir helfen Ihnen. Sie sagen aus, wir machen Sie zu einem unentbehrlichen Zeugen. Dann müssen wir Sie hier behalten. Können Sie nicht mehr ausliefern.« Er stand nun auf den Füßen, wippte auf den Zehen und streckte sich langsam. »Wenn Sie nicht den Mund aufmachen wollen, was können wir tun? Wir müssen Sie ausliefern. So schreibt es das Gesetz vor.

Sie kennen die Burschen vom Mossad dort in Israel besser als ich. Ich habe mir nämlich sagen lassen, daß die sich um kleine weiße Karten und all das nicht viel scheren.« Angelo ließ einen Augenblick lang die Andeutung eines Lächelns seine Mundwinkel umspielen und genoß die Spannung, die das Gesicht des Arabers verriet. »Besonders wenn sie die Chance bekommen, ganz allein acht Stunden mit einem Typen in einem Flugzeug zu sitzen, der eine Bombe in einem Einkaufskorb versteckt und drei alte Jüdinnen getötet hat. Verstehen Sie mich? Glauben Sie, die werden mit einem solchen Burschen recht sanft umspringen?«

Das Gesicht des Arabers erstarrte bei der Erwähnung des Attentats in Jerusalem.

»Also, was wollen Sie?« murmelte er.

Angelo nahm langsam wieder auf seinem Sessel Platz, schlug die Beine übereinander und zog sorgsam die Bügelfalten seiner Hose hoch. »Nur eine Unterhaltung, junger Freund. Nur eine kleine Unterhaltung.«

Grace Knowland blickte ungeduldig zu ihrem Sohn hinauf, der oben auf der Eingangstreppe zur Kaserne des Siebenten Regiments in der Park Avenue stand. Es war schon nach sieben Uhr. Er müßte längst drinnen sein und sich für sein Spiel umziehen.

»Hei, Mom«, rief er schrill in knabenhaftem Zorn nach unten, »das Spiel ist abgesagt.« Grace stieg die Stufen hinauf und küßte ihn auf die Wange, die er ihr widerstrebend hinhielt.

»Was ist denn los?«

»Ich weiß nicht. Soldaten sind da, und keiner darf hinein. Sie lassen mich nicht mal in die Umkleideräume hinunter und meinen Schläger holen, daß ich morgen mit Andy spielen kann.«

Grace stöhnte leise. Das war ein Tag gewesen! Erst der vergebliche Flug nach Washington, vergeblich, weil der Bürgermeister nicht wie sonst mit der Shuttle-Maschine zurückgeflogen war; dann der ganze Nachmittag an fruchtlose Versuche vergeudet, aus seinem Pressereferenten etwas über die South Bronx herauszukitzeln; und schließlich die Hetze, um rechtzeitig zum Match ihres Sohnes hierherzukommen, nur um feststellen zu müssen, daß es abgesagt worden war.

»Ich werde versuchen, daß wir den Schläger bekommen, Liebling.«

Sie ging zu dem Militärpolizisten hinauf, der den Eingang bewachte. »Was ist denn hier los? Mein Sohn sollte heute abend hier ein Tennis-Match spielen.«

Der Soldat schlug die schwarzen Fäustlinge gegeneinander und stampfte mit den Stiefeln auf, weil ihm kalt war. »*Lady*, keine Ahnung. Ich weiß nur, daß ich Befehl habe, heute abend dafür zu sorgen, daß die Öffentlichkeit hier keinen Zutritt erhält. Sie machen irgendeine Mobilisierungsübung da drinnen.«

»Schön«, sagte Grace schmeichelnd, »aber Sie denken doch wohl nicht, daß mein Sohn irgend jemanden stören wird, wenn er in die Umkleideräume hinuntergeht, um seinen Tennisschläger zu holen?«

Der Militärpolizist wand sich verlegen. »Was soll ich Ihnen sagen, *lady*? Ich habe meine Befehle. Unbefugte dürfen hier nicht rein.«

Grace spürte, wie in ihr der Ärger hochstieg. Reporter der *New York Times* hörten das Wort »nein« gar nicht gern, schon in ihrem eigenen Interesse, wenn sie bei der Zeitung bleiben wollten. »Wer ist hier der Verantwortliche?«

»Der Leutnant. Soll ich Ihnen den Leutnant holen?«

Ein paar Minuten später erschien der Militärpolizist wieder, und in seiner Begleitung war ein glattrasierter junger Offizier in einem frisch gebügelten Drillichanzug. Er beäugte Grace anerkennend.

»Sagen Sie, Leutnant«, wandte sich Grace an ihn und überzuckerte die Schärfe ihrer Frage mit einem liebenswürdigen Ton, »was geht denn hier heute abend so Wichtiges vor, daß ein dreizehnjähriger Junge nicht in den Umkleideraum hinuntergehen und seinen Tennisschläger holen kann?«

Der Offizier lachte. »Nichts Besonderes, *ma'am*. Es findet nur irgendeine Übung zur Schneebeseitigung statt. Ein paar Leute versuchen herauszubekommen, wie sie der Stadt beim nächsten Mal helfen können, wenn Sie hier einen schweren Schneesturm abbekommen. Das ist alles.«

Der Tag, ging es Grace plötzlich durch den Kopf, ist vielleicht doch nicht ganz vergeudet. »Das ist ja sehr interessant.« Schon hatte sie ihre Handtasche geöffnet und kramte in dem Durcheinander nach ihrem Presseausweis. »Ich bin bei der *New York Times* und, wie es der Zufall will, sehr mit dem Problem beschäftigt, wie man den Schnee von den Straßen unserer Stadt wegbekommt. Ich würde mich gern mit dem Beamten unterhalten, der Ihre Übung leitet, um von ihm zu hören, zu welchen Ergebnissen Sie kommen.«

»Tut mir leid, *ma'am*. Da kann ich Ihnen nicht behilflich sein. Ich selbst habe mit der Operation nichts zu tun«, antwortete der junge Offizier. »Sie haben uns gestern abend aus Dix hier raufgeschickt, um das Ganze abzusichern. Mehr nicht.« Tommy stand neben seiner Mutter und sah den Offizier neugierig und bewundernd an.

»Ist Ihr Fünfundvierziger geladen?« fragte er und starrte dabei den Colt des Offiziers an.

»Natürlich«, antwortete der Leutnant. »Ich sage Ihnen was, *ma'am*. Wenn Ihr Sohn mir beschreibt, wo sein Schläger ist, gehe ich nach unten und versuche ihn zu finden, und dabei werde ich auch sagen, daß Sie jemanden sprechen möchten.«

Der Offizier schlug sich mit dem Tennisschläger gegen den Handballen, als er wiederkam. »Du«, sagte er, »der ist wirklich leicht gespannt. Du mußt gut sein.« Er wandte sich Grace zu. »Alle Anfragen wegen der Operation sollen an Major McAndrews, den Presseoffizier der Ersten Armee, gerichtet werden.« Er reichte Grace ein Blatt Papier. »Hier ist die Telefonnummer.«

»Wenn Sie wiederkommen, um Recherchen für eine Story zu machen«, murmelte er schüchtern, »hätten Sie dann Lust auf eine Tasse Kaffee mit einem Ortsfremden?«

Grace lächelte und registrierte den Namen »Daly« auf dem Streifen über der Brusttasche seiner Windjacke. Es war reizend von ihm gewesen, Tommys Schläger zu holen. »Natürlich. Wenn ich wiederkomme, mit Vergnügen.«

Angelo Rocchia saß zurückgelehnt in seinem Vernehmersessel und kaute hin und wieder eine Erdnuß. Er war so entspannt, als unterhielte er sich mit einem Kollegen über die Chancen der »Giants« in den Ausscheidungsspielen der nationalen Football-Liga.

»Okay«, sagte er zu dem Araber, der ihm gegenübersaß. »Sie erledigen also Gelegenheitsaufträge für die libysche Botschaft bei den Vereinten Nationen. Wie setzen die sich mit Ihnen in Verbindung?«

»Sie hinterlassen eine Nachricht in der Bar.«

»Wie verabreden Sie sich?«

»Ich nehme den betreffenden Tag, zähle vier dazu und gehe dann an die Ecke, wo diese Straße sich mit der First Avenue kreuzt. Wenn es also zum Beispiel der neunte Tag im Monat ist, gehe ich zur Kreuzung 13. Straße mit der First Avenue.«

Angelo nickte. »Immer zur gleichen Zeit?«

»Nein. Zwischen eins und fünf. Jedesmal eine Stunde später, dann fange ich wieder von vorn an.«

»Und Sie treffen immer dieselbe Kontaktperson?«

»Nein, nicht immer. Ich halte eine *Newsweek* in der Hand. Die anderen sprechen mich an.«

»Okay. Und wie lief es in diesem Fall?«

»Die Kontaktperson war eine Frau.«

»Erinnern Sie sich, an welchem Tag das war?«

Der Araber zögerte. »Es muß Dienstag, der erste, gewesen sein, weil der Kontakt an der 5. Straße war.«

»Wissen Sie noch, wie sie aussah?«

»Hübsch. Langes braunes Haar. Sie trug einen Pelzmantel.«

»Eine Araberin?«

Der Verhaftete wich Angelos Blick aus, weil er sich seines Verrats schämte. »Vermutlich. Aber wir haben englisch miteinander gesprochen.«

»Und was wollte sie?«

»Frisch gestohlene Kreditkarten. Die sollte ich ihr am nächsten Vormittag um zehn bringen.«

»Dann sind Sie zu Benny gegangen?«

Der Araber nickte bekümmert.

»Was ist anschließend passiert?«

»Ich habe ihr die Karten gegeben, und dann ging ich ein Stück weit mit ihr, weil sie mich dazu aufforderte. Ein paar Straßen weiter blieben wir vor einem Fotogeschäft stehen. Ich sollte hineingehen und mir eine Kamera kaufen.«

»Und das haben Sie getan?«

»Ich ging zuerst in eine Kneipe und übte ein paarmal die Unterschrift.«

»Dann besorgten Sie sich die Kamera?«

»Ja.« Der Araber seufzte, weil er sich so tief in diese Sache eingelassen hatte. »Sie war also zufrieden und wollte für Freitagvormittag zehn Uhr wieder frisch gestohlene Karten und einen Führerschein. Für einen Mann Mitte Dreißig. Sie gab mir tausend Dollar. Am Freitag war der Kontakt an der Fourth Avenue in Brooklyn verabredet. Aber sie ließ sich nicht sehen, und an ihrer Stelle kam ein Mann.«

Angelo war sichtbar gereizt, als Dewing das Verhör unterbrach. Der FBI-Mann kam herein, setzte sich in den Sessel neben ihn und zog herrisch die Vernehmung an sich, ohne Angelo erst lange zu fragen.

»Entschuldigen Sie, Mr. Rocchia«, sagte er obenhin, »aber ich habe hier ein paar Fotografien, die unser Freund sich mal ansehen könnte. Sie sind gerade aus Übersee eingetroffen.«

Er reichte dem Araber die Aufnahme Lailas aus den DST-Dossiers, die General Henri Bertrand zwanzig Minuten vorher der CIA übergeben hatte. »Ist das vielleicht zufällig die Frau, die mit Ihnen Kontakt aufnahm?«

Der Araber sah das Foto und dann Angelo an, voll Mißtrauen gegenüber diesem Störenfried, der sich zwischen sie drängte. Der Kriminalbeamte, der innerlich Dewing verwünschte, schenkte dem Araber ein besonders freundliches Lächeln, um die Situation zu retten.

»Ja, das ist sie.«

Dewing gab ihm Whalids Foto. »Ist das der Mann, für den Sie die Plastik beschafft haben?« Der Araber legte die Aufnahme auf den Couchtisch und schüttelte den Kopf.

»Und der?« Dewing reichte Kamals Fotografie über den Tisch. Der Araber betrachtete sie einen Augenblick und hob dann den Blick. »Ja«, sagte er zögernd, »das ist er.«

Draußen im Beobachtungsraum konnte Al Feldman nicht mehr an sich halten. Er schlug die Hände zusammen wie zum Gebet. »Wir haben sie«, jubelte er. »Wir haben endlich die Gesichter.«

Der Anblick des Halbdutzends erschöpfter Männer im Smoking, die im Konferenzraum des Nationalen Sicherheitsrates saßen, hätte erheiternd wirken können, wäre die Situation nicht von einer drohenden Tragödie überschattet gewesen. In ein paar Minuten würden sie sich zu ihren Frauen im Blue Room des Weißen Hauses zum Cocktail gesellen — um der Außenwelt die Fassade der Normalität zu bieten, damit die Krise geheim blieb. Anschließend würden sie im Speisesaal vom goldenen Lincoln-Service essen, das die Frau des Präsidenten gern für Bankette benutzte, diesmal zu Ehren des scheidenden Doyens des diplomatischen Korps, des bolivianischen Botschafters. Sie würden mit ihren Tischnachbarn angeregt plaudern, als herrschte in der ganzen Welt eitel Friede und Ruhe. Jack Eastman eröffnete die Sitzung mit der Feststellung, die Abendnachrichten hätten keinerlei Hinweis darauf enthalten, daß die Medien von der Krise Wind bekommen hätten.

»Ein schwacher Trost«, sagte der Präsident knapp und wandte sich der Stellungnahme der israelischen Regierung zu, die eingetroffen war, während er sich für das Dinner umzog.

»Begin läßt uns anscheinend keine andere Möglichkeit, als ihm die Arbeit abzunehmen.« Die Stimme des Präsidenten klang unbewegt, als er diese Worte sprach, aber er war ein sehr gefühlsbetonter Mensch, und als Eastman ihn ansah, spürte er, was in ihm vorging. »Wie stehen die Aussichten, daß die Israelis sich unserem Schritt widersetzen werden?« fragte er Bennington.

»Ich fürchte, mehr als fünfzig zu fünfzig, Sir.«

Der Präsident saß etwas zusammengesunken und unbehaglich auf seinem Stuhl, der Kopf war gebeugt wie im Gebet. Er hatte seinem Land eine von moralischen Grundsätzen geleitete Führung versprochen, weil er spürte, daß die Nation sie brauchte und wollte. Doch nichts hatte ihn darauf vorbereitet, wie schmerzlich die Einsamkeit sein würde, die oft der Preis der Macht ist. »Wir stehen zwischen zwei Fanatikern, die zum Äußersten bereit sind, meine Herren. Wir können nicht zulassen, daß ihr Starrsinn sechs Millionen Amerikaner das Leben kostet. Wenn nichts anderes mehr übrigbleibt, müssen wir handeln. Harold«, sagte er zu seinem Verteidigungsminister, »ich wünsche, daß die Mobile Eingreiftruppe binnen einer Stunde einsatzbereit ist.«

Die Mobile Eingreiftruppe bestand aus Einheiten der Armee, der Flotte, des Marinekorps und der Luftwaffe. Sie war nach der iranischen Krise zu dem Zweck aufgestellt worden, in einer Krisensituation irgendwo in der Welt rasch für eine militärische Präsenz Amerikas zu sorgen. »Und Sie, Warren«, wies er den stellvertretenden Außenminister an, »setzen sich unter höchster Geheimhaltung mit Hussein und Assad in Verbindung und stellen sicher, daß wir notfalls ihre Flugplätze benutzen können.«

Er erhob sich. Seine Bewegungen, bemerkte Eastman, waren plötzlich steif und unsicher, wie bei einem alten oder gebrechlichen Menschen. Als er die Tür erreicht hatte, rief Webster vom FBI: »Herr Präsident!«

Webster hielt den Telefonhörer in der Hand, und sein sonst so ausdrucksloses Gesicht glühte vor Erregung. »In New York haben sie zumindest drei der an dieser Sache Beteiligten eindeutig identifiziert. Sie schikken im Morgengrauen vierzigtausend Leute los, die nach ihnen fahnden werden.«

Nachdem der Energieminister den Konferenzraum des Nationalen Sicherheitsrates verlassen hatte, um nach oben zu dem Empfang zu gehen, blieb er einen Augenblick stehen, dann machte er kehrt und ging entschlossenen Schrittes zu einem öffentlichen Fernsprecher im Souterrain des Westflügels. Der Anschluß, dessen Nummer er wählte, läutete eine halbe Ewigkeit, bis sich eine junge Frau meldete. Als sie den Anrufer erkannte, wurde sie sofort nörglerisch. »Wo bist du denn letzte Nacht geblieben? Ich habe bis vier Uhr auf dich gewartet.«

»Darüber mach dir keine Gedanken.« Crandell hatte keine Zeit für Erklärungen. »Du mußt etwas sehr Wichtiges für mich erledigen.«

Das Mädchen stöhnte und rekelte sich in ihrem Bett, wobei ihr die rosa Satindecke von der nackten Brust glitt. Die Unordnung, das charmelose Chaos in Cindy Garretts Schlafzimmer waren ein genaues Spiegelbild ihres chaotischen Lebens. Sie war 1976 aus einem kleinen Ort in der Nähe von Mobile, im Bundesstaat Alabama, nach Washington gekommen, auf der Flucht vor der Schande, weil sie vom Stellvertreter des Sheriffs geschwängert worden war. Als Abschiedsgeschenk hatte er ihr einen Job als Empfangsdame im Büro eines Kongreßabgeordneten aus Alabama verschafft, mit dem er bekannt war. Diese Stellung hatte sie über Nacht verloren, weil seine Wähler wütenden Protest erhoben, nachdem Cindy nackt im *Playboy* erschienen war. Doch Glück und Zufall führten sie einige Abende später auf einer Cocktail-Party in Georgetown mit Delbert Crandell zusammen, und daraus ergab sich ein Job, der nicht nur weniger anspruchsvoll und besser bezahlt war, sondern Cindys Talenten ungleich besser entsprach.

»Was willst du denn?« Hinter ihrer Frage lauerte Argwohn, so dick wie die Fältchencreme, die unter ihren Augen glänzte.

»Ich möchte, daß du sofort nach New York hinauffährst. Geh in meine Wohnung und . . .«

»Ich kann nicht nach New York fahren«, protestierte Cindy jammernd.

»Und ob du nach New York fahren kannst!« Crandell konnte den plumpen Akzent nicht ausstehen, in den Cindy nach ein paar Bourbons oder immer dann verfiel, wenn sie sich nicht zusammennahm. »Du wirst tun, was ich von dir verlange. Hol den Wagen raus und fahr hinauf, so schnell du nur kannst. Du kennst das Bild über dem Kamin?«

»Das kitschige, das ausschaut, als hätt' jemand draufgepinkelt?«

»Ja.« Das »kitschige« Bild war ein Jackson Pollock, den Crandells Versicherung auf einen Wert von 350000 Dollar taxierte. »Und das links vom Fernsehgerät?«

»Das mit den komischen Augen?«

»Richtig.« Das war ein Picasso. »Nimm die beiden Bilder und das graue im Schlafzimmer von der Wand.« Crandell brauchte seinen Modigliani nicht näher zu identifizieren. »Und bring sie hierher. Fahr so schnell, wie du kannst.«

»Liebling, ich muß wirklich . . .«, begann Cindy in der Hoffnung, der kokette Ton könnte ihr irgendwie das Opfer ersparen, das ihr Liebhaber von ihr verlangte.

»Halt die Klappe!« unterbrach sie Crandell. »Heb deinen Arsch aus den Federn, und hinauf mit dir nach New York!« Er hängte ein und beschloß dann, einen zweiten Anruf zu machen, diesmal bei seinem Immobilienmakler in New York. Schließlich eilte er, beinahe zum erstenmal seit dem Beginn dieser Krise entspannt, die Treppe zum Blue Room hinauf.

Harvey Hudson, der Chef der New Yorker FBI-Dienststelle, hörte mit wachsender Besorgnis, was sein Stellvertreter über Grace Knowlands Auftritt vor der Kaserne in der Park Avenue zu berichten hatte. »Daß wir so ein Pech haben!«

»Sein Vize nickte verständnisvoll und setzte seinen Rapport fort. »Sie wurde also ganz aufgeregt, als der Militärpolizist von ›Schneeräumen‹ sprach. Sie zückte ihren Presseausweis und wollte unbedingt mit jemandem sprechen. Um sie abzuwimmeln, haben wir ihr schließlich die Nummer gegeben, die wir zur Abschirmung der NEST-Teams verwenden, eine Leitung, die angeblich zum Presseoffizier der 1. Armee führt. Sie ist jetzt gerade dran und läutet Sturm. Morgen vormittag möchte sie Näheres über unsere ›Schnee-Räumübung‹ erfahren.«

Hudson faßte sich an den Kopf. »Wenn man sich das vorstellt! Irgendein blödes Kind kommt nicht an seinen Tennisschläger ran, und deswegen droht uns jetzt die Gefahr, daß die *New York Times* die ganze Sache herausbekommt.« Er zog an den Enden seiner rotgelben Fliege, die auf beiden Seiten herunterhing wie zwei welke Reben.

»Okay«, befahl er. »Stecken Sie irgend jemanden in eine Armeeuniform und schaffen Sie ihn morgen früh zu der Kaserne hinauf. Er soll dieser Frau einen Vortrag über Schneebeseitigung halten, wie ihn noch nie jemand zu hören bekommen hat. Es ist mir egal, was er ihr für Geschichten aufbindet, aber glaubwürdig müssen sie sich anhören. Das einzige, was wir jetzt wirklich nicht brauchen können, ist, daß wir die *New York Times* an den Hals bekommen.«

Im Blue Room des Weißen Hauses spielte eine Kapelle des Marine Corps *Hail to the Chief.* Mit einem warmen Lächeln und gefolgt von seiner Frau, die sich strikt nach Protokoll einen Schritt hinter ihm hielt, schritt der Präsident in den Raum, wo der Empfang für die Diplomaten stattfand. Jack Eastman beobachtete voll Bewunderung, wie das Paar Hände schüttelte, plauderte, höflich über einen matten Scherz des bulgarischen Botschafters lachte. Imponierend, dachte Eastman. Man kann diesem Mann seine Neigung zum Wankelmut, seinen Mangel an persönlicher Wärme vorwerfen, aber eines kann man ihm nicht bestreiten: seine Selbstbeherrschung, die stoische äußerliche Ruhe in Krisenzeiten.

Er wollte gerade einen Schluck von seinem Grapefruitsaft nehmen, als ihn jemand leicht am Ellenbogen berührte. Es war seine Frau, die wie gewöhnlich mit Verspätung erschienen war. Er beugte sich zu ihr, um ihr einen Kuß auf die Wange zu geben. »Liebling«, flüsterte sie. »Ich muß mit dir sprechen. Allein.«

Eastman hätte beinahe aufgelacht. Auf einem Diplomatenempfang unter vier Augen mit der eigenen Frau zu sprechen, war ein Privileg, das hohen Regierungsmitgliedern nicht gewährt wurde. Doch Sally hatte ihn schon am Arm ergriffen. »Es geht um Cathy.«

Ihr Mann erstarrte, folgte ihr aber, während sie sich geschickt durch das Gedränge schlängelte und einen ruhigen Winkel neben der Bar fand. Dann wandte sie sich ihm beinahe zornig zu. »Sie ist zu Hause«, stieß sie hervor.

»Zu Hause?« Eastman war perplex. »Wieso denn das?«

»Weil das, was du mir gestern anvertraut hast, zuviel für mich war, Jack.« Sally Eastmans kurze Aufwallung von Trotz war schon vorüber, Tränen standen ihr in den Augen. »Ich bin schließlich eine Mutter, Jack, kein Soldat.«

»Sal . . .«

Sie drehte sich weg, ging an die Bar und schob einem Barkellner herrisch ihr Glas zu. »Wodka Martini *on the rocks*«, verlangte sie. Eastman trat hinter sie, darum bemüht, seine Fassung zu bewahren. »Sally«, zischte er, »du hattest kein Recht, das zu tun. Überhaupt kein Recht.«

Seine Frau drehte sich um. Die Tränen begannen der sorgfältig aufgetragenen Fassade auf ihrem müden, verhärmten Gesicht zuzusetzen. Sie wollte etwas antworten, doch ihr Mann kam ihr zuvor, beugte sich zu ihr hinab und berührte zart mit den Lippen ihre Stirn. »Aber Gott sei Dank, daß du es getan hast«, flüsterte er. »Tupf dir die Augen ab. Wir müssen zurück zu den anderen.«

Der zerbeulte Toyota glitt ruhig an den verlassenen Lagerhäusern vorbei. Rico saß vorn, neben dem Fahrer. Rechter Hand konnte er hinter dem hohen Drahtzaun, der die Bayonne-Docks umgab, hin und wieder den schwarzen Spiegel des Hudson River und in der Ferne die Lichter von Manhattan sehen.

»Acqui.«

Der Wagen blieb stehen, und der Fahrer schaltete die Scheinwerfer ab. Die Nacht war rabenschwarz. Als einziges Geräusch hörte der Zuhälter das Klagen der Möwen drunten am Ufer des Hudson.

Die drei Männer stiegen aus und gingen eine Gasse entlang, die zu einem nicht mehr benutzten Lagerhaus führte. Die Männer, die vor Rico gingen, trugen Soldatenstiefel mit dicken Sohlen, wie sie für den Dschungel in Vietnam bestimmt gewesen waren. Sie bewegten sich geräuschlos wie Tiere auf einem Waldpfad. Am Ende der Gasse klopfte der Führer leise an eine Tür. Sie ging auf, und aus dem Dunkel dahinter kam der schmale Strahl einer Taschenlampe, die jedes Gesicht einen kurzen Augenblick in ihrem Licht fing.

»Venga«, befahl eine Stimme.

Als Rico in das Lagerhaus trat, wußte er sofort, warum er hier war. Am anderen Ende ruhte ein langes, breites Holzbrett auf zwei Holzblöcken. Dahinter waren fünf Stühle aufgereiht. Auf dem Tisch standen zwei Kerosinlampen, deren flackernder Schein auf zwei Porträts an der Wand fiel: Che Guevara und der Gründer der FALN.

Die portorikanische Befreiungsbewegung war die einzige Terroristenorganisation, die auf dem Boden der Vereinigten Staaten Fuß gefaßt hatte, und daß sie ihre Geschlossenheit wahren konnte, war auf ihre gnadenlosen Strafprozeduren zurückzuführen. Eine solche sollte auch jetzt beginnen, die Verurteilung eines Verräters. Rico stellte zu seiner großen Erleichterung fest, daß der Beschuldigte bereits da war, gefesselt und geknebelt auf einem Stuhl vor dem improvisierten Tisch.

Als ranghohes Mitglied der FALN nahm Rico auf einem der Richterstühle Platz. Er bemühte sich, dem Anblick des Angeklagten auszuweichen, den wild rollenden Augen, den Adern an seinem Hals, die hervortraten, während er versuchte, sich trotz des Knebels zu verteidigen.

Der »Prozeß«, nicht mehr als die ritualisierte Rechtfertigung eines Mordes, war kurz. Bei dem Beschuldigten handelte es sich um einen Polizeizuträger aus Philadelphia, den man zur Aburteilung hierhergebracht hatte, weil die Vollstreckung hier leichter auszuführen war. Als die Anklage vorgetragen worden war, rief der Mann in der Mitte der »Richterbank« seine Mitrichter auf, ihr Urteil abzugeben. Einer nach dem anderen sprach laut: *»Muerte.«*

Kein einziger schlug vor, Gnade walten zu lassen. Mit Ausnahme von ein paar Leuten wie Rico bestand die Führung der FALN aus kleinbürgerlichen Intellektuellen, zweitklassigen Geschichtslehrern und ewigen Studenten, und Gnade war ihrem sterilen akademisch-revolutionären Denken fremd.

Vor dem »Chefrichter« lag auf dem Tisch eine Walther P 38. Wortlos schob er die Waffe Rico zu. Auch das gehörte zum FALN-Ritual. Auf Befehl der Organisation kaltblütig zu töten, war der höchste Loyalitätsbeweis eines Mitglieds.

Rico nahm die Pistole, stand auf und ging um den Tisch herum. Er zitterte leicht und konzentrierte seinen Blick auf einen Winkel des Lagerhauses, damit er den Kopf des Opfers nicht ansehen mußte. Er hob die Pistole, entsicherte sie, tastete kurz nach dem weichen Fleisch an der Schläfe des Verurteilten und drückte ab.

Ein scharfes Klicken, mehr nicht.

Rico sah nach unten und in die Augen seines Opfers, in denen ein höhnisches Lachen stand. Sechs Männer kamen aus dem Dunkel, nahmen ihn in die Mitte, stießen ihn auf den Stuhl, fesselten und knebelten ihn.

»In diesem Raum ist ein Verräter«, verkündete der »Chefrichter« auf spanisch. »Aber nicht der, den wir eben verurteilt haben.«

Diesmal war ein Prozeß gar nicht mehr nötig. Er hatte schon vor Ricos Ankunft stattgefunden. Der »Chefrichter« nahm die Walther an sich und den Ladestreifen heraus. Sorgfältig schob er Neun-Millimeter-Patronen hinein und drückte sie dann mit dem Handballen zu. Er reichte sie der Gestalt, die aus den Schatten im hinteren Teil des Lagerhauses trat. Es war der Mann, den Rico beim FBI verpfiffen hatte.

Er ging geräuschlos um den Tisch herum und legte die Mündung des kalten, schwarzen Laufes an Ricos Schläfe. So stand er einen Augenblick da. Dann drückte er ab.

Angelo Rocchia starrte aus seinem Bürofenster hinaus über die im abendlichen Dunkel liegenden, verschneiten Dächer von Manhattan und spürte dabei das Brennen im Hals. Die Rolaid-Tabletten, dachte er und verwünschte sich, weil er *spaghetti al pesto* bestellt hatte. Wo habe ich sie nur?

Er ging wieder an seinen Schreibtisch und begann in den Schubladen zu kramen. Sein Büro unterschied sich kaum von den anderen auf der Kripo-Etage des Polizeipräsidiums. Auf seinem Tintenlöschblatt stand eine Schreibgarnitur, zusammengebastelt aus den Dienstmarken, die seinen Berufsweg in der New Yorker Polizei — und sein Leben — markierten. An den Wänden hingen die obligaten Fotografien: Angelo als Abgänger von der Polizeiakademie, Angelo beglückwünscht zu vier ehrenden Erwähnungen durch verschiedene Polizeipräsidenten, Angelo beim Bankett der Columbian Society, nachdem er zum Präsidenten des Italoamerikanischen Vereins New Yorker Polizisten gewählt worden war. Auf dem Schreibtisch standen Bilder seiner Tochter Maria und seiner verstorbenen Frau in silbernen Rähmchen.

Er fand endlich das Röhrchen mit den Rolaid-Tabletten, nahm eine davon, ging wieder ans Fenster und wartete besorgt auf die Wirkung. Herzanfälle, hieß es, fangen manchmal so an, mit diesem Brennen in den Eingeweiden. Selbst Ärzte konnten nicht immer genau sagen, was die Ursache war. Er drückte mit den Fingern gegen die Stelle über dem Magen, wo der Brustkorb beginnt, um den Gasen den Weg freizumachen, suchte nach etwas, von dem er nicht wußte, was es war. Vielen seiner älteren Kollegen erging es so, Männern, die gleich nach dem Krieg mit ihm in den Dienst eingetreten waren: Bei der Arbeitslast, der Beanspruchung, der Angst, dem Nikotinkonsum — die Aussichten, alt zu werden, hieß es, waren für einen Polizeibeamten erheblich geringer als für andere Leute.

Er hätte auf keinen Fall so viel essen sollen, aber er hatte den Jungen vom FBI ausführen, ihm *Forlini* zeigen wollen. Zuvor hatte er ihn noch zusehen lassen, wie er den ganzen Schreibkram aufarbeitete, der bei jeder

Ermittlung der New Yorker Polizei anfiel, selbst bei einer so kritischen Sache wie der, an der sie jetzt beteiligt waren. Ein guter Polizeibeamter, hatte er dem Jungen mehrmals eingeschärft, achtet immer darauf, daß er im Papierkrieg nicht im Rückstand bleibt.

Aber, Scheiße, was soll's? hatte er sich plötzlich gefragt. Was wollen diese Bürschchen wie Rand davon schon wissen? Sie wollen alles auf einmal und alles sofort. Langsam lernen, alles Schritt für Schritt mühselig zusammenfügen, dafür haben sie keine Zeit. Überall sieht man sie jetzt im Präsidium, völlig davon überzeugt, daß sie schon über alles Bescheid wissen, sich nicht hocharbeiten müssen wie wir Älteren, die seinerzeit draußen den Kleinkram erledigen mußten, das tägliche Einerlei, das Handwerkliche, bis es ein Teil von einem war wie die Schuppen, wie der eigene Körpergeruch.

In der Erinnerung sah Angelo nun, wie Rand ihm im *Forlini* gegenübersaß, hörte er ihn den Wein loben und zugleich einflechten, daß er es nicht richtig finde, Typen wie diesen Taschendieb gegen die Wand zu schmeißen. Schon mit seinen dreißig Jahren so voller Selbstgewißheit, daß er dem Älteren gegenüber einen leicht gönnerhaften Ton anschlug. Bereit zuzuhören, das war er wohl. Doch zu lernen?

Und dann kam Angelo die Erleuchtung. Wozu sollte Rand denn lernen wollen? Wozu Erfahrung sammeln? Was er hatte, war besser als alle Erfahrung auf der Welt. Er war ja erst dreißig Jahre alt und hatte noch sein ganzes Leben vor sich mit allen Chancen und Möglichkeiten.

Er zuckte zusammen, als das Telefon ihn aus seinen Gedanken riß und der schrille Ton durch die leeren Büros hallte.

»Wo bist du denn abgeblieben? Den ganzen Tag schon versuche ich dich zu erreichen.«

Als Angelo ihre Stimme hörte, setzte er sich fröhlich auf seinen Schreibtischstuhl. »Ich habe einen schönen Tag hinter mir, wie er für einen New Yorker Kriminalbeamten typisch ist. Mit einem ganzen Verein unsrer Boys in einem Heuhaufen nach einer Nadel gesucht.«

»Ich habe dich heute vormittag angerufen, aber es hieß, ihr seid alle weg zu einer Besprechung.«

»*Yeah.* Menge Leute daran beteiligt.« Angelos Stimme klang mürrisch, aber seine Verdrossenheit war ebenso durchsichtig wie das Fenster seines Büros. »Ich hätte dich anrufen sollen, Grace, aber ich war mir nicht sicher . . .« Er zögerte. »Ich meine, nach gestern abend und alledem.«

»Ich weiß. Ich habe auch viel über gestern abend nachgedacht, Angelo, und einen Entschluß gefaßt. Ich werde das Baby behalten.«

»Aber, Grace, das ist doch nicht dein Ernst.«

»Es ist mein Ernst.«

»Du willst noch ein Kind, das dir Ärger macht?«

»Ja.«

Was in vierundzwanzig Stunden alles passieren kann, dachte Angelo. Wie kann sich so plötzlich alles verändern? Er betupfte sich die Stirn, die feucht wurde. »Grace«, sagte er dann, »wenn du das wirklich ganz ehrlich willst, dann, nun ja, die Pension eines Kommissars reicht heutzutage ja nicht weit, aber ich wüßte sowieso nicht, was ich im Ruhestand anfangen soll. Ich habe vor ein paar Monaten mit einem Typen darüber gequatscht, für den American Express Versicherungskunden zu werben. Ich will damit sagen, Grace, wenn du das Kind wirklich willst, dann werde ich schon tun, was du von mir erwartest.«

»Angelo.« Sie sprach seinen Namen so zärtlich aus, wie sie es manchmal tat, wenn sie in ihrem dunklen Schlafzimmer nebeneinanderlagen, doch es war auch eine gewisse Distanz spürbar, und nicht nur weil sie miteinander telefonierten. »Das ist großartig von dir, und ich werde nie vergessen, daß du es gesagt hast.« Er hörte, wie sie langsam an ihrer Zigarette zog. Immer wieder hatte er ihr zugeredet, das Rauchen aufzugeben, doch sie hatte nicht auf ihn gehört. »Aber das ist es nicht, was ich möchte, Angelo.«

»Was willst du damit sagen, du möchtest das nicht?« Er versuchte durch einen rauhen Ton zu verbergen, daß er überrascht und gekränkt war.

»Angelo, ich will dich nicht zwingen, mich zu heiraten. Das ist nicht der Grund für meinen Entschluß. Ich habe schon gestern abend versucht, dir das klarzumachen. Ich möchte ein Kind, ja. Aber keine zweite Ehe.«

»Grace, ich bitte dich, du willst doch nicht ein Kind einfach so großziehen? Du ganz allein? Ohne einen Vater?«

»Ich werde ja nicht die erste in New York sein, die das tut, Angelo.«

»Verdammt noch mal!« Der Zorn zischte aus Angelo heraus wie der Dampf aus einem geborstenen Heizungsrohr. »Grace, du bist doch nicht irgendeine portorikanische Nutte, die von der Fürsorge ausgehalten wird, oder eine schwarze Schlampe in der South Bronx, die mit jedem zweiten Kerl aus ihrem Block geschlafen hat. Das kannst du nicht tun!«

»Doch, ich kann, Angelo. Die Zeiten haben sich geändert, weißt du.«

»Und wie stehe ich da? Es ist ja schließlich auch mein Kind. Was soll *ich* tun? Einmal im Jahr vorbeikommen, dem Jungen die Wange tätscheln und sagen: ›Hallo, *kid*, wie geht's? Bringt dir deine Mama richtig bei, wie man beim Baseball einen Paß nach vorn spielt und so?‹«

»Angelo.« Ihre Stimme war so ruhig, so entschieden, daß er begriff, wie endgültig ihr Entschluß war. »Ich will das Kind auch deswegen haben, weil ich hoffe, daß er — oder sie — ein paar von den Qualitäten erben wird, die ich an dir so bewundere und liebe. Aber es wird *mein* Kind sein, weil ich es haben will und weil ich bereit bin, die Verantwortung dafür zu übernehmen. Ich allein. Natürlich, wenn du das Kind sehen willst, wird in seinem oder ihrem und meinem Leben immer ein Platz für dich dasein.«

»Danke, Grace, vielen Dank.« Während Angelo das sagte, spürte er, wie der dumpfe Schmerz ihm den Magen zusammenzog. Er starrte wieder hinaus auf die Lichter der Stadt. Doch diesmal waren sie unscharf, nicht mehr deutlich zu erkennen, denn Angelo Rocchia hatte in diesem Augenblick begriffen, daß die letzte Liebe seines Lebens ihrem Ende entgegenging. »Ich werde dich dieser Tage anrufen, dann können wir uns in Ruhe darüber unterhalten.«

Als sie ihr Gespräch beendet hatten, begann er sein Feldbett auseinanderzuklappen. Lieutenant Walshs Zivilschutz hatte während des Schnee-Notstands am Freitag einige davon ausgegeben, und ein paar waren verlorengegangen — so auch das, das hinter Angelos Tür verschwunden war. Er hatte gerade seinen Schlips an einen Haken gehängt und die Manschettenknöpfe abgenommen, als er unter der Tür Terry Keagan stehen sah, den Beamten, der den Nachtdienst versah.

»Sie schlafen hier?« fragte Keagan.

»Ja, ich muß morgen früh um halb sieben in Brooklyn in der Fourth Avenue bei der Hertz-Agentur sein.« So sieht das Leben eines Kriminalbeamten aus, dachte Angelo. Heute abend bist du ein Held und morgen ein Laufbursche für die Techniker vom FBI, die den Transporter auseinandernehmen, mit dem die Fässer transportiert wurden. »Je älter ich werde, desto mehr gehen mir diese Einsätze in der Frühe auf den Magen.«

»Mir auch«, sagte Keagan lachend und verschwand.

Angelo trat ans Fenster und warf einen letzten Blick hinaus auf seine Heimatstadt. Was muß das für ein Mensch sein, der so ein Verbrechen plant? Könnte er am nächsten Tag im Fernsehen den Anblick der Kinder, Eltern, Verwandten ertragen, die sich die Augen um die Menschen ausweinen, an deren Tod er schuld ist? Er schüttelte den Kopf. So vieles hatte sich verändert, seit er zur Polizei gegangen war. Die Welt war ganz anders geworden.

Er drehte das Licht ab und legte sich auf das Feldbett. Im Schlaf, der ihn überkam, taumelte vor ihm das Kaleidoskop der Bilder übereinander — Grace, wie sie ihn im *Forlini* ansah; das vorwurfsvolle Gesicht seines jungen Partners vom FBI; ein verängstigter Araber . . .

7

»Ich bin zu einer Entscheidung gelangt«

Zur Erinnerung für den Leser:

Am Ende des Buches befinden sich Übersichtskarten von New York und vom Mittelmeerbecken, ein Hilfsmittel zur rascheren Orientierung.

Der Präsident stand unter den eiskalten Wasserstrahlen, die auf ihn herabprasselten, und genoß die erquickende Kühle, die sie seinem erschöpften Körper gaben. Die Duschkabine neben der Schlafzimmersuite hieß im Weißen Haus noch immer »Lyndon Johnsons Aufweckbrause«. Der Texaner hatte sie während des Vietnamkrieges installieren lassen, allerdings zu seinem Unmut feststellen müssen, daß das Pionierkorps der amerikanischen Armee einfach unfähig war, den Wasserdruck auf eine Höhe zu bringen, die ihn zufriedenstellte. Doch der gegenwärtige Präsident war dankbar für die Einrichtung. Seit vierundzwanzig Stunden hielt er sich mit schwarzem Kaffee und einer belebenden Dusche in periodischen Abständen aufrecht. Um 4.50 Uhr morgens hatte er schließlich den Konferenzraum des Nationalen Sicherheitsrates verlassen und war in den Wohntrakt zurückgekehrt, um ein paar Stunden Schlaf zu finden. Doch diese Hoffnung hatte ihn getrogen.

Während er sich mit dem Handtuch trockenrieb, ging er in Gedanken zum hundertsten Mal die armselig wenigen Pluspunkte und Optionen durch, welche die Vereinigten Staaten Gaddafi entgegenzusetzen hatten, in der zagen Hoffnung, irgendwo in einem Winkel seines Gehirns vielleicht doch noch *die* Lösung zu entdecken, die sie übersehen hatten. Amin, Khomeini und nun dieser Mann: eifernde Fanatiker, die das ganze prekäre Gleichgewicht des zwischenstaatlichen Verhaltens auf der Erde bedrohten. Und warum?

Auf dem Tisch im Schlafzimmer stand sein gewohntes Frühstück: Kaffee, Grapefruitsaft, zwei weichgekochte Eier und eine Scheibe Toast. Er trank hastig Saft und Kaffee und ließ das übrige unberührt. Dann drückte er auf das Fernsteuergerät, das es ihm ermöglichte, die Bildschirme der drei Fernsehapparate am Fußende seines Bettes gleichzeitig zu betrachten. Er hörte sich die einleitenden Sätze der Morgennachrichten an und stellte erleichtert fest, daß die Medien von der Krise nichts erfahren hatten — obwohl doch in Washington so gut wie nichts geheimzuhalten war.

Bevor er nach unten ging, öffnete er die Tür zum Schlafzimmer seiner Frau und trat auf den Zehenspitzen an ihr Bett. Er beugte sich über sie und küßte sie.

Blinzelnd schlug sie die Augen auf. »Liebling«, flüsterte sie, »alles in Ordnung?«

Der Präsident nickte grimmig.

»Gibt es was Neues?«

»Nein, überhaupt nichts.«

Sie strich das Bettuch glatt. Beinahe dankbar setzte sich der Präsident neben sie. Zu niemandem, nicht einmal zu Eastman, hatte er größeres Vertrauen als zu seiner Frau, zu ihrer Klugheit und ihrem treffenden Urteil. Seit Beginn dieser Krise hatte er sich schon ein halbdutzendmal bei ihr ausgesprochen, hier in ihrem Schlafzimmer oder im Salon nebenan, befreit von dem Zwang, die entschlossene, gesammelte Fassade zu wahren, wozu er sich vor seinen Beratern verpflichtet fühlte.

Er saß einen Augenblick stumm da.

»Was ist, Lieber?«

Der Präsident griff nach den Händen seiner Frau.

»Ich habe Angst«, flüsterte er. »Mein Gott, ich habe solche Angst, daß diese Sache schiefgeht.«

Schweigend stand seine Frau auf. Dann sank sie mit ihrem Mann auf die Knie, und der Präsident betete aus tiefstem Herzen um die Stärke, die er in den kommenden Stunden brauchen würde.

In New York — es war 7.15 Uhr — setzte sich Abe Stern, halb betäubt vor Erschöpfung, an den Tisch im Speisezimmer des Gracie Mansion und begann in den Rühreiern herumzustochern, die seine Haushälterin ihm aufgetragen hatte. Neben dem Teller lag ein Blatt mit einer Zusammenfassung dessen, was sich in den vergangenen vier Stunden abgespielt hatte. Stern war um drei Uhr früh aus der unterirdischen Befehlszentrale in das Mansion zurückgekehrt, das seit 1942 die New Yorker Bürgermeister beherbergte. Er hätte ebensogut in der Stadt bleiben können, denn auch er hatte keinen Schlaf gefunden.

Aus dem Transistorgerät neben ihm dröhnten Verkehrshinweise für die ersten Pendler, die nach New York unterwegs waren. Stern wurde beinahe schlecht, während er zuhörte. Drei Millionen Menschen auf dem Weg in seine Stadt, vielleicht in den Tod, völlig ahnungslos, welches Damoklesschwert über ihnen schwebte. Daran hatte sich eine der erbittertsten Auseinandersetzungen entzündet, die er seit Beginn dieser Krise mit dem Präsidenten gehabt hatte. Angesichts der Gewißheit, daß sich ein thermonuklearer Sprengkörper in Manhattan befand, hatte er um Mitternacht das Weiße Haus um die Genehmigung ersucht, alle Zufahrtswege nach Manhattan, sämtliche Brücken, Tunnels und Bahnstrecken abzuriegeln.

Die Militärs hatten sich hinter ihn gestellt: den drei Millionen Pendlern den Zugang zur Stadt zu blockieren, hätte das amerikanische Verlustpotential bei der Detonation von Gaddafis Bombe nahe an eine Balance herangeführt und den Libyer weitgehend des Vorteils beraubt, den er in der Hand hatte. Doch der Präsident und der gesamte übrige Krisenstab waren gegen Sterns Vorschlag gewesen. Es bestand keine Möglichkeit, ohne Aufsehen die Insel Manhattan von der übrigen Welt zu isolieren, und die Gefahr, daß der unversöhnliche Fanatiker in Tripolis seine Bombe hochgehen lassen würde, sobald er erfuhr, was vor sich ging, war zu groß, als daß man diesen Schritt unternehmen könnte. Man könne, hatte der Präsident erneut argumentiert, nicht das Risiko eingehen, fünf Millionen New Yorker zum Tod zu verurteilen, um das Leben von drei Millionen Pendlern zu retten. Alle, die von diesem äußersten Verbrechen des politischen Terrorismus bedroht waren, hatte der Präsident verfügt, müßten die Risiken gemeinsam tragen.

Und so, ging es Abe Stern durch den Kopf, versammeln sich nun, in der kalten Morgenluft, in Darien und Greenwich, White Plains und Red Bank die Menschen auf den Busbahnhöfen und auf den Bahnsteigen, warten andere bei einer Tasse Kaffee auf das Hupen des Autos ihrer Fahrgemeinschaft. Schon bald würden sie über die Bahnstrecken und Brücken, die er hatte blockieren lassen wollen, nach New York hereinströmen, um arglos einen neuen Arbeitstag zu beginnen und, wenn nicht noch ein Wunder geschah, in den Tod zu gehen. Er schob die Rühreier weg, unfähig, einen Bissen zu sich zu nehmen.

Er wurde in seinen Gedanken unterbrochen, denn in der Tür erschien eine Frau, die magere Gestalt in den verblichenen Morgenmantel gehüllt, den sie fünfzehn Jahre vorher bei Abraham und Strauss gekauft hatte.

»Warum bist du denn schon so früh auf den Beinen?« fragte er.

Sie ging stumm an das Sideboard, goß sich aus dem Krug, der dort stand, ein Glas Orangensaft ein, und setzte sich neben ihn. »Was ist eigentlich los, daß du heute nacht nicht geschlafen hast?«

»Nichts ist los«, erwiderte Stern gereizt. »Ich konnte nicht einschlafen, mehr nicht.«

Seine Frau deutete vorwurfsvoll auf seinen Teller. »Wieso ißt du denn Eier zum Frühstück? Mort hat dir doch gesagt, daß Eier für deinen Cholesterinspiegel schlecht sind.«

»Na und? Was ist er überhaupt, ein ärztliches Genie, nur weil er in Harvard studiert hat?« Stern bohrte sein Messer in die Butterschale, schnitt ein dickes Stück ab und strich es trotzig auf eine Toastscheibe, die zu essen er gar keinen Appetit hatte. »Glaub mir, wenn ich einen Herzanfall bekomme, dann nicht weil ich Eier esse. Wann geht deine Maschine?«

Ruth wollte, wie jedes Jahr um diese Zeit, in Miami bei ihrer Tochter und ihrem Schwiegersohn Ferien machen. Sie hatte zwei Wochen vorher ihren Abreisetag festgelegt, und das Wissen, daß zumindest sie verschont bleiben würde — nicht durch einen Vertrauensbruch, sondern durch Zufall —, hatte Abe Sterns Kummer in den letzten Stunden eine Spur gelindert.

»Ich weiß nicht, ob ich fahren soll.«

»Was soll das heißen, du weißt nicht, ob du fahren sollst?« Die erstaunte Frage des Bürgermeisters hatte einen Beiklang von Panik. »Du mußt fahren.«

»Warum eilt es dir denn so, mich vom Hals zu bekommen? Hast du eine Liebschaft oder sonst was?«

»Ruth, sieh mich an! Wir sind jetzt zweiunddreißig Jahre verheiratet. Habe ich dir schon irgendwann einmal so etwas angetan? Und außerdem, welche würde denn mich schon haben wollen? Nimm die Maschine.«

Ruth goß sich eine Tasse schwarzen Kaffee ein und trank nachdenklich in kleinen Schlucken. Sie war ein Jahr jünger als ihr Mann; das Haar, dünn und weiß geworden, stand ihr vom Kopf ab wie Engelhaar an einem alten Christbaum, den man im Hinterhof abgestellt hat. »Es war nur Spaß, Abe. Das mit der Liebschaft.«

Über den Rand der Kaffeetasse hinweg, die sie sich an die Lippen hielt, blickten ihre schwarzen Augen ihn an. »Aber irgendwas ist nicht in Ordnung, Abe. Dich plagt etwas. Muß ein sehr schwieriges Problem sein.«

Stern seufzte. Nach so langen Ehejahren gab es keine Geheimnisse mehr, die der andere nicht spürte. »Ja«, antwortete er, »du hast recht, ich habe ein Problem. Aber ich kann dir nicht sagen, was es ist. Bitte, Ruth, nimm die Maschine. Flieg nach Miami hinunter — mir zuliebe.«

Seine Frau stand auf und trat hinter ihn. »Du mußt es mir nicht sagen. Es ist schon gut. Aber wenn du ein schwieriges Problem hast, dann ist mein Platz hier. Nicht in Miami.«

Stern streichelte ihre mageren Hände. Durch das Fenster des Eßzimmers spiegelte sich das erste, schwache Licht des Morgengrauens im dunklen Wasser des Hell Gate Channel, kroch über die Wards Island und auf die Mietshäuser von Queens zu.

Wie schön das alles ist, dachte der Bürgermeister von New York und umfaßte fester die Hände seiner Frau, wie schön!

In der unterirdischen Befehlszentrale am Foley Square hatte unterdessen das Mammut-Unternehmen der Bombenfahndung eine ganz andere Dimension angenommen. Man hatte die Bemühungen eingestellt, jeden Araber ausfindig zu machen, der während des letzten halben Jahres ins Land gekommen war, und die Suchaktion auf den Piers eingestellt. Das ganze Personal, das für diese Operationen eingesetzt gewesen war, wurde nun auf die umfassendste Menschenjagd konzentriert, die eine amerikanische Stadt jemals erlebt hatte: die Fahndung nach Whalid, Kamal und Laila Dajani.

Al Feldman hatte die ganze Nacht hindurch die Beiträge der New Yorker Polizei zu der Suchoperation koordiniert. Da man drei Verdächtige identifiziert hatte, war der Beschluß gefaßt worden, die gesamten Ressourcen der 24000 Mann starken Polizei für die Fahndung nach ihnen aufzubieten. Die Geschwister Dajani wurden, um das Geheimnis der Bombe zu wahren, als Polizistenmörder ausgegeben. Auf jeder Polizeiwache, in jedem Revier der fünf Stadtbezirke erhielten die Streifenbeamten, die zur Tagesschicht eintrafen, in diesem Augenblick Fotos der Dajanis ausgehändigt, von denen während der Nacht Tausende gedruckt worden waren. Die Männer, die von der Nachtschicht zurückkehrten, bekamen ebenfalls solche Aufnahmen, mußten Zivilkleidung anziehen und im Dienst bleiben. Die Telefonzentrale des Hauptquartiers wies die Männer und Frauen der 16—24-Uhr-Schicht an, sich um zehn Uhr vormittags auf ihren Revieren zu melden, so daß bis mittags sämtliche Polizeibeamten der Stadt New York an der Fahndung nach den drei Palästinensern beteiligt sein würden. Sie erhielten Befehl, alles andere unbeachtet zu lassen: Einbrecher, Verkehrs- und Parksünder, Handtaschenräuber, Junkies, Nutten, randalierende Betrunkene. Ihre einzige Aufgabe bestand darin, das Viertel zu finden, in dem sich die drei angeblichen Polizistenmörder zuletzt hatten sehen lassen.

Feldman hatte bestimmte Grundlinien für die Durchführung der Fahndung festgelegt, die von der Überzeugung ausgingen, daß die Dajanis mit gewissen Aspekten des New Yorker Lebens in Berührung gekommen sein mußten, sosehr sie sich auch anstrengten, dies zu vermeiden. Ihre Fotos sollten jedem Zeitungsverkäufer, Apotheker, Drogisten, Drugstorebesitzer, jedem Barmann, Kassierer vorgelegt, in jeder Hamburger-Stube, jedem Schnellimbiß, jeder Trinkstube, jeder Pizzeria, jeder Sandwich-Bude gezeigt werden. Das gleiche galt für die Eigentümer, Angestellten, Verkäufer und das Kassenpersonal jedes New Yorker Lebensmittelgeschäfts, vom schäbigsten Tante-Emma-Laden in Sheepshead Bay bis zum größten Grand-Union-Supermarkt in Queens. Straßenverkäufer, die auf den Gehsteigen Soft Drinks und Sandwiches verkauften, sollten befragt werden, und ebenso das Personal in sämtlichen großen öffentlichen Toiletten und türkischen Bädern der Stadt.

Die Beamten vom Sittendezernat wurden zusammengetrommelt und angewiesen, die zahllosen Prostituierten, Massagesalons, »Kontakt-Center« und Stundenhotels darauf zu überprüfen, ob die Dajanis mit ihnen in Kontakt gekommen waren. Eine ähnliche Aufgabe, die Rauschgifthändler New Yorks betreffend, wurde der Drogen-Fahndung übertragen, obgleich Feldman wenig Hoffnung hatte, daß diese beiden Aktionen zu Erfolgen führen würden. Menschen, die bereit sind, so etwas zu tun, sagte er sich, haben auch den inneren Ansporn und die Disziplin, solch elementaren Gefahren aus dem Wege zu gehen.

Zu sämtlichen Mautstellen an den Zu- und Ausfahrten auf Brücken und in Tunnels wurden Streifenbeamte in Marsch gesetzt, die Weisung hatten, die Insassen jedes einzelnen Fahrzeugs unter die Lupe zu nehmen. Die dreitausend Mann der U-Bahn-Polizei wurden mobilisiert und zur Überwachung sämtlicher Stationen eingeteilt. Die Handtaschenräuber hatten an diesem Dienstag, dem 15. Dezember, vielleicht einen ergiebigen Tag, die Dajanis jedoch, wenn sie die Untergrundbahn benutzen sollten, nur eine Chance fünfzig zu fünfzig, nicht gefaßt zu werden.

Die Tausende von FBI-Beamten, die infolge der Beendigung der Suche auf den Piers und der individuellen Fahndung freigeworden waren, wurden dafür eingesetzt, jedes Hotel, jede Pension und Autovermietung in der Stadt zu kontrollieren. Andere sollten sich die Immobilienbüros vornehmen und jeden Mietvertrag überprüfen, der in den vergangenen sechs Monaten abgeschlossen worden war.

Weitere FBI-Leute wurden mit den Verbrechensverhütungs-Spezialisten in den Polizeirevieren der Stadt zusammengespannt; sie hatten den Auftrag, Kontaktpersonen und Namen in der Firmenkartei jedes Reviers anzurufen, Ladenbesitzer und Kleinhändler zu befragen, ob es in ihrem Viertel irgendwelche Hinweise auf ungewohnte, verdächtige Aktivitäten gebe. FBI-Beamte in Zweierteams mit Technikern von NEST erhielten Weisung, mit Geigerzählern sämtliche leerstehenden Gebäude der Stadt abzusuchen.

Kurz vor Tagesanbruch war es zu einer hitzigen Debatte darüber gekommen, ob man die Medien einsetzen solle. Feldman hatte darauf gedrängt, die Aufnahmen der Dajanis und die Geschichte von dem angeblichen Polizistenmord an die Presse und die Fernsehstationen zu geben. Auf diese Weise hätten sie den größten Teil der Bevölkerung für die Fahndung mobilisieren können. Doch Eastman in Washington hatte sich dagegen ausgesprochen. Es spreche viel dafür, so Eastman, daß die Dajanis, oder einer von ihnen, Kamikaze-Freiwillige seien. Der Anblick ihrer Fotos auf dem Fernsehschirm könne dazu führen, daß sie durchdrehten und die von ihnen gehütete Bombe hochgehen ließen.

Nun, da seine Befehle hinausgegangen und seine Planungen abgeschlossen waren, blieb dem Kripochef nichts mehr zu tun, als nachzudenken und abzuwarten.

So saß er schon seit zehn Minuten da, trank schwarzen Kaffee und dachte nach, was er möglicherweise übersehen hatte. Nur mit größter Selbstüberwindung hielt er sich zurück, den Hörer seines Schreibtischtelefons abzuheben, bei sich zu Hause draußen in Forest Hills anzurufen und seiner Frau ruhig, doch entschieden zu sagen, sie solle sich schleunigst absetzen.

Er war gerade mit diesem Gedanken beschäftigt, als er bemerkte, daß der Polizeipräsident, mit geröteten Augen und erschöpft, neben ihm stand. Wie Bannion wohl diese Sache nimmt? fragte sich Feldman.

In den Augen des Polizeipräsidenten fand er die gleiche Furcht, die er selbst fühlte.

»Was meinen Sie, *Chief*«, fragte ihn Bannion. »Können wir das schaffen?«

Feldman nahm einen Schluck von seinem bitteren schwarzen Kaffee und schaute zu Bannion hinauf. Einen langen Augenblick saß er da, sah Bannion an, überlegte sich die Situation und seine Antwort. Warum lügen? sagte er sich. Warum ihm oder mir oder überhaupt jemandem etwas vormachen?

»Nein, *Commissioner*«, antwortete er, »nicht in der Zeit, die uns noch bleibt. Aussichtslos.«

Ärgerlich ging Angelo Rocchia über den riesigen Parkplatz des Hertz-Lastwagenverleihs in Brooklyn, Fourth Avenue 354, auf dem ein Kunterbunt von Last- und Lieferwagen stand, die nicht im vertrauten Gelbblau der Firma Hertz, sondern in den Firmenfarben ihrer Kunden gespritzt waren: The Omaha Supply Company, Junior's Restaurant, Sabretts koschere Frankfurter, F. Rabinowitz Partyservice.

Der Vormittag war fast schon zur Hälfte vorbei, und er, wie er es nicht anders erwartet hatte, ein besserer Handlanger für die FBI-Techniker, die den Transporter auseinandernahmen, mit dem die Dajanis auf der Brooklyn Army Base Pier, nur ein paar Straßen weiter, ihre Fässer abgeholt hatten. Ja, er war nicht einmal ein Handlanger: Er wurde überhaupt nicht gebraucht. Die FBI-Leute waren so angelegentlich mit ihrer Arbeit beschäftigt, daß sie ihn völlig übersehen hatten.

Das Fahrzeug lag in hundert Einzelteilen auf dem Boden einer der Garagen der Filiale. Die Garage war für die neugierigen Angestellten zum Sperrgebiet erklärt und in ein kriminaltechnisches Untersuchungslabor im Kleinformat verwandelt worden. Selbst Angelo mußte bewundernd zugeben, mit welcher Gründlichkeit die FBI-Leute zu Werke gingen. Die siebenunddreißig Dellen, Kratzer und sonstigen Schäden an Karosserie und Kotflügeln des Transporters — manche davon so klein, daß sie beinahe nicht zu sehen waren — waren sämtlich mit roten Kreisen gekennzeichnet worden. Aus Washington hatte man Spektralanalyse-Geräte eingeflogen und aufgestellt, um Farbproben davon zu untersuchen und möglicherweise einen Hinweis zu entdecken, wohin das Fahrzeug gebracht worden war, nachdem die Dajanis es am Freitag gemietet hatten. Das junge Paar, das es am Sonnabend benutzt hatte, war vorgeladen und ausgequetscht worden, um festzustellen, ob die Dajanis irgend etwas darin zurückgelassen hatten — eine Zündholzschachtel, eine Restaurantserviette, einen Firmenkarton, eine Straßenkarte —, das vielleicht verriet, wo sie gewesen waren.

Die Reifen waren von den Felgen genommen, jedes Schmutzteilchen zwischen den Profilblöcken herausgesaugt und auf eine Spur untersucht worden, an der sich vielleicht ablesen ließ, wo der Transporter geparkt worden war. Diese Bemühungen hatten vorübergehend einen falschen Alarm ausgelöst, der zunächst außerordentlich hoffnungsvoll aussah. Im linken Hinterreifen steckte eine kaputte Drahtöse. Man hatte sie als eine Öse identifiziert, wie sie die Armour Company an ihren Fleischkisten verwendete. Leider aber stellte das FBI rasch fest, daß das Fahrzeug am Dienstag von einem Stammkunden der Firma Hertz, einem Restaurantbesitzer in Brooklyn, dazu benutzt worden war, vom Fleischmarkt in Fort Green seinen Bedarf für die Woche abzuholen. Die Techniker hatten die Fußbodenmatte sorgfältig abgesaugt und nach Schmutz von den Schuhen der Dajanis gesucht, um herauszubekommen, über welche Art Boden sie gegangen waren.

Keine Mühe wurde gescheut. Das FBI hatte herausgefunden, daß am Freitag an der Willis Avenue Bridge, die die Bronx mit Upper Manhattan verbindet, der Anstrich erneuert worden war. Die Techniker hatten daraufhin das Dach des Fahrzeugs mikroskopisch untersucht, denn selbst der kleinste Farbtupfen hätte bewiesen, daß der Transporter auf dieser Route in die Stadt gekommen war. Ein anderer FBI-Mann hatte die Computer der Verkehrssünder-Kartei nach nicht bezahlten Strafzetteln für Falschparken durchforstet.

Großartig, dachte Angelo, präzise, wissenschaftlich und großartig, doch er wußte auch, daß bislang der ganze enorme Aufwand des FBI praktisch nichts erbracht hatte. Anhand von Fotos hatte das Bureau rasch festgestellt, daß tatsächlich Kamal und Whalid Dajani am Freitagvormittag kurz vor zehn Uhr das Fahrzeug gemietet hatten. Als Verwendungszweck hatten sie angegeben, sie wollten ein paar Möbel in eine neue Wohnung transportieren. Allein dies schon sprach dafür, daß irgend jemand ihnen gesagt hatte, wie Autoverleihfirmen verfahren, denn hätten sie angegeben, sie wollten Handelsgüter im Hafen abholen, wäre ihr gestohlener Führerschein nutzlos gewesen. Sie hätten einen gewerblichen gebraucht. Schon hier wäre ihr ganzes Unternehmen gescheitert. Der Angestellte in dem Wohnanhänger, der als Büro diente, hatte sich erinnert, daß Whalid gefragt habe, wieviel Nutzlast das ihnen angebotene Fahrzeug tragen könne. Er sei sichtlich erleichtert gewesen, als er erfuhr, es könne ohne Probleme 227 Kilogramm befördern.

Sie waren, nach der automatisch in den Mietvertrag eingestanzten Zeitangabe, um 9.57 Uhr weggefahren. Kamal hatte, allein, das Fahrzeug um 6.17 Uhr zurückgebracht, zu einer Zeit, als die Hertz-Filiale bereits geschlossen war. Daneben gab es nur noch einen einzigen präzisen Anhaltspunkt: um 11.22 Uhr hatte sie der Wärter an der Pier-Einfahrt mit ihrer Ladung abgefertigt. Angelo blickte über die Fourth Avenue hinüber zu den Kindern, die in einem offenen Schulhof spielten, zu dem roten Backsteingebäude der Firma Engine Company und dem spitzen Turm der Kirche des hl. Thomas von Aquin. Er kannte diese Gegend. Vierzig, fünfzig Jahre vorher hatten die zwei- und dreistöckigen Mietskasernen aus der Zeit der Jahrhundertwende Italiener beherbergt, war hier die Mafia stark vertreten gewesen. Er wurde aus seinen Erinnerungen gerissen, als eine Stimme neben ihm sagte: »Sie, wonach sucht ihr eigentlich da drinnen? Nach einem Mörder?«

»*Yeah*«, antwortete Angelo. Er hatte den Mann erkannt, er war der Hofarbeiter, der das Fahrzeug bei der Rückkehr kontrolliert hatte. »Nach einem Mörder, der noch nicht dazu gekommen ist, jemanden zu ermorden.« Er legte dem Mann beiläufig und freundschaftlich den Arm um die Schulter. »Hören Sie, wir zwei gehn jetzt noch mal durch, was letzten Freitagabend los war.«

Der Mann war sichtlich genervt. »Das habe ich den Typen da drin doch schon erzählt. Am Freitag«, sagte er und wies auf den Hof, »war das hier ein verdammter Eislaufplatz. Was sollte ich denn tun? Meine Zeit damit verschwenden, mich mit einem Kerl zu unterhalten, der einen Transporter zurückbringt? Ich mußte doch hier Ordnung schaffen.«

Angelo begann wieder auf und ab zu gehen und in seiner Erinnerung zu kramen. Plötzlich blieb er stehen. Schnee und Eis. Daran war nichts zu deuteln. Sozusagen aktenkundig im Computer. Schneestürme treiben die Unfallziffer hoch, besonders der erste im Jahr. Und was, fragte er sich, wissen Araber davon, wie man auf einer schneeglatten Straße fährt?

Die Männer, die im Konferenzraum des Nationalen Sicherheitsrates auf den Präsidenten warteten, waren ebenso erschöpft wie er. Ein paar von ihnen hatten es fertiggebracht, ein, zwei Stunden auf einem Stuhl zu dösen;

die meisten hielten sich mit Kaffee und ihren schwindenden Reserven an Willenskraft aufrecht. Kaum hatte der Präsident Platz genommen, berichtete Eastman über die einzige Entwicklung der letzten beiden Stunden, die von Belang war. Moskau hatte soeben einen Bericht des sowjetischen Botschafters in Tripolis übermitteln lassen. Auf Verlangen der Kremlführung hatte der Diplomat Gaddafi eindringlich ersucht, die Verhandlungen mit Washington wiederaufzunehmen. Der Libyer hatte sich völlig unnachgiebig gezeigt.

»Wenigstens unterstützen uns unsere sowjetischen Freunde diesmal«, bemerkte der Präsident grimmig. »Was mich jetzt interessiert, ist der Zustand, in dem sich die Mobile Eingreiftruppe befindet«, sagte er zu Jack Eastman. »Lassen Sie die Militärs kommen.«

Vom Summer gerufen, den Eastman betätigt hatte, erschienen drei hohe Generäle der Armee, der Luftwaffe und des Marinecorps. Sie waren mit der Planung für die gewaltsame Beseitigung der israelischen Siedlungen im Westjordanland beauftragt. Der General der *Marines* übernahm den Lagevortrag. Die 82. Luftlandedivision in Fort Bragg, im Bundesstaat North Carolina, und die Zweite Gepanzerte Brigade in Fort Hood, Texas, berichtete er, seien im Verlauf der Nacht mobilisiert worden. Im Morgengrauen seien die Einheiten mit ihrer Ausrüstung in die wartenden C5A-Maschinen verladen worden und gegenwärtig in zwölf verschiedenen Flügen unterwegs nach Deutschland. Die erste Maschine befinde sich bereits weit draußen über dem Atlantik.

Der General trat nach vorn und drückte auf einen Knopf, worauf sich die Abdeckung über einem der Fernsehschirme an der Wand hob. Auf dem Bildschirm war ein aus dem Pentagon übermitteltes Bild zu sehen, das die Position der amphibischen Streitmacht der Sechsten Flotte im Mittelmeer zeigte: zwei Hubschrauber-Träger und vier Sturmlandeboote. Sie befanden sich dreißig Kilometer vor der libanesischen Küste, in genau nordöstlicher Richtung von Beirut aus gesehen.

»Herr Präsident«, sagte Admiral Fuller, der Vorsitzende des Stabschef-Gremiums, »wir müssen sofort einige Entscheidungen treffen. Die erste betrifft die Maschinen aus Fort Bragg und Fort Hood. Sollen sie den Flug zu ihren Zwischenlande-Basen in Deutschland fortsetzen, oder rufen wir sie zurück? Die ersten Maschinen sind kurz vor ihrer *Stop-or-go*-Linie.«

»Wir haben Kanzler Schmidts Einverständnis erhalten, unsere Flugplätze in Deutschland zum Zwischenlanden und Auftanken zu benutzen«, meldete sich der Außenminister. Der Präsident hatte zwar Helmut Schmidts Zustimmung erwartet, trotzdem aber war es eine Formalität, die beachtet werden mußte.

»Die zweite Entscheidung betrifft das Marinecorps«, sagte Fuller. »General, erläutern Sie.«

Der General von den *Marines* trat an das Fernsehgerät und deutete auf eine Mittelmeerkarte, die auf dem Bildschirm erschienen war. »Wir haben drei mögliche Landegebiete, Herr Präsident. Hier im Süden Libanons in

Tyros, nördlich von Beirut in der Bucht von Dschunieh, wo die separatistische Bewegung der Christen ihr Zentrum hat, oder aber im syrischen Latakia. Tyros ist räumlich am nächsten gelegen, aber wenn die Israelis uns von Anfang an Widerstand leisten, dürfte es sehr schwierig werden, unserem Brückenkopf ausreichende Deckung aus der Luft zu geben. Im Moment planen wir, die Maschinen der Sechsten Flotte im Pendelverkehr einzusetzen und sie auf jordanischen Flugplätzen auftanken zu lassen.«

»Herr Präsident.« Wieder meldete sich der Außenminister zu Wort. »Wir haben diese Frage mit König Hussein erörtert. Er hat eingewilligt, daß wir seine Flugplätze benutzen, und absolute Geheimhaltung zugesagt, bis wir unsere Entscheidung getroffen haben.«

»Wie steht es mit den Verbänden der Mobilen Eingreiftruppe?« erkundigte sich der Präsident. »Wo, würden Sie vorschlagen, sollen wir sie landen lassen?«

»Der einzig denkbare Ort, Sir, ist Damaskus«, antwortete Admiral Fuller. »Dort sind die Flugplatzeinrichtungen vorhanden, die wir für unsere schwere Ausrüstung brauchen, und es liegt genau an den Verbindungswegen zum Westjordanland.«

»Ist das schon mit Assad besprochen worden?«

»Nein, Sir«, antwortete der Außenminister. »Wir dachten, das sollte erst geschehen, wenn Sie grünes Licht geben. Wir haben ja zu ihm kein so vertrauliches Verhältnis wie zum König. Allerdings ist es, wie die Dinge liegen, kaum wahrscheinlich, daß er Einwände erheben wird.«

»Schön.« Der Präsident rückte auf seinem Stuhl nach vorn. »Schicken Sie die Einheiten der Mobilen Eingreiftruppe nach Deutschland. Halten Sie sie in Bereitschaft, sofort in den Nahen Osten abzugehen, wenn wir den Befehl dazu geben. Unterrichten Sie unseren Botschafter in Damaskus über die Situation und über das Ersuchen, das wir an Assad richten werden. Aber er soll erst dann mit ihm Kontakt aufnehmen, wenn er die Anweisung dafür erhält.«

Er warf dem General vom Marinecorps einen Blick zu. »Richten Sie Ihre Planung danach ein, Ihre Truppen in der Bucht von Dschunieh an Land zu setzen. Dort können sie auf einen freundlichen Empfang rechnen, und wenn wir beschließen, diese Sache durchzuführen, ist eine Begrenzung der Verluste viel wichtiger als ein Zeitgewinn von ein paar Stunden.« Er schwieg einen Augenblick, in Gedanken verloren, dann wandte er sich dem Außenminister zu. »Bereiten Sie eine Botschaft an den Kreml vor, worin wir ihm mitteilen, was wir unternehmen und warum. Bitten Sie den Generalsekretär, dafür zu sorgen, daß Gaddafi davon unterrichtet wird. Lassen Sie Gaddafi auch durch unseren Geschäftsträger in Tripolis ins Bild setzen. Wir wollen nicht, daß er diese Truppenbewegungen fehlinterpretiert und deshalb überstürzt handelt. Und sagen Sie dem Generalsekretär, wir würden es begrüßen, wenn er Gaddafi unter stärksten Druck setzt, das Ultimatum zumindest zu verlängern.«

»Was ist mit den Israelis, Herr Präsident?« fragte der Außenminister.

»Sollten wir sie nicht auch aufklären? Wenn ihnen klar wird, daß wir nicht bluffen, sind sie vielleicht eher bereit, selbst die Siedlungen zu räumen und damit dieses ganze schauderhafte Schlamassel zu verhüten.«

»Sir«, gab Admiral Fuller zu bedenken, »wenn es zu einer Kraftprobe mit ihnen kommt, könnten wir nichts Unklügeres tun, als ihnen acht oder zehn Stunden vorher zu verraten, was wir vorhaben.«

Seinen Worten folgte eine unbehagliche Stille im Raum, während alle auf die Antwort des Präsidenten warteten. »Machen Sie sich darüber keine Gedanken, Admiral«, sagte er in festem Ton. »Wir brauchen es ihnen nicht zu verraten. Sie werden von selbst dahinterkommen.«

Zwei Militärpolizisten geleiteten Grace Knowland die breite Treppe der Kaserne in der Park Avenue hinauf. In der Halle wartete ein schlanker Offizier in Khakiuniform.

»Major McAndrews, Presseoffizier der I. Armee«, sagte er, und sein Gesicht strahlte die bemühte Umgänglichkeit eines gewieften Public-Relation-Mannes aus. »Wir sind Ihnen dankbar, daß Sie sich dafür interessieren, was wir hier tun.«

Er führte sie durch den Korridor im Souterrain zu einem hellbeleuchteten Büro. »Das ist Major Calhoun«, stellte er ihr einen Mann mit Brille vor, der sich hinter seinem Schreibtisch erhob, um die Besucherin zu begrüßen. »Er ist unser Einsatzleiter.«

Die beiden Männer boten Grace Knowland einen Stuhl an. »Wie möchten Sie Ihren Kaffee?« erkundigte sich McAndrews munter.

»Schwarz. Ohne alles.«

Während McAndrews davoneilte, um ihn zu holen, legte Major Calhoun lässig die Füße auf den Schreibtisch, zündete sich eine Zigarette an und deutete mit einer ausholenden Handbewegung auf die Karten an den Wänden seines Büros.

»Grundsätzlich«, begann er, »beschäftigen wir uns hier damit, eine Übersicht über die Ressourcen im Ersten Armeebezirk zu bekommen, mit denen wir New York im Fall von Naturkatastrophen, wie zum Beispiel dem Schneesturm von letzter Woche, durch Einsatz des Militärs unterstützen können. Es kann sich auch um einen Zusammenbruch des Stromnetzes oder um einen Hurrikan handeln. Es geht uns also um eine Bestandsaufnahme unserer Möglichkeiten, der Stadt von Bundesseite rasche Katastrophenhilfe zu leisten.«

Der Major stand auf und nahm einen Zeigestock zur Hand, um auf den Karten die militärischen Anlagen der I. Armee zu bezeichnen.

»Wir beginnen mit dem Luftwaffenstützpunkt McGuire hier unten in Jersey«, sagte er. »Hier können Starlifter landen und starten, aber die sind ja keine große Hilfe, wenn man die Straßen vom Schnee befreien will, nicht?«

Der Major lachte über sein Witzchen und setzte seinen guteinstudierten Vortrag fort. Die Ansprache war im Federal Plaza sorgfältig vorbereitet und auf eine halbstündige Dauer angelegt worden, lange genug nach Schätzung der FBI-Leute, um das journalistische Interesse am Thema Schneeräumung auszuschöpfen.

»Haben Sie irgendwelche Fragen?« erkundigte er sich zum Abschluß.

»Ja«, antwortete Grace. »Ich möchte gern hineingehen und mich mit den Leuten unterhalten, die an der Übung selbst beteiligt sind.«

Der Offizier hüstelte nervös. »Das ist im Augenblick leider ein bißchen schwierig. Sie sind alle bei der Arbeit, und da die Reaktionszeit eine wichtige Rolle in unseren Berechnungen spielt, möchten wir sie nicht stören. Es könnte unsere Resultate verfälschen. Aber ich sage Ihnen, was ich tun werde. Morgen um drei sind wir fertig, und wenn Sie dann wiederkommen, sorge ich dafür, daß Sie sich mit den Leuten unterhalten können, solange Sie nur wollen.«

»Exklusiv?«

»Außer Ihnen weiß niemand davon.«

»Ein faires Angebot.« Grace schenkte dem Offizier ein zufriedenes Lächeln und schlug den Stenoblock zu, auf den sie sich ihre Notizen gemacht hatte.

McAndrews erbot sich, sie aus der Kaserne hinauszugeleiten. Als sie durch die große Versammlungshalle gingen, wo ihr Sohn Tennis spielte, fiel Grace etwas auf. Ein Netz schirmte die Tennisplätze gegen die übrige Halle ab. Daran war nichts Ungewöhnliches. Das Netz befand sich immer hier und diente dem Zweck, ausgeschlagene Bälle davon abzuhalten, daß sie zwischen den oliv-grauen Fahrzeugen der Nationalgarde umherhüpften, die gewöhnlich dort parkten. Doch an diesem Vormittag standen keine oliv-grauen Fahrzeuge dahinter, nur ein Halbdutzend Leihtransporter der Firmen Avis, Hertz und Ryder.

»Was tun denn alle diese Leihtransporter hier?« fragte sie Andrews. »Haben sie mit Ihrer Übung zu tun?«

»Ja«, antwortete der Major. »Wir haben damit Material hertransportiert. Verstärkung der Infrastruktur.«

»Seit wann«, wollte Grace wissen, »ist denn die Armee so reich, daß sie mit dem Geld des Steuerzahlers Fahrzeuge mieten kann, statt ihren eigenen Fuhrpark zu benutzen?«

Major McAndrews lachte wieder etwas nervös. »Sehen Sie, *ma'am*, unsere Armeefahrzeuge sind für verkehrsreiche Städte wie Manhattan ein bißchen schwerfällig. Sie würden ein fürchterliches Chaos veranstalten. Aus diesem Grund setzen wir diese Leihtransporter ein. Um die Bevölkerung nicht zu behelligen, sozusagen.« Der FBI-Mann in der Maske eines Armeemajors lächelte, hoch befriedigt über seine schnelle Reaktion.

»Aha.« Grace reichte ihm die Hand. »Ach, da fällt mir ein, hier ist ein junger Leutnant von der Militärpolizei namens Daly, der gestern abend sehr nett zu meinem Sohn war. Ich habe ihm versprochen, eine Tasse Kaffee mit ihm zu trinken, wenn ich wieder herkäme, um Material für eine Story zu sammeln. Meinen Sie, jemand könnte ihn für mich suchen?«

»Wie viele Hertz-Laster oder -Transporter sind nach Ihrer Schätzung an einem beliebigen Tag in New York unterwegs?«

Angelo Rocchia richtete diese Frage an den jungen Mann irischer Abstammung, der die Mietwagenagentur in der Fourth Avenue führte.

»Bei uns hier gehn fünfunddreißig bis vierzig pro Tag raus, und wir haben in Brooklyn noch zwei weitere Filialen. Zählen Sie die in Manhattan, der Bronx, in Queens dazu — keine Ahnung. Vier-, fünfhundert ist das Wenigste. An einem Tag mit viel Betrieb vielleicht mehr«, antwortete er. »Warum fragen Sie?«

»Es ist mir nur so durch den Kopf gegangen.«

Angelo saß in dem engen Büro des Filialleiters. Durch ein Fenster in der Wand konnte er das Treiben der FBI-Techniker in der Garage beobachten. Sie strengen sich wirklich an, dachte er, aber Verlaß ist auf die Sache nicht. Wir brauchen mehr Zeit, dieses Faß zu finden, als wir vermutlich haben. Vor ihm lag die ständig umfangreicher werdende Ansammlung der Berichte über die FBI-Operation. Einer fehlte. Geheim, hatte ihm der Chef des FBI-Technikerteams erklärt.

Was kann an der Angelegenheit so wichtig sein, daß die Regierung sie zur Geheimsache erklären mußte, überlegte Angelo. Warum wollen sie sie vor den Leuten, die das Faß finden müssen, geheimhalten? Er kramte eine Erdnuß aus der Tasche, warf sie sich in den Mund und sann darüber nach. Plötzlich schoß ihm wieder der Gedanke durch den Kopf, der ihm ein paar Minuten vorher draußen auf dem Hof gekommen war. Sehr entlegen, dachte er, wirklich sehr entlegen. Trotzdem, ich habe ja hier nichts zu tun, als zu warten, bis ich irgendeinem dieser Kerle vom FBI Kaffee holen darf. Mit ein paar Telefonanrufen ist es getan, sagte er sich. Sonst sitze ich ja hier nur herum.

Er holte seinen Notizblock heraus und nahm den Hörer ab.

»Erstes Revier?« fragte er. »Geben Sie mir Ihren I-24-Mann.« Der »I-24-Mann« war der diensttuende Beamte, der das Anzeigentagebuch führte, in das in jedem der zweiundsiebzig Reviere der New Yorker Polizei der tägliche Eingang an Gesetzesübertretungen und Verbrechen eingetragen wurde, von der Mißhandlung von Ehefrauen über randalierende Betrunkene bis hin zu Morden.

»Hallo«, sagte er, nachdem er seine Identität angegeben hatte, »holen Sie doch mal Ihre Sechziger-Anzeigen vom vergangenen Freitag heraus und sagen Sie mir, ob Sie irgendwelche Einundsechziger darunter haben.«

Unter der Nummer 61 registrierte die New Yorker Polizei Anzeigen wegen Fahrerflucht.

Grace Knowland lächelte den ernsten jungen Offizier an, der ihr gegenübersaß. Toll, dachte sie, ich könnte beinahe seine Mutter sein, und er macht sich an mich ran! Sie saßen in einem Drugstore an der Madison

Avenue, und der schüchterne Leutnant erzählte Grace von sich und gab, ebenso schüchtern, zu verstehen, wie gern er sich wieder mit ihr treffen würde.

»Natürlich bin ich eigentlich nicht bei der Militärpolizei«, sagte Leutnant Daly, »sondern bei der Infanterie. Das hier ist ein vorübergehender Einsatz.«

»Nun, Sie hatten Glück, daß es Sie getroffen hat. Es muß doch großartig sein, einfach so nach New York abgestellt zu werden.«

»Nicht so großartig, wie man denken sollte. Die haben uns nämlich in einem solchen Eiltempo hierhergeschafft, daß wir in der Kaserne in Schlafsäcken auf dem Boden schlafen und uns mit kalten C-Rationen durchfüttern müssen.«

»Was!« Graces Empörung war die einer Million amerikanischer Mütter, wenn sie die Kümmernisse ihrer Söhne anhören müssen, die beim Militär sind. »Sie wollen sagen, die amerikanische Armee kann es sich leisten, ein Dutzend Hertz- und Avis-Transporter zu mieten und den ganzen Tag in der Kaserne herumstehen zu lassen, aber für ein warmes Essen für euch Jungs hat sie kein Geld?«

»Die Transporter hat nicht die Armee gemietet.«

»Nicht?«

»Nein. Die Zivilisten, die diese Übung ausführen, benutzen sie.«

»Zivilisten? Wozu brauchen denn die solche Fahrzeuge, wenn sie sich mit einer Verbesserung der Schneebeseitigung beschäftigen?«

»Keine Ahnung. Sie haben irgendwelche technischen Geräte, die sie dort in die Transporter einbauen. Dann fahren sie damit stundenlang in der Stadt umher. Vermutlich messen sie irgendwas. Die Luftverschmutzung vielleicht.«

Grace trank ihren Kaffee zu Ende und sann nachdenklich über seine Worte nach.

»Ja, vermutlich. Bitte«, sagte sie und griff nach der Rechnung, »lassen Sie mich das übernehmen.«

»Wie dumm«, seufzte sie, als sie das lose Kleingeld aus ihrer Handtasche kramte. »Ich glaube, ich habe meine Puderdose drunten im Büro des Majors vergessen. Könnten Sie mich hinbegleiten, damit ich nachsehen kann?«

Zehn Minuten später küßte sie den jungen Offizier freundschaftlich auf die Wange, rannte die Treppe der Kaserne hinab und winkte einem Taxi, das auf der Park Avenue daherkam.

Noch während sie sich auf dem Rücksitz niederließ, zog sie ihr Notizbuch heraus und kritzelte eine Nummer auf den Einband. Wegen dieser kleinen Information, nicht wegen einer vergessenen Puderdose war sie in die Kaserne zurückgekehrt. Die Nummer war die Kombination auf dem New-Jersey-Nummernschild an einem der Avis-Miettransporter, die in der Halle der Kaserne abgestellt waren.

Abe Stern musterte die geängstigten Männer um ihn in der Befehlszentrale unter dem Foley Square, während Quentin Dewing die Lagebesprechung begann, die stündlich stattfand. Es war bereits halb elf Uhr vormittags, und die Jubelstimmung verflogen, die den Auszug der Tausende von Polizeibeamten, bewaffnet mit den Fotos der Dajanis, begleitet hatte. Die Suche auf den Straßen der Stadt war in vollem Gange, doch Minute um Minute verrann, ohne daß sich ein einziger aufschlußreicher Hinweis ergeben hätte, ohne daß einer der drei gesehen worden wäre.

Der Bürgermeister bemühte sich angestrengt, den Berichten der Männer um den Konferenztisch zu folgen, aber er schaffte es nicht. Er konnte nur an die Menschen denken, an die seiner Obhut anvertrauten Menschen, die jetzt auf den Straßen über der Befehlszentrale, in das Gerichtsgebäude, die U-Bahn-Stationen gingen, in Büros saßen, im Park neben dem Rathaus, droben in den Türmen des Welthandelszentrums oder in den engen Wohnungen des *Alfred E. Smith*-Häuserkomplexes. Sie hier unten würden davonkommen, wenn dieser schreckliche Sprengkörper explodierte. Sie verfügten über Proviant, richtigen Proviant, nicht die verrotteten, ungenießbaren Protein-Cracker in den Luftschutzkellern. Damit könnten sie überleben. Und schließlich würden sie aus diesem sicheren Bunker herauskriechen können, hinauf an die Oberfläche und in eine Landschaft von unvorstellbarem Grauen.

Aber was ist mit den Menschen dort oben? Was, hatte Abe Stern sich wieder und wieder gefragt, ist ihnen gegenüber meine moralische Pflicht? Er verfügte über eine Einrichtung, die es in den Vereinigten Staaten nicht noch einmal gab. Sie hieß »Leitung 1000«, und ursprünglich hatte sie einer seiner Amtsvorgänger, John Lindsay, in den heißen, schrecklichen Sommern der sechziger Jahre installieren lassen: eine direkte Rundfunk- und Fernsehverbindung von seinem Schreibtisch im Rathaus und seinem Arbeitszimmer im Gracie Mansion zur Schaltzentrale der WNYC, der New Yorker Rundfunkstation. Auf Anweisung des Bürgermeisters rief der diensthabende Techniker die drei wichtigsten Notstands-Sendestationen, WNBC, WCBS und WABC, an. Wenn der Anruf in diesen Stationen einlief, wurde ein Alarmknopf gedrückt, der bei sämtlichen Rundfunk- und Fernsehsendern New Yorks eine Alarmglocke in Gang setzte. Begann sie zu klingeln, waren diese Stationen gesetzlich verpflichtet, ihre laufenden Programme zu unterbrechen und ihre Zuhörer und Zuschauer aufzufordern, eine Notstandserklärung abzuwarten. Wenn der Bürgermeister in die »Leitung 1000« sprach, war zwei Minuten später seine Stimme *live* über hundert Radio- und Fernsehstationen zu hören. Nicht einmal der Präsident konnte sich in einer Krisensituation so rasch an seine Landsleute wenden.

Vielleicht, sann Abe Stern, sollte ich über diese Leitung die Menschen auffordern, auf jedem möglichen Weg die Stadt zu verlassen. Der Schwachkopf Oglethorpe, der gestern aus Washington heraufgekommen war, hatte doch gesagt, in dieser Situation würde es vielleicht nicht zu einer Panik kommen — der Art von Panik wie beim klassischen Nachtklubbrand, wo alles zu den Türen stürzt und niemand hinauskommt. Die Menschen verhielten sich in schweren Krisen oft viel besser, als man es erwartet. Und selbst wenn Oglethorpe irrte und ein Pandämonium ausbrach, dann hätte er, wie er gestern zum Präsidenten gesagt hatte, doch wenigstens einigen Menschen das Leben gerettet.

Seine Gedanken wurden durch Stimmen unterbrochen, die aus der Wechselsprechanlage auf dem Konferenztisch kamen. Seit der vergangenen Nacht waren sie über eine direkte Leitung mit den Männern und Frauen verbunden, die im Konferenzraum des Nationalen Sicherheitsrates die Krise zu bewältigen versuchten. Stern erkannte die Stimme des Präsidenten, der sich besorgt erkundigte, ob die Fahndung in New York Fortschritte gemacht habe. Er rechnet auf uns, sagte sich der Bürgermeister, während er den Worten lauschte, die aus der Plastikbox kamen. Dieser ganze zuversichtliche Ton von gestern — »machen Sie sich keine Sorgen, Abe, wir werden es ihm ausreden« — war verschwunden. Dreimal, berichtete der Präsident, hätten sie in der vergangenen Stunde versucht, wieder Verbindung mit Gaddafi aufzunehmen. Jedesmal war es vergeblich gewesen. Er verweigerte beharrlich ein Gespräch. Der Präsident umriß kurz die militärischen Vorbereitungen, die er für eine — falls die Not es gebot — Zwangsräumung der Siedlungen im Westjordanland angeordnet hatte. Stern wurde bleich. Er war keineswegs ein glühender Zionist, die Aussicht aber, daß seine Landsleute wegen der teuflischen Tücke dieses Eiferers in Libyen mit den Israelis zusammenprallen könnten, bereitete ihm geradezu Übelkeit. Doch, dachte er, wenn das der Preis ist, den wir für die Rettung New Yorks zahlen müssen, soll es in Gottes Namen geschehen.

Grace Knowland stieß die Türen des Verlagsgebäudes der *New York Times* auf und ging mit raschen Schritten auf die von Sicherheitspersonal bewachten Aufzüge zu. Wie gewohnt vibrierte die Empfangshalle der einflußreichsten Zeitung der Welt von einer Atmosphäre gedämpfter Zielstrebigkeit. An einer Wand blickte eine Marmorbüste von Adolph Ochs, dem Gründer der *Times*, streng und ernst auf das Menschengewimmel, das an ihr vorüberzog. Noch immer trug die Titelseite von Ochs' Zeitung seinen Wahlspruch »Alle Nachrichten, die wert sind, gedruckt zu werden«, und so wurden, um seinem herrischen Befehl zu entsprechen, jedes Jahr sechs Millionen Bäume gefällt. Von Berichten aus den Empfangsräumen im Kreml bis zu Klatsch, den Reporter in den Toiletten von Madison Square Garden aufgeschnappt hatten — die zweiundsiebzig Seiten dicke Zeitung, die man an diesem Vormittag aus dem Verkaufsautomaten gegenüber Ochs' Büste ziehen konnte, enthielt mehr Nachrichten, mehr Statistiken, mehr Zahlen, Interviews, Analysen und Kommentare als irgendein anderes Blatt in der ganzen Welt.

Graces Ziel war der Nachrichtenraum in der dritten Etage. Er dehnte sich so weit, daß die Redakteure zuweilen Ferngläser hatten benützen müssen, um ihre Reporter im Auge zu behalten, und Lautsprecher, um sie von ihren Schreibtischen wegzuholen. Heute sah es hier mehr nach einem Saal für Sachbearbeiter einer Versicherungsgesellschaft aus. Diffuse Dekkenbeleuchtung erfüllte den riesigen Raum mit ihrem sterilen Licht; brusthohe Trennwände teilten ihn in ein Labyrinth kleiner Einzelzellen; mit dem imitierten Holz hätte man ein Halbdutzend Schnellimbißlokale ausstatten können; und als letzter Anschlag auf das Geschmacksempfinden der Reporter alter Schule war gar der Boden mit Spannteppichen bedeckt.

Als erstes rief Grace die New Yorker Zentrale der Firma Avis an. Sie bekam rasch heraus, was sie wissen wollte: Der Transporter, den sie in der Kaserne gesehen hatte, stammte aus der Filiale in New Brunswick im Bundesstaat New Jersey. Die Bürokratie der Stadt New York dabei zu ertappen, wie sie unüberlegt das Geld des Steuerzahlers ausgab, bereitete ihr ein besonderes Vergnügen, und als sie die Leihtransporter erspäht hatte, die in der Halle der Kaserne nebeneinanderstanden, hatten ihre Reporterinstinkte ihr sofort gesagt, daß irgendeine Behörde wieder einmal die knappen Mittel der Stadt zum Fenster hinauswarf.

Sie nahm wieder den Hörer ab und wählte diesmal die Nummer der Avis-Filiale in Brunswick. Dabei blickte sie sich um, ob niemand in der Nähe war, der mithören konnte, was sie sagte. Denn was sie vorhatte, galt bei der *New York Times* als Sünde: vielleicht nicht als Todsünde, aber als eine solide läßliche.

»Hier spricht Lucie Harris von der New Yorker Staatspolizei, Pauling-Kaserne«, stellte sie sich dem Mädchen vor, das den Anruf entgegennahm. »Wir hatten hier einen Zusammenstoß, an dem eines Ihrer Fahrzeuge beteiligt war. Der Fahrer hatte leider keinen Personalausweis bei sich. Die Nummer des Transporters lautet: NJ 48749. Würden Sie mir bitte die Angaben im Mietvertrag durchgeben, damit wir ihn überprüfen können?«

»Das dauert einen Augenblick. Soll ich zurückrufen?«

»Danke, nein. Ich bleibe am Apparat.«

Ein paar Minuten später meldete sich die Avis-Sekretärin wieder. »Nach seinem Führerschein handelt es sich um einen John McClintock, Las Vegas, Clear View Avenue 104. Der Führerschein wurde am 4. Mai 1979 im Staat Nevada ausgestellt, Nr. 432701-6. Gültig bis 4. Mai 1983.«

Grace schrieb die Auskunft auf ihren Notizblock. Zu seltsam, sagte sie sich, daß jemand sich einen Schneeräumungsexperten aus Las Vegas kommen läßt! Sie warf einen Blick auf ihre Uhr. Es war kurz nach elf, also in Las Vegas ein paar Minuten nach neun. Von der Auskunft erhielt sie die Telefonnummer eines John McClintock mit der auf dem Mietvertrag angegebenen Adresse. Sein Telefon läutete lange. Schließlich meldete sich eine weibliche Stimme.

»Könnte ich bitte mit Mr. John McClintock sprechen?«

»Tut mir leid. Er ist nicht da«, antwortete die Frau.

»So. Hält er sich in Las Vegas auf?«

Die Frau zögerte. »Darf ich fragen, wer anruft. Ich bin Mrs. McClintock.«

»Oh«, antwortete Grace rasch. »Hier spricht die First National City Bank in New York. Wir haben hier eine Überweisung für Ihren Mann und müssen von ihm wissen, was wir damit tun sollen? Könnten Sie mir sagen, wo ich ihn erreichen kann?«

»Das kann ich leider nicht«, erwiderte Mrs. McClintock. »Er ist auf ein paar Tage verreist.«

»Haben Sie eine Nummer, unter der ich ihn erreichen könnte?«

Diesmal trat eine lange Pause ein, bis die Frau antwortete. »*Well,* ich glaube, ich darf Ihnen das eigentlich gar nicht sagen. Er ist im Auftrag der Regierung unterwegs. Setzen Sie sich doch mit seinem Büro in Las Vegas in Verbindung.«

Grace bedankte sich bei Mrs. McClintock und legte auf. Ein Schauer ging ihr durch die Eingeweide, der erste Adrenalinstoß, der der Reporterin in ihr sagte, daß an dieser Geschichte etwas sehr faul war. Ein paar Minuten später war sie mit dem Federal Building in Las Vegas verbunden.

»Sektion Q, Sicherungsabteilung, O'Reilly am Apparat«, meldete sich eine Stimme, als Grace mit McClintocks Apparat verbunden war. Sicherung, fragte sie sich perplex. Sicherung wogegen?

»Kann ich bitte mit Mr. McClintock sprechen.«

»Das hier ist sein Büro, aber er befindet sich einige Tage auf Reisen.«

Grace kicherte etwas, um O'Reilly zu überzeugen, daß er es mit einer Ziege zu tun habe. »Ach«, sagte sie, »was sichert er denn da, wohin er gefahren ist?«

»Wer spricht bitte?« Die Stimme war kühl und formell. Wieder gab Grace sich als Angestellte der City Bank aus. »Können Sie mir sagen, wo ich ihn erreichen kann?«

»Nein, das kann ich nicht. Die Art seines Auftrags und sein Aufenthalt sind Geheimsache.«

Kopfschüttelnd legte Grace wieder auf. Wie kommt die amerikanische Regierung dazu, fragte sie sich, eine Schneeräum-Übung in New York zur Geheimsache zu erklären? Und sich dafür Leute aus Las Vegas zu holen? Mein Gott, ging ihr auf, diese Transporter haben überhaupt nichts mit der Beseitigung von Schnee zu tun! Das ist nur Tarnung.

Sie dachte an Angelos Bemerkung vom Abend vorher: »Ich habe einen schönen Tag hinter mir, wie er für einen New Yorker Kriminalbeamten typisch ist. Mit einem ganzen Verein unserer Boys in einem Heuhaufen nach einer Nadel gesucht!« Und an den Bürgermeister. Warum hatte ihm der Präsident gestern für den Rückflug nach New York seine Maschine zur Verfügung gestellt?

Sie rief in Angelos Büro an. Keine Antwort. Sie holte das Telefonbuch der New Yorker Polizeibehörde mit den Geheimnummern heraus, das er ihr gegeben hatte, und begann hektisch die Dienststellen eines Dutzend hochgestellter Polizeibeamter nacheinander anzurufen. Nirgends meldete sich jemand.

Zwei Minuten später stand Grace am Schreibtisch des New-York-Redakteurs Art Gelb. Sie wartete, bis seine Unterhaltung mit einem anderen Reporter beendet war, und beugte sich dann zu ihm hinab.

»Art«, flüsterte sie. »Ich habe etwas, worüber ich unbedingt sofort mit Ihnen sprechen muß. Ich glaube, es könnte ein ganz, ganz dicker Fisch sein.«

Die zweiundsiebzig Reviere der New Yorker Polizei hatten am Freitag, dem 11. Dezember, sechs Fälle von Fahrerflucht registriert. Infolge des Schneesturms lag diese Zahl, wie Angelo schon vorher vermutet hatte, beträchtlich über dem Tagesdurchschnitt der Behörde. Eines dieser Vorkommnisse war ernst und hatte umfangreiche Ermittlungen ausgelöst. Es betraf eine alte, schwarze Frau, die auf dem Fußgängerübergang der Kreuzung des Broadway mit dem Cathedral Parkway von einem Motorradfahrer überfahren und mit einem Beckenbruch in das Saint Luke Hospital eingeliefert worden war. Die übrigen fünf Fälle trugen alle den gleichen Vermerk unter der Überschrift »Zu erledigen« — »Dieser Fall wird von Inspektor McCann bearbeitet«. Einem Nichteingeweihten hätte er leicht als der meistbeschäftigte Mann in der New Yorker Polizeibehörde erscheinen können.

In Wahrheit aber gab es ihn nicht einmal. Inspektor McCann war der Papierkorb. Sein Name in dem Vermerk hinter diesen Anzeigen spiegelte die Einstellung der New Yorker Polizei zu solchen Bagatelldelikten wie einer Fahrerflucht, bei denen es um nicht mehr als einen zerkratzten Kotflügel ging: Eine Menge Schreibkram für nichts und wieder nichts. Fast alle diese Anzeigen stammten von Fahrern von Firmenautos, die jeden Kratzer und jede Delle melden mußten, damit die Versicherung zahlte, oder von Selbständigen, die das Protokoll vielleicht brauchten, um bei der Steuer eine Wertminderung geltend machen zu können.

In der guten, alten Zeit wurden diese Schadensmeldungen fleißig in die Maschine getippt und dann, kaum war der Betreffende, der die Anzeige gemacht hatte, zur Tür hinaus, in den Papierkorb geworfen. Damit wollte man vermeiden, daß die Rate der ungeklärten Delikte im Bereich der New Yorker Polizei durch derartige Lappalien verunziert würde. Dann war das FBI hinter diese Gepflogenheit gekommen und hatte ihre Einstellung erzwungen. Nun bekam jeder, der einen Schadensfall mit Fahrerflucht anzeigte, eine Nummer und wurde in die tägliche Berichtsliste der Polizeiwache eingetragen. Die Schreibtischbeamten hatten Weisung, den Leuten ein bißchen Mitgefühl und Zuspruch zu geben: »Ja, Sir, wir werden uns das gleich vornehmen. Wir melden uns, sobald wir irgendwas herausfinden.« Doch die Anzeigen gingen unweigerlich denselben Weg, den sie schon immer gegangen waren: in den Papierkorb.

Angelo hatte neunzehn Reviere und vier Fahrerfluchtfälle erledigt und rief nun das Zehnte Revier an, Manhattan-Mitte-West.

»Ja, ich habe eine Einundsechziger hier«, antwortete der Beamte am Schreibtisch. »Schramme am Kotflügel des Wagens eines Colgate-Vertreters.«

»Okay«, sagte Angelo, »lesen Sie mir's vor.«

»Anzeige-Erstatter M-42 gibt an, daß sein Fahrzeug, ein Pontiac, Baujahr 1978, New Yorker Nummer 349271, am Freitag, 11. Dezember, zwischen 12.00 und 13.00 Uhr vor dem Haus West 37th Street, Nr. 149 geparkt war und daß er, als er aus dem Haus kam, eine Schramme am Kotflügel feststellte. Unter dem Scheibenwischer hatte eine unbekannte Person bzw. Personen einen Zettel mit der Mitteilung hinterlassen: ›Ein gelber Transporter hat Sie angefahren und ist abgehauen.‹ Anzeige am Freitag, dem 11. Dezember, von Inspektor Natale, Zehntes Revier, entgegengenommen. Fall an Inspektor McCann mit dem Ersuchen verwiesen, ihn als vorläufig abgeschlossen zu kennzeichnen, bis sich Weiteres ergibt, worauf angemessene und prompte polizeiliche Schritte unternommen werden.«

Angelo konnte ein Lachen über den Bürokratenton der Polizeibehörde nicht unterdrücken. »Und an welche angemessenen und prompten polizeilichen Schritte ist da gedacht?« fragte er. »Heißt es in der Anzeige wirklich, daß das ein gelber Tranporter war?«

»Yeah.«

»Okay. Sagen Sie mir Namen und Adresse des Vertreters.«

Am anderen Ende der Vereinigten Staaten spiegelten sich die ersten warmen Sonnenstrahlen in der grünen Dünung des Pazifik, die gegen die Küste bei Santa Monica brandete. Ein Jogger, der zu dieser frühen Stunde unterwegs war, hatte gerade den Strand hinter sich gelassen und war auf dem Weg zu seinem hoch in den Klippen gelegenen Cottage. Er war noch achtzig Meter von seiner Haustür entfernt, als er das Telefon schrillen hörte.

Keuchend packte der Westküstenkorrespondent der *New York Times* den Hörer. Er erkannte sofort das vertrauliche Murmeln, das aus der Ohrmuschel kam. »Ich habe eine sehr wichtige Sache für Sie«, sagte Art Gelb, der New-York-Redakteur der *Times.* »Schicken Sie Ihren Rechercheur in Reno sofort nach Las Vegas hinunter. Dort lebt ein gewisser John McClintock, der in einer Sicherungsabteilung, wie sich das nennt, im Federal Building an der Highland Street arbeitet. Ihr Rechercheur soll rasch und präzise feststellen, was dieser McClintock eigentlich treibt, und mich sofort anrufen, wenn er es herausgebracht hat.«

Angelo Rocchia legte den Hörer sanft auf die Gabel und dachte dabei scharf nach. Der Colgate-Vertreter, dessen Wagen eine Schramme abbekommen hatte, war in der West Side von Manhattan zu seinen Kundenbesuchen unterwegs, wie Angelo soeben vom Büro des Mannes erfahren hatte. Er werde nicht vor dem Abend zurückrufen.

Der einzige nützliche Hinweis, den der hilfsbereite Bürochef bieten konnte, wenn Angelo den Vertreter rasch erreichen wollte, war der Vorschlag, in Pasquales *Sandwich Bar* an der 35. Straße, ein paar Schritte von der Ninth Avenue, vorbeizuschauen. Dort trafen sich die Vertreter, die in der West Side arbeiteten, gegen elf Uhr zu Kaffee und Plunderhörnchen. Er würde wahrscheinlich dort sein, und wenn nicht, dann doch zumindest jemand, der die Gegend angeben könnte, wo er Kunden besuchte.

Vierhundert Hertz-Fahrzeuge auf den Straßen, dachte Angelo, und außerdem wie viele gelbe Transporter? Es war eine sehr, sehr unseriöse Idee. Er warf einen Blick in die Garage, wo die technischen Experten geschäftig bei der Arbeit waren. Die, dachte er, würden wohl kaum etwas davon halten. Beinahe zögernd hob er seinen schweren Körper vom Stuhl des Hertz-Filialleiters und schritt mit seinem täuschend unbeholfenen Gang in die Garage.

Da der rechte vordere Kotflügel am Wagen des Vertreters die Schramme abbekommen hatte, mußte wohl an der linken Seite des Transporters etwas zu bemerken sein. Angelo musterte die Teile der linken Seite des Fahrzeugs, die an der Garagenwand lehnten, und zählte auf ihnen vierzehn rote Kreise, jeder numeriert, die um einzelne Dellen oder Schrammen gezogen waren. Er nahm die Bündel der Spektralanalysen zur Hand, die zu den einzelnen Nummern gehörten. Sie gaben ihm keinen Aufschluß, wie er es nicht anders erwartet hatte. Die Techniker hatten an der Blechverkleidung der linken Seite des Fahrzeugs Spuren von drei Farbsorten identifiziert; zwei wurden von General Motors, eine von Ford verwendet, und zusammengenommen stellten die in diesen Farben gespritzten Modelle etwas mehr als 55 Prozent der Autos, die auf Amerikas Straßen fuhren. Eine große Hilfe, dachte Angelo, eine wirklich große Hilfe.

»Kann ich etwas für Sie tun, Kommissar?«

Der Mann, der diese Frage an ihn richtete, war der FBI-Beamte, dem das Techniker-Team unterstand. Sein Ton, stellte der New Yorker fest, war ungefähr so herzlich wie die Stimme eines Sicherheitswächters in einer Bank, der einen in der Schalterhalle herumlungernden portorikanischen Halbwüchsigen fragt, was er will.

»Nein«, antwortete Angelo. »Ich sehe mich nur um.«

»Nun, warum warten Sie nicht draußen im Büro des Filialleiters, wo es gemütlicher ist? Wir sagen es Ihnen schon, wenn wir etwas für Sie haben.«

Ich bin hier so gern gesehen wie ein Erzbischof in einer Abtreibungsklitsche, dachte Angelo. War es wegen der Geheimpapiere, die sie aus den Unterlagen herausgenommen hatten? Oder einfach das traditionelle Mißtrauen der FBI-Leute gegenüber anderen Polizeiorganen?

In einer Ecke der Garage bemerkte er seinen jungen Partner in ernstem

Gespräch mit einem seiner Kollegen. Rand hatte ihm kaum ein Wort gegönnt, seit sie hier angekommen waren. Niemand scheint mich hier haben zu wollen — und auch sonst nirgends, dachte er bitter, in der Erinnerung an das Telefongespräch vom Abend vorher. Er schlenderte zu Rand hinüber und legte ihm verschwörerisch den Arm um die Schulter.

»Kommen Sie mit, *kid*«, knurrte er und zog Rand von seinen FBI-Kollegen sanft weg. Es kam nicht in Frage, dem Jungen anzuvertrauen, was er wirklich vorhatte. Dafür dachte Rand viel zu sehr in Vorschriften und Regeln. Er würde sagen: »Sagen Sie der Zentrale, sie sollen einen andern losschicken«, und das wäre gar nicht nach Angelos Sinn gewesen. Andererseits konnte man sich bei Rand vermutlich auf eines verlassen: eine gewisse Solidarität, in der Art: »Wir sind ja alle miteinander Cops, also verpfeife mich nicht beim Boß.« Er würde Rands Respekt verlieren, aber zum Teufel, darauf kam es jetzt nicht an.

»Hören Sie, *kid*«, flüsterte er. »Können Sie die Stellung für mich halten, wenn ich mich ein Stündchen absetze? Ihre Leute haben nichts für mich zu tun, und . . .« fuhr er fort und zwinkerte dem FBI-Mann zu, »ich habe hier in der Gegend ein kleines Häschen, das ich längere Zeit nicht gesehen habe. Ich werde mal schnell vorbeischaun und guten Tag sagen.«

Rand wurde weiß im Gesicht, mehr schockiert als zornig. »Um Gottes willen, Angelo, das können Sie doch nicht tun! Ist Ihnen denn nicht klar, daß wir sie unbedingt finden müssen . . .« Er hätte beinahe gesagt »diese Bombe«, bremste sich aber im letzten Augenblick.

»Was, *sie*?« fragte Angelo. Da war sie wieder, diese Sache, die ihm so merkwürdig vorkam.

»Das Faß mit dem Gas, nach dem wir suchen.«

»Sagen Sie mal, *kid*, was ist an Chlorgas eigentlich so geheim, daß die Regierung so ein Theater darum macht. Oder befindet sich in dem Faß vielleicht gar kein Chlorgas?«

»Doch, natürlich.«

Angelo sah Rand einen Augenblick lang mit einem scharfen Blick an, so wie er vierundzwanzig Stunden vorher auf der Vorderbank seines Wagens den Taschendieb gemustert hatte. Dann machte er eine Kopfbewegung zu dem FBI-Beamten hin, der hier das Kommando führte: »Wenn Ihr Freund dort jemandem Kaffee und Gebäck holen lassen will, sagen Sie ihm, gleich oben an der Straße steht eine Imbißbude. Ich habe schon begriffen, daß in seinen Augen ein New Yorker Cop sowieso zu nichts Besserem taugt.«

»Angelo.« Rand flehte ihn beinahe an. »Einfach so wegzugehen, das ist wie . . .« Der junge Mann suchte nach dem schlimmsten Vergleich, den er anführen konnte. ». . . wie ein Soldat im Krieg, der seinen Posten im Stich läßt.«

Der New Yorker preßte die Schulter des jungen FBI-Mannes und knurrte: »Machen Sie sich keine Gedanken darüber, *kid*. Ich werde sehen, ob ich nicht auch für Sie eine Freundin auftreibe.«

Arthur Gelb ging in seinem Büro im dritten Stock des *New York Times*-Gebäudes ruhelos hin und her. Der New-York-Redakteur war ein schlaksiger Mann voll kinetischer Energie und hochnervös, ein Mann, der seine Leute mit einem Strom von Ideen, Vorschlägen und Fragen ständig in Trab hielt — manche hätte gesagt, sie terrorisierte. Wie die Zeitung, die zu repräsentieren sein Stolz war, war er nicht so sehr konservativ, sondern einem gewissen Verantwortungsbegriff ergeben. Vor allem aber vertrat er die Überzeugung, wenn etwas nicht auf den Seiten der *New York Times* geschehen war, dann sei es überhaupt nicht geschehen, und zu seinem wachsenden Verdruß spürte er, daß in seiner Stadt etwas im Gange war, von dem die *Times* nichts wußte.

Plötzlich blieb Gelb stehen.

Er hatte einen Mann erspäht, der durch das Labyrinth des Nachrichtenraums stürmte. Er war einer von den Dutzend Leuten, die Gelb nach dem Flüstergespräch mit Grace Knowland losgeschickt hatte, damit sie sich in den Polizeirevieren umhorchten, was vor sich ging. Gelb erkannte jene besondere Zielstrebigkeit, die das Gesicht eines jungen Reporters immer zeigt, wenn er weiß, daß er seinen New-York-Redakteur beeindrucken wird.

»Das hier ist im Gange«, sagte er atemlos und ließ die Fotografien der Dajanis auf Gelbs Schreibtisch fallen. »Es sind Palästinenser. Polizistenmörder. Die ganze Stadt ist auf den Beinen und sucht nach ihnen.«

Gelb nahm die Aufnahmen zur Hand und betrachtete sich eine nach der anderen. »Welche Polizisten haben sie umgebracht?«

»Zwei Streifenbeamte in Chicago, vor zwei Wochen.«

»Chicago?« Gelb runzelte die Stirn. Seit wann war die New Yorker Polizei so darauf versessen, ihren Kollegen in Chicago zu helfen? »Holen Sie mir Grace Knowland her«, sagte er zu dem Jungreporter. »Ich möchte jetzt telefonieren.«

Gelb schob ihr die drei Fotografien zu, als sie in seinem Büro erschien. »Hier haben Sie Ihre Nadel im Heuhaufen. Drei Palästinenser, die vor zwei Wochen zwei Cops in Chicago ermordet haben sollen. Nur leider ist in Chicago seit drei Wochen kein Polizist umgebracht worden. Ich habe es eben über die *Tribune* festgestellt.«

Während Grace die Aufnahmen betrachtete, nahm Gelb den Hörer ab und wählte die Nummer von Patricia McGuire, Abteilungsleiterin für Öffentlichkeitsarbeit im Polizeipräsidium. Sie kam sofort an den Apparat. Beamte der Stadtverwaltung pflegten den New-York-Redakteur der *Times* nicht warten zu lassen.

»Patty, ich möchte wissen, was zum Teufel eigentlich vor sich geht. Oben in der Kaserne der Park Avenue spielt sich eine angebliche Schneeräum-Übung ab, die nichts damit zu tun hat, den Schnee von den Straßen zu bringen. Und jeder zweite Cop in der Stadt fahndet nach drei Palästinensern, die nicht das getan haben, was Sie Ihren Leuten aufbinden. Was geht da vor, Patty? Sie sind doch hinter was ganz anderem her, irgendeiner großen Terroraktion von Palästinensern. Ich möchte wissen, was los ist.«

Als er zu Ende gesprochen hatte, trat ein langes, bedrücktes Schweigen ein.

»Es tut mir leid, Arthur«, antwortete die Frau. »Aber ich bin nicht befugt, Ihre Frage zu beantworten. Sind Sie jetzt in Ihrem Büro?«

»Ja.«

»Ich werde den Präsidenten bitten, Sie gleich zurückzurufen.«

Der schwere Duft von Salami, Knoblauch, Provolone, Olivenöl und frischen Paprikas hüllte Angelo wie ein Weihrauchschleier ein, als er in Pasquales *Sandwich Bar* in der 35. Straße trat.

Der Kriminalbeamte holte tief und genießerisch Luft und musterte dann das Lokal: eine Lunch-Theke mit einem Dutzend rot bezogener Hocker, die Hälfte davon besetzt, hinten ein paar Nischen, ein Barmann, der für die Stoßzeit über Mittag lange, üppig belegte Sandwiches zusammenklappte, die korpulente Mamma in Schwarz, die schützend die Registrierkasse umschwebte. Schau an, dachte er, Vertreter finden doch immer die besten Kneipen im Viertel.

Er trat zu der Frau, nickte zu den Rotweinflaschen hinter ihr und bat sie in seinem besten, sizilianisch getönten Italienisch um ein Glas Ruffino.

»*Bellissima signora*«, sagte er, als sie ihm mit einem wohlwollenden Lächeln das Glas reichte. »Kennen Sie Mr. McKinney, den Colgate-Vertreter?«

»Sicher«, antwortete die Frau. »Dort sitzt er.«

Sie deutete auf einen älteren Mann in einem Gabardinemantel, Kaffee und Plundergebäck vor sich, der in einer der Nischen das *Wall Street Journal* las.

Angelo ging unauffällig zu dem Mann und zeigte ihm so diskret wie möglich seine Dienstmarke. »Haben Sie etwas dagegen, wenn ich mich zu Ihnen setze?«

»Aber überhaupt nicht.« Der Vertreter trug eine Hornbrille und hatte aschblondes Haar, das ihm offensichtlich rasch abhanden kam. Er war adrett gekleidet; beinahe zu adrett, kam es Angelo vor, für einen Mann, der tagein, tagaus von einem Gemischtwarenladen zum anderen geht.

McKinney entspannte sich, als Angelo ihm erklärte, warum er ihn aufgesucht habe. Trotz ihres scheinbar harmlosen Berufs bekamen Männer wie der Colgate-Vertreter eine Menge Dinge mit; beispielsweise, daß ein bestimmter italienischer Großhändler in der West Side in Wahrheit für die Mafia Spenden und Schutzgelder eintrieb. »O ja«, sagte er, »was ich darüber weiß, hab' ich alles auf der Wache erzählt, als ich meinen Blechschaden meldete.«

»Ich verstehe.« Angelo nickte und beugte sich dabei weiter vor, damit niemand ihr Gespräch mitanhören konnte. »Passen Sie auf. Wir haben gerade eine wichtige, sehr wichtige Fahndungsaktion, und es könnte vielleicht sein, daß Ihr Unfall uns ein paar höchst aufschlußreiche Tips liefern könnte. Auf dem Zettel, der unter Ihren Scheibenwischer geklemmt war, hieß es: ein *gelber* Transporter — sind Sie sich da absolut sicher?«

»O ja«, anwortete McKinney rasch und überzeugt. »Ich habe ihn sogar dem Beamten auf der Wache gezeigt.«

»Schön.« Angelo nippte an seinem Glas Rotwein. »Jetzt bitte ich Sie zu verstehen, daß die Sache, um die es mir geht, nichts mit Ihnen zu tun hat, überhaupt nichts. Aber es ist mir sehr wichtig, den genauen Unfallort und den exakten Zeitpunkt festzustellen, an dem Ihr Fahrzeug angefahren wurde.«

»Ja, aber das steht ja alles schon in meiner Anzeige.«

»Schon. Aber verstehn Sie, ich will absolut sichergehen. Sie haben also nicht den geringsten Zweifel, daß Sie den Wagen um ein Uhr geparkt haben?«

»Absolut. Bevor ich ausstieg, begannen gerade die Ein-Uhr-Nachrichten auf WCBS.«

»Okay. Und wie lange sind Sie weggeblieben?«

»Lassen Sie mich überlegen.« McKinney zog angestrengt die Stirn zusammen. Er holte aus der Aktentasche, die er neben sich stehen hatte, ein schwarzes Auftragsbuch heraus und blätterte die langen, weißen Blätter durch. »Ich habe drei Kundenbesuche gemacht. Der letzte war der Supermarkt oben an der Ecke. Ich verkaufe ihnen nichts, das macht das Büro. Ich gehe also nur hinein, sage zu dem Filialleiter guten Tag, sehe mir die Artikel auf den Regalen an und verschaffe mir einen Überblick, was die Konkurrenz so macht. Insgesamt war ich wohl nicht länger als eine halbe Stunde, vierzig Minuten weg.«

Angelo kritzelte ein paar hastige Notizen auf den Block, den er aus der Tasche gezogen hatte. »Und geparkt haben Sie West 37th Street, Nr. 149. Sind Sie sich da sicher?«

»O ja, ich habe es mir sofort aufgeschrieben.« Der Mann errötete leicht. Warum belügt er mich? fragte sich Angelo. Er hat doch offensichtlich mit unserer Sache nichts zu tun. Vielleicht will er was verbergen. Vermutlich hat er während seiner Arbeitszeit schnell eine Nummer geschoben. Pakken wir ihn auf eine andere Tour. Er setzte sich zurück und lächelte den Vertreter an.

»Sie wohnen droben in White Plains, soviel ich weiß.«

»Ja. Kennen Sie es?«

»*Yeah*. Hübsche Gegend. Als meine Frau noch lebte, dachte ich oft, dort sollten wir eigentlich hinziehen. Wegen der frischen Luft und so. Verheiratet?«

»Ja. Ich habe drei Kinder.«

Angelo schenkte dem Vertreter sein schönstes Lächeln der Anerkennung und beugte sich wieder zu ihm hin. »Glauben Sie mir, Mr. McKinney, wenn ich Ihnen sage, das, was mich beschäftigt, hat mit Ihnen nicht das geringste zu tun. Aber diese Stelle ist für mich in höchstem Maß wichtig. Sie sind sich wirklich sicher, daß Sie vor dem Haus West 37th Street, Nr. 149, geparkt haben?«

Dem Colgate-Vertreter war nervöse Gereiztheit anzumerken. »Ja, selbstverständlich. Warum kommen Sie immer wieder darauf zurück?«

»Weil es völlig unmöglich ist, Mr. McKinney, daß Sie am letzten Freitag oder auch an sonst einem Tag Ihren Wagen vor dem Haus Nr. 149 in der West 37th Street abgestellt haben. Es ist eine Lagerhaus-Garage der Firma Marlboro Cousins mit drei Einfahrten von der Straße her, auf denen ständig Hochbetrieb herrscht. Wenn Sie dort auch nur fünf Minuten lang parken, gibt es Krawall.«

McKinney wurde purpurrot im Gesicht. Seine Hände zitterten leicht. Er tat Angelo leid, aber ärgerte ihn auch. Warum log er denn, warum spielte er dieses Theater? Es mußte sich um ein Mädchen handeln. Und als er die Schramme an seinem Kotflügel bemerkte, wurde er nervös. Dachte sich, wenn die Firma die Adresse auf seiner Schadensmeldung an die Versicherung sah, würde man ihn fragen, was er denn in dieser Gegend verloren hätte.

»Hören Sie zu, guter Freund. Falsche Angaben gegenüber der Polizei, das ist ein sehr ernstes Delikt. Macht Ihnen auch eine Menge Scherereien mit Ihrer Firma. Ich will Sie nicht in Kalamitäten bringen, weil ich weiß, daß Sie ein anständiger Bürger sind, der sich nichts zuschulden kommen läßt, aber ich muß wissen, wo Ihr Wagen angefahren wurde.«

McKinney hob den Blick von der Kunststoff-Tischplatte. »Wird das weitergeleitet?«

»Nein, auf keinen Fall. Machen Sie sich keine Sorgen. Das bleibt rein zwischen uns beiden. Wo waren Sie in Wahrheit?«

»In der Christopher Street.«

»Der gelbe Transporter auf dem Zettel — stimmt das?«

Der Vertreter nickte niedergeschlagen.

»Und die Zeit? Ist ein Uhr richtig?«

»Nein. Ich habe den Wagen um halb zwölf geparkt. Das weiß ich, weil ich mir den ersten Börsenbericht im Radio angehört habe. Ich habe mir vor zwei Wochen hundert Teltron-Aktien zugelegt . . .«

Angelo hörte ihm nicht mehr zu. Er machte ein paar rasche Berechnungen im Kopf: Der Hertz-Transporter verläßt die Pier um 11.22 Uhr. Wenn sie durch den Brooklyn Battery Tunnel zur West Side gefahren sind, dürften sie bis zur Christopher Street zwanzig, fünfundzwanzig Minuten gebraucht haben. »Wie lange haben Sie geparkt?«

Die Verlegenheit des Mannes war nun offenkundig. »Nicht lange. Dort gibt es eine Kneipe. Ich mußte bei dem Mann an der Theke eine Nachricht für jemanden hinterlassen. Fünfzehn, höchstens zwanzig Minuten.«

»Wissen Sie noch die Nummer des Hauses, vor dem Sie geparkt haben?«

»Nein.« McKinney schüttelte den Kopf. »Aber ich könnte die Stelle für Sie finden.«

Michael Bannion, der New Yorker Polizeipräsident, wurde blaß, als er den Zettel las, den ihm ein Assistent in der unterirdischen Befehlszentrale gebracht hatte.

»Was ist los?« erkundigte sich Harvey Hudson vom FBI. »Sagen Sie mir nicht, es ist schon wieder eine Hiobsbotschaft.«

Bannion verzog das Gesicht. »Schlimmeres hätte uns kaum passieren können. Die *New York Times* hat von der Sache Wind bekommen, und ich muß mir jetzt ausdenken, wie wir sie von der Fährte bringen können.«

Kein Wunder, daß die Firma nicht erfahren sollte, wo der Kotflügel beschädigt worden war, dachte Angelo, während er mit staunendem Blick die Szene betrachtete, die sich um seinen Wagen herum bot. Ich bin wirklich nicht ganz auf der Höhe der Zeit. Da denke ich, der hatte was mit einer Frau, und in Wahrheit wollte er eine Tracht Prügel!

Sie befanden sich im Herzen des »Brutal-Strichs« von Greenwich Village, und der Kommissar, angewidert und zugleich fasziniert, konnte den Blick nicht von dem Bild auf den Gehsteigen lassen: Junge Männer in blechverzierten schwarzledernen *Hells Angels*-Blousons und Stiefeln, mit Ketten, die an ihren Gürteln oder Handgelenken baumelten, Motorradfahrermützen und Fliegerbrillen auf dem Kopf — Figuren aus einem billigen Film der fünfziger Jahre. Er hatte über das was es hier zu sehen gab, in der Zentrale gehört. Diese Typen waren *Cruisers,* Leder-Stricher, die Ausschau hielten nach Kundschaft aus der Wallstreet und den Geschäftsvierteln, Männern in teuren Brooks-Brothers-Anzügen, die, aus welchen krankhaften Gründen auch immer, in ihrer Mittagspause hierherkamen, um sich in den »Empfangsräumen« auf den verlassenen Piers gegenüber dem Ende der Straße mit Ketten und Peitschen durchprügeln zu lassen.

Er warf einen kurzen Seitenblick auf McKinney, zwischen Verachtung und Mitleid schwankend. Was für ein bizarrer Drang konnte einen so netten, anständigen Menschen aus White Plains wie ihn in diesen üblen Dschungel von Sadismus, Perversion und Gewalt treiben?

»Sie werden das bestimmt nicht weitergeben?« Mit unsicherer Stimme stellte der Vertreter die Frage.

»Keine Sorge«, beruhigte ihn Angelo. »Das bleibt zwischen uns beiden.«

»Da war's«, sagte der Vertreter und deutete mit abgewendetem Gesicht auf eine Stelle am Gehsteig der Christopher Street. »Ich ging ins *Butch* an der Ecke, um was zu trinken.« Er deutete mit dem Finger auf eine Kneipe ein paar Schritte weiter. »Ich mußte eine Nachricht hinterlassen . . .« Vor Verlegenheit und Scham versagte dem Vertreter die Stimme. »Ich habe einen Freund . . .«

»Lassen Sie das«, unterbrach ihn Angelo barsch. »Es interessiert mich nicht.«

Sie müßten also, überlegte der Kriminalbeamte, von der West Side Drive abgebogen und die Christopher Street hinaufgefahren sein. Wenn meine Theorie stimmt, heißt das, daß dieses Gasfaß sich irgendwo hier in der Gegend befinden muß. Zwischen dem Hudson River und der Fifth Avenue oder, sicherheitshalber, dem Broadway. Denn sonst wären die Palästinenser über die Brooklyn Bridge und die East Side reingekommen.

Angelo betrachtete sich die *Cruiser*, die lässig dahinschlenderten. Die meisten von denen, sagte er sich, kommen hier regelmäßig her. Könnte durchaus sein, daß einer den Zettel unter den Scheibenwischer gesteckt hat. Im Eiltempo ein Dutzend Leute herholen, die Typen befragen, dann bekommt man vielleicht die Antwort, nach der man sucht. Und dann noch der Wagen dieses Vertreters. Die Schramme an dem vorderen Kotflügel war am unteren Teil, stammte also vermutlich von einer Stoßstange.

»Mr. McKinney, ich werde dafür sorgen, daß Ihre Firma von dieser Sache hier nichts erfährt, aber wir werden in Ihrem Büro anrufen und sagen müssen, daß Sie heute keine Zahnpasta mehr verkaufen. Wir müssen mit Ihrem Kotflügel schnellstens hinüber nach Brooklyn.« Er lachte. »Wissen Sie«, sagte er, »es wird sich vielleicht noch als ein Glücksfall erweisen, daß Sie das Ding nicht sofort reparieren ließen.«

Michael Bannions Stimme ertönte aus Arthur Gelbs Telefon mit der gebieterischen Klangfülle einer Wagner-Ouvertüre. »Mr. Gelb«, sagte er, »entschuldigen Sie, daß ich nicht sofort zurückgerufen habe, aber wie Sie ganz richtig vermutet haben, sind wir mit einem sehr ernsten Problem beschäftigt.«

»Ich weiß«, sagte der New-York-Redakteur der *Times* ungeduldig und klemmte sich den Hörer in die Armbeuge, damit er sich gegebenenfalls Notizen über das Gespräch machen konnte. »Worum handelt es sich denn?«

»Ich werde Ihnen jetzt etwas im strengsten Vertrauen sagen, Mr. Gelb, weil ich weiß, daß Ihnen und der *Times* Sicherheit und Wohl der New Yorker ebenso am Herzen liegen wie mir. Diese drei Palästinenser, nach denen wir fahnden, haben irgendwo in der Stadt ein Faß Chlorgas versteckt. Sie wissen ja, daß Chlorgas eine tödliche Substanz ist, und die Terroristen drohen damit, es hochgehen zu lassen, wenn nicht bestimmte politische Bedingungen erfüllt werden.«

Gelb gab einen leisen Pfiff von sich. »Großer Gott! Und was verlangen sie?«

»Im Augenblick sind ihre Forderungen noch recht vage, aber anscheinend betreffen sie die israelischen Siedlungen auf ehemals jordanischem Gebiet und den arabisch bewohnten Teil von Jerusalem.« Gelb kritzelte bereits hektisch Notizen auf ein Blatt Papier und nickte dabei Grace Knowland aufgeregt zu.

»Sie können sich«, fuhr Bannion fort, »sicher vorstellen, was für eine Panik, welches Chaos die Folge wäre, wenn diese Sache an die Öffentlichkeit dränge, bevor es uns gelungen ist, die Stelle, wo sich das Faß befindet, präziser zu bestimmen.«

»Das kann ich allerdings, *Commissioner,* aber ich kann mir auch ohne Mühe vorstellen, welche Gefahr dies für die Menschen in unserer Stadt bedeutet.«

»Ganz recht. Unser Problem ist, daß es ein hirnverbrannter Wahnsinn wäre, wenn wir wegen eines einzigen Fasses Chlorgas die Räumung von Manhattan Island anordneten. Das läßt uns nur eine einzige andere Möglichkeit: das Faß zu finden, ehe die Öffentlichkeit etwas von seinem Vorhandensein erfährt. Und hier brauchen wir Ihre Unterstützung, Mr. Gelb. Wenn die Sache durchsickert, bevor wir das Faß gefunden haben, bricht die Hölle los. Ich darf gar nicht an die Hysterie denken, in der New York versinken würde.«

Während der Polizeipräsident sprach, notierte Gelb in fliegender Eile, was er zu tun gedachte, sobald das Telefonat zu Ende war: vom Wissenschaftsredakteur einen Artikel über die Auswirkungen von Chlorgas vorbereiten lassen; Grace Knowland auf PLO-Aktivitäten in New York ansetzen; und vom Korrespondenten in Jerusalem einen Bericht über den neuesten Stand des israelischen Siedlungsprogramms anfordern.

»Ich spreche offen mit Ihnen, Mr. Gelb, und dafür muß ich Sie um Ihre Hilfe und Kooperation bitten. Ich weiß, wie Ihr Leute von der *Times* über ein solches Ersuchen denkt, muß Sie aber trotzdem eindringlichst bitten, mit dieser Sache erst herauszukommen, wenn wir genau wissen, wo sich das Faß befindet.« Gelb unterbrach ihn. »Wie ist das Faß dorthingekommen, *Commissioner*?«

»Tja, wir sind uns da nicht hundertprozentig sicher.«

»Gott im Himmel! Sie wollen also sagen, wir haben in unserer Stadt ein Faß Chlorgas, und Ihre Leute haben keinen blassen Schimmer, wie es hereingekommen ist?«

»Wir haben den Verdacht, daß es über die Piers, mit einer Ladung Schwerölprodukte, hereingeschmuggelt wurde. Aber offen gestanden geht es uns nicht darum, wie es hereingekommen, sondern wohin es gegangen ist.«

»Commissioner.« Gelb wollte sich schon zu der Forderung des Polizeipräsidenten äußern, da fiel ihm etwas anderes ein. »Was tun eigentlich alle diese Leute mit ihren Leihtransportern droben in der Park-Avenue-Kaserne? Haben Sie mit dieser Sache was zu tun?«

»Das ist eine FBI-Gruppe, Leute, die nach Spuren von austretendem Gas suchen, die uns einen Hinweis geben könnten, wo sich das Faß befindet. Ich will Ihnen etwas sagen, Mr. Gelb: Wir werden Sie auf dem laufenden halten. Sie haben mein Wort darauf! Aber ich bitte Sie um alles in der Welt, drucken Sie die Nachricht erst, wenn wir das Faß gefunden haben.«

»Ich bin nicht zu einer solchen Zusage ermächtigt, *Commissioner.* Die Entscheidung liegt bei Mr. Sulzberger und Mr. Rosenthal.«

»Jedenfalls kann ich nicht genug betonen, wie wichtig das ist«, antwortete Bannion. »Wenn Sie wollen, trage ich es selber Mr. Sulzberger vor.«

Als Gelb aufgelegt hatte, drehte er sich zu Grace um. »Wissen Sie«, sagte er, »einen Augenblick hatte ich das fürchterliche Gefühl, daß es sich um etwas noch viel Schlimmeres handelt. Ich dachte schon, irgend jemand hätte es schließlich doch getan: eine Atombombe in unsere Stadt geschmuggelt.«

Unten am Ende der Insel Manhattan kehrte Michael Bannion an seinen Platz in der Befehlszentrale zurück. »Sie sind gebremst«, sagte er zu seinen Kollegen. »Zumindest für eine Weile. Aber gnade uns Gott, wenn sie dahinterkommen, daß wir sie angelogen haben.«

Angelo Rocchia drückte auf die Hupe des Pontiac, mit dem der Vertreter seine Kundenbesuche machte, bis das Plärren drei FBI-Männer in Hemdsärmeln alarmierte, die aus der Hertz-Garage hinaus in die Kälte rannten.

»Macht dieses verdammte Tor auf«, befahl der Kriminalbeamte und deutete auf die Einfahrt ihres improvisierten Labors. »Ich habe ein Geschenk für euch.«

Er wurde keineswegs jubelnd aufgenommen. »Ein gelber Transporter«, brabbelte der Chef des FBI-Teams, der vorher Angelo in das Büro hatte hinauskomplimentieren wollen, als dieser seine Theorie umriß. »Das ist alles, worauf Sie sich stützen? Daß irgendein Kerl mit einem gelben Transporter seinen Kotflügel gerammt hat?«

»Wenigstens wissen Sie, daß es kein Avis-Transporter war«, antwortete Angelo. »Sie können eine Spektralanalyse machen und feststellen, ob die Farben zusammenpassen. Ich werde ein paar Kollegen zusammentrommeln und wieder dorthin zurückfahren. Vielleicht finden wir den Mann, der den Zettel unter den Wischer gesteckt hat.«

Der Chef der Techniker verstummte und betrachtete sich die kaum sichtbare Schramme am Kotflügel des Pontiac. »Ja«, sagte er zögernd, »es wird einige Zeit in Anspruch nehmen. Aber es könnte sich vielleicht doch lohnen.«

Angelo forderte am Telefon ein Dutzend Kriminalbeamte in Zivil an und kam dann in die Garage zurück, wo die FBI-Experten sich bereits an die Arbeit gemacht hatten. Einer von ihnen fuhr mit irgendeinem graumetallenen Abtastgerät über den Kotflügel. Wahrscheinlich ein starkes magnetisches Gerät, dachte Angelo, mit dem er Metallteilchen rauszuholen versucht, die da drinnen stecken. Neugierig ging er neben dem Techniker in die Hocke.

»Was ist das für ein Ding?« fragte er.

»Ein Geigerzähler.«

»Ein Geigerzähler?«

»Um zu kontrollieren, ob hier noch Spuren von Strahlung zurückgeblieben sind.«

Angelos Gesicht wurde kreidebleich. Er spürte, wie seine Oberschenkelmuskeln schlapp wurden, und mußte sich mit der Hand gegen den kalten Betonboden abstützen, um nicht nach hinten zu kippen. Deswegen also diese geheimgehaltenen Berichte! Sie wußten es schon die ganze Zeit, ohne es uns zu sagen. Sie haben uns belogen, uns absichtlich im dunkeln gelassen!

Er rappelte sich hoch. Rand stand drüben neben einer Werkbank und befragte eifrig einen FBI-Techniker. Er ist eingeweiht, dachte Angelo. Diese Hundesöhne aus South Dakota und Tacoma mit ihren lappigen Krawatten und ihren waschbaren Nylonanzügen, ihnen haben sie es natürlich gesagt, weil sie FBIler sind. Aber zu mir, dem Mann, der hier zu Hause ist, der hier seine Verwandten und Freunde hat, zu mir haben sie kein Vertrauen! Er war nun auf gleicher Höhe mit Rand und schlug dem Jüngeren mit solcher Wucht auf die Schulter, daß er nach vorne wankte.

»Schluß mit dem Gequassel«, fauchte ihn Angelo an. »Wir beide haben etwas zu erledigen.«

Er rannte beinahe zu seinem Wagen, sprang hinein und schlug die Tür vor Wut krachend zu. Rand sah ihn verdattert an.

»Was ist denn los?«

»Sie haben es die ganze Zeit gewußt, nicht?«

»Was denn gewußt, um Gottes willen?«

»Sie haben mich die ganze Zeit an der Nase herumgeführt, genau wie alle anderen. In diesem gottverdammten Faß ist kein Chlorgas. Es ist eine Scheißatombombe.« Angelo drehte den Zündschlüssel mit solcher Gewalt, daß er ihn beinahe im Schloß abgebrochen hätte, und rammte den Gang hinein.

»Das ist meine Heimatstadt, sind meine Mitbürger, und mir vertrauen sie nicht!« tobte er. In diesem Aufschrei lag eine ganze Welt der Angst und Wut, Bitterkeit und Demütigung, der urtümlich-wilde Stolz des in die Enge getriebenen Hirsches. »Zu Ihnen, einem grünen Jungen aus einer Rechtsfakultät in Louisiana, noch nicht einmal zwei Jahre beim Bureau, haben sie Vertrauen, aber nicht zu mir, einem Mann mit dreißig Dienstjahren auf dem Buckel. Da hat man sich alle diese Jahre abgestrampelt, und wenn so was daherkommt, vertrauen sie einem noch immer nicht!«

Er trat so brutal aufs Gas, daß das Auto über den schmutzigen Schnee und die Eisbrocken schlingernd vorwärts schoß. Kreischend protestierten die durchdrehenden Räder. Der Hofarbeiter, den Angelo vorher ausgefragt hatte, schaute verblüfft hin. Mann, dachte er, wenn der so loslegt, kommt er nie an, wo er hin will.

Noch drei Stunden. Mit einem Blick auf die Uhr im Konferenzraum des Nationalen Sicherheitsrates maß der Präsident noch einmal ab, wie nahe die grauenvolle Katastrophe bevorstand, der sie sich gegenübersahen. Noch sechs Minuten bis Mittag. Exakt drei Stunden und sechs Minuten blieben ihnen von der Frist, die Gaddafi in seinem Ultimatum gesetzt hatte. In einer Krise klammern Menschen sich an Hoffnungen, und der Präsident hoffte noch immer, obwohl die gnadenlosen, unerbittlichen

Zwänge der Situation ihm allmählich die letzte Kraft nahmen. In der letzten großen Krise, zwischen den Vereinigten Staaten und dem Iran, hatte Amerika nicht unter dem Druck eines Ultimatums handeln müssen, in diesem Fall aber kam zu dem Ultimatum die Gewißheit des Präsidenten hinzu, daß der Mann, der es gestellt hatte, bedenkenlos bereit war, den nuklearen Holocaust über sechs Millionen unschuldige Menschen zu bringen.

Plötzlich unterbrach er die beiläufigen Unterhaltungen um ihn herum. Er war auf eine Idee gekommen. Es war zwar keine großartige, doch in der gegebenen Situation lohnte jeder Einfall einen Versuch.

»Jack«, wies er seinen Sicherheitsberater an, »ich möchte mit Abe Stern sprechen.«

»Abe«, sagte er, als sie verbunden waren, »es geht dem Ende zu. Bald, sehr bald schon müssen wir handeln, und wenn es soweit ist, gibt es kein Zurück mehr.«

»Ich verstehe, Herr Präsident«, antwortete Stern. »Was gedenken Sie zu tun?«

»Die Vorausabteilungen der Mobilen Eingreiftruppe sind in Deutschland gelandet, die Maschinen aufgetankt und bereit, in den Nahen Osten weiterzufliegen. Wir haben vor einer halben Stunde die geheime Zusage des syrischen Präsidenten Assad erhalten, daß sie in Damaskus landen können. Die Landungstruppen auf der Sechsten Flotte würden zur selben Zeit im Libanon an Land gehen. Dann würden sich die beiden Verbände vereinigen, ins Westjordanland vorstoßen und die Siedlungen beseitigen.«

»Die Israelis werden kämpfen, Herr Präsident.«

»Das ist mir klar, Abe.« Ein leises Stöhnen begleitete die Worte des Präsidenten. »Aber ich werde ihnen und der übrigen Welt vor unserem Einmarsch darlegen, daß unsere Ziele sehr begrenzt sind.«

»Das wird vielleicht nicht genügen, Herr Präsident. Vergessen Sie nicht, Israel besitzt auch Kernwaffen.«

»Ich glaube zu wissen, wie wir dieser Gefahr beikommen können. Ich werde die Russen bitten, den Israelis klarzumachen, wozu es führen würde, wenn sie Nuklearwaffen einsetzten. Uns würden sie vielleicht keinen Glauben schenken, den Russen schon. Doch bevor wir das tun, Abe, können wir noch eine andere Karte ausspielen — Sie.«

»Mich?«

»Ja, Sie. Rufen Sie Begin an, Abe. Dringen Sie in ihn. Versuchen Sie ihm die Augen für den Wahnsinn zu öffnen, diese Siedlungen nicht zu räumen.«

»Kann ich ihm sagen, Sie seien bereit zu . . .«

»Abe«, unterbrach ihn der Präsident. »Sagen Sie ihm, was Sie wollen. Bringen Sie ihn nur dazu, daß er einwilligt, über Radio und Fernsehen bekanntzugeben, daß die verdammten Siedlungen verschwinden.«

Angelo Rocchia parkte seine Corvette vor dem Haus Christopher Street 189, ganz in der Nähe der Stelle, wo am Freitagvormittag der Colgate-Vertreter seinen Wagen abgestellt hatte. Der Zorn tobte noch immer in ihm. Diese Wichtigtuer mit all ihren Apparaten und Maschinen, wenn sie wirklich etwas rausbekommen müssen, ist es genau noch so wie vor zwanzig Jahren. Einen Trupp Cops, zu denen sie kein Vertrauen haben, schicken sie zu Fuß los, damit die die Leute fragen:

»Entschuldigung, *Mister,* kennen Sie jemanden, der am Freitag einen Zettel unter den Scheibenwischer eines schwarzen Pontiac gesteckt hat?«

Er machte es sich auf dem Fahrersitz gemütlich, in der einen Hand ein Funksprechgerät, auf den Knien ausgebreitet eine ausführliche Karte des Viertels, die er sich auf dem Sechsten Revier besorgt hatte. Zwanzig Männer kämmten bereits das Gebiet durch, das er für sie auf dieser Karte abgesteckt hatte: vom Hudson River im Westen bis zur Hudson Street im Osten, je zwei Straßen weit nördlich und südlich der Christopher Street. Die Beamten klopften an jede Wohnungstür, suchten jeden Laden auf, befragten jeden Passanten, um eine Spur desjenigen zu finden, der den Zettel geschrieben hatte.

Angelo fragte sich, wieviel Zeit ihnen wohl blieb. Wahrscheinlich, dachte er bitter, hätten sie einen, wenn man danach gefragt hätte, auch in diesem Punkt angelogen. Plötzlich erfaßte ihn ein schreckliches Verlangen, daß er vor innerer Erregung zu zittern begann: den einzigen Menschen, den er auf der Welt noch hatte, in die Arme zu nehmen, das schwächliche Wesen, zu dem er nur mit den Augen sprechen konnte, seinen entstellten Körper schützend an sich zu pressen. Und das Kind fortzuschaffen aus dieser Stadt, so weit er nur konnte.

Er war so verloren in der Erinnerung an die rührenden Bemühungen der Kleinen, »Stille Nacht« zu singen, daß er gar nicht den Kriminalbeamten in Zivil bemerkte, der auf den Wagen zukam. Ihm folgte ein junger Mann Mitte Zwanzig, in einer schwarzen Hose, hauteng wie die eines Ballettänzers, das wasserstoffblonde Haar zu einer Elvis-Presley-Frisur hochgeschaufelt. Er führte einen kupferfarbenen Boxer an einer Leine. Angelo stieg aus.

»Würden Sie Kommissar Rocchia wiederholen, was Sie mir gerade erzählt haben?« forderte ihn der Beamte in Zivil auf.

»Aber gewiß, selbstverständlich. Ich führte gerade meinen kleinen Aschoka spazieren.« Er deutete auf den Boxer. »Er muß viel ausgeführt werden, er braucht ja soviel Auslauf, das arme Schätzchen. Er wird einfach *wahnsinnig,* wenn er den ganzen Tag in meiner kleinen Wohnung eingesperrt ist, nicht wahr, Liebling?« Er bückte sich, um das Tier zu tätscheln, als Angelo ihm einen scharfen Blick zuwarf. »Ja, also ich war genau dort drüben.« Der zierliche junge Mann deutete auf die andere Straßenseite. »Und plötzlich hörte ich dieses schrammende Geräusch. Ich sah gerade noch, wie dieser gelbe Transporter davonraste, die Christopher

Street hinauf. Ich ging über die Straße und stellte fest, daß sie dem armen Mann, dem das Auto gehört, den Kotflügel angefahren hatten . . .«

»Und Sie haben den Zettel hinterlassen?«

»Ja.«

»War es ein Hertz-Transporter?«

»Ach, wissen Sie.« Der junge Mann war ratlos. »Ich habe keine Ahnung. Vielleicht war es einer, aber er fuhr so rasch davon. Und ich und Lastwagen, o je . . .«

»Großartig. Sie haben uns sehr geholfen.«

»War sonst noch jemand in der Nähe, der es beobachtet haben könnte.«

»Nun ja, zwei von diesen einfach gräßlichen Cruiser-Typen, die dort herumlungern.« Er deutete auf ein Schaufenster fast neben Angelos Corvette.«

»Kennen Sie sie?«

Der junge Mann wurde rot. »Ich habe mit solchen Leuten nichts zu tun. Sie treiben sich dort auf der andern Seite der Straße herum«, sagte er und deutete zum Fluß. »Dort drüben auf der alten Pier.«

Angelo winkte Rand. »Los«, kommandierte er, »wir müssen diese zwei Typen finden.«

Der Präsident der Vereinigten Staaten hatte recht gehabt. Es war nicht notwendig gewesen, die Israelis über die amerikanischen Vorbereitungen zu einem Einmarsch ins Westjordanland zu unterrichten. Der israelische Nachrichtendienst hatte die groben Umrisse der amerikanischen Aktionen fast im selben Augenblick entdeckt, als diese begannen. Ein Gewährsmann in der Rhein-Main-Basis der US-Luftwaffe in Wiesbaden hatte die Botschaft in Bonn vom Eintreffen der C5A-Transporter der Mobilen Eingreiftruppe unterrichtet. Das israelische Radar hatte die Bewegungen der amphibischen Streitmacht der Sechsten Flotte aufgenommen, die Schiffe waren auf ihrer Fahrt längs der libanesischen Küste in Richtung auf die Dschunieh-Bucht diskret aus der Luft überwacht worden.

Das aufschlußreichste und umfassendste Bild von den Absichten der Vereinigten Staaten hatte jedoch ein Mossad-Gewährsmann in König Husseins Palast in Amman geliefert, ein dem persönlichen Stab des Monarchen zugeteilter Oberstleutnant der Königlich-Jordanischen Luftwaffe. Yusi Avidar, der israelische Geheimdienstchef, der mit seinem geheimen Anruf die CIA auf die israelischen Pläne für einen Präventivschlag gegen Libyen aufmerksam gemacht hatte, trug die Informationen vor, die sein Agent über die Allenby-Brücke geschickt hatte. Wie ihre amerikanischen Pendants befanden sich die führenden Persönlichkeiten der israelischen Regierung seit mehr als vierundzwanzig Stunden in einer quasi-permanenten Krisensitzung; ihre Nerven waren aufs höchste strapaziert, jeder am Rand seiner Selbstbeherrschung.

»Sie sehen, meine Herren«, schloß General Avidar seinen Vortrag, »es gibt keinen Zweifel: Die Amerikaner kommen.«

»Spielen wir es augenblicklich der Weltpresse zu«, schlug Benny Ranan vor. »Dann sind sie sofort gestoppt. Die öffentliche Meinung wird den Präsidenten zwingen, gegen Gaddafi loszuschlagen.«

Yigal Yadin blickte ihn entgeistert an. »Haben Sie den Verstand verloren, Benny?« fragte er. »Wenn die Amerikaner erfahren, daß in New York vielleicht sechs Millionen Menschen wegen unserer Siedlungen umkommen werden, wird kein einziger im ganzen Land den Präsidenten seine Zustimmung verweigern, diese Siedlungen selbst zu beseitigen.«

»Verdammt noch mal!« Es war General Avidars Stimme. »Kann unsere Nation denn niemals zugeben, daß sie einen Fehler begangen hat? Wollen wir einen zweiten Holocaust erleben, nur weil wir nicht imstande sind, einen Fehlgriff einzugestehen und die Siedler selbst abzuziehen?«

»Unser Fehler war, daß wir gestern unseren Schlag gegen Libyen nicht zu Ende geführt haben«, sagte Ranan.

Begin wandte sich, ruhig wie immer, dem Geheimdienstchef zu. »Der allererste Fehler lag darin, daß Ihr Dienst unfähig war festzustellen, was dieser Mann trieb, weshalb wir ihm und seinem Projekt nicht den Garaus machen konnten, bevor er seine Bombe bekam.«

Der General begann zu protestieren, doch Begin schnitt ihm mit einer Handbewegung das Wort ab. »Ich habe die Berichte gelesen. Sie haben ihn nie ernst genommen. Nicht einmal, nachdem wir hinter das Zusammenspiel mit Pakistan gekommen waren. Er verfüge nicht über die technologischen Ressourcen, behaupteten Sie. Die Infrastruktur. Er sei nur ein Prahlhans und Großmaul. Er . . .«

Ein Assistent kam herein und unterbrach ihn. »Entschuldigen Sie«, sagte er zum Ministerpräsidenten, »der Bürgermeister von New York möchte Sie dringend sprechen.«

Angelo war angewidert von dem Anblick: die schmutzige, alte Pier, mit Abfällen und Unrat übersät; der düstere Raum, früher vermutlich der Zollschuppen; der halbnackte Mann, in der Ecke kauernd wie ein verängstigtes Tier; die zwei *Cruiser* in Lederjacken; der nietenbesetzte Ledergürtel, der von der Hand des einen baumelte. Der Kriminalbeamte machte einen Schritt in die Düsternis und blieb dann angeekelt stehen. Laß sie dir kommen, sagte er sich.

»Du da«, bellte er zu dem *Cruiser* mit dem Gürtel hin, »komm mal raus. Ich habe mit dir zu sprechen.«

Der Jüngling ging langsam und mißmutig auf die Tür und Angelos kraftvolle Gestalt zu. »Was soll denn das?« protestierte er. »Er ist erwachsen und will's ja selber, Herrgott. Wir haben heute Bürgerrechte, ist Ihnen das nicht bekannt?«

»Laß das«, sagte Angelo scharf. »Was ihr da drinnen treibt, interessiert mich nicht. Letzten Freitag hat dein Freund da einen gelben Transporter gesehen, der drüben an der Christopher Street einen Pontiac gerammt hat. Er sagt, du hast es auch beobachtet.«

»*Yeah*«, antwortete der junge Mann. Sein Kumpan stand jetzt dicht hinter ihm, schaute ihm feindselig über die Schulter und schlug sich herausfordernd mit dem Gürtel gegen die Innenfläche der Hand. Ihr Kunde kauerte noch immer in der dunklen Ecke. Er verbarg den Kopf in den Händen und schluchzte, vermutlich weil er überzeugt war, gleich verhaftet zu werden und beruflich ruiniert zu sein.

»Und was ist damit?« fragte der *Cruiser*.

»Ich möchte nur wissen, ob du dich noch an das Fahrzeug erinnerst.«

»Eine Hertz-Karre. Einer von ihren Transportern. Und?«

»Bist du dir ganz sicher, daß es ein Hertz-Transporter war?«

»Klar. Er hatte die blauen Streifen an der Seite.«

Angelo zog einen Hertz-Katalog aus der Tasche. Darauf war das ganze Angebot der Fahrzeuge abgebildet, welche die Firma im Gebiet von New York vermietete. »Könntest du mir vielleicht zeigen, welches Modell es war?«

»Das da.« Der Zeigefinger des Jünglings tippte auf die Abbildung des Transporters. Angelo warf Rand einen Blick zu und sah dann wieder den jungen Mann an.

»Vielen Dank, *kid*«, sagte er. »Nächstens bekommst du von mir eine Medaille für ordentliches Betragen.«

Er drehte sich um und rannte, gefolgt von Rand, von der Pier auf die West Drive, schlängelte sich durch den Verkehr und stürzte auf seinen Wagen zu.

Während Angelo Rocchia in seine Corvette kletterte, schwang sich nur zwölf Straßen weiter vor einem Eisenwarengeschäft, West 12th Street, ein anderer Mann auf die vordere Sitzbank eines Wagens, der am Randstein hielt. Kamal Dajani stellte fest, daß seine Schwester ihre blonde Perücke trug. Sie sah damit derart verändert aus, daß sie ihm wie eine völlig fremde Person vorkam. So, dachte er befriedigt, könnte sie kein Polizist identifizieren, nicht einmal wenn er eine Fotografie zur Hand hätte.

Laila bog nach rechts ab, in die Sixth Avenue und fädelte sich geschickt in den Verkehrsstrom ein. »Ist alles in Ordnung?« fragte sie und blickte dabei in den Rückspiegel, um zu sehen, ob sie verfolgt würden.

»Natürlich ist alles in Ordnung.«

»Im Radio ist noch nichts gekommen.«

»Ich weiß«, antwortete Kamal und musterte die Menge, die über die Straße hastete, um dem Gehverbot für Fußgänger zuvorzukommen. »Ich habe einen Transistor.«

»Du denkst nicht, daß die Amerikaner hart bleiben könnten, oder?«

Kamal schwieg, starrte auf das Menschengewimmel auf den Gehsteigen, auf die Weihnachtsdekorationen und die weißen Reklamefahnen, die mit Räumungsverkäufen und reduzierten Preisen Kundschaft lockten. Nichts, erkannte er, deutet hier darauf, daß irgendein Mensch in dieser Stadt auch nur ahnt, welche Gefahr ihr droht.

Nervös zündete Laila sich eine Zigarette an. Sie versuchte, mit aller Konzentration zu fahren, denn dies war nicht der richtige Augenblick, jemandem den Kotflügel zu rammen, wie Kamal es mit seinem Transporter passiert war.

»Wie denkst du eigentlich darüber, Kamal?« fragte sie, als sie wieder vor einer Ampel anhielt.

»Worüber?«

»Über die Bombe, mein Gott! Darüber, was geschehen wird, wenn die Amerikaner nicht nachgeben. Spürst du denn gar nichts? Triumph oder Rachedurst oder Reue oder sonst was?«

»Nein, Laila, ich fühle nichts, gar nichts. Ich habe mir das Fühlen schon vor langer Zeit abgewöhnt.«

Wieder verfiel er in sein brütendes Schweigen und starrte geradeaus in Richtung auf den grauen Fleck des Hudson River. Dann setzte er sich plötzlich auf, und sah seine Schwester an.

»Nein«, sagte er, »das war verkehrt. Ich fühle doch was. Haß! Bisher dachte ich, ich tue das für Palästina oder für unsere Sache oder für unseren Vater oder weiß Gott sonst was. Aber heute nacht ist mir klargeworden, daß der wahre Grund ein anderer ist: Haß. Ich hasse diese Menschen und die Welt, wie sie sie für uns eingerichtet haben, mit ihrem Fernsehen und ihren Kinos und ihren Banken und ihren Autos und ihren verdammten Touristen in ihren weißen Hemden und Strohhüten, wie sie mit ihren Kameras über unsere Monumente klettern und nach ihrem Willen die Welt in den letzten dreißig Jahren regiert haben — in *meinen* dreißig Jahren!«

»Mein Gott!« Seine Schwester überlief ein Schauer. »Warum haßt du sie denn so sehr?«

»Haß braucht keine Gründe, Laila«, antwortete Kamal. »Das ist ja das Lästige an Menschen wie dir und Whalid. Ihr braucht immer Gründe.« Zornig packte er die Karte von New York, die zwischen ihnen auf der Sitzbank lag. Sie waren nun im Verkehrsstrom aus der Innenstadt hinaus gelangt und fuhren die West Side Drive nach Norden. »Nimm nicht den gleichen Weg wie letztesmal«, befahl er seiner Schwester.

»Warum?«

»Weil ich nicht durch diese Mautstellen fahren will. Wenn sie nach uns fahnden, dann lauern sie bestimmt dort.«

Nichts von all den Bitten und Drohungen, kraftmeierischen Reden und Argumenten, die Menachem Begin seit dem ersten Anruf des Präsidenten, nur sechsunddreißig Stunden vorher, gehört hatte, war ihm so zu Herzen gegangen, wie ihn jetzt die Worte des Bürgermeisters von New York bewegten. Begin war dem Bürgermeister zweimal begegnet; einmal während eines New-York-Besuches, wo er an einem Spendenbankett teilnahm, und später, als Abe Stern, begleitet von einer Gruppe New Yorker Zionisten, Israel besucht hatte.

In Jerusalem war bereits die Sonne untergegangen, und Begin saß an seinem Schreibtisch und hörte dem Bürgermeister zu. Was sage ich diesem Mann auf seine Worte, fragte sich Begin, wie soll ich eine Antwort geben, wo es keine gibt?

»Hören Sie, Mr. Begin«, sagte Stern gerade, »ich flehe Sie an im Namen jedes Mannes, jeder Frau, jedes einzelnen Kindes in unserer Stadt, im Namen von Italienern, Iren, Schwarzen, Portorikanern und was sonst noch. Warum, glauben Sie, hat er die Bombe hier verstecken lassen, warum nicht in Los Angeles oder Chicago oder Washington? Weil er weiß, daß hier drei Millionen Juden leben, mehr als in Israel. Deswegen hat er es getan.«

»Das ist ja der Kern dieser Tragödie«, unterbrach ihn Begin. »Ein Despot hat es geschafft, den Bruder gegen den Bruder, den Freund gegen den Freund zu hetzen, so wie einst römische Kaiser zu ihrer Belustigung ihre Gefangenen gezwungen haben, einander in den Arenen niederzumetzeln.«

»Der Kern der Tragödie, Mr. Begin«, sagte der Bürgermeister mit vor Zorn und Sorge zitternder Stimme, »ist ein ganz anderer. Er liegt in der Weigerung Ihrer Regierung, eine Handvoll jüdischer Siedler aus Gebieten zu entfernen, die uns einmal vor zweitausend Jahren, aber seither nicht mehr gehört haben. Und in eurem Fehler, daß ihr sie überhaupt hingeschickt habt.«

»Mein lieber Freund«, sagte Begin eindringlich zu Stern, »glauben Sie mir bitte, daß ich Ihre Sorge, Ihre Angst, Ihren Zorn von ganzem Herzen teile. Die gleichen Gefühle bewegen auch uns, seit diese furchtbare Schicksalsprobe begonnen hat. Aber Sie und der Präsident sprechen ja nicht von den Siedlungen, Sie sprechen von nicht mehr und nicht weniger als dem Fortbestand unserer Nation. Sie fordern von uns, daß wir diese Gebiete Leuten übergeben, die sich geschworen haben, uns zu vernichten. Sie verlangen damit, daß wir als Nation Selbstmord begehen. Unser Volk, Mr. Stern, jener Teil, der hier lebt, war in den Konzentrationslagern. Wir waren 1948 auf der Straße nach Jerusalem. Wir waren 1956 im Sinai. Wir waren 1967 auf dem Golan. Wir haben 1973 am Suezkanal gekämpft. Die Opfer, die wir gebracht, unser Blut, das wir auf diesen Schlachtfeldern vergossen haben, gaben unserer Existenz Würde — und Ihrer auch. Sie gaben uns auch das Lebensrecht als Nation, Mr. Stern, und dieses Recht können und werden wir nicht preisgeben.«

»Hören Sie, Mr. Begin, das ist alles großartig, aber niemand verlangt von euch, daß ihr Selbstmord begeht. Wir verlangen von euch lediglich, daß ihr schleunigst Gebiete räumt, die euch ohnehin nicht gehören. Laßt doch auch den armen Palästinensern einen Platz an der Sonne. Das wird Gaddafi zufriedenstellen, und meine New Yorker sind gerettet. Gaddafi werden wir uns hinterher vornehmen, aber ich muß die Menschen meiner Stadt retten. Menschenleben gehen allem anderen vor. Wenn ich in der Hölle dieser Stunden nichts anderes gelernt habe, dann jedenfalls das. Die Menschen kommen zuerst. Alles übrige ist nicht so wichtig.«

»Tut mir leid, Herr Bürgermeister.« Begin hatte die Brille auf den Schreibtisch gelegt und rieb sich erschöpft den Nasenrücken. »Aber das übrige *ist* wichtig. Es geht auch um Prinzipien. Wenn wir die Prinzipien, nach denen wir leben, durch Feigheit oder aus Berechnung oder aus Furcht oder weiß Gott sonst was zerstören, zerstören wir das Fundament unserer Existenz. Unsere Väter haben uns eine zivilisierte Ordnung hinterlassen, bei all ihren Mängeln. Wollen wir unseren Kindern das Chaos und den Dschungel hinterlassen?«

Ein paar Räume von dem Zimmer entfernt, in dem Abe Stern gerade sein Telefonat mit Jerusalem beschloß, versammelte sich die kleine Gruppe der Männer, die die Fahndungsoperation leiteten, zu einer eilends einberufenen Besprechung um Quentin Dewings Konferenztisch. Zum erstenmal war eine unterschwellige Hysterie bemerkbar, ein erster Hauch von Panik angesichts des gewaltigen Fiaskos, das sich abzeichnete. Noch verschlimmert wurde die Katastrophenstimmung durch die Anrufe, mit denen sich alle Viertelstunde das Weiße Haus meldete und nervös nach Neuigkeiten fragte, was schmerzlich klar erkennen ließ, wie nahe man auch in der Regierungszentrale einer Panik war.

Dewing wartete nicht einmal, bis alle Platz genommen hatten, als er sich schon Al Feldman zuwandte. Der New Yorker Kripochef sah schrecklich mitgenommen aus. Sein blasses Gesicht war grau geworden, sein Hemd stank nach dem Schweiß, den es in den letzten sechsunddreißig Stunden aufgenommen hatte. Seine Stimme zitterte, als er Dewings zweifelnde Frage nach Angelo Rocchia beantwortete. »Er gehört zu meinen zuverlässigsten Leuten.«

Der Kripochef brauchte nicht mehr zu sagen, denn in diesem Augenblick kam Angelo selbst, gefolgt von Rand, in den Raum.

»Setzen Sie sich«, sagte Dewing zu dem Kriminalbeamten und deutete auf einen Stuhl am Ende des Tisches, »und erzählen Sie uns Ihre Geschichte.«

Angelo ließ sich auf den Stuhl fallen und knöpfte sich den Kragenknopf auf. Er war von der Christopher Street in die Innenstadt gerast, aus seinem Wagen gestürzt, in Dewings Konferenzzimmer gespurtet und rang jetzt nach Atem. Er war zum erstenmal in dieser unterirdischen Befehlszentrale, und das hektisch-nervöse Treiben ringsum — Männer rannten umher, schrien einander etwas zu, Türen wurden zugeschlagen, Telefone läuteten, Funkempfänger knisterten, Fernschreiber tickten — sagte ihm alles über den Ernst der Lage.

So rasch und knapp, wie er konnte, umriß er den Hintergrund seiner Idee, die Geschichte des Colgate-Vertreters, die Verbindung, an der alles andere hing: der Zeitpunkt, zu dem der Wächter an der Brooklyn Pier den Transporter zum Tor hinausgelassen hatte, die Zeit, die man von der Pier bis zur Christopher Street brauchte, seine einigermaßen präzise Vorstellung, wann der Wagen des Vertreters angefahren worden war.

An der Wand hing eine Karte von Manhattan. Angelo fuhr darauf mit dem Zeigefinger die Christopher Street entlang, vom Hudson River bis zum Herzen von Greenwich Village.

»Wenn das der Transporter war, nach dem wir suchen, dann muß vernünftigerweise das Faß sich irgendwo hier befinden, zwischen der 14. Straße im Norden, der Houston Street im Süden, dem Hudson im Westen und der Sixth oder vielleicht Fifth Avenue im Osten. Andernfalls wären sie die East Side heraufgekommen. Er umfuhr, während er sprach, dieses Areal mit den Fingerspitzen.

»*Wenn* das der Transporter ist, nach dem wir suchen.« Die Worte kamen von Dewing. »Und hinter diesem Wenn steht ein großes Fragezeichen.« Er wandte sich Harvey Hudson zu. »Wie viele Hertz-Nutzlastfahrzeuge, sagten Sie, zirkulieren in der Stadt?«

»Ungefähr fünfhundert, Mr. Dewing.«

»Und wie viele davon sind Transporter?«

»Mehr als die Hälfte.«

Dewings Blick wanderte wieder zu Angelo. »Und Sie haben sich diesen einen vorgenommen, nur weil Sie sich sagten, Araber wissen nicht, wie man auf Schnee fährt?«

Angelo hatte bereits eine starke Abneigung gegen den FBI-Mann gefaßt. »Ja«, antwortete er, ohne sich zu bemühen, den feindseligen Ton in seiner Stimme zu verbergen. »So ist es.«

Dewing betrachtete nachdenklich die Karte hinter dem Kriminalbeamten. »Das ist eine Fahrstrecke von etwa sechs Kilometern, nicht wahr?«

Angelo blickte zu Feldman hinüber, um Rückhalt suchend, und nickte dann.

»Das Fahrzeug hatte 410 Kilometer auf dem Tageskilometerzähler, als es zurückgebracht wurde, habe ich recht?«

»Na und? Wenn man mit dem Zeug herumfährt, das die in diesem Faß hatten, will man es als allererstes dorthin bringen, wohin es gebracht werden soll. Dann schafft man die anderen Fässer nach Queens hinaus. Dann fährt man vielleicht den ganzen Nachmittag den Long Island Expressway auf und ab, um der Polizei die Sache schwerzumachen. Mein Gott, was weiß denn ich?«

»Harvey?« fragte Dewing, »wann bekommen wir diesen Farbvergleich?«

»In einer Stunde.«

Der FBI-Fahndungschef verzog das Gesicht. »Diese Stunde haben wir nicht. *Chief*«, fragte er Feldman, »was sagen Sie zu dieser Sache. Er ist ja Ihr Mann. Können wir dieses Areal Haus um Haus durchsuchen?«

»Das Gebiet ist groß«, antwortete Feldman. »Ein paar hundert Häuserblocks. Außerdem ein verfluchtes Rattennest, dieses Viertel. Aber was haben wir sonst in der Hand?«

»Sie sind sich bewußt, daß wir, wenn wir dieses Areal binnen Stunden durchsuchen wollen, unsere sämtlichen Kräfte ausnahmslos dafür einsetzen müssen? Daß uns dann für andere Aktionen nichts mehr übrigbleibt?«

Der Kripochef sah auf seine Armbanduhr. »Sehen Sie eine bessere Möglichkeit, die Zeit zu nutzen, die wir noch haben?«

Dewings Lippen verzogen sich vor Unruhe und Unentschlossenheit. Die Entscheidung war schrecklich. »Gott stehe uns bei, wenn wir auf der falschen Spur sind.«

Er wollte schon die Fahndungsaktion anordnen, da unterbrach ihn Harvey Hudson. Auf seinem Schoß lag aufgeschlagen ein gelbes Telefonbuch. »Einen Moment noch, Mr. Dewing. Die Firma Hertz hat eine Filiale weiter oben an der Straße, wo der Unfall stattfand. Da müssen doch die ganze Zeit Transporter hin und her fahren.«

Einen Augenblick lang herrschte bestürztes Schweigen, dann ging Dewing in die Luft.

»Großer Gott im Himmel!« schrie er Feldman an. »Sie lassen diesen alten Trottel von einem Kriminalbeamten hierherkommen und bringen uns um ein Haar dazu, alle unsere Kräfte auf einen einzigen Teil der Stadt zu konzentrieren, und er hat nicht einmal das überprüft? Ihr zuverlässiger Mann!«

Angelo war aufgesprungen, ehe der bestürzte Feldman antworten konnte. Er riß sein Notizbuch aus der Tasche, schlug es auf, riß ein Blatt heraus, knüllte es in der Faust zusammen und schleuderte es zu Dewing hin. »Hier, mein Herr, Ihren Scheißnamen hab' ich vergessen«, brüllte er. »Hier ist eine Liste der Hertz-Fahrzeuge, die am letzten Freitag diese Filiale verlassen haben und wieder zurückgekommen sind. Einer raus am Vormittag um 8.17 Uhr, zwei am Nachmittag zurück.«

Angelos Nacken verdrehte sich mit den ruckartigen Bewegungen eines Mannes, der sich von einem Friseurstuhl erhebt, während er seinen Kragenknopf zuzuknöpfen begann. »Ich bin vielleicht ein alter Trottel, *Mister*, aber ich sage Ihnen, was Sie sind. Sie sind ein ganz niederträchtiger Lügner. Sie haben uns doch von Anfang an hinters Licht geführt! Uns hinausgeschickt wie Blinde, weil Sie kein Vertrauen zu uns hatten.« Angelo deutete auf den verdatterten Rand. »Dem vertrauen Sie, weil er einer von Ihnen ist, weil er aus Washington kommt. Zu mir haben Sie kein Vertrauen. Zu den Leuten droben auf den Straßen, zu denen, von denen dieses Ding nichts übriglassen wird, haben Sie kein Vertrauen. Was kümmern die Sie? Sie sitzen ja sicher hier in diesem Keller. Aber die . . .«

»Rocchia!« rief Bannion gebieterisch, aber Angelos Empörung ließ sich nicht mehr zügeln. Wie vierundzwanzig Stunden vorher vor dem Hehler Benny stand er nun dräuend vor Dewing. »In diesem Faß ist ja gar kein Chlorgas. Sondern eine Atombombe, die unsere Stadt ausradieren wird und die Menschen dazu.«

Angelo hielt inne, seine Brust hob und senkte sich. Er spürte, wie die

Wut, der er soeben freien Lauf gelassen hatte, sein Herz mitriß. »Schön«, sagte er, endlich mit beherrschter Stimme. »Ich habe Ihnen gesagt, wo Sie Ihre Bombe finden können. Suchen Sie sie dort oder lassen Sie's bleiben. Mir ist es egal, weil für mich die Sache gestorben ist. Sie haben kein Vertrauen zu mir, *Mister*, egal, scheiß drauf. Ich habe auch keines zu Ihnen.«

Bevor einer der bestürzten Männer in dem Raum reagieren konnte, war der Kriminalbeamte schon hocherhobenen Hauptes an Dewing vorbeigeschritten, hatte die Tür geöffnet und krachend hinter sich zugeschlagen.

»Al«, befahl der Polizeipräsident seinem Kripochef. »Laufen Sie ihm nach, um Gottes willen! Wir können nicht zulassen, daß er durch die Stadt rennt und das mit der Bombe in die Gegend posaunt.«

Der Präsident hatte vier neue Gesichter in den Kreis seiner erschöpften Berater im Konferenzraum des Nationalen Sicherheitsrates eingeführt: den Vorsitzenden des Senatsausschusses für Auswärtige Angelegenheiten, die Führer der Mehrheit und der Minderheit im Senat und den Sprecher des Repräsentantenhauses. Er hatte die vier Männer unterderhand über die Entwicklung der Krise auf dem laufenden gehalten, doch nun, da der schicksalsschwere Augenblick der Entscheidung gekommen war, wollte er sie direkt daran beteiligen.

Einen nach dem anderen hatte der Präsident diese vier Männer in den Raum gerufen und sie um ihre Meinung gebeten. Am anderen Ende des Konferenztisches resümierte der Außenminister in der ihm eigenen bündigen Art ihre praktisch einstimmige Empfehlung.

»Wir können nicht zulassen, Herr Präsident, daß sechs Millionen Amerikaner sterben, nur weil ein anderes — wenn auch befreundetes — Land sich weigert, die Folgen einer Politik zu korrigieren, gegen die wir von jeher waren. Lassen Sie die *Marines* und die Mobile Eingreiftruppe landen. Beteiligen Sie die Sowjets an unserem Vorgehen, um die Israelis zu immobilisieren. Informieren Sie Gaddafi über unsere Aktion und lassen Sie ihn das Unternehmen durch seine Botschaft in Damaskus verfolgen. Damit wird New York gerettet, und wenn wir diese Drohung entschärft haben, können wir uns ihn vorknöpfen.«

Den Worten des Außenministers folgt ein leiser Chor von gehustetem und geräuspertem Beifall. Der Präsident dankte ihm gemessen. Dann glitt sein Blick über die Gesichter um den Tisch und betrachtete die düsteren Mienen. »Harold«, sagte er zum Verteidigungsminister, »ich glaube, Sie haben sich als einziger noch nicht geäußert.«

Harold Browns Ellenbogen ruhten auf dem Tisch, die Schultern waren nach vorn gesunken, wie niedergedrückt von der Bedeutungsschwere dessen, was er nun beitragen würde. Brown war Kernphysiker, ein Mitglied der Hohenpriesterschaft jener Männer, denen die Menschheit die Geißel und den Segen des gespaltenen Atoms verdankte. Mit wachsender Unruhe hatte er zugesehen, wie die zivilisierte Welt träge und leichtsinnig diesem unvermeidlichen Ende entgegengetrieben war, jenem Punkt, an dem ein Fanatiker mit einer Nuklearbombe seinen Willen durchsetzen konnte, gegen den es keinen Widerstand mehr gab.

»Herr Präsident«, begann er, tief Luft holend. »Die letzte Krise, die ich hier in diesem Raum erlebt habe, war die Krise um den Iran, und die Ereignisse dieser Tage stehen mir noch immer schmerzlich vor Augen. Unser Land, Herr Präsident, war damals dringend auf Freunde angewiesen, und ich darf Sie daran erinnern, daß nur ein einziger zu uns stand: Israel. Als es hart auf hart ging, waren die Israelis unsere einzigen Freunde. Die Saudis und die Ägypter vielleicht auch, auf ihre Weise. Vor allem aber sind die Israelis uns beigesprungen.

Unsere sogenannten Verbündeten, die Deutschen, die Franzosen haben gezögert, als wir sie brauchten, als wir sie aufforderten, sich uns anzuschließen. Sie hatten solche Angst um ihre Ölversorgung, daß sie bereit waren zuzusehen, wie unser Land gedemütigt und lächerlich gemacht wurde. Wir sollten nur um Gottes willen nicht ihr friedliches Leben stören. Das waren Augenblicke, die ich nicht vergessen kann, Herr Präsident. Sollen wir nun unsere Waffen gegen das einzige Volk kehren, das uns zur Seite stand, als wir es brauchten? Auf Geheiß eines Diktators, der uns, unsere Nation und alles, was wir vertreten, mit abgrundtiefem Haß verfolgt?

Ich denke genauso wie alle über diese Siedlungen, über die Intransigenz der Israelis in vielen Punkten. Doch hier, Herr Präsident, geht es nicht mehr nur um die Siedlungen. Es gibt moralische Fragen und Prinzipien, die jeder Diskussion entzogen sind, und hier haben wir es mit einem solchen Fall zu tun. Es gibt einen Punkt, über den ein Land, ein Mann nicht hinausgehen kann, ohne seine Würde, seine Selbstachtung zu verlieren. Und ich sage, wir haben diesen Punkt erreicht.«

Schweigen, ein schmerzliches, aus tiefster Sorge kommendes Schweigen erfüllte den Raum, als Brown geendet hatte. Der Präsident erhob sich. Er blickte auf die Uhr an der Wand gegenüber.

»Danke, meine Herren«, sagte er. »Ich möchte mir einen Augenblick im Rosengarten durch den Kopf gehen lassen, was Sie mir gesagt haben.«

Al Feldman holte Angelo ein, als dieser gerade die Befehlszentrale hinter sich gelassen hatte.

»Angelo«, murmelte er und nötigte ihn, sich auf einen Stuhl zu setzen. »Sie waren im Recht. Die haben Sie wirklich angelogen. Aber sie konnten nicht anders.« Geduldig erläuterte der Kripochef die Einzelheiten von Gaddafis Drohung. »Dewing wollte gar nicht so auf Sie losgehen, aber Sie müssen verstehen, welcher Belastung wir alle ausgesetzt sind.«

Angelo blickte seinem Boß in die Augen, in denen Furcht stand. »Es tut mir leid, *Chief*. Es war nicht er. Es ist meine eigene Schuld. In den letzten paar Tagen sind mir einige andere Dinge auf der Seele gelegen.«

»Wo wollten Sie jetzt hin?«

»Zum Kennedy Center. Mein Kind sehen.«

Der Kripochef zog eine Camel aus der zerknautschten Packung, zündete sie an und machte mit einem mitfühlenden Seufzer den ersten Zug. In der Abteilung war bekannt, wie sehr Angelo an seiner mongoloiden Tochter hing. »Und die Kleine hier wegschaffen?«

»Ja.«

Feldman legte die zitternde Hand auf die Schulter seines Beamten. Er drückte sie sanft. »Okay, Angelo, fahren Sie zu ihr. Wenn sich jemand eine Fahrkarte nach Connecticut verdient hat, dann Sie. Nur, behalten Sie die Sache für sich, okay? Ich gehe jetzt wieder hinein und drücke Ihre Idee durch, weil ich überzeugt bin, daß Sie recht haben.«

Angelo hielt Feldman die Hand hin. »Danke, *Chief*«, sagte er. Dann ging er nach rechts davon an den Wachen vorbei, auf die Treppe zu, der Sicherheit entgegen.

Die Männer um Dewings Tisch diskutierten noch immer Angelos Idee, als Feldman leise zurückkam. Er zeigte Bannion mit einer diskreten Handbewegung an, daß die Situation im Griff sei, und nahm seinen Platz wieder ein.

Er war noch dabei, den Anschluß an die Debatte zu finden, als ein Kriminalbeamter in Zivil hereinkam und ihm einen Zettel vorlegte.

»Großer Gott!« rief er, als er die Meldung gelesen hatte. »Rocchia hat recht gehabt!«

Er sprang auf und stürmte zu der New-York-Karte an der Wand. »Einer unserer Leute von der Sitte hat eine minderjährige Prostituierte vernommen, die genau hier an einem Brownstone-Haus ihren Standplatz hat.« Die Männer um ihn sahen verblüfft, wie er auf die Karte hämmerte. »Sie identifizierte einen dieser drei Araber — den, den sie Kamal nennen — als einen ihrer Freier von gestern abend.«

»Ist sie sich denn sicher?« erkundigte sich Bannion. »Diese Mädchen dort haben ja allerhand Kundschaft.«

»Absolut sicher. Anscheinend ist er ein Sadist, weil er sie mißhandelt hat, während er sie hernahm.« Feldman sah wieder auf die Karte. »Das ist kurz vor der Fifth Avenue. Genau in der Ecke des Areals, das Rocchia uns genannt hat.«

Seine Worte hatten eine galvanisierende Wirkung auf die Männer in dem Raum. Hudson wäre am liebsten aufgesprungen und in Jubel ausgebrochen. Auf Bannions Gesicht lag ein Lächeln, als hätte er soeben in der Lotterie einen Riesengewinn erzielt.

»Chief«, fragte Dewing, »wie lange würde es dauern, dieses Areal zu durchsuchen, das Ihr Mann uns angegeben hat?«

Feldman warf einen prüfenden Blick auf die Karte. »Wir dehnen die Suche vorsichtshalber bis zum Broadway aus.« Er legte eine Pause ein, während er rasch Berechnungen anstellte. »Zwölf Stunden. Geben Sie mir zwölf Stunden Zeit und wir finden dieses gottverdammte Ding. Das verspreche ich Ihnen.«

Doch an diesem Dienstag, dem 15. Dezember, standen keine zwölf Stunden mehr zur Verfügung. Nur noch zwei. Fünf qualvolle Minuten waren die Männer im Konferenzraum des Nationalen Sicherheitsrates stumm dagesessen und hatten auf die Rückkehr ihres Chefs gewartet. Nur Jack Eastman war mit ihm nach oben gegangen. Doch auch er hatte ihn nur bis zur Tür des Oval Office begleitet. Er war dem Präsidenten mit den Blicken gefolgt, während dieser auf der Einfahrt hin und her schritt. Der Kopf war ihm tief auf die Brust gesunken, während er mit sich zu Rate ging, meditierte, betete oder tat, was sonst noch die Führer großer Staaten in der unerträglichen Einsamkeit ihrer Machtstellung tun. Er hatte kein einziges Wort zu Eastman gesagt, als er zurückkam.

Nun stand er am Ende des Konferenztisches, die Fäuste noch immer in den Taschen. Äußerlich ruhig, doch sichtlich entschlossen, versuchte er genau die rechten Worte zu finden, nach denen er suchte.

»Meine Herren«, sagte er schließlich ganz leise, beinahe flüsternd. »Ich bin zu einer Entscheidung gelangt. Sie ist bestimmt die schwerste, die jemals ein Mann in meinem Amt treffen mußte, aber ich habe die tiefe und felsenfeste Überzeugung, daß mir keine andere übrigbleibt. Ich bin, zum Besseren oder zum Schlechteren, der Präsident von 230 Millionen Amerikanern, und sosehr mir auch das Schicksal von New York und all seinen Menschen am Herzen liegt, so bin ich doch unserem ganzen Land und all seinen Bürgern verantwortlich. Wir sehen uns, wenn wir es genau betrachten, einem kriegerischen Akt gegen unser Land gegenüber. Wenn wir vor dieser Drohung in die Knie gehen, wenn wir uns der Erpressung beugen und uns bereitfinden, unsererseits einen der zuverlässigsten Bundesgenossen unseres Landes zu erpressen, dann geben wir unser Vätererbe auf und verurteilen uns selbst dazu, früher oder später vernichtet zu werden — so sicher, wie die Sonne heute abend untergehen wird.«

Er legte eine Pause ein, und holte tief Luft. »Es ist jetzt ein Uhr. Gaddafis Ultimatum läuft um drei Uhr ab. Admiral Fuller, ich wünsche, daß die Poseidon-Raketen auf den U-Booten im Mittelmeer auf Libyen gerichtet werden. Alle, ohne Ausnahme. Tun Sie, was Sie können, um Ägypten und Tunesien möglichst mit dem Fallout ihrer Explosion zu verschonen.

Mr. Peabody«, sagte er zu seinem Außenminister, »bereiten Sie dringende Botschaften an die Vorsitzenden der Kommunistischen Parteien der Sowjetunion und Chinas, an Mr. Begin, Giscard, Helmut Schmidt und Mrs. Thatcher vor, in denen ihnen die Gründe für unser Vorgehen mitgeteilt werden. Machen Sie allen klar, daß wir in dieser Krise ihre volle Unterstützung erwarten. Senden Sie diese Botschaften ab, sobald unsere Aktion beginnt.«

Er blickte ans andere Tischende, zum Vorsitzenden des Stabschef-Gremiums, der aschgrau im Gesicht war. Die Fingerspitzen des Admirals auf der Tischplatte zitterten sichtbar.

»Wenn wir bis zwei Uhr dreißig unserer Zeit diese Bombe nicht gefunden und entschärft haben oder Gaddafi sich nicht bereitgefunden hat, sein Ultimatum zu verlängern, dann, Admiral Fuller, werden Sie mit diesen Raketen Libyen vernichten.«

»Nein, Mr. Rocchia! Was für eine freudige Überraschung!« Die kleine Nonne vom Schwesternorden des heiligen Vincent de Paul sah den Kriminalbeamten in der Halle des Kennedy Child Study Center erfreut, doch erstaunt an. »Was führt Sie denn zu dieser Tageszeit hierher? Nichts Unangenehmes hoffentlich?«

»Nein, Schwester.« Er trat nervös-verlegen von einem Bein aufs andere. »Ich muß Maria auf ein paar Tage mitnehmen. Um Angehörige droben in Connecticut zu besuchen.«

»Aber wirklich, Kommissar, das ist sehr ungewöhnlich. Ich weiß nicht, ob die Mutter Oberin . . .«

Angelo unterbrach sie. »Es ist dringend, Schwester. Die Schwester meiner Frau ist auf zwei Tage von weit drüben aus dem Westen gekommen. Sie hat Maria noch nie gesehen.« Er blickte ungeduldig auf seine Uhr. »Bitte, mir eilt es sehr. Würden Sie so freundlich sein, ihre Sachen zusammenzupacken?«

»Könnten Sie sie nicht wenigstens den Rest des Nachmittags noch hierlassen?«

»Nein, Schwester.« Die Stimme des Kriminalbeamten wurde wieder leicht gereizt. »Ich sage Ihnen doch, daß es mir sehr eilt.«

»Schon gut«, antwortete sie. »Vielleicht warten Sie am Fenster zum Spielplatz, während ich sie und ihre Sachen hole.«

Sie führte den Kriminalbeamten zu einem Erkerfenster, das auf einen Innenhof mit Kinderspielplatz führte. Jedesmal wenn Angelo durch dieses Fenster schaute, spürte er, wie ihm die Tränen in die Augen traten. Es war ein Spielplatz wie jeder andere in der Stadt, mit Wippen und Schaukeln, einem Klettergestell und Sandkästen. Die Kinder, die hier spielten, waren ein bißchen jünger als Maria, wahrscheinlich aus einer Klasse tiefer. Er sah ihnen zu, von schmerzlichem Mitleid bewegt. Fühlte die Qual in den verzerrten Gesichtern mit, den Schmerz, den ihre deformierten Münder ausdrückten, die Bitterkeit, die in diesen kleinen Körpern tobte, weil die Finger nicht gehorchten, die Beine, wenn sie einen Schritt tun sollten, nur unsicher zu wanken vermochten. Er konnte die Anfälle der Traurigkeit in diesen hellen Kinderaugen erkennen, das stumme Barometer ihrer Auflehnung gegen die Ungerechtigkeiten des Lebens. Wie oft hatte er es schon in den Augen seiner eigenen Tochter gesehen!

Die Kinder auf dem Spielplatz hatten Angelo gesehen, und einige von ihnen stellten sich im Halbkreis um das Fenster auf. Sie schauten zu ihm herein, ihre Körper verrenkten sich unter den Gesten der Neugier, den Versuchen, ihm zuzuwinken. Er würde Maria fortbringen können, in Sicherheit, sie aber mußten bleiben.

Und seit er die hektisch erregte, geradezu hysterische Atmosphäre in der Befehlszentrale erlebt hatte, war ihm klar, daß diesmal vielleicht doch nicht alles gut ausgehen würde wie im Fernsehen, wo der Täter in den beiden letzten Minuten geschnappt wird und die Fortsetzung in der nächsten Woche die nächste Episode bringt. Vielleicht gab es keine nächste Woche mehr für diese Stadt und für diese Kinder.

Fünf Minuten nachdem sie entschwunden war, kehrte die Nonne zurück, Marias Hand umklammernd. Doch Angelo war nicht mehr an dem Fenster zum Spielplatz. Die Nonne führte Maria in die Eingangshalle, aber auch hier fand sie ihn nicht. Ungeduldig ging sie zur Tür und blickte hinaus auf die 67. Straße, hin zu der Stelle, wo er immer vorschriftswidrig seine Corvette parkte. Der Wagen war verschwunden.

Weit droben im vieh- und holzreichen nördlichen Minnesota, nur ein paar Kilometer südlich der kanadischen Grenze und nahe der kleinen Stadt Great Falls, findet man ein Areal in amerikanischem Staatsbesitz. Das Tor wird diskret von bewaffneten Männern bewacht, die angeblich im Dienst des Ministeriums für Forsten und Fischfang stehen, und das Reservat selbst besteht aus mehreren Hektar sanfthügeligen Landes, teils bewaldet, teils bepflanzt und zum Teil anscheinend als Weideland gedacht; all dies umgibt ein Stacheldrahtzaun.

Die Wächter sind in Wahrheit Untergebene des Verteidigungsministeriums, und der viele Kilometer lange Stacheldrahtzaun dient als eine riesige Sendeantenne für den Funksender, über den die raketenbestückten Unterseeboote der amerikanischen Kriegsmarine ihre Befehle erhalten. Die Anlage, die laufend sendet, arbeitet mit Niedrigfrequenzen, Frequenzbändern, die erheblich unter 10 MHz liegen, weil Langwellen dieser Art allein über die Fähigkeit verfügen, Wasser bis zu den großen Tiefen zu durchdringen, in denen die Unterseeboote liegen. Jedes auf dem Meeresgrund stationierte U-Boot hat seine eigene Antenne. Sie besteht aus einem dünnen Draht, der ebenso lang ist wie der drei Kilometer lange Stacheldrahtzaun im nördlichen Minnesota, woher es seine Funksprüche erhält.

Exakt um 13.04 Uhr, weniger als neunzig Sekunden nachdem der Präsident seinen Befehl erteilt hatte, reagierten zwei Unterseeboote — die *USS Henry Clay* und die *USS Daniel Webster* —, das eine in einer tiefen Meeresrinne unterhalb von Sizilien, das andere zwanzig Meilen südöstlich von Zypern, auf eine Veränderung in dem ständig wechselnden Funkmuster, das der Zaun in Nord-Minnesota ausstrahlte. Die Funker in beiden U-Booten brachten die Funksprüche, von den Bordcomputern ihrer Schiffe automatisch entschlüsselt, zu ihrem jeweiligen Offizier vom Dienst, der sie dann seinerseits dem Kapitän überbrachte.

Die Kapitäne und ihre Adjutanten öffneten mit zusammengehörigen Schlüsselpaaren die Einsatz-Safes ihrer Schiffe und entnahmen ihnen die vorprogrammierten IBM-Lochkarten. Sie schoben sie in die Lochkartenleser der Computer ein, welche die sechzehn Poseidon-Raketen beider U-

Boote steuerten. Diese IBM-Karten enthielten sämtliche Daten, die notwendig waren, um die Raketen auf die Ziele in Libyen loszuschicken, die auf den Karten so akkurat angegeben waren, daß keiner der Flugkörper mehr als dreißig Meter von seiner vorgesehenen Aufschlagstelle landen würde.

Sekunden später, um 13.07 Uhr, schickten beide Unterseeboote einen Funkspruch nach Minnesota zurück. Er lautete: »Raketen scharf gestellt und zielgerichtet. VESSEL IN DEFCON« — Schiff gefechtsklar.

Zur gleichen Zeit, als die Funksprüche der Unterseeboote gesendet wurden, traf eine Funkbotschaft aus Moskau in der Kommunikationszentrale des Weißen Hauses ein.

Wie immer traf die Mitteilung in zwei Sprachfassungen ein, die erste im originalen Russisch, die zweite in Englisch, von einem sowjetischen Sprachexperten in Moskau übersetzt. Angesichts des nahenden Höhepunkts der Krise eilte der Präsident persönlich in die Kommunikationszentrale, um die Botschaft schon zu erfahren, während sie einlief. Ihm zur Seite war ein Russisch-Experte aus dem Außenministerium, der die Genauigkeit der Übersetzung seines russischen Kollegen zu verifizieren und den Präsidenten auf subtile Nuancierungen inhaltlicher oder sprachlicher Art aufmerksam zu machen hatte.

Von Nuancen konnte in diesem Fall keine Rede sein. Die Nachricht war kurz und sachlich. Als der Präsident sie überflog, begannen ihm die Beine zu zittern, Er legte dem verblüfften Beamten aus dem Außenministerium, der neben ihm stand, die Hand auf die Schulter.

»Gott sei Dank!« entrang es sich ihm.

In der New Yorker Befehlszentrale hingen sechs Männer zugleich am Telefon, und jeder von ihnen brüllte in den Hörer, um die anderen zu überschreien und sich verständlich zu machen. Bannion war dabei, das Sechste Revier in der Lower West Side in eine Kommandozentrale für die bevorstehende Großfahndung umzuorganisieren. Neben ihm telefonierte Feldman die dafür notwendigen Leute samt Material zusammen. Ein paar Stühle weiter befahl der sonst so unerschütterliche Booth lautstark seinem NEST-Hauptquartier in der Kaserne in der Park Avenue, sämtliche verfügbaren Leute und Spürgeräte aufzubieten. Harvey Hudson war damit beschäftigt, ein Team von Bundesrichtern auf die Beine zu stellen, die eine Flut von Durchsuchungsbefehlen erlassen sollten, um den Zugang zu abgeschlossenen Wohnungen, Büros, Häusern der bürgerrechtsbewußten New Yorker zu ermöglichen, die andernfalls keinen Kriminal- oder FBI-Beamten über ihre Türschwelle lassen würden.

So chaotisch ging es in dem Raum zu, daß ein paar Sekunden lang niemand das Geräusch hörte, das aus der Sprechanlage aus dem Konferenztisch drang. Entsetzt erkannte Abe Stern plötzlich, daß der Präsident sprach, während kein Mensch im Raum zuhörte.

Er packte den Hörer des Telefons vor ihm und wies die Zentrale an, den Anruf des Präsidenten auf seine Leitung durchzustellen. »Herr Präsident«, sagte er entschuldigend, »es tut mir leid, aber wir sind hier alle in einem Zustand am Rande der Hysterie. Wir glauben, wir wissen jetzt ungefähr, wo das Ding ist.«

Der Präsident, noch immer stark mitgenommen von den Ereignissen und Entscheidungen der letzten zwanzig Minuten, hörte ihm gar nicht zu.

»Abe«, sagte er. »Die Sowjets waren gerade in der roten Leitung. Sie haben Gaddafi gezwungen, die Frist um sechs Stunden zu verlängern — auf heute abend 21 Uhr.«

8

*»Deine Bombe wird
doch explodieren!
Du hast verloren, Verräter!«*

Das Areal, in dem nach der Entscheidung der Männer in der unterirdischen Befehlszentrale Gaddafis thermonuklearer Sprengsatz verborgen sein mußte, bestand aus einem rechteckigen Stück der unteren West Side von Manhattan: ein Kunterbunt aus Straßen, Gebäuden jeglicher Art, Brownstone-Häusern, Co-op-Geschäften, verfallenen Piers, Künstlerateliers, leerstehenden Lagerhäusern, kleinen Reparaturbetrieben, Heimindustrie-Klitschen, Garagen, »Sweat Shops«, in denen Kleider zusammengenadelt wurden, Kneipen, Restaurants, Spielhöllen und Disco-Schuppen. Dieses Gebiet beherbergte tagsüber eine halbe Million Menschen, in der Nacht die doppelte Zahl.

Hier fand man die heruntergekommenen Piers am Hudson, wo einst, in den zwanziger und dreißiger Jahren, die großen Atlantik-Liner, die *Normandie*, die *Île de France*, die *Queens* der Cunard-Reederei angelegt hatten. Hier waren der Gansevoort-Fleischmarkt, ein Hauch von Klein-Italien um die Bleecker, La Guardia und Sullivan Street; jenseits der Hudson Street alte Einwandererviertel; gutbürgerliche Wohnungen über dem Washington Square; ein Klein-Soho aus Künstlerateliers in den Speichern und anmutige alte Häuser, die junge Akademiker aus der Wallstreet und den Villenvierteln hatten renovieren lassen. In der Nähe des Hudson fand sich eine riesige Ansammlung von Reparaturwerkstätten, Handwerkergeschäften, das homosexuelle und das sadomasochistische Paradies, das der Colgate-Vertreter aufgesucht hatte, wobei der Kotflügel seines Wagens gerammt worden war. Vor allem aber erstreckte sich von der Seventh Avenue bis hinüber zum Broadway und von der West 3rd Street bis hinauf zur West 8th Street Greenwich Village mit seinen Nachtklubs, Jazz-Kneipen, Theatern, Kaschemmen, Cafés, Restaurants, Nutten, Drogenhändlern, Bettlern, Schachspielern, Dichtern, Lebensgenießern, Streunern und Touristen zu Tausenden — das Saint-Germain-des-Prés New Yorks.

Noch einmal umriß Quentin Dewing die Leitlinien für die Fahndungsaktion, streng geordnet und geplant wie eine militärische Operation. Als erstes wollte er Zweierteams aus je einem NEST- und einem FBI-Mann durch das Gebiet schicken. Sie würden, in blauen Con-Edison-Overalls, jedes Gebäude »abgehen«, allerdings ohne Büroräume oder Wohnungen zu betreten, es sei denn, sie stellten Strahlung fest. Je fünfundzwanzig Beamte der New Yorker FBI-Dienststelle und Kriminalpolizei sollten als strategische Reserve dienen, jederzeit zum Schnelleinsatz bereit, falls Strahlung registriert werden sollte.

Der Suche durch die NEST-Teams sollte eine langsamere, methodischere Fahndung nach dem Faß folgen, von Tür zu Tür, Zimmer zu Zimmer. Dafür wurden dreitausend FBI-Leute und sämtliche verfügbaren Kriminalbeamten in Zivil eingeteilt, die die New Yorker Polizeibehörde aufbieten konnte. Dewing beabsichtigte, sie gleichfalls in Zweiergruppen loszuschicken; pro Gebäude zwei solcher Teams, die, wenn die Sache brenzlig wurde, einander Verstärkung liefern konnten. Sie sollten, wegen der Schwere des Fasses, in Gebäuden ohne Lift ihre Suche auf die unteren beiden Etagen beschränken und ihr besonderes Augenmerk Garagen und Kellern widmen. Bannion hatte eine Idee ins Spiel gebracht, wie man der Öffentlichkeit verbergen konnte, was vor sich ging. Der eine solle sich als Polizeibeamter ausweisen, der zweite als Angestellter der Gasgesellschaft ausgeben. Das Amt für Zivilschutz stellte den Polizeirevieren Hunderte gelber, bleistiftähnlicher Geigerzähler aus den Luftschutzkellern zur Verfügung, welche die Suchteams gegenüber den arglosen Leuten als Gasspürgeräte ausgeben konnten.

Eine Frage blieb noch zu entscheiden: Wo sollte die Fahndung beginnen? Dewing, Hudson und Feldman traten vor die Karte des Areals.

»Ich würde mal gleich sagen«, bemerkte Feldman, »daß zwei Bereiche von vornherein ausscheiden. Der erste ist der Fleischmarkt. Eine sehr friedliche Gegend mit einer der niedrigsten Kriminalitätsraten in der Stadt.« Er warf Dewing ein unschuldiges Lächeln zu. »Völlig in der Hand der Mafia. Und dann das alte Italienerviertel, wo jeder jeden kennt. Wenn diese Typen nicht arabisch mit einem schweren italienischen Akzent sprechen, lösen sie schon einen Alarm aus, wenn sie dort nur durch die Straßen gehen. Da uns diese Nutte an der Ecke 8. Straße und Fifth Avenue den einen Kerl identifiziert hat«, fuhr Feldman fort, »würde ich vorschlagen, mit Greenwich Village anzufangen. Anschließend gehen wir weiter hinauf, nehmen uns die Gegend zwischen der 8. und der 14. Straße, dem Broadway und der Sixth Avenue vor. Und dann von dort aus wieder zum Hudson zurück.

Eines allerdings«, schloß der Kripochef, »würde ich sofort tun: Leute auf die Docks schicken. Die sind ja der ideale Platz, wenn man etwas verstecken will.«

»Einverstanden«, sagte Dewing. »Wir werden nach dem Plan vorgehen, den Sie umrissen haben.«

Feldman wollte gerade zu dem Schreibtisch zurückkehren, den Dewing ihm zugeteilt hatte, als eine vertraute, massige Gestalt leise neben ihn trat.

»Was um Himmels willen suchen Sie denn hier?« fragte er. »Ich dachte, Sie sind inzwischen schon in New Haven.«

Angelo zuckte die Achseln. »Haben Sie was für mich zu tun?« fragte er.

Laila Dajani fuhr durch die stille Vorstadtstraße zu dem Haus, das sie als vorläufigen Unterschlupf für ihren Bruder und sich selbst gemietet hatte. Es hatte einem betagten, verwitweten Vizepräsidenten der Chemical Bank gehört, der im Oktober an Krebs gestorben war. Sein Sohn und Erbe, der fünfundsiebzig Kilometer entfernt in Connecticut lebte, hatte es Laila nur zu gern auf einen Monat vermietet. Wie im Fall des pensionierten Börsenmaklers, von dem sie das Haus in Queens gemietet hatte, war auch diesmal die Sache höchst einfach abgelaufen: eine briefliche Vereinbarung und zweitausend Dollar in bar, die eine Hälfte als Miete für einen Monat, die andere als Kaution.

Laila bog in die Einfahrt ein und fuhr den Wagen in die geöffnete Garage. Wieder dachte sie, wie gut die Einförmigkeit dieser Straße, das Unauffällige, ihren Zwecken entsprach. Kamal teilte diese Ansicht nicht. Er ging aus der Garage hinaus und musterte mißtrauisch die Häuser der Nachbarn, von denen jedes auf einem gleich großen Grundstück von einem knappen halben Hektar stand.

»Nicht gut«, sagte er, »zu viele Leute.«

Laila gab keine Antwort. Sie öffnete die Haustür und trat hinein. Whalid lag in dem Studio neben der Diele in Strümpfen gemütlich auf dem Sofa ausgestreckt, neben ihm auf dem Tisch eine Flasche Whisky, zu einem Viertel geleert. Sie ging weiter in die Küche. Überall stand ungespültes Geschirr, das ihr Bruder zum Frühstück und Abendbrot benützt hatte. Im Abfalleimer steckte eine leere Flasche. Die Flasche draußen, dachte sie, ist also nicht die erste.

Kamal musterte gerade mit verächtlichem Blick Whalids Jonny-Walker-Flasche, als sie zurückkam. »Du pflegst dein Geschwür?« fragte er seinen Bruder.

Whalid ging nicht darauf ein. »Warum sollen wir hier noch herumsitzen? Warum machen wir uns nicht auf den Weg?« fragte er.

»Weil du Befehl hast, hier zu warten, bis die Meldung kommt oder die Bombe explodiert.«

»Kamal, das ist doch idiotisch! Die Bombe wird nie explodieren.«

»Nie? Und warum nicht?« Kalt und glanzlos betrachteten Kamals Augen seinen Bruder.

»Weil die Amerikaner nachgeben werden. Sie haben ja keine andere Wahl. Das weißt du doch.«

»Ich weiß nur eines sicher, mein lieber Bruder.« Whalid krümmte sich unbehaglich, als er den monotonen, drohenden Ton in Kamals Stimme hörte. »Wir haben unsere Befehle, und ich werde dafür sorgen, daß wir uns daran halten. Wir alle!«

Zu der Zeit, als die Dajanis ihren Unterschlupf in Dobbs Ferry erreichten, war die Fahndung nach ihrer Bombe bereits in vollem Gang. Unten am Fluß, auf den verrotteten Piers, die in den Hudson hinausragten, fanden die NEST- und FBI-Teams, die sie absuchten, Ratten, Unrat, Säufergestalten, die kaputten Schreibtische und umgeworfenen Stühle von Zollbeamten, die hier einst, in den Glanzzeiten dieser Docks, Überseekoffer von Vuitton und dazu passendes Ledergepäck von Mark Cross visitiert hatten. Sie stöberten verängstigte Börsenmakler, aufstrebende Rechtsanwälte, öffentlich bestellte Wirtschaftsprüfer, Layout-Künstler, einen angehenden Couturier auf, die in den Schatten der »Empfangsräume« kauerten, manche beinahe hysterisch vor Angst. Kurzum, sie fanden alles mögliche, nur keine Spur von der Bombe, nach der sie suchten.

In der Innenstadt, in Greenwich Village, ging es langsamer voran. Die NEST-FBI-Teams mit ihren in Con-Ed-Overalls gesteckten Männern machten zwar rasche Fortschritte, doch die sich anschließende Durchsuchung von Tür zu Tür war ein Alptraum. Dutzende Wohnungen in dem Areal waren verschlossen, weil die Bewohner sich an ihrem Arbeitsplatz befanden. Die Polizei hätte sie aufbrechen können, aber das hätte, wie Abe Stern und der Polizeipräsident nur zu gut wußten, unglaubliche Scherereien zur Folge gehabt. Sie hätten vor jede aufgebrochene Tür einen kostbaren Polizeibeamten als Wache postieren müssen. Denn sonst, gab Stern zu bedenken, würden New Yorks prozeßwütige Bürger ohne Zweifel die Stadt auf Millionenbeträge für reale oder eingebildete Verluste verklagen — vorausgesetzt, es gab dann noch eine Stadt, die man verklagen konnte. Auf Vorschlag der Polizei wurde eine Liste sämtlicher Wohnungen aufgestellt, deren Bewohner man nicht angetroffen hatte. Sie waren für eine zweite Suchoperation vorgesehen, falls die erste Gaddafis Sprengkörper nicht zutage förderte.

Dann gab es jene New Yorker, die auf ihre bürgerlichen Rechte pochten und nicht bereit waren, einen Polizeibeamten über ihre Schwelle zu lassen, selbst wenn er sie angeblich vor austretendem Gas retten wollte. In diesen Fällen ging ein Anruf an das Sechste Revier. Dort trug ein Team von Bundesrichtern und Staatsanwälten des Bundesstaates New York Name und Adresse des protestierenden Bürgers in einen vorbereiteten Durchsuchungsbefehl ein und ermächtigte per Sprechfunkgerät die Beamten zum Betreten der Wohnung.

In der Bleecker Street, Nr. 156, platzten zwei Kriminalbeamte in ein Nest von Junkies. Ein Halbdutzend Rauschgiftsüchtige lag auf Matratzen herum, manche präparierten gerade ihren nächsten Schuß, andere waren mitten auf einem Trip. Die Beamten stießen den Kocher der Junkies um, zertraten ihre Nadeln, spülten den Stoff die Toilette hinunter, verließen unter den gaffenden Blicken der Drogensüchtigen, die nicht begriffen, das Zimmer und schlugen die Tür hinter sich zu. An drei verschiedenen Stellen ertappten Suchteams Einbrecher, die gerade eine Wohnung ausräumen wollten.

Da sie ihre Zeit nicht an kleine Diebe verschwenden konnten, befahlen sie ihnen, ihre Beute fallenzulassen und sich schleunigst aus dem Staub zu machen.

In der Kneipe *Quintana's* am Sheridan Square hatte der Anblick der Polizeimarken zur Folge, daß ein wahrer Regen von Kostbarkeiten auf den Boden prasselte: Messer, Schlagringe, Pillen, Koks, Heroin; sämtliche Beweisstücke, deren sich die Kollektion kleiner Krimineller in der Kneipe entledigen wollte, bevor die Polizei sie sich vorknöpfte. Die Agenten kassierten die Messer, schütteten die Drogen in die Toilette, durchsuchten den Keller und schritten dann wieder hinaus, verfolgt von den Wutausbrüchen der nicht durchsuchten Kunden. Wiederholt wurden Liebespaare beim Kopulieren gestört, Schlägereien vorübergehend gedämpft, Handtaschenräuber aus dunklen Treppenhäusern gejagt. Auf einem Speicher in der Cornelia Street fanden Polizisten die verwesende Leiche eines Selbstmörders, die von einem Dachbalken hing, und in der West 11th Street eine tote alte Frau, die offenbar in ihrer ungeheizten Wohnung erfroren war.

Die Suche förderte Fässer jeglicher Art zutage: alte Wein-, Bier-, Chemikalien- und Motorölfässer, sogar drei aus dem Zweiten Weltkrieg, die mit gehamstertem Benzin gefüllt waren. Jedes mußte von den Technikern des NEST peinlichst genau untersucht und dann beseitigt werden.

Jeder Fortschritt, den die Fahndungsoperation machte, wurde im Sechsten Revier sorgfältig auf riesige Karten, große Fotos eingetragen, die nun eine ganze Wand des Reviers einnahmen.

Feldman betrachtete den Fleck, der das bereits durchsuchte Areal markierte. Er kam ihm vor wie ein Tropfen zäher Flüssigkeit, der sich ganz langsam über die Karte ausbreitete. Es war ein Wettlauf zwischen diesem Fleck, der so qualvoll langsam vorankam, und der Uhr, und im Augenblick, erkannte der Kripochef verzweifelt, sah alles danach aus, daß die Uhr gewinnen würde.

Aus Sicherheitsgründen waren die Dajanis von jedem Kontakt mit Tripolis abgeschnitten, und konnten daher nicht wissen, daß Gaddafi überraschenderweise die Frist seines Ultimatums verlängert hatte.

Nun saßen die drei Geschwister wie vorgesehen in ihrem Unterschlupf in Dobbs Ferry und blickten wie gelähmt auf das Fernsehgerät. In wenigen Minuten sollte Gaddafis ursprüngliche Frist ablaufen, doch auf der Mattscheibe erschien kein Präsident, der eine neue Nahost-Regelung oder einen nationalen Notstand bekanntgab, kein tief erregter Bürgermeister, der die New Yorker aufforderte, aus ihrer Stadt zu flüchten, kein gedemütigter Menachem Begin, der verkündete, daß die Israelis sich aus Ost-Jerusalem und dem Westjordanland zurückzögen. Statt dessen bot sich auf dem Fernsehschirm ein TV-Drama um einen Psychiater, der sich in eine ehebrecherische Beziehung zu einer seiner Patientinnen eingelassen hat.

Laila war der Hysterie nahe.

»Es ist schiefgegangen«, jammerte sie. »Es hat nicht geklappt. Die Bombe wird explodieren.«

Whalid stellte sein halbleeres Whiskyglas auf das Fernsehgerät und legte ihr einen Arm um die Schulter. »Keine Sorge, Laila, die Bombe wird nicht hochgehen. Sie führen sicher Geheimgespräche. Wer weiß, vielleicht wird er das Ultimatum verlängern.«

»Wieviel Uhr ist es?« fragte Kamal zum drittenmal innerhalb von fünf Minuten.

»Vier Minuten vor drei«, antwortete Whalid.

»Warum sagen sie denn nichts?« sagte Laila, halb schluchzend. »Warum sitzen sie einfach da und tun so, als ginge nichts vor sich? Großer Gott, die Amerikaner können doch nicht so verblendet sein! Es muß klappen, es muß einfach klappen!«

Kamal stand auf und trat zum Fenster, das auf die stille, menschenleere Vorstadtstraße ging.

»Vielleicht haben die Amerikaner doch nein gesagt. Können wir hier die Explosion hören?« fragte er seinen Bruder.

»Nein«, antwortete Whalid. »Man könnte vielleicht einen Blitz sehen. Oder, wenn man draußen auf der Straße wäre, die Hitze spüren.«

Kamal musterte ihn. Trotz des Whiskys, den Whalid in sich hineingeschüttet hatte, trotz der Belastung der letzten Tage wirkte er seltsam ruhig, im Frieden mit sich selbst. War es Resignation, nun endlich die fatalistische Hinnahme ihres Auftrags, nach all seiner Halbherzigkeit, seinen Protesten, seinen Bedenken und unguten Gefühlen? Oder aber war es etwas anderes, das ihn so eigenartig beruhigt wirken ließ?

»Es gäbe eine Wolke, den Atompilz. Den würden wir sehen.« Whalid deutete auf das Fenster hinter seinem Bruder. »Das Wetter ist klar genug dafür.«

Auf der Mattscheibe machte die Sprecherin eine letzte scherzende Bemerkung über die am nächsten Tag folgende Episode der zu Ende gehenden Seifenoper, während langsam ein Sonnenuntergang, begleitet von schluchzenden Geigen, vom Bildschirm wich.

Als nächstes erschien ein Mann, der an einem Supermarkt-Regal entlangging und die Vorzüge von Spaghetti mit original echter Fleischsoße nach Bologneser Art pries.

»Schaut!« schrie Laila und deutete auf den Bildschirm. »Es ist gleich 15 Uhr, und diesen Quatsch zeigen sie! Es ist gescheitert! Die ganze Sache ist schiefgegangen!«

Kamal, der wieder zum Fenster hinausgeblickt hatte, drehte sich um. »Nimm dich zusammen«, befahl er seiner Schwester. »Hast du kein Gefühl für Würde?« Er wandte sich ab und glitt mit seinem katzenhaften Gang durch die Diele, zur Haustür hinaus und hinab auf den schneebedeckten Rasen davor.

Whalid beobachtete ihn durch das Fenster des Studios, wie er langsam auf und ab ging und mit den Augen den fernen Horizont fixierte, entschlossen wie ein Raubtier, das an einem Wasserloch in der Wüste auf Beute lauert.

Whalid Dajani griff nach der Whiskyflasche und goß sich ein reichliches Quantum in sein Glas.

Laila blieb auf der Couch sitzen, die Knie bis zur Brust angezogen. Sie war in einer Trance des Entsetzens, des Nicht-Fassen-Könnens. Es war doch immer außer Frage gestanden, daß es wirklich so weit kommen könnte. Die Logik ihres Tuns war unwiderruflich gewesen, mußte ans Ziel führen. Von Anfang an hatte für sie festgestanden, daß die Amerikaner ihnen geben würden, was sie haben wollten. Doch offensichtlich hatten sie es nicht getan und mußten nun den Preis bezahlen, der niemals hätte gezahlt werden sollen.

Plötzlich setzte sie sich auf und deutete mit dem Finger auf das Fernsehgerät. »Diese Station ist in New York und sendet ja noch immer!« schrie sie.

»Du hast recht.«

Es war Kamal, der unter der Studiotür stand. Er sah Laila an, er sah seinen Bruder an, der zusammengesunken in seinem Sessel saß und mit einer Hand das Whiskyglas auf dem Tisch neben sich umfaßt hielt. »Es ist sieben nach drei. Ich muß wissen, warum die Bombe nicht explodiert ist.«

Fünfzig Kilometer vom Unterschlupf der Dajanis entfernt hatten die Männer im Sechsten Revier der New Yorker Polizei ein Auge auf der Uhr, das andere auf dem Fleck, der sich schrecklich langsam auf der Karte des Areals ausbreitete, das sie durchsuchten. Al Feldman an seinem Schreibtisch in der Mitte des Raumes hätte am liebsten seine Enttäuschung herausgeschrien. Warum war die Bombe noch nicht gefunden? Warum dauerte es so lange? Schon dreimal hatte Washington über die direkte Leitung, die sie hier installiert hatten, angerufen, hatte man sie zur Eile gedrängt, sie gewarnt, daß das Ultimatum kein zweites Mal verlängert würde, daß nach 21 Uhr alles zu Ende sei — nur noch das Nichts.

Bislang war keine Panik, keine Hysterie ausgebrochen, niemand zusammengeklappt. Aber nur, weil sie noch Zeit hatten, und Zeit bedeutete Hoffnung, greifbare Hoffnung. Doch was sollte werden, wenn sie den Sprengkörper nicht bis 18 Uhr gefunden hatten? Was um 19, um 20 Uhr, wenn ihnen nur noch eine, nur noch eine einzige Stunde blieb? Würden sie dann noch durchhalten? Oder würden sie in Panik geraten wie verängstigte Tiere, zur Tür rennen, hinaus zu ihren Wagen stürzen, an die Telefone und die Nachricht von der bevorstehenden Katastrophe hineinschreien, um Angehörige und Freunde zu warnen? Nur ein, zwei Leute brauchten dann durchzudrehen, und alles würde zusammenbrechen. Eine einzige Stimme, die im Dunkel »Feuer« schrie, und das Publikum würde auf die Ausgänge zustürmen. Nein, hundert Stimmen werden »Feuer!« schreien, wurde Feldman sich plötzlich bewußt, alle in diesem Gebäude hier. Nein, wir haben keine sieben Stunden mehr. Wahrscheinlich nicht einmal fünf. Um sieben Uhr ist alles zu Ende. Die Nachricht ist nicht mehr geheimzuhalten, und fünf Millionen Menschen werden sich in fünf Millionen Kaninchen verwandeln, die sich in panischer Flucht vor den rasend vorandringenden Flammen eines Waldbrandes in Sicherheit zu bringen versuchen.

Das Knistern aus der Wechselsprechanlage, die sie mit dem Konferenzraum des Nationalen Sicherheitsrates im Weißen Haus verband, unterbrach seine unheilschwangere Meditation. »Gibt es irgendwelche Fortschritte?« meldete sich Jack Eastmans Stimme.

Normalerweise beachtete Feldman in einer Krise die Hierarchie ebenso getreulich, wie ein Priester die Geheimnisse seines Beichtstuhls wahrt. Doch nun lehnte er sich nach vorn, an dem Polizeipräsidenten und

Dewing vorbei, um selbst in die Plastikbox zu sprechen. »Nein, keine«, sagte er, mit so heiserer Stimme, daß er als perfekter Darsteller in einer Anti-Nikotin-Kampagne hätte auftreten können. »Ist der Präsident anwesend?«

»Ja«, meldete sich die vertraute, leise Stimme.

»Herr Präsident, hier spricht Al Feldman, der Kripochef hier oben. Ich muß Ihnen sagen, Sir, es besteht keine Aussicht, daß wir diese Bombe vor heute abend 21 Uhr finden. Entweder Sie verschaffen uns mehr Zeit, Herr Präsident, oder Sie müssen den Menschen hier sagen, was vor sich geht. Sie können nicht zulassen, daß sie hier wie die Ratten in der Falle sterben.«

Kamal Dajani hockte auf dem imitierten Mahagonischränkchen des Fernsehapparates, der nun verstummt war. Er hatte die Arme gefaltet und betrachtete seinen Bruder mit einem unverwandten, unbeirrbaren Blick.

»Was siehst du mich so an?« fragte Whalid besorgt und nahm einen langen Schluck aus seinem Whiskyglas. »Feiern wir, wir haben gewonnen. In diesem Augenblick müssen die Israelis aus dem Westjordanland abziehen. Wahrscheinlich werden sie es heute abend bekanntgeben.«

Kamal blieb unbeweglich sitzen.

Whalid rappelte sich aus dem Sessel hoch. »Wir müssen uns aufmachen.« Er blickte Laila an. »Hast du deine Sachen gepackt? Wir fahren nach Hause. Nach Jerusalem.«

Er begann auf die Tür zuzugehen. Kamal rührte sich nicht von seinem Platz. Whalid drehte sich zu ihm um. »Was zum Teufel ist denn mit dir los?« fragte er. Sein Gesicht war gerötet, die Stimme wurde unter der Wirkung der seelischen Belastung und des Whiskys schwerfällig.

»Warum ist die Bombe nicht explodiert, Whalid?«

»Kamal, du Idiot. Verstehst du denn gar nichts? Diese Bombe sollte niemals explodieren. Du hast das gewußt. Gaddafi hat es gewußt. Es war nur eine Drohung, eine Möglichkeit, Unrecht abzustellen, uns Gerechtigkeit zu verschaffen.«

Sein Bruder starrte ihn mit finsteren, forschenden Augen an.

»Und du wolltest dafür sorgen, daß sie nicht explodiert, habe ich recht?«

»Kamal, das Dumme bei dir ist, daß du noch immer in deinen Ausbildungslagern in Damaskus bist und mit deinem Plastiksprengstoff herumspielst.« Whalid wurde laut, begann zu brüllen. »Du hast dir eingebildet, das würde ablaufen wie ein Überfall auf einen Bus voll Kinder oder wie eine Flugzeugentführung, nicht? Aber hier geht es um fünf Millionen Menschen. Wir können nicht über die Leichen von fünf Millionen unschuldiger Menschen nach Palästina zurückkehren! Es muß einen anderen Weg geben.«

Whalid packte die Sofalehne, um sich festzuhalten. »Ich habe keine Bombe gebaut, um fünf Millionen Menschen umzubringen. Ich habe sie gebaut, damit wir mit der übrigen Welt auf gleicher Stufe stehen. Die Juden haben sie. Die Amerikaner haben sie. Die Franzosen haben sie. Die Chinesen haben sie. Die Russen haben sie. Die Engländer haben sie. Und nun, dank mir, haben auch wir sie. Und wir werden uns damit unsere Heimat zurückholen. Sie müssen in diesem Augenblick ihr Abkommen abschließen. Das ist der Grund, warum wir nichts gehört haben.«

»O nein, Whalid. Ich glaube nicht, daß das der Grund ist, warum wir nichts gehört haben.« Kamals Ton war leise und sanft wie das Schnurren einer Katze. »Ich glaube, daß Gaddafi die Explosion wollte und daß die Bombe nicht explodiert ist, weil du etwas daran gemacht hast, während wir am Sonntag auf dem Dach waren und die Antenne anbrachten. Und deswegen bist du seitdem so entspannt. Deswegen hast du wieder angefangen, dein Magengeschwür mit Whisky zu behandeln, habe ich nicht recht?«

Whalid schwieg. Sein Atem ging stoßweise, immer rascher und nervöser. Schweiß begann ihm die Poren an den Schläfen zu verstopfen.

»Du bist ein Verräter. Ein Trunkenbold und Verräter?« Kamal stand auf. »Was hast du getan, Whalid?«

Whalid stand da wie gebannt, während der Jüngere auf ihn zukam.

»Was hast du getan, Whalid?«

Kamals rechte Hand fuhr nach vorn wie die Zunge einer Klapperschlange. Die schwielenbesetzte Kante seiner rechten Hand, die im Bois de Boulogne Alain Prévost das Leben aus dem Leib geschlagen hatte, traf krachend das Wangenbein seines Bruders. Whalid schrie vor Schmerz auf, als der Knochen brach. Sein Schrei erstickte, als die Fingerspitzen von Kamals linker Hand sich wie ein Keil in den Solarplexus bohrten. Aus Whalids Mund brach der Atem heraus, wie die Luft aus einem geplatzten Ballon.

Er taumelte nach hinten, prallte gegen einen Stuhl und brach dann auf dem Ahorntisch zusammen, den der frühere Besitzer des Hauses als Schreibtisch benutzt hatte. Teller, seine Whisky-Flasche, die eingerahmten Porträts der Enkelkinder des toten Bankiers, alles stürzte mit dem Geräusch von splitterndem Glas und Holz zu Boden.

»Weißt du, was jetzt deinetwegen geschieht? Die Amerikaner bereiten sich darauf vor, Gaddafi zu vernichten. Daran bist du schuld, weil du an der Bombe irgendwas gemacht hast.«

Whalid schnappte keuchend nach Luft. Es würgte ihn.

»Ich will wissen, was du damit gemacht hast.«

»Nein!«

Kamal trat seinem Bruder mit furchtbarer Wucht zwischen die Beine. Whalid schrie qualgeschüttelt auf, als die Spitze von Kamals Schuh ihm die Hoden in den Unterleib quetschte.

»Kamal!« schrie Laila. »Um Gottes willen, hör auf. Er ist doch dein Bruder!«

»Er ist ein Verräter. Ein schmutziger, gemeiner Verräter!« Sein Fuß holte noch einmal aus und traf diesmal das Steißbein seines Bruders. »Sag, was du getan hast, du niederträchtiger Hund!«

»Nein!«

Wieder schlug der Fuß zu.

»Sag's!«

Kamal war entgangen, daß seine Schwester die Whiskyflasche gepackt hatte. Doch instinktiv spürte er die Luftbewegung, als sie auf ihn herabsauste.

Er wich nach vorn aus, gerade so weit, daß die Flasche nicht seinen Kopf, sondern seine Halswirbel traf. Er wankte unter der Wucht des Hiebes, verlor das Gleichgewicht und taumelte gegen das Sofa.

Whalid drehte sich auf den Rücken und griff in seine Tasche. Er hielt den Revolver in seiner zitternden, ungeübten Hand, als sein Bruder sich auf ihn warf. Sein erster Schuß verfehlte knapp Kamals Schulter. Zu einem zweiten kam er nicht mehr. Die Finger von Kamals rechter Hand formten einen Keil aus Fleisch und Knochen, fetzten gegen Whalids Luftröhre dicht unter dem Adamsapfel und preßten sie mit unvorstellbarer Gewalt gegen seinen Schädel, bis die zarten Membranen rissen wie Gummibänder, die über ihre Bruchgrenze gedehnt werden.

Auf Whalids Gesicht erschien ein überraschter Ausdruck, der rasch zu einer Miene des Entsetzens zerrann. Mund und Kiefer verzerrten sich in einer grotesken und vergeblichen Anstrengung, die Luft einzuatmen, die nie mehr in seine Lunge gelangen würde.

Kamal stand über ihm und rieb sich geradezu nachdenklich die Knöchel seiner Rechten gegen die linke Handfläche. Laila war starr vor Grauen, der Mund stand ihr offen. Sie begriff noch immer nicht ganz, was sich abgespielt hatte.

»Was hast du ihm angetan?« keuchte sie.

»Was ein Verräter verdient. Ich habe ihn getötet.«

Kamal kniete neben seinen Bruder auf den Boden. Er hob den Sterbenden etwas hoch und drehte ihn auf den Bauch. »Ich brauche die Checkliste.«

Er klopfte die Gesäßtaschen der Hose ab. In der linken war etwas Hartes zu spüren.

Kamal griff hinein, zog einen Gegenstand heraus und warf ihn seiner Schwester zu. Es war eine BASF-Kassette von dreißig Minuten Spieldauer, und beide erkannten sofort den winzigen roten Halbmond in der oberen rechten Ecke.

»Deswegen ist die Bombe nicht losgegangen. Der Lump hat eine andere Kassette eingelegt, während wir oben auf dem Dach waren.«

Ergrimmt drehte Kamal seinen Bruder wieder auf den Rücken, beugte sich hinunter und preßte die Lippen gegen ein Ohr des Sterbenden.

»Deine Bombe wird doch explodieren!« schrie Kamal. »Du hast verloren, Verräter!«

Dorothy Burns hatte gerade zum Dienstagnachmittagstee ihrer Frauengruppe aufbrechen wollen, die über Thomas von Aquin diskutierte, als sie glaubte, einen Schuß gehört zu haben. Noch nie, außer in den Fernsehsendungen, die der Trost ihrer einsamen Witwenabende waren, hatte Dorothy einen Revolverschuß gehört. Besorgt eilte sie ans Fenster ihres Schlafzimmers und blickte hinüber zum Nachbarhaus. Sie wollte sich eben abwenden, als sie den Mann sah. Er schoß aus der Haustür heraus, wobei er die Frau förmlich hinter sich herzerrte, und rannte zu der Garage. Dann sah Dorothy, wie der Wagen im Rückwärtsgang die Einfahrt hinausfuhr, in Schlängelbewegungen die Straße entlangraste und verschwand.

Dorothy überlief es kalt. Seitdem der Junge des armen Tom ihr gesagt hatte, er habe das Haus seines Vaters über Weihnachten an Ausländer vermietet, hatte sie sich gefragt, was das wohl für Leute seien. War das jetzt die Antwort? Sie zögerte nur eine Sekunde, dann nahm sie den Hörer ab.

»Fräulein«, sagte sie, »verbinden Sie mich bitte mit der Polizei.«

Al Feldmans verzweifelte Bitte um mehr Zeit hatte alle im Konferenzraum des Nationalen Sicherheitsrates bewegt, vom Präsidenten bis zu dem fünfundzwanzigjährigen Mädchen vom Nobelcollege Vassar, das für die Geheimpapiere verantwortlich war, die in den Saal gingen und ihn verließen. Es war, als wäre die erschöpfte, verzagte Stimme des New Yorker Kripochefs den Männern und Frauen in dem Raum plötzlich zur Verkörperung der fünf Millionen New Yorker geworden, deren Leben wegen der Entscheidung, die sie getroffen hatten, auf dem Spiel stand. Bennington von der CIA brach als erster das betroffene Schweigen.

»Herr Präsident«, begann er, »ich habe einen Vorschlag zu machen. Es handelt sich um einen taktischen Zug, der es uns vielleicht ermöglicht, die begrenzte Verlängerung des Ultimatums in eine unbegrenzte zu verwandeln. Rufen Sie Begin an. Sagen Sie ihm, wir wollen unsere Operation im Westjordanland ausführen. Allerdings als gegenseitig vereinbartes Theater, um Zeit zu gewinnen, damit die Leute in New York die Bombe aufspüren können. Damit wird er sich bestimmt einverstanden erklären. Dann sagen wir Gaddafi, wir marschieren ein. Fordern Sie ihn auf, unsere Streitkräfte von Beobachtern aus seiner Botschaft in Damaskus begleiten zu lassen, die überprüfen sollen, daß es uns Ernst ist. Allein schon die Landung und der Aufmarsch unserer Truppen, sowie ihr Anmarsch zur West Bank werden an die zehn Stunden in Anspruch nehmen. Im äußersten Fall können wir tatsächlich einmarschieren und uns mit den Israelis ein paar Scheingefechte liefern. Das Wichtige ist: Wenn wir Gaddafi dazu bekommen, daß er zustimmt, kontrollieren wir, nicht er, das Zeitelement in dieser Krise.«

Der Präsident blickte um den Tisch, und auf seinem Gesicht zeigte sich ein schwacher Hoffnungsschimmer.

»Harold«, fragte er den Verteidigungsminister, »was halten Sie davon?«

»Herr Präsident, versuchen Sie es. Wo so viel auf dem Spiel steht, ist alles einen Versuch wert.«

Ein Wagen mit zwei uniformierten Beamten der Polizei von Dobbs Ferry kam mit quietschenden Reifen vor Dorothy Burns' Haus zum Stehen. Es war drei Minuten nach ihrem Anruf. Sichtlich erregt, berichtete sie den Polizisten, was sie gesehen und gehört hatte.

»Die Gute hat wahrscheinlich in der letzten Zeit zu viele Fernsehkrimis gesehen«, raunte der eine Beamte dem anderen zu, während sie durch den Schnee zum Nachbarhaus stapften. Als auf ihr Klingeln nicht geöffnet wurde, gingen sie um das Haus herum und hielten nach Anzeichen Ausschau, ob jemand gewaltsam eingedrungen sei. Aber es war nichts zu sehen.

Sie gingen zur Haustür zurück und drückten versuchsweise die Klinke. Die Tür war offen.

Der erste der beiden Beamten zog seine Pistole und steckte den Kopf hinein. »Jemand zu Hause?« rief er.

Keine Antwort. »Sehen wir uns mal um«, sagte er und ging durch die Diele. Er blieb an der geöffneten Tür des Studios stehen und warf einen Blick hinein.

»Großer Gott!« schrie er seinem zweiten Mann zu. »Rufen Sie die Bundesstaatspolizei! Die alte Dame hat keinen Witz gemacht!«

Eine Stimmung, ebenso verzweifelt und hoffnungslos wie die Atmosphäre im Konferenzraum des Nationalen Sicherheitsrates, erfaßte Gaddafis Befehlszentrale im Souterrain der Villa Pietri. Wie immer, selbst wenn er sich in einem mit Menschen überfüllten Raum befand, war Gaddafi allein. Er saß vornübergebeugt am Kopfende des Tisches, verdrossen, mit seinen Gedanken beschäftigt, seiner Umgebung entrückt. Die Männer um ihn herum murmelten leise miteinander, um das Schweigen ihres Führers nicht zu stören.

Die Stunden, die eine nach der anderen dahingingen, hatten dem Libyer und seinem engen Kreis die wachsende Erkenntnis vermittelt, daß ihr grausiges Hasardspiel in einem Fehlschlag enden werde. Und jeder von ihnen war sich vollauf bewußt, was ein Fiasko bedeuten mußte. Während die Zeit verrann, ohne daß Israel die Bereitschaft erkennen ließ, auf seine Forderungen einzugehen, hatte Gaddafi sich seelisch immer mehr aus dem Kreis seiner Männer entfernt.

Die dunklen, brütenden Augen betrachteten jetzt die Männer um ihn herum. Wie die meisten Revolutionen hatte auch seine sich vom Blut ihrer Fahnenträger genährt. Von der kleinen Schar der Brüder, die 1969 König Idris gestürzt hatte, war nur Dschallud übriggeblieben. Die anderen waren tot, in Ungnade oder im Exil, abgelöst von einer neuen Generation von Gefolgsleuten, auf deren Loyalität mehr Verlaß, von denen weniger zu befürchten war, daß sie sich zu Rivalen aufschwangen. Gaddafi musterte sinnend ein Gesicht nach dem anderen. Wer von ihnen würde ihm bis zum Ende dieser schweren Prüfung die Treue halten? Wer von ihnen als erster den Dolch zücken und den Führer der unverzeihlichen Sünde des Diktators anklagen — gescheitert zu sein?

Ein Schrei aus der Kommunikationszentrale nebenan unterbrach die Gedanken Gaddafis. *»Ya sidi!«* rief einer der Männer dort, »das amerikanische Flugzeug hat sich gemeldet. Der Präsident möchte mit Ihnen sprechen. Die Amerikaner haben Ihre Bedingungen akzeptiert!«

Die Männer um den libyschen Führer stießen einen gemeinsamen Schrei des Triumphes aus, doch er selbst blieb regungslos.

»Sagt dem Präsidenten, daß ich diesmal mit ihm sprechen werde«, sprach er feierlich.

Drei Autos der Polizei des Staates New York hatten sich mit langsam rotierendem Rotlicht vor dem Haus aufgereiht, in dem Whalid Dajani ermordet worden war. In der Einfahrt stand ein Krankenwagen mit geöffneten Türen. Von der gegenüberliegenden Straßenseite aus beobachtete eine Gruppe von Nachbarn und Kindern, die auf dem Heimweg von der Schule waren, betroffen, was vor sich ging. Ein Mord war in den stillen Seitenstraßen von Dobbs Ferry schließlich kein Alltagsereignis.

Drinnen im Salon, in dem Whalids Leiche lag, herrschte ein geschäftiges Treiben. Um die Einschlagstelle seiner Kugel, die ihr Ziel verfehlt hatte, wurde ein roter Kreis gemalt. Beamte suchten bereits nach Fingerabdrücken, während ein anderer mit einem Stück Kreide die exakte Position der Leiche auf dem Fußboden markierte. Über ihm nahm ein Polizeifotograf den Schauplatz aus allen möglichen Winkeln auf.

»Nehmt ihm die Fingerabdrücke drunten im Leichenschauhaus ab«, befahl der Hauptmann, der die Ermittlung leitete. »Und sagt dem Leichenbeschauer, daß er eine Autopsie machen soll.« Er sah die zerbrochene Johnny-Walker-Flasche an und warf dann einen abschätzigen Blick auf Whalids Leiche. »Ich wette, in dem findet er so viel Alkohol, daß er eine Brennerei aufmachen kann.« Er kauerte sich neben den Toten. »Wollen mal sehen, ob er einen Ausweis bei sich hat.«

Während er Whalids Hosentaschen zu durchsuchen begann, hob ein anderer Polizist die Jacke auf. Er zog Whalids Paß heraus und schlug ihn auf. »Sieh da, Charlie«, sagte er zu dem Hauptmann, »ein Araber.«

Der Hauptmann hielt den Paß neben Whalids Gesicht. Er knurrte, zufrieden mit dem Vergleich, und blätterte dann den Paß durch, bis er gefunden hatte, wonach er suchte: den Stempel, den ein Beamter der Einwanderungsbehörde auf dem John-F.-Kennedy-Flughafen hineingedrückt hatte. »Der arme Kerl«, sagte er, als er das Datum, 9. Dezember las, »hatte nicht viel Zeit für Weihnachtseinkäufe. Ich gehe jetzt hinunter zum Wagen und gebe das durch.«

Der Hauptmann, der von dem Notstand in New York nichts ahnte, schlenderte gemütlich aus dem Haus und blieb unterwegs stehen, um die Männer von der Ambulanz anzuweisen, die Leiche aus dem Haus zu holen. Am Randstein zündete er sich eine Zigarette an, und dann schließlich nahm er das Mikrofon seines Funkgeräts im Wagen zur Hand. »Okay«, sagte er, als sich seine Zentrale meldete, »ich habe die Angaben über den Typen, den sie hier oben bei uns in Dobbs Ferry kaltgemacht haben.«

Muammar Gaddafi hörte mit unbewegtem Gesicht zu, während der Präsident der Vereinigten Staaten ihm mitteilte, daß er vorhabe, amerikanische Truppen ins Westjordanland zu schicken.

»Herr Präsident«, antwortete der Libyer, als der Amerikaner fertig war, »Ihre Vorschläge sind unannehmbar.«

Seine Berater sahen ihn entgeistert an, aber Gaddafi achtete nicht auf sie. »Ich bin nicht gesonnen, die Okkupation des Landes meiner Brüder durch die Israelis gegen eine amerikanische Besetzung einzutauschen. Die Bedingungen in meinem Brief sind einfach. Ich verlange, daß Begin vor der Welt und vor seinem Volk, öffentlich und für alle Zeiten die israelischen Ansprüche auf unser Land zurücknimmt. Und dann wünsche ich, daß die Israelis augenblicklich ihre Siedlungen räumen und aus Ost-Jerusalem abziehen. Dafür braucht mein Ultimatum nicht verlängert zu werden. Alles, was ich gefordert habe, läßt sich in einer einzigen Stunde ausführen. Nicht mehr.«

Während der Dolmetscher mit der Übersetzung dieser Worte begann, erhob der Kreis von Gaddafis Beratern lautstarken Protest. »Das können Sie nicht tun!« hielt ihm Dschallud empört vor. »Wir haben doch gewonnen. Sie geben uns, was wir wollen.«

Gaddafi hieb mit der Faust auf den Tisch. »Sie Narr!« brüllte er. »Sehen Sie denn nicht, daß das ein Trick ist, mit dem sie uns einlullen wollen, um Zeit zu gewinnen?«

Der Präsident war wieder in der *Doomsday*-Schaltung. Er sprach diesmal sehr langsam, und sein Ton war emotionsfrei und kühl, wie es der seines Widersachers zumeist gewesen war. »Herr Gaddafi«, sagte er, »hören Sie bitte genau zu, was ich jetzt sage. In diesem Augenblick zielen zweiunddreißig Poseidon-Raketen abschußbereit auf Ihr Land. Sie können jedes lebende Geschöpf auf libyschem Boden vernichten. Ich werde, selbst wenn es den Untergang der schönsten Stadt auf der Erde bedeutet, den Befehl geben, diese Raketen abzufeuern, wenn Sie nicht bis heute abend acht Uhr Ihre Bereitschaft erklären, Ihr Ultimatum zu verlängern und diesen unannehmbaren Versuch beenden, ein anderes Land zu erpressen.«

Unbewegt hörte der Libyer diese Worte. Er kümmerte sich auch nicht um das Entsetzen, das die Männer um ihn erfaßte, als ihnen die ganze fürchterliche Tragweite dessen aufging, was ihnen bevorstand.

»Ich kann nicht und ich will nicht in einer Welt leben, in der es keine Gerechtigkeit für meine Brüder gibt«, antwortete er. »Ich und mein Volk sind bereit, für die Gerechtigkeit zu sterben, die ihr uns vorenthaltet.«

Bei diesen Worten konnte sein Geheimdienstchef nicht mehr an sich halten. »Nein!« brüllte er, »das sind wir nicht. Sie haben kein Recht dazu. Sie haben kein Recht, dafür uns und unsere Kinder, eine ganze Nation, zu opfern. Sie können das nicht bis zum Äußersten treiben!«

Gaddafi sah den Mann nicht an, als er antwortete. Seine dunklen, unergründlichen Augen waren starr auf eine ferne Vision gerichtet, deren Umrisse allein ihnen wahrnehmbar waren.

»Doch ich kann, mein Bruder«, flüsterte er, »und ich habe es schon getan.«

Während Gaddafi in ein undurchdringliches Schweigen versank, starrten in der Stadt, die er bedrohte, drei Männer auf eine Karte von Greenwich Village. Al Feldman hatte Angelo Rocchia und Jack Rand in seiner Fahndungszentrale im Sechsten Revier zurückbehalten, als Teil seiner mobilen Einsatzreserve.

»Irgendwas stimmt da nicht«, sagte er zu den beiden und sah auf den Bereich, der bereits durchsucht war. »Wir hätten das verdammte Ding inzwischen entdecken müssen.«

Angelo überlief es kalt. »Großer Gott«, sagte er, »Sie nehmen doch nicht an, daß ich mich getäuscht haben könnte, oder?«

Ein Zuruf von der anderen Seite des Raums unterbrach ihn.

»Hallo, *Chief*«, rief ein Beamter. »Da ist ein Anruf für Sie vom Foley Square.«

Die Befehlszentrale am Foley Square war per Fernschreiber mit dem Polizeipräsidium des Bundesstaates New York verbunden, und der diensthabende Offizier hatte soeben eine Meldung erhalten, die ihn aufhorchen ließ.

»Chief«, sagte er zu Feldman, »in Dobbs Ferry haben sie eine Leiche gefunden. Mordverdacht. Der Tote ist ein Araber und weist eine starke Ähnlichkeit mit einem der Typen auf, nach denen wir fahnden.«

»Lesen Sie vor«, befahl ihm Feldman.

»Geschlecht: männlich. Körpergröße: ungefähr 1,78. Körpergewicht 42 Kilo. Name laut libanesischem Paß Nr. 2346S1, ausgestellt am 22. November 1979 in Beirut, Ibrahim Abboud. Elektroingenieur, geboren 12. September 1941 in Beirut. Einreise in die USA über den Kennedy-Flughafen im Dezember dieses Jahres. Mutmaßliche Todesursache: tätlicher Angriff. Haarfarbe: braun. Besondere Kennzeichen: brauner Schnurrbart, Tätowierung auf der Innenseite des Unterarms: Dolch, Schlange und Herz.«

»Tätowierung? Großer Gott, haben Sie gesagt, er hat eine Tätowierung?« Feldman brüllte, so aufgeregt war er.

»Geben Sie mir das Dossier, das die Franzosen uns gestern abend geschickt haben«, schrie er zu Dewing hin. Er blätterte hastig darin herum, bis er gefunden hatte, wonach er suchte.

»Das ist er!« schrie er. Alle Leute in der oberen Etage des Sechsten Reviers erstarrten. »Das ist einer von den dreien, nach denen wir suchen!«

Beinahe im selben Augenblick nahm Art Gelb, der New-York-Redakteur der *Times,* ein R-Gespräch aus Las Vegas entgegen.

»Mr. Gelb«, meldete sich eine ferne und schüchterne Stimme. »Hier spricht Ihr Rechercheur in Reno. Entschuldigen Sie, daß es einige Zeit gedauert hat, die Informationen über diesen McClintock zu beschaffen, die Sie haben wollten.«

»Ach, ja, diesen Menschen dort unten, der mit Sicherheitssachen zu tun hat. Was Chemisches, nehme ich an.«

»Nein, Mr. Gelb«, antwortete der Korrespondent. »Er ist einer dieser hochgeheimen staatlichen Organisationen zugeteilt, die in einem abgesperrten Areal draußen auf dem Luftwaffenstützpunkt McCarren arbeitet. Sie nennt sich NEST, eine Abkürzung für Suchteams, die nach nuklearen Sprengkörpern fahnden. Sie haben die Aufgabe, nach versteckten radioaktiven Stoffen zu suchen, Zeug, das vielleicht aus einem Kernkraftwerk gestohlen worden ist. Gegebenenfalls sogar nach einer versteckten Atombombe.«

Der Mann sprach noch weiter, doch Gelb hörte nicht mehr zu. Er war plötzlich auf seinem Stuhl zusammengesackt. O mein Gott, dachte er, haben die uns angelogen!

»Schnell, Hauptmann, ein Anruf aus New York!«

Der Polizeihauptmann des Staates New York, der die Ermittlungen im Mordfall Whalid Dajani leitete, rannte auf seinen Streifenwagen zu.

Er ergriff den Hörer des Funkgeräts, hörte Al Feldman zu und wandte sich dann an seinen Gehilfen:

»Holen Sie bitte die Frau herein, die gesehen hat, wie die beiden abgehauen sind!«

Hochrot im Gesicht und aufgeregt, weil sie plötzlich im Mittelpunkt stand, wurde Dorothy Burns von zwei stämmigen Polizisten aus dem Haus und zu dem Streifenwagen geführt. Viele Kilometer entfernt, im chaotischen Durcheinander ihrer Fahndungszentrale im Sechsten New Yorker Polizeirevier, waren Dewing und Feldman, beide höchst erregt, am anderen Ende der Leitung und begannen sie auszufragen. Sie wußten bereits, wann ihr Anruf bei der Polizei in Dobbs Ferry eingegangen war. Nun holten sie aus der aufgeregten Frau zwei weitere hochwichtige Informationen heraus: eine Beschreibung des Mannes und der Frau, die sie hatte aus dem Haus rennen sehen, und die Farbe des Wagens — dunkelgrün —, in dem sie davongerast waren.

»Das sind die beiden anderen!« sagte Feldman, während er ihr zuhörte.

»Es kann nicht anders sein.« Bannion, Hudson, Salisbury von der CIA standen um den Schreibtisch des Kripochefs herum und folgten dem Gespräch. »Wohin zum Teufel könnten die sich nur abgesetzt haben?« fragte Feldman den Polizeihauptmann droben in Dobbs Ferry. »Habt ihr in der Nähe irgendwelche große Durchgangsstraßen?«

»Ja«, antwortete der Hauptmann. »Ungefähr fünfhundert Meter weiter unten an der Straße ist eine Einfahrt zum New York State Thruway.«

»In der Richtung, die sie eingeschlagen haben?«

»Ja.«

Feldman sah die Männer an, die ihn umstanden. »Da haben wir's!« rief er. »Sie hauen ab! Nach Norden, bevor das Ding hochgeht.« Er wandte sich wieder der Plastikbox zu, die ihn mit dem Streifenwagen in Dobbs Ferry verband.

»Hauptmann!« schrie er hinein. »Jagen Sie einen Wagen zu der Mautstelle und versuchen Sie von den Mautkassierern eine Bestätigung zu bekommen, daß sie in diese Richtung gefahren sind.«

Der Hauptmann brüllte einen Befehl. Einer der drei Streifenwagen wendete und raste mit quietschenden Reifen und heulender Sirene davon.

Unterdessen rannten in New York etwa zehn Cops durch das Gebäude des Sechsten Reviers, um eine Karte des Staates New York aufzutreiben. Schließlich kam ein Streifenbeamter mit einer alten Esso-Straßenkarte herbeigestürzt, die er im Handschuhfach seines Wagens gefunden hatte. Hastig breitete Feldman sie auf seinem Schreibtisch aus.

»Sie müssen nach Norden unterwegs sein.« Er warf einen Blick auf seine Uhr. »Wir wissen, daß sie vor siebenunddreißig Minuten losgefahren sind. In dieser Zeit können sie nicht mehr als hundert Kilometer geschafft haben.« Er machte eine rasche Überschlagsrechnung und stieß dann mit einem Finger auf eine Stelle nördlich von Kingston. »Sie sind bestimmt zwischen Dobbs Ferry und Albany. Wir müssen sofort diesen Thruway dichtmachen. Jede Ausfahrt ist durch Polizeiwagen zu blockieren. Die Bundesstaatspolizei soll Straßensperren aufstellen. Schickt so viele Wagen auf den Thruway, wie ihr könnt. Sie sollen jedes grüne Fahrzeug aufhalten, das sie sehen. Dieser Mann und diese Frau sind die einzigen, die uns sagen können, wo die Bombe versteckt ist!«

Eine knappe Minute später ging aus der Funkzentrale der Bundesstaatspolizei New York der erste Befehl an Polizeikasernen und Streifenwagen hinaus. Aus Dutzenden Gemeinden längs des Hudson-Tales rasten Polizeiautos auf den Thruway zu.

Abe Rosenthal, der geschäftsführende Chefredakteur der *New York Times*, sah seinen New-York-Redakteur betroffen an. Der sonst so umtriebige Gelb hatte ein Gesicht wie eine Florentiner Todesmaske.

»Was ist denn mit Ihnen los, Art?« fragte ihn Rosenthal. »Sind Sie etwa krank?«

Gelb schloß die Tür von Rosenthals Arbeitszimmer, damit ihnen niemand zuhören konnte, und wiederholte dann, was er von seinem Mann in Las Vegas erfahren hatte. Nun war Rosenthal an der Reihe, bleich zu werden. Ohne ein Wort zu Gelb zu sagen, nahm er den Telefonhörer und wählte die Nummer des Polizeipräsidiums.

»Es ist mir scheißegal, wo er ist oder was er gerade tut«, fauchte er den geplagten Sekretär des Polizeipräsidenten an. »Ich will jetzt auf der Stelle mit ihm sprechen, und ich werde diesen Hörer nicht aus der Hand legen, bis Sie mich mit ihm verbunden haben.«

Es dauerte mehrere Minuten, den Anruf zum Sechsten Revier mit seinen improvisierten Telefonleitungen durchzustellen, wo dann Michael Bannion sich eine stille Ecke suchen mußte, abseits des Fahndungstrubels. Rosenthal kam ohne Umschweife zur Sache, als er die Stimme des Polizeipräsidenten vernahm.

»Wie ich höre, haben Sie meinem New-York-Redakteur gesagt, daß Ihre Leute im Einsatz seien, um nach einem Faß Chlorgas zu suchen, das in unserer Stadt versteckt ist, *Commissioner*?«

»Ja, Sir, das ist richtig, und ich kann Ihnen gar nicht sagen, Mr. Rosenthal, wie sehr wir die Hilfe der *Times* zu schätzen wissen, diese Sache vor der Öffentlichkeit geheimzuhalten, bis wir das Ding aufgespürt und entschärft haben.«

»Von palästinensischen Terroristen versteckt, soviel ich weiß?«

»Richtig.« Trotz der Belastung, unter der Bannion seit Stunden stand, war sein Bariton so klangvoll und gebieterisch wie immer.

»*Commissioner,* Sie sind ein verdammter Lügner! In diesem Faß ist kein Chlorgas, sondern eine Atombombe. Sie bedroht Tausende, vielleicht Hunderttausende Menschenleben in unserer Stadt, und Sie wollen ihnen nichts davon sagen. Sie erwarten doch nicht, daß die *New York Times* da mitmacht, oder? Daß sie, nachdem man uns belogen hat, alledem schweigend zusieht, obwohl wir wissen, daß Tausenden von Menschen, denen wir uns verpflichtet fühlen, der Tod droht?«

Seinen Worten folgte ein tiefbetroffenes Schweigen. Bannion drückte die Hand auf die Sprechmuschel des Hörers und winkte hektisch einem Gehilfen.

»Wir brauchen Washington!« rief er. »Wir brauchen den Präsidenten! Die Sache ist rausgekommen!«

»Das kann ich nicht glauben! Wiederholen Sie«, brüllte Al Feldman in die Wechselsprechanlage auf seinem Schreibtisch.

»Einer der Mautkassierer an der Thruway-Einfahrt bei uns hier oben hat gerade Ihre Araber identifiziert«, antwortete gereizt der Bundesstaatspolizist droben in Dobbs Ferry. »Aber er sagt, daß sie nach Süden gefahren sind, auf New York zu, nicht nach Norden.«

Inzwischen stand ein Dutzend Männer um Feldmans Schreibtisch und lauschte. »Sind Sie sich da absolut sicher. Weiß er bestimmt, daß sie es waren?«

»Selbstverständlich, verdammt noch mal. Der Mann kassiert doch die Maut an der Fahrbahn in Richtung Süden.«

Die Männer, die sich um den Kripochef geschart hatten, erwiderten seinen verblüfften Blick.

»Warum?« fragte Dewing. »Warum nur kommen die hierher zurück, wenn sie wissen, daß die Stadt in Kürze vernichtet werden soll?«

»Weil sie aus irgendeinem Grund zu der Bombe müssen«, antwortete Feldman. »Das muß es sein. Sie sind zu der Bombe unterwegs.«

»Großer Gott im Himmel!« rief Bannion und schlug sich mit dem Handrücken gegen die Stirn. »Wenn sie um 15.30 Uhr Dobbs Ferry verlassen haben, könnten sie ja schon hier sein!«

Der Polizeipräsident drückte Dewing beinahe vom Stuhl, als er sich auf die Plastikbox stürzte. »Verbinden Sie mich mit SPRINT!« brüllte er hinein.

SPRINT war die Abkürzung für Special Police Radio Inquiry Network, das Notverbindungsnetz der New Yorker Polizei. Es breitete sich im Polizeipräsidium über zwei volle Stockwerke aus und nahm pro Tag 19000 Anrufe entgegen, die über die polizeiliche Rufnummer 911 einliefen.

»Ich wünsche, daß jeder Funkstreifenwagen und jedes Bereitschaftsfahrzeug sofort und in höchstem Tempo ins Sechste Revier losgeschickt wird. Sorgt für eine völlige Absperrung des Viertels von der 14. Straße bis zum Broadway, den Broadway hinunter bis zur Houston Street und dann wieder zurück zum Hudson. Blockiert jede Straße, die in dieses Areal führt, mit Autos. Sämtliche Fahrzeuge und Fußgänger, die hineinwollen, anhalten, bei jedem die Identität überprüfen. Zwei von den drei Palästinensern, nach denen wir fahnden, versuchen, in dieses Viertel einzudringen.« Bannion verstummte, hochrot vor Aufregung.

»Jim«, sagte er zu dem Hauptmann, der die SPRINT-Zentrale dirigierte, »weisen Sie die Reviere an, sämtliche verfügbaren Streifenbeamten augenblicklich zu den Absperrungen zu schicken. Die Reviere in der West Side sollen ihre Männer auf die 14. Straße, die in der East Side und in Queens auf den Broadway, die in der Innenstadt und in Brooklyn auf die Houston Street konzentrieren. Das Baureferat soll jede Holzbarriere herausrücken, die es hat. Machen Sie voran, Jim, so schnell Sie können!«

Bannion zog ein Taschentuch aus der Tasche und tupfte sich das Gesicht ab. Nicht einen Augenblick lang dachte er daran, seine Entscheidungen mit Dewing und dem FBI abzusprechen. Es ging schließlich um seine Stadt. Nur Eile konnte sie retten, an Diskussionen mit anderen Leuten hatte er keine Zeit zu verschwenden.

»Herr Bürgermeister«, rief er. Bis Abe Stern zu ihm gelangte, hatte er bereits den Chef der Feuerwehr am Apparat. »Tim«, befahl er ihm, »schaffen Sie Ihre gesamte Ausrüstung in Mid-Manhattan unverzüglich an die Linie 14. Straße, Broadway, West Houston Street. Lassen Sie diese

Ausrüstung von meinen Leuten zum Blockieren dieses Areals benützen.«

Es folgte eine kurze Pause, während der der Feuerwehrchef gegen Bannions herrischen Befehl protestierte. Die New Yorker Feuerwehrleute hatten für ihre Kollegen von der Polizeibehörde ungefähr so viel übrig wie etwa eine Gruppe jugendlicher Straftäter aus der South Bronx für eine Versammlung von Börsenmaklern aus der Wall Street.

»Keine langen Proteste!« brüllte Bannion. »Tun Sie, was ich sage. Hier ist der Bürgermeister.« Er drehte sich zu Abe Stern um und deutete auf die Plastikbox. »Bestätigen Sie!« befahl er seinem Vorgesetzten.

Stern war damit kaum fertig, da hatte Bannion diesen Anruf schon abgebrochen und die nächste Nummer gewählt. »Patty«, sagte er zu seiner Referentin für Öffentlichkeitsarbeit, »in ungefähr zwei Minuten kommt eine Flut von Anrufen von den Medien auf Sie zu. Drehen Sie ihnen die Geschichte mit dem Chlorgas an.«

Sieben Stockwerke unter dem Büro der Abteilungsleiterin im Polizeipräsidium wurden Bannions erste Anweisungen bereits ausgeführt. Der SPRINT-Komplex wurde in fünf Funkräume aufgeteilt, einer für jeden der fünf Stadtbezirke. In jedem dieser Räume kontrollierte ein Dutzend Funker an Computer-Konsolen mit Tastatur und Videoschirm sämtliche Polizeifahrzeuge in dem betreffenden Bezirk. Sie waren auf dem laufenden, wo sich jeder Wagen befand, ob der Fahrer gerade irgendwo eine Tasse Kaffee trank oder mit einem festgenommenen Mörder unterwegs zum Revier war. Sie brauchten nur auf ein paar Tasten zu drücken, wenn sie mit irgendeinem Polizeifahrzeug in ihrem Bereich Verbindung aufnehmen und es umdirigieren wollten.

Unmittelbar danach begann sich das an- und abschwellende Heulen der Polizeisirenen aus jeder Ecke der Stadt zu erheben, während Streifenwagen mit quietschenden Reifen kehrtmachten und auf Greenwich Village zurasten. Sekunden später vereinte sich mit ihrem grellen Chor das tiefe Tuten der städtischen Feuerwehr, deren Fahrzeuge aus allen Richtungen auf die Absperrungslinie zueilten. Binnen Minuten hallte die ganze Insel Manhattan von diesem Konzert wider. Der Schein der Rotlichter auf den Dächern der Polizeiautos zog sich im Abenddunkel kaskadengleich sämtliche großen Verkehrsadern entlang: die Ninth, die Seventh Avenue, den Broadway, die Fifth Avenue. Die perplexen Verkehrspolizisten an den großen Kreuzungen hatten kaum Zeit, den Verkehrsstrom aufzuhalten, damit ein Polizeiwagen vorbeifetzen konnte, da raste schon der nächste heran. Auf den Gehsteigen blieben die New Yorker, eigentlich abgehärtet gegen solche Spektakel, stehen und schauten verblüfft zu.

Die SPRINT-Zentrale wies die heranrasenden Wagen, während sie sich dem Areal näherten, in ihre Position ein, Straßenzug um Straßenzug, so daß das Gebiet Schritt für Schritt abgeblockt wurde, wie ein Wasserhahn, der immer mehr zugedreht wird. Jeder Kreuzung wurden, entsprechend ihrer Größe, zwei oder vier Polizeiautos zugewiesen. Sie hielten nebeneinander auf den Fahrspuren an, mit blinkendem Rotlicht. Ein Beamter sprang heraus, um den Verkehr umzuleiten. Der andere rannte hinüber zum Gehsteig, um den Strom der Passanten umzudirigieren. In requirierten Taxis und auf Polizei-Lastern strömten aus allen Gegenden Manhattans Polizeibeamte auf die abgesperrten Straßen zu. Zehn Minuten nachdem Bannion seine Befehle erteilt hatte, luden Lastwagen des Baureferats weißgestrichene Holzbarrieren mit der Aufschrift »Polizeiliche Sperrlinie — nicht überschreiten« ab, wie sie die New Yorker Polizeibehörde zur Verkehrskontrolle verwendete.

Natürlich kam es überall zu Verkehrsstaus, die ein chaotisches Ausmaß erreichten, sowie zu empörten Protesten von Bürgern, die sich ausweisen mußten, bevor sie in ihre Wohnviertel gelassen wurden. Und um 17.15 Uhr drang die Sache erstmals an die Öffentlichkeit. Die Fernsehstation WABC-TV unterbrach eine Wiederholung der »Batman«-Sendung, um eine Sondermeldung aus ihrer Nachrichtenredaktion einzublenden: »Im Gebiet von Greenwich Village wird im Augenblick eine Sonderoperation der Polizei durchgeführt. Angeblich sollen dort palästinensische Terroristen ein Faß mit tödlichem Chlorgas versteckt haben.«

Zehn Minuten später erschien im Polizeipräsidium Patricia McGuire vor den Kameras der Medien, gab die Absperrungsaktion im Areal von Greenwich Village und die Suche nach dem Gasfaß bekannt und die beruhigende Versicherung ab, daß die Polizeibehörden der Stadt die Sache im Griff hätten.

Arthur Sulzberger, der Herausgeber der *New York Times*, stand am Fenster seines Arbeitszimmers im vierzehnten Stockwerk des *Times*-Gebäudes und bedachte entsetzt, was der Präsident ihm soeben am Telefon gesagt hatte. Aus dem Canyon der 43. Straße unten in der Tiefe drang das Rauschen des Verkehrs herauf, das Geräusch zuschlagender Kombi-Klapptüren, das ungeduldige Hupen von Taxis, ein paar ferne Schreie der Wut — die vibrierende Kakophonie der Stadt, seiner Stadt, der seine Familie und ihre Zeitung seit mehr als einem Jahrhundert dienten.

Er fuhr sich nervös durch das schwarze Lockenhaar, beinahe noch ebenso kurz geschnitten, wie damals, als er beim Marinecorps gedient hatte. Mit seiner Position als Herausgeber der Zeitung, die sich als das Gewissen Amerikas betrachtete, verband sich eine ungeheure Verantwortung, die Sulzberger ebenso bewußt empfand wie der Präsident der Vereinigten Staaten die Bürde seines Amtes. Was, fragte er sich, ist jetzt, in dieser Situation, meine Pflicht, was schuldet die *Times* meiner Stadt, der ganzen Nation?

Er trat vom Fenster zurück an seinen schweren Nußbaumschreibtisch, zurück in sein überraschend bescheidenes Arbeitszimmer, dessen Wände mit Zeugnissen aus der Vergangenheit der *Times* geschmückt waren, historischen Titelseiten und strengnüchternen Ölporträts seines Vaters und Großvaters, die vor ihm in diesem Raum gewirkt hatten.

Die Tür ging auf.

»Sie sind da, Mr. Sulzberger«, meldete seine Sekretärin, trat zur Seite und ließ Abe Rosenthal, Art Gelb, Grace Knowland und Myron Pick, seinen Inlandsredakteur, eintreten.

Rosenthal war noch voller Galle, weil der Polizeipräsident es gewagt hatte, die *New York Times* zu belügen, und den Bürgern der Stadt die furchtbare Drohung verheimlichte, die wie ein Damoklesschwert über ihnen hing.

»Können Sie sich das vorstellen, Punch«, sagte er und sprach den Herausgeber mit dem Spitznamen an, den man ihm als jungen Mann verpaßt hatte. »Eine Atombombe in unserer Stadt, die zehn-, zwanzigtausend Menschen töten kann, und die sagen niemandem ein Sterbenswörtchen davon.«

Sulzberger saß jetzt an seinem Schreibtisch. Er hatte die Hände wie zum Gebet vor sich gefaltet und preßte einen Knöchel seines linken Zeigefingers gegen die Lippen. »Es ist keine Atombombe, Abe. Und bedroht sind nicht zehntausend Menschen, sondern die ganze Stadt.«

Während seine Zuhörer ihm mit steigendem Entsetzen lauschten, berichtete er über die Einzelheiten des Telefonats, das er gerade mit dem Präsidenten geführt hatte. »Überflüssig zu sagen, daß er uns dringend bittet, von dieser Information keinen Gebrauch zu machen.«

Er sah seine Zeitungsleute an, einen nach dem anderen. Trotz seines gewaltigen Unternehmens kannte er sie alle persönlich. »Und das war leider nicht seine einzige Bitte«, sagte er.

Seine Augen, in denen eine ferne Melancholie lag, musterten wieder jedes Gesicht. »Er ersucht uns auch, die Information nicht über den Kreis jener hinausdringen zu lassen, die bereits davon wissen. Sie absolut niemandem sonst anzuvertrauen, keinem einzigen Menschen.«

Grace Knowlands Hand fuhr instinktiv an ihren Mund, um den Schrei zu ersticken, der sich ihr entringen wollte. Tommy, dachte sie, wo ist er?

»Großer Gott, ich kann es nicht glauben!« stieß Myron Pick hervor. »Wir sollen seelenruhig hier sitzen und darauf warten, von einer Wasserstoffbombe zerrissen zu werden? Nicht einmal unsere Angehörigen warnen?«

»Genau das.« Sulzberger, dessen eigene Frau und sein einziges Kind in der Stadt waren, nur ein paar Straßen weiter, wiederholte Gaddafis Forderung, die Sache geheimzuhalten, und seine Warnung, daß er, falls man eine Evakuierung in Angriff nähme, augenblicklich seinen Sprengkörper hochgehen lassen würde.

»Warum zum Teufel sollten wir?« fragte Pick. »Nur weil der Präsident es von uns verlangt? Wie sollen wir wissen, ob er uns die Wahrheit sagt? Es wäre ja nicht der erste Präsident, der uns belügt. Und warum soll er besser beurteilen können, was in dieser Situation zu tun ist, als wir, nur weil ihn siebzig Millionen Menschen gewählt haben?«

»Myron.« Der Herausgeber der *New York Times* betrachtete seinen erregten Inlandsredakteur eindringlich. »Lassen Sie den Präsidenten beiseite. Lassen Sie Gaddafi beiseite. Lassen Sie alles beiseite bis auf eines: Welche Verantwortung hat unsere Zeitung gegenüber den Menschen in dieser Stadt?«

»Wenn Sie mich fragen, ist der Fall klar. Die Sache an die Öffentlichkeit bringen, so rasch wie wir nur können. Die Leute warnen, daß die Stadt von der Vernichtung bedroht ist, und ihnen sagen, daß sie sich in Sicherheit bringen sollen, auf jedem möglichen Weg.«

»Großer Gott, Myron, das kann doch nicht Ihr Ernst sein!« Grace Knowland war derart aufgewühlt, daß sie dem Redakteur die Worte ins Gesicht schrie.

»Und ob es mein Ernst ist. Wir haben die Information. Unsere Pflicht ist es, sie zu veröffentlichen. Lehrt uns denn nicht die Erfahrung, daß nichts damit gewonnen wird, wenn wir die Wahrheit zurückhalten. Denken Sie doch nur an die Schweinebucht!«

Die *Times* hatte von der Invasion in der Schweinebucht und der Beteiligung der CIA gewußt, die Story aber auf Drängen Präsident Kennedys unterdrückt. Später hatten sowohl die Zeitung als auch der Präsident diese Entscheidung bedauert, weil sie erkannten, daß die Publikation vielleicht ein Desaster für die Vereinigten Staaten hätte verhüten können.

»Um Himmels willen, Myron, hier geht es doch nicht um die Schweinebucht! Wir sprechen über etwas, was Millionen Menschen das Leben kosten könnte. Ihres und meines eingeschlossen.«

»Nein, wir sprechen über die Rechte und Pflichten unserer Zeitung!« Grace und Pick waren aufgesprungen und schrien einander wütend an. »Ich sage«, brüllte Pick, »daß es unsere Pflicht und Schuldigkeit ist, die Menschen hier in der Stadt zu warnen, was ihnen bevorsteht!«

»Für wen halten Sie sich denn, daß Sie sich über den Präsidenten stellen wollen? Wie kommen Sie dazu, sich ein von Gott verliehenes Recht anzumaßen, das zu tun, was Sie für richtig halten, nur weil Sie zufällig Zeitungsredakteur sind? Wegen irgendeines Prinzips Menschenleben aufs Spiel zu setzen!« Sie begann vor Angst und Kummer zu schluchzen. »Genau wie diese fürchterlichen Leute in Wisconsin, die das Geheimnis der Wasserstoffbombe an die Öffentlichkeit gebracht haben. Und jetzt kann es sein, daß in unserer Stadt eine Million Menschen, unter ihnen mein Sohn, sterben müssen, nur weil Sie Ihre gottverfluchte Freiheit der Presse demonstrieren wollten!«

»Wir haben keinen Beweis dafür, daß Gaddafi durch diese Dokumente hinter das Geheimnis der Wasserstoffbombe gekommen ist«, schrie Pick zurück.

»Verdammt noch mal, er hat es sicher nicht herausbekommen, während er draußen in der Wüste saß und meditierte!«

»Jetzt seid mal beide ruhig. Und setzt euch.« Sulzberger war aufgestanden. Sonst hatte seine Stimme, trotz seiner beherrschenden Stellung, immer noch etwas von jugendlicher Schüchternheit, doch davon war in diesem Augenblick keine Spur mehr zu bemerken. »Sie treffen beide das Problem nicht. Art«, sagte er zu seinem New-York-Redakteur, »was denken Sie?«

»Ich habe den Eindruck, daß unsere Regierung in Washington außer der Hoffnung auf irgendein Wunder keinen überzeugenden Plan für die Rettung von New York hat. Die einzige Reaktion, zu der sie sich hat aufschwingen können, scheint darin zu bestehen, Greenwich Village mit FBI-Leuten und Kriminalbeamten zu überschwemmen.«

Abe Rosenthal sah seinen Freund und Mitarbeiter düster an. »Vielleicht kommt das davon, Art, daß es keine andere Reaktionsmöglichkeit gibt.«

»Dann«, erwiderte Gelb, »besteht vielleicht unsere Pflicht darin, den Leuten zu sagen: ›Setzt euch auf jedem möglichen Weg aus der Stadt ab‹. Das würde natürlich zu einem Chaos auf den Straßen führen. Aber vielleicht kämen ein paar Millionen Menschen davon. Zumindest denen hätte die *Times* das Leben gerettet.«

»Und wie viele andere umgebracht?« Rosenthal blickte Gelb durch seine große, dunkel gerahmte Brille an. »Klären wir jetzt erst mal ein paar Dinge. Zunächst, wenn wir der Ansicht sind, unsere Pflicht gegenüber den New Yorkern bestehe darin, sie zu warnen, damit sie sich auf die Flucht begeben können, dann ist es doch gar nicht notwendig, erst eine Extraausgabe der *Times* herauszubringen. Punch«, er wandte sich dem Herausgeber der Zeitung zu, »braucht nur den Hörer abzunehmen und die Fernsehstationen ins Bild zu setzen, was los ist.

Das«, fuhr er fort, »würde bedeuten, in einem überfüllten Theater ›Feuer!‹ zu rufen, denn die Nachricht einfach so an die Öffentlichkeit zu bringen, ohne Warnung und Vorbereitung, muß eine Panik auslösen, bei der allein, Bombe hin, Bombe her, eine Million Menschen umkommen.«

Rosenthal stand auf. Er hatte die Ärmel hochgekrempelt, den Schlips gelockert. Der Bauch, den er, trotz seiner sporadischen Diätversuche, niemals hatte bändigen können, quoll ihm über den Hosenbund. Er schien mit den Fingerspitzen etwas aus der Luft holen zu wollen, während er nervös auf und ab ging. »Der zweite Punkt ist, daß niemand die *New York Times* zur Regierung der Vereinigten Staaten bestellt hat. Wir sollen die Entscheidungen der Regierung überwachen, aber sie nicht selbst treffen. Sicher, wir sind von Präsidenten belogen worden, aber ich glaube nicht, daß der jetzige lügt, nicht in dieser Sache. Er hat eine Entscheidung gefällt, und davon sind Millionen Menschenleben betroffen, auch unser eigenes. Ich finde, wir sollten ihm zur Seite stehen.« Er legte eine kurze Pause ein. »Die Entscheidung liegt ohnehin bei Ihnen, Punch.«

Der Herausgeber der *Times* trat ans Fenster. Schon hing das graue Tuch des Abends über der Stadt. Er hatte in diesem Raum so manch schwere Entscheidung getroffen; den Entschluß, sich gegen Richard Nixon zu stellen und die *Pentagon Papers* zu veröffentlichen, die Entscheidung, sich über seine Redaktion hinwegzusetzen und auf das Ersuchen der CIA das Geheimnis des »Glomar Explorer« zu wahren. Doch all dies ließ sich an Bedeutung nicht im entferntesten mit diesem Problem hier vergleichen.

Schließlich drehte er sich um und trat an seinen Schreibtisch. »Meine lieben Freunde«, brachte er mühsam heraus, »unsere Verpflichtung, unsere höchste Verpflichtung gilt den Menschen in unserer Stadt. Wenn die Enthüllung des Geheimnisses ihr Leben in Gefahr bringt, dann, so scheint es mir, müssen wir es wahren und uns mit den Konsequenzen abfinden — wir müssen es allein mit uns ausmachen.«

Sulzberger rammte die Fäuste in die Taschen seines grauen Flanelljaketts. »Der Präsident sagt, das Ultimatum läuft um 21 Uhr ab. Ich beabsichtige, bis dahin hier in meinem Büro zu bleiben. Ich überlasse es Ihnen, den Befehlen Ihres Gewissens zu folgen. Wenn Sie die Stadt verlassen wollen, tun Sie es. Aber in aller Stille. Ich verspreche Ihnen feierlich, daß die Sache nie mehr zwischen uns erwähnt wird. Im übrigen, fürchte ich, gibt es nichts mehr zu tun, als die Ausgabe für morgen vorzubereiten — und zu beten, daß wir noch am Leben sind, um sie herauszubringen.«

Kamal Dajani hatte darauf bestanden, eine andere Strecke für die Rückfahrt in die Stadt zu nehmen, für den unwahrscheinlichen Fall, daß jemand sie auf der Fahrt nach Dobbs Ferry beobachtet haben könnte. Deswegen hatte Laila beschlossen, über die Third Avenue Bridge die East Side entlangzufahren, um die Mautstation zu vermeiden. Seit sie losgefahren waren, hatten sie kaum ein Wort miteinander gewechselt. Die Finger um das Lenkrad geklammert, Tränen in den Augen, noch immer halb unter der Schockwirkung der grauenvollen Szene, die sie miterlebt hatte, fuhr Laila wie ein Roboter. Nur Angst und die Erinnerung an ihren toten Vater hatten sie davon abgehalten, den Wagen in den Straßengraben zu steuern und zu versuchen, irgendwie ihrem irre gewordenen Bruder zu entfliehen. Sie war erschöpft, am Ende ihrer Nervenkraft und hatte sich damit abgefunden, diese Sache bis zum bitteren Ende durchzustehen, einem Ende, das sie niemals für möglich gehalten hatte.

Kamal saß schweigend neben ihr und lauschte dem Radio. Doch es brachte nichts Besonderes. Er betrachtete den Verkehrsstrom, der ihnen aus der Stadt entgegenkam, die Lichter von Roosevelt Island und Queens. Alles wirkte vollkommen normal. Selbst das ferne Heulen von Sirenen gehörte zur Alltagslandschaft New Yorks. Er sah hinüber zu dem grünen Rechteck des Gebäudes der Vereinten Nationen, den Licht- und Glastürmen dahinter, ein technisches Universum, das eigentlich als ein Haufen Schlacke daliegen müßte, in dem sich kein Leben mehr regte. Die Menschen dort oben in den Gebäuden, in den Fahrzeugen, in deren Strom ihr eigener Wagen schwamm, sie lebten noch, während in diesem Augenblick vielleicht in Libyen oder Palästina oder in beiden Ländern, Araber, seine Brüder, starben, wieder einmal ohne Waffen gegen ihre Feinde, weil sein Bruder zum Verräter geworden war.

Plötzlich übermannte ihn unzähmbarer Grimm. Er hämmerte mit der Faust auf das Armaturenbrett. Der Mißerfolg frißt an uns wie Maden an einer Leiche, wütete er stumm. Immer stehen wir als die Idioten da, als die armen Narren, denen alles mißglückt!

Er klopfte an die Brust seiner Lederjacke, um sich zum hundertsten Mal zu vergewissern, daß er die Checkliste mitgenommen hatte. Code eingeben, um den Kasten zu öffnen, dachte er. Bänder auswechseln. 636 eintippen und die richtige Kassette mit dem Zündbefehl in Gang setzen. Eine Minute, nicht mehr. Da sah er vor ihnen das Schild über der Stadtautobahn: »15. Straße — Ausfahrt zur 14. Straße.« Er stieß Lailas Arm leicht an.

»Hier müssen wir raus, erinnerst du dich?«

»Wie geht's voran?«

Angelo Rocchia brauchte nicht von den Karten hochzublicken, auf denen er die Fahndungsoperation in den dichtbevölkerten Straßen um den Sheridan Square verfolgte, um die Stimme des Bürgermeisters zu erkennen.

»Langsam, Euer Ehren. Zu viele Gebäude. Zuwenig Personal. Zuwenig Zeit.«

Abe Stern schüttelte bekümmert den Kopf. Er legte die pummelige Hand auf Angelos Schulter. »Wir haben einen hohen Einsatz auf Sie gesetzt, mein Freund. Ich hoffe zu Gott, daß Sie recht hatten.«

Angelo ging davon, die Hände auf dem Rücken verschränkt, der Kopf von der Sorge niedergedrückt.

Wo habe ich nur einen Fehler gemacht, fragte er sich zum wiederholten Mal, wo nur, wo? Das FBI-Labor in Brooklyn hatte die Resultate der Analyse des Kotflügels am Wagen des Vertreters durchgegeben. Die Farben stimmten überein. Die Prostituierte. Dann hatten sie zwei Männer hinter dem Tresen einer Pizzeria aufgetan, die den Araber erkannten. Alles stimmte bestens zusammen. Warum also hatten sie das Ding noch immer nicht gefunden?

Er ging zu dem Schreibtisch zurück, der ihm und Rand zugewiesen worden war, derart in seine Gedanken vertieft, daß er mit dem Oberschenkel gegen die harte Kante eines Aktenschrankes stieß. Während er sich hinsetzte und sich das schmerzende Bein rieb, wandte er sich seinem jungen Partner zu. »Was haben wir bloß verkehrt gemacht, *kid*? Was bringen Sie euch drunten in Quantico für so einen Fall bei?«

»Angelo«, antwortete Rand in einem Ton, der tröstend gedacht war, »in Quantico wird einem beigebracht, sich immer genau an die Regeln zu halten, aber das scheint ja nicht sehr nach Ihrem Geschmack zu sein.«

Angelo antwortete mit einem deprimierten Achselzucken. »Es gibt Zeiten, da ist's gut, sich an die Regeln zu halten, und es gibt Zeiten, da helfen sie einem nicht. Das Schwierige ist nur, wie man feststellen soll, wann was richtig ist.« Müde rieb er sich mit der Handfläche die Augen. »Meine Regeln sagen mir: Wenn was nicht hinhaut, noch mal ganz von vorn anfangen. Rauszufinden versuchen, wo man vom richtigen Weg abgekommen ist.«

»Das sagen meine auch.«

Angelo rieb sich das Bein, das noch immer weh tat, musterte mit den übermüdeten Augen, die ihre Angst zu verbergen versuchten, den Raum mit den vielen Menschen und Apparaten, lauschte den seltsam gedämpften Stimmen der Männer an den Funkgeräten und Telefonen, betrachtete die Fotoaufnahmen und die Karte an der Wand. Als er in der unterirdischen Befehlszentrale gewesen war, hatte ihm alles so logisch, so einfach und unkompliziert geschienen. War es wirklich möglich, daß sich die Bombe woanders befand, weiter oben in der Stadt, und sie hier unten nach ihr suchten, nur weil ihm ein Fehler unterlaufen war? Er gab sich den Befehl, mit dem Grübeln aufzuhören. Es gab Dinge, über die man lieber nicht nachdachte.

»Angefangen hat es dort, wo der Wagen dieses Vertreters angefahren wurde, habe ich recht?«

Rand knurrte zustimmend, während Angelo aufstand.

»Ich werde Feldman bitten, daß er uns zehn Minuten raus läßt. Fahren wir hin und schauen uns die Sache noch einmal an.«

Kamal sah zuerst die blinkenden Rotlichter, gleich nachdem sie die Einmündung der Irving Street passiert hatten und auf den Union Square zufuhren. »Geh vom Gas herunter«, befahl er seiner Schwester. Ein kalter Nieselregen, halb Regen, halb Schnee, hatte eingesetzt, und er beugte sich nach vorn, um durch die schmierige Scheibe besser zu sehen, was auf dem Platz vor ihnen los war. Er bemerkte ein Halbdutzend Fundkstreifenwagen und zwei Feuerwehrfahrzeuge, die gewissermaßen einen Halbkreis bildeten. Die weißen Holzbarrieren waren abgeladen worden, Polizisten und Zivilisten strömten auf den Platz. Verkehrspolizisten ließen keine Fahrzeuge in die 13. Straße und auf den Unversitätsplatz und leiteten den Verkehr auf die 14. Straße um.

»Halte dich ganz rechts, damit dich niemand ansehen kann«, befahl er seiner Schwester. »Vielleicht brennt es irgendwo.« Der Verkehrsstrom wälzte sich im Schrittempo die 14. Straße entlang auf die Fifth Avenue zu. Als sie sich der Kreuzung näherten, wurden die Menschenmassen auf dem Gehsteig so dicht, daß Kamal einen Augenblick daran dachte, das Fenster herunterzukurbeln und jemanden zu fragen, was da los sei. Aber er hielt sich zurück. Mit meinem Akzent, sagte er sich, ist das zu gefährlich. Dann, als sie die Kreuzung erreichten, begriff er. Quer über die Fifth Avenue, von Randstein zu Randstein, waren zwei weitere Feuerwehrfahrzeuge und ein Polizeiwagen aufgefahren und riegelten die Straße hermetisch gegen jeden Verkehr ab.

»Sie wissen, wo die Bombe ist«, sagte er zu Laila. Seine Worte kamen zwar in dem ihm eigenen ausdruckslosen, mechanischen Ton heraus, aber in seinem Innern tobte wieder der besinnungslose Grimm wie vorher. Wir sind gescheitert, sagte er sich, wir sind wieder gescheitert! Laila fuhr im Kriechtempo auf die Sixth Avenue zu — auch sie war von Polizeifahrzeugen blockiert.

»Es ist alles zu Ende, Kamal«, sagte sie. »Wir müssen hier weg. Wenn sie Whalid finden, haben sie unsere Spur und werden an jedem Grenzübergang nach Kanada nach uns suchen.«

Kamal schwieg. Er saß starr aufgerichtet da, ohne auch nur die Lehne der Sitzbank zu berühren. Er starrte geradeaus vor sich hin, Tränen der Wut und tiefster Enttäuschung liefen ihm übers Gesicht.

Laila bog in die Seventh Avenue nach Norden ein. Lieber von diesem dichten Verkehr weg, dachte sie. Sie war zwei Straßen weit gefahren, da spürte sie Kamals Hand. Er drückte ihren Unterarm so heftig, daß sie aufstöhnte.

»Halt an«, sagte er. »Ich steige aus.«

»Kamal, du bist verrückt!«

Diesmal schrie sie vor Schmerz auf, so brutal preßte er ihren Arm. »Halt an, habe ich gesagt. Ich gehe zu Fuß hinein.«

Er öffnete die Tür, als der Wagen noch nicht einmal ganz zum Stehen gekommen war.

»Fahr nach Norden«, sagte er, »so schnell du nur kannst. Dann kommt wenigstens einer von uns heim.« Er schlüpfte hinaus, schlug die Tür zu und war mit einem Sprung auf dem Gehsteig.

Laila war eine Sekunde lang zu perplex, um reagieren zu können. Im Rückspiegel sah sie, wie er durch den Regen die Avenue zurückging, den Kopf gebeugt, die karierte Mütze ins Gesicht gezogen, den Kragen hochgeschlagen, um sein Gesicht zu verbergen. Er wird es niemals schaffen, sagte sie sich, nie. Einen Augenblick überlegte sie, den Rückwärtsgang einzulegen, ihm nachzufahren und ihn anzuflehen, mit ihr zu fliehen. Doch dann rammte sie den Ganghebel in den ersten Gang. Ein einziger, ganz einfacher Gedanke hatte sie überwältigt wie die Wirkung eines starken Betäubungsmittels. Ein beinahe dämonisches Verlangen zu überleben: Nur fort von hier, nur heraus aus dieser Stadt, so schnell ich kann!

Nur fünfzehn Straßen von Lailas davonrasendem Wagen entfernt hatte Angelo wieder einmal vor der Stelle gehalten, wo der Kotflügel am Wagen des Colgate-Vertreters angefahren worden war. Ohne Ahnung von der Existenz des »Chlorgasfasses« pirschten auf dem Gehsteig die Lederjacken-Jünglinge nach ihrer willigen Beute. Angelo sah sie verächtlich an und stellte sich einen flüchtigen Augenblick vor, wie die Bombe dieses Viertel heimsuchen würde. Dann wandte er den Blick wieder die Christopher Street hinauf. Wenn du ins Village fahren wolltest, überlegte er laut, würdest du diesen Weg einschlagen.

»Es ist einfach, nicht, *kid*?« sagte er.

»Vielleicht zu einfach.«

Angelo begann lässig die Straße entlangzufahren. Die beiden Männer musterten die Fassaden rechts und links, hielten nach etwas Ausschau, über das sie sich nicht im klaren waren, suchten nach dem einzigen schwachen Punkt in ihrer scheinbar fehlerlos logischen Berechnung.

Der Mann, nach dem sie suchten, ging mit raschen Schritten durch den Regen die Seventh Avenue entlang, von der Bombe, die er zünden wollte, durch die Polizeiabsperrung längs der 14. Straße ferngehalten. Kamal hatte erkannt, daß die Polizei nach jemandem fahndete. Er war bis zu einer Stelle gegenüber dem Kordon gegangen und hatte beobachtet, wie die Polizisten alle Leute überprüften, die die Absperrung passierten. Waren sie hinter ihm her? Hatte ihn der eine Schuß verraten, den Whalid hatte abfeuern können, bevor er ihn umbrachte?

Er hätte niemals die Garage verlassen dürfen. Deswegen sind wir gescheitert, dachte er, weil wir nicht aufs Leben verzichten konnten. Wie konnte er es schaffen, durch die Absperrung zu kommen? Mit irgendeiner Tarnung, aber welcher? Und wo die finden? Oder sollte er sich einfach eine Straße mit vielen Passanten aussuchen und das Risiko eingehen?

Kamal hörte hinter sich das Heulen einer Sirene. Instinktiv wich er vom Randstein zurück und schlug den Jackenkragen hoch. Aber es war kein Polizeifahrzeug, das vorüberraste, sondern ein Krankenwagen, dessen Innenraum beleuchtet war. Als die Ambulanz die Ecke an der 19. Straße erreichte, sah Kamal die Bremslichter aufleuchten. Der Wagen drosselte das Tempo, bog ab, beschleunigte dann wieder und raste in die dunkle Regennacht davon.

Kamal stand wie angewurzelt auf dem Gehsteig und sah ihm nach. Dann begann er zu rennen, lief, so schnell ihn seine Füße trugen, auf die Ecke zu, dem entschwindenden Krankenwagen nach.

Angelo und Rand warteten vor der auf Rot stehenden Ampel an der Kreuzung der Christopher mit der Greenwich Street. Plötzlich legte Rand die Hand auf Angelos Arm.

»Angelo«, sagte er, »sehen Sie mal.« Seine freie Hand deutete aufgeregt auf den weißen Pfeil unter der Ampel.

Der Ältere sah ihn anerkennend an.

»*Yeah*«, murmelte er. »Einbahnstraße. Was sagst du dazu?« Er begann ein Selbstgespräch. »Angenommen, sie sind nicht hinüber ins Village gefahren. Angenommen, sie bogen in die Christopher Street ein, weil sie wußten, daß sie die Charles Street in der Gegenrichtung zurückfahren müssen, da sie Einbahnstraße ist. Oder die Barrow Street. Wenn es so war, dann lag unser Fehler darin, die Suche drüben im Village zu beginnen statt hier.«

Er warf einen Blick auf die dunklen und großenteils verlassenen Gebäude ringsum, Lagerhäuser zumeist. Diese Gegend, wußte Angelo, war noch nicht abgesucht worden. »Großer Gott, *kid*«, sagte er. »Sie könnten wirklich recht haben. Das könnte die Erklärung sein.« Er trat voll aufs Gas und preschte über die Kreuzung. »Wir müssen schnellstens zurück und dafür sorgen, daß sie hundert Leute hierherschicken und die Gegend durchkämmen.«

Das Klappern von Kamals Füßen, die über das Pflaster der 19. Straße rannten, hallte von den Häusermauern wider. Er spurtete mit arbeitenden Ellenbogen und holte in gleichmäßigen, tiefen Zügen Luft, wie es ihm in den Palästinenserlagern beigebracht worden war. Seine Augen, seine ganze Aufmerksamkeit konzentrierten sich auf das weiße Fahrzeug mit der blinkenden Dachleuchte jenseits der Eighth Avenue.

Die Mütze flog ihm vom Kopf. Er achtete nicht darauf, achtete nicht auf die Leute, die die Avenue überquerten und ihn neugierig anstarrten. Er mußte jetzt das Risiko eingehen, daß man ihn erkannte. Der Erfolg war zu nahe, um nicht alles einzusetzen, das Letzte zu wagen. Er drosselte sein Tempo, als er sich dem Krankenwagen näherte. Die hinteren Türen standen offen, die Bahre war verschwunden. Kamal trabte an dem hellbeleuchteten Eingang des Mietshauses Eighth Avenue Nr. 362 vorbei, vor dem der Krankenwagen stand, und sah droben auf dem Treppenabsatz neugierige Hausbewohner, die die blaugekleidete Gestalt des Fahrers beobachteten, der vorsichtig das vordere Ende der Krankenbahre die Treppe herabtrug.

Kamal rannte zu dem Fahrzeug hin, schlug die hinteren Türen zu und schwang sich auf den Fahrersitz. Der Motor lief. Die Sirene, dachte er, wo ist die Sirene? Ich brauche die Sirene, wenn es klappen soll. In fliegender Eile suchten seine Augen am Armaturenbrett nach dem Knopf des Instruments, das ihm freie Fahrt durch die Polizeiabsperrung garantieren würde.

Hinter sich hörte er zornige Rufe. Er warf einen Blick in den Außenspiegel. Der Fahrer des Krankenwagens kam heftig gestikulierend herbeigerannt. Auf den Eingangsstufen des Mietshauses stand der Sanitäter in Weiß; in der einen Hand hielt er den hinteren Griff der Bahre, in der anderen über den todkranken Patienten eine Flasche mit einer intravenösen Lösung. Seine Miene war starr und fassungslos. Die Sirene, schrie Kamal beinahe auf, wo ist die Sirene? Er schaute nach hinten. Der Krankenträger war nur noch ein paar Meter entfernt, bereit, sich mit einem Satz auf die Tür zu stürzen. Kamal rammte den Ganghebel hinein und raste davon, die Straße hinunter. Im letzten Augenblick hörte er noch, wie der empörte Fahrer jemandem, der den Vorfall beobachtet hatte, zuschrie: »Rufen Sie rasch die Nummer 911 an!«

Kamal raste über die Ninth, dann die Tenth Avenue hinunter und fand endlich den Knopf, der die Sirene in Gang setzte. Schweißgebadet steuerte er den Krankenwagen die 14. Straße entlang und umfuhr dann den Verkehrsstrom in Richtung auf die abgesperrte Einmündung der Hudson Street zu. Er hätte beinahe aufgejubelt über das Bild, das er durch seine vom Regen bespritzte Windschutzscheibe sah: Ein Polizist sprang in seinen Streifenwagen, fuhr ihn beiseite und machte eine Öffnung in der Absperrung, durch die ein zweiter mit hastigen Gesten den Krankenwagen winkte.

Ich hab's geschafft, sagte Kamal zu sich und raste durch die Lücke zwischen den Fahrzeugen, ich bin drinnen!

Angelo, keine zehn Straßen weiter, war so darauf konzentriert, was er im Sechsten Revier sagen wollte, daß er kaum zuhörte, als in seinem Funkgerät die Meldung kam: »Fahrzeuge in West Midtown und Lower Manhattan. Soeben vor West 19th Street Nr. 362 St.-Vincent-Krankenwagen mit Nummer 435 gestohlen. Weißes Fahrzeug mit roter Seitenmarkierung.«

Der Fahrer des Krankenwagens lief keuchend auf die Polizeibarriere an der Kreuzung der Eighth Avenue mit der 14. Straße zu. Er war nur fünf Straßen weit vom St. Vincent's Hospital entfernt, und da er die Umständlichkeit seiner Vorgesetzten im Notdienst nur zu gut kannte, war er auf den Gedanken gekommen, sein todkranker Patient sei nur zu retten, wenn er zum Hospital zurücklief und selbst eine zweite Ambulanz holte.

»Moment, Sie«, rief ihm einer der Polizisten an der Absperrung zu, »wo wollen Sie denn zum Teufel hin?«

»Sie Blödkopf!« explodierte der Fahrer und gestikulierte auf die Polizisten, die ringsum standen. »Ihr Scheißkerle, wo wart ihr denn alle, als mir der Bus geklaut wurde?«

»Ach ja«, sagte der Cop. »Wir haben davon im Funk gehört. War das Ihr Krankenwagen? Haben Sie den Kerl gesehen?«

»Klar hab' ich ihn gesehen. Ich hatte ihn ja schon um ein Haar erwischt.«

»Kommen Sie einen Moment mit«, sagte der Polizist und führte den Fahrer zu einem der Funkstreifenwagen, die die Straße abriegelten. Er zeigte ihm Kamals Fotografie. »Sieht er aus wie der?«

»Ja, das ist er.«

»Großer Gott!« Der Beamte beugte sich in den Wagen und packte den Handhörer seines Funkgeräts. »Zentrale«, brüllte er hinein. »Hier spricht Wagen Sechs ABLE, 14. Straße, Eighth Avenue. Ich hab' hier den Mann, dem der St.-Vincent-Krankenwagen geklaut wurde, und er meint, der Mann, der seinen Wagen gestohlen hat, könnte derjenige sein, nach dem wir suchen.«

Angelo hörte die Funkmeldung, als er gerade seinen Wagen vor dem Sechsten Revier parken wollte. Diesmal erfaßte er den Sinn der Worte sofort. »Scheiße!« rief er. »Er ist durchgekommen!«

Verdammt, dachte er, warum bin ich nicht da drauf gekommen? Dachte mir, das ist ein Betrunkener oder irgendein Bürschchen, das eine Spritztour machen möchte. Der Kerl muß gewußt haben, daß die Cops den Krankenwagen durchwinken würden. Wer hätte sich denn so was gedacht?

»Wohin jetzt?« fragte Rand, als Angelo den Wagen herumriß.

»In die Charles und die Barrow Street, um schnell mal Ihre Idee nachzuprüfen!«

Er raste die Straße zurück, gegen den Einbahnverkehr, die rechte Hand auf der Hupe, ohne loszulassen, schoß quer über die Hudson und weiter zur Charles Street. Es war eine stille, von Bäumen beschattete Straße mit restaurierten alten Häusern im Federal- und mittleren viktorianischen Stil, an die sich, je mehr es dem Fluß zuging, Garagen und Lagerhäuser schlossen. Als Angelo die Greenwich Street überquerte, blieb ihm der Mund offen. Beinahe am Ende der Straße, kurz vor dem Ufer des Hudson River sah er einen weißen Krankenwagen stehen, dessen Innenbeleuchtung noch brannte. Angelo stellte sofort die Scheinwerfer ab, so daß sein Wagen unauffällig an das Ambulanzfahrzeug heranrollen konnte. Er bemerkte die orangefarbenen Streifen und konnte im Schein der Innenbeleuchtung die Aufschrift »St. Vincent's Hospital« und die Nummer — 453 — an den hinteren Türen lesen.

»Da ist er!« flüsterte er Rand zu. Der Krankenwagen war vor einem Lagerhaus, drei Stockwerke hoch, abgestellt. Eine Doppelgarage ging auf die Straße. Die Garagentore waren geschlossen, aber daneben stand eine Tür einen Spaltbreit offen. »Er ist da drinnen.«

Er packte das Funkmikro und kniff die Augen zusammen, um die Nummer an dem Gebäude auf der anderen Straßenseite zu lesen. Er war stolz darauf, daß er noch so gut sah, und scherzte gern, daß er besonders gut umgekehrt lesen könne — und dadurch mitbekam, was jemand auf dem Schreibtisch vor sich liegen hatte.

»Zehn-dreizehn«, sprach er in das Funkmikrofon. »Charles 149. Beim Fluß.« Mochte sich auch in New York eine Atombombe befinden, Angelo wußte, daß nichts so rasch Unterstützung herbeiholte wie dieser Notfunkruf. »Der Verdächtige, nach dem wir fahnden, befindet sich hier«, fügte er hinzu.

»Kommen Sie, *kid*«, sagte er zu Rand. »Wenn er sich da drinnen an einer Bombe zu schaffen macht, die die halbe Stadt in die Luft sprengen kann, dürfen wir nicht warten, bis Verstärkung kommt. Wir müssen ihn uns selbst vornehmen.« Er deutete auf die halbgeöffnete Tür. »Sie bleiben dort und geben mir notfalls Hilfestellung.«

Die Straße war still und menschenleer. In der Ferne hörten Rand und Angelo den lauter werdenden Chor der Sirenen, wahrscheinlich die ersten Streifenwagen, die auf den Zehn-Dreizehn-Ruf reagierten. Die beiden Männer stiegen leise aus dem Wagen, ließen die Türen offen, um kein Geräusch zu machen, und schlichen auf das Lagerhaus zu. Die Tür führte auf einen langen, schummrigen Korridor. Am anderen Ende sahen sie einen flackernden Lichtschein, der gegen die Wand fiel. Wahrscheinlich, überlegte Angelo, von einer Taschenlampe, mit der jemand in einem Raum am Ende des Korridors hantiert. Er deutete darauf.

»Dort ist er«, wisperte er.

Er blickte angestrengt durch den Gang, konnte aber nichts sehen außer dem schwankenden Schein am anderen Ende, und ganz, ganz leise glaubte er von dorther Geräusche zu hören. Er trat rasch hinein und hinter die halb geöffnete Tür, damit ihn deren Schatten verbarg und nicht die Straßenlampen seine Silhouette zeigten. Angelo musterte den Gang, der vor ihm lag. Er war vielleicht zehn bis zwölf Meter lang, kam ihm aber endlos vor. Er holte vorsichtig Luft und begann, sich langsam nach vorne zu bewegen.

In der Garage kauerte Kamal Dajani hinter der schwarzen zylindrischen Form der Bombe, die sein Bruder gebaut hatte, auf der Laderampe im hinteren Teil des Raumes. Er breitete neben dem Metallkasten, der die Zündmechanismen der Bombe enthielt, die Checkliste auf dem betonierten Boden aus. Im Schein seiner Taschenlampe überprüfte er methodisch, was er zu tun hatte, um den Kasten wieder zu öffnen. Zuerst mußte er den INIT-Knopf drücken. Sobald das grüne Licht von IDENTIFICATION erschien, würde er OIC2 auf das Tastenfeld tippen. Wenn anschließend das Wort CORRECT erschien, würde er den Code 2F47 eingeben, und darauf konnte er den Kasten öffnen und die Kassette auswechseln.

Er rieb sich nervös die Hände und spürte den Schweiß an den Handflächen, während er überlegte. Vielleicht, sagte er sich, soll ich es einfach riskieren, mit dem Fuß gegen den Kasten zu treten, um die Sicherungsvorrichtung auszulösen. Aber er war zu mißtrauisch. Vielleicht hatte sein Bruder irgend etwas an den Systemen verändert. Dann könnte er die ganze Anlage beschädigen. Er durfte jetzt keinen Fehler begehen. Er warf wieder einen Blick auf die Code-Kombinationen und wandte sich dem Kasten zu.

Draußen im Korridor arbeitete Angelo sich vorsichtig Schritt für Schritt voran. Der Trick bestand darin, auf Geräusche von der Straße her, wie das Rumpeln eines vorbeifahrenden Lastwagens, zu achten, und sich unter deren Schutz vorwärtszubewegen. Dummerweise aber war dies eine so ruhige Gegend, daß Angelo in der Dunkelheit nur das Pochen seiner jagenden Herzschläge zu hören glaubte. Er erinnerte sich, was man ihm bei der Gesundheitsüberprüfung über hohen Blutdruck erzählt und daß man ihm gesagt hatte, Herzanfälle träten, wie jetzt in dieser Situation, unter plötzlichem Streß auf. Nicht jetzt, betete er zu einer vagen Gottheit, nur nicht jetzt!

Irgendwo droben im Dunkeln hörte er einen Hund bellen. O Scheiße, dachte er, nur das nicht. Hoffentlich ist kein Hund in der Nähe. Er blieb stehen und horchte nach Stimmen, um festzustellen, ob jemand da vorn bei dem Araber war. Doch er hörte nichts. Eine Sekunde lang überlegte er, was er tun sollte, wenn er die Tür erreicht hatte, die jetzt nur noch drei Meter entfernt war. Der Kerl hatte erst ein paar Stunden vorher seinen eigenen Bruder umgebracht. Und das Ding da drinnen konnte das ganze Village in die Luft sprengen. Da empfahl es sich nicht, an die Tür zu klopfen und zu sagen: »Hallo, Polizei.«

Er bewegte sich wieder vorsichtig voran, die Pistole nach unten gerichtet. Das Licht war zwar schlecht, aber er konnte sie hochreißen und einen raschen Schuß aus der Hüfte abgeben, wenn es sein mußte. Die Waffe war eine schwere Smith & Wesson, 38er Kaliber, denn Angelo wußte, je länger der Lauf, desto präziser der Schuß. Und sie war sehr eindrucksvoll, wenn man sich jemanden vom Hals halten mußte; die meisten Halunken bekamen schon Schiß, wenn sie sie nur sahen.

Drinnen in der Garage leuchtete das Wort CORRECT im Guckfensterchen der Steuerungsanlage der Bombe auf. Kamal tippte den Code zum Öffnen des Kastens in das Tastenfeld und holte dann die unbespielte BASF-Kassette heraus, die sein Bruder eingelegt hatte. Er nahm die Originalkassette zur Hand, auf die in Tripolis die Zündinstruktionen programmiert worden waren, und legte sie in den Kasten der Zündanlage.

Angelo hatte die Tür erreicht. Er erstarrte. Draußen kam das Heulen der Sirenen näher und näher. Er verwünschte sich: Warum hab' ich ihnen nicht gesagt, sie sollen leise ankommen? Der Kerl wird in Panik geraten. Er bewegte sich ein wenig nach vorn und spähte in den Raum. Er sah den Kopf eines Mannes, der kauernd mit irgend etwas beschäftigt war — und da, vor seinen Augen, lag es, das Faß, nach dem sie alle gesucht hatten, ein langer, schwarzer Gegenstand im Schatten. Obwohl er bemüht war, sich unter Kontrolle zu halten, zitterte er leicht bei diesem Anblick.

Der Mann kauerte auf Knien und Händen und ließ ihm nur die Möglichkeit, auf den Kopf zu zielen. Dann war an das Faß zu denken, das nicht getroffen werden durfte. Angelo erkannte, daß er versuchen mußte, den Araber von dem Faß wegzubringen und ihn dann davon fernzuhalten, bis Verstärkung eintraf.

Angelo drückte sich flach gegen den Türrahmen, um den Schußwinkel zu verkleinern, falls der Mann zurückschoß. Langsam hob er die Pistole und stützte sie gegen die Wand ab. Er war kein fanatischer Schütze. Man sah ihn nie sonntagnachmittags auf dem Schießplatz wie andere, aber er konnte anständig, zuverlässig schießen. Er holte vorsichtig Luft und brüllte dann den Standardsatz, der jedem Polizeibeamten der Stadt in Fleisch und Blut eingegangen war: »Polizei — keine Bewegung!«

Kamal war derart auf den Zündkasten der Bombe konzentriert, daß Angelos Ruf ihn vollkommen überrumpelte. Instinktiv warf er sich auf den Boden hinter dem Faß. Angelo feuerte.

Sein Schuß ging daneben, lag zu hoch, knapp über dem Faß. Kamals

Taschenlampe, die ihm aus der Hand gefallen war, rollte über die Laderampe und kollerte polternd auf den Garagenboden, sechzig Zentimeter tiefer. Er griff nach seiner eigenen Waffe, einem Browning Automatic, 9 mm, fünfzehn Schuß. Während er sich auf den Boden warf, hatte er kurz den Amerikaner in der Tür erspäht. Kamal streckte sich, bis er um das Ende des Fasses peilen und den vagen Umriß der Tür sehen konnte. Rasch feuerte er eine Salve durchs Dunkel und jagte ein Muster von sechs Einschüssen in die Tür.

Doch Angelo war nicht dort. Er lag flach auf dem Boden ausgestreckt, die Augen vor Furcht zugepreßt, hörte die Kugeln über seinem Kopf hinwegpfeifen und dann die Querschläger, die von der Tür abprallten. Er hatte sich, nachdem er den ersten Schuß abgefeuert hatte, instinktiv auf den Boden fallen lassen und damit die Stellung verändert, in der er von dem Araber einen Augenblick lang gesehen worden war.

Er versuchte, ganz still zu liegen, preßte das Gesicht gegen den feuchten Betonboden und hoffte, der Mann würde ihn für tot halten und sich wieder bewegen. Er hörte jemanden durch den Korridor rennen und dann Rands Stimme: »Angelo, Angelo, ist Ihnen was passiert?«

Draußen auf der Straße kamen mit quietschenden Reifen zwei Streifenwagen und das erste Fahrzeug der Alarmhundertschaft zum Stehen. Die Männer, die drin saßen, Riesen mit Schutzhelmen und kugelsicheren Westen, sprangen herunter, rissen ihre Schrotflinten aus den langen grünen Kästen im hinteren Teil des Transporters und luden sie, während sie auf die Tür zustürmten.

»Wer ist da drinnen?« riefen sie dem ersten Streifenbeamten zu, der den Schauplatz erreicht hatte.

»Zwei von unseren Leuten«, antwortete er. »Ein massiger Typ in einem grauen Tuchmantel und einer in einem Gabardinemantel.«

Drinnen im Korridor hatte Rand nicht mehr weit bis zu der Tür. Wieder hörte Angelo ihn rufen. »Angelo, ist was passiert?«

Angelo hätte am liebsten geschrien: Nicht in die Tür, *kid!* Er lag da, auf den Betonboden gepreßt, horchte auf das erste warnende Rascheln, wartete auf die erste Bewegung hinter dem Faß.

»Ist was passiert?«

Um Himmels willen, *kid!* Es war, als wollte ihm Angelo durch die Mauer, die sie trennte, wie in Telepathie lautlos zurufen: Bleib von dieser Scheißtür weg!

»Angelo!«

Auf dem schmutzigen Betonboden liegend, hörte Angelo die zwei raschen Schritte. Dann geschah alles auf einmal: Hinter dem Faß kam der Kopf hoch, der automatische Revolver schoß ins Dunkel, fünf Schüsse rasch hintereinander, die über Angelos Kopf hinwegfetzten, während er mit beiden Händen seine Smith & Wesson hob und feuerte. Den Kopf hinter dem Faß riß es hoch, dann kippte er nach hinten. Hinter sich hörte Angelo eine fremde Stimme brüllen: »Polizei — keine Bewegung!« Aus den Scheinwerfern der Alarmhundertschaft brach eine Lichtflut, die den Raum überschwemmte, und zugleich prasselte das Feuer der Schrotflinten los, von denen zwei Kamal Dajanis Körper mit Schrot durchsiebten.

Angelo drehte sich zur Seite, schlaff vor Furcht und Nervenerschöpfung. Er erhob sich taumelnd auf ein Knie. Rand war dicht hinter ihm, an der Wand des Korridors zusammengesunken, wohin ihn die Wucht von Dajanis Kugeln geschleudert hatte. Angelo torkelte zu ihm hin. »Holt eine Ambulanz!« schrie er. »Eine Ambulanz!«

Er kniete sich neben Rand nieder. Einer von Kamals Schüssen hatte das Gesicht dicht unter der Nase getroffen und es zu einem Brei von Blut und Knochensplittern zerfetzt. Zwei weitere Schüsse waren in den Oberkörper eingedrungen — Blut strömte ihm über Hemd, Jacke und Mantel. Angelo schob einen Arm unter Rands Nacken, hob das blutüberströmte, unkenntliche Gesicht zu sich her und erkannte, daß für Jack Rand kein Krankenwagen mehr gebraucht wurde. Er drückte den leblosen Kopf an seine Brust, wie eine Mutter, die ihr weinendes Kind tröstet, nur daß er selbst es war, dem die Tränen übers Gesicht liefen.

»Ich konnte es dir ja nicht sagen, *kid*«, schluchzte er. »Warum hast du es dir nicht gedacht? Warum nur mußtest du dich an deine gottverdammten Vorschriften halten?«

Zwei Männer von der Alarmhundertschaft kamen in die Garage gerannt und stürmten über Angelo und den toten Rand hinweg. Einer trug einen Geigerzähler. Er fuhr damit das Faß entlang und sah dann entgeistert auf die Strahlungsanzeige.

»Großer Gott im Himmel!« schrie er. »Wo sind die Techniker?«

Die Techniker waren bereits da, von Angelos Notfunkruf alarmiert. Sie rannten, Bill Booth voran, durch den Korridor. Der stämmige Kernphysiker blickte schaudernd auf die Szene in der Garage. Angelo, dessen Mantel mit Blut und Schleim besudelt war, hielt noch immer Rands leblosen Körper in den Armen; Kamals Leiche war von den Schrotkugeln zerfetzt; die Männer der Alarmhundertschaft glichen Gestalten aus einem Alptraum; und mittendrin lag der dunkle, leblose Gegenstand, der ihn die vergangenen Stunden verfolgt und umgetrieben hatte.

Er eilte auf das Faß zu, sah den Kasten mit der Zündanlage und hätte beinahe einen Mann von der Alarmhundertschaft umgerannt, der sich mit einem Satz zur Seite in Sicherheit brachte.

»Wer war hier, als das alles passiert ist?«

Ein Leutnant deutete auf Angelo.

»Womit war er beschäftigt?« fragte Booth und zeigte auf Kamals Leiche. »Hat er sich an diesem blauen Kasten zu schaffen gemacht?«

Er atmete erleichtert auf, als er Angelos Antwort vernahm.

Zusammen mit Jack Delaney, dem mit ihm befreundeten Bergsteiger aus den Livermore-Laboratorien, kauerte sich Booth neben dem blauen Kasten auf den Boden. Er sah auf dem Schirm das Wort CORRECT glühen. Der tote Terrorist, erkannte er, hatte entweder den Kasten zu öffnen versucht oder dem Computer darin neue Instruktionen geben wollen. Er untersuchte die graugrünen Stecker, die den Kasten mit der Antenne und der Bombe verbanden, erkannte die Grundkonstruktion und wußte sofort, daß nicht daran zu denken war, sie herauszuziehen. Es ging darum, den Kasten zu öffnen — aber wie?

»Was meinen Sie, Jack?« Delaney war ein Experte für Zündanlagen. »Sollen wir versuchen, das Ding mit der Laserkanone zu knacken?«

»Angenommen, es enthält komprimiertes Inertgas?«

Booth nickte nachdenklich. Das war eine klassische Technik. Das Ding mit Helium oder Stickstoff vollpumpen, um es zu sichern. Wird der Kasten geöffnet, so daß das Gas zu entweichen beginnt, registriert ein Meßgerät den Druckabfall und löst die Zündvorrichtung aus.

»Wir bohren zuerst ein dünnes Loch hinein, einen Hundertstelmillimeter, und messen, ob Gas ausströmt. Ist welches drin, schmelzen wir mit dem Laser den Kunststoff um das Loch und schweißen es wieder zu.«

»Es ist ein Risiko«, sagte Delaney, »aber wir könnten es versuchen.«

Ein NEST-Spezialtransporter, vollgepackt mit technisch hochentwickelten Entschärfungsgeräten begleitete Booths Suchteams bei jedem Einsatz. Schon über ein dutzendmal war das unauffällige, beige gespritzte Fahrzeug in Booths Maschine aus Las Vegas in eine bedrohte amerikanische Großstadt geflogen worden. Doch noch nie hatten er und seine Techniker von der Ausrüstung, die es enthielt, Gebrauch machen müssen.

Delaney und seine beiden Gehilfen schafften in höchster Eile die hochkalibrige Laserkanone mit ihrem eigenen Generator in die Garage und brachten sie neben dem Kasten in Position. Booth legte sich flach auf den Bauch und richtete die Kanone auf die Flanke des Kastens, als wäre er auf dem Schießstand. Mit einem Tupfer weißer Farbe markierte er die Stelle, wo er den Kasten anzubohren vorhatte, so daß Delaney gleich darunter sein Gas-Spürgerät anbringen konnte.

Booth holte Atem und hielt ihn an, um seine nervös flatternden Hände zu beruhigen. Er drückte auf den Knopf an seiner Kanone und schickte einen Strahl Lichtenergie, dünner als eine Nadel, doch kraftvoll genug, um die Wand eines Stahlschrankes zu durchdringen, in den Kasten. Delaneys Augen hingen an dem Gas-Spürgerät. Die beiden Männer warteten stumm dreißig, vierzig Sekunden.

»Kein Gas drin«, sagte Delaney schließlich.

Booth gab einen gewaltigen Seufzer der Erleichterung von sich und stellte die Schußvorrichtung seiner Kanone so um, daß der Laserstrahl breiter wurde. Wie mit einem ferngesteuerten Messer schnitt er ein Quadrat von fünf Zentimeter Seitenlänge in die Seitenwand des Kastens. Delaney robbte hin und schob ein rasiermesserdünnes Skalpell in den oberen Schnitt. Mit äußerster Vorsicht, wie ein Gehirnchirurg, der einen Tumor von einem lebenswichtigen Nerv schneidet, zog er daran, bis das quadratische Plastiktäfelchen herunterfiel.

Booth kroch neben ihn und leuchtete mit einer starken Taschenlampe in den Transistordschungel aus Drähten, der das Innere des Kastens bildete. »Mein Gott«, sagte er erschrocken, »wie sind die Libyer denn nur an so was herangekommen?«

Methodisch und nachdenklich betrachtete er die Eingeweide des Kastens. Es gab nur eine einzige Möglichkeit: den Speicher des Computers auszubrennen. Man könnte ihn mit elektromagnetischen oder mit ultravioletten Strahlen bombardieren.

Booth drehte sich auf den Rücken. Gemeinsam mit Delaney wog er die Alternative ab. In dieser Sache durfte man sich keinen Fehlgriff leisten. »Ultraviolett«, sagte Delaney schließlich. »Vielleicht ist irgendein Sensor drinnen, der einen elektromagnetischen Strahl auffangen würde.«

Wieder ließen sie sich ein Gerät aus ihrer Spezialausrüstung holen. Sorgfältig richtete Booth das Objektiv des UV-Strahlers auf mehrere Chips, die den Speicher des Computers bildeten. Die beiden Männer der Alarmhundertschaft, die an der Tür Wache hielten, sahen zu, mit Gefühlen, in denen sich Schrecken und Faszination mischten.

Schließlich trat Booth zurück. »Jack!« befahl er, »machen Sie die Gegenkontrolle.«

Jack untersuchte die projektierte Schußbahn mit gesammelter Aufmerksamkeit. Die beiden Wächter an der Tür beobachteten ihn in schweigendem Entsetzen.

»Okay«, sagte er schließlich. »Ich glaube, wir haben es.«

Booth betätigte das Gerät. Fünfzehn endlos scheinende Sekunden war in dem Raum nicht das leiseste Geräusch zu vernehmen. Dann gab der Kasten plötzlich ein Piepsen von sich. Es war schrill und schwach, doch den aufs höchste gespannten Männern in der Garage kam es vor wie Kanonendonner.

»Jesus, Maria und Josef!« schrie einer der beiden Männer von der Alarmhundertschaft gellend auf. »Das Ding geht los!«

Booth drehte sich zur Seite. Von der gewaltigen Spannung befreit, brach er in ein hysterisches Lachen aus.

»Nein, es wird gar nichts mehr tun. Es ist alles vorbei!« brüllte er. »Der Computer hat seinen Verstand verloren. Jetzt hat er nicht mehr die geringste Chance, seine Zündanweisungen zu finden!«

Draußen vor dem Lagerhaus drängte bereits eine gaffende, spekulierende Menge, vom Lärm der Schüsse und den Polizeifahrzeugen angezogen, gegen die Absperrung. Die Medien waren vertreten, die Fernsehleute mit ihren Aufnahmewagen stellten unmittelbar vor den Türen des Lagerhauses ihre Kameras und Scheinwerfer auf, bereit, die Erklärung aufzunehmen, die Patricia McGuire, die Referentin für Öffentlichkeitsarbeit, im Wagen des Polizeipräsidenten vorbereitete.

Eine Ambulanz bewegte sich langsam vom Randstein weg, und vier Streifenbeamte bahnten ihr einen Weg durch die Zuschauermenge, damit sie auf den West Way hinausfahren konnte. Sie barg die Leichen von Jack Rand und Kamal Dajani, die Seite an Seite ihre letzte Reise antraten, zum Leichenschauhaus der Polizei.

Angelo lehnte sich gegen die Seite eines der Fahrzeuge der Alarmhundertschaft. Er war bleich und keuchte, ganz nahe einer Hysterie, in der Weinen und Lachen sich untrennbar vermengen. Unaufhörlich mußte er an Rand denken. Was hätte ich tun können, fragte er sich ein ums andere Mal, wie hätte ich ihn von dieser Tür fernhalten können?

Ein junger schwarzer Streifenpolizist trat zu ihm. In seinen Augen funkelte die Bewunderung. »Großartig«, sagte er, »wie Sie das gemacht haben! Ich höre, Sie haben diese Ratte über den Haufen geschossen.«

Angelo sah ihn mit leerem Blick an und dachte dabei an den anderen Toten, der jetzt neben Rand zum Leichenschauhaus unterwegs war. Es war das erste Mal in seinen dreißig Jahren als New Yorker Polizeibeamter gewesen, daß er im Dienst hatte einen Menschen erschießen müssen.

Bannion bahnte sich einen Weg durch den Kreis der Männer, die bewundernd um den Kriminalbeamten herumstanden, und klopfte ihm herzlich auf die Schulter. »Großartige Arbeit!« sagte er. »Fabelhaft. Sie bekommen eine lobende Erwähnung dafür. Ich werde versuchen, das Telegrafenbüro für Sie zu bekommen. Für das, was Sie getan haben, verschaffe ich Ihnen ein Hauptkommissargehalt.«

Der Beamte, der den Trupp der Alarmhundertschaft befehligte, trat zu ihnen. »Entschuldigen Sie, *Commissioner*«, sagte er, »aber sollten wir hier nicht eines von diesen gelbschwarzen Schildern aufstellen, die die Leute vor Strahlung warnen?«

Sieben Meter weit weg, im grellen Licht der Fernsehscheinwerfer und in Hörweite der drei Männer, verlas die Abteilungsleiterin für Öffentlichkeitsarbeit ihren vorbereiteten Text für die Presse: ». . . die mit dem Chlorgasfaß verbundene Zündladung ist nun entschärft. Das Faß wird in Kürze von einem zur Entfernung von Sprengsätzen bestimmten Fahrzeug zum Sprengstofflager in Rodman's Neck transportiert, um dort eingehender untersucht und anschließend beseitigt zu werden.«

Der Polizeipräsident wandte sich wieder dem Beamten der Alarmhundertschaft zu.

»Nein«, antwortete er. »Stellen Sie nur die üblichen Schilder auf, die wir benutzen, wenn irgendwo ein Verbrechen passiert ist.«

Laila Dajani konzentrierte sich mit jeder Fiber ihres Wesens auf das Betonband des Saw Mill Parkway, auf dem ihr Wagen dahinraste. Es war, als hätte sie erst jetzt, auf dieser letzten, entschlossenen Flucht, das Gebot ihres terroristischen Lehrmeisters Carlos beherzigt: nicht nachdenken. Alle Zweifel, alles Zögern der letzten Tage waren verschwunden, ihre Gedanken nur noch von einem einzigen, einfachen, überwältigenden Verlangen bestimmt: am Leben zu bleiben, nach Kanada zu kommen, nach Vancouver und schließlich nach Hause.

Sie fuhr mit solcher Konzentration, daß sie das blinkende Rotlicht und das erste Sirenenheulen gar nicht bemerkte. Als sie schließlich im Rückspiegel den gelben Wagen der New Yorker Bundesstaatspolizei hinter sich herankommen sah, zögerte sie nicht. Irgendwie waren sie ihr auf die Spur gekommen. Aber die Amerikaner sollten sie nicht fangen, nicht jetzt, nach allem, was geschehen war. Sie trat den Gashebel voll durch.

Der Beamte in dem Polizeifahrzeug hinter ihr sah, wie ihr Wagen davonschoß. Seine Instruktionen waren streng. In einem solchen Fall spielte man nicht den Autobahn-Cowboy, versuchte man nicht, das fliehende Fahrzeug zu überholen und von der Fahrbahn zu drängen, wie man es im Kino zu sehen bekommt. Man blieb in Sichtweite und forderte unterdessen Hilfe an. Er griff nach seinem Funkgerät.

Laila sah, wie ihr Tachometer neunzig Meilen anzeigte, dann fünfundneunzig, hundert, hundertzehn. Sie hielt den Gashebel bis zum Boden durchgedrückt. Der Polizeiwagen war etwas zurückgeblieben, sein rotes Licht jetzt vielleicht einen Kilometer hinter ihr.

Noch ein bißchen mehr Abstand, dachte sie, und ich kann es riskieren, die Autobahn zu verlassen und zu versuchen, ihn im freien Gelände irgendwie abzuschütteln.

Sie war so völlig auf ihre Flucht konzentriert, daß sie den Fleck vor sich nicht sah. Es war eine Eisplatte, die sich von der Böschung über die Fahrbahn erstreckte, matt schimmernd im Licht ihrer Scheinwerfer. Als die Vorderräder sie erreichten, erfaßte Laila einen Sekundenbruchteil ein sanftes, beinahe euphorisches Gefühl der Hilflosigkeit. Der Wagen geriet ins Rutschen und schleuderte gegen die Leitplanke. Wie ein Spielzeugauto flog er hoch und auf die Gegenfahrbahn, wo er mit dem Dach aufschlug. Er rutschte über den Highway, und der Funkenregen, der dabei entstand, setzte in Sekundenschnelle das aus dem geborstenen Tank ausströmende Benzin in Brand.

Als der Streifenbeamte der New Yorker Staatspolizei die Unfallstelle erreichte, war Lailas Wagen ein Feuerball. Durch die orangerot lodernden Flammen erspähte er einen Augenblick Lailas Leiche, eine schwarze, dürre Gestalt in einem blutroten Nebel.

Die meisten der erschöpften Männer, die im Konferenzraum des Nationalen Sicherheitsrates mit unendlicher Erleichterung erfahren hatten, daß die Bombe entdeckt und entschärft worden sei, reagierten ähnlich instinktiv. Sie drängten den Präsidenten, die auf den Unterseebooten im Mittelmeer auf Libyen gerichteten Raketen loszuschicken. Es war erst 18.30 Uhr, von Gaddafis verlängertem Ultimatum blieben noch zweieinhalb Stunden Frist, und er würde jetzt nicht auf einen Angriff gefaßt sein.

Doch der Präsident setzte sich über seine Berater hinweg. Die zwei Millionen Libyer, die von den amerikanischen Raketen getötet würden, argumentierte er, wären ebenso unschuldige Opfer, wie es die Bürger von New York gewesen wären.

Bennington wandte ein, die Israelis würden die Sache sowieso besorgen. Nein, antwortete der Präsident, das würden sie nicht. Ihr Drang danach würde rasch durch die ernüchternde Erkenntnis gedämpft werden, daß Gaddafi inzwischen an seiner Ostgrenze Raketen in Stellung gebracht hatte, die in Israel unvorstellbare Zerstörungen anrichten würden, wenn die Israelis sein Land angreifen sollten. Für Israel wie für Libyen ziehe ein Tag kalten, realistischen Kalküls herauf. Daß beide Staaten im Besitz von Massenvernichtungsmitteln waren, verhieß ihnen keine glücklichere Zukunft, als der Besitz dieser Waffen den Vereinigten Staaten und der Sowjetunion seit drei Jahrzehnten verhieß — die Aussicht auf gegenseitigen Selbstmord.

»Aber um Himmels willen, Herr Präsident«, protestierte der CIA-Chef, »wir werden ihm das doch nicht ungestraft durchgehen lassen?«

»Nein«, erwiderte der Präsident, »das werden wir nicht.«

Für Muammar Gaddafi und die kleine Gruppe der Männer, die um ihn in der Villa Pietri versammelt waren, waren die zweieinhalb Stunden, die noch bis zum Ablauf ihres Ultimatums blieben, ein langsamer Abstieg in die Hölle, der Gewißheit entgegen, daß das Hasardspiel gescheitert war. Immer stärker erfaßte sie die Erkenntnis, daß sie und zwei Millionen ihrer Landsleute mit ihrem Tod den Irrtum ihres Führers würden bezahlen müssen, dessen unbeugsamem Fanatismus sie nur zu bereitwillig gefolgt waren.

Während die Minuten eine um die andere verstrichen, ohne daß etwas geschah, ohne daß auf dem Radarschirm Raketen auftauchten, die ihrer Küste entgegenrasten, verwandelten sich ihre Angst und Resignation in fassungsloses Staunen. Sie begriffen nichts mehr, und als aus Washington die knappe Mitteilung einlief, daß die Bombe gefunden und entschärft worden sei, nahmen sie die Nachricht mit Erleichterung, manche von ihnen sogar mit Genugtuung auf.

Zwei Minuten später erschien der Funker noch einmal, mit einer zweiten Meldung, die allein für die Augen des libyschen Diktators bestimmt war. Gaddafi wurde blaß, als er sie las. Woher kommt sie? fragte er sich. Von der CIA? Vom Mossad?

Er blickte die um ihn versammelten Männer an, dachte an ihre zunehmende Verbitterung und Desillusionierung, als das Scheitern seines Anschlags offenbar geworden war. War es nicht gleichgültig, woher diese Mitteilung stammte? Wahrscheinlich hatte er die Antwort hier zu suchen, irgendwo in diesem Kreis von Gesichtern, die ihn umringten, die ihn zum Gefangenen der von seiner Tat heraufbeschworenen Konsequenzen machten.

Er stand auf, verließ den Raum und schlug den Weg zur Villa hinauf und dann den Pfad hinunter zum Meer ein. Dort stand er lange am Ufer. Dann wandte er sich um und blickte ins Land, hinüber zu der fernen Einsamkeit seiner Wüste. Das Papier in seiner Hand, das sein Funker ihm ein paar Minuten vorher gebracht hatte, fiel dabei zu Boden. Der Wind erfaßte es und wirbelte es den Strand entlang, bis es allmählich verschwand. Nicht mehr als siebzehn Worte standen darauf, eine prophetische Botschaft aus der Vierten Sure des Koran:

Wo ihr auch sein mögt,
wird euch der Tod ereilen,
und wärt ihr auch im stärksten Turm.

Dank

Der fünfte Reiter ist das Werk eines Teams. Wir hatten das Glück und das Privileg, während der jahrelangen Arbeit an diesem Buch hervorragende Mitarbeiter zu besitzen.

An erster Stelle möchten wir unseren tiefempfundenen Dank Dominique Conchon aussprechen, die nun bereits zum vierten Mal mit uns zusammenarbeitet, wie auch Jackie Moore, Marie-Thérèse Legé-Germain, Yvette Bizieau und Juliette Carassone.

Herzlich danken möchten wir Colette Modiano, vor allem für ihre redaktionelle Bearbeitung der französischen Fassung des *Fünften Reiters.*

Dank gebührt Paul und Manuela Andreota, Jean-Pierre Castelnau und Christian Mégret für ihre großzügige Mitarbeit bei der Durchsicht unseres französischen Manuskripts, wie auch unserem Freund Christian Ferry.

Ohne das Vertrauen unserer Verleger, die uns unterstützt haben, ohne den Inhalt unseres Buches zu kennen, hätten wir den *Fünften Reiter* nie schreiben können: Robert Laffont, Jacques Peuchmaurd, Hughette Rémont, Claude Jean, Claude Anceau, Patrick Renaudot, Jean-Pierre Liégibel, Jean-Marc Gutton, Daniel Mermet und ihre Mannschaft, wie auch Pierre Wildenstein, Betty Duhamel, Jean Denis, Jean Ther, Jean Levallois, Nicole Lombardo, Marthe Marie, Pietro Londino, Pierre Duel und alle anderen Mitarbeiter der Editions Laffont in Paris; Dick und Joni Snyder, Michael Korda und Dan Green in New York; Alewyn Birch in London; José Moya und Ignacio Fraile in Barcelona; Olaf Paeschke, Wolfgang Mertz, Dieter Lang, Christian Spiel in München; Giancarlo Bonacina und Domenico Porzio in Mailand; Narendra Kumar in Neu-Delhi; Racheli Edelman in Tel-Aviv; Hiroshi Hayakawa in Tokio und Erkki Reenpää in Helsinki. Unseren Freunden Bussière, Colbert, Martin, Delbecque und ihren Mitarbeitern von der Druckerei Bussière und der S.E.P.C.-Cameron in Saint Amand-Montrond gilt unser Dank — und unserem alten Freund Irving Paul Lazar.

Wir danken auch Raymond Fargues, Emilienne Brussat, Simone Savatier, Auguste und Pierrette Dhieux, Catherine Rocchia, Albert und Felsie Massey, Paul Tondut und Josette Wallet, die uns während der langen Monate der Niederschrift moralisch unterstützt haben.

Last but not least möchten wir all denen von ganzem Herzen danken — und es sind Hunderte von Personen —, die uns ihre kostbare Zeit bei den Recherchen zu diesem Buch zur Verfügung gestellt haben. Sie alle haben uns gebeten, ihre Anonymität zu respektieren. Aber sie sollen wissen, daß ohne ihren Beitrag *Der fünfte Reiter* nicht möglich gewesen wäre.

Paris/London
Weihnachten 1979

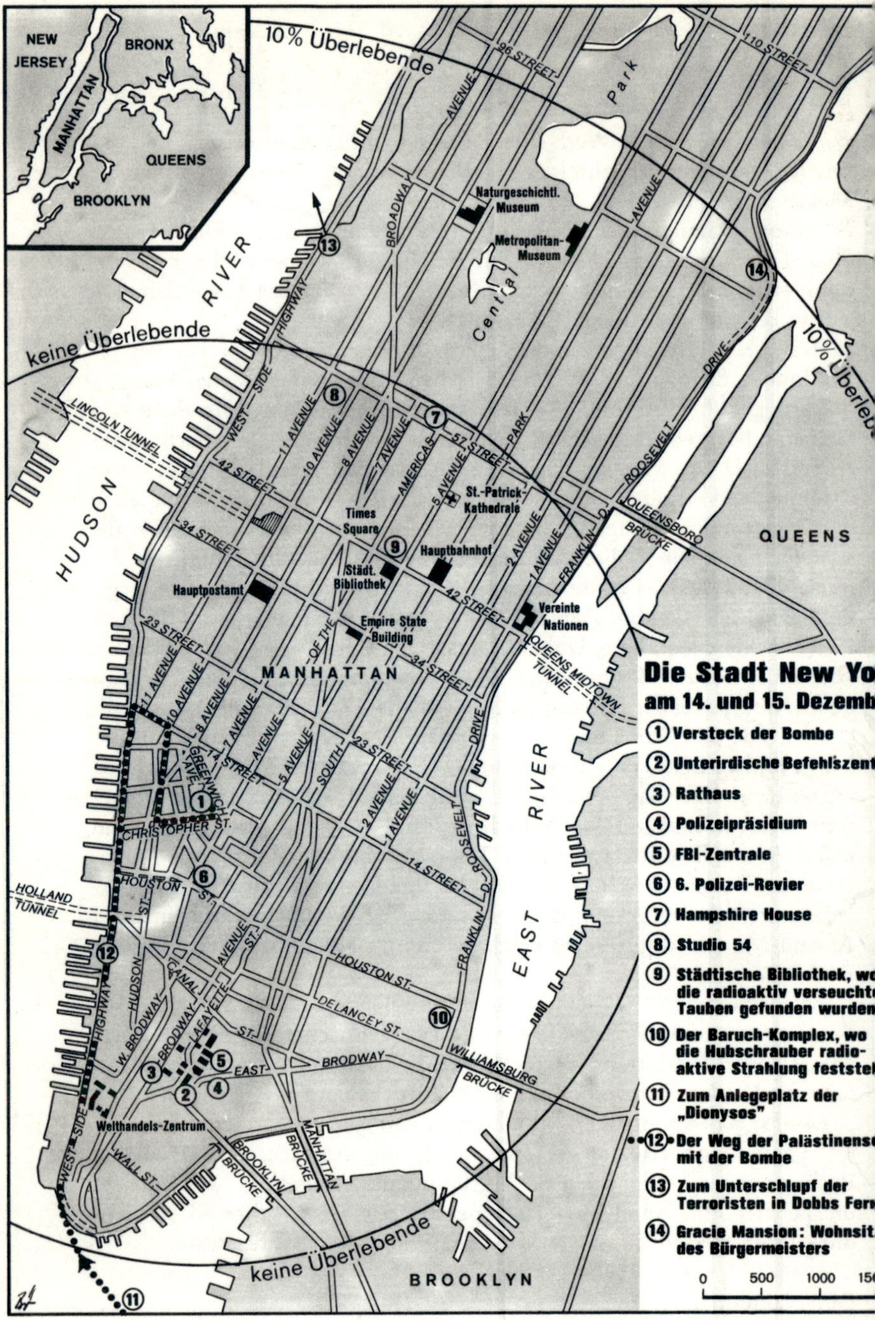
Die Stadt New Yo
am 14. und 15. Dezemb
1 Versteck der Bombe
2 Unterirdische Befehlszent
3 Rathaus
4 Polizeipräsidium
5 FBI-Zentrale
6 6. Polizei-Revier
7 Hampshire House
8 Studio 54
9 Städtische Bibliothek, wo
die radioaktiv verseucht
Tauben gefunden wurden
10 Der Baruch-Komplex, wo
die Hubschrauber radio-
aktive Strahlung festste
11 Zum Anlegeplatz der
„Dionysos"
12 Der Weg der Palästinens
mit der Bombe
13 Zum Unterschlupf der
Terroristen in Dobbs Fer
14 Gracie Mansion: Wohnsit
des Bürgermeisters
0 500 1000
NEW JERSEY
BRONX
MANHATTAN
QUEENS
BROOKLYN
10% Überlebende
keine Überlebende
HUDSON
RIVER
EAST
RIVER
Central Park
Naturgeschichtl. Museum
Metropolitan-Museum
LINCOLN TUNNEL
HOLLAND TUNNEL
QUEENS MIDTOWN TUNNEL
QUEENSBORO BRÜCKE
WILLIAMSBURG BRÜCKE
MANHATTAN BRÜCKE
BROOKLYN BRÜCKE
WEST SIDE HIGHWAY
ROOSEVELT DRIVE
FRANKLIN D. ROOSEVELT DRIVE
96 STREET
110 STREET
57 STREET
42 STREET
34 STREET
23 STREET
14 STREET
CHRISTOPHER ST.
HOUSTON ST.
DELANCEY ST.
CANAL ST.
WALL ST.
BROADWAY
W. BRODWAY
EAST BRODWAY
HUDSON
LAFAYETTE
11 AVENUE
10 AVENUE
8 AVENUE
7 AVENUE
AVENUE OF THE AMERICAS
5 AVENUE
PARK AVENUE
2 AVENUE
1 AVENUE
GREENWICH AVE
AVENUE SOUTH
St.-Patrick-Kathedrale
Times Square
Hauptbahnhof
Städt. Bibliothek
Hauptpostamt
Empire State Building
Vereinte Nationen
MANHATTAN
QUEENS
Welthandels-Zentrum
BROOKLYN

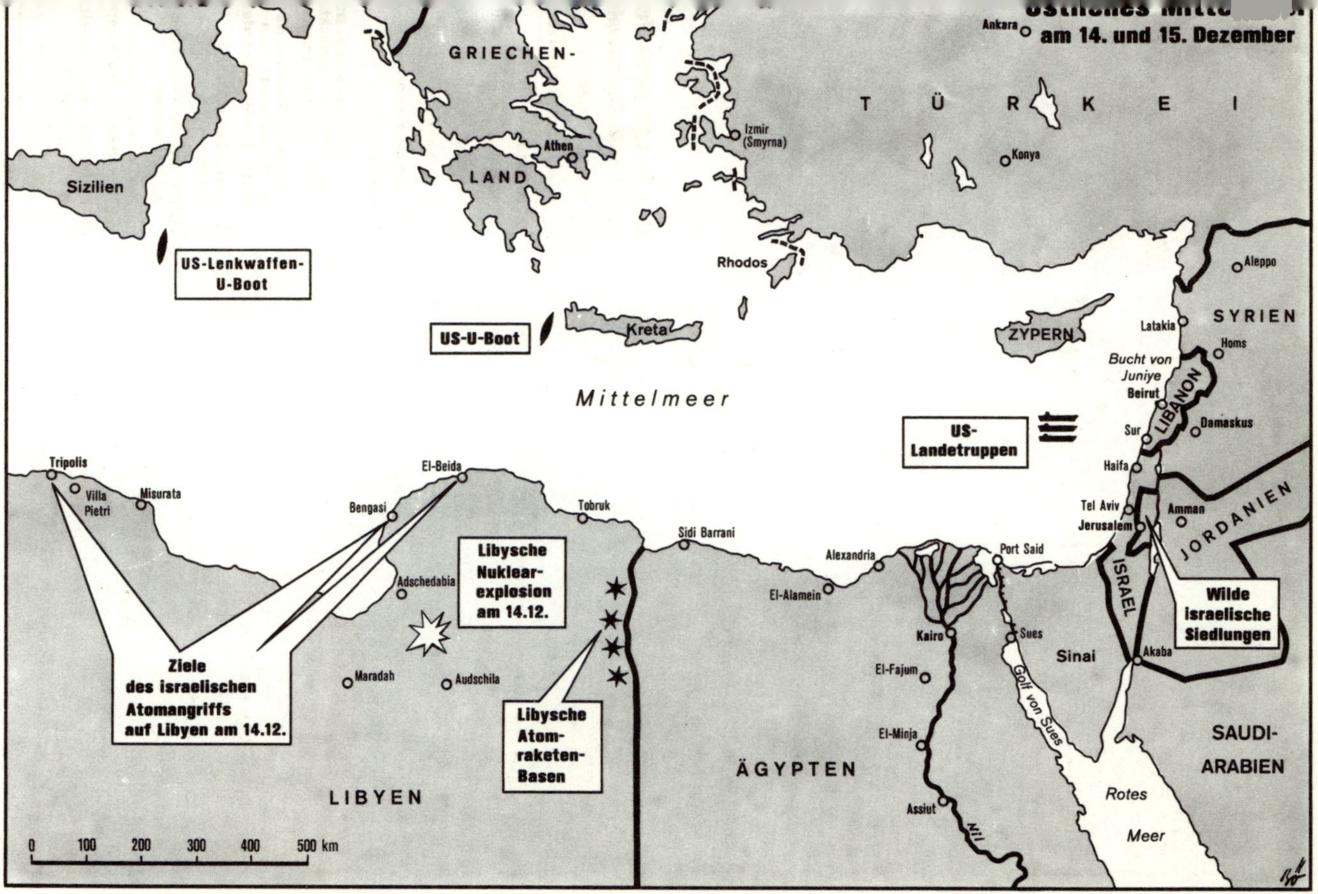
am 14. und 15. Dezember
Ankara
T Ü R K E I
Konya
Izmir (Smyrna)
GRIECHEN-LAND
Athen
Sizilien
Rhodos
US-Lenkwaffen-U-Boot
US-U-Boot
Kreta
ZYPERN
Mittelmeer
US-Landetruppen
SYRIEN
Aleppo
Latakia
Homs
Bucht von Juniye
Beirut
LIBANON
Damaskus
Sur
Haifa
Tel Aviv
Jerusalem
Amman
JORDANIEN
ISRAEL
Wilde israelische Siedlungen
Akaba
Sinai
SAUDI-ARABIEN
Rotes Meer
Port Said
Sues
Golf von Sues
Kairo
El-Fajum
El-Minja
Assiut
Nil
Alexandria
El-Alamein
Sidi Barrani
ÄGYPTEN
Tripolis
Villa Pietri
Misurata
El-Beida
Bengasi
Tobruk
Adschedabia
Maradah
Audschila
Libysche Nuklear-explosion am 14.12.
Libysche Atom-raketen-Basen
Ziele des israelischen Atomangriffs auf Libyen am 14.12.
LIBYEN
0 100 200 300 400 500 km

INDIEN AUGUST 1947.

Die letzten Tage der britischen Fremdherrschaft sind angebrochen. Ein 400-Millionen-Volk erringt seine Freiheit an einem Tag, der nach Auskunft der Astrologen »unter dem Fluch der Sterne« steht.

»Um Mitternacht die Freiheit« ist das vierte gemeinsame Buch des Amerikaners Larry Collins und des Franzosen Dominique Lapierre. In vier Jahren harter Arbeit wurde dieses Buch fertiggestellt. 250000 Kilometer haben die beiden Autoren dabei zurückgelegt: im Flugzeug, mit der Bahn, im Auto, zu Pferd und auf dem Rücken von Elefanten. Ihre Ausbeute: 6000 Seiten mit Interviews unmittelbar an den Ereignissen Beteiligter; 10000 Seiten Archivmaterial und Dokumente; 800 Stunden Tonbandinterviews; 6000 Meter Filmmaterial; 1000 Fotos von historischen Orten.

Larry Collins/
Dominique Lapierre
Um Mitternacht die Freiheit

576 Seiten, 59 Abbildungen, Leinen

C. Bertelsmann